OLEUM

JESÚS MAESO DE LA TORRE

OLEUM

EL ACEITE DE LOS DIOSES

Editado por HarperCollins Ibérica, S.A.
Núñez de Balboa, 56
28001 Madrid

Oleum. El aceite de los dioses
© Jesús Maeso de la Torre, 2020
Autor representado por Silvia Bastos, S.L. Agencia literaria
© 2020, para esta edición HarperCollins Ibérica, S.A.

Diseño de cubierta: CalderónStudio
Imágenes de cubierta: Shutterstock y Dreamstime.com

ISBN: 9788491396123

Dedicado a mi madre, Isabel de la Torre, que con sus manos aderezaba los pucheros con el aceite de los olivares de Úbeda, y lo hacía con amor, como con mi frágil e insignificante cuerpo, antes de dejarnos en la flor de la vida.

He sido esclavo de Roma y aún guardo los estigmas de aquel infame escarnio.

Durante un largo tiempo soporté el brutal desarraigo de mi tierra, un dolor desmedido, los abusos, el terror y los rigores del látigo, que hollaron con dureza mi corazón. Para mí, renunciar a la libertad fue como desistir de la condición de ser humano y me preguntaba una y otra vez en la soledad de la mazmorra: «¿Cómo es posible que mi Dios permita que una criatura suya sea ensillada y embridada para que otros cabalguen sobre ella?». Él nunca llegó en mi socorro, aunque mis ruegos fluyeron en llantos lastimeros, y pienso que supusieron un lastre para mi razón, que Él mismo creó.

Lo llamé en la aflicción, pero solo obtuve el silencio más despótico. Ni un rayo de la luz de su presencia que iluminara mi ceguera, cuando visité el infierno establecido por el hombre. La esclavitud transmite al que la sufre una sensación opresiva y el entendimiento se niega a aceptar la dolorosa realidad. No la comprende, no la acepta.

Desde el primer instante en el que me ataron una soga al cuello, mi alma se vio desollada y me oprimía una sensación de repulsión y furor hacia los verdugos que me apresaron, cuando siendo joven me dirigía feliz y despreocupado a encontrarme con mi desposada. Trágico destino el mío que me amenazó con degenerar en locura.

Atravesé oscuros desiertos de tormento interior y me refugié en los confines inaccesibles de mis recuerdos para no aceptar que era un animal comprado por una bolsa de denarios; y hasta llegué a admitir que tal vez la muerte resultara a la postre una liberación para tanto sufrimiento.

En circunstancias tan dramáticas pensé que la esclavitud es una afrenta al Creador, pero también que es indigna únicamente cuando es aceptada. Yo jamás la asumí y me rebelé contra ella, hasta el punto de que en el vasto desierto de mi desgracia resonaron algunas voces amigas que me sirvieron de senda hacia la liberación, y para volver a saborear el dulce almíbar de la pasión y la amistad.

Soy el protagonista de esta narración, el custodio de sus signos y el poseedor de los secretos que en ella se relatan. Me llamo Ezra ben Fazael Eleazar —Jasón Anneo de Séforis para los romanos —, a los que serví en sus campos, molinos y almazaras de olivos de Hispania por mis tratos con el *oleum* y para recuperar mi libertad perdida.

Me aproximo al medio siglo de edad y pertenezco a la tribu de Leví. Nací en Jerusalén de Judea, cuando reinaba en el mundo Tiberio César, «el viejo nesiarca» —o el rey de una isla—, y poco a poco me comen los años y me derriba la piqueta del tiempo.

Me acerco al crepúsculo de mi vida y he hecho un examen retrospectivo de ella, ahora que voy comprendiendo sus mecanismos, aunque no así los designios del cielo sobre los mortales.

I

JERUSALÉN

Años IX al XII del reinado de Tiberio César

Era otoño y en el Monte de los Olivos florecían las cinas amarillas.

Había cumplido los doce años cuando emprendí mi oficio junto a mi padre, Fazael ben Eleazar, el levita. Recolectábamos las aceitunas para obtener el aceite que serviría para encender la *menorah*, el candelabro de los siete brazos del Templo, y para ungir al sumo sacerdote, Josef ben Caifás, o Kayafa, en la cercana Fiesta de la Expiación.

Mi padre, que frisaba la cincuentena, era un hombre templado y en sus mejillas se podían leer las congojas que sufrían los fariseos por parte de los saduceos, los amos de Israel. Era tenido como un maestro *asu*, un conocedor del óleo sagrado y cultivador del primero de todos los árboles que Dios sembró en el edén. Y es tan primordial el aceite entre los judíos, que en Oriente nos llaman los hijos del aceite.

Esta era la sagrada labor de mi familia, los Eleazar, desde hacía siglos. Por eso mi progenitor había vertido el aceite sacro en la cabeza de los últimos sumos sacerdotes, Eleazar ben Ananus y el piadoso Simón ben Camithus.

Con cuatro criados salimos muy de mañana por la Puerta del

Agua. Yo tiraba del ronzal de un asnillo sumiso que portaba el mantón de estameña, las alforjas y los capachos de esparto. Cruzamos el manantial de Gihón, donde en otro tiempo fuera ungido el rey Salomón, ascendimos al abrupto cerro invadido por el sirle de las cabras. Allí crecen los centenarios olivos del Templo, mecidas sus ramas por la tibieza del aire. He de admitirlo, mi religión es el *oleum*.

Íbamos en silencio, uno tras otro, cuando el sol surgió por el horizonte. Irradiaba cálidos destellos amarillos y blancos que convergían sobre la mole gigantesca de piedra, mármol, oro y alabastro del santuario de Herodes. Entre la niebla y el polvo dorado, el lugar donde habita el incorpóreo Yavé parecía levitar bajo las nubes.

Desde el montículo admiré la traza de mi amada ciudad, Jerusalén, La Ciudad de la Paz, que se desfiguraba entre la maraña de sus torreones, terrazas y miradores blancos, testigos de las guerras dirimidas en el devenir del tiempo y que tanta sangre han visto derramada bajo sus murallas.

Al llegar, un lagarto de cuello escamado corrió entre los pedregales y yo intenté atraparlo, pero mi padre me lo impidió, regañándome por evitar el trabajo. Como sacerdote y miembro del sanedrín que era, nos advirtió, para que se cumplieran las Sagradas Escrituras, lo que prescribía el Deuteronomio a la hora de recoger las aceitunas para el *oleum* sacro:

—Haced solo una recogida. Y si olvidáis alguna aceituna, dejadla en el árbol. Será para los peregrinos que pasen por aquí, para las viudas o para los huérfanos.

Era tan dichoso que hasta oía los ruidos insignificantes del olivar, como el zumbido de las abejas, o el croar de las ranas en las albercas y de las golondrinas que se perdían por el valle de Cedrón. Nos afanamos en la cosecha y lo hicimos durante horas, sin usar varas ni palos, con perseverancia, mientras mi padre recitaba himnos y nos ayudaba a seleccionar los mejores frutos. Los criados y yo colmamos siete capachos de aceitunas verdes y brillantes, todas sin mácula, y las condujimos a lomos del asno al cercano huerto de Getsemaní, que significa «el jardín de la prensa de las aceitunas».

Al mediodía atamos el burro a la lanzadera de la piedra de molar, que fue triturándolas hasta que se formó una pasta verdosa, que trasladada a la prensa y colocada entre los capachos, fue aplastada tras accionar la larga leva de madera de cedro con la fuerza de nuestros brazos. La pulpa fue estrujada repetidamente y poco a poco fue escapándose un chorro menudo del color del oro, que fue a depositarse en la pila de granito. Exhalaba un aroma dulcísimo y denso.

Aquel día el cielo rielaba con un azul radiante y resonaba en mis oídos el arrullo de las tórtolas, mezclado con el goteo del aceite cayendo en la artesa.

Cuando estuvo llena, mi padre se cubrió la cabeza con el velo de *kohanín* o sacerdote del templo, y nos pidió que nos acercáramos a él y le sostuviéramos los brazos. Iba a recitar el salmo del profeta Zacarías y recordar el simbolismo del olivo para el pueblo de Israel, como prescribía el ceremonial ordenado por Aarón.

—La paloma que volvió a Noé traía una rama verde de olivo en su pico. Noé vio en ella el símbolo del regreso de la fecundidad después de la inundación. Y Yavé dijo a Moisés: «Mandarás a los hijos de Israel que te traigan aceite puro de olivas machacadas para que el candelabro de los Siete Brazos arda en mi presencia».

—¡Hosanna, *Adonay*, Señor! —contestamos a la alabanza.

Él prosiguió:

—«¿Qué ves, Zacarías? Y él profeta respondió: Veo un candelabro de oro con siete lámparas y junto a él dos olivos, uno a la derecha y el otro a la izquierda, y al *Meshiach*, el Ungido, que conduce a los hombres de la oscuridad a la luz, como la *menorah* ilumina la noche». El Mesías que vendrá, el brote del olivo que establecerá su reino en Israel y será dignificado con el aceite sagrado de estos olivos.

—Elohim, mi Dios, envíanos al libertador de tu pueblo —replicamos.

Recogimos las cántaras de aceite purísimo, que atamos a los lomos del jumento, y mi padre cargó con un cantarillo de alpechín para elaborar sus perfumes. Teníamos prisa y cruzamos tras un rebaño de ovejas por el riachuelo del Cedrón, por el que discurría un insignificante reguero de agua. Tras abrevar el jumento en la fuente de Siloé, nos dirigimos a la parte alta de la ciudad, donde se alzaban las moradas de las familias más influyentes de Jerusalén, iluminadas por un resplandor carmíneo.

Nos cruzamos con devotos que salían del templo y comerciantes con reatas de burros que retornaban a los almacenes con el grano, las especias y los animales para el sacrificio, que se descubrieron ante mi padre con respeto.

Mis familiares eran fariseos, que significa «los separados». Se dedicaban desde antaño al negocio del aceite, los perfumes, los ungüentos y bálsamos, y también al préstamo a pequeña escala. Mi padre, Fazael ben Eleazar, sacerdote y escriba, era un hombre enjuto de cuerpo, de barba gris y patriarcal y hablar mesurado.

Era uno de los setenta y un miembros del sanedrín judío, y mientras ascendíamos por las empinadas y tortuosas cuestas hacia la Puerta de los Jardines, dentro de la segunda muralla, era saludado con reverencia por los viandantes que lo consideraban un maestro de la teología del judaísmo, conocedor de los libros sagrados y un sabio de las ciencias arcanas y de la Torá, el libro de las leyes judías, o *halaka*.

Únicamente los saduceos, que se llamaban a sí mismos los justos, o rectos, la otra escuela de pensamiento de Israel, mantenían un distante desapego hacia mi padre. El sumo sacerdote, Caifás, y los jefes del templo eran en su mayoría saduceos, la más rica y poderosa facción de la aristocracia judaica. Se trataba de un grupo religioso con medios inagotables, poderosísimos y muy peligrosos, y su ambición no conocía límites.

Vivíamos cerca del palacio del tetrarca Herodes Antipas, en

un barrio de huertos, jardines y mansiones vistosas, lejos del bullicio y de los fétidos olores de la turbamulta de judíos, romanos, griegos, fenicios, samaritanos, galileos y nabateos que llenaba la ciudad. Teníamos una tienda cerca de la piscina de Betesda, donde se purificaban los animales antes de ser sacrificados en el santuario.

Recordaré siempre aquel día, porque al atardecer inicié mi carrera de levita, la misión que Dios me tenía preparada para mi futuro. Había alcanzado ya la *bar mitzva*, la mayoría de edad civil y religiosa, y podían confiarme labores de adulto y discutir de las Sagradas Escrituras en público. Yo estaba exultante, pero también alterado, cuando por vez primera traspasé la puerta de aquel santuario de sabiduría.

Por aquel tiempo simultaneé el estudio de la ley en la academia de Gamaliel, la venta de productos en la tienda de la alberca del templo con mi tío Zakay y la práctica en el herbolario de mi paciente padre. En la penumbra de contraluces del estudio, donde la luz se colaba a través de un tragaluz orientado hacia el levante solar, preparaba los perfumes, aceites sacros y elixires. En la soledad del cubículo era inmensamente feliz. Como un hurón devorador, hurgaba en los viejos papiros caldeos, griegos y egipcios buscando las esencias del poder de las plantas y del aceite, el líquido de oro que nos regalara el Todopoderoso.

En los rincones había orzas repletas de herbajes, artesas con higos secos de Esmirna, dátiles de Arabia, rosas secas de Jericó y especias de Orán; y sobre las mesas, perfumarios, frascos con pigmentos, cazuelas con ungüentos, vasos de cristal, receptáculos, cánulas y vasijas, dispuestas en un aseado pero caótico pandemónium.

—Dios ha dispuesto para ti un futuro de estudio y de sumisión a su voluntad.

Con la naturalidad de mi inocencia, le pregunté:

—¿Como si mi vida tuviera un propósito premeditado, padre?

—Así es, Ezra. Perteneces a la estirpe de los Eleazar, la depositaria del aceite sagrado del Templo, el que unge sacerdotes y procura la luz en el santo de los santos.

La mirada de mi padre era penetrante y yo percibía una ansiosa agitación.

—La fe de mis padres es mi fe, padre mío —le respondí sumiso.

—Pues dignifícala y no seas para tu sangre motivo de escándalo —me pidió grave, mientras entresacaba de su manto un anillo de oro, que no estaba cerrado, sino abierto por los extremos. Lo puso sobre su mano y brilló a la exigua luz como el carbúnculo. Lo escruté con detenimiento y observé que en el centro brillaba una «T» burilada con una serpiente enrollada en ella. Lo miré con un gesto de incredulidad.

—Es igual al tuyo, al del tío Zakay y al del abuelo —dije admirado.

—Todos los varones Eleazar lo llevamos en nuestro dedo anular desde el día en el que Moisés nos lo legó. Este símbolo grabado es el Nejustán, que como ya sabes es el signo de la inmortalidad para Israel. Enrollada a esta «T», ves la serpiente que simboliza la salud y la muerte, el veneno y su antídoto. Somos los sabios entre los sabios de Israel, y aquí aprenderás secretos que muy pocos conocen. Te has convertido en un maestro, en un *asu*, hijo mío.

Yo conocía por mis estudios de los libros sagrados que el pueblo judío perdido en el desierto en su éxodo de Egipto se quejó a Moisés de la virulencia de las serpientes que infectaban los pedregales del Sinaí. Ordenó que fabricaran una pértiga con una serpiente de bronce, y cuando algún reptil venenoso mordía a alguno, miraba el báculo de bronce y vivía.

Encargó el cuidado de tan milagroso objeto a nuestros antepasados levitas, hombres conocedores de los secretos del conocimiento, la medicina y el poder de las plantas. Pero con el tiempo el pueblo llegó a idolatrarla y le quemaban incienso como si de un ídolo se tratara, hasta que el sabio rey Ezequías la destruyó para que no sirviera de paganismo.

Mientras mi padre me colocaba el anillo en mi dedo gordezuelo y apretaba para fijarlo en él, adoptó un tono circunspecto. Entonces me reveló:

—Hijo, asistes a las escuelas de los mejores doctores de Israel y tu mente ya es capaz de razonar. Por eso te voy a revelar el gran secreto de la familia.

Aquellas palabras me llegaron como un zumbido lejano. ¿Secretos?

—Comprenderás que con solo mirar la serpiente de bronce no iban a curarse de las mordeduras de las víboras del desierto, y menos de las *naja-haje*, los letales áspides del Sinaí. Así que cuando perdían el conocimiento, entre el pánico y el dolor, nuestros antepasados levitas los introducían en la tienda y les administraban un antídoto aprendido de la farmacopea de la isla egipcia de Elefantina, donde los sacerdotes de Osiris enseñaban el arte de Hermes —me confesó—. Lo vendemos en redomas de ónice a los caravaneros y a los físicos de los ejércitos. Su precio es alto: diez siclos de plata. Observa la fineza de la mezcla —me dijo—. Hoy aprenderás a hacerla tú solo y la emplearás para curar a los hombres.

En una vasija humedecida con aceite, flotaba el extraño unto que olía a azafrán y heliotropo, y que había dado de comer durante siglos a los Eleazar, procurándoles una subsistencia holgada y casi de lujo. Luego me mostró enfático:

—El ingrediente principal de este milagroso antiveneno es la flor del *calico* o *aristolochia egipcia*, que desprende un mordiente muy poderoso, y que, macerado con aceite de olivo, hojas de sicomoro, adelfa y casia, produce este suero altamente curativo. Nuestros antepasados trataban el emponzoñamiento de las sierpes presionando fuertemente la herida, a la que aplicaban luego la «piedra negra», que no es sino un guijarro poroso que absorbe el veneno. Después le aplicaban esta mistura y la vendaban, y de diez infectos solo morían uno o dos, y porque acudían tarde al auxilio.

Mi asombro por la confidencia se transformó en fascinación. Pregunté:

—¿Y solo nuestra familia conoce este secreto medicinal, padre?

—Nada más, hijo, y por orden del profeta Moisés y su hermano Aarón hemos de mantenerla en el más absoluto de los secretos y emplearla con caridad —refirió solemne—. Ahora, nosotros dos y tu tío Zakay somos sus únicos depositarios. Tu lengua quedará sellada por un cerrojo de reserva, y solo tus hijos conocerán este y otros secretos de la sabiduría ancestral judía. ¿Entiendes? De lo contrario la cólera de Dios te fulminará y la ignominia penetrará como una plaga en la familia.

Aquel confidencial secreto de siglos había sembrado la incertidumbre en mi corazón por la responsabilidad que conllevaba, pero también espoleó mi orgullo por pertenecer a una progenie dedicada a aliviar el dolor humano, a crear perfumes y elixires y guardar la fórmula sagrada del óleo del templo.

Yavé me trazaba un camino y me urgía a aprender la ciencia de la Orden de Leví. Y desde aquel día, acompañé a mi padre a aquel microcosmos de medicina y farmacopea. Asimismo aprendí a preparar el santo óleo para ungir al sumo sacerdote el día de la Expiación, y a tener preparada una redoma especial por si Dios tenía a bien enviarnos al Mesías Salvador. Yo rezaba todos los días para que el Altísimo eligiera uno de aquellos años para enviar al Ungido y que mis manos, o las de mi padre, fueran las creadoras del santo ungüento.

No cabía más honor en la tierra para un judío.

Aquellos años de mi pubertad fueron difíciles para Israel y nuestros corazones se incendiaron de ira y destilaron pesar. Palestina entera soportó el oneroso yugo del nuevo procurador romano Poncio Pilatos, quien protegido por el feroz antijudío Sejano, el favorito del emperador Tiberio, se comportó como lo que era: una hiena del desierto, un gobernante cruel, severo, corrupto y ladrón.

Extrañó en Jerusalén el ascenso fulgurante de Pilatos, quien, casado con una hembra de la familia imperial, había sido señalado como sospechoso del fallecimiento de Germánico, que le había dejado en bandeja el trono a Tiberio. Había sustituido al no menos corrupto Valerio Graco, el que había cesado al venal sumo sacerdote Anás, reemplazándolo por su yerno Josef Caifás, un saduceo al que manejaba a su antojo a cambio de la participación en negocios bastardos en los que ambos llenaron sus bolsas.

Los judíos soportábamos una tiranía que nos mantenía hundidos en el polvo de la humillación, y los *amaretzin*, comerciantes y tenderos, sufríamos impuestos abusivos difíciles de soportar. Solo los *sadoki*, la infame casta sacerdotal, cooperaba con Pilatos.

Mi padre y otros fariseos del sanedrín mantuvieron encendidos enfrentamientos con Caifás, al que tacharon de cobarde frente al déspota gobernador romano. Y habrían de pagarlo en el futuro.

El sumo sacerdote, que representaba la máxima autoridad religiosa y terrenal del pueblo judío, no alzó la voz ante la matanza de unos indefensos peregrinos galileos, cuyos cadáveres cubrieron el Patio de los Gentiles, acusados de soliviantar la paz del santuario con sus gritos antirromanos pero inofensivos.

Nada más arribar a Jerusalén al frente de la Legión XII, Pilatos instaló unos estandartes con las figuras de los césares Tiberio y Augusto en la Torre Antonia, sede de las cohortes romanas, y el águila romana fue enarbolada frente al mismísimo templo de Dios, contraviniendo el pacto firmado con Octavio Augusto de no hacer ostentación de imágenes de ninguna índole en tan sacrosanto lugar.

—¡Romanos, nuestra ley prohíbe la exhibición de ídolos! —gritábamos.

La ciudad estaba soliviantada y una legación de notables del sanedrín viajó a Cesarea para exigir a Pilatos la retirada inmediata de los lábaros paganos, entre ellos mi padre, que presidía la facción farisea. Como hombre sanguinario y tiránico, Pilatos los amenazó con cortarles el cuello allí mismo. Los cómplices saduceos quedaron callados. Pero sí hubo una respuesta. Los fariseos presentes, a una señal de mi padre Fazael, se arrodillaron, apretaron los puños y mostraron sus cuellos desnudos al sorprendido procurador, quien, impresionado por su fervor religioso, accedió a regañadientes a su demanda.

Mi madre Bosem, mi hermana Arusa y yo, conocidas las noticias, temimos por la integridad de mi padre, quien a su llegada manifestó preocupado a mi tío y a mí:

—La cautividad de Babilonia será recordada como un juego de niños con lo que se avecina, queridos míos —nos aseguró con un gesto de intranquilidad y frunciendo el entrecejo—. Ese nuevo procurador, Pilatos, es un hombre despiadado e insaciable.

—Nos hablan de la amistad de Roma cuando esos malditos Pompeyo, Craso y Casio profanaron el Santo de los Santos y expoliaron sus tesoros —intervino mi tío.

Mi padre bufaba furioso y yo tomé conciencia de lo que es ser dominado por otro pueblo de costumbres y creencias tan distintas. Hablé con voz queda:

—Un rabino galileo, Yeshua ben Josef, predica por Galilea un nuevo reino, cura a los enfermos y consuela a los desamparados, predicando la igualdad entre los hombres y la compasión como norma de convivencia. No niega el tributo al César y aunque él no se proclama, sus seguidores lo consideran el verdadero Mesías que esperamos. Quizá en él esté la esperanza de Israel.

Mi tío, hombre mesurado y prudente, se mesó su barba gris y dijo:

—Cada vez que surge un mesías, Israel sufre y padece. Al final, ese rabino galileo se convertirá en un mártir del pueblo, pues ni Pilatos, ni Herodes Antipas, ni Caifás transigirán para que ponga en riesgo sus negocios y la férrea *pax romana,* ¿entendéis? Ahora nos tocar probar la amargura de la humillación.

Me noté aturdido por la funesta opinión de mis familiares más queridos.

Nosotros no comprendíamos cómo aquellos extranjeros podían creer en dioses de mármol tan estériles como infecundos, aunque ellos a su vez nos tachaban de adorar a un dios temible y despótico y amo de nuestras vidas, que además ponía trabas a nuestra felicidad. Pero ignoraban que en esa fe inquebrantable y en ese temor a Dios residía nuestra fuerza como pueblo.

Y como yo mismo, no había un solo israelita que no deseara la llegada del Libertador.

II

SALOMÉ

Año XIII del reinado de Tiberio César

Recuerdo aquella tarde con nitidez diáfana, al poco de regresar mi padre de su misión a Cesarea. Mi tío, el reputado comerciante Zakay, al que yo amaba por su bondad y sabiduría, me envió como otras tantas veces a llevar unos productos al palacio de los asmoneos, donde en algunas épocas del año solía residir la familia de Herodes. Algunos componentes del linaje real habían acudido a la festividad del Suvuot, la que se celebra cincuenta días después de la Pascua.

Salí de la tienda, bordeé el muro oeste del santuario, crucé el puente y accedí al palacio que se halla frente al Atrio Regio del templo, y donde flameaba el emblema real herodiano. Portaba una caja repleta de tarros de aceite para el baño y de caros perfumes. Los haces de un sol anaranjado convergían sobre la fastuosa mansión regia, que parecía un crisol de oro. Pensé que se asemejaba a una primorosa pintura griega.

Hacía mucho calor y las moscas y el asfixiante mes de *elul*, a primeros de agosto, torturaban con saña a los jerosolimitanos. Sabía que, al reconocerme, los guardias que vigilaban el portón no me impedirían el paso para hacer la entrega en el aposento del mayordomo Sekhmat, como era la costumbre.

—¿Eres tú Ezra, el perfumista? —me preguntó el escolta al verme.

—Sí, soy el hijo de Fazael Eleazar —informé confundido por la novedad.

—La señora Salomé, la *amirah*, desea hablar contigo. Vamos, pasa conmigo para presentarte ante el intendente del palacio, el *kurós* Chuza.

Expresé mi extrañeza, pero lo seguí nervioso y con no menos diligencia hasta el aposento del orondo y rollizo palaciego, que me recibió con afecto. Crucé con él unos pasillos donde no percibí ninguna representación de animal, persona o dios, como prescriben las creencias judías. Todos sabíamos que la familia herodiana era maestra de la diplomacia y sabían cómo aparecer devotos ante el pueblo y los sacerdotes, aunque sus costumbres fueran abiertamente paganas e inmorales.

Vasallos interesados de Roma habían sometido al pueblo hebreo de forma tiránica desde el despótico Herodes el Grande, despreciando nuestra religión y tradiciones y oprimiéndonos con impuestos obscenos, mientras soportábamos sus ambiciones.

De sangre edomita, nabatea y árabe, la *amirah* Salomé II estaba casada con su tío, Herodes Filipo II, quizás el más justo de los gobernadores de la familia, que administraba la región del norte y oeste de Galilea con equitativo tino. Hija de Herodías, se comentaba en Jerusalén que era una *lilit*, un demonio, una mujer maliciosa y pervertida y la encarnación del mal, indecencias que había heredado de su bisabuela, la macabea Mariamne, esposa del viejo Herodes el Grande.

Aseguraban quienes la conocían que poseía la infinita perfidia de las mujeres paganas, amén de una exótica belleza, casi fatal, y que en la conversación directa esgrimía un inquietante temple y una agudeza sutil, como si conversaras con una cobra egipcia. Los jerosolimitanos la llamaban la Perra de Petra, pues solía exhibirse ante los hombres como una zorra de burdel, atrayendo sus lascivas miradas. No obstante, yo sabía que muchos sacerdotes del sanedrín la deseaban con desespero, cayendo en el mismo pecado que ella.

Ignoraba con qué clase de persona iba a encontrarme y estaba inquieto, pues yo era un joven inexperto en el trato con las mujeres. Me mostraría respetuoso.

De repente se acercó lo que me pareció un paje o doméstico palatino, un joven menudo de cuerpo al que yo conocía, pues asistía a la Academia del templo, que recibió la orden de Chuza de acompañarme hasta los aposentos de la regia dama. Supe después que pertenecía a la familia herodiana, ignoro si por sangre, por servidumbre o por tributo, y que se había criado en Cesarea y Tiberíades junto a los cachorros reales, acompañando a su señor, el *suntrophos* Herodes Antipas, con el que mantenía un cercano apego.

No parecía judío, sino idumeo, por su tez muy morena, cabello ensortijado y nariz aquilina, y advertí que se movía con gran autonomía por el palacio. No sin cierta prepotencia, me habló en un griego perfecto y, tras despedir al guardia, me dijo que me conduciría ante su señora:

—Me llamo Saúl, o Saulos, como lo desees, y te conozco. Eres Ezra Eleazar, ¿verdad?, y uno de los discípulos predilectos del maestro Gamaliel.

—Así es Saúl. Puedes saludarme cuando me veas en la escuela del Templo —contesté cordial al hospitalario recibimiento del mozalbete.

Me condujo a un habitáculo abierto a un patio de rosales y adelfas, y me quedé en medio inmóvil, sin saber qué hacer. Se respiraba la benignidad del silencio y erráticos efluvios de un perfume dulcísimo a rosas de Sharon halagaron mis sentidos. Me acerqué al ventanal y palidecí, percibiendo un estremecimiento en mis entrañas.

—Espera aquí —me rogó.

En el centro geométrico del jardín se alzaba un estanque de chorros menudos donde flotaban los nenúfares, y en él, asistida por dos sirvientas, se clareaba la silueta de una mujer de formas exuberantes, aún joven, vestida con un tul de lino pegado al cuerpo que clareaba su perfil rotundo. Me quedé paralizado, boquiabierto. Se asemejaba a un lirio de marfil que hubiera brotado del agua. La visión me produjo una enfebrecida excitación y no podía apartar la mirada. Entregado a una extasiada observación, su visión estimuló mi virilidad.

Debía de tratarse de la princesa Salomé —pensé— por el número de esclavas y sirvientas que la asistían. De todos era conocido el baile que había ejecutado ante el tetrarca de Galilea, Herodes Antipas, demostrando en la frenética danza mayor lujuria que las bacantes de Lydia, o las bailarinas de Tiro.

Y aunque no se había quedado en total desnudez ante su padrastro y los asistentes a la fiesta, como prescribe la ley judaica, había constituido un escándalo mayúsculo en la comunidad del Templo. Y más aún al haber solicitado su madre, Herodías, la cabeza del místico profeta Juan el Bautista, aquel delirante predicador que vestía una tosca saya de piel de camello, que se alimentaba de miel, saltamontes e insectos y que predicaba la penitencia y la llegada del fin de los tiempos en las orillas del Jordán, en el vado de En Guedí.

Mientras observaba cómo salía del baño y era vestida con una clámide griega bordada con hojas de olivo, y arreglada con ajorcas y anillos, en un sensual y excitante ritual femenino, me pareció levitar fuera de la realidad.

Quedé seducido para siempre por la perfección de la belleza de la princesa.

No tardó en comparecer en la sala decorada con enseres egipcios y, cuando lo hizo, comprobé que se movía como un junco y andaba como una pantera de Nubia. Llevaba un gato egipcio gris entre sus brazos, al que acariciaba con una de sus manos y que soltó en uno de los divanes. Se atusó su mata de pelo perfumado y saboreó un higo recién cogido de una higuera. Pensé que, acostumbrados a tener decenas de concubinas, la dinastía herodiana sabía elegir a sus esposas. Era mayor que yo y de estatura media, y su belleza era cegadora, perfecta.

Su piel poseía el color de la miel madura; sus almendrados ojos, sombreados de estibio, eran de un negro azulado intenso, y sus largas pestañas destacaban junto a una cascada de pelo azabachado, aún húmedo. Los pies descalzos los llevaba tatuados con alheña, así como sus primorosas manos. Abrió la boca de cereza maquillada de acanto y detecté una dentadura perfecta.

Y a pesar de la fama de mujer fatal y sin escrúpulos que poseía, en aquel momento me pareció que nada deshonesto mancillaba su figura etérea. Sus penetrantes pupilas, tras el negror de su mirada, denotaban pasión, ingenio, gentileza y vitalidad.

—Acércate y toma asiento, muchacho —me invitó con suavidad en griego.

No le parecía aborrecible rebajarse a hablar con un perfumista y, como impelido por un resorte, besé el borde de su cíngulo de raso y me senté. Me dio la impresión de que se disponía a solicitarme algo de índole enigmática, o a practicar un ejercicio de seducción conmigo. No me extrañó, conocida la veleidad caprichosa de las cabezas coronadas de mi tierra. Aguardé inmóvil y asustado.

—Te preguntarás por qué te he hecho llamar —sonó su voz de címbalo.

—No me importa el motivo, señora. Nunca soñé con la recompensa de conoceros. Soy vuestro más rendido servidor —aseguré, atropellando mis palabras.

La reservada atmósfera del aposento fomentaba la confianza, y me dijo:

—¿Sabes que mi padrastro y mi marido te elogian?

—¡¿A mí, princesa?! Solo a Dios hemos de ensalzar —contesté abrumado.

—Eres joven aún e ignoras lo que los hombres maduros valoran su verga y su potencia viril en la cama, más aún cuando con los años disminuye —sonrió.

—¡Ah, os referís al afrodisíaco! Los Eleazar lo elaboramos

desde hace años para dilatar la masculinidad. Yo he enriquecido considerablemente la fórmula y me siento muy orgulloso, mi señora. Mi padre le ha puesto mi nombre. ¡Alabado sea!

La curiosidad se me agitaba por dentro. Salomé buscaba la complicidad de un alma aliada, en medio de una ralea, la herodiana, donde todos conspiraban contra todos, se despreciaban mutuamente, buscaban el apoyo secreto de Tiberio para perjudicar al hermano y las mujeres de la familia no dudaban en intrigar, matar, envenenar o divorciarse para calentar las sábanas del macho más poderoso de la tribu.

Pero precisaba de unos oídos discretos como los míos. Lo intuí.

—Ezra, porque ese es tu nombre, ¿verdad? —habló con voz apenas audible—, lo que voy a pedirte debe quedar en la más absoluta de las reservas.

—Pronto seré *sofrín*, escriba, y mi oficio será el de guardar secretos— le contesté.

—Tú no sabes lo que es un secreto de verdad, o cómo son los entresijos de la familia del viejo Herodes, de Pilatos, de la corte imperial de Roma, o de esa laya de sacerdotes corruptos, hipócritas y libidinosos del Templo. Tus sabios e inocentes oídos estallarían de espanto si los escucharas de mis labios —soltó con una sonrisa fascinadora.

—Me lo imagino, mi *amisah*, recordad que vivo en el santuario, y que estoy al tanto de cuanto se cuece de bueno y de malo en las cocinas del poder de Israel.

La princesa no pudo soslayar una mirada hacia mí de abierta simpatía.

—Aun siendo todavía muy joven, ¿estás casado? —preguntó sorpresivamente—. Como mujer considero que eres atractivo y que puedes aspirar a una hermosa muchacha. Tu posición en el Templo, esos ojos grises y brillantes, tu apostura, la nariz griega, ese hoyuelo en el mentón y tu abundante cabello te ayudarán mucho, te lo aseguro.

—Gracias, mi señora —aseguré turbado y con evidente sonrojo—. Pero aún no he contraído esponsales. Mi padre ya los ha concertado con una muchacha de Jericó de la tribu levita —la informé—. En breve la conoceré y la convertiré en mi esposa.

Percibí que Salomé poseía además un alma revolucionaria y rebelde. Dijo:

—O sea que la amarás después de conocerla. Es el sino de las hijas del padre Abraham. Los hombres ignoran que lo que no nace con pasión, no puede crecer. Nos cambian y nos venden como ganado. Se nos puede amar por ser bellas, por nuestra generosa dote, o por tener buenos sentimientos, pero se necesita de un relámpago previo, de una chispa que haga que penetremos en el corazón del hombre y el de él en el nuestro. Yo soy el pago de un pacto político, y por lo tanto también sufro esa frialdad en mi casamiento —me confesó con pesadumbre.

La consideración de Salomé me complació gratamente. No era propia de una mujer de alta alcurnia y de la que decían que era el paradigma de la lascivia, sino de una mujer poseedora de emociones. Dialogamos de política judía, y comprobé fascinado que era una joven muy ambiciosa, con fuerza y carisma, inteligente y sincera, sin las dobleces, las falsedades y los fingimientos de los que era tachada por los sacerdotes.

Estaba halagado con sus confidencias, cuando cambió de plática, y me soltó:

—Me siento muy satisfecha con el aceite de tocador que me vende tu padre, con los perfumes y ese electuario milagroso para mis desarreglos de la menstruación, que incluso he regalado a matronas romanas muy influyentes. Pero hoy requiero de ti otro producto más comprometido.

—Haré lo que me solicitéis, mi señora —dije anhelante y alzando la mirada.

—Diríamos que, relacionado con el veneno, ¿sabes? —adujo enigmática.

Me quedé mudo. No salía de mi asombro con tan inconcebible petición.

—La familia Eleazar no fabrica bebedizos mortíferos, sino remedios contra ellos. Lamento de veras no poder serviros —la corté—. Va contra la ley de Dios.

Me noté incómodo al verme mezclado en asuntos ajenos y tan peligrosos que podían acarrear a los Eleazar la lapidación, o la cárcel. Mi padre me desheredaría si consentía en imaginar siquiera un tósigo para quitar el aliento de un semejante y menos de la familia reinante en Palestina. Sin embargo, la hembra real, lejos de inquietarse, llenó los ojos de ternura y me aclaró:

—Quizá no me haya explicado bien —rectificó—. Precisamente lo que deseo es un antídoto poderoso contra cualquier veneno conocido. Elaborar una ponzoña mortal es precisamente uno de los secretos mejor guardados por las féminas de esta familia real. Somos expertas utilizando el acónito armenio, la mandrágora, la cicuta, o el cardamomo indio. Yo lo que preciso es un buen antídoto, Ezra. No me malinterpretes.

—Eso cambia las cosas, alteza —aseguré emitiendo un leve suspiro—. Os prepararé un antiveneno que ya se usaba en los tiempos del Éxodo.

—En Jerusalén se dice que los Eleazar conocéis secretos de las plantas con los que muchos sabios caldeos palidecerían. ¿Podrá ser posible, Ezra? Pagaré lo que me pidas. He de confesarte que temo por la subsistencia de mi madre y de mi marido, y por eso reclamo tu reservada ayuda. No reina precisamente la concordia entre hermanos, y Roma acecha para desposeernos del trono. Hay que estar preparada.

No deseaba otra cosa que ser complaciente con tan fascinadora mujer.

—Aprovecharé el don que Dios nos legó en el desierto para facilitaros unas redomas de un eficaz antídoto que os regalaré con sumo placer, princesa, y al que deberéis añadir, no lo olvidéis, varias gotas de aceite purificado para acelerar su efecto, si es que tenéis que usarlo, Yavé no lo quiera —le revelé para evacuar su preocupación y agradecerle su sinceridad para conmigo.

—Me halaga que seas tan servicial. Gracias, muchacho.

Abierta la brecha de la franqueza, me consultó sobre las bondades de las plantas curativas y yo colmé su curiosidad. Era evidente que estaba a gusto y deseaba hablar con una persona ajena a la ralea regia, y que además conociera los secretos de la farmacopea. Se interesó por la fabricación de nuestros perfumes y por mis estudios en la Academia y, al rato, y a pesar del abismo que nos separaba, me animé a preguntarle:

—¿Injurio vuestra dignidad, *amirah*, si os hago una consulta?

—Hazla con libertad, Ezra. Ya tenemos un secreto en común —me instó serena y recogió el felino de uno de los cojines, donde ronroneaba.

Aquella mujer ejercía sobre mí una fascinación rayana en la excitación. Me atreví a mirarla directamente a los ojos y le manifesté mi reflexión. Deseaba saber su opinión, conociendo que no era judía, y por su insumiso coraje natural.

—¿Creéis en el Mesías que espera el reino de Israel, mi señora? —lancé la pregunta, ignorante de si iba a enojarse o llamaría a sus criados para que me arrojaran a la calle a patadas. Aguardé nervioso su respuesta.

Su mirada se reactivó ante mi indiscreta curiosidad. Se tornó grave y me dijo:

—No me tengo por persona religiosa. Por supuesto que no creo en esos dioses griegos y romanos que me producen risa, y detesto que divinicen a sus emperadores, les alcen templos y les ofrezcan incienso, pero tampoco concibo a Dios como vosotros, airado, vengativo, excluyente de los demás pueblos, eternamente agraviado y siempre dispuesto a castigar a su grey, o a quien quebrante la ley. Y esos arrogantes sacerdotes saduceos, ratas de los romanos, me causan repugnancia.

—¿Y sobre el Redentor que nos libre del dominio de Roma? —insistí, deseoso de su veredicto.

Me sentí mal al inmiscuirme en sus opiniones, pero las precisaba. Sonrió.

—¿De verdad, tú que eres un estudioso de las escrituras, piensas que surgirá un enviado que acabará con la dominación extranjera, destruirá a esa laya de sacerdotes venales y corruptos y llevará al pueblo a una edad de oro donde abunde la leche y la miel? Qué poco conoces la codicia de los gobernantes. Los saduceos nunca lo permitirán, ¿sabes? Y los romanos, menos aún, Ezra. No seas iluso, querido amigo.

—Es la esperanza secular del pueblo de Israel —afirmé.

Erráticas fragancias a rosas, jazmines y arrayanes entraron por la ventana.

—¿Y para qué? ¿Para que lo toméis por loco y lo matéis a pedradas? ¿No ha ocurrido siempre así? ¿No está el desierto lleno de los huesos calcinados de muchos profetas que aseguraban ser el Mesías? —me interrogó con su mirada fija en la mía—. Asúmelo de una vez por todas, Ezra. El pueblo judío es bárbaro e ignorante, excluyente e intransigente en su fe, que teme más que ama a un dios sombrío, insatisfecho y lleno de venganzas. Además, está cegado por reglas tan estrictas que lo apartan de la felicidad terrenal y de su disfrute. Y más pronto que tarde, Roma aplastará a Israel.

No pude soslayar una punzada de abatimiento en mi interior y reflexioné sobre sus palabras. De repente fue ella la que me preguntó a mí, taladrándome el alma. Yo jamás me hubiera atrevido a interrogarla sobre asunto tan controvertido en Israel.

—¿Y tú, crees que Johanan el Bautista fue también un Mesías?

Medité mi respuesta, pues su memoria estaba unida al encuentro reciente con Salomé, a la que acusaban de bruja intrigante. Sabía que había sido ejecutado por orden de Antipas, en el decimoquinto año del reinado de Tiberio, hacía muy poco, y que como yo mismo era hijo de la casta sacerdotal y un austero *nazir*, o sea un asceta de Hebrón con voto de ayuno y abstinencia de todos los placeres mundanos.

—No lo creo, mi señora, pero sí que fue un esenio de convicción, un hombre justo que luchó por la pureza del Templo y de

nuestras creencias, que removió corazones dormidos y que bauti-
zaba para purificar nuestras conciencias —dije lo que pensaba.

Salomé no deseaba dar por zanjada la cuestión, y como si deseara exculparse y estuviera resignada a lo inevitable, me preguntó:

—¿Y opinas que fui yo la culpable de su muerte, como cree
todo Israel, y esos bastardos sacerdotes? Habla con libertad, Ezra.
Me interesa conocer la opinión de un futuro escriba, hombre sabio y erudito en nuestro pueblo.

—No sabría deciros, mi señora —masculló y apenas me salieron las palabras.

—¿Por qué el pueblo me arroga la responsabilidad en ese eno-
joso asunto?

—Yo solo soy un humilde levita, princesa, pero así es.

—Escucha —solicitó mi atención—. Qué poco conocéis a
Herodes Antipas. ¿Tú crees que mi padrastro precisaba de la exi-
gencia de mi madre, o de mí, para librarse del Bautista? Temía un
levantamiento popular hacía tiempo, ¿sabes? Las mujeres valemos
menos que un *shelek* de cobre para él, y la promesa hecha a mi madre en nada lo obligaba. Nos desprecia y utiliza, y nuestra opinión
no cuenta. Lo del baile fue una argucia que utilizó arteramente,
como una hiena que es. Yo dancé aquella noche como lo había
hecho otras muchas veces, pero la decisión ya estaba tomada por
él. Te pregunto, ¿acaso sus discípulos saben dónde está su cuerpo
enterrado?

—No, no lo saben, según creo.

—¡Claro! Lo tenía todo previsto y lo hizo desaparecer para
que su sepulcro no se convirtiera en un santuario de peregrinación
y se mantuviera encendida la antorcha de la insurrección. Y eso
hará con todos los mesías que surjan en Israel. Los judíos ignoráis
cuánto gusta el poder a los hijos de zorro de Herodes el Viejo. Y ni
que bajara el mismo Elías rodeado de ángeles, atenderían a sus
consejos. Ni mil profetas, ni cien sumos sacerdotes, lo apartarán
de la jerarquía de sus dominios y de su deseo de ser coronado
como rey de Judea. ¿Entiendes, Ezra?

La lindeza de la dama principesca me resultaba ilimitada, pero sus certeros argumentos sobre el poder del templo y del trono me habían convencido, y así se lo hice saber. Y desde aquella tarde de verano, la *amirah* Salomé reinó única en mi corazón.

Y aunque yo sabía que era una fruta prohibida y que estaba obligada por intereses de gobierno, su exotismo, su sutilidad y su certero discernimiento hicieron presa en mi alma.

Cometí un capital error en convertirla en mi amor platónico y amarla solo con el pensamiento. Me hizo sufrir, pero yo era un joven inexperto en el mundo de las mujeres y por aquel entonces no conocía cómo actuaban y mucho menos lo que pensaban. Siempre he venerado a las mujeres, pero ahora sé que nunca te dan lo que deseas.

—En unos días enviaré a Saulos por las redomas. Te agradezco tu compañía y tu lúcida conversación. Y te daré un consejo para tu futuro como maestro del Templo: no te fíes de esos dos buitres que se llaman Anás y Caifás. Venderían a sus propias madres por un denario. Preocúpate solo de la obra de Dios —me aconsejó fraternal.

La princesa Salomé me despidió con un gesto cómplice, inusualmente cálido para una mujer de su rango. Me había explicado la falsedad de su descrédito por la decapitación del Bautista, y pensé en la malicia sobre los rumores de la casa real.

—Que Dios te guarde, Ezra —me despidió insinuante.

—Quedad con Él, mi princesa —le contesté arrobado.

El gato de color gris me ignoró y corrió detrás de su ama.

Al salir del palacio una pastosa calima velaba el ocaso que se precipitaba sobre Jerusalén. Retumbaban las trompetas del Templo convocando a la oración vespertina y, mientras regresaba, olí la vivificante fragancia de las higueras, cipreses y cinamomos. Mi mente no podía olvidar a aquella mujer fascinante que se había grabado como el sello en el lacre en todos los poros de mi cuerpo, aunque mi padre me asegurara que la descreída y corrompida Salomé pertenecía a una raza de víboras sin alma.

Desde aquel día la amé en silencio y supe que toda mujer con la que intimara debería parecerse a la princesa Salomé, con la que había mantenido una impensable plática de confidencias. Y desde ese momento presidió mis mórbidas ensoñaciones.

Y su imagen invadió mis solitarios pensamientos, y mi existencia.

III

JOSEF BEN CAIFÁS

Año XIII del reinado de Tiberio César

No me sentía reconfortado con el recuerdo de la princesa, antes bien, sufría.

Deseaba ardientemente verla de nuevo, y aproveché la adquisición mensual de esencias y aceites que hacía la familia real. Pero fue en vano. Salomé parecía haberse esfumado de Jerusalén, pero no de mis pensamientos. Intenté en varias ocasiones verla con el subterfugio de entregarle unas unciones de baño, pero los guardias me aseguraban que no se hallaba en el palacio, o que una indisposición no le permitía recibirme.

Fue entonces cuando comprendí que los amores imposibles suelen convertirse en un maldito tormento que te roe el alma. Así que el alacrán del recuerdo de Salomé, por muy inaccesible que fuera, se convirtió en un mordisco constante en mis entrañas. Hasta tal punto fue doloroso que una melancólica tristeza se apoderó de mí.

Siendo ya un muchacho crecido, proseguí, no obstante, con mis estudios talmúdicos en la Academia de Gamaliel, huyendo de mi mustia nostalgia, hasta que pasados dos meses convertí la añorada figura de la princesa en una idealizada e inalcanzable quimera, y comprendí que no podía amar una mera ilusión, si no quería entrar en los dominios de la locura.

Solo mi madre percibió mi tristeza, y un día me habló al corazón:

—Ezra, no sé quién es la mujer que te hace sufrir, pero ya que eres un hombre debes saber que el amor vive del dolor, pero la vida vive del amor, hijo mío. En la primavera próxima conocerás a la que será tu esposa y tu corazón amará y se sosegará.

Dios, recién iniciado el otoño, nos mostró en el cielo su rostro perfecto de luz.

El día décimo del séptimo mes de *tishri*, celebramos la Fiesta de la Expiación, o *Yom Kipur*, coincidiendo con el año nuevo judío. Jerusalén se me ofrecía como un vergel de frescor, finalizada la canícula agobiante y desaparecidos los enjambres de moscas enojosas. La Ciudad Santa de los hebreos parecía suspendida entre el oasis de olivos de Cedrón y los bosquecillos de Getsemaní.

La esperada solemnidad significaba el momento en el que el Creador juzga las acciones de su pueblo elegido, además de ser uno de los días más sacrosantos para Israel. Corrían dulces los aires del valle de Hebrón que, todavía verde, brindaba ramas de mirto a los jóvenes para adornar la celebración.

En el huerto de mi casa, guardado por un muro de hiedras y bejucos, mi madre y mi hermana hacían los preparativos para la celebración. Los días se alteraban y recibíamos obsequios de nuestros parientes. La víspera, mi padre frunció las cejas al concluir la comida, se apartó un irritante tábano de la barba y anunció a toda la familia:

—Este año, Ezra, mi hijo primogénito, será el que elabore el aceite de la santa unción al sumo sacerdote. Él también me acompañará al atrio de los Sacrificios, donde ambos se lo ofreceremos. Espero que comprendas el honor que te concede el Altísimo.

—Me siento orgulloso de ser un levita y de pertenecer a la sangre Eleazar —dije.

Los dos nos dirigimos al herbolario, y tras besar la *mesusá*, la cajita amarfilada que pendía del dintel con unos versículos bíblicos, entramos. Se respiraba como siempre un aire de severidad y el aroma empalagoso a sándalo, lavanda, nuez moscada y aceite purificado. Mi padre me vigilaba, pero no hubo de corregirme en nada.

Utilicé la fórmula magistral que mis antepasados habían manipulado desde los tiempos de Moisés y compuse la aromática emulsión del color del oro puro. Se trataba del aceite más sagrado del pueblo de Israel —el de la unción— que aún no había sido derramado en la cabeza de ningún judío que hubiera sido proclamado Mesías, a pesar de que los profetas germinaban en Palestina como la hierba.

La receta era harto sencilla, y estaba escrita en el libro del Éxodo. El aceite puro era su principal componente, aunque hube de añadirlo en una mezcla medida de mirra fluida, canela, caña aromática y perfume de casia, que lo convertían en una esencia dulce y fragante. Mi padre me observaba, y al concluir la operación y llenar una vasija de ónice hasta el borde, me observó con ojos vidriosos y me besó las mejillas.

—Ezra, tú serás el sustento de mi vejez y el orgullo de los Eleazar, a pesar de la eterna incertidumbre del pueblo de Israel y las enojosas acciones del nuevo procurador romano, que esconden la amenaza de exterminación de nuestro pueblo —me dijo.

Mi padre era un hombre piadoso y honesto, y lo abracé enternecido.

La mañana de la celebración, las cúpulas y murallas de Jerusalén relucían entre el vaho del amanecer. Durante diez días habían sonado las tubas del templo convocando al pueblo al arrepentimiento.

El día del Perdón, el *Yomá*, retumbaron las trompetas en el abigarrado caserío de la capital de Judea. Y el pueblo en tropel, abandonando jergones y lechos, y vestido con sus mejores galas, acudió para asistir al fasto de la Expiación. Salimos mi padre y yo ataviados con túnicas de lino de un blanco inmaculado, el efod, con el turbante del mismo color de los levitas y el aceite sagrado entre mis manos trémulas.

Cruzamos la Puerta de las Ovejas y el muro del acueducto de la Ciudad Alta, tras el que emergía el colosal templo de Herodes, el segundo construido en Jerusalén tras el de Salomón. Mientras caminaba junto a mi padre pensaba que la morada del Altísimo se había prostituido y que su espíritu ya no habitaba allí, escandalizado por la codicia que reinaba dentro de sus parapetos y cuyos únicos causantes eran los helenizados saduceos, una calaña detestable, soberbia y arrogante.

El santuario estaba rodeado de tenderetes de lana, aceite, harina, ropa, ganado, grano, frutas, tórtolas, utensilios de hierro, pan recién horneado, joyas, sandalias y bebidas. A voz en grito regateaban los mercaderes y levitas con los peregrinos llegados de la Diáspora, y lo hacían en griego, hebreo y arameo. Otros imploraban:

—¡Que quede mi mano yerma si algún día te olvido, oh Jerusalén!

¿Podría morar el Señor de los Ejércitos entre tanta desacralización, traición, trato y avaricia? Solo la devoción del pueblo era pura y el deseo de que nos enviara al prometido. ¿Pero anhelábamos un guerrero libertador? ¿Un príncipe de paz?

—¡Bendito sea Yavé, hasta el día que nos envíe al Elegido! —rezaban.

El día de la Expiación significaba para la nación hebrea la gran manifestación del sumo sacerdote Josef Caifás ante el pueblo de Dios. Era el día de la prueba de su absoluto poder. Según mi padre y la orden farisea a la que pertenecíamos, se había convertido en un títere de los romanos, con quienes compartía negocios comunes y el control férreo de los judíos de las cuatro provincias. Lo saduceos eran una plaga.

Hasta la sangre reseca de los animales sacrificados la vendía para abonar tierras. Enfrentado a los fariseos, Caifás otorgaba los cargos sacerdotales entre los de su secta y su familia, que no vivían para glorificar al Templo, sino para vivir de él y mostrar toda su vanidad mundana ante los fieles. En sus almas no anidaba un sentimiento de pueblo elegido de Dios, y mucho menos el espíritu de la ley de Moisés.

Estrechamente ligados a la intrigante familia de Herodes y a los procuradores de Roma, mostraban un escaso celo por el sacerdocio y una fría religiosidad. Por eso jamás permitirían que un revolucionario mesías, fuera el Bautista u otro cualquiera, acabara con su crónica de complacencias, riquezas y pingües negocios.

Inmerso en aquellos pensamientos, crucé junto a mi padre el Patio de los Gentiles, centro de la actividad pública del Templo, donde una cohorte de la XII legión Fulminata, al mando del general Liviano Malio, vigilaba el ceremonial y a un grupo de revoltosos galileos, ¡siempre los galileos!, que besaban las losas del patio con devoción. Sacerdotes y doctores del Talmud se dirigían como nosotros al Pórtico de Salomón, ocupado por centenares de levitas revestidos de blanco. Aquel día santo habían abandonado sus ocupaciones en las oficinas de recaudación, en el altar de los sacrificios, en los archivos, en el tesoro y en el registro, y se arremolinaban en los atrios.

Entre el murmullo de los peregrinos y los balidos de los corderos, los sacerdotes movían sus labios alzando retahílas de plegarias al cielo y otros tocaban arpas y pífanos y cantaban canciones ancestrales, cuyos orígenes se perdían en el peregrinaje por el desierto del Sinaí, tras la esclavitud de Egipto.

En las laderas del monte Escopo se distinguía un mar de tiendas donde pernoctaban los peregrinos llegados de Idumea, Samaria, Judea y Galilea, los cuatro territorios que formaban la Palestina de mi infancia.

Un haz de luz áurea gravitaba sobre las columnas griegas de oro y blancura marmórea que sostenían las tres naves del Patio de las Mujeres. Allí era donde los maestros Gamaliel y Shenaya nos enseñaban los secretos del Talmud de Babilonia cada mañana. Tras cuarenta años de obras, aún se realizaban trabajos en las defensas de los cuatro patios para hacerlo más suntuoso que el de Salomón.

Pasamos ante la Cámara del Tesoro, en el Patio de las Mujeres, que tiene la forma de macho cabrío y la Cámara de los Siclos, la que guardaba un fabuloso tesoro, acopiado con lo que debía pagar todo varón al Templo cada año.

De repente me quedé paralizado, boquiabierto, mudo. Era ella.

En un lugar destacado, descubrí a la princesa Salomé junto a otros miembros y damas de la familia herodiana, que asistían al fasto religioso. Una dulce aparición.

Magnetizado por su súbita presencia, tiré del brazo de mi padre, con el pretexto de buscar un sitio más accesible de paso, y pasé frente a ella, para comprobar al menos si me recordaba y contemplar su indeleble belleza, que aún alteraba mis pulsos. Mis ojos la examinaron vacilantes y arrobados. El corazón me golpeaba como el martillo en un yunque, y su hermosura me pareció incomparable, afectada por la solemne gravedad de la realeza.

Parecía una diosa pagana engalanada con una túnica bordada de pedrerías y tocada con un peinado cónico, exornado de peinecillos de plata. Un velo traslúcido de seda ocultaba su rostro ovalado, pero no sus inmensos ojos. Ignoro por qué, pero para mí aquella hembra inundaba el santo lugar de incitaciones.

Dominaba la escena, y todo el mundo murmuraba y la miraba, majestuosa entre el vaho vaporoso de los sahumerios de incienso y sándalo. Miró directamente a mis ojos, y a mi turbación contestó cerrando y abriendo sus párpados maquillados con lapislázuli. Me dedicó una abierta sonrisa que adiviné bajo la gasa y un leve movimiento con su mano tatuada de alheña, y yo, reconocido, incliné la cabeza con respeto.

Fui inmensamente feliz. Su amistoso y adicto gesto inundó mi alma de dicha.

Sonó el *shofar*, el cuerno sagrado, y las tubas de plata, y nos abrimos paso entre el gentío. Accedimos al Atrio de los Sacerdotes donde nos aguardaba el sumo sacerdote, Josef Caifás, quien, en actitud altivamente repulsiva, se hallaba rodeado por los miembros del sanedrín, distinguidos por sus largas barbas y guedejas. Lo acompañaban el regente de Galilea y Perea, Herodes Antipas, su hermano Arquelao, etnarca de Judea, y el coro de músicos levitas que tocaban los címbalos y cítaras.

Transitamos bajo el arco de la Puerta de Nicanor e ingresamos en el Atrio de Israel, donde nos descalzamos. Los capiteles de las pilastras, el friso, los resaltes y las púas de oro de la techumbre, para evitar que anidaran las aves, cegaban con el sol.

Recuerdo que iba tan enfrascado en mis cavilaciones sobre el encuentro con la princesa Salomé que no vi a Caifás hasta que estuve frente a él. El sumo sacerdote exhibía una personalidad ostentosamente equivocada y una arrogancia repugnante.

Poseía un rostro anguloso y cejas pobladas y sus retinas brillaban siempre como si estuvieran encolerizadas. Su semblante daba una impresión de apatía y de desprecio. Había permanecido en el Templo siete días para evitar cualquier impureza, realizado cinco veces el *mikvé*, el baño purificador, y su rostro estaba macilento y demacrado.

Aunque yo ya pertenecía a la élite sacerdotal y en dos años sería nombrado escriba, comprendí mi insignificancia ante él. Ataviaba su oronda humanidad con las ocho prendas sagradas, el *bigdeikódesh,* cuatro semejantes a las de los sacerdotes y otras cuatro que le eran exclusivas por su rango y que, por su valor y desprecio a nuestra fe, eran guardadas por los romanos en la Torre Antonia. Vejatorio agravio para los judíos.

Formaban las vestiduras sacras la larga túnica azul, la faja dorada —oculta por su barba patriarcal—, los bajos ribeteados con hebras de oro y campanillas, los bordados con filigranas y el riquísimo peto con las doce gemas distintivas de las tribus de Israel, asegurado con cadenas de oro y plata.

Jactándose como un pavo bajo su espesa capa de orgullo, Caifás tocaba su testa de abundante cabello gris con una mitra y la corona que llevaba inscrito el lema *Santidad para Yavé*. En las hombreras del efod lucía dos valiosas piedras de ónice. Con todo aquel boato deslumbrador se asemejaba a un rey con sus atributos de gobierno religioso y civil, y el pueblo así lo consideraba, reverenciándolo.

Unos levitas se aproximaron a Caifás con un ternero y dos cabras para que las bendijera. Una sería soltada y conducida por un sacerdote al desierto de Azabel como chivo expiatorio y portadora de los pecados del pueblo, y los otros dos animales serían sacrificados de inmediato, significando que toda existencia pertenece a Dios.

Caifás esgrimió una ligera y forzada inclinación de cabeza al vernos.

Mi padre lo saludó devotamente, untó su cabello y barba con unas gotas de aceite sagrado y le entregó en la mano la redoma con el óleo de la Santificación que yo había elaborado, para que en el Santo de los Santos encendiera el candelabro de los Siete Brazos, que tenía la misma forma de una planta que nuestros antepasados encontraron en el desierto, la salvia, y ungiera con unas gotas el Trono del Altísimo. El sumo sacerdote alzó los brazos y declamó mirando al pueblo:

—«¡Y tomó Moisés el aceite de la unción y ungió el tabernáculo y todos los objetos santos que estaban en él! ¡Y roció el altar siete veces para santificarlo!».

No podía estar más orgulloso. Mis manos habían elaborado aquel óleo sacro.

Todo judío sabía que en el Santo de los Santos no entraba la luz solar, y que, en él, el sumo sacerdote consultaba al Todopoderoso sobre el camino a seguir en los difíciles asuntos que comprometían a Israel, en aquel momento bajo el yugo de Roma. O al menos eso pensábamos los más inocentes. Pero en la mente de Caifás solo reinaba el dinero y el beneficio y poco le importaba que le hablara, o no, el Dios invisible.

Caifás recitó la jaculatoria habitual de las grandes ocasiones: *Sch 'ma Israel Adonay Elohenu Adonay Ekhod*, «Oye Israel, Yavé es nuestro Dios, Yavé es único».

Josef Caifás confesó ante el pueblo que él también había pecado y tras ser escuchado realizó la primera entrada en el tabernáculo vacío que tenía forma de cubo y donde se respiraba la impavidez de la piedra sagrada. En lugar tan venerable debía presentar ante el Todopoderoso la ofrenda del desagravio, en presencia del Arca de la Alianza que guardaban dos querubines alados, tallados en madera de olivo repujada de oro, y de la que emanaba un intenso aroma a cera, incienso y aceite puro. La primera vez le ofreció incienso y tardó mucho en salir, angustiándonos a todos, pues creíamos que el airado Yavé le estaba comunicando cosas terribles para Israel.

Suspiramos sacerdotes, autoridades y pueblo, cuando vimos su figura traspasar el santo velo. Ingresó por segunda vez para rociar el lugar con sangre del novillo sacrificado y ofrecérsela al aceite sagrado que habían elaborado mis manos.

Luego repitió la ceremonia con la sangre del macho cabrío, y al aparecer ante el doble velo, cargó con los pecados del pueblo al animal que debería ser abandonado en el desierto. Luego con voz cascada proclamó que nuestros pecados estaban perdonados por el Padre Eterno que velaba por su pueblo elegido.

Entonces estalló un gran regocijo. Los levitas tañeron sus *kinnor* o cítaras, y centenares de palomas, tórtolas y pájaros salieron en estampida hacia las murallas. Al fin, el pueblo, tranquilizado y jubiloso, fue abandonando el recinto entre rezos y cantos.

Pero en aquel momento ocurrió un hecho trivial y desagradable, que a la postre decidió mi futuro y el de mi familia, y que jamás pude relegar al olvido por las funestas consecuencias que nos ocasionó. Cuando mi padre se despedía de Caifás, este lo miró con una frialdad oscura e inextricable. Sin interés aparente lo interpeló con palabras muy duras. Yo, que estaba a unos pasos, escuché el reproche que le dedicó y que me heló la sangre.

—Eleazar —le musitó en voz baja, dejando ver sus dientes inclinados y amarillentos—, no estuviste afortunado en el sanedrín oponiéndote a la financiación del acueducto con el tesoro del Templo. El procurador Pilatos conoce quiénes sois los fariseos que impugnáis el proyecto y te aseguro que no es bueno para vosotros. ¿Entiendes?

Mi padre agitó su cabeza con gestos de incredulidad y en mí produjo un efecto disonante que llegó a humillarme.

—No nos resistimos a su construcción, Josef. Solo que esquilmar el tesoro sagrado nos parece sacrílego. Es dinero santo y del Dios que acabas de ver cara a cara —contestó mi impulsivo padre, concluyente pero respetuoso—. Bastante tienen los romanos para construirlo con el dinero que nos roban de los impuestos.

Caifás lo miró con desconfianza, perdiendo su solemne aplomo. No permitiría a nadie que entorpeciera sus sucios y poco claros negocios del Templo.

—Fariseos y saduceos hemos de hacer causa común con los romanos y aprender a satisfacer los deseos de Pilatos, o correrá la sangre en Israel —replicó terco.

Mi padre contestó con un matiz de discreción y mesura.

—¿Debo pensar que tus deseos son también los del romano, Josef? —preguntó mi padre conciliador—. Nuestro compromiso debe estar con nuestro pueblo, no con Pilatos.

Un gesto de hostilidad cubrió las mejillas del altivo sumo sacerdote y su aguileña nariz se arrugó de forma despreciativa. Una cólera sorda lo roía y sus ojos insensibles descansaron sobre nosotros. Adelantó desdeñoso su labio inferior, y replicó:

—Hablas con demasiada osadía, Eleazar. ¿Tú también eres de los que se oponen al tributo al César? Puedes lamentarlo en un futuro.

De repente me volví rabioso y olvidé mi condición de aspirante a escriba.

—Sumo sacerdote, vuestra única lealtad debería ser para Israel —dije.

Caifás desvió con ojeriza sus pupilas de ave rapaz, clavándolas en mí. Me azoré.

—¡Extrema tu prudencia, joven! —exclamó Caifás, airado—. Guarda tu lengua de cachorro temerario. Para Roma solo somos una mácula en el mapa de su colosal imperio. Nos toleran porque les servimos como paso de caravanas hacia Arabia, Antioquía y Palmira. Pero deja que se perturbe la paz en Palestina y nos aplastarán como se aplasta a un escorpión venenoso.

Mi padre se había quedado perplejo con mi repentino atrevimiento y me miró con ojos compasivos, aunque impresionado. No éramos unos ingenuos para creernos su preocupación por la sed del pueblo. Para él, el acueducto supondría un negocio cuantioso y de la parte del tesoro del Templo obtendría una sustanciosa parte.

—¡Andaos con cuidado! —Soltó un enigmático gruñido que nos dejó sin habla.

Una insidiosa corriente de desconfianza se abrió entre el saduceo y nosotros. Caifás nos lanzó de nuevo una mirada de ira y reto y mis piernas temblaron pues comprendí al instante que en sus pensamientos se abrían negros abismos de venganza. Sus tentáculos eran largos y bajo sus ostentosas vestiduras sacerdotales escondía garras de ave rapaz. Una expresión de disgusto curvó las comisuras de los labios de mi abochornado padre, que se vio injustamente señalado.

A mí me pareció una ligereza indigna de un sumo sacerdote de Israel y reprobable a los ojos del Altísimo, pero también conocía que él y su facción saducea poseían poderosos medios de disuasión. Caifás era una amenaza latente.

—No te preocupes, hijo, aunque es un hombre calculador y perverso que se cree a salvo de todo castigo, su codicia será algún día su perdición —me aseguró.

Mi padre me ocultó la magnitud que encerraban sus palabras, pero aquel día comprendí cuán fiero enemigo poseería en adelante la familia Eleazar.

Y sus adversas consecuencias no tardaríamos en sufrirlas con aspereza.

Jerusalén era un remanso de paz y la luz rojiza del ocaso comenzaba a espesarse.

IV

JERICÓ

Año XIII del reinado de Tiberio César

Una de aquellas tardes precursoras de la primavera, cuando un clarín de luz y de verdor anunciaba la florida estación en los valles de Judea, mi padre me informó de que en el mes de *adar* —marzo— la familia se trasladaría a la ciudad oasis de Jericó, donde conocería a la que iba a convertirse en mi esposa.

Como era costumbre, mi padre había concertado mi boda en el seno de la familia de un levita, un próspero mercader de dátiles, de nombre Uziel ben Gadara, que se convertiría durante unos días en nuestro anfitrión y, de llegar a un acuerdo, en mi futuro suegro. Debería elegir a una de sus dos hijas, más o menos de mi edad.

La noche anterior quemé incienso en mi habitación y la atmósfera se llenó del aroma de Dios, mientras mariposas nocturnas revoloteaban por las lamparillas de aceite. Me tendí en el catre, crucé los brazos sobre mi pecho y me dejé bañar por la claridad lunar que penetraba por mi ventana. Pensé cómo serían aquellas muchachas que se me ofrecían, y que mi joven corazón tanto deseaba. Y sin poder evitarlo traje a mi memoria la silueta inalterable y sugestiva de la princesa Salomé.

Me venció el sueño y surgió en mi mente una figura femenina con el rostro de la hembra real. Iba vestida con una túnica de lino egipcio y su melena oscura le caía en cascada sobre los hombros. Me llamaba con ternura y yo me acerqué, pero noté que mis pies no avanzaban. Contemplé su belleza sin tacha, semejante a una llama refulgente, e, incapaz de resistir su encanto, extendí mi brazo para tocarla, pero mis dedos hallaron la nada. Cada vez se alejaba más de mí y se desvaneció hasta convertirse en un punto de luz en la negrura. Y por más que le imploraba que se detuviera, ella se separaba más de mis brazos anhelantes.

Jadeante, lleno de congoja y desprovisto de fuerzas, me desperté y me incorporé sudoroso del lecho. ¿Habría sido un mal augurio sugerido por mi subconsciente? ¿Sería equivocado aquel intento de casarme lejos de Jerusalén, donde estaban mis raíces? A veces buscamos inútilmente certidumbres para vivir, pero obtenerlas en los sueños resulta imposible.

El cielo de Jericó estaba poseído de una calma que presagiaba buenaventuras, y su albor era tan brillante como el añil del cielo. La turbadora fragancia de los dátiles es su aroma característico y no existe en Israel ciudad de perfume más grato. Mi familia y yo descendimos del carro en el que viajábamos, protegidos por un parasol anaranjado. Recuerdo que advertí en mí una indescriptible sensación de responsabilidad y al descender noté mi andar vacilante. Debía elegir a la que sería la compañera en el viaje de mi vida.

«Pero», reflexioné, «¿y si cometo una lamentable equivocación?».

Mi madre me abrazó, recompuso mi pelo alborotado y me aseguró que las dos niñas eran dos hermosuras. Sus palabras me tranquilizaron.

Efectivamente eran dos muchachas muy agraciadas y mejor vestidas, que tenían una rama de lirio en sus manos. Atendían a los nombres de Naomi y Keren. Llevaban pulseras en los brazos y pendientes en las orejas, diademas en sus cabellos y, sobre sus bordadas túnicas de lino, collares egipcios que representaban la flor de loto.

Se miraban entre sí y sonreían. Para ellas yo era un juego y a la vez un premio a sus deseos innatos de hallar marido. Los senos se les habían reafirmado y seguro que el vello púbico había brotado en sus sexos, por lo que ya podían procrear. Pero fue Naomi, la segunda en edad, y que frisaba los catorce, la que selló mi atención y mi deseo, por la mesura de su mirada, la sensualidad de su boca, su larga melena, que le caía por los hombros, y la sutil vibración de su estilizado cuerpo.

Nada impuro parecía rozarla. Y sobre todo me atrajo porque tenía un fugaz parecido con la *amirah* Salomé: mi canon de belleza en una mujer. Los espejos de sus ojos grandísimos, del color de las avellanas, iluminaban la estancia donde nos recibieron. Sus labios estaban mudos y apenas si insinuaron una sonrisa de simpatía hacia mí. Noté que Naomi hizo un esfuerzo para congraciarse conmigo. Su hermana, entretanto, sacaba su lengüecilla de forma disimulada, o guiñaba sus ojos tintados de antimonio, consiguiendo que me ruborizara.

Muchos pares de ojos estaban prendidos en mí y mi corazón palpitaba.

Me sumí en una intensa reflexión en medio de un silencio casi religioso, como si estuviera examinando la delicada mercancía de un bazar. Lo decidí pronto, pues me parecía humillante para las pretendidas. Alisé mi túnica de levita, y según el ritual de elección de esposa en Israel, tomé una jarra de vino almizclado, eché unos sorbos en una copa de peltre y me dirigí hacia las dos muchachas, que me miraron expectantes.

«¿Cuál sería la elegida?», se preguntaron todos, llenos de inquietud.

La más pequeña temblaba de agitación. No lo dudé. Extendí mi brazo y le entregué la copa sonriente a Naomi, que sonrojó sus mejillas. El mal trago había pasado.

Había sido la escogida y noté que para ella era cuestión de supervivencia.

Bebió del vaso en señal de aceptación, y su padre, con voz pastosa, dijo:

—¡Aleluya! Hoy hemos sellado un pacto de sangre entre los Eleazar y los Gadara. Que Yavé bendiga esta unión y que el futuro casamiento cierre el acuerdo.

Creció un murmullo de aprobación y unimos nuestras manos. Naomi, que significa «la bella» en arameo, olía a la dulzura de las colmenas. Era gentil, esbelta y hermosa, callada, de sonrosadas mejillas, y pensé que sería una esposa y madre admirable, educada en la ley inmutable de Moisés. Tendió hacia mí su mano derecha y su contacto me infundió fuerzas. La amé desde el primer momento.

Recibió de mi madre los preceptivos regalos de joyas y vestidos, y yo añadí una redoma de perfume elaborado por mí, llamado la Flor de Jezabel, y que al abrirlo inundó de fragancias la casa. Naomi los aceptó inclinando la cabeza y esbozando una franca sonrisa, que dejó al descubierto unos dientes bien dispuestos y amarfilados. La hermana rechazada me miró con cierto resentimiento, y yo, que lo tenía previsto, le regalé otro frasco de esencias egipcias, que me agradeció sonriente.

Mi padre pagó la dote convenida en monedas de oro de Tiro, para compensar la pérdida de Naomi, y la madre nos rogó que ocupáramos los almohadones y divanes para celebrar la unión con un banquete, donde nos mostrarían toda su riqueza.

La brisa de la tarde despertó nuestros apetitos. Platos de aceitunas, de queso de cabra, tazones con oloroso y refinado aceite, rebanadas de pan candeal con miel y cordero asado con hierbas fueron servidos por los criados.

Fue entonces cuando me fijé en Uziel, mi futuro suegro. Era un hombre enteco y desgarbado, de nariz achatada y boca hundida, con los dedos llenos de aretes de oro y plata. Pertenecía a la tribu de Leví, como nosotros, pero al instante adiviné un interés en sus intenciones de casamiento. Por sus palabras me pareció que buscaba la posición en el Templo de mi familia y sobre todo aprovecharse de la influencia y del rango de mi padre en el sanedrín, que le abriría muchas puertas en Jerusalén; y percibí que su conversación giraba siempre en torno a las ganancias y al dinero.

Parecía más un saduceo que un observante fariseo.

Mientras comía y reparaba en Naomi para detectar sus sensibilidades, percibí en mí turbación al tener que separarme de mi hermana Arusa, de mi madre, la tierna Bosem, cuyo nombre significa «perfume», y de mi sabio y magnánimo padre. Escaparía de mis quehaceres de soltero, cimentados con su desvelo y amor, y perdería la protección de mis maestros y de mi poderosa progenie. Tras bendecir la mesa y lavar nuestras manos en aguamaniles de plata, Uziel manifestó:

—La fuerza de Israel está en la confianza en Yavé, pero muchos judíos han olvidado sus preceptos y se han echado en brazos de falsos ídolos.

—Solo la fe que nos une nos hace fuertes frente a los invasores romanos —resonó la voz profunda de mi padre.

—En mis viajes veo a nuestro pueblo humillado y disgregado. Por eso para mí la familia lo es todo y el casamiento de mis mujercitas necesario, Fazael.

—Solo el Mesías acabará con los males de Israel, hermano Uziel, pero hemos de regresar a la pureza de cuando fuimos humildes y animosos pastores.

Después mi suegro nos habló de los cuantiosos lucros que obtenía con la venta de dátiles, que exportaba por el mar Interior a través de una naviera fenicia, y de la que yo sería partícipe por razón de convertirme en nuevo hijo de la familia.

Permanecimos en la casa de mi prometida tres días, en los que se prolongaron los festines y agasajos y la visita al cercano río Jordán, sagrado para los hebreos. Contemplaba a Naomi constantemente para adivinar en sus gestos si había acertado en la elección. No obstante, la verdad es que yo solo deseaba rodearla con mis brazos, pues era una flor que acababa de florecer y mi sangre joven así me lo pedía. Tuvimos algunas cortas conversaciones, siempre con su tímida vacilación, y me costó abrir su corazón.

La víspera del último día de estancia, a media tarde, la observé con renovada curiosidad. Vio la interrogación en mis ojos y me preguntó comedida:

—¿Has visitado el palmeral de mi padre, Ezra?

—No, claro, aunque me gustaría. —Fingí para huir de la casa.

Nos acompañó mi hermana, una criada griega de la casa y su hermano mayor, un joven de unos veinte años de cara cetrina, nariz superlativa y ojos saltones, pero bienintencionado y de buen talante, que se esforzó en entablar conmigo una amistad fraternal. Se llamaba Fares, y tenía un diente partido que le confería a su sonrisa una mueca caricaturesca. Visitamos de camino la sinagoga, el palacio de verano de Herodes y luego el palmeral, donde trabajaba una cuadrilla de operarios.

Naomi y yo nos adelantamos a nuestros acompañantes. Y como si desearan dejarnos solos, no se esforzaron en seguirnos y se detuvieron en una noria que llenaba las acequias, donde florecían los lirios y revoloteaban las mariposas. Conversamos con placidez y lejos de oídos ajenos, y aunque se mostraba inferior a mí, según la ley hebraica, se hizo accesible desde el primer momento.

—¿Por qué me miras de ese modo tan insistente, Ezra? —se interesó.

Escruté la expresión de sus ojos melancólicos y dulces y comprobé que estaba cuajada de sueños y de cavilaciones sobre su futuro como mujer casada. Me agradó.

—He de conocer a la mujer que va a engendrar a mis hijos. ¿No te parece?

—Las mujeres de Judea no tenemos seguridad en el casorio, podemos ser lapidadas por una falta insignificante y no poseemos ningún derecho ante los tribunales. ¿De qué sirve casarse? —se lamentó fijándose en mis pupilas.

Me impresionó aquella valoración que indicaba rebeldía e inteligencia.

—La que ha de ser mi esposa nunca estará desamparada. Es conducta de mi familia —contesté, y ella me sonrió con ternura, pues adivinó mi sinceridad.

La admiración de su rostro y sus formas encantadoras me animaron.

—Este palmeral es un vergel para perderse en él, Naomi —aduje.

—Su origen es árabe nabateo y el fruto, aún sin florecer, se recoge en diciembre. Espero que estés aquí y disfrutes de unos días intensos e inolvidables. Estás invitado.

Paseamos en silencio por la orilla del riachuelo que regaba las palmeras y observé que el cielo adoptaba un tinte violeta conforme avanzaba la tarde. Mientras nos perdíamos en el mar de palmeras, ella no paraba de reír y de acariciar mi mano.

—La existencia me parecía desprovista de sueños y al conocerte ha cobrado sentido. Deseo ser tu esposa y llenarte de felicidad —me aseguró incitadora.

—Yo también estoy falto del afecto de un alma igual y precisaba reconducir mis deseos. Tú cubrirás esa soledad, Naomi. Eres una mujer muy hermosa, ¿sabes?, y además conversar contigo es un goce, pues intimas con el saber.

—Te suplico que no me juzgues solo por estas horas que llevamos juntos. Aparte de las labores del hogar, mi padre ha querido que estudiemos la Torá y la filosofía griega, y hemos viajado a Séforis y Cesarea y pasado largas temporadas en ellas.

Lo sabía, pues había descubierto en la casa una prodigiosa colección de manuscritos y papiros sobre las Sagradas Escrituras y de rabinos judíos helenizados.

—Sí, ya he percibido que tu padre es un entusiasta filoheleno, y que vuestra casa posee adornos griegos. Mi maestro Gamaliel nos aconseja que comparemos el Talmud con la filosofía de Platón, y que no despreciemos la sabiduría de otros pueblos, aunque estos sean paganos e idólatras. Los viejos rabinos de las sinagogas ven con malos ojos que nos abramos a los gentiles —le referí—. Debes tener cuidado.

—No creas, mi padre sigue siendo un buen judío y es respetuoso con la ley, pero tiene contactos con mercaderes fenicios, egipcios y griegos. Junto a él y a mi madre he ido a escuchar al maestro de Nazaret, Yeshua ben Josef, siempre rodeado de gentiles y de mujeres de cualquier condición. ¿Cuándo se vio a un rabí o a un sacerdote hablar con una mujer?

Fui rápido en contestar, pues una mujer hebrea no solía hablar de fe. En su cara se había dibujado una sonrisa de admiración hacia un hombre que yo creía superior, en el que se mezclaban a partes iguales la fascinación y el asombro por doctrina tan bella.

—¿Conoces al rabino galileo? —le pregunté con incredulidad en mi voz.

—Sí, anduvimos un largo camino para escucharlo en el pueblo de Siquén. Cuando se dirige a Galilea, o desciende a Judea, no despreciamos la oportunidad de escuchar su voz cercana y sencilla.

—¿Tu padre lo aprueba? —me interesé desconcertado, aunque complacido, pues, aunque pronto sería un escriba del Templo, era tan tolerante como mi maestro.

Se produjo un apretado silencio, y asintió. Yo repliqué comunicativo:

—Yo oí las enseñanzas del maestro de Galilea, cerca de Betania, junto a mi padre y mi tío Zakay, en una ladera de los montes Ebal y Garirim. Acudieron gentes de todas partes para rogarle algún prodigio y te aseguro que me deslumbró. Es distinto a todos los rabinos que he conocido. No desprecia la alegría amable, es compasivo con el dolor ajeno, llora con las desgracias, se rodea de pecadores y de gentes llanas y huye de la moral rígida de las sinagogas y del santuario.

—¿No es sorprendente esa conducta, Ezra?

—Pues te diré que, sin apartarse de la ley de Moisés, ese reino de Dios que predica es el mismo que el que nos enseña Gamaliel, mi maestro. O sea, la antítesis de lo que se vive dentro de las murallas de Jerusalén. Allí todo es podredumbre, poder y negocio, y un día presencié cómo atacaba a la misma esencia del poder. Jamás lo olvidaré.

—¡Cuéntame, Ezra, te lo suplico! —me imploró con la mirada encendida.

—Pues verás. Una fría mañana en la que asistía a la Academia, oímos voces y un gran griterío en el Patio de los Gentiles. Fuimos a ver qué ocurría. Se trataba del rabí de Nazaret, que había formado un círculo de fascinación a su alrededor y también de oposición. Abrió sus manos, para decir solemne:

—La humildad, el perdón, la piedad, la limosna y la misericordia deberían ser los atributos de los ministros de este santo templo. ¡Pero este santuario se ha convertido en una cueva de ladrones, cuando debería ser una casa de oración y de virtud!

—¿De dónde viene este blasfemo? —preguntó un levita cegado de rabia.

—De Galilea —le contestaron.

—Me lo imaginaba —ironizó—. Una tierra de bandidos y falsos profetas sin erudición alguna —comentó y lo increpó, mientras algunos guardias se iban congregando a su alrededor, prestos a intervenir y a prenderlo.

Aquellas incendiarias palabras provocaron un cataclismo entre los escuchantes, en especial entre los saduceos. Muchos rabinos habían predicado en aquel lugar sagrado creyéndose enviados de Dios, pero jamás se habían escuchado denuncias tan duras y afiladas en la antepuerta del Santo de los Santos.

El seductor maestro no se dejó acobardar y defendió sus ideas con decisión.

—Creedme, esta casta maldita se ha apartado del espíritu de la ley de Moisés y se preocupa solo de si cumples con el sabbat, o te has lavado antes de ingresar en el templo. Sabed, ve-

nales sacerdotes, que no se ha hecho el hombre para el sabbat, *sino el* sabbat *para el hombre, y que quien debe permanecer puro es el corazón, no nuestras manos o vestidos.*

Un saduceo lo señaló con su dedo acusador y le respondió rotundo:

—¡El sabbat *pertenece a Dios y es blasfemia trabajar o viajar ese día, como hacen tus discípulos y tú mismo, que no lo respetáis, blasfemos!*

—¡Qué equivocados estáis! Adonay está harto de sacrificios estériles y de vanos preceptos y desea ver a su pueblo elegido unido por una ley pura, donde todos seamos iguales, y el templo un lugar de oración y no de negocio —explicó con voz colérica.

Un aire de tensión planeaba en el ambiente.

—¡Es el Mesías, el Hijo de Dios! —exclamaban sus partidarios.

El Galileo detuvo su mirada sobre ellos y les soltó a la cara:

—Yo siempre he hablado en público y nunca me he escondido. Soy un hijo de Israel y es su ley la que observo y predico. ¿A qué viene ahora interrogarme sobre mis enseñanzas? Lo hacéis solo para demostrar ante el pueblo la hipocresía de vuestra conducta.

Murmullos de anatema se alzaron contra Yeshua el Nazareno, que permaneció inalterable. Escuchaba cuantos improperios le lanzaban los sacerdotes, pero se mostraba imperturbable ante sus críticas. Conocían que se había formado en la Torá en la Escuela Rabínica de Séforis, donde su padre había trabajado como artesano, pero era despreciado por ser galileo, tierra de zelotes, siempre en contacto con gentiles y donde se conocía además la filosofía griega.

Ellos ignoraban que el desaire a los saduceos lo acercaba más al pueblo, que estaba harto de su altanería y de tantos impuestos vejatorios que iban a parar a sus bolsillos y a los de los invasores romanos. Unos lo aclamaban como el Mesías esperado, el rey de Israel, y otros lo contradecían.

—Yo solo anuncio la inminencia del reino de Dios para los limpios de corazón, los pobres, los mansos y los perseguidos —afirmó grave—. ¿Por qué la buena acción de un sacerdote ha de tener más valor que la de un leproso, una viuda o un mendigo? Creedme que todos somos iguales a los ojos del Padre Eterno, harto ya de esta ralea de usureros altivos que utilizan el templo para engañar a los inocentes y llenar sus bolsas.

Se alzaron comentarios en alto de algunos sacerdotes indignados por sus contundentes palabras. Todos sabíamos que la clase religiosa vivía de las colosales ganancias del templo, y amenazar con cortar aquella cornucopia de riquezas era condenarlos a la pobreza. Provocar con destruir el templo, la piedra angular de Israel y de sus intereses, significaba demasiado para ellos. Aquello no gustaría a Poncio Pilatos.

No obstante, pensé que, vista la modesta figura del Nazareno, era evidente que no era un usurpador. Tan solo era un exorcista, un sanador misericordioso, un refugio para los más débiles y un rabino profético que predicaba un reino de Dios tal vez inalcanzable. Tampoco se presentaba como un visionario, sino como un rabí respetuoso y observante de la Torá, que anhelaba reformar los códigos de convivencia del pueblo hebreo, y nada más. Eran muchos los judíos de toda Palestina que clamaban por una vuelta a la sencillez primitiva de la ley y a una profunda renovación religiosa.

De nuevo abrió sus manos, para decir en tono conciliador:

—La humildad, el perdón, la piedad, la limosna y la misericordia deberían ser los atributos de los ministros de este santo templo. ¡Pero este santuario se ha convertido en una guarida de latrocinio, cuando debería ser una casa de oración y de virtud!

Los sacerdotes lo miraban incrédulos y azuzaban a los vigilantes del templo para que lo detuvieran, incluso uno alzó la mano para abofetearlo. Pero se detuvieron al comprobar que algunos de sus seguidores iban armados con siccas —espadas cortas— y que el patio estaba lleno de fieles que podrían provocar un alzamiento de irreparables consecuencias para Israel.

—¡Blasfemo, blasfemo, blasfemo! —vocearon algunos sacerdotes.

De repente la voz del Galileo templó de ira reprimida y un escalofrío recorrió mi nuca. En aquel instante sus ojos recorrieron la larga hilera de tiendas y de puestos de prestamistas, donde relucían las monedas y las balanzas de cobre para pesarlas, así como las jaulas de palomas y tórtolas. Se desató el cíngulo de su túnica, se abrió paso entre la multitud y, como un héroe vengador, arremetió contra las mesas volcando las más próximas. Sus discípulos y partidarios fueron tumbando una tras otra, mientras el rabino increpaba a los cambistas y mercaderes.

—¡Habéis envilecido el templo del Padre! —gritaba Yeshua airado—. Este santuario está corrompido y hay que liberarlo del estigma del dinero y la descomposición.

Los sacerdotes, pálidos como la cera, lo miraron despectivamente, como solían hacer con cualquier judío analfabeto, pero también aterrados. Aquel maestro no era un pobre predicador que iba de sinagoga en sinagoga contraviniendo las Escrituras. A una señal de un anciano saduceo, abandonaron el Pórtico de Salomón y llamaron a la guardia, mientras anónimos exaltados empleaban la violencia contra los tenderetes y volatería, convertida en un pandemónium de aleteos y gruñidos.

—¡Os habéis apartado del camino de Dios y de su ley! —insistió el maestro.

Era evidente que había removido las conciencias de cuantos lo oíamos.

Recuerdo, Naomi, haber contemplado, iluminados por el tibio sol de la mañana, los brillantes denarios y sestercios romanos con las efigies de Augusto y Tiberio; los shekels y zuz judíos con las uvas, el barco herodiano y la efigie del templo; los tetradracmas de Alejandría con su faro y los cistóforos griegos con la *serpiente de Dionisio, volando por los aires y rodando por las losas del patio.*

Fueron instantes de caos, anarquía, ruidos, voces, carreras, protestas y lamentaciones, irreemplazables para mí. Mi padre Fazael hubiera llorado de gozo.

—¡Salve, Hijo de David! ¡Rey de Israel! ¡Ungido del pueblo! —gritaban.

Jamás se había contemplado nada semejante en el tabernáculo de Jerusalén.

Miré hacia el Patio de las Mujeres y observé que el Galileo y su círculo más próximo se dejaban envolver por la agitada marea humana de los peregrinos y desaparecían por las escalinatas que conducían a la Puerta de Susa. Pensé que era una sabia decisión, si es que deseaba conservar la vida, pues había encolerizado a los sacerdotes.

Suspiré profundamente, deseando que el Nazareno pusiera tierra de por medio y no entrara más en la Ciudad Santa. Mi maestro sonreía. No lo olvidaré.

—¿Y qué aconteció después, Ezra?

—Pues que se tardó más de una hora en recuperar la paz en el santuario y los mercachifles en recoger sus mercancías. Se veían grupos de saduceos, levitas y fariseos hablando en corrillos, intentando reunir al sanedrín para juzgar al Nazareno, y si era sentenciado por blasfemia, apedrearlo como era costumbre y ordenaba la ley. La noticia se extendió por la ciudad, como uno de los hechos más insólitos acaecidos en ella.

—A mí me parece un rabino distinto a cuantos oí predicar, Ezra. Pienso que con sus palabras nos libera de la culpa y de la desesperación y que abre una puerta de esperanza para sacudirnos de esa ralea de hienas: los saduceos.

Me extrañó que siendo una mujer estuviera tan interesada por los temas teológicos y que empleara unas palabras tan elevadas y certeras. Me agradó y respondí:

—¡Y tanto! Sus palabras me hicieron meditar e incluso las discutimos en la Academia del Templo. Ese sorprendente galileo pide al pueblo judío que se enfrente a la iniquidad de unos sacerdotes inmorales. Nos habló de un Israel sin templos y sin rituales, y mi padre y mi tío se echaron las manos a la cabeza y lo llamaron irreverente.

—Pues cada día crece más y más el número de sus discípulos.

—¿Tú lo eres, Naomi? —me interesé intrigado.

—No, no. Mis padres no lo aprobarían y muy pronto seré la esposa de un escriba de la ley, un *sofrín* que ejercerá la justicia ante el pueblo y un sabio respetado. Soy una mujer sin capacidad de decidir por mí misma —se lamentó.

Le respondí con una cariñosa sonrisa y me alegró conversar con ella.

—Yeshua de Nazaret es un judío y habla para los judíos. ¿Cómo no vas a poder escucharlo, si es un rabino de la ley? Jamás se ha proclamado hijo de Dios, lo que sería una gran blasfemia, y menos aún Mesías. Pero esa revolución religiosa de la igualdad y la pureza que predica no la aceptarán ni los *sadoki*, ni los frívolos *boethusin*, esa herética nobleza sacerdotal antigua, ni los viejos fariseos del sanedrín, a los que llama ciegos conductores de ciegos y linaje de reptiles.

—Muchos aseguran que es el prometido de Israel, el enviado por Dios para librarnos de la opresión del invasor extranjero.

Recuerdo que esgrimí una leve sonrisa de reprobación.

—Ese es el gran dilema, Naomi, saber si viene a traer a Israel la paz o la guerra. En los últimos años he escuchado muchas prédicas de otros tantos profetas que se creían el Mesías y a los que se llevaron el viento y el olvido. O murieron lapidados.

Vaciló unos instantes, pues no deseaba pasar por una mujer pedante.

—Muchos lo creen el Mesías esperado, y desean proclamarlo en Jerusalén.

Lo negué con una terminante negación de mi cabeza. No lo juzgaba así.

—No creo que el Galileo posea un discernimiento claro de su destino y de su misión. No obstante, te diré que entre sus seguidores descubrí a muchos *zelotes,* seguidores de Judas el Gaulonita, con la espada al cinto. Temo por él si se decide a predicar otra vez en Jerusalén acompañado de esa gente pendenciera. Muchos lobos estarán al acecho.

—Yo lo veo vulnerable y desamparado, Ezra —me aseguró Naomi apenada.

—Sé por los guardias del Templo que espías de Herodes Antipas y de Josef Caifás lo siguen a todas partes. Lo temen y piensan que puede levantar al pueblo si se presenta como el libertador y el Ungido de Israel. No olvidan al Bautista.

Me maravilló la defensa que hizo mi prometida del predicador Galileo. Yo pensaba que aquel fenómeno y la aparición del rabí de Nazaret en Galilea bien podía ser el espejismo surgido del apremio que abrigaba el pueblo de un salvador que lo liberara de la opresión romana y de la corrupción sacerdotal, pero callé.

Nos acercamos al río, y quise concluir la plática sobre el revolucionario rabino. Me aprecié impulsado a preguntarle algo que se murmuraba en el templo.

—¿Y ciertamente proviene de Nazaret? Esa aldea no la conoce nadie.

—Una de las mujeres que lo siguen nos aseguró que su madre, al enviudar, abandonó ese villorrio y residen en Caná, al pie de las montañas de Achois, donde se formó como rabino y donde ejercía como artesano. Ahora va de aquí para allá por las ciudades del mar de Tiberíades predicando y haciendo portentos —me aseguró.

En aquel momento sus ojos relampaguearon de deseo. Nos cogimos de la mano y nos quedamos pensativos.

Recuerdo a Naomi arropada por una túnica que marcaba sus delicados contornos, sus senos como dos tórtolas gráciles y el delicado perfume a agraz que exhalaba su pelo. Su cuerpo, aún tan joven, se me ofrecía con exótica femineidad. La soledad del palmeral invitaba a la intimidad. Ella entornó sus párpados y me ofreció sus labios delicadamente tintados de grana. Y yo los tomé con ternura y avidez.

—Cobíjate en mis brazos, ya estamos prometidos —la invité a abrazarnos.

—De ti solo ambiciono que nos guardemos confianza mutua, Ezra —me pidió.

Recogí su talle, besé sus mejillas tersas, nos juntamos y nos entregamos con una fogosidad juvenil a las llamaradas de una pasión irresistible. Un incontenible deseo se dispersó por mis venas y el frescor de la hierba del palmeral nos sirvió de lecho nupcial. Aspiré el olor de su piel enardecida de su primera vez entregada a un hombre. El placer prosperó en ambos como un torrente en primavera. Naomi gimió como si yo hubiera colmado un deseo suspirado.

Aquella noche, como si fuera un ritual de casorio y entrega, me lavó las manos en una jofaina cuajada de hierbas aromáticas, tomándolas dulcemente en las suyas.

Ya era mi esposa y, si quedaba embarazada, no violábamos ninguna ley. Nos intercambiamos promesas de amor duradero y yo me proclamé esclavo de su amor.

La familia de Naomi nos despidió agitando los velos al viento.

Mi prometida Naomi me saludó con afecto la mañana de la despedida, mientras derramaba unas lágrimas de dicha. Regresábamos a Jerusalén con objeto de construir con prontitud una casa cercana a la morada de mis padres, la que los judíos llamamos la *jupá*, donde viviríamos tras el casorio, una vez que mi padre, y solo él, decidiera la fecha de la boda.

Desde aquella noche Naomi dormiría con una vela encendida, que le recordaría a su contrayente desposado, con el que en menos de un año contraería nupcias. Pensé que con ella experimentaría sensaciones ignoradas, entregado a la pasión entre sus brazos y su piel del color de la melaza.

Sabía que nuestra religión era muy restrictiva con los placeres del tálamo y que muchos eran ilícitos, y los del erotismo más aún, restringidos por unas leyes taxativas y espiados por un Dios vigilante y temible.

Pero Naomi había penetrado en la linfa de mis venas y comencé a amarla.

Los iris del amanecer iluminaban el camino de Jerusalén tras vencer a la noche.

V

TYROPEÓN

Año XIV del reinado de Tiberio César

El frío mes de *tébet* —enero— solía acarrear crepúsculos crudos en Judea y el firmamento mostraba una colección de apagados grises y escarchas cenicientas.

Se agitaba el viento sobre los tejados de *Ieru-Shalon* y las sombras de la declinación del sol se iban adueñando del firmamento, cuando escuchamos un gran alboroto en nuestra calle. Mi madre nos rogó que calláramos y agudizamos el oído. Ya estábamos acostumbrados a las baladronadas de los legionarios romanos, pero nuestro barrio, cercano al templo, solía ser pacífico.

Me puse de pie de un salto y abrí los cerrojos de la puerta. Fue entonces cuando, a la luz de las antorchas, como intimidatorios ojos de fuego, vimos con inmensa pesadumbre el cadáver de mi padre, cubierto con su propia capa blanca con listas negras, en medio de la calle. Se hallaba inerme sobre la fragilidad de unas parihuelas tintas en sangre y su báculo de sacerdote partido en dos sobre su pecho. Estaba muerto.

Habían acudido algunos vecinos y curiosos, que se arremolinaron alrededor de su cuerpo exangüe y aún caliente. El cielo nocturno y las nubes que lo alborotaban apenas dejaban distinguir a quienes lo traían. Fue un momento de desconcierto, dolor y honda pesadumbre. Lo primero en lo que me fijé fue en la línea negra de sus ojos semicerrados y en sus manos abiertas y crispadas como garras.

—¡Padre! —grité desesperado ante la imagen que contemplaba.

Mi madre lanzó un grito desgarrador y mesándose los cabellos se lanzó sobre el cadáver ensangrentado de su esposo. La estupefacción y la más asoladora de las incomprensiones enrojecieron su rostro moreno. Mi hermana Arusa, sin poder contenerse, vomitaba improperios contra los asesinos. El oficial de la guardia se adelantó.

—Lo han encontrado muerto unos pastores en la quebrada de Tyropeón, cuando regresaban de Jericó —anunció el capitán, un bravucón zafio y simplón.

—¿Cuándo ha ocurrido, oficial? —insté vehemente—. ¿Y fue atacado a la vista de cualquier observador que paseara por la muralla? Raro en verdad.

—Así parece. Lo perpetraron aprovechando las sombras de la anochecida. Esos bastardos cada día se hacen más osados —insistió bravucón—. Hace justo una luna unos ladrones desvalijaron y mataron a un mercader en Beceta, la ciudad nueva, a solo un tiro de piedra de la mismísima Torre Antonia. ¡Dónde iremos a parar!

Observé que el cuello y el vientre de mi padre Fazael eran un amasijo de desgarros, sangre cuajada y polvo. La barba plateada estaba impregnada de un líquido sanguinolento, igual que sus destrozados indumentos. Su pálido rostro estaba surcado de arañazos, como si se hubiera resistido al asalto, la mandíbula desencajada y los labios aparecían morados y resecos. ¿Quién podía haberlo asaltado para robarle en un lugar tan próximo a los muros del templo? ¿No podía suceder, incluso, que hubiera sido el infame sumo sacerdote el instigador de aquel asesinato? ¿Qué hacía allí mi padre a aquellas horas? Era extraño y pensé que era la sentencia de una muerte ya anunciada.

Su bolsa, que la solía llevar atada al costado del cinto, había desaparecido, y también sus botas de piel de cabritillo y su anillo patriarcal con el Nejustán mosaico, semejante al mío. Las lucernas del patio de la casa alumbraron un perfil macabro, bajo el escalofriante bostezo que sucede a la expiración, y más si esta ha sido violenta.

Los soldados colocaron el cadáver con los pies descalzos mirando a la puerta, y el capitán de la guardia del templo, a quien seguramente habían sacado de una taberna o de un prostíbulo, seguía inmóvil en el dintel, como si aquella infausta misión desacreditara su alto rango. Agradecimos su servicio y se marchó.

—¡Mi pobre marido, me lo han matado! —se lamentaba sobre el cuerpo mi consternada madre, que había rasgado sus vestiduras y enmarañado sus cabellos.

Un llanto demoledor se adueñó de la casa Eleazar, hasta que pasadas unas horas cesó cuando los lacrimales se nos vaciaron. Las mujeres se retiraron al gineceo abatidas e inconsolables, y los hombres, siguiendo el ritual del *tahara* judío, lavamos su cuerpo siete veces y lo aromatizamos con ungüentos, bajo la débil luz de las lámparas, para luego tenderlo en las frías losas del suelo con una vela encendida a su lado. A mí, como primogénito, me correspondió colocarle una moneda de plata bajo la lengua y cantar el ancestral cántico de la muerte, al que todos respondieron desalentados y llorosos.

Mi tío Zakay, un nutrido grupo de levitas cercanos y yo velamos su cuerpo toda la noche sin apenas sentir la calidez del brasero que colocó un sirviente. Yo leí sin cesar mi *sidur*, mi querido libro de oraciones, pues de mi boca no salía ninguna palabra. Solo pensaba quién podía haberle segado la vida. En la quietud de la vigilia no dejaron de escucharse los incesantes lamentos de mi madre, de mi hermana, de mi tía y de las sirvientas y los gritos rituales ante un crimen tan atroz.

Al amanecer, Zakay y unos levitas iniciaron el isócrono canturreo de los *hadish*, los cánticos funerarios, mientras yo contemplaba el cuerpo exánime y pensaba en quién podía haberle hecho tal daño a mi infortunado y pacífico padre.

Las mujeres prepararon los despojos sobre las parihuelas, según el ritual hebreo, y derramaron sobre él esencias de mirra y perfumes de jacinto, preparados con sus propias manos en el herbolario. Un sudario de lino inmaculado cubría su cuerpo tan adorado por mí. De su boca nunca salió una queja contra Dios, o contra la suerte que Él le había prescrito.

La austeridad del ceremonial oficiado por un sacerdote presidió aquellas luctuosas horas. Al día siguiente la casa se llenó de amigos, deudos y levitas. Incluso Anás y Josef Caifás, pomposos y luciendo sus mejores joyas y vestiduras, se acercaron a la casa para manifestarnos sus condolencias.

Caifás, el gran maestro de la sumisión al romano y de la hipocresía, se cubría con una ostentosa mitra cubierta de perlas, y parecía anunciar a cada paso que su cuerpo robusto y su barba patriarcal constituían las columnas sobre las que se sustentaba Israel. Todo en él era exagerado y falso: su vanidad, su soberbia, su codicia, sus venillas azules de la nariz, que pregonaban su adicción al vino griego, y su rico manto púrpura. «Lobos disfrazados de corderos y los seguros causantes de su anónimo homicidio».

Mi padre era un estorbo para ellos y la voz molesta que protestaba en el sanedrín contra sus políticas claudicantes y corruptas. «¿No habrá partido de ellos la orden de ejecutarlo? ¿Pero cómo probarlo si se alzasen cien voces pagadas para exculparlo?», pensé y lo miré con desprecio, pero sin hablar.

—Te ofrezco mis condolencias, joven Eleazar —me dijo el sumo sacerdote besando mis mejillas—. Tu familia ha de saber que ayer se reunió el consejo del sanedrín en el Tribunal de la Piedra Hendida y se ha nombrado al rabí Daniel para que investigue su homicidio, y sin escatimar medios. La muerte de un levita ha de ser vengada.

—Gracias, Maestro de Maestros y Báculo de Israel —mascullé y bajé la mirada.

—Ten valor. Ahora eres el cabeza de familia.

—Este mismo año seré nombrado escriba, y podré sostenerla —le aseguré.

—Claro, claro, hijo mío —contestó y me dedicó una gélida mirada y una sonrisa sucia, cuya finalidad no comprendí en aquel momento tan aciago y también debido a mi cándida edad. ¡Maldito sea ante el Trono de Dios!

Una larga y sinuosa comitiva de hombres en dos hileras, los más con sus túnicas blancas de levitas y sacerdotes, emprendimos el camino de la Puerta de las Aguas en el más religioso de los silencios. Las mujeres se habían quedado en la casa. Mi tío y yo íbamos sumidos en el dolor y la frustración, pues aún no sabíamos a ciencia cierta quién lo había asesinado. No era la primera vez que los sumos sacerdotes mandaban eliminar a un miembro del sanedrín díscolo y contrario a sus decisiones, y mi padre lo era.

Se había opuesto al pago del acueducto y había mostrado públicamente su contrariedad. Y Josef Caifás no lo había olvidado. Pero acusarlo en el sanedrín sin pruebas era firmar nuestra desgracia absoluta.

Enterramos a mi padre en el sepulcro familiar cavado en la roca, muy cerca del pasadizo de Ezequías, donde aguardaría la resurrección corporal el día del Juicio Final acompañando a los justos de Israel. Su alma, como la de todo buen fariseo, ya gozaba de la presencia del Altísimo. Yo deposité en la losa interior de la sepultura una redoma de cristal con aceite puro obrado por mi mano, para que nunca quedase relegado al olvido que él había sido el sacerdote elegido para preparar el óleo de la unción.

Corrimos la piedra del sepulcro y volvimos a la casa abatidos.

Luego los acompañantes se dispersaron y los vi murmurar entre ellos. ¿Qué pensaban muchos levitas del extraño atentado de mi padre? Solo callaban.

A nuestro regreso lavamos nuestras manos con agua lustral e invitamos a los familiares y a los más allegados, entre ellos a Naomi y a su familia, que habían arribado desde Jericó, a un ágape de agradecimiento por sus pésames, vigilias y desvelos. Mi tío pronunció unas palabras de gratitud y encomio de su hermano mayor, y juró proteger a su mujer y sus hijos con su vida y hacienda.

Y el juramento de un judío ante la muerte de un hermano era sagrado.

Siete días permanecimos sentados sobre una estera, cumpliendo el ceremonial judío de la *shivá*, mientras recibíamos las condolencias de amigos y allegados que no habían podido acompañarnos en el sepelio, mientras cantábamos alabanzas a Yavé. Una vez cumplidos, nos despojamos de nuestras ropas, las quemamos y nos lavamos para que nada impuro quedara en nuestros cuerpos. Yo me envolví en mi propio silencio, aislado entre las sombras de las lámparas de aceite. Aquel retiro espiritual de siete días me había transformado, como si de golpe hubiera entrado en el conocimiento del funcionamiento del destino que nos conduce hasta la hora suprema.

Naomi se convirtió en aquellos luctuosos días en mi consuelo con su carácter afable y tierno, y junto a su familia veló con nosotros la memoria de mi padre.

Mi tío y yo hicimos una exhaustiva prospección del desolado valle de Tyropeón, por si hallábamos un indicio que clarificara su triste desenlace: un objeto, o una pista identificadora. Pero no descubrimos nada, y menos aún rastros que advirtieran del paso reciente de caballerías, sangre cuajada, matojos aplastados por pisadas violentas, huellas en el barro o surcos en la arena por carreras precipitadas.

Interrogamos a los pastores y aguadores que solían transitarlo y nadie había visto ni a ladrones ni a víctimas. Un pastor que solía llevar a pastar allí a sus cabras nos reveló:

—Pocas esquinas ocultas existen en el valle. Los hubiera visto.

Y pensamos que mi padre no había sido muerto allí. Pero ¿cómo demostrarlo? Necesitábamos pruebas y testigos. Obraríamos con prudencia y seguiríamos vigilantes. Mi tío fue el primero en advertirlo, y me contuvo el brazo, para susurrarme:

—Nos vigilan desde el muro del templo.

—¿Quién? —dije asustado.

—Mira con disimulo hacia arriba, a tu espalda —me indicó nervioso.

Una silueta de lo que parecía un guardia que sobrepasaba el ciclópeo muro se perdió en el interior cuando se vio sorprendido. ¿Era gente del templo? ¿Era un ladrón?

Se había tronchado la rama más fructífera de la familia y tambaleado su seguridad, pero mi tío Zakay, hombre resolutivo y pragmático, tomó las riendas del negocio con más ahínco sí cabía. Yo seguí elaborando perfumes, afrodisíacos, timiamas y ungüentos para la tienda, y el clan no sufrió menoscabo alguno en sus ingresos y cuidados. Sin embargo, mi madre había penetrado en el oscuro y tenebroso mundo de la tristeza y el abatimiento, y temimos seriamente por su salud.

Antes de regresar Naomi a Jericó, mi madre, mi tío y mis futuros suegros convinieron en fijar nuestra boda para el mes de *marjeshván*, antes del *Jannuká,* la fiesta judía de invierno, llamada también de las Luminarias, en la que solía encenderse el candelabro de los Siete Brazos, lo cual aquel año me correspondería hacer a mí, como cabeza de familia que era. Para esa fecha yo habría cumplido diecinueve años, estaría nuestro hogar construido y sería un recién nombrado escriba del templo, con una reputación y un rango de los más reconocidos de Israel.

Uziel nos invitó a celebrar la Pascua en Jericó y mi madre lo aceptó para respirar otros aires y para evadirse de la pestilencia y alborotos de la marea humana que anclaría en la capital santa del pueblo de Israel por aquellos días. Mi madre les regaló agradecida un ánfora de aceite purificado para sus ceremonias rituales, óleo de tocador y de baño, y mirra para curas de heridas, que nos agradecieron.

Llamó hija repetidas veces a Naomi. Para mí significaba una gran satisfacción. Naomi y Bosem eran las dos mujeres más queridas de mi mundo.

—Aceptad la hospitalidad de mi casa —nos dijo Uziel—. Os espero a todos en Jericó para el quince de *nisán*, la víspera de la Pascua. No faltéis.

—Que Dios os lo premie. Allí estaremos —replicó mi madre agradecida.

—Hágase la voluntad del Eterno —se despidieron, y Naomi besó mis mejillas, y percibí la tersura intacta de su piel y el perfume de su largo cabello.

Yo deseaba estar cerca de ella, y mi familia olvidar los adversos sucesos vividos.

Tras la pausa por el óbito de mi padre, retomé mis estudios en la escuela del templo, donde mi maestro Gamaliel entonó un *hadish*, recordando la bondadosa piedad que atesoraba y el celo sacerdotal que demostró Fazael en su labor, y que agradecí en el alma. Había pasado días espantosos, pero mi ánimo se había templado. Llegué a sentir miedo, incluso terror por vernos desvalidos de repente, pero la firmeza de mi tío y de mi madre habían restañado la grieta abierta en el hogar de los Eleazar.

Una de aquellas mañanas, bajo el tibio sol del invierno jerosolimitano, agotadas mis últimas clases del templo, me dirigí como cada mediodía a mi casa, con la bolsa repleta de papiros, tablillas y cálamos. Avanzaba despacio por una estrecha callejuela en pendiente, cuando se puso a mi lado el joven Saulos, el alumno que había conocido en el palacio de los asmoneos, el día que traté a la inefable princesa Salomé, que aún rondaba por mi cabeza.

Lo había visto acompañado por algunos cortesanos de Antipas deambular por la ciudad y acompañar al hermano de leche del rey, Manaén, y por el oficial mayor de la cámara real, el griego Corinto. Saulos era para mí un verdadero enigma.

—Me fascina tu facilidad para refutar las falsas aplicaciones de la ley, Ezra —me dijo tras saludarme—. La discusión que has mantenido hoy sobre el Génesis con el maestro Gamaliel ha sido antológica y seguida por muchos alumnos y también por algunos sabios doctores, que han valorado tu preparación en la Torá y el Talmud babilónico. Aseguran que eres el escriba con más futuro del Templo.

—Todo está escrito, amigo mío. Solo hay que interpretar adecuadamente y en toda su pureza las Sagradas Escrituras —contesté accesible.

Sus ojos relampaguearon. Me miró inquisitivamente, y me preguntó:

—¿Y crees que los sacerdotes usan la ley según dictaminó Moisés?

—Creo que se han perpetuado en las formas externas que a nada conducen y han arrinconado su verdadero sentido —opiné.

El joven meditó unos instantes, y me replicó grave:

—Por eso mismo solo el Enviado de Dios podría lograr el cambio. ¿Pero dónde está? ¿Hasta cuándo hemos de esperar para que nos libere del opresor romano?

—Confiemos en la infinita misericordia de Dios, Saulos —aseguré sonriente. Desde hace siglos aguardamos al Ungido, pero no hay señales de que vaya a venir.

Admitió mi sugerencia y extrajo de su faltriquera una hoja de papiro enrollada y atada con un bramante lacrado, para evitar ser leída por alguien ajeno al destinatario.

—Un servidor de palacio me rogó que te la entregara reservadamente. *Shalom* —me dijo y volviéndome la espalda desapareció por el laberinto de las calles de la ciudad.

Mi primera impresión fue de un grandísimo asombro y no menos estupor.

Tal sorpresa era legítima, pues ignoraba quién era el remitente, y más viniendo del centro de poder asmoneo. Estaba deseando leerla, pero aquel lugar cercano a la calle de los Plateros y al estanque de la Torre no era el lugar idóneo para abrirlo. Así que aceleré el paso, alcancé mi casa, saludé a mi madre y me refugié en la soledad del gabinete donde elaboraba el aceite sagrado y los perfumes.

Lo coloqué encima de la mesa y observé que se trataba de un papiro de textura porosa, poco empleado en el templo, o en los organismos oficiales judíos, aunque era semejante al empleado por los mercaderes de Alejandría. Corté el negruzco y fuerte cordel y comprobé que estaba escrito en griego popular, en koiné, y que los signos habían sido escritos con cierto apresuramiento, pues los renglones estaban torcidos. No supe elucidar, siendo un entendido en escrituras, si lo había garabateado un hombre, una mujer o un escriba no experto.

Me acomodé en el taburete y leí, no sin cierto recelo:

«Muera mi alma con el sueño eterno de los justos y quiera Dios que mi final sea como el suyo, que fue amparado por su Misericordia eterna» —el texto comenzaba con una cita del Libro de los Números, lo que significaba que el remitente conocía las Sagradas Escrituras y su tono era muy enigmático—. *Tras el oneroso accidente de tu padre, que lamento y deploro, no he podido resistir la imperiosa tentación de revelarte que su muerte no fue ni casual ni fortuita.*

Has de saber que me muevo en un mundo de poder y de decisiones de Estado, donde son frecuentes las amenazas, las órdenes secretas, las traiciones, las advertencias y los exterminios fraudulentos. Moro donde menudean los espías, los soldados de fortuna, los testigos sobornados y los asesinos comprados a precio de oro, o por una jarra de vino de Samos.

Lo he sabido por haber tenido los oídos abiertos en el momento oportuno, y eso ha de bastarte. Suelo hacer pequeñas obras de caridad hacia el prójimo para mitigar su dolor, para paliar el hastío de mi vida y porque me lo dicta la fe de mis antepasados. Esa patética caverna de maldad y negocio en la que se ha convertido el Templo lo decidió y lo ordenó. Tu padre, recordarás, asistió al Consejo del sanedrín el día de su infausto fallecimiento, y allí, al despedirse dijo públicamente que se dirigía al molino de aceite de Getsemaní a recoger una vasija de aceite. En ese mismo instante firmó su sentencia. Estaban esperando un momento así, en el que estaría solo y lejos de ojos indiscretos. Fue asesinado allí mismo por sicarios pagados por el Templo, que luego arrastraron su cadáver al Tyropeón al caer la noche, para simular un asalto.

Los escorpiones de veneno letal que controlan al pueblo, los impíos sadoki, lo habían decidido hacía tiempo, pues suponía un peligroso obstáculo para sus negocios. Israel posee en este momento tres amos irreconciliables a los que sin embargo une la codicia por el oro y el ansia de poder: Herodes Antipas, el sumo sacerdote Josef Caifás y el prefecto romano, Pilatos. Y no se mueve una hoja en Palestina que no lo decidan esas tres calculadoras hienas del desierto.

Viven entre la violencia y la intimidación para salvar sus lucros y poseen un brazo curvo y afilado que llega muy lejos. Comen, beben, fornican y se divierten en sus lujosas mansiones, como bárbaros. Dios los juzgará severamente.

Ellos son los culpables, no lo dudes. Así que te aconsejo que no remuevas más indicios. Y en cuanto a esa venganza que tanto ansías, te diré que el mejor modo de desquitarte de esa ignominia de sangre es no parecerte a quien la ha cometido. Deja ese cuidado a Dios y al destino. El delito de la liquidación de tu padre les pesará en su conciencia toda la eternidad.

Mi pulso tiembla ahora cuando he de revelarte otro asunto ingrato y odioso que atañe a tu persona. Por mi visión práctica de las cosas y porque conocer secretos de reyes y gobernantes es también una forma de supervivencia, ha llegado a mis oídos que también maquinan desembarazarse de ti, quizá por tu ilustrado intelecto, porque eres su hijo, y porque tus argumentos sobre el Talmud y la Torá en la Academia de Gamaliel levantan ampollas en la pétrea y ortodoxa camarilla de la jerarquía *de Israel. Lo saben todo, lo oyen todo y hurgan en todos los recovecos.*

Así que me veo obligado a alertarte, pues eres una de esas voces limpias, sabias y amables que podrían ordenar el caos en el que vive esta sufrida nación. Pero no lo permitirán.

Márchate de Jerusalén, aunque sea por un tiempo. No esperes a que transcurra la Pascua. Huye ahora que puedes. Después será demasiado tarde.

Te advierto de la existencia de un peligro muy cierto que atañe a tu supervivencia. Las cosas andan revueltas en las altas instancias de Jerusalén, que ven cómo profetas, sacerdotes esenios y maestros de la ley claman contra la corrupción del Templo de Yavé. Cuanto te transmito lo hago con sincera franqueza: pon tierra de por medio.

No te interesa saber quién soy. No especules, ni indagues. Sé que no presentarás este escrito personal ante el Tribunal como una prueba, pues nada podrás acreditar, y nadie lo suscribe con su rúbrica y su sello. Es simplemente la advertencia de un espíritu afín al tuyo.

En Jerusalén la Santa, que es como rocío para Israel.

Al concluir la lectura creí que me habían propinado un rodillazo en el estómago. Me quedé mudo, estupefacto y también aterrorizado. Su lectura, de una temeridad asombrosa, me había suscitado un torrente de dudas y también de miedos. Tachaba de impíos a los sacerdotes del Templo y también a las cabezas coronadas de Israel.

¿Qué podía yo, un joven escriba, contra aquel implacable aparato de intereses y de dominio? Nada novedoso me aclaraba sobre los causantes del homicidio de mi añorado progenitor, pues tanto mi madre, como mi tío y yo mismo pensábamos que tras su asesinato estaban las magistraturas sacerdotales, donde el jefe del clan Eleazar era un molesto aguijón de opiniones controvertidas.

¿Tan enrarecido estaba el ambiente en las prefecturas de la

ciudad que tenían que valerse de cartas anónimas para advertirme de un peligro tan dudoso? ¿Debía creerlo? ¿Era una pantomima de un desconocido bromista? ¿Quizá del viejo consejero del rey Antipas, Corinto, que admiraba a mi padre y pedía su consejo a menudo? ¿Tal vez del palaciego Manaén, quien hacía ostensible su desprecio por los sacerdotes del templo? ¿Habría sido Chuza, el intendente de Herodes, cliente y aliado en negocios de los Eleazar? ¿Acaso se trataría de Sekhmet, el mayordomo de palacio que nos encargaba los afrodisiacos, aceites perfumados y ungüentos para la corte? Todos eran amigos.

Confundido, dudoso e impresionado, percibí el veloz latido de mi corazón, y casi caigo, perdido el sentido, en el frío suelo del habitáculo. ¿Debía tenerlo en cuenta, sentirme agradecido, u olvidarlo sin más y seguir la rutina de mi existencia?

Un golpe de brisa fugacísima me devolvió a la confusa realidad.

Nada confiaría de momento a mi tío y a mi madre, y menos aún a Naomi, a la que pronto vería, y aguardaría una señal más clara. No debía preocuparlos con algo que no podía contrastar. Sin embargo, multiplicaría mis cuidados, me recogería pronto y no frecuentaría lugares poco transitados.

Con el semblante escandalizado, no dejaba de meditar si aquella era la advertencia de una soez alcahueta, de un espíritu atormentado, o de un compañero mediocre, envidioso de mis adelantos en la Academia, o si verdaderamente se trataba del aviso de una persona preocupada por mi integridad física.

Y como el enigmático mensaje me ofrecía un testimonio de futuro para confirmar su veracidad, fuera o no verdad, sí pensé que desde aquel preciso momento ya no podría dormir tranquilo y que mi vida se convertiría en una continua vigilancia y en un desasosiego temible. Debía tomar las medidas necesarias, pero sin que se notara.

Por lo pronto interrumpiría mis trabajos en Getsemaní, aunque proseguiría con la fabricación del aceite sacro y satisfaciendo los pedidos para las sinagogas de Judea. Intenté ordenar mis ideas y aspiré el aroma del *oleum* obrado para el templo.

Aunque notaba un pequeño vértigo, volví a leer el escrito. La intacta paz de mi espíritu se había roto para siempre. Subí a mi habitación y me tumbé desmadejado en el lecho, mientras observaba a través del ventanal el discurrir del día.

El sol iba declinando su curva de luz, dejando tras de sí una estela de color naranja y polvo dorado en suspensión. Y los pájaros, que habían revoloteado sobre la ciudad durante el día devorando grano y restos de comida, regresaban para anidar en los cipreses del valle jerosolimitano de Tyropeón, un lugar doloroso para mis recuerdos.

VI

PÉSAJ, PASCUA

Año XIV del reinado de Tiberio César

Me daba un miedo infinito engañarme a mí mismo y mi inquietud se multiplicó.

Las palabras impresas en la anónima carta seguían despeñándose como rocas afiladas sobre mi mente aturdida. Y me hallaba terriblemente desorientado.

Un hervidero de luminosidad encendía las techumbres de Jerusalén, y sin embargo una sensación de inquietud se había apoderado de mí cuando abandonamos la capital de Israel el amanecer de la víspera de la Pésaj, la Pascua.

Mientras los creyentes viajaban a la Ciudad Santa, nosotros salíamos de ella, afectados por el trágico desenlace de mi padre y por el estado doliente de mi madre. Mis ojos se dirigieron hacia la fortaleza Antonia, una vergüenza en el extremo occidental del templo, donde vi a los romanos sombríamente dispuestos para hacer frente a los revoltosos y como advertencia de que no tolerarían la más mínima insurrección. El pueblo y las autoridades sabían que Roma no discutía sobre su dominio, y que crucificarían o pasarían a cuchillo a quien se les enfrentara.

Yo había traspasado el ciclo vital de *maar*, del adolescente judío, y me había convertido en un *bachur*, un mozo casadero, que muy pronto obtendría el nombramiento de escriba de la ley con todos sus privilegios. Durante el viaje derivé mis pensamientos hacia Naomi, mi refugio ante las dudas y temores que se despeñaban por mi mente.

Nos cruzamos con muchos viajeros y peregrinos que se dirigían a Jerusalén a efectuar sus sacrificios y vi que algunos llevaban en sus manos ramas de olivo y abedul. Encontré a Naomi sentada junto a su hermana en el borde del pozo que precedía a su casa, de agua tan fresca que muchos vecinos iban a él a llenar sus cántaros y pellejos. Mis pesadumbres cesaron cuando estuve frente a ella. Era mi refugio.

La casa de Uziel ben Gadara me pareció el lugar más hermoso de Judea, y su recibimiento fue dadivoso. Mi madre les ofreció cuantiosos regalos, entre ellos un cordero sin mácula que había apartado el día décimo y que serviría como sacrificio pascual. Sería inmolado al ocaso, a fin de que estuviera preparado el día decimoquinto, la gran fiesta judía, y comido por las dos familias después de ser asado y acompañado del *matzá*, el pan ácimo, y las hierbas amargas preceptivas.

Naomi y Keren se pusieron encarnadas y nos sonrieron. Mi prometida, que ya era una *bógeret*, una mujer que, cumplidos los trece años, era apta para el enlace, apenas escondía su rostro con un velo transparente y adornaba su cabeza con una diadema de la que colgaban cordoncillos de plata y abalorios. Estaba muy hermosa y la contemplé embelesado.

Naomi me pareció más crecida, con sus labios carnosos y sus atractivos gestos de enamorada. Sus cabellos, sus ojos grandísimos y su pulcra túnica eran de una belleza suprema. Le tomé una mano y le besé el borde de la manga.

—Venid, ¿no estáis cansados del viaje? —nos invitaron a tomar un refrigerio.

Celebramos con respetuosa observancia la Pésaj, para conmemorar la liberación del pueblo de Israel de la esclavitud de Egipto. Comimos el cordero ritual cocinado con vinagre y hierbas, la ensalada de berros, lechuga y aceitunas y el postre que más me gustaba desde pequeño: el *jaroset*, una delicia culinaria de frutas, trigo, aceite y almendras salida de las manos de mi madre. Y lo hicimos en franca familiaridad durante las siete jornadas que duraba la fiesta, hasta el día llamado de *sucot*, cuando regresaríamos a Jerusalén, donde sería nombrado escriba oficial, un personaje entre laico y sacerdote, e interpretador de la ley en cualquier tribunal hebreo.

Los días intermedios los empleamos en conocer las hondonadas de Jericó, las ostentosas moradas de los sacerdotes del Templo que utilizaban en verano y las riberas del Jordán, y yo a confraternizar con Naomi y hablarle de los preparativos del casorio.

Poseía Naomi un pequeño jardín que se había hecho plantar cerca del palmeral. Un seto alto de arrayanes separaba la casa del huerto y del bosque de palmeras, con un banco de piedra, y allí pasábamos largas horas hablando de nuestros proyectos futuros, besándonos y acariciándonos.

Crecían a nuestro alrededor rosas de Arabia, espliegos y jazmines, que exhalaban olorosos aromas. Una hiedra silvestre y una parra de rezumantes pámpanos hacían de aquel lugar un oasis de verdor. Y en él conocimos la hondura de nuestros jóvenes corazones y también nuestros cuerpos, que recorrimos con dedos y labios ansiosos.

Jamás olvidaré la imagen de Naomi sentada allí bajo la luz dorada del atardecer, con su cabellera rizada y derramada sobre sus hombros y el vestido de muselina que insinuaba sus formas sugerentes.

Por la mañana, las hojas estaban llenas de gotas de rocío, y Naomi solía empaparme con su frescor, mientras corría y se escondía para que yo la encontrara.

Bosem, mi paciente madre, y mi hermana Arusa habían recuperado parte del ánimo decaído con las delicias de Jericó y aquella acogedora familia, que muy pronto sería la mía, y que había convertido las fiestas pascuales en eje de la más exquisita gastronomía judía. Los padres de Naomi no organizaron una persecución vigilante sobre nuestros paseos en solitario como hacían otras familias judías, y nos alentaban a que platicáramos sobre nuestros futuros esponsales, algo insólito en nuestra cerrada familia de levitas, tan cercanos al Templo.

Naomi, además, era una mujer formada en las Sagradas Escrituras por el escriba de la sinagoga de Jericó, y junto a sus hermanos asistía también a lecciones de retórica y álgebra con maestros judíos helenizados para ayudar a su padre en la administración de la plantación y de sus negocios.

Yo había quedado impresionado por su educación y la forma de utilizar los ábacos, plumas, papiros y tinteros, y aunque en Jerusalén había alguna mujer profetisa del templo, varias expertas en medicina y viejas lectoras del Pentateuco, su formación me pareció inestimable e insólita, por lo que me consideré muy orgulloso, aunque no fuera usual entre las muchachas de Judea.

Le prometí que la enseñaría a elaborar elixires curativos, perfumes y ungüentos para la piel, y a fabricar el óleo de la unción, y que me ayudaría junto a mi hermana Arusa en el herbolario de la casa, pues, aunque fuera a ser elevado a la dignidad de escriba, como era costumbre entre nosotros, seguiría con el negocio de la familia.

Enternecida se echó en mis brazos antes de emprender el viaje de regreso y me regaló una tierna mirada llena de complicidad, que no pasó desapercibida a mi madre, quien aprobaba sin ambages mi casamiento con muchacha tan afable y preparada.

El carromato en el que regresamos saltaba en el camino pedregoso de Jericó.

Me removía intranquilo meditando sobre los días vividos en la casa de Naomi, pero sin olvidar la enigmática carta y las advertencias que me revelaba. A media tarde arribamos a la ciudad de David, cuya grandiosa visión me había visto nacer, con su composición única de brillos rutilantes en las terrazas. En medio de una tonalidad púrpura y oro, se perfilaba la presencia de centenares de jerosolimitanos que apuraban el sol último de la tarde.

Las cornejas abandonaban los farallones amurallados en busca del cobijo de los olivares, y la capital de la tribu de Judá, que cada día multiplicaba sus riquezas al amparo del templo de su dios único, temible e invisible, centelleaba ante nuestros ojos.

Era mi hogar adorado, y muy pronto el de mi esposa y mis hijos.

Entramos por la orilla del valle de Cedrón, donde se abría la gran puerta articulada de las Aguas, con los batientes de bronce bruñido, y sobre la que sobresalían las poternas vigiladas por los legionarios romanos.

Contemplé la blancura y magnificencia del Templo, dominado por una casta de perros avariciosos, los despreciables *sadoki* o saduceos, que no merecían la fortuna que el gran Dios les había regalado.

Cruzamos el barrio bajo, donde pude observar que de nuevo Jerusalén volvía a su población habitual, que el millón de peregrinos pascuales la habían abandonado, prometiendo a Yavé —el que subyuga a los enemigos de Israel— que regresarían al año siguiente para contemplar su Templo con espanto y sumisión.

Entré en mi casa con desconfianza. No podía olvidar el anónimo que me invitaba a abandonar la ciudad para salvar mi cuello y miraba a todas partes por si se ocultaba algún sicario invisible.

Nos recibió mi tío Zakay, con su esposa Mirian y su pequeño hijo Noah, junto al límpido muro de entrada. Purificamos las manos y pies y besamos la *mesusá*, la cajita sacra con un trozo de las Sagradas Escrituras que colgaba del portón de cedro.

Nos ofrecieron agua almizclada, queso con miel e higos secos de Esmirna, y mi tío, extrañamente misterioso, me rogó que lo siguiera al herbolario para comunicarme los pedidos de aceite sacro que nos habían solicitado en mi ausencia, en tanto se oían en la casa conversaciones entre las mujeres.

Como la noche había caído sobre Jerusalén, encendió una lámpara y me precedió misterioso y en silencio. Nunca le había escuchado una voz tan cortante.

—Ezra —me habló circunspecto—, cierra la puerta, te lo ruego, y siéntate.

Y para disimular su aparente desasosiego se acarició su barba corta perfumada.

El laboratorio donde yo trabajaba con total exclusividad distaba de ser la revuelta covacha heredada de mi padre y lo había adecentado con nuevos estantes, lámparas de Tiro y renovados albarelos, redomas, frascos corintios y vasijas egipcias. Lo había decorado mi hermana Arusa pintando en las paredes ramas de olivo y racimos de uvas, y si bien no era la obra de un maestro, le conferían un cierto lujo babilónico.

Mi tío Zakay era un hombre de alta estatura, larga melena, grata presencia y hablar pausado. Estaba dedicado de lleno a los negocios, y viajaba con frecuencia a Damasco, Haran, Sidón, Alejandría y Cesarea, donde la familia poseía intereses comerciales. Yo lo quería y en Jerusalén lo tenían por uno de los comerciantes más honrados y mejor informados de la ciudad.

Era el hermano menor de mi padre, frisaba la cuarentena, vestía con elegancia, se tocaba con turbantes amarfilados y desde la pérdida de mi recordado progenitor se había convertido en el baluarte imprescindible de los Eleazar. Yo experimentaba hacia él un afecto semejante a la admiración.

De conducta algo disoluta, hacía tiempo que había renunciado a flirtear con la clientela de acaudaladas matronas de la aristocracia de Jerusalén, que no solo buscaban en nuestra tienda mis emplastos, afrodisíacos, hierbas curativas y aceites de baño, sino también sus cautivadoras cortesías y manifiesta gallardía.

¿Pero qué había ocurrido en mi ausencia que su rostro estaba tan alterado?

Tenía las manos temblorosas y su boca fina y grande traslucía impaciencia. Zakay era un hombre reservado y no confiaba a nadie sus problemas e intenciones, por lo que pensé que algo grave había acontecido en Jerusalén, o relacionado conmigo.

Dejé transcurrir un instante y aguardé sus confidencias. Zakay tardó un tiempo interminable en abrir los labios y mirarme a los ojos.

—¿Ocurre algo, tío? —pregunté alarmado.

—Esos odiosos Anás y Caifás, títeres de Roma, se han despojado de su máscara al fin, dejando escapar toda la hiel de su maldad, sobrino —me aseguró alarmado.

Se detuvo un instante como si deseara rescatar de su mente las palabras precisas. Solo me quedaba un mes para ser nombrado escriba fariseo, con lo que podría enseñar la ley en cualquier sinagoga de Israel, dictar sentencias, impartir justicia según la Torá y vestir la túnica púrpura distintiva, así como llevar colgados de mi cinturón los útiles de escritura y los papiros para redactar escritos. Sería ya un judío maduro, y poseería emolumentos sustanciosos para alimentar a mi familia, cuidar de mi madre y de Naomi y educar a mis hijos. ¿Acaso le había llegado una adversa noticia sobre mi nombramiento? ¿Sabía algo del anónimo que yo había recibido? ¿Corría un peligro inminente mi pellejo?

Permanecí en silencio.

—Tengo que advertirte, sobrino. Jerusalén anda convulsa, ¿sabes? Los levitas fariseos hemos de andarnos con tiento y más los Eleazar. Son tiempos difíciles, Ezra. Los saduceos nos acechan y buscan nuestra perdición si no colaboramos con ellos y con el prefecto romano —me alertó.

No pude disimular mi estupefacción y me temí lo peor. La paz del Templo se había quebrado irremisiblemente para mi familia.

Era llegado el momento de huir, pero sin inquietar a mi familia, y decidí fraguar un plan para abandonar Jerusalén lo antes posible.

***

Cuando lo tuve todo preparado, hablé con mi familia, para anunciarle mi viaje.

—Querida madre y tío Zakay —los informé—, Yavé ha traído la fortuna a esta familia. Mediante una petición escrita solicité a mi maestro Gamaliel impartir mis conocimientos como escriba en la ciudad de Efraín, cerca de Jericó y también de vosotros. Esta carta y estos símbolos me señalan como nuevo escriba de Israel.

—¡Alabado sea el Altísimo! —profirió Bosem—. ¡Mi hijo es un *sofrín* de Israel!

Mi madre, mi hermana y mi tío Zakay se abrazaron a mí y me felicitaron efusivamente. Para la familia significaba un gran orgullo y yo ascendía de rango.

—Si tu padre viviera, lloraría de felicidad —dijo mi madre lagrimeando.

—Mi maestro Gamaliel ha accedido y me ha recomendado a los ancianos del pueblo y al rabino de la sinagoga. Ahora ya podré casarme y alimentar a mi familia.

Y aquella vigilia mi madre arregló una espléndida cena de gratitud y de júbilo. Comimos, bebimos, cantamos y mi hermana Arusa bailó una vieja danza cananea.

Tras dos días de preparativos, en los que familiares y amigos se acercaron a la casa de los Eleazar a regocijarse conmigo por el nombramiento, me dispuse a abandonar Jerusalén, entre las lágrimas de mi madre y de mi hermana Arusa.

El atardecer anterior preparé varias redomas de *oleum* sacro para la sinagoga de Jericó. Había extremado los cuidados sobre mi seguridad y aún seguía vivo. Me fui a mi habitación desprovisto de ánimos. Intuía una amenaza imprecisa sobre mí, y medité que solo Naomi, que no tenía límites para la bondad, me protegería con su familia.

Informaría a mi suegro Uziel de mis dilemas y de la misteriosa carta, que no había querido revelar a mi familia para evitarles un dolor más. Uziel era un hombre de mundo y un hombre poderoso en Jericó, y me aconsejaría convenientemente.

Dejaría Jerusalén por una larga temporada, huyendo de la perversión y del aire irrespirable del templo. Mi nombramiento era también la respuesta a mis cuidados y mi salvaguarda. Un escriba era un judío intocable e inviolable.

Aquel paso significaba un nuevo comienzo para mi futuro junto a Naomi, y lo consideré un bálsamo eficaz para mis preocupaciones, pues en Jerusalén la inocencia se había sustituido por la oscuridad del absoluto poder saduceo.

Y yo, lo sabía, estaba en su punto de mira.

Mi familia salió al dintel de la puerta a despedirme, convirtiendo la ocasión en una jeremiada de lamentos, lloros y suspiros, tras desearme un feliz trayecto. Mi madre me bendijo y me besó, instante en el que el cuerno del Templo resonó disonante en la quietud del alba. Era el vigésimo primer día del florido mes de *iyar*, cuando abandoné mi casa con rumbo a Jericó, a fin de desaparecer por un tiempo de la enojosa mirada de los saduceos.

Ardía en deseos de encontrarme con Naomi, que en unas horas se convertiría en el refugio de mis dudas.

Sin embargo, y pasado el tiempo, considero que resulta absurdo sortear lo irremediable y que es estéril enfrentarse al destino. Lo más que puede hacerse es postergarlo durante un tiempo, normalmente corto e inaplazable. Al final, la inexorable fatalidad suele desplomarse sobre los mortales con toda su severidad y crudeza.

«La vergüenza de los *sadoki* nos hunde a los ojos de Dios», pensé.

Habíamos traspasado con creces el umbral de la primavera y estaba impaciente por visitar a Naomi antes de ocuparme de mis nuevos deberes como escriba.

Había despuntado el alba por oriente, y escuchado el canto del gallo, cuando salí por la Puerta de las Aguas en compañía de un criado armado sobre dos mulas ambladoras, de las que colgaban las ánforas de aceite para la sinagoga de Jericó.

La lluvia vespertina había hecho que el manantial de Gihón manara turbio y que los arrieros y pastores llevaran a sus animales a abrevar a la fuente de Rogel, en medio de un rumor de rebuznos, berridos de los camellos y llamadas de los acemileros.

Levanté la mirada y eché un vistazo a mi alrededor. En lo alto, en medio de las penumbras de la aurora, y dominándolo todo, se erguía imponente el templo de Herodes, inamovible en la alborada como una nívea cúspide entre un mar de casas de adobe, teja roja y ladrillo. Una bandada de aves asustadas que no pude identificar se desplazaba hacia el Monte de los Olivos en veloz vuelo. Los huertos exhalaban una fragancia embriagadora a naranjos, albaricoques y cidros en flor, y aspiré su olor.

No experimenté temor alguno. Antes bien, abandonar Jerusalén me produjo serenidad. Viajar por el camino de Jericó, donde vivían muchos sacerdotes en sus pomposas villas rústicas, era seguro, pues estaba vigilado por patrullas romanas.

Nos precedía un grupo de viajeros envueltos en capas de lana, unos a pie con cayados y otros en cabalgaduras. Algunos llevaban faroles de sebo encendidos para guiarse por el camino. Nos cruzamos con varios carros de hortelanos que venían a Jerusalén a vender sus hortalizas, y que nos saludaban deseándonos la paz:

—*Shalom*.

Aún lucía en el cielo un lechoso cuarto menguante cuando divisamos las primeras colinas que descendían hacia el Jordán y la vereda de Jericó y dejamos de ver las murallas y fortificaciones de Jerusalén, que se perdieron en el horizonte.

Azuzamos las mulas, cuando mi criado se detuvo en seco, y gritó alarmado:

—¡Ahí, señor! Parecen fugitivos, y los sigue una patrulla.

A lo lejos, observé entre los pedregales las difusas siluetas de lo que me parecieron *zelotes*, o ladrones desarrapados, pues iban armados. Y aunque a veces los salteadores de caminos solían valerse de ladinos subterfugios, la realidad se presentaba confusa. Retuve el aliento cuando el camino, de improviso, se quedó desierto. Era extremadamente raro. ¿Dónde estaban los que nos precedían? Se había hecho el silencio. Al poco escuchamos carreras y órdenes en griego y latín.

Mis pulsos se aceleraron y percibí el agrio olor del miedo.

VII

SERVUS ROMAE

De un salto mi criado sacó su arma y se apostó delante de mí para defenderme.

Tal vez deberíamos habernos escondido o haber retrocedido, pues se trataba de una reducida tropa romana de las rezagadas, que regresaban a sus cuarteles de Cesarea, y que posiblemente nos confundieron con bandoleros.

Relucieron los cascos, hierros y armaduras, se oyeron invectivas voces y, en menos de un suspiro, se hallaban frente a nosotros, mirándonos con sus hoscas pupilas. El que parecía el decurión de la patrulla me señaló con su espada desenvainada.

—¡Estos son! —señaló a sus soldados.

Ya era demasiado tarde para huir. Mezcla de confusión y alarma, el corazón me dio un vuelco. En aquel preciso instante percibí el mismo recelo de la oveja al lobo y olí el corrosivo tufo del horror ante un peligro desconocido.

No preguntaron, no se detuvieron, no tuvieron piedad, sino que un legionario cortó el cuello de un tajo a mi valeroso criado y su sangre empapó mi rostro, mis manos y mi túnica. Me arrodillé para implorar clemencia, aunque cerré los ojos esperando el mandoble fatal. Quizá mi túnica y mi turbante blanco de levita me salvaran.

Sin embargo, antes de que pudiera reaccionar, tenía una soga alrededor del cuello y una lanza presionándome el pecho. Quise hablar y proclamar quién era, un protegido del Templo, cuando un soldado me golpeó la boca con el pomo de su gladio, partiéndome el labio. Un borbotón de sangre casi hizo que me ahogara. Callé.

Al instante las manos ágiles y ásperas de aquellos embrutecidos legionarios me desnudaron, me arrebataron el anillo de oro con el símbolo del Nejustán, me amordazaron y, en medio de una iracunda violencia, me golpearon con saña, tumbándome en el suelo. Vi cómo daban varios tajos al cuerpo de mi sirviente y lo arrojaban a un barranco. Luego observé extrañado que cogían un fardo del carro. Se trataba de los despojos de alguno aún más desgraciado que yo, al que vistieron con mi túnica rasgada y salpicada de sangre.

Las alimañas y buitres darían buena cuenta del siervo, y recé por su alma.

Me tiraron como un bulto en el carro de avituallamiento y pensé que mi desgracia no podía ser más frustrante y aterradora, cuando tenía al alcance de la mano la felicidad soñada. Mi Dios me había abandonado. «¿Qué será de mí y de los míos? ¿Cuánto tardarán en hallar los cadáveres y advertir mi desaparición? ¿Adónde me llevaban? ¿Y por qué? ¿Era otra de las maldades de la jerarquía saducea contra los Eleazar? ¿Se trataba de un infeliz y casual asalto en el que nos habían tomado por zelotes?», reflexioné, tras recordar la fatídica advertencia que me avisaba de un peligro de materia ignorada, que infelizmente se había cumplido aquel amargo amanecer.

No sabía cómo encajar aquellos fragmentos de la terrible realidad que estaba viviendo. Todas aquellas aciagas conjeturas se despeñaban por mi embotado cerebro, sin hallar respuesta alguna, en medio de una ira y un pavor irreprimibles.

De repente, el mundo se había derrumbado sobre mi cabeza.

—*Ad Caesaream!* —ordenó el decurión, y la patrulla se puso en marcha.

Cuatro días y una mañana duró el martirizador y azaroso viaje, donde apenas pude probar los restos del rancho de los legionarios y unos sorbos de agua en cada anochecer. Noté que allá donde pasábamos y nos cruzábamos con gente, se hacía el más aterrador de los silencios, el silencio del miedo al paso del conquistador, y también que variaron el rumbo varias veces. Solo escuchaba el isócrono ruido de las sandalias claveteadas de los legionarios, y me extrañó que me mantuvieran tirado en el carro de vituallas y que no fuera andando como los soldados. ¿Acaso querían ocultarme? Constituía otra de las enigmáticas circunstancias que rodearon mi apresamiento y la brutal separación de mi familia.

Cruzamos a marchas forzadas las trochas escarpadas de Gabaón y Emaus, las planicies de Egrón y una vereda llana cercana al puerto de Joppe, donde olí la salitrosa humedad de su atmósfera, antes de entrar en Cesarea Marítima, la ciudad construida por Herodes en honor de Augusto y sede oficial del procurador romano Poncio Pilatos.

Dolorido, sudoroso, magullado, comido por los tábanos y cubierto de sangre seca, polvo y de restos de mis propias inmundicias, fui sacado del carro, mientras el piquete ingresaba por la puerta de la ciudad. Ante mi extrañeza, me inmovilizaron.

—Llevadlo a que le hagan la *incisio* —ordenó el jefe.

Dos veteranos tiraron de la soga y me condujeron a un laberinto de inmundos cobertizos de cañas, adobe y lonas en las afueras de las murallas, donde me entregaron a un chipriota de Kition, paticorto y con una cicatriz que le impedía la visión de un ojo, siendo el otro de color negro. Se trataba de un avezado mangón, un tratante de esclavos al por mayor, de los que solían seguir la estela de las legiones romanas para comprarlos a buen precio y revenderlos en los comercios del Mare Nostrum a precios exorbitantes.

—¡Este ha de ser llevado a Roma! —gritó el soldado.

—¿Qué es, una mercancía delicada y selecta? —ironizó el mangón.

—Aquí tienes este papiro donde lo explica todo. ¡Es un *incisus*! Tú verás lo que haces con él. El pago se lo debes al decurión y no será menos de quinientos denarios. Es joven y fuerte y sacarás el triple cuando lo vendas —le advirtió el legionario.

El tratante echó un vistazo con su ojo sano al papel y, mientras leía, masculló reproches ininteligibles. Lo introdujo en su faltriquera y luego me revisó el cuerpo como si fuera un animal. Al comprobar los signos de la circuncisión, exclamó cáustico:

—Así que eres un maldito judío de esos que adoran al ser invisible y que se cortan el prepucio para follar mejor con las cabras, ¿no, sabandija?

No lo miré, sino que permanecí con la mirada baja pensando que debía contestar con sumisa cordura para que mi esclavitud fuera menos infernal de la imaginada.

—¿Hablas griego? Aquí dice que pertenecías a la clase escogida del templo.

—Sí, hablo koiné y el griego de los filósofos —se me escapó un hilo de voz.

—¿Y qué sabes hacer, además, escoria judía? —Abrió su bocaza negruzca, que exhalaba un tufo nauseabundo a vinazo y ajo—. Para galeote y para las minas de azufre servirías bien, pues eres joven y estás bien formado, aunque no seas muy fuerte. ¿Y cuál es tu nombre? Aquí no dice nada.

Fugazmente recordé que los judíos helenizados suelen nombrar como «Jasón» a los hebreos de nombre Yeshua.

—Jasón de Séforis —mentí para borrar cualquier pista sobre mi origen.

Sufrí un escalofrío en mi mugrienta y magullada piel. Ambos destinos me aterrorizaban y estaba firmemente persuadido de que no duraría en ellos ni un año. Moriría de consunción, sodomizado y mutilado. Dudé unos instantes. No sabía si revelar lo que era, o silenciar mis valías. Opté por hacer una meritoria de mis conocimientos, pero sin excesos, para no exasperarlo. Eso tal vez me acarreara un destino mejor. Hablé:

—Era un escriba de los que elaboran documentos. Sé leer griego, arameo, persa y latín y me ocupaba en preparar el aceite sagrado para las sinagogas de Judea.

—¡Anda, así que tenemos a un maldito *olearius*! Los romanos los valoran mucho.

—Conozco las técnicas de la recolección, prensado y elaboración del aceite.

—¿Y qué has hecho para que te esclavicen? Te has alzado contra ese rastrero de Pilatos. Es un mal bicho y a los tratantes nos saca las entrañas. ¡Que Tanit lo confunda!

—No llego a comprender mi situación, *dominus* —me defendí—. Fui atacado por una patrulla romana. Resulta evidente que me confundieron con un galileo sedicioso.

—Pues en este papiro se asegura que has sido hecho esclavo y deportado por manifiesto enfrentamiento a Roma y por blasfemia hacia los sacerdotes. ¿Sabes?

«Maldito sea, así que era eso», pensé. Josef Caifás cumplía su venganza contra los Eleazar tras oponerse mi padre en el sanedrín a sus negocios bastardos con los romanos. Estaba claro y el enigmático mensaje de un alma caritativa así me lo había pronosticado, recomendándome la huida.

Comenzaba a adivinar. Me habían preparado una emboscada. Y, hecho esclavo, jamás regresaría a Jerusalén y no se ensuciarían sus manos con la sangre de un escriba.

Luego me preocupé por mi madre, mi hermana y mi tío Zakay, y también por Naomi, y los ojos se me anegaron en lágrimas por la suerte que correrían, aunque pensé que el sacrificio de mi padre y de su primogénito bastarían al codicioso Caifás y que mis familiares, inofensivos a todas luces, se salvarían de su odiosa e injustificada ira.

Y también estaba seguro de que, pasadas unas semanas, anunciarían apesadumbrados mi accidentado fallecimiento y el de mi sirviente y aportarían pruebas contundentes, presentando dos cuerpos descompuestos, corruptos, inidentificables y devorados por las alimañas y los buitres, tras encontrarlos casualmente un pastor, pagado por el templo, en el profundo barranco donde fuimos arrojados. Nuestras facciones estarían desfiguradas, no así los vestidos, en especial mi túnica de levita, que sería reconocida como auténtica.

Y en ese momento comprendí que aquel fardo que lanzaron después sería un cadáver anónimo que correspondería al mío. Y los bandidos que merodeaban por las veredas de Jericó serían los malvados y necesarios causantes. Incluso los viajeros que nos precedían y que se esfumaron tragados por la tierra serían guardias del Templo, que nos habían estado vigilando y que advirtieron a los romanos de nuestra llegada.

Todo debidamente planeado y ejecutado para mi dolor y el de mi familia, a la que ya no vería jamás, si no era en la otra vida.

—Dios de mis padres, envíame tu *nezá*, tu paciencia divina, o moriré —recé.

El esclavista tuerto me soltó y me condujo a un cobertizo de traza ruin donde había media docena de jóvenes esclavos tirados sobre un jergón de paja infestada de inmundicias y de piojos, que lamentaban su aciaga suerte en desconocidas lenguas. ¿Qué espantoso destino nos aguardaba? Lo ignoraba y un temor macabro acabó derribándome en un rincón. Estaba desfallecido por el hambre y la sed. Dos esbirros me encadenaron por el cuello a una argolla oxidada y me golpearon el costado con saña.

La tarde oscureció la luz del sol y me ovillé como un gusano herido con la cabeza entre las piernas, incapaz de aceptar mi trágico sino. Me había convertido en un objeto de intercambio y por ende lucrativo para otras personas. Y por no poseer no poseía ni mi cuerpo. Muy pronto sería valorado únicamente por mi utilidad y mi futuro amo tendría sobre mí derecho de patíbulo y de cuchillo, y mis hijos, si es que los tenía, también serían esclavos.

Y para mí, renunciar a la libertad era como desistir de la condición de hombre. No lo comprendía y mi alma se rebelaba. Traje a mi memoria a la dulce Naomi y entré en un llanto demoledor, pues entendí que ya no la vería jamás. Mi alma se revolvía enloquecida. Todo aquello era un abuso más del poder sobre los más débiles y preferí estar muerto.

Decidí no decir mi verdadero nombre jamás, ni mencionar un posible rescate de mi familia. Sería inútil, pues los jerarcas de mi ciudad ya habían decidido mi destino. Pensé que, si amas, pero no posees la libertad, es mejor pasar por un individuo desconocido. Mi resistencia comenzó a resquebrajarse. Había entrado en un mundo donde las palabras «compasión», «humanidad» y «clemencia» no existían y donde uno podía deshonrarse a sí mismo por un trozo de pan duro.

Transcurridos unos días en los que creí descender a los infiernos, probé el fragor del látigo y sufrí el hambre y la sed más atroces y las degradaciones más humillantes. Me sentía como si estuviera enterrado vivo bajo la losa de un mañana sin futuro.

Al clarear un alba brumosa, nos sacaron a empellones de la empalizada y pude observar que en aquel antro de dolor había casi un centenar de animalizados esclavos entre mujeres, hombres y niños, que aguardábamos ser vendidos en los mercados del Imperio. Al grupo de jóvenes y niños que habíamos dormido juntos nos asearon con agua helada, nos alimentaron con un sopicaldo de sebo y avena y nos condujeron a un habitáculo de mampostería donde nos recibió un cirujano griego, un *arquíatra*, hombre de cuerpo menudo, barba rala y manos sarmentosas, que olía a vino que apestaba.

—¿Cuál es el de la *incisio*? —preguntó al sayón que nos mantenía atados.

—Este, el mayor de todos. —Me señaló con el látigo.

Me tumbaron sin miramientos boca abajo sobre una mesa agrietada y me ataron. El cirujano, tomando un escarpelo en su mano, me hizo un profundo tajo cerca del cuello. Comprobé con dolor que no consistía en sajar una simple herida, sino que con el cuchillo curvo me abrió la carne, causándome dos labios, para que cuando cicatrizaran apareciera un borde que propalara mi condición. Eso significaría que había sido hecho esclavo por el ejército como botín de conquista y que el erario de Roma y del César tendrían parte en mi venta.

—¡Ya eres un esclavo de Roma! —informó el físico.

Presentí que ya no podía detener el curso de los funestos acontecimientos y que la autocompasión suele ser indecorosa, pues los verdugos se alegran de tu sufrimiento.

—Será un magnífico zapador en las minas de plomo de Cerdeña —me intimidó otro, y lo miré con un escalofrío aterrador.

Noté la sangre caliente escapar por mi espalda y cómo después me aplicaba un chorro de vino barato y un apósito de lino para cubrir la herida. Me dio luego una esponja empapada en vinagre y me ordenaron en griego que me sentara en el poyo, bajo la ventana, y que la apretara. Y lo hizo propinándome una terrible patada con las botas claveteadas de hierro que me abrió otra herida en la pierna.

Al poco una atmosfera de desolación penetró en el cobertizo, y mi temor inicial se fue transformando en un odio profundo hacia Sayed, el mercader tuerto, y sus esbirros sin alma.

Iba a presenciar uno de los más macabros e inhumanos martirios que se puedan hacer a un ser humano. Me quedé inmóvil, estupefacto y sin habla al contemplarlo. Los sayones encendieron varias luminarias y ataron las manos a la espalda a los otros cuatro muchachos, que atemorizados y sin saber qué iban a hacerles se miraban entre sí con alarma.

Uno de los verdugos acercó un cántaro del que dio de beber a los cuatro jovenzuelos, quizá un tranquilizante de cardamomo indio y adormidera por el tufo que emitía. Los desnudaron y sujetaron las piernas y el pecho con correas, y uno de los vigilantes embadurnó con jabón sus genitales y los afeitó uno tras otro.

De pronto comenzaron a lanzar unos lamentos desgarradores que ponían el vello de punta, conocedores de lo que los aguardaba. Los amordazaron y el impávido físico tomó en sus manos una caja de bronce repleta de relucientes sondas, pinzas, espátulas y *specula*, donde descubrió un escalpelo curvo que brillaba con la luz de las lucernas y que el médico limpió en su sucia túnica.

Cogieron al primero, un chico de piel olivácea y cabello ensortijado, al parecer persa, fenicio o sirio, al que alzaron con fuerza colocándolo a horcajadas en la mesa. Y el griego, de un corte seco, preciso y rápido le cortó su flácida virilidad, que cayó sanguinolenta al suelo como una sanguijuela y que fue devorada al instante por el perro que seguía al médico. El desconcertado chiquillo abrió los ojos desesperadamente, para luego, vencido por el desmedido dolor que debía haber notado, quedar sin sentido y con los muslos anegados en sangre. Yo no perdía detalle, horrorizado con lo que estaba contemplando. Agudicé mis sentidos. No parpadeaba y mi respiración galopaba.

Si sobrevivía a la dolorosa operación, sería el eunuco de un harén persa.

Después vi cómo el griego introducía en la perforación efectuada en el pene del muchacho un huesecillo diminuto, y lo recubría luego con varios pellejos de tripa seca, cauterizando la herida con una mezcla de aceite, musgo, raíces de almástiga y hojas de acanto maceradas. Sin muchos miramientos lo tendieron en un banco de madera frente a mí, colocándole un paño de estameña entre las piernas tintas en sangre.

Acto seguido ejecutaron la misma y horrible emasculación a los otros tres aterrados muchachos, que se consolaban entre sí llorando pegados unos a otros, mientras se observaban con miradas patéticas, ansiando un leve consuelo, que yo en vano traté de ofrecerles y que rehuyeron de malas formas. Era la desesperación, pues eran unos seres inocentes a los que el mundo aún no había pervertido.

Mi alma se hallaba desollada y me agarré como un náufrago perdido al madero de la oración, mientras me oprimía una sensación de repulsión hacia aquellos verdugos. Aquella ha sido la experiencia más traumática y dolorosa de cuantas he vivido y mis emociones me amenazaban cada día con degenerar en locura.

Permanecimos cerca de una semana en aquel tétrico cobertizo de espanto, fiebres, hambre y desesperanza. A los castrados apenas si les dieron unos sorbos de agua, pues era contraproducente tras la operación y los haría sufrir más, ya que desearían hacer aguas menores y se les infectarían las heridas. Se hallaban al borde del derrumbe físico y también de la locura, atenazados por una sed desesperante y por un dolor intolerable, y sin poder orinar, debido al taponamiento de la astilla. Pedían que los mataran a gritos en sus lenguas bárbaras, a pesar de estar devorados por la calentura, temblar de frío y no tener apenas fuerzas para incorporarse o hablar.

Fuimos vigilados por los celosos guardas del mercader Sayed, que apareció al tercer día ataviado con un albornoz armenio y un gorro de seda, al ser avisado de que dos de los castrados se estaban muriendo. La agónica imagen de los dos chiquillos ni lo inmutó. Antes bien, ordenó inmisericorde:

—Llamad a ese físico borracho y que él decida, ¡maldita sea mi estampa!

Un silencio cortante se adueñó de la escena. Un mutismo de pavor y de perturbador estremecimiento nos atenazó. Observé los ojos fieros de los jóvenes, como de bestias desnaturalizadas por la amargura y el tormento que soportaban y también por el aterrador futuro que los aguardaba. Y pregunté al cielo qué terrible pecado habían cometido aquellos inocentes y desamparados niños para merecer semejante agonía.

Con déspota sequedad entró el terapeuta griego en el habitáculo, como si fuera el ángel mortífero que decidía sobre nuestro destino en la tierra.

Entre resoplidos y murmuraciones fue examinando la emasculación efectuada a los castrados y fue negando con la cabeza. Abrió la caja donde guardaba sus útiles de cirugía con una frialdad que helaba el resuello. Cogió una aguja de cobre reluciente, se acercó al primer castrado moribundo, que hipaba como un corderillo y que lo miraba implorante. Le tomó la cabeza con ruda insensibilidad, colocó la fina lanceta en el occipucio y con una punción certera la hundió entre las cervicales, rematándolo como una res en el matadero, con una displicencia que me dejó helado.

El desventurado chiquillo crispó su carita con la contorsión final y expiró sin emitir un solo gemido y con la cabeza desmadejada hacia un lado.

Después, con idéntica e insensible indolencia repitió la letal operación con el otro desahuciado agonizante, que murió con la lengua fuera y los ojos desorbitados.

Una vez apuntillados los dos niños, los verdugos recogieron los cadáveres con unos ganchos y los sacaron para enterrarlos en una poza de cal que yo había descubierto días antes al evacuar mi vientre, dejando tras de sí un rastro sanguinolento.

—Sayed, estos dos te sobrevivirán. Les voy a quitar los tapones y ya podrán orinar y alimentarse. Sacarás un buen precio por ellos. Han quedado perfectos —opinó.

Tras el trágico desenlace, el médico nos limpió las heridas y nos dio a beber agua, tan caliente como la orina de un camello, y los dos castrados supervivientes evacuaron junto a la puerta un líquido viscoso durante largo rato. Y a pesar del dolor, gimieron de placer.

Habían conservado la vida y parecían felices. Algo incomprensible para mi razón.

La imagen de barbarie que presencié aquellos días jamás se ha borrado de mi mente. No podía ser más cruento e inhumano el proceder de aquellos carniceros brutales. Percibí mi alma traspasada por la desdicha de aquellas criaturas, y a veces todavía resuenan en mi cerebro sus infantiles gritos de impotencia, mientras morían entre lamentos y bañadas en sangre sus entrepiernas. Aún no habían probado las delicias de la existencia y sí todos sus sinsabores. ¿Podría ya algo sostenerme en el mundo?

A los dos castrados sobrevivientes y a mí nos devolvieron al lóbrego cercado, donde siguieron tratándonos como bestias. Nos fustigaban con los bastones sin motivo alguno y a uno de ellos lo sodomizó un esbirro durante varias noches, ante las risotadas de sus congéneres. Yo apartaba la mirada, protestaba, y me caía una lluvia de palos.

Estábamos resignados a ser esclavos, y en mi despreciable insignificancia mi alma se partió en dos, tras sucumbir ante tamaña desgracia. Atravesé oscuros desiertos de tormento interior y me refugié en los confines inaccesibles de mis recuerdos. Admití con resignación que tal vez la muerte resultara a la postre una liberación para tanto sufrimiento. Me veía como un desheredado del mundo y me encontraba solo e indefenso a decenas de estadios de mi querida Jerusalén y de mi gente.

Observé desalentado la trémula luz de la claraboya, y razoné que mi certeza de liberación era tan mínima como aquel débil rayo que caía sobre los mohosos hierros que aprisionaban mis pies magullados. La esclavitud, pensé en aquel instante, transmite una sensación opresiva y el entendimiento de quien la padece se niega a aceptar su dolorosa realidad.

Con una incontenible irrupción de llanto, maldije al cielo. Ezra ben Fazael Eleazar, recién nombrado escriba de la ley de Dios, había muerto. Con los dramáticos sucesos que se habían producido, la amenaza de sepultar mi pasado era real.

Mi capacidad de razonar se abismaba en la incoherencia y la desolación. Al instante, un silencio sobrecogedor se adueñó de aquel lugar de miseria y de cadenas.

VIII

AFRODITA CORINTIA

Año XIV del reinado de Tiberio César

En los primeros meses de esclavitud soporté un dolor desmedido.

Los abusos, el terror y el tormento eran nuestra ley. El tétrico antro donde estaba encerrado no era sino un inmundo depósito de esclavos de donde solo saldríamos muertos, o para ser vendidos en los mercados cercanos a Cesarea, o bien para embarcarnos hacia Occidente. A mí, que estaba destinado a Roma, me arrastraron sin conmiseración a un barracón cercano a las murallas.

Un miedo espantoso me dominó y comprendí que el destino del hombre es indisociable del sufrimiento. Mi expresión se volvió atormentada, mi respiración penosa y mi mirada como la de un agonizante. Y poco a poco me fui introduciendo en la senda de la locura.

Los sicarios de Sayed, provistos de mazas de hierro, me encerraron en una bodega inmunda y de atmósfera irrespirable junto a otros desesperados, entre escorias e inmundicias, y con un hedor insoportable a paja podrida y orines, donde a veces merodeaban las arañas, las tarántulas y algún alacrán que matábamos con las sandalias. A media tarde traían una cesta con trozos de pan negro, unas escudillas con una papilla repugnante y un odre de vino aguado que nos disputábamos como alimañas.

En algún momento, mi voluntad dejó de obedecerme y creí volverme loco, lo reconozco, y gritaba como un poseso. Hoy me avergüenzo al evocarlo. Mis oídos estallaban con el crepitar del latigazo y mi cuerpo temblaba de pavor, confirmándome a mí mismo que no estaba preparado para el abusivo atropello de mis carceleros, que nos fustigaban y amedrentaban con una insensible saña.

Ni encomendarme al Único, al Bendito, suponía consuelo para mi alma.

Así que en un acceso de desesperación determiné quitarme la vida, aunque yo sabía como *sofrín* de la ley de Mosisés que suicidarme me excluía del Juicio Final y de la visión eterna del Padre, como nos enseña el Génesis: «Demandaré al hombre que derrame su propia sangre». Pero yo no podía acostumbrarme a vivir en un mundo sin estrellas, sin el calor de la familia, sin la luz del afecto y constantemente vapuleado y afrentado, así que consideré en mi desesperación que Yavé había puesto un precio altísimo a mi existencia.

Una calurosa mañana, con la luz del alba, mi situación cobró la dureza de la cruda realidad y no pude soportar más tanto horror. Como cada amanecer, nos sacaron fuera atados los pies con grilletes para, según Sayed, mantener el ánimo firme, no engordar y ganarnos el asqueroso pan que comíamos. Éramos una veintena de hombres y otras tantas jovencitas de diversas naciones venidas de otro barracón que nos dedicábamos a limpiar, baldear y asear los alrededores, las celdas, la cocina, los cuartos de los guardias armados y las cuadras, pertrechados con escobones, cubos de cal y agua y rastrillos. Las niñas y niños más pequeños, la mayoría vendidos por sus propios padres a cambio de comida, o de unos sestercios, gruñían con las bocas babeantes emitiendo un sollozo lastimero y rogando comida.

En una de aquellas salidas, y en lo más recóndito de mis entrañas, albergué la intención de abalanzarme al pozo de donde extraíamos el agua y morir allí mismo indignamente y por voluntad propia. Me revolvía contra aquellos sucesos con rabia y rechazo y busqué una salida rápida. Así que miré a mi alrededor y me decidí a perpetrarlo, viendo que no me vigilaba ningún centinela y que cerca solo se hallaba una joven y dos niños de cabellos hirsutos, seguramente dacios. Hice como que me acercaba a sacar agua y comprobé la profundidad del pozo. La presión que sufría mi alma había llegado a ser tan inmensa como insoportable.

Me partiría el cuello y el espinazo. La muerte era segura.

Aunque atenazado por los hierros de los tobillos conseguí, no sin dificultad, alzar las piernas juntas, impulsándome con las manos asidas al brocal, con la intención de arrojarme al vacío, romperme la crisma con las piedras y ahogarme finalmente. Pero de repente, como salida de la nada, una esclava me asió fuertemente de un brazo y me lanzó al suelo, impidiendo mi irremisible caída. Me había disuadido de mi propósito y detenido con inusitado nervio mi intento. En un griego propio del mismísimo Platón, me conminó con dureza:

—Insensato, ¡por el padre Zeus!, ¿tan poco coraje tienes? ¡Detente! ¿Acaso eres un chiquillo asustado? Debes llevar tu desgracia como el rey lleva su corona.

Semejantes palabras sobre mi cobardía fueron un aviso en mi alterada mente.

—Mi rabia es tan grande como la tuya, pero la esclavitud siempre será mejor que el suicidio —me avisó, y vi el horror de mis retinas reflejado en sus ojos clarísimos.

Yo balbucí palabras incoherentes, me incorporé abochornado y la miré con sorpresa. A pesar de la derrota en la que nos hallábamos mostraba una noble altivez. Poseía además una rara autoridad a pesar de no ser muy alta, y su mirada de pupilas intensamente azules se clavó en mí. Sus modos eran seguros y parecía no concederle importancia al asunto, como si fuera una cosa comprensible preocuparse por un prójimo que lo precisaba, en aquel marjal de sufrimiento.

—Han arruinado mi alma, mujer, y en mi corazón no cabe más dolor —le dije también en griego.

Tenía el pelo casi rapado, muy corto y del color del trigo en la era, seguramente rapado como una condición más de su esclavitud. Aleteaba su nariz pequeña y algo respingona, y su tez sonrosada y sus labios finos no delataban crispación alguna. Aprecié su gesto y bajé confundido la cabeza.

—¿Eres un pagano de los que no temen a los dioses? ¡Eh! —insistió mirándome con aspereza—. ¿No sabes que el destino que nos marcan desde nuestro nacimiento ha de cumplirse y que ante ellos hemos de responder en el Elíseo? La venganza divina de Proserpina, la reina del Hades, hacia los suicidas es terrible.

En el vasto desierto de la desgracia había resonado la voz de Dios. La joven había sido capaz de hallar esperanza en el más desolado de los desiertos.

—¿No fueron más desgraciados que tú esos chiquillos que murieron de forma horrible tras ser castrados como cebones ante tus ojos? Yo fregaba el pórtico y los vi —volvió a censurarme—. ¡Quién sabe si esta situación no te será útil para lo que te resta de vida, por Afrodita!

Pensé que el espectáculo de sobreponerse a la adversidad es grandioso, pero es todavía más grande el de aquel que acude a socorrer al desgraciado. Le sonreí.

—Gracias por salvar mi alma de la oscuridad, muchacha. Con tu acción he comprendido que a quien Dios aflige lo tiene de su lado. Tú has sido su voz.

—Un consejo —me dijo—, no pienses en tu estado de aflicción, que de nada favorece a tu ánimo, sino en el devenir que te espera. Demuestra más valor quien acepta su esclavitud que el que quiere acabar con ella. ¿Quién nos asegura que no podamos ser dichosos en el futuro? Pero antes has de borrar tu pasado.

Así que con su ayuda decidí no manchar mi existencia ni separarme del mundo y tratar de no pensar en mi familia y mi pasado. Ambos habían muerto para mí.

La anónima esclava griega, mujer de animosos arrestos, había paralizado mis intenciones con su determinación. A pesar de sufrir el sometimiento de nuestros bestiales verdugos, me había salvado la piel, quizá jugándose unos latigazos o un castigo severo por hablar con un hombre.

Así que pensé que cuanto más grande es el beneficio recibido, quedamos más obligados a quien nos lo procuró. La desconocida me había lanzado una tabla salvadora en mi naufragio personal, y aunque no merecía su auxilio por mi flaqueza, mi agradecimiento sería perdurable hacia ella.

—¿Cuál es tu nombre? —me interesé solícito.

—Priscila, de Corinto. Un día fui hieródula de la diosa Afrodita. ¿Y el tuyo?

—Jasón, y provengo de Séforis, cerca de aquí —le dije, falseando mi nombre.

—Es cuanto debemos saber, pues de seguro nos cambiarán nuestros nombres por otros. Muy pronto nos separarán y nuestros caminos tomarán sendas diferentes. Es nuestra fortuna —me contestó sonriendo con afabilidad.

Un estremecimiento sacudió mi alma agradecida, atorando mi garganta.

Recuerdo que un hervidero de saltamontes, agitados por el viento, hicieron que corriera asustada hacia su barracón. En el sucio cobertizo había extraviado mi dignidad, pero la acción de la griega me la había devuelto. La desaparición de aquella jovenzuela supondría un dolor añadido. Era la primera vez desde mi apresamiento que una persona me había mostrado compasión.

—¡Sé fuerte, sé fuerte, o los dioses no te perdonarán tu desafío! —me recomendó mientras desaparecía de mi vista.

Aquella noche no apareció la luna y en el lóbrego cobertizo recordé, después de mucho tiempo, el dulce e inconfundible sabor de la esperanza en forma de mujer.

Corrieron los días y las noches desposeído de fe y sostenido solo por el recuerdo de la muchacha y lo que el futuro y mi esquiva estrella me depararan. Por aquellos días padecí una inclemente afección respiratoria que me dejó en los huesos. Creí morir, y de resultas de la infección adquirí una ligera asfixia que desde entonces me acompaña como inseparable compañera cada vez que mis pulmones respiran aire frío.

Por los barracones corrió la voz de que antes de salir el sol se habían llevado a todas las mujeres, a los *hieroi* o efebos afeminados y a los niños castrados en carros para venderlos en el más inmenso comercio de carne humana que existía en el mundo civilizado, el de Kition, el puerto comercial de la isla de Chipre, donde recalaban compradores de todo el mar Interior, de África y de Asia.

Recibí la noticia con tristeza, pues ya no tendría la oportunidad de encontrarme con mi salvadora, la hija consagrada a Afrodita. Una mañana nos sacaron a los varones del inmundo depósito, nos ordenaron que nos aseáramos y nos facilitaron una braga para cubrir nuestras vergüenzas, una túnica parda o *chitión* y unas burdas sandalias, tras lo cual nos ataron a una larga cuerda de cautivos para dirigirnos en silencio al puerto de Cesarea, vigilados muy de cerca por los guardias de Sayed, el Tuerto.

Había llegado el día en el que dejaría atrás y para siempre mi querida patria, mi Templo, mi familia, mi sostén y fuerza, mis amigos y mis Sagradas Escrituras, y sobre todo el cuidado de los olivos de Getsemaní y del *oleum* sagrado. «¿Pero qué diferencia hay entre morir aquí o allí?», pensé sepultado en una amarga tristeza.

Un trirreme de mercancías y pasajeros partió de Cesarea rumbo a Puteoli con la primera marea, recién iniciado el estío. Los esclavos, como era costumbre, íbamos en cubierta, encadenados en parejas, con el inconveniente de que al vaciar nuestras vejigas y vientres debíamos hacerlo de dos en dos. La bodega iba estibada con vasijas de vino de Samos, seda, aceite y pasas, y también viajaban algunos pasajeros adinerados al resguardo de las inclemencias del mar y de las habituales celliscas.

Nunca había navegado y temía un naufragio, o un ataque de piratas, lo cual podría convertirse en una liberación. Permanecía callado y aspiraba la brisa del mar.

El océano estaba en calma y pronto la costa del Líbano fue tan solo una línea ocre y desdibujada en el horizonte. En circunstancias tan dramáticas tenía desconfianza hasta de mi propia sombra. No obstante, mi ánimo se serenó al comprobar que flameaba en la cofa un gallardete con el emblema romano del *SPQR*, sinónimo de fuerza, temor y seguridad.

Al pasar junto a Chipre, los marineros quemaron romeros en cazuelas rebosantes de ascuas. Desde la cubierta contemplé el templo de Afrodita Akraia, tan hermoso como mi templo de Jerusalén, y en donde, según mi pareja de esclavitud, un locuaz egipcio de Tebas, cantaban cada amanecer los gallos negros de la diosa nacida de las aguas y protectora de navegantes, a la que se encomendaron los marineros.

El tambor del cómitre y los remos batían las crestas del oleaje, uniendo sus clamores a los de los pilotos y timoneles, todos romanos. Los apacibles vientos etesios, las brisas que soplan en verano sobre el mar azulísimo e inmenso, nos fueron favorables, pero aun así eché cuanto ingería, que no era mucho.

Nos cruzamos con veloces mioperos, las naves fenicias de Tiro dedicadas al comercio, con sus espantosos ídolos de proa labrados en marfil, los genios pataicos, y sus inconfundibles velas de color púrpura. Hicieron sonar las trompas, mientras rumbeabamos en dirección a la isla de Creta, y Sayed, en un exceso de esplendidez, nos proporcionó a los encadenados un pellejo con vino almizclado que nos hizo más llevadera la navegación, pues trajo la avenencia a nuestros desgarrados estómagos.

La embarcación recaló en el puerto de Candia, en Creta, donde el piloto dedicó el sacrificio de un cabritillo a Poseidón, con lo que me fui familiarizando con el panteón griego y romano. El terror me dominaba cuando el barco cabrioleaba y nos hacía rodar por la cubierta, y me encomendaba al Dios de mis padres. Un sudor helado y el castañetear de los dientes revelaban el pavor que padecí.

Sobrepasamos, según nos iba explicando el egipcio, la legendaria isla de Rodas, cuyo afamado coloso dedicado al dios Helios se había derrumbado tras un terremoto dos siglos antes. Con vientos favorables abandonamos el laberinto de islas del Dodecaneso, donde cogí un severo constipado, que me produjo fiebre y una tos inclemente que me mantuvieron postrado.

Suele ocurrir que las debilidades son lo último que el hombre confiesa de sí mismo, porque es lo más secreto e inconfesable que posee. Y yo reconozco que nunca fui persona osada para contrarrestar la fortuna adversa, aunque mi maestro Gamaliel solía decir que de la timidez suelen proceder las virtudes más hermosas. La mía no se quebraba, sino que simplemente se replegaba en mi interior. El mundo nunca me había visto gemir y llorar, y ahora no hacía sino derramar lágrima tras lágrima.

No obstante, olvidada mi querida Naomi, a la que ya no vería nunca, del consuelo de aquella desconocida Priscila había nacido en mí una decidida resolución para enfrentarme a cualquier vicisitud que me sobreviniera. Había renunciado a mi hogareña, silenciosa y soñadora esposa. Era un muerto a quien habían arrebatado el amor.

Recuperado a medias de mi enfriamiento, y tras padecer episodios de asma, contemplé el añil mar Jónico de los héroes griegos que había estudiado en la Academia, y los puertos de Cefalonia, antes de ingresar a medio remo en el peligroso estrecho de Mesina, antesala de Siracusa, donde recalaríamos para aguar y evitar su traicionero viento de costado, el *labechus*, que hacía zozobrar muchas naos y que había comenzado a azotar la nave con fuerza.

Los esclavos estábamos cubiertos de suciedad y costras de salitre y también de nuestros propios vómitos, y Sayed nos obligó a bañarnos en las aguas sicilianas, desde donde pude contemplar la gigantesca montaña coronada de humo del volcán Etna y las sinuosas laderas sembradas de olivos y viñedos, tan parecidas a las de Judea.

Y sin quererlo pensé en los míos, seguramente desalentados y compungidos con mi desaparición y la del criado, que le habrían presentado los hipócritas esbirros del templo de forma irrebatible y mesándose los cabellos con condolencia: «Fueron atacados y muertos por los salteadores de caminos», les dirían.

El piloto mayor dedicó una libación a la implacable divinidad que habitaba en la montaña, Vulcano la llamaron, y al undécimo día de navegación, agotado, terriblemente mareado y casi en los huesos, bordeamos los puertos de Crotona, Agrigento y Mesina, donde descubrí amarrada una flota de naves romanas de guerra, dispuestas para disuadir a los piratas lidios e ilirios de cualquier ataque.

Al fin concluiría mi pavor con la última singladura, que concluiría en la antesala de Roma: el puerto de Puteoli. Cuando la nave atracó al alba en el embarcadero, soplaba una sofocante brisa y vi que estaba colmado de navíos varados, pero casi desierto de estibadores y marineros. Supe después que, al comenzar el verano, los romanos solían abandonar la pestilente olla de la capital y sus calores para retirarse a las umbrías de las colinas Albanas, a Baiae, Capri, Neápolis o Pompeya y a los frescos bosques de Preneste.

Yo no era hombre de mar y había sufrido con la travesía, paladeando salmuera y excrementos de mis camaradas de esclavitud. El perfume de la tierra y el contacto con las losas, tras los sufrientes días tendido en las húmedas tablas oliendo el aliento de mis compañeros de infortunio, supuso para mí un gozo incontenible.

Nada más poner pie en tierra me propuse imbuirme de cuanto me rodeaba, asimilar las costumbres de los romanos, sus modos de relacionarse y sus dichos y hábitos más comunes. Eso me ayudaría a relegar al olvido mi pasado, mientras en mi cabeza resonaba el consejo de la desconocida griega: «Sé fuerte, sé fuerte». Pero ¿y si me enviaban a las minas de estaño, o de galeote a un trirreme?, cavilé horrorizado.

—*Salutem* —saludó Sayed al que parecía su agente en Roma.

—*Salve, Sayed, adventu gratulatio!* —le contestó.

Noté que empleaban poco el idioma natural del Lacio y que se entendían más a menudo en griego koiné, lo cual representaba una gran ventaja para mí, que lo conocía a la perfección. El socio del tratante nos condujo a los carromatos, donde dos guardianes nos introdujeron de malas formas. Mientras los guardias visitaban las termas de Puteoli, a nosotros nos alimentaron con pan, queso, aceitunas, miel y vino.

Ante meridiem nos dirigimos a la Urbs, el nombre por antonomasia de Roma, vocablo que provenía de *urbo* o arado, con el que sus fundadores, Rómulo y Remo, delimitaron su primigenia extensión y forma.

Mientras contemplaba el paisaje de la Campania, experimenté un cambio en mi ánimo. Mi abatimiento y cólera interna por no aceptar la esclavitud se habían ido atemperando, e incluso la ansiedad que me había mantenido temeroso por mi timidez y sensibilidad. Conversaba con los otros cautivos e intercambiábamos confidencias e informaciones que podían sernos útiles con nuestros futuros amos.

Sudorosos y extenuados entramos en Roma por la Puerta Capena, junto a los gigantescos arcos del Aqua Marcia, el gran acueducto de la capital, tras transitar maravillado por la monumental Vía Apia, exornada a derecha e izquierda de asombrosas tumbas, sarcófagos, panteones y columbarios, que ni las legendarias Tebas, Pérgamo, Nínive o Menfis poseían. El tráfico de viandantes parecía una marea humana.

En lo alto de la puerta de entrada distinguí la cabeza sangrienta de un caballo.

—Ese caballo ha sido inmolado en el Capitolio y sirve para espantar a los malos espíritus que intenten entrar en la ciudad —nos explicó uno de los guardias.

Tuvimos que bajar del carro, pues hasta la noche no le estaba permitido entrar dentro del *pomerium*, el interior amurallado. Pasé de mi realidad provinciana de la austera Judea a contemplar la más gigantesca, cosmopolita, opulenta, ruidosa y mundana de las metrópolis de la ecúmene que desbordaba los límites de lo imaginable en grandiosidad, riqueza y en señoriales edificios, altas ínsulas y suntuosos templos dedicados a las más diversas deidades paganas.

La riqueza y la pobreza se mezclaban con los enjambres de irritantes moscas, con los fétidos olores de los detritus, las especias y las fritangas de las *termopolia,* mesones y los cerezos que crecían en los huertos de sus legendarias colinas. Mendigos, chiquillos astrosos y ladrones disimulados iban de un lado para otro. Con los sentidos abiertos, mi primera impresión fue de fascinación a pesar de la caótica agitación de sus calles, por donde deambulaban la plebe holgazana, las matronas, las *lobas* o prostitutas, los esclavos, las cohortes urbanas, los caballeros y los senadores togados.

Por vez primera admiré los mármoles del Capitolio, del teatro de Pompeyo, de la *domus* del Senado, de la Basílica Emilia y de los templos de Venus, Vesta, Castor y Pólux, Jano o Saturno, así como las jaspeadas columnas y pórticos del Foro, por donde circulaban las literas, los gramáticos, los leguleyos y los comerciantes.

Coincidiendo con la anaranjada declinación del sol, y custodiados por los vigilantes, ingresamos en la casona que Sayed poseía en Roma. Situada en una *clivus,* una cuesta empinada, en la verde colina del Esquilino, estaba cerca de la roca Velia y de la Subura, el barrio plebeyo por excelencia. Pude comprobar que menudeaban las prostitutas e individuos del común de la truhanería, aunque también podían verse fastuosas mansiones de *optimates* y de viejas familias patricias.

El aire tibio del ocaso entraba en el patio interior, donde fuimos obligados a sentarnos en un largo banco de madera. Nos liberaron de los grilletes y unas esclavas nos ofrecieron escudillas con un oloroso guiso de habas y manteca, mientras oímos por los ventanales el armonioso sonido de una flauta. Durante el trayecto nos habían alertado sobre los amos romanos que lisiaban a sus esclavos con sus brutalidades y que muchos *servi* eran explotados sexualmente y sometidos a maltratos, vejaciones y violencias extremas. El futuro no se presentaba nada halagüeño.

Sumido en aquellas meditaciones, de pronto escuché frente a mí unas susurrantes palabras que alguien me dirigía sin transmitir sorpresa.

—¿Has decidido vivir? —me interrogó sin alzar la voz.

Levanté la mirada sorprendido y ante mi visión se ofrecieron unos ojos grandes y llenos dulzura, que de inmediato disiparon mi máscara de cansancio y miedo y también mi patente desaliento por mi devenir.

—Sí, claro —balbucí y estuve a punto de tirar la escudilla al suelo.

—Veo que Afrodita te protege. Lo supe desde el principio —volvió a hablarme y me dedicó una mirada admirativa y considerada.

Y aun cuando aquella inesperada aparición no me brindaba una promesa segura de felicidad y menos de libertad, me llenó de reconfortante ilusión por la vida. La desgarradora maldición que había planeado sobre mí en aquellos meses se dulcificaba, y en mi interior noté un balsámico alivio.

Comprendí confiado que, de momento, no estaba solo en Roma.

IX

SUB ASTA AUREA

Era Priscila, la griega, y su inesperada presencia me estremeció.

Con una sonrisa en mis labios me cuestioné si el destino se burlaba de mí, pues el encuentro venía a explicar lo inexplicable del azar. Mi corazón, arrancado a tiras, se restauró. La vi muy cambiada. La creía vendida en los mercados de Kition, o de Rodas, los más importantes del Mare Nostrum, junto con Roma.

Me alegré lo indecible. Me apretó el hombro en señal de complacencia y me conturbó su ternura. No alcanzaba a esclarecer su cambio de aspecto, hasta que advertí que le había crecido el cabello, que le caía ondulado sobre los hombros, y que su famélico cuerpo había adquirido formas sugerentes.

A pesar del cruel revés del destino que nos había convertido en animales y en siervos de otros hombres, no la veía demasiado afectada, y en su mirada advertí un brillo de contento por nuestro casual cruce en la casa de esclavos de Sayed.

Aunque no estaba permitido hablar con las esclavas, mientras consumíamos la pitanza, nos cortaban el cabello y las abundantes barbas y nos acercaban baldes con agua jabonosa para asearnos y *subúculas* y chitones limpios con los que vestirnos, mantuvimos una disimulada plática, que vino a colmar nuestras curiosidades.

—¿Tomaste la determinación de olvidar tu pasado y aceptar tu estrella? La esclavitud debes tomarla como otra forma de supervivencia en este perro mundo.

—No tenía otro remedio, Priscila. He seguido tu consejo —aseguré avergonzado—. Mi ciudad, mis oficios, mi familia y mi prometida solo son en mi mente vagas evocaciones que he arrancado de mi alma, no sin gran dolor, te lo aseguro.

—Conozco tu modestia y sé que te habrá hecho sufrir mucho.

—Así es —contesté—. Veo que Sayed aún no te ha vendido, lo que me alegra.

—Antes nos engordan, cuidan y ceban. Según sus guardianes piensa ofrecerme como *ornatrix* de tocador de damas patricias —me dijo—. En Roma podrá ponerme un precio de sierva de lujo, o para satisfacer los caprichos de un lujurioso. De no conseguirlo me venderá a un prostíbulo y perderá dinero. Entonces yo moriré de la tisis, o consumida por el morbo corintio. Es mi sino desde que nací.

—¿Y sabes cuándo nos subastarán?

—Sí. Después de la Fiesta de las Cenizas, dentro de dos semanas, y entonces sí que nos separaremos para siempre. Nos tratan como bestias sin sentimientos.

—Rezaré a mi Dios para que te favorezca —le ofrecí mi afecto.

—Yo lo hago a diario a la nacida de las olas, mi madre Afrodita, y también a la Bona Dea y a Vesta, guardianas de las mujeres —me replicó con gesto devoto.

El jefe de los esclavos de la casa dio unas palmadas y nos conminó a que abandonáramos el patio para ingresar en las ergástulas provistas de cerrojos donde seríamos confinados hasta el día de la subasta, con breves descansos para comer y asearnos en el pilón, donde se apiñaban los excrementos de pájaro, las moscas y las avispas.

Desde las ventanas, pude contemplar algunos episodios de las vísperas de la Fiesta de las Cenizas de Vesta y comprobar cuán alejados estábamos los pueblos semitas de los mediterráneos en cuanto a las costumbres, la moral, las prácticas religiosas y la búsqueda de la felicidad. En los romanos prevalecía el ansia de vivir, el libertinaje y la relajación de las tradiciones, permitidas por unos dioses amorales, pervertidos y amantes del placer.

El *villicus*, el encargado de nuestra custodia, un sujeto obeso, calvo y de buen ánimo, nos explicó que en aquella fiesta se glorificaba a la diosa Mens, la deidad romana del Talento, y nos explicó que eso era lo que debíamos mostrar a nuestros futuros compradores para atraer a amos compasivos.

—En este día festivo —nos explicó—, las vestales, las vírgenes custodias del fuego sagrado de Roma, arrojan desde los tiempos del rey Numa las cenizas al Tíber. Lo hacen en el puente Aurelio, y después ofrecen un espectáculo de danzas de la diosa por las calles, seguidas de las *lobas* y furcias de la ciudad, quienes casi desnudas ejecutan delirantes y voluptuosos bailes.

Un enardecido esclavo lirio que deseaba verlas gritó desaforado:

—¡Animemos a esas putas de la lujuria desde las ventanas!

—Si de aquí sale una sola voz, probaréis mi látigo, escoria —le cortó el jefe.

El trato y la comida mejoraron considerablemente. Pero nada me entretenía. Mi ansiedad crecía pues en unas horas se decidiría la perspectiva de lo que me restaba de vida, y también la suerte de Priscila y de mis compañeros de fatalidad. Encendieron las antorchas y avisté decenas de carromatos que entraban en Roma por la Vía Lata llenos de pescados, carnes y hortalizas, en dirección al Emporium de la Puerta del Quirinal, donde se hallaban los almacenes de mercancías.

Luego vino la noche y todo se volvió negro, como mi inquietud.

En los días siguientes mantuve algunas cortas pláticas con la helena, que llenaron de deleite aquellos angustiosos momentos de incertidumbre. Para evadirnos de nuestra negra suerte hablamos de las esencias que yo elaboraba en Jerusalén. Le expliqué cómo se obtenía el perfume de Jezabel que tantos beneficios reportaba a los Eleazar, cómo hacíamos la recogida de las aceitunas en el Monte de los Olivos y de mis estudios en la Academia, y ella me reveló cómo había sido entregada siendo muy niña a la diosa Afrodita del templo de Corinto por sus mismos padres, como un óbolo sacro de la familia.

A retazos supe de su pasado, mezcla de verdades y de fantasías. Me habló de sus deberes como servidora de la diosa y como danzarina del templo, y cómo había sido denunciada a la gran sacerdotisa por un grupo de eunucos por una falta que no había cometido. Conminada a abandonar el templo, un tal Eudoro, el gran eunuco del santuario, aprovechó su vulnerabilidad y la vendió fraudulentamente en el puerto a Sayed, aunque no me desveló el oculto misterio de su expulsión.

La griega era una mujer insondable, compasiva y sofisticada y me reconfortó con sus palabras. Siempre le he debido mucho a esa mujer. Recuerdo que la víspera de la subasta intentó elevarme el ánimo y me dijo:

—Una cosa es ser vendido como esclavo y otra bien distinta que tu corazón lo asuma. Obedece a tus amos, pero que tu alma sea libre. Solo así soportarás tu fortuna.

—Nunca podré olvidarte, Priscila. Que el Dios de Israel te proteja —le deseé.

Le costó gran esfuerzo no llorar y nos separamos para siempre juntando nuestras manos y yo acariciando sus sonrosadas y tibias mejillas. Con nuestro más que posible alejamiento, añadí un sufrimiento más a mi abatido espíritu.

Llegó el día de la subasta y mi corazón galopaba desaforado en mi pecho.

El numeroso grupo de esclavos, aseados y embadurnados de aceite para parecer más lustrosos, íbamos precedidos por el fatuo

Sayed y sus inhumanos guardias camino del mercado que se alzaba a espaldas del templo de Cástor y Pólux.

Aunque las calles olían a bosta de caballearías, a salchichas fritas y a agua corrompida, el habitual tufo de Roma, el estío romano me pareció esplendoroso aquella mañana de la venta. Las anémonas florecían en las laderas del monte Celio, único encanto que percibieron mis sentidos, aunque en unas horas se escribiría en el libro de mi historia un oscuro futuro. Las piernas me temblaban cuando nos cruzamos con el habitual bullicio romano de su plebe holgazana y de sus arrogantes patricios, así como los roñosos veteranos que exhibían sus heridas y solicitaban por compasión unas monedas.

¿Sería uno de ellos mi futuro dueño? Los miré con sospecha y recelo.

El chipriota no solía vender sus esclavos a tratantes particulares y él en persona dirigía sus pujas cuando se trataba de ofrecer carne humana en Roma. Eran famosos sus gladiadores tracios vendidos al anfiteatro y a los lanistas del Lacio. Llegamos a un lugar donde había clavada en el suelo una lanza, o asta, con un gallardete del color del oro, de donde procedía la palabra «sub-asta».

Sayed conversó en secreto con el edil, el alguacil del mercado, quien le señaló el estrado para que ubicara a sus géneros y recibió una bolsa del chipriota para comprar su favor de concederle un sitio de privilegio. Nos colocaron en unos bancos, tras una burda cortina, donde nos sacarían uno a uno para ser vendidos. Y allí estaba Priscila, con la mirada perdida. Poseía un fuerte dominio de sí misma y no dejaba entrever ninguna inquietud y sí un gran dominio de sus sentimientos. No me miró, y yo aguardé excitado y tenso nuestra suerte.

Uno de los vigilantes nos fue colgando unos letreros del cuello, el *titulus*, en el que se anunciaba nuestro oficio, cualidades y carácter. En el mío se me señalaba como maestro *asu*, según la nomenclatura oriental, un *olearius* para los romanos, y mis méritos se exageraban. Luego me tintaron de yeso los pies, anunciando que yo era un *incisus*, o sea, un esclavo del César, no un bandolero, ladrón o facineroso, al que simplemente habrían ejecutado, sino un esclavo distinguido. A Priscila le engancharon una tablilla con el título de *ornatrix*, pero ella ni la miró.

Un desgarbado *cuestor*, el recaudador del César que también se llevaría su parte de mi trato, subió al estrado, presentó al mercader chipriota y comenzó la almoneda.

—¡Romanos, hoy nos visita desde Kition el ilustre mangón, Sayed de Chipre!

El esclavista, ante un nutrido grupo de mirones, compradores y vocinglero público, comenzó a presentar sus artículos humanos y sacó a varios esclavos musculosos.

—¡Nobles *optimates* y *quirites*! ¿Necesitáis prospectores para las minas o remeros para vuestras galeras? ¡Estos magníficos hombretones poseen experiencia en ese menester! ¡Por mil quinientos sestercios cada uno, se inicia la venta! —propuso zalamero.

Tras una puja acelerada, fueron vendidos por tres mil monedas la pieza, y luego, visiblemente satisfecho, el mangón llamó a un guardia para que aparecieran las mujeres.

—¡Deja ya de fanfarronear, tuerto, y enseña la mercancía femenina que tienes guardada, viejo bribón! —vociferó uno de los compradores a Sayed.

—Sea como solicitáis, clientes de la inmortal Roma. —Y esgrimió una falsa risita.

Sin dilación, y para aprovechar el buen momento de ventas, expuso a la visión de compradores a varias esclavas procreadoras, muy solicitadas en Roma, a las que los libidinosos curiosos pidieron que se desnudaran para examinarlas. Fueron adjudicadas una tras otra, y el tratante, frotándose las manos con codicia, hizo traer de detrás de la cortina a tres muchachas perfumadas con sándalo, que esbozaron una ligera sonrisa. Advertidas por el chipriota, insinuaban sus desnudas formas y los sexos y senos al descubierto a los desocupados romanos.

—¡Vírgenes intactas arribadas de Lidia, Babilonia y Palmira

de exótica femineidad, y morenas como los frutos de las palmeras!
—gritó.

Los posibles comparadores las ojearon embelesados observando sus sedosos y provocadores cuerpos desnudos. Tras una puja feroz entre varios aristócratas fueron vendidas al dueño de un lupanar. Aquellas desdichadas mujeres, aún jóvenes, y arrebatadas en el saqueo de alguna ciudad oriental, acabarían sus tristes subsistencias en cualquier ramería o en el campamento de algún ejército. Movían lascivamente las caderas y removían las lenguas libidinosamente. Algunos compradores, intercambiaron opiniones y finalmente fueron compradas por seis mil sestercios.

Sayed se retorcía las manos con fruición. Las ventas le eran muy provechosas.

—¿Deseáis acaso una mujer destinada a copular y maestra en el refinado arte del tálamo, aunque no intacta, y que además auxilie a vuestras esposas en el tocador? Hoy os ofrezco una *ornatrix* salida del mismísimo templo de Afrodita Corintia —exclamó al presentar a Priscila, que se desnudó, aunque dispuso el brazo sobre sus ojos en un alarde de pudor—. ¡Su precio de salida es de doce mil sestercios!

Hizo subir a Priscila a la *castata* —una tarima giratoria— y los clientes intercambiaron opiniones en voz baja mientras la observaban minuciosamente e incluso tentaban sus piernas y brazos. No obstante, y pasado un tiempo, nadie pujó por ella. Era demasiado cara y, si se la regalaban a su esposa, no la catarían nunca. Desistieron pronto por su alto precio, al ver que era un artículo excesivamente selecto y prescindible.

Yo no sabía si alegrarme o entristecerme. Sayed, no obstante, la apartó a un lado, pero la mantuvo en la grada, con el deseo de esperar una mejor ocasión.

—Dios de mis padres, protege a esa mujer —supliqué en voz baja y en arameo, mientras el chipriota apartaba a un lado a la griega y sacaba al estrado a dos niños castrados, que solían alcanzar el precio de diez mil y quince mil sestercios.

—¡Estos muchachos emasculados, naturales de Susa, los ofrezco juntos, por la despreciable cantidad de treinta mil sestercios! ¡No os arrepentiréis de poseerlos para cuidar de vuestros gineceos y con los que vuestras *dominas* no podrán engañaros! —brindó el mercader a la concurrencia y al poco fueron vendidos a un anciano senador de mirada lasciva, que se los comía con la mirada y que pronto los sodomizaría.

Levanté los ojos que mantenía cerrados, abstraído por el oprobio de ver a Priscila ofrecida ante la chusma como una ramera de puerto. De no poder venderla, su fin sería un burdel de la Subura.

Después llegó mi turno y reprimí un grito de sobresalto, como si tuviera ante mí una aparición diabólica, o hubiera sido mordido por un escorpión venenoso. Mi debilidad y el asombro me hicieron tambalearme al subir a la *castata*, y un sudor gélido cabalgó por mi espalda erizándome el vello de la nuca. Iba a ser vendido a otro ser humano y a ser envilecido como un animal. Pensé en mis padres y se me humedecieron los ojos. No podía resistir el oprobio. Las rodillas me fallaron y las pupilas se me agrandaron. Quedé pávido aguardando mi suerte.

—¡Insignes romanos, os brindo a un especialista del olivar, a un *olearius* oriental! Además, es un pedagogo y amanuense de varias lenguas y posee una gran experiencia en el cultivo del aceite. ¡Arreglará vuestras fincas y vuestros asuntos monetarios! —me presentó—. Abrimos la puja con quince mil sestercios, ni uno menos.

Posé mis ojos en los posibles clientes, reclamando el lenitivo de la caridad y un gesto de clemencia, pero solo hallé frialdad y sonrisas de desprecio aflorando en sus labios. Pujaron dos patricios, a tenor del color del borde púrpura de sus togas, cuando de repente advertí fuera del corro de compradores que una dama patricia, desde el interior de su litera, murmuraba al oído del que parecía su doméstico y que me señalaba con su mano enjoyada.

La desconocida clavó su mirada, férrea como el acero, en mi figura.

El mayordomo se acercó al entarimado y pujó por lo alto:

—¡Veinte mil sestercios! —ofreció asertivo.

Transcurrieron momentos de expectación y de arrasamiento de mi propia esencia, mientras los notables entraban en una indolente apatía, aunque aumentaron en varios cientos de sestercios su oferta. Yo no hallaba en mi interior el temple necesario para soportar la compra de mi cuerpo y me tragaba las lágrimas y la ira, amargas como el acíbar. Sayed dio una palmada de triunfo, cuando escuchó:

—¡Veinte mil quinientos! ¡Mi último ofrecimiento! —dijo el mayordomo.

Siguieron momentos de murmullos y el silencio del chipriota y de sus clientes.

—¡Adjudicado a la noble e ilustre matrona, Helvia Albina, la amiga del César Tiberio! —gritó el chipriota agrandando su grotesco párpado y dejando ver su horrendo ojo negro—. No os arrepentiréis, *domina*, es fuerte como el pedernal y sano como un lechón recién nacido, siendo además un versado oleario.

La señora, a la que apenas percibía desde el entarimado, parecía satisfecha con la compra. Aunque su riqueza y aristocrática presencia eran evidentes, miró al mangón con un aire de indiferencia y ordenó a su mayordomo:

—Condúcelo a la *domus* para que lo examine un médico y ponle en la cabeza el sombrero de paja de vendido. Paga y recoge las tablillas y papiros de venta.

Sayed me invitó a abandonar el estrado y Priscila me observó con ojos de desánimo y también de júbilo. Se asemejaba a una cervatilla herida que hubiera extraviado a la madre. Yo, aun sabiendo que me aventuraba a recibir un garrotazo, me acerqué a ella. Le acaricié el hombro desnudo y la animé a perseverar.

—Hallarás el acomodo que mereces. Que el Dios de Judá te proteja —le deseé.

—Que Afrodita conduzca tus pasos, Jasón —me replicó, y una oleada de escasos pero buenos momentos vividos junto a ella me vinieron a la mente.

El destino había jugado sus bazas y nos separaba irremediablemente; y mientras abandonaba el lugar atado a la litera de mi nueva dueña, no dejé de mirar la vulnerable figura de Priscila, a la que unos hombres manoseaban sin miramientos.

Salimos del Foro y entramos en el Boarium para acceder a la colina Palatina. Pasamos ante la venerada choza circular de Rómulo y entramos en una suntuosa casa de la Vía Triunfalis, cerca del templo de Júpiter Stator. Era la mansión de mi nueva dueña. En el vestíbulo, adornado de estatuas áticas, admiré unas hornacinas de jaspe rosado, el *larario*, donde se custodiaban los genios y máscaras de los antepasados y los dioses lares y penates, deidades protectoras del hogar.

Lucían los candiles de aceite encendidos, los *vigiles ignis*, y el lujo que admiré me sobrecogió. La casa desbordaba ostentación, pero ignoraba el sentimiento que anidaba en el corazón y en las pretensiones de sus dueños.

Un liberto griego, de nombre Jantipo, que parecía manejar la economía y el orden interno de la casa, me condujo al interior de la *domus* donde me señaló una tina de mármol con jabón y rascadores. Me aseé concienzudamente, antes de que un físico del templo de Esculapio examinara con rigor mis axilas, orificios corporales, boca, ojos, esputos, extremidades y cabeza.

Una vieja esclava me trajo una *subúcula* y un chitón de rica lana de color azul, y unas sandalias de cuero de rica factura. Me vi elegante. Otra silenciosa esclava me trajo un tazón de *mulsum*, vino con miel que bebía el pueblo romano, y un trozo de pan y tocino, y aguardé a que me facilitaran instrucciones sobre mi trabajo.

—*Puer!* ¡Muchacho! —me llamó Jantipo—. La *domina* desea conocerte.

Helvia Albina, mi nueva dueña, me recibió sentada en el *tablinium*, la sala de estar de la mansión, exornada con enóforos de vidrio, lámparas doradas, triclinios, sillas egipcias, frescos con pinturas bellísimas de dioses y héroes del Olimpo y cortinas de seda de Kition.

—*Salutem, domina* —la saludé inclinando la testa y haciéndome accesible.

La hierática matrona, que olía a perfume de sicomoro, extendió su mano y me dio a besar el anillo de su dedo índice, tras lo cual me miró de arriba abajo, examinándome meticulosamente. No parecía estar disgustada, e incluso sonreía.

A mí me pareció una mujer refinada de la que emanaba confianza y seriedad. Debía rondar los cuarenta años. No se mostraba presuntuosa y realzaba su alta figura con una lujosa túnica y una estola, ambas de color malva. Poseía una innata elegancia en el alto y rizado peinado, gusto en el vestir y distinción en sus movimientos.

Dentro de su ovalado rostro, centelleaban unos rasgados ojos de color avellana, en los que aparecían unas finas líneas de arrugas ocultas por el maquillaje. Los tenía intensamente acicalados con antimonio, igual que sus finos labios de alheña, denotando firme decisión y un distinguido saber estar.

—¿Cómo te llamas, *puer*? —me preguntó en latín, con voz serena.

—Jasón, y provengo de Palestina, mi señora —dije utilizando mi nombre adoptado.

—¿Y realmente eres un *olearius*? No me fio de ese bribón chipriota. Me ha engañado más de una vez —reconoció la aristócrata sin dejar de mirarme.

No vacilé. Estaba ahora decidido a no ocultarle nada a mi nueva ama, fueran cuales fueran las consecuencias, sobre todo en lo relativo al tema religioso. Me arriesgué y le narré sin reservas de dónde venía, cuál era mi estirpe, mi oficio, mis innatas habilidades con el *oleum* sagrado del Templo, mis estudios en la Academia, el antagonismo de mi tribu contra el sumo sacerdote de Jerusalén, nunca hacia Roma, y lo contradictorio de mi detención y conversión en esclavo.

La gentil dama esgrimió una mueca de triunfo, como si hubiera encontrado una joya perdida. Asintió tras examinarme con atención y me hizo una pregunta extraña.

—¿Esa esclava a la que consolaste era tu esposa? Te procuraste un severo castigo.

Me causó estupor su agudeza y penetración, y alcé la vista.

—Le devolvía un favor, cara *domina*. Solo es una compañera de cautiverio a la que debo seguir vivo —repliqué—. Además es una mujer consagrada a la diosa Afrodita y no merece el trato que la fortuna le ha deparado, y excusad mi sinceridad.

Noté que se producía cierta turbación en su estado de ánimo.

—¿Es una hieródula de Venus? —se interesó—. En mi condición de sacerdotisa de la Bona Dea, protectora de Roma y de Ataecina ibera, lo deploro, ciertamente. No me agrada que las hijas que intiman con la Madre sean humilladas por los hombres.

—Unos eunucos del templo de Corinto labraron su desgracia injustamente y pudo ser vendida de forma engañosa y artera, mi ama —aduje sin entrar en detalles.

—Es conocido que los castrados provocan feroces odios, casi femeninos —dijo.

Llegado aquel instante en el que había abierto una considerable brecha en la familiaridad con mi novísima dueña, quise jugar una baza sin demasiada fe, y en cierta manera, como descargo de mi conciencia agradecida. Así que hablé, sin ser invitado, avocándome a un correctivo, o a que me callara con cajas destempladas y me azotaran en su presencia, iniciando con mal pie mi estancia en aquella casa. Bajé la cabeza con humildad y, en un tono de servil sometimiento, abrí los labios:

—*Carissima domina*, os participo con respeto y humildad que esa joven griega es además una notable perfumista. Solía elaborar las fragancias de las sacerdotisas de Afrodita. No merece acabar en un prostíbulo, y perdonad mi insolencia.

Su reacción no fue adversa, como esperaba. Alentada por la imprevista información que yo había falseado, exagerándola, elevó sus cejas con una ostensible solicitud. Había despertado su interés de mujer vanidosa o codiciosa.

—¿Sí? Pues a estas horas ya estará vendida. Me extraña que

ese sabueso de Sayed no pregonara a los cuatro vientos esa notabilísima virtud de elaborar perfumes, que ahorraría a cualquier dama romana más de un millar de sestercios por año. No obstante, lo tantearemos —dijo convencida y llamó al liberto Jantipo, a quien dio una orden susurrándole al oído, mientras yo pedía al Señor de Israel que Priscila aún no hubiera hallado un comprador.

Enseñarla a elaborar esencias, fragancias y bálsamos olorosos corría de mi cuenta si ingresaba en la *domus* de Helvia Albina, y en mis facciones debió notarse mi inquietud y mi gozo por recuperarla. Y el corazón comenzó a latirme desaforadamente.

—Bien, contéstame —me preguntó altiva tras releer el informe que acompañaba a mi venta—. ¿Y qué es un escriba en tu religión?

—Somos los encargados de ejercer la justicia, interpretar la ley de mi pueblo, y escribir y transmitir el depósito de la fe judía. Redactamos documentos en arameo, griego, persa y latín a creyentes y no creyentes, presidimos los tribunales y conocemos los secretos de las matemáticas, la geometría y el álgebra. En la Academia de Jerusalén también intimé con los filósofos griegos, mi señora.

—¡Oportuno hallazgo, por Minerva! —se expresó jubilosa—. Mi marido y mis hijos alabarán mi compra. Son filósofos y oradores de prestigio en Roma.

En un momento había pensado que era viuda, pues manejaba la casa a su antojo y me extrañó. Pasados unos días conocería la verdadera razón por la boca de Jantipo, un individuo de personalidad contradictoria y esclavo de su amor por el oro.

—Veo que te conduces con disciplina y finura y que eres un erudito. He desembolsado mucho dinero por ti y he de recuperarlo. Sé leal con mi casa y con nuestros intereses y muéstrate disciplinado, y no lamentarás tu suerte. Y si Jantipo consigue liberar a esa desdichada joven podrías estar moderadamente satisfecho en mi hogar, y en el lugar donde pienso que me valgas mejor —indicó enigmática.

—Será un honor servirte y mi gratitud es grande hacia ti, mi señora. Rezaré a mi Dios Único por tu familia y le agradeceré mi fortuna de pertenecer a ama tan compasiva —dije, agradeciéndole el gesto de recuperar a la joven helena, y también consciente de mis obligaciones de esclavo, mientras estaba atento al regreso de Jantipo.

Me dijo que me apartara y siguió leyendo los documentos de mi compra, así como la tablilla con el informe del físico. ¿De qué se trataba aquel destino que me tenía preparado y que me había ocultado? ¿Sería en Roma? ¿Fuera de ella? ¿Dónde estaban el marido y sus hijos? ¿Por qué ella se dedicaba a la compra y destino de los esclavos?

No quise apresurarme, pero parecía que por designio del Altísimo cumpliría mi esclavitud en una casa honorable. Pensaba en la posibilidad de un encuentro con Priscila, cuando el liberto entró cabizbajo.

Hizo una señal a la *domina* Helvia negando con la cabeza y descorazonado.

En el escaso brillo de sus ojos, adiviné el fiasco.

Priscila había sido vendida, seguramente a un prostíbulo, y me quedé abatido.

X

SÉNECA, EL VIEJO

Confirmé que el dueño de la casa, el anciano senador Marco Anneo Séneca, hispano de ascendencia y de nacimiento, despertaba consideración y respeto en los que lo rodeaban y que sobre todo se comportaba de forma clemente con sus domésticos.

Hacía tiempo que había acreditado más de un millón de sestercios y una colosal fortuna en tierras de laboreo, logrando una silla curul en el Senado y la toga púrpura de los Padres de la Patria romana. Y aunque parecía débil y asustadizo, poseía una pétrea fuerza interior.

Cuando arribé a su mansión no me correspondía a mí hacer comentarios sobre su matrimonio con ama Helvia, pero según Jantipo, Marco había cumplido setenta y seis años en el mes de *februarius*, con lo que era más de treinta años mayor que su culta y sofisticada cónyuge, también nacida en Hispania como él —en Alba Urgabona— de una vetusta estirpe tartesio-romana, y con tantas posesiones como los Anneos de Corduba.

El longevo senador pertenecía a una influyente familia de caballeros de Hispania instalados en Roma, donde se le consideraba el paradigma de las virtudes romanas. Conocido como Séneca el Orador, y también el Retórico, había prosperado en la alta política del Imperio y para aumentar sus horizontes intelectuales había viajado a Egipto y Asia Menor para aprender del filósofo Dionisio de Halicarnaso, el más sabio de Grecia.

Mi nuevo dueño era un patricio de brillante inteligencia y compasivo modo de relacionarse con sus semejantes, aunque estos fueran sus siervos o esclavos, lo cual me reconfortó. Flaco, despistado, ajeno al mundo, de hombros caídos, barba blanca de pensador, piel y mejillas hundidas y arrugadas, poseía unos ojos intensamente añiles. Y aunque daba la impresión de ser una persona enfermiza, poseía la fortaleza necesaria para cumplir con las obligaciones de su influyente cargo de procurador imperial.

Pleiteaba en los tribunales de Roma con notable éxito y su voz era muy conocida en la Rostra del Foro y en las basílicas Emilia y Julia, donde congregaba a decenas de ciudadanos, siempre prestos a oír los argumentos del hispano. Solía entrenarse casi a diario en la declamación, asistido por Jantipo, y pronto percibí que la única gloria que perseguía era la supremacía de su elocuencia sobre los demás retóricos de Roma.

Seguidor de Diodoto el Estoico y de Zenón de Citio, cuyos libros leía y releía continuamente en su abastecida biblioteca, profesaba esa doctrina filosófica en todas sus consecuencias y controlaba con sus enseñanzas las pasiones y los hechos adversos de la existencia, valiéndose de su razón y de su acreditado talento. Desde el primer día que tuve contacto con él, observé que intentaba alcanzar la felicidad apartándose lo más que podía de sus bienes materiales, que por cierto eran cuantiosos, y dejando a Jantipo y a su esposa que los administraran a su antojo.

Semejante conducta, nueva para mí e impensable en un pagano, supuso un motivo de contento, pues era propiedad de un hombre caritativo, instruido y desprendido. En el barco se había comentado que los romanos no solían emplear los látigos contra sus esclavos, ni tampoco usaban los collares de hierro como los partos, aunque sí podían castrarlos o venderlos a un proxeneta; y por la ley Petronia de Augusto, existía un tribunal donde se recibían las quejas contra amos abusivos.

Sus hijos, Lucio, Galio y Mela, que no estaban en la *domus* a mi llegada, también ejercían el estoicismo como norma de su comportamiento, según me aseguró el liberto. Pasado el tiempo yo también lo hice por necesidad y por estar cerca de mi innata austeridad judía. No obstante, el anciano senador temía una cosa: ser la víctima propiciatoria de las purgas de Tiberio y de su valido, el cruel Sejano, y procuraba no instigar ni conspirar, la obsesión de los políticos romanos.

Cuando intimé con él, preparaba en su estudio sus memorias, una historia de Roma y un libro que había titulado *Las Controversias*, para servir de tratado a los alumnos de oratoria. Sacrificado padre, Marco Séneca había formado con los mejores pedagogos de Roma a sus tres hijos, para que en el futuro ocuparan altos cargos en la administración del Estado y que sus *cursus honorum* fueran brillantes, admirados y provechosos para el gobierno del Imperio.

Añoraba su Corduba natal con excitación, la escuela cerca del Foro, sus excursiones al río Betis y las pillerías en el Foro junto a su amigo Porcio Latro, otro gran abogado de Roma, con el que llegó muy joven a la cuna del Imperio y con el que seguía manteniendo una indeleble amistad.

Pero fue el liberto Jantipo quien en los primeros días me advirtió que la *domina* Helvia, al haber dado a luz tres hijos, y acogiéndose a una ley del divino Augusto, había adquirido el derecho de administrar sus propios bienes y emanciparse del dominio marital, con lo que la señora de la *domus* poseía entera libertad en sus posesiones.

—Y tú, Jasón, aunque perteneces a la casa Annia, eres propiedad de ama Helvia, y solo ella decidirá sobre tu futuro y tu dedicación en sus tierras. ¿Entiendes?

Asentí y conjeturé que la ventura me había deparado un piadoso destino.

***

La mañana que conocí a amo Marco me pareció que tenía un aspecto vulgar.

—Adecéntate que el senador quiere verte. Te voy a conducir a su presencia.

El liberto vaciló antes de tocar la puerta con los nudillos y lo hizo con suavidad.

—¡Hazlo pasar, Jantipo! —se oyó una voz cascada desde el interior.

El estudio que ocupaba el patricio estaba presidido por una estatua en bronce dorado de Términus, la antigua deidad etrusca de la buena vecindad, que venía a explicar el talante pacífico y conciliador del viejo Séneca. Repleto de rollos escritos y de cilindros de cuero atiborrados de escritos, olía a espliego y a pergamino.

Me ignoró. Estaba escribiendo con un cálamo sobre un papiro, y sin mirarnos, embebido en él, preguntó:

—Jantipo, ¿sabrías decirme cuándo un discurso llega a convencer al auditorio?

—¿Cuando es emotivo y llega al corazón, amo Marco? —opinó el liberto.

—No, en modo alguno. ¡Cuando en él reina la coherencia! —añadió satisfecho.

El senador dejó la pluma, volvió la cabeza, apoyó el mentón en su antebrazo y me examinó reflexivamente, mientras yo observaba su cabello despeinado y sus indumentos desaliñados. Evidentemente parecía un filósofo descuidado.

—¿Te ha poseído ya el espíritu de la Roma inmortal, *puer*? —me preguntó usando el término con el que nombraban los romanos a sus esclavos.

—No he podido conocerla aún, amo, pero no creo que exista otra ciudad igual en toda la ecúmene —admití con sinceridad, hablando en koiné.

—¿Sabes? Cuando yo llegué a Roma, era una ciudad de adobe y ladrillo, y César, Augusto y Tiberio la han convertido en un emporio de mármol y jaspe. La amarás, te lo aseguro —apuntó indiferente, para aseverar luego—: Así que eres judío.

—Sí, nací en Jerusalén hace veinte años, y ahora os pertenezco, señor —dije.

—En cierto modo admiro a los judíos. Nosotros los romanos, dueños del mundo, nos desgastamos adorando a mil dioses ineficaces. Pero vosotros los judíos adoráis a una sola deidad y eso os hace invencibles. Un pueblo, un dios, una idea. Por eso sois una incómoda piedra en la sandalia del Imperio —aseguró irónico.

—Mi amo, solo somos un insignificante guijarro, pero bajo vuestras sandalias.

Dejó escapar un prolongado suspiro, y bajó el tono de su voz.

—Se asegura en este documento que eras una especie de sacerdote en tu país. ¿Cómo has sido vendido entonces como *olearius?* —se interesó.

—Amo, pertenezco a la casta sacerdotal de Israel, pero también soy un *asu* o maestro del aceite. Pero ciertamente soy *sofrín*, un conservador e intérprete de nuestra ley. No obstante, mi familia recolecta y elabora el óleo sagrado para el templo desde hace cientos de años. Así que, desde amontonar las aceitunas de la clase mírtea de Siria, Ebla y Alepo, que crece en Judea, seleccionarlas y prensarlas, hasta convertirlas en oro verde, conozco todo el proceso. Incluso el aromatizado con tomillo y romero en las tinajas de almacenamiento era labor mía.

El paterfamilias me observaba grave mientras le exponía mis conocimientos.

—Me has de explicar esos pasos con detalle, *puer*. Esta familia obtiene sus recursos de la producción del *oleum* y mis olivares de Hispania precisan de eficaces cuidados. Veo que entiendes su cultivo a la perfección y me alegro —reconoció—. Solo con el aceite para el rancho de las legiones y las aceitunas de mesa que se consumen en los triclinios de medio Imperio he perdido últimamente varios millones de sestercios.

En el viejo Séneca creció la excitación al leer mis títulos de venta y comprobar por sí mismo que entendía del laboreo del olivo. Lo veía satisfecho.

—¡*Olearius, olearius*! —exclamó, y entonces comprendí para qué habían hecho tan cuantioso desembolso.

Querían un olivarero, no un escriba o un interpretador de documentos.

—Bien, *puer* —habló observándome con sus ojos pálidos y apagados—. Has de saber que mi *caia* ha invertido en ti una considerable fortuna, no para que abras la puerta, masajees nuestros cuerpos o portees una litera, sino para que trabajes en la Bética de Hispania en nuestra *res rustica* y en los plantíos de olivos de Corduba.

No me correspondía a mí hacer comentario alguno, pero debió observar mi sorpresa. Los judíos no tenían más intuición geográfica que las cercanas Egipto, Persia, Líbano, el mar Rojo, Arabia o Grecia. Pero yo, por mi noción de las Sagradas Escrituras sabía que Hispania, la Sefarad judía, se hallaba en el extremo occidental del mar Interior, lugar de las legendarias Columnas de Heracles y del fecundo Tarsis mencionado en el libro de los Reyes, en Jonás, Jeremías o Ezequiel. Estaba al corriente de la presencia de familias levitas en Tarraco, Gades, Cartago Nova y Cástulo, que se remontaban seiscientos años atrás, después de la destrucción de Jerusalén por Nabucodonosor.

Pero nada más. El destino volvía a reírse de mí.

Me trasladaban al fin del mundo a trabajar como un vulgar campesino, con lo que mis esperanzas de encontrarme con los míos se diluían tras los cientos de estadios y todo un océano que se interponían entre ellos y yo. Pensaba que moriría allí con la argolla de esclavo colgando del cuello, con las manos agrietadas, cubierto de barro y tan lejos de los deleites de Jericó y de Jerusalén, aunque, eso sí, rodeado de mis adorados olivos. Poseía motivos fundados para sentirme un desdichado y pronto estaría a merced de un capataz miserable y ruin que me gritaría y golpearía sin piedad.

Pero hacía tiempo que había asumido mi fatalidad, a la que seguiría con resignación. Recordé una frase de mi maestro Gamaliel que nos recordaba que era imposible evitar lo inevitable: «Hijos míos, el destino es un mar sin orillas y en él hallaremos nuestro irrevocable camino». No había lágrimas suficientes en mis ojos para borrar mi desgracia. Así que lo ratifiqué sin dibujar en mi rostro ni alegría ni decepción.

—Trabajaré donde ordenéis, amo —confirmé bajando la mirada.

Abandonamos el habitáculo, y Jantipo, que me precedía, opinó:

—Eres un esclavo afortunado, créeme. Si eres perspicaz habrás descubierto la alta consideración que podrán profesarte los amos por esa habilidad tuya de ser un *olearius*. Has llegado en el momento adecuado. Puede ser la gran oportunidad de tu esclavitud, si tienes cabeza y haces caso a mis consejos —intentó congraciarse conmigo.

—Jantipo, sea lo que sea que me tengan determinado, solo soy un esclavo.

—Yo también lo fui en esta misma *domus*, y fíjate ahora. Poseo mi propia fortuna y puedo viajar a Hispania, Atenas, mi patria, o al Ponto Euxino sin dar cuentas a nadie. Si sigo en la casa es porque me debo a ella y soy hombre agradecido.

La imagen y el destino de Priscila no se me iban de la mente. Me olvidé de mi persona y de repente ideé una estratagema. Era el momento, y la brecha abierta en el liberto, que parecía amistoso, dio alas a mi osadía. Debía intentarlo, o lo lamentaría.

—*Magister*, excusad mi interés, pues sé que no es de mi incumbencia. Pero algo me dice que debo obrar en beneficio de los amos. Os ruego que no lo toméis como una insolencia, sino como una forma de compasión hacia una igual, una persona dulce y vulnerable que no merece una lastimosa situación.

—¡Habla! Veo que utilizas bien tus dotes de sutileza —me animó, deteniéndose.

—¿Qué fue de la *ornatrix* por la que se interesó *domina* Helvia?

Acostumbrado a mandar en la casa, no aceptó bien mi licencia.

—¿Acaso te incumbe, esclavo? No seas impertinente y no olvides lo que eres —me cortó—. Quizá unos buenos latigazos te hagan más respetuoso.

No podía desaprovechar la oportunidad de saber el acomodo de Priscila. Insistí.

—Fue el ama Helvia quien me preguntó por ella, no yo, liberto Jantipo. Sé algo de vital importancia que se la puede devolver, y gratis —presioné en tono misterioso.

—¿Devolver? Solo se trata de la pasión del ama por los perfumes. Es una gran entendida y gasta cantidades desorbitadas en aromas egipcios.

Pero Jantipo se contuvo. Quizá razonó que yo sabía algo que aprovecharía a su ama y tal vez a él mismo, dada su cualidad codiciosa, que yo ya había advertido.

—¿Y por qué ha de interesarte qué fue de ella? —se malició—. Pero si con ello callas tu boca, te diré que fue vendida a un burdel. Según creo a La Cítara de Apolo, un selecto prostíbulo de las Carinas. Sayed, el tuerto chipriota, no pudo venderla como *ornatrix* de tocador por su alto precio. ¿Se ha saciado tu interés, *puer* entrometido?

—Sí, pero puede ser vuestra, si lo deseáis —lo comprometí enigmático.

De repente me señaló el jardín, y de pie frente a mí, me animó a hablar:

—¿Qué sabes tú de esa sierva, esclavo avispado? —intentó intimidarme.

Era vital que yo pusiera todas mis dotes de persuasión, y supliqué:

—Jantipo, solo me mueve la compasión y los deseos y el interés financiero de la señora Helvia, os lo aseguro. Por mi destino en el templo de Jerusalén tuve que litigar con algún *advocatus* del Collegia Judicatorum de Cesarea sobre asuntos del templo. Así que conozco someramente algunas disposiciones, aunque pocas, del código romano, y sé que una mujer libre, y más si esta se halla dedicada al servicio de una deidad, no puede ser vendida como esclava bajo pena capital.

—Ahora sí que has provocado mi atención. Sigue —dijo, y miró en su derredor.

—Esa *ornatrix* me reveló en secreto que fue expulsada del templo de Afrodita Corintia por un asunto menor que ignoro, y confiada al gran eunuco del santuario, un tal Eudoro, para que la devolviera a su casa, pues era una donación sagrada. Pero el eunuco fue al puerto de Corinto y se la vendió a Sayed, que se hallaba allí de caza.

—Y ambos hicieron un gran negocio con alguien que no iba a protestar nunca.

—Así es, Jantipo. He meditado que, si visitáis al tratante y le pedís la cédula de venta del santuario de Afrodita, lo pondréis en un grave aprieto, pues carece de ella. Él lo negará y entonces bien podéis expresarle que lo vais a poner en conocimiento del prefecto del Castro Pretorio, pues un anónimo testigo, un soplón que conoce al mangón, os lo ha revelado y está dispuesto a testificar ante un tribunal.

—No te faltan coraje e ingenio, maldito judío —me increpó con ironía.

—De paso le soltáis el nombre de Eudoro, el infame emasculado que la vendió, y también el de la sacerdotisa, o Virgo Máxima, la venerable *domina* Elpis de Cirene, para concederle veracidad al asunto —le revelé, calcando lo que me había revelado Priscila y los nombres que le escuché pronunciar. El anzuelo estaba echado.

Jantipo siguió con inusitada atención mi relato, y pareció convencido.

—¿Es cierto lo que dices, muchacho? —dijo, y abrió los ojos con desmesura.

—Salido de la boca de una hieródula sagrada de Afrodita. Yo la creo.

El liberto sonrió sin disimulo. Olía un rumboso beneficio para su bolsillo.

—Puede que ese Sayed, cuando olfatee el potro de tortura, o si le menciono el Tribunal de la Basílica Julia, se venga abajo y negocie. ¿Qué significa para él una vil esclava cuando solo en Roma gana miles de sestercios?

—Estoy seguro. De lo contrario perderá su fortuna y su licencia. No le conviene litigar, y menos aún con los poderosos Anneos, amigos del emperador —lo presioné.

—Todo vendedor de esclavos conoce que si se salta las leyes de venta puede parar en las minas de Corsica, hasta que arroje el alma por la boca. Puede incluso que le apliquen la Lex Majestatis —violación de lo sagrado— y sea condenado a galeras o despeñado por la Tarpeya, ¡por todas las Parcas! —apostilló, viendo posibilidades.

—Mi maestro Gamaliel asegura que la ley romana es la más genial e impúdica invención del hombre para burlar a la justicia de Dios. Y le asiste la razón —observé convencido—. Podéis hacer un buen negocio, Jantipo. Exigidle un dinero por vuestro silencio y salvad a mi amiga griega de las vejaciones de ese burdel. Nada perdéis, y tendréis la posibilidad de embolsaros una buena cantidad de sestercios y ofrecerle a la señora Helvia la *ornatrix* que tanto deseaba, y tal vez os lo premie también. ¿Qué os parece? —lo persuadí.

Siempre he pensado que el oro sirve para probar el codicioso corazón del hombre y que aquel griego estaba corrompido. Por eso estaba seguro de que Jantipo había husmeado el tufo de una bolsa suculenta e iría tras ella. Me observó con ojos curiosos y suavizó la angulosidad de sus facciones. Dueño de sí mismo, me asió por el cuello suavemente y me espetó:

—Me arriesgaré y visitaré a ese miserable de Sayed como me sugieres, esclavo. Nada pierdo, ¡por Zeus! Trataré de sacar de esa cueva de impudicia a tu amiguita, con la condición de que venga a esta *domus* como perfumista de *domina* Helvia, no como mujer libre.

—Es justo, noble Jantipo —lo contenté sumiso.

—Pero te advierto que, si por ventura me has engañado y se trata de un burdo subterfugio para liberarla, o de una fábula inventada porque la amas o deseas acostarte con ella, no te quedará piel en tu cuerpo que yo no despelleje con un látigo de espinas —me amenazó, sin soltar su mano enjoyada de mi garganta.

—Ni temo, ni espero nada, *magister*. Os he contado la realidad que sufrió esa muchacha; y si se libra de tan humillante ocupación de prostituta, seré inmensamente feliz. Si no, mi vida es vuestra —acepté, y me empujó a la pared.

—Pues reza a ese dios tuyo invisible para que Jantipo no sea afrentado por un vendedor de carne humana o por un proxeneta de furcias. No permitiré que un esclavo como tú, que se cree que es alguien muy perspicaz, falsee la verdad —me amenazó.

Salió al *tablinium*, tomó su capa de paseo y abandonó decidido la *domus*.

Yo había aceptado que la dicha y la felicidad solo existen en el mundo de la ficción, y confiaba en que la revelación de Priscila sobre su esclavitud fuera cierta, o mi cuello no valdría un simple as. Vivir falto de la calidez del afecto me aniquilaría tarde o temprano. Así que creí haber jugado los dados con temeridad y justicia. A pesar de mi precaria posición de despreciable esclavo, había conseguido pulsar las mezquinas y avariciosas fibras del deshonesto Jantipo.

En aquel momento no había experiencia religiosa más completa para mí, o placer más deseado por mi desventurada alma, que salvar a Priscila y ver penar al perverso mangón de Sayed, que vivía de la desventura y del dolor de sus semejantes.

Ya solo quedaba aguardar.

Alcé la mirada a lo alto y recé contrito al Señor de los Ejércitos de Israel para que me enviara un halo de esperanza y el asunto se viera completado con el éxito.

XI

PRISCILA

Jantipo me encontró ocupado en el arreglo de la biblioteca que me había encomendado el amo Marco. Había hallado un viejo manual de agricultura de Catón el Censor y lo estaba examinando para conocer cómo trataban el aceite en la Bética romana.

La acopiada librería de los Anneo poseía casi la totalidad de las obras griegas y latinas conocidas y también extraños documentos procedentes de la antigua Caldea, que no supe descifrar pues estaban escritos en caracteres cuneiformes. Me mostraba entusiasmado ante tanto conocimiento y acaricié los tratados, la mayoría estoicos y pitagóricos, de Heráclito, Demócrito y Epicuro.

Percibí que era observado y, al volverme vi tras de mí a Jantipo. Me mantuve a la expectativa mirándolo a los ojos y observando las palabras que salían de sus labios.

—Desde hoy te llamaré el astuto Ulises, amigo Jasón —soltó enigmático el liberto.

—¿Deduzco que habéis hallado a la joven griega? —pregunté ansioso.

Por toda respuesta, Jantipo me arrojó una pequeña bolsa que contenía un número indeterminado de lustrosos denarios de plata.

—¿Y esto? —Me quedé estupefacto.

Por vez primera me llamó por el nombre que había elegido para mi esclavitud.

—Es tu participación en el negocio de la griega —me informó amistoso—. Aunque no puedes poseer nada, es costumbre en Roma que los esclavos vayan atesorando algún peculio personal con las propinas y regalos que reciben. Yo compré así mi libertad a *domina* Helvia.

—Contaba con una innegable ventaja, Jantipo. ¿Y la *ornatrix*? —me interesé, pues no pensaba en otra cosa.

—Ya se halla en compañía del ama, que me ha felicitado por mi tacto y astucia. Además, me ha producido una ganancia redonda. Ese eunuco llamado Eudoro, efectivamente vendió a la joven a Sayed, aun cuando había sido comisionado para entregarla a su familia, concluyendo un pingüe negocio del que no debía dar cuenta al templo. El chipriota la ha recuperado del burdel en menos de una hora y, por no denunciarlo al edil del mercado, me ha recompensado comprándome espléndidamente mi silencio.

—Mi Dios la protege, Jantipo —reconocí alborozado, después de pasar un día de angustia insoportable, donde todas las posibilidades estaban abiertas.

—¡Por las Furias! ¡Tu dios no! Esto lo han procurado tu ingenio, la voracidad de un mercader sádico que temía perder su pescuezo y mis amenazas de denunciarlo —exclamó, lanzando una carcajada—. Tu información ha resultado crucial.

—¿Cuándo podré verla? —le pregunté anheloso.

—Ya sabes, cuando los esclavos os reunáis para cenar —dijo—. Eres un tipo perspicaz y sagaz. Si te unes a mí en otros negocios podrás recobrar pronto tu libertad. Yo te protegeré. Los amos me profesan una gran admiración y confían en ti. Piénsatelo, Jasón —me ofreció, esbozando una sonrisa irónica—. No presentas el aspecto de un hombre sin recursos, desdichado y abrumado por tu destino, y tú y yo podemos formar una provechosa sociedad dentro de la *domus* Annia.

Una extraña sensación se produjo en mí, a pesar del desprendido ofrecimiento. Sospechaba de él por su avidez. ¿Por qué deseaba la amistad con un esclavo recién llegado, siendo un hombre rico y con poder en Roma? Ratifiqué el acuerdo por salir del paso, y abandoné la biblioteca, agradeciéndole el gesto.

La liberación de Priscila del prostíbulo era una óptima noticia para mí y deseaba verla sin demora y comprobar el efecto que había causado en ella su cambio de estrella. Antes de la cena me dirigí hacia el cobertizo donde pernoctaba la mercancía humana. Estaba allí y la contemplé de perfil.

La griega era el espejo de la fragilidad femenina. Su semblante se había serenado tras su dura experiencia en el burdel, como la arena de la orilla del mar se asienta tras el oleaje. Parecía que, tras su traumático paso por la casa de trato carnal, no se había vuelto duro e insensible. Su belleza permanecía inalterable.

Cuando me vio observándola recuperó el interés por vivir, y corriendo, se prosternó ante mí, me asió las piernas y exclamó entre lloros:

—La gran diosa del Día, del Mar y de los Astros, Atenea de los Ojos Azules, Afrodita, mi madre eterna, y Cibeles la creadora, te han puesto en mi camino. Por ti he salido de un pozo negro que me hubiera consumido.

Enseguida la tomé por los brazos y la incorporé, consolándola:

—Tú no merecías esa humillación y abusos. Me siento muy feliz.

—Jantipo me explicó tu plan para rescatarme del prostíbulo de las Carinas, donde puedo asegurarte que no hubiera aguantado ni un año consumida por la tisis o la sífilis. Es atroz la existencia que sufren aquellas pobres mujeres.

—La esclavitud es inhumana en sí misma, Priscila. Aún no asumo lo que estoy viviendo, pero te aseguro que solo jugué las bazas que tú me habías confiado como amiga. Luego puse a contribución de la avidez por el oro del liberto Jantipo mi secreto propósito y también la compasión de nuestros amos. Nada más, te lo debía.

La joven me habló en un tono amable, digno, con modestia.

—Mi milagrosa vuelta a una casa de personas honestas ha causado en mí una transformación interior. Ama Helvia me ha elegido entre sus domésticas personales. Visto como una romana libre, me habla como una madre, no llevo en mi cuello la argolla de esclava y hasta ahora no me ha procurado ningún castigo. No obstante, me ha hablado de que espera uno de mis perfumes por los que era famosa en Corinto, según tú. ¿También eso formaba parte de tu intento de liberación?

—Era mi definitiva argucia, Priscila —le sonreí—. Y no debes preocuparte. Yo te enseñaré a fabricar perfumes exóticos de Oriente. Debía arriesgar. Jantipo me amenazó con azotarme hasta morir.

—¿Cómo podré agradecerte lo que has hecho por mí, Jasón? —sollozó.

—¿Te burlas de mí? —le contesté afable—. Yo sigo vivo por ti. Tú encarnas para mí la lucha por sobrevivir y la transformación de mi espíritu.

—Y yo admiro la grandeza de tu alma, Jasón. Cuando te vi desaparecer hacia el Foro, mi alma se tiñó de negrura y angustia. Y ahora pertenecemos a la misma *domus*, por deseo de Afrodita, a la que dediqué mi infancia y juventud.

En una hermosa demostración de espontaneidad, Priscila alzó su nariz respingona y comenzó a reír de dicha. Yo le pasé mis brazos por el cuello, a pesar de no estar permitido en la casa. Lo hice con una alegría exaltada, y la percibí fresca, pura. Luego la apreté contra mi pecho y besé sus mojadas mejillas. Era el único placer que me ofrecía mi indeseada condición de esclavo.

Hacía tiempo que había enterrado el amor compartido y, aquella tarde, la joven griega despertó en mí una irrefrenable pasión.

***

En los *pridie idus* del mes de *augustus,* y transcurridas unas semanas, la familia Annia acudió con sus familiares, clientes y esclavos al Capitolio para sacrificar un toro blanco en honor de Júpiter, a fin de que el viaje que emprenderíamos en una semana a Hispania nos fuera favorable y los vientos propicios.

Asistieron también los pedagogos de la familia, Soción de Alejandría, el filósofo cínico Papirio Fabiano y el estoico Átalo, que solían cenar con la familia con frecuencia, y con los que con el tiempo trabé una amistad sincera y sin fisuras.

El sacrificio no difería mucho de lo que hacíamos los judíos, pues todos los hombres nos mostramos con igual insignificancia antes los poderes del cielo, ya que ignoramos la razón de nuestra existencia y de nuestra muerte y los mecanismos que rigen el universo y el más allá. Y todos los mortales, judíos o gentiles, los tememos.

Remontamos las escalinatas y elevé la mirada para contemplar la estatua cabalgante de la Victoria, que coronaba el templo y que brillaba como el astro sol. Quedé deslumbrado por la majestuosidad de su columnata y por su monumental arquitectura, aunque estuve entretenido con la inmaculada bandada de gansos sagrados que corrían por el jardín. Inmediatamente evoqué el Templo de Yavé en mi añorada Jerusalén y que posiblemente ya no vería más.

Rogué a Jantipo que me excluyera del ritual, ya que en el interior se exhibían las colosales estatuas del Padre Capitolino, de Minerva y de Juno, que a mi parecer podían convertirse en un pecado reprobable a los ojos de mi Dios. Sí asistí en el atrio a la bendición del *flamen* o sacerdote, que portaba en sus manos el sagrado *litus* etrusco, a las oraciones que dedicaron al dios Consus, así como a la carrera de caballos que se celebró en su honor y cuyos gastos pagó amo Marco de su bolsa.

No dejé de mirar enternecido a Priscila, que, vestida con una clámide griega, asistía a *domina* Helvia como doncella personal. Su mirada se asemejaba a un rincón del mar y su pelo, del color del trigo maduro recogido en una coleta, le caía esplendoroso sobre su espalda. De vuelta a la *domus*, bordeamos la Alta Semita y el Argiletum, donde se hallaba una estatua del temido estratega cartaginés Aníbal Barca.

Me extrañó sobremanera que los romanos lo honraran con un monumento debido al sufrimiento y a la ofensa que ocasionó a la República siglos atrás, aunque se alza en una sucia e indecorosa plazuela. Un esclavo invertido de la casa, un *tunicati* de voz aflautada y de notable ingenio que vestía a la *domina*, dijo en voz alta:

—Un recordatorio para que no olviden que pueden ser vencidos otra vez.

Sonreí con su agudeza, y *domina* Helvia le dedicó una irónica mueca de regaño.

Días antes de la partida a Hispania, la casa se convirtió en un bullicio de actividad, con siervos que iban de acá para allá con baúles y bagajes que eran cargados en dos carros. Yo estaba feliz porque Priscila asistiría como dama de compañía a la *domina* en el largo viaje. Ama Helvia y amo Marco me convocaron al triclinio familiar, y recelé de la llamada, pues un esclavo nunca sabe cuándo enoja al amo.

Entré cohibido, lo confieso, y un fogonazo de miedo me atenazó.

Era una hermosa estancia llena de luz y de primorosos exornos. Estaba ornamentada con lámparas de bronce dorado y con un mosaico de excepcional belleza que representaba a Teseo el ateniense enfrentándose al Minotauro. Varios mullidos lechos de marfil para que los comensales comieran recostados completaban la decoración.

Habían concluido el *jentaculum*, el abundante desayuno del que quedaban restos de pan, frutas, ajo, aceite, dátiles, higos de Cumas y vino de Regio.

Los esposos estaban acomodados y jugaban como todas las mañanas al *latrunculli*, un juego sobre un tablero de sesenta y cuatro casillas donde se desplazaban unas figurillas de distintos colores y formas, y que yo no entendía, pero que producía gran hilaridad entre ellos.

Lo apartaron, se retiraron las migajas de sus túnicas y me miraron fijamente. Aguardé intranquilo, pues los patronos no suelen ser benévolos ni indulgentes con sus esclavos si estos han errado. Tomó la palabra el amo Marco, que me manifestó:

—Jasón, escucha —me llamó por mi nombre y no *puer*, y me alarmé—. Mi hijo Junio Galio se halla en Corinto, donde ejerce como cuestor del procónsul de Acaya. Nuestro querido Lucio, el más sabio de esta casa, cura su tisis en Alejandría, en casa del prefecto de Egipto, nuestro hermano Gayo Galerio. Y nuestro tercer hijo, Mela, cuida de nuestros negocios en Hispania, aunque ahora se halla de viaje por el Rodanus, en la Galia, donde hemos tenido problemas con los envíos de aceite para las legiones galas.

Helvia, que miraba de reojo a su viejo marido, que más bien parecía su padre, alzó la hermosa celosía de sus ojos color avellana y terció:

—Ante la ausencia de nuestros hijos hemos decidido recurrir a ti. Precisamos urgentemente de esos conocimientos que dices poseer sobre el *oleum*.

Ignoraba adónde querían ir a parar, y mi inquietud creció.

—¿Por qué te decimos esto? —siguió el senador—. Mi esposa, como sabes, parte mañana para Corduba en una flotilla de barcos con destino a Hispalis, a fin de encontrarse con su hermana Marcia, a la que hace tiempo que no ve, y para evaluar *in situ* los problemas que acucian a la producción de aceite de nuestros *latifundia*, que se hallan bajo mínimos. Es nuestro deseo que tú, Jasón, habiendo dado muestras evidentes de que eres un maestro oleario experimentado, te hagas cargo como capataz o *procurator* de nuestros olivares y recuperes su rendimiento.

Una extraña sensación me invadió. Me otorgaban una peligrosa servidumbre.

—Tal vez tú, Jasón, encuentres la causa de nuestros constantes quebrantos —insistió la *domina*, que me miró con sus ojos inefables.

Les agradecía su confianza, pero ¿debía estar satisfecho con la descomunal responsabilidad que echaban sobre mis espaldas, a mí, un completo desconocido?

—¿Yo, amos míos? Solo soy un simple esclavo. ¿Quién me va a obedecer viendo una argolla de hierro en mi cuello? —intenté esquivar el aprieto y la obligación.

El tono caluroso hacia mí se incrementó con la orden que impartió Marco.

—No te falta razón, por todos los dioses, Jasón, y viene a probar tu sobrada inteligencia. ¡Jantipo, trae los documentos! —rogó al liberto.

Yo estaba cada vez más sorprendido. ¿Qué maquinaba el viejo patricio?

—Escucha, Jasón, y abre los ojos con atención. Desde hoy te pondré bajo mi tutela personal. Delante de mi esposa y de mi leal Jantipo, te ofrezco la *manumisio per censum*, que no es otra cosa que tu presentación oficial ante el censor de la Basílica Emilia, no como un objeto de mi propiedad, sino como ciudadano romano protegido por la *gens* Annia y perteneciente a ella como si fueras de nuestra propia estirpe.

Recuerdo que ahogué un grito de sorpresa. No podía creer lo que me estaba sucediendo, y que venía a corroborar la protección de Dios hacia mí.

—Te hemos estado probando y hemos llegado a la conclusión de que eres un hombre temeroso de tu dios, bienintencionado, honesto, culto y digno de confianza —se expresó convincente *domina* Helvia, que me animó con dulzura.

—Esta acción os enaltece, amos míos —admití—. Depositáis en mí un alto honor y mi gratitud será eterna, aunque piense que la esclavitud es una afrenta al Dios de mis padres.

—¿Sabes, Jasón? —filosofó el viejo Marco—. Platón fue vendido como esclavo por Dionisios, tirano de Siracusa en Egina, donde fue comprado y manumitido por el piadoso Anníceris. Y después de su desgracia fundó la Academia en Atenas. La fortuna es muy veleidosa y un día puedes verme a mí como esclavo y yo a ti como dueño.

—Lo sé, amo. Vemos el mismo cielo y nos creó el mismo Dios —aprobé.

—En la esclavitud, Jasón —me halagó—, no todo es desgracia, y en esta casa, mis hijos y yo os consideramos como aliados. ¿No es cierto?

—Así es, *dominus*. En definitiva, todos somos esclavos, unos de la lujuria, y otros de la codicia, del amor o del temor y todos de la esperanza. No obstante, no creo haber atesorado aún muchos méritos para semejante premio de ser nombrado *procurator*.

El viejo senador compuso un ademán divertido tras mi razonamiento.

—Roma, debes comprenderlo, Jasón, es un inmenso mercado, un colosal negocio de intereses económicos donde los esclavos ocupáis un lugar necesario. Quien os maltrata, oprime, veja y os exige servicios humillantes procura enemigos que un día pueden disponer de su suerte. En esta casa no se azota, sino que se amonesta, pues compartís nuestra misma casa y coméis nuestro mismo pan —autoalabó su proceder.

—Tenéis razón, mi señor, vivimos en un mundo amoral e injusto, pero en el tiempo que llevo bajo vuestro techo todo ha sido honestidad y afecto.

Jantipo y el viejo senador se miraron con sorpresa. Mi amo habló:

—Sin embargo, tú, con esta operación legal te vas a convertir en un esclavo favorecido. Te hemos procurado una posición de privilegio, cuando apenas si te conocemos, es verdad, pero te necesitamos, Jasón —dijo y tragó saliva—. En el último año hemos perdido más de tres millones de denarios en la exportación de aceite, ¡por Marte! Y esta cantidad, enigmáticamente, sigue creciendo.

—Verdaderamente extraño, amo Marco. ¿Cómo os pagaré tan inmenso beneficio? —aseveré verdaderamente reconocido.

—Ayudándonos, Jasón. Te enviamos a Corduba para que endereces el camino de la finca, actúes con libertad en los *fundus* y analices las enigmáticas causas de esas incomprensibles mermas en producción y beneficios que nadie entiende. Ostentarás el cargo de capataz mayor, que allí llaman *procurator* o *villicus* general, para así poder tomar las decisiones que creas oportunas.

—Os serviré con lealtad y trabajo, amo —dije.

—No obstante, según podrás comprobar en estos documentos, la manumisión para el censo de Roma no te ofrece la libertad plena hasta dentro de cinco años. Es muy corriente esa práctica en Roma, y la llamamos la *lustracio condita* en el derecho consuetudinario romano. Ostentarás el título de liberto, pero sin libertad absoluta.

Yo recompuse la información que me daban y ajusté mis ideas.

—O sea, un lustro de prueba de fidelidad hacia la familia —reconocí.

—Así es —contestó el anciano senador—. Desde hoy te has convertido en un esclavo dispensado de tu condición servil por un tiempo. Ya no eres objeto de posesión, aunque sí perteneciente a esta *domus* por un trabajo que has de realizar a satisfacción, aunque únicamente por un lustro. Esta condición te concederá un estatus muy similar al de hombre libre. Tendrás tu sueldo y tu casa, y actuarás en nuestro nombre en la administración del imperio de Corduba, capital de la Bética, en Hispania.

No podía creer lo que estaba escuchando. Estaba en el umbral de la libertad.

—Jamás dejaré de agradeceros este gesto de confianza en mí, amo Marco.

El senador se recompuso la toga y esgrimió en su mano el documento.

—Esos cinco años, en los que ocuparás el cargo de capataz universal de nuestros olivares de Corduba, será el tiempo en el que comprobaremos si hemos obrado cabalmente. A veces inteligencia y honradez no van unidos, desgraciadamente. Será entonces cuando visitemos al censor y serás recompensado con la libertad plena. De ti y de tu gestión en Hispania depende que vuelvas a ser un hombre emancipado —dijo severo y me entregó el título escrito en la lengua del Lacio.

Se trataba de un pliego de color amarillento y solemne trazo en el que aprecié las firmas del amo Marco, de Jantipo, como testigo, y del censor de la Basílica Emilia, un tal Quinto Dolabella, que validaba mi nueva situación de dispensa en Roma. Destacaba el sello de un tridente de Poseidón y el cuño de su judicatura, una balanza extractada.

Se me nombraba en el pliego como Jasón de Séforis, judío heleno y proveedor del óleo sagrado del Templo de Jerusalén, en Judea de Palestina, que se convertía en ciudadano romano *in censum*, bajo la tutela y previsión de Marco A. Séneca. Concluía con la fecha de emisión:

Roma pridie idibus. *En el mes octavo dedicado al divino Augusto.*

—¡Dios de los Ejércitos, consuelo de Israel! —dije por toda respuesta.

Era un hombre libre en todos sus términos legales, pero solo durante cinco años debía permanecer ligado al amo que me lo había concedido. Ahora dependía de mí recuperar con mi trabajo mi libertad total, perdida por el infortunio.

Y por más que lo intentaba, no daba crédito a mi nueva situación. Quedé durante unos momentos ofuscado debido a mis lógicas vacilaciones y con las lágrimas asomando a mis ojos. Tanta esplendidez y expectación me abrumaban. Adelanté mis pasos y besé el anillo del amo Marco y el borde de la estola de *domina* Helvia, a la vez que respondí balbuceante:

—Es la forma de expresaros mi gratitud, amos. Trataré de

cubrir de beneficios vuestras posesiones de olivos de Hispania, pues he contraído un compromiso de dignidad por vuestra largueza conmigo. Alabado sea por siempre el Eterno.

—Pues brindemos por los dioses y por tu deidad incorpórea —invitó Marco y alzó una copa de Salerno, tras entregarnos un vaso de ónice a Jantipo y a mí.

—Velaré por los intereses de la *gens* Annia, y mi Dios sabe que es verdad.

La noticia se extendió por la *domus* de inmediato, y no se hablaba de otra cosa. Encontré a Priscila, que corría a felicitarme por un corredor del *impluvium*, donde florecían los bancales de flores y menudeaban los chorros de la fuente central. Su rostro emanaba serenidad y gozo. Estaba dichosamente afectada con la feliz noticia.

—Qué ignorados derroteros nos marcan los dioses, Jasón, mi hermano de servidumbre —me felicitó acariciándome la cara con ternura.

—Aunque atormentada, atisbo que puede ser corta mi esclavitud —dije.

—Gocemos de esta tregua del mudable azar, y protejámonos —me ofreció.

—No puedes imaginarte el alivio que ha experimentado mi alma, Priscila. Hemos tenido suerte después de deambular por las orillas de la locura y probado la amargura del miedo, la angustia, la humillación, el desamparo y las cadenas —le confesé.

—Los tiranos someten nuestros cuerpos, pero nunca podrán reducir nuestra voluntad, por mucho que los golpeen, Jasón. En el burdel vi los excesos que soportan los esclavos. Niños sodomizados y apaleados hasta morir en orgías desenfrenadas y niñas violadas, sometidas a maltratos animalescos y asesinadas, que yo misma hube de limpiar y cubrirlas con un sudario para que el mundo no se avergonzara de la bajeza de la esclavitud —se lamentó Priscila entre sollozos.

Sin saber el motivo, en aquel instante de felicidad recordé al rabí de Galilea.

—¿Sabes? Conocí a un rabino que predicó en Palestina, Yeshua de Nazaret se llamaba. Debería haber predicado su doctrina aquí en Roma, en el corazón del Imperio, la gran caja de resonancia del mundo. Lo hubiera escuchado la ecúmene entera y no hubiera fracasado como fracasó allí. Sus enseñanzas habrían acabado con la esclavitud. Su mensaje va derecho al alma de los hombres, a los que considera iguales.

—¿Yeshua de Nazaret? Nunca oí hablar de él —me confesó.

—Ni oirás. Su doctrina jamás saldrá de los desiertos de Judea. Es un profeta admirable.

Y sin decir nada más nos fundimos en un prolongado abrazo, colmados de gozo reprimido, pues aún no gozábamos de la libertad suprema.

—Procura ocultar la *incisio* del hombro con la túnica, Jasón. Si los hispanos perciben la marca de la esclavitud, no te respetarán —me recomendó Priscila.

Las ventanas de las ínsulas de cinco y seis pisos de la Ciudad de la Loba Laurentia se delineaban en la colina del Capitolio, mientras yo las contemplaba tan lejos de mi patria, abrazado a la joven helena.

Escuché el anodino deambular de las cohortes nocturnas que se dirigían al peligroso suburbio de Aqua Virgo y de los carros que comenzaban a llegar por la Vía Lata camino del mercado del Boario, y me llegó el grato tufo a salchichas de una cantina cercana. Gozaba del nuevo sesgo de mi estrella.

De esclavo había pasado en menos de un año a colaborador indispensable de mis amos y reflexionaba sobre lo burlón de mi dislocado albur. Mi Dios me tutelaba. Con la dicha de haber recuperado a Priscila y recibido una tregua a mi injusta esclavitud, exhalé un hondo suspiro de satisfacción.

—Adrastea, la ninfa guardiana del niño Zeus, nos protegerá —aseguró Priscila.

La lejana Hispania se me ofrecía en el horizonte próximo, y el *fatum*, como llaman los romanos al destino, tocaba las cuerdas de su música invisible y me recordaba que amos y esclavos éramos la misma clase de hombres. Esperaba que los dados del azar, y no sus engaños, gobernaran mi futuro.

Era una noche de luna nueva y negra y las estrellas rutilaron como nunca.

XII

HISPANIA

Nunca pude ni imaginar que abandonaría Roma con tanta celeridad, con tan inestimable recompensa y en una situación tan ventajosa para mí.

Amo Marco, delicado de salud, no viajó con nosotros a pesar de su deseo de regresar a su Corduba añorada. Permanecería en la Urbs acompañado por el fidelísimo Jantipo, los pedagogos y filósofos familiares y sus servidores, mientras aguardaba la llegada de alguno de sus tres hijos. *Domina* Helvia, Priscila, algunos esclavos y yo poníamos rumbo a las Columnas de Heracles, adonde llegaríamos en una semana si el mar nos era benévolo, y a Corduba dos días después a través del curso del río Betis.

Antes de ascender a una de las seis panzudas naves olearias, que llevaban estibadas en la bodega ánforas de vino de Falerno, Sorrento y Capua, con destino al comercio hispano, ama Helvia se cubrió la cabeza con la *palla* o estola y, como sacerdotisa de la *Bona Dea* que era, elevó una vigorosa plegaria que hizo alzar el vuelo a una bandada de gaviotas que sesteaban en el puerto de Puteoli. En aquella mañana de la partida estaba lleno de estibadores, pordioseros roñosos y viejos tullidos, a quienes la *domina* repartió un puñado de ases de cobre.

Recordando a mi familia y como homenaje a mi desventurado padre, solicité al nauta mayor de la flota que me permitiera colocar una rama de olivo en la proa del barco nodriza, y me lo agradeció palmeando mi hombro.

—Minerva, la que nos regaló el olivo, agradecerá tu acción —me aseguró.

Un centurión emérito de la legión V, la Macedónica, y de la Décima, la Gémina, y en otro tiempo pretoriano de Octavio, nos acompañaba como guardaespaldas de la *domina*. Su nombre era Décimo Próculo y yo estaba cómodo con su presencia, pues era un ameno conversador. Había estado en Jerusalén con Valerio Grato, el procurador de Judea, y me hablaba de sus experiencias en Siria y en la tierra de mis antepasados.

Desde aquel día intimamos satisfactoriamente y formamos una amistad franca, pues en nuestras pláticas la mentira y la doblez no tenían cabida.

Aunque el mar Tirreno estaba en calma, una niebla pertinaz y cenicienta nos acompañó en las primeras singladuras cerca de la costa de Tarraco, hasta que un día después atracamos en Cartago Nova. Mi asma se resintió algo y, para mitigar mis ahogos, Décimo me preparó una infusión de nébeda hervida, que según él se empleaba en las legiones para esa dolencia. Parecía que nos faltaba el aire, y solo al mediodía se disipaba aquel apelmazado celaje que tanto intimidaba a los viajeros.

Por las noches, bordeando la costa de Iberia, el piloto encendía los fanales para mantener las naves cerca unas de otras, y era cuando ama Helvia aparecía con Priscila en la cubierta tras salir de su celdilla de la bodega.

La *domina* conversaba con Décimo, el veterano de músculos esculpidos y sensible clemencia, y hablaba del cultivo del aceite en Hispania y de sus viajes por el mundo conocido. Sus opiniones sobre la finca de los amos me sirvieron en lo sucesivo para corregir sus fallas.

Décimo había sido un *opti*, suboficial y lugarteniente de la centuria, en sus tiempos mozos y rondaba la cuarentena. Había nacido en Hispania, en la Sierra de la Plata, la que dominaba las provincias romanas del sur. Tenía a gala el haber participado en las expediciones de Tiberio a Germania, en donde fue herido y hubo de retirarse, y nos las narraba con mendaces exageraciones.

Domina Helvia me observaba con sus ojos inmensos, como si anhelara con su mirada adivinar mis pensamientos sobre el labrantío de sus propiedades.

—Jasón, te pareces a los chamanes turdetanos que consideran el aceite como un regalo de los dioses, desde que los fenicios lo trajeran de Ugarit y colocaran un olivo sagrado en el templo de Melkart de Gades. Tus palabras lo mitifican.

Lo tomé como un halago, y vi que amaba la naturaleza y el campo.

—En mi Judea natal, señora, el olivo es nuestro árbol sagrado y de él saldrá el óleo que unja al libertador de mi pueblo, al que llamamos el Mesías. Pero no somos los únicos en deificarlo, ama. Los espartanos suelen colocar ramilletes de olivo en las tumbas de sus guerreros para que los acompañen a vuestro Elíseo.

—Cierto. El aceite ilumina templos y santuarios, suaviza las heridas, aromatiza los perfumes y sirve de alimento para nuestros cuerpos —añadió.

Helvia calibraba mis posibilidades y me hablaba con preocupación de las malas cosechas de aceitunas de las fincas rústicas de su marido, y confiaba en mi sabiduría.

—Estudiaré los problemas en el escenario, *domina*. El aceite, cuyo nombre proviene de la palabra mesopotámica *zeit*, significa luz, él mismo nos exigirá lo que más le conviene. Es el bálsamo de Dios y el óleo de los reyes.

—¿Sabíais, queridos? Príamo de Troya ungió con aceite el cuerpo de su infortunado hijo Héctor, y a los faraones de Egipto les colocan un manojo de olivo en sus sarcófagos —nos indicó la señora para ensalzar su importancia.

—Yo, desde que nací, viví rodeado de olivos. Es el ser de mi familia, *domina* —le dije—. Y amo esos árboles sagrados. Son la esencia y el aroma de mi niñez.

Priscila y yo solíamos retirarnos con la venia de la señora a un rincón de la amurada. Acunados por el rumor del océano y oliendo el aroma de las algas y el salitre, respirábamos el aire vivificante de las aguas y nos acariciábamos. A veces, cogidos de la mano, contemplábamos las crestas de las olas, que, lamidas por la luna esquiva del Mare Nostrum, se semejaban a un torrente plateado que cruzara el mar. Cuando la reclamaba su dueña, la tristeza se adueñaba de mi alma.

Una de las vigilias, a la vista del peñón de Calpe, Helvia Albina nos confesó afligida que su marido, el viejo senador, le había prohibido asistir a las clases de filosofía en Roma, pues la consideraba demasiado despierta y sus opiniones excesivamente avanzadas para sus patricias convicciones.

—Pero a escondidas suelo leer sus libros de los filósofos griegos y discuto con el viejo Átalo, al que a veces desespero, pues no le gustan las refutaciones femeninas.

Las Columnas de Heracles se nos mostraron al séptimo día con sus dos colosales farallones de roca pura y de tonalidades azules, donde anidaban cientos de gaviotas. Y después de unos agitados derroteros en los que hubimos de soportar alguna celisca, contemplé por vez primera las verdosas aguas del océano de los Atlantes. Me emocioné: habíamos llegado al *finisterrae,* y la brisa agitaba las velas con el viento de levante. Después de aquello solo existía el gran abismo.

Cada vez estaba más cerca mi destino: el de la libertad definitiva, o la desaparición oscura como esclavo de los Annios. La esperanza de poder recuperar a mi familia me estimuló de tal forma que decidí volcarme en mi nueva labor olearia.

Las seis embarcaciones, acunadas por el mar de los tartesios, se abrieron paso entre los espumillones, y con la cara empapada y los cabellos al viento, observé una tierra desconocida, pero próvida y fecunda. Pasamos ante el faro y el ídolo de Gades, la luminosa ciudad federada y aliada de Roma, en cuyo puerto estaba atracada la afamada flota gaditana del *garum*, con sus *gaulós* e *hippoi*, barcos negros como la pez, con sus intimidatorios espolones de bronce y los ojos dibujados en las proas, que los hacían temibles a los piratas.

Vadeamos los rompientes y nos dirigimos a las bocas del río Betis, con el propósito de alcanzar Hispalis, su gran puerto fluvial, y desde allí en carros seguir por la Vía Augusta hacia la capital de la Bética, la Colonia Patricia Corduba.

Comprobé que las orillas del río eran tierras albarizas y margosas sembradas de viñas y de una exuberancia como jamás había visto. Se sucedían las marismas, donde chapoteaban los patos malvasía y las garzas reales, y los cerros sinuosos donde crecían los cipreses, los almendros y las higueras. En las haciendas pastaban los caballos, las cabras y las ovejas, y araban los bueyes de pelambre roja. Volaban por el cielo las flores de los espinos y bandadas de alondras, y su aire era puro aroma. Nunca había contemplado paisaje tan hermoso y fértil. Eran un paraíso de verdor y de abundancias.

—Esto es el edén prometido por Dios, ama Helvia —confié a la *domina*.

—Es una tierra bendecida por los dioses. Ya lo verás, Jasón —contestó viendo que me deleitaba hablar de los asuntos del campo—. Esta provincia es de rango senatorial y se notan sus potestades y su pujanza.

Era un forastero en una tierra extraña, pero prolífica y llena de promesas para mi trabajo con los olivos. Miré a Priscila sonriente, que me correspondió. Nuestra esclavitud se suavizaba y poseíamos el temple necesario para sortear obstáculos.

Corduba no hedía a cloaca como Roma. Olía a huertos en flor y a aceite.

Cruzamos el puente de piedra alzado sobre el sumiso Betis, que conducía al corazón de la urbe. Literas, legionarios, viandantes y carros, tras pasar el arco de piedra y las sólidas murallas, se desperdigaban entre las callejas y las plazas, donde lucía el jaspe y el mármol travertino. Era una ciudad provinciana y limpia que, aunque cocida por el sol, venteaba un tibio airecillo a frutos maduros y sementeras, y que nos recibió con sus pacíficos aires e insonora paz.

La *domus* Annia de Corduba era una vivienda señorial a espaldas del Foro, propia de un *equite* o caballero de excelente reputación en Roma, y perteneciente además a la *nobilitas* cordubense y con espléndidas posesiones en el agro de la provincia. Se hallaba frente a la mansión de Claudio Marcelo, fundador de la ciudad romana, y muy cerca del templo de Augusto.

Nos recibió efusivo el *nomeclator,* el anunciador de visitas, un rechoncho esclavo de nombre Quintilio, que exhibía parte de su cuerpo paralizado por una apoplejía. Nos dio la bienvenida lleno de prisas y se desvivió en gestos corteses hacia ama Helvia, a quien besó la mano, para después hacer las presentaciones de la nueva servidumbre y preocuparse por nuestro descanso. La *domina* me anunció que al día siguiente partiríamos hacia el *fundus*, a una hora de Corduba, y me tendió una bolsa repleta de *cuaternios* de oro, moneda de valor equivalente a cuatro áureos, una fortuna para mí.

—Debes comprarte la ropa y los ajuares adecuados para un maestro oleario. Has de causar buena impresión en los trabajadores de la finca —me dijo.

Visité una *tonstrina*, una barbería, que cambió mi pelo habitual por un peinado romano con el cabello hacia adelante y con algunos rizos, y rasuró por completo mi barba hebrea. Después adquirí algunas ropas de vestir y de trabajo, unas estolas para cubrir la *incisio* de esclavo, y varios pares de botas, y regresé a la casa.

Tras el penoso y largo viaje estaba derrengado. Deseaba estirarme en un lecho, dormir un día entero y recuperar las fuerzas. No sentía ninguna decepción, sino al contrario, un deseo incontinente por iniciar mis tareas en las haciendas.

El astro rey, rozando las sierras del norte, se volvió rojo.

Llegué a la finca, que se llamaba Probus Ventus, que significa buenos o bienhechores vientos, sin planes concretos. Únicamente me llevaba el entusiasmo de mi amor por el árbol de mi predilección y el deseo de proporcionarle dignidad a la tierra y a los hombres que la trabajaban y, claro está, mi deseo de una libertad futura y posible.

Los olivares ocupaban un vastísimo y deslumbrante valle que iba desde el Betis hasta las tierras del sur. La mirada no podía abarcar toda la extensión sembrada de olivos centenarios y las dehesas dedicadas al ganado.

Cerros sinuosos y lechos profundos de piedras rojas y arroyos de aguas mansas y plateadas recibían el torrente de los haces de luz de un sol fastuoso. Junto a los olivos se divisaban las hileras de árboles frutales, las vides y las casas de adobe y paja de los labriegos como pequeñas luciérnagas en la grandiosidad del campo.

Y allí conocí a dos personas que marcarían mi estancia en Corduba.

Una era la hermanastra mayor de *domina* Helvia. Se llamaba Marcia y era la *villica*, la administradora o patrona, una mujer díscola y turbulenta y de espíritu atormentado. Intuí desde el primer instante que callaba más de lo que sabía. Llevaba los libros de cuentas con gran ruindad en el gasto, e impartía sus leyes y deseos sobre los esclavos y trabajadores con ásperas formas. Desde un principio observé que no le gustaba mi intrusa presencia allí.

Qué diferencia de la placidez que emanaba de su hermana Helvia.

La otra era el que había sido antes de mi llegada *procurator* o capataz, mayoral del *fundus* y que, por una severa enfermedad, había sido relevado del cargo de la recolección de aceituna. Era un hombre de cabello cano, mirada de batracio y rostro carrilludo, llamado Mérula. Observé desde el primer instante que despertaba temor entre los cosecheros, camuflado de falsa admiración. Después supe que, siendo el caporal mayor, había sembrado el miedo a su alrededor. También, a mi parecer, evidenciaba una ausencia total de compromiso y una falta de entrega a la hacienda.

El velludo y corpulento *villicus*, hombre de cabeza rotunda y ojos saltones, olía recio y era severo, desordenado y anárquico. Conocía bien el campo, pero los pulmones tumefactos lo habían apartado de la brega diaria. Se hacía acompañar por un cayado y un perro de colmillos intimidatorios, Vulcano, un can huraño y gruñidor.

Helvia me confesó que la última vez que había visitado la villa, dos años atrás, habían pintarrajeado, con la tinta con la que signaban las ánforas de aceite, dos letreros en la fachada de la casa. Uno con un avisador *cedo alteran Mérula, domina* (cambia a Mérula por otro, señora), y otro con una grave acusación: *Antoninus Mérula, latro* (ladrón). Por lo visto aceptaba sobornos y con frecuencia maltrataba con el látigo a algunos esclavos y había roto su bastón en las espaldas de más de un olivarero.

Y al fin todo termina por propalarse, aunque los trabajadores callaban.

No eran aires de bonanzas los que se respiraban por los lugareños en el colosal latifundio de los Annios. Así que decidí recomenzar mi nueva andadura echándole unas migajas de valor, aventura y fortaleza a mi alma, para que no notaran mi agobio.

El primer contacto con el caserío como *procurator* me produjo la sensación de lo inusual, aunque también un baño de serenidad, pues era todo un territorio, tan grande como Judea, al servicio de la extracción de aceite, mi tarea predilecta.

A un lado de la puerta y entre un seto de rosas, observé la estatua de jaspe de Ceres, o Demeter, deidad de la agricultura, las cosechas y la fecundidad, que portaba en la mano un haz de espigas. A sus pies había varios ramos de amapolas, seguramente ofrendas de los trabajadores de la villa.

Después de recorrer los alrededores, tuve la ligera sensación de que había encontrado mis proverbiales y disciplinadas ganas de trabajar rodeado de olivos. De modo que mi añoranza por mi familia y mi tierra quedaron relegadas en mi interior.

Decidí tomar mi trabajo en Hispania como una purificación personal y trataría con mi labor diaria de lograr mi libertad definitiva. Saqué ánimo de mi propio reto y un gran coraje de la espesura de mi tristeza. No podía desmoronarme ahora que tenía tan cerca mi liberación.

Jamás pude ni imaginarme que fueran tan impresionantes las edificaciones dedicadas al *oleum*, ni que un lugar campestre fuera dedicado solo a la producción de los olivos. Probus Ventus era un conjunto de edificios de color amarillo ocre pegados unos a otros, que constituían un pequeño pueblo en medio de la campiña y cuya extensión se perdía de la vista hacia los cuatro puntos cardinales en un mar de olivos.

El carruaje se detuvo ante la escalinata de la zona noble, la *pars dominica,* o residencia de los amos, que estaba habitada por Marcia y sus domésticos.

Junto a ella, apenas a veinte pasos, se hallaba la *pars hospitalaria*, dedicada a los visitantes y amigos. Estaba cerrada, y tras ella, limitada por una hilera de cipreses, se apreciaba la *pars massarisia*, la propiamente campestre. Allí se levantaban las edificaciones para los trabajadores, peones y esclavos, *la pars rustica*. Cerca de sus muros había un cuerpo de cobertizos que se conocía como la *pars fructuaria*, donde se hallaban el lagar, el horno, la bodega, las cercas para animales, los huertos, la cuadra y la herrería, las letrinas y los basureros, protegidos por tapias de color terracota.

La actividad era devoradora y se oían ladridos, balidos y rebuznos.

De repente sonó una campana y al poco, delante del caserón residencial, se agruparon más de cien personas, entre labriegos, esclavos, la mayoría bretones y griegos del Penopoleso, y domésticos iberos que comían el mismo pan en la villa. *Domina* Helvia, flanqueada por Marcia, Mérula y por mí, fue saludada durante más de media hora por los trabajadores en los que se notaba su devoto aprecio hacia la dama. Priscila, a su lado, hermosa y fresca, se asemejaba a una princesa germánica. Le sonreí.

—*Salve, domina Helvia. Saluten* —le desearon uno a uno.

Ella inclinaba la cabeza, extendía su mano para ser besada y contestaba:

—*Vale et tu* —y lo designaba por su nombre.

Después, de forma solemne y con evidente satisfacción, los informó:

—Con el *villicus* Mérula enfermo, aunque Esculapio le va restituyendo la salud, mi marido y yo hemos decidido poner en manos del maestro oleario, el liberto Jasón de Séforis, la responsabilidad de la producción de aceite de Buenos Vientos, conocida su pericia en el conocimiento del *oleum* en tierras de Oriente. Ostentará el cargo de *procurator* y el rango que ello conlleva, y sus castigos y premios, serán asumidos por mí. —Tragó saliva y prosiguió—: La verdadera cuestión es que esta finca es un paciente que debe ser tratado por un físico experimentado para recobrar la efectividad de antaño. —Habló sin evasivas—. Así que os pido a todos que le profeséis el respeto debido y hagáis cuanto él os mande. Ese es mi deseo y el del amo Marco.

La comunidad de trabajadores asintió y regresaron a sus quehaceres, no sin antes declararle de nuevo su fervor al ama, una mujer perteneciente a una familia aristocrática turdetana romanizada, cuyo origen se perdía en el polvo del tiempo.

Mérula, que me observaba con sus ojos vidriosos, me condujo a mi nuevo hogar en la parte hospitalaria y me presentó a los domésticos que me servirían, entre ellos un zagal de no más de quince años, un originario de la tierra de pelo ensortijado, sonrisa amplia, buenos modales y ojos veraces, que hablaba un latín precario y que me enseñó los rudimentos de la lengua original de la Bética: el turdetano.

De nombre Milo, se convirtió en mi recadero e informador, y

de él supe más de la finca y de sus gentes que de la boca de Helvia. Él se convirtió en el refugio de mis confesiones y le guardaré reconocimiento perenne.

Había un gato adormilado al sol que merodeaba por los escalones y al que adopté como mi talismán. Lo llamé desde aquel día Jericó, para no olvidarme de mi esposa, la dulce Naomi. «¿Qué será de ella? ¿Conseguiré encontrarme algún día ante su mirada?», me pregunté nostálgico cuando lo tuve en mis manos.

Todo estaba despejado y, según mis deseos, habían retirado las estatuas y bustos griegos y romanos, repudiados por mi religión. Me habían proporcionado mazos de velas, lámparas, tablillas de cera, rollos inmaculados de papiro, cálamos y tinta *atramentum*. Mi biblioteca, estudio y laboratorio donde mejoraría la calidad del aceite y elaboraría los perfumes para Priscila y algunas medicinas para mi consumo se convertiría en el epicentro de mi vida, durante al menos cinco años, plazo concedido por el amo.

Ama Helvia había captado mi inclinación hacia el orden, virtud heredada de mi padre Fazael y mi tío Zakay, y que siempre me ha acompañado. La casa era placentera y solo había un mosaico mutilado en la pared del *tablinium* que representaba a Hércules, desdibujado, luchando contra la hidra y que brillaba con la luz de los ventanales. Lo cubrí con un paño y lo ignoré.

Milo me animó a tomarme un baño. Lo necesitaba. Antes miré por el ventanal y descubrí a un doméstico de la casa, un hombrecillo de cuerpo fibroso y de rostro cetrino, que se cubría la cabeza con un pétaso, el habitual sombrero de paja de los campesinos, que no dejaba de observar mis habitaciones. Al verse descubierto, hizo como que buscaba algo, y desapareció por las cuadras. ¿Me estaba vigilando? ¿Por orden de quién? Por otra parte, era previsible. Yo era un intruso que venía a imponer nuevas reglas en la finca, y al parecer a alguien no le agradaba.

La luz ambarina del estío iluminaba el baño interior de la casa. Me envolví en una confortable *guasapa,* una suave toalla, y me senté en el banco del sudatorio, donde debía expulsar los malos flujos de mi cuerpo cansado, e intenté dejar de lado el casual episodio. Ya en el *caldarium*, una tina donde humeaba el agua y burbujeaban los ungüentos, me sumergí en su agradable y tibia neblina, y consideré que, para el que había sido un esclavo solo hacía unos meses, la situación no podía ser más estimulante y prometedora.

Me consideré como un corderillo extraviado y negado para rastrear los vestigios de mi pasado, mis lugares queridos de Palestina y las personas que me amaban en la tierra de mis antepasados. Parecían borrados de mi mente.

En Corduba trataría de ser un hombre honesto entre algunos hombres indignos, como Mérula, que traficaban con esclavos y los maltrataban y que se enriquecían con el sudor ajeno. La recuperación de mi libertad me mantendría vivo.

Luego cerré los párpados, sumido en una paz indescriptible.

XIII

PROBUS VENTUS

En un acogedor salón de la mansión principal, me reuní cinco días después con Mérula, el anterior *villicus*; la *domina* Helvia, y su hermana Marcia, que, ataviada con una larga túnica azul y excesivamente maquillada y enjoyada, clamó ofendida tras las dudas de Helvia sobre la mala gestión de Probus Ventus. Estábamos los cuatro sentados y la observé con desconfianza. No me gustaban sus modos.

—*Carissima* Marcia, nadie te culpa de nada. Pero el hecho innegable es que desde hace unos años la producción y las ganancias han decrecido —aseveró Helvia.

Marcia era una mujer experta en colocarse sobre sus senos el *strophium*, el paño con el que se los sujetaba y que solía llevarlo enhiesto para realzar su exuberante busto, y en buscarse amantes en el campo y en la ciudad, hasta el punto de que, para no concebir, se untaba el sexo con aceite de pez rémola, antes de acostarse con su tropa de amantes, según veraces confidencias de Milo, que la detestaba por su mal carácter.

Mérula, uno de ellos, enfundado en una rústica túnica de lana que dejaba al descubierto sus vellosas piernas, terció con una explicación evasiva:

—*Domina* Helvia, creedme. A veces aparecen años de cosechas malas y los dioses no nos bendicen con sus lluvias y vientos bienhechores —se excusó—. No hay que buscar otras causas.

Helvia deseaba desinteresarse de la discusión sobre la producción y explicó para no herir a su hermana, a la que tanto debía:

—Nadie os acusa de nada, Mérula, pero amo Marco desea cortar por lo sano. Demasiada sangría de dividendos. Así que este joven *olearius*, el liberto Jasón, adiestrado y curtido en su tierra donde producía el óleo sagrado de su dios en Jerusalén, nos trae de Oriente nuevos métodos. Probémoslos. Es nuestro firme deseo, comprendedme.

Parecía que el ama había apaciguado a su hermana Marcia, que la había cuidado como una madre, pues había perdido a su progenitora en el parto. No deseaba degradarla, pues la amaba y la consideraba. Luego cada cual expuso sus preocupaciones y sus esperanzas de recuperación. Y viendo la furibunda reacción del *villicus* Mérula y de Marcia, intervine para apaciguarlos en un aseado latín:

—La creación es madre de grandes recursos. Para nosotros los judíos, la tierra que pisamos y de la que vivimos es el trono visible de la grandeza de Dios, y a nosotros los que la trabajamos nos corresponde penetrar en sus misterios y cuidarla. No hacemos milagros, claro está, pero trabajaremos para recuperarla.

Marcia enarcó sus cejas finas y arqueadas y me miró con pupilas analíticas. Parecía que mis palabras la habían sosegado, no así a Mérula. Hizo un esfuerzo para no reprocharme nada. Luego me preguntó:

—¿Y qué inconveniente has hallado en nuestros olivares en tu primer examen para que produzcan menos, liberto Jasón? —observó con desconsideración.

Pleno de honestidad y de entereza le contesté con cierto sarcasmo:

—La tierra donde están diseminados los olivos es pródiga, pero también es delatora de quien la ama. Aunque no camina a saltos. Requiere su tiempo y no hace nada en vano. En estos días he cabalgado en solitario por las veredas más intrincadas y estimo que han de procurarse varias y profundas reformas. Está muy descuidada.

Marcia se quedó estupefacta y Mérula me soltó como ofendido:

—¿Descuidada? ¿Reformas? ¡Por Marte invicto! Llevamos siglos cosechando de igual manera. Así nos lo enseñaron los tartesios. No existe otro modo, liberto.

Me investí de una sobria seguridad que me salió del fondo de mi alma.

—Estas heredades están exhaustas, Mérula. El encargado que me acompañó, el sabio capataz Kirnos, me aseguró que realizáis la cosecha en el mes décimo. ¿No? —le pregunté.

—Claro está. ¡Como hemos hecho siempre! —Y se carcajeó ufano.

—Demasiado tarde —lo corté—. Comenzaremos la recogida en el octavo y a principios del noveno, cuando las aceitunas atesorarán un gran abanico de aromas. Si las mordemos deben parecernos entre amargas y dulcemente intensas.

—¡Muy pronto y equivocadamente, liberto! —intervino Mérula con desdén.

Yo, que me había comprado un amplio muestrario de túnicas de colores neutros y botas de cuero para andar por el campo, había añadido una docena de estolas que cubrían mi cuello para hacer invisible mi *incisio*. Me la recompuse parsimoniosamente y la acomodé en mis rodillas, en un gesto de elegancia y no menos seguridad.

—No hay otra opción. Comenzaremos en octubre —apostillé—. ¡Ah! Otro asunto es el de las almazaras y molinos. En una finca de más de quinientas *millia passus*, he comprobado que solo funcionan cinco. De aquí a octubre han de construirse cuatro más, y cerca de los cobertizos donde el aceite se almacenará. El traslado ha de hacerse de forma continuada, no al final de la jornada de trabajo, para así garantizar la frescura del fruto, que puede helarse o estropearse en el suelo. El proceso en suma ha de ser más selectivo y cuidadoso.

—Novedosas e interesantes propuestas, dilecto Jasón —me animó Helvia.

—Hay más, *domina* —insistí animado—. El *oleum* extraído de las prensas no ha de almacenarse en los lagares, sino en las bodegas donde la temperatura es más baja, a fin de mantener sus propiedades olorosas y sus aromas propios.

La hermana de mi ama parecía un espíritu atrapado por la cólera.

—Extremadamente novedosas esas prácticas —me despreció Marcia—. No creo que sirvan para nada. ¡Qué más da el lugar de su acopio, por Venus!

Sé que las mujeres suelen ser curiosas como gatas y le repliqué:

—¿Preferís entonces, señora, amontonar las aceitunas para que fermenten pegadas unas a otras? He saboreado el líquido de algunas tinajas y es demasiado fuerte. En Roma tuve ocasión de paladear el aceite más caro del mercado, el famoso Venafrum, y su sabor es entre afrutado y amargo. Esa es la esencia que yo deseo conseguir para la finca de mis amos, y por ello trabajaré sin descanso —respondí con firmeza.

—¿Y no es así nuestro aceite, quizá? —soltó Marcia con una risita gutural.

Había llegado el momento de poner las cosas en su sitio y sin paliativos.

—Sinceramente no, *domina*. Puede ser que el vareado no sea el correcto —la instruí—. Yo en persona dirigiré la recogida del *oleum viride*, el primer aceite, y el que más alto precio posee en el mercado de Roma. Y también la del *oleum aquae*, el superior, el que se utiliza en perfumes, medicina y óleos sacros. El *oleum naturum*, el más grosero, el que vendéis para las legiones y que se recoge al final de la temporada, puede ser retirado según las antiguas prácticas. Estas son mis indicaciones por ahora.

Marcia parecía un escorpión exasperado y trató de picar.

—¿Y en esas necias excentricidades consisten tus reformas, judío? —Quiso humillarme—. Claramente me has decepcionado. No suponen nada nuevo.

—No, señora, hay más —la corté desabrido y sin descomponerme.

—¡¿Más?! Como no tiñas de rojo las aceitunas… —me despreció con una mueca.

Esbocé una sonrisa, que mi determinación borró enseguida.

—El cultivo del olivo que hacéis no es el adecuado para estas tierras arcillosas —maticé—. Hemos de adoptar desde mañana mismo las formas que se practican en otros lugares, como Siria, Armenia, Mesopotamia y el Líbano, de gran excelencia en sus aceites. Tras unos someros cálculos me he propuesto extraer de cada olivo unos doce litros de aceite y aumentar la capacidad de las ánforas de exportación de sesenta a setenta litros. Solo así Probus Ventus podrá recuperar su reputación y sus antiguos provechos y beneficios. Esta es mi intención, *dominas*.

Mis palabras llenaron de agrado a ama Helvia, aunque penetraron como un estilete persa en el alma de Marcia y en el cacumen del *villicus* Mérula, que me miraba con encono y mal contenida irritación. Marcia intentó ridiculizarme:

—¿Has entrado en un proceso de locura transitoria, liberto?

—En absoluto, *domina* Marcia. Desde mañana mismo comenzaremos un nuevo proceso de labranza para conseguirlo. Estamos a tiempo antes de la recogida de la aceituna —informé terminante—. Lo iniciaremos con el laboreo, o sea, araremos la tierra que rodea los olivos, y al mismo tiempo iniciaremos con diez cuadrillas de trabajadores el que yo llamo «trato intensivo» de cada árbol para extirpar las malas hierbas. Después acometeremos el subsolado, como lo llamamos en Judea. Consiste en alzar lomos terreros entre las hileras de olivos para evitar la pérdida de tierra por el inevitable arrastre de las lluvias de invierno y primavera. Solo así las cosechas serán más provechosas.

Se hizo en la salita un largo mutismo, y Décimo Próculo, mi

amigo y guardaespaldas del ama, que estaba sentado en un extremo de la estancia, me sonrió y aplaudió en silencio. Estaban considerando mis extravagantes planes según su modo rutinario de trabajar. Pero tanto Mérula como Marcia sabían que tenía el apoyo de los amos.

—¿Y para qué sirve esa dichosa práctica del subsolado? —ironizó Mérula.

—Tú deberías saberlo —dije—. ¿No has dirigido las labores de recogida durante muchos años? Has de saber que con ella se drena la tierra sin arrastrar la del árbol. Así se reservan ilesos sus jugos y raíces. He visto muchos olivos yermos en este *latifundia*.

La agitación y la saña hacia mí se dibujó en el rostro congestionado de Mérula.

—¡Por la divina Ceres! Esto supone una auténtica revolución en Buenos Vientos —contestó removiéndose en su asiento.

—Todo sea por nuestros amos, dilecto Mérula —concluí.

Marcia se había quedado tan boquiabierta por mi disertación final que no dijo una sola palabra, sino que juntó las manos y se las estrujó con coraje. De repente, Helvia Albina se puso de pie, y los demás la secundamos. Vino hacia mí, me cogió las manos y exclamó con una sonrisa en los labios:

—Nunca escuché a nadie hablar con tanto conocimiento y amor hacia los olivos como tú, Jasón. Ahora sé que mi marido y yo acertamos en tu elección. Estoy segura de que recobraremos nuestra producción y prestigio, y que ese arrogante de Helio Optatus, nuestra secular competencia en la Bética, y que se frota las manos con nuestras pérdidas, se morderá muy pronto la lengua. ¡Adelante con tus propuestas! —me animó.

—Con dedicación y trabajo, lo lograremos, ama Helvia —repliqué.

—Cara Marcia, pon a contribución de Jasón los medios que te requiera, ya sean de esclavos o temporeros, o de albañiles para construir las almazaras y molinos. Probus Ventus tiene que recobrar beneficios y pujanza. Es mi deseo y el de Marco.

Marcia asintió y se expresó resignada, aunque insumisa:

—Sí, hermana, se hará como dices y que la diosa Ceres nos proteja.

Me quedé con Marcia para estudiar los libros, formularios de aduanas y pliegos de producción de la finca, y en todo momento, e incomprensiblemente, me contestó con frases llenas de secretismo y ambigüedad.

La dama permanecía en un estado permanente de vigilancia sobre mí, con una manifiesta alarma, como si estuviera allí para destruir la propiedad. ¿Qué temía de mí? Comprendí que Marcia era una mujer maniática a la que perdía su orgullo, y aunque estaba al acecho de cada una de mis decisiones, mi contestación fue disciplinada:

—Ama Marcia, desde mañana mismo tomaré las riendas de los olivares y deseo que todos estos documentos, y los que hubiera, estén hoy mismo en mi mesa. Mañana procederé a contratar a unos cincuenta punteadores para recoger los frutos del suelo, y podadores, a los que se pagarán dos sestercios por jornada de trabajo.

—¡Aquí nunca se les ha pagado más de tres ases! —me gritó.

—Desde mañana se pagarán dos sestercios, más el almuerzo. Es mi decisión.

Me miró con ojos de arrebato y abandonó la habitación. Yo pensé que entre Mérula y la hermana de mi ama existía un secreto de identidad oscura que en el futuro explicaría el caos que reinaba en aquel formidable aunque depauperado latifundio.

—Existen terribles maledicencias sobre su depravada moral, *domine* —me dijo Milo en secreto, refiriéndose a Marcia—. Cuidaos de ella, os lo ruego.

Y para mi zozobra me vi suspendido entre muchos interrogantes. Pero aquella oportunidad constituía la llave de mi liberación y la defendería a dentelladas.

***

Bandadas de jilgueros y palomas, las mensajeras de Afrodita, según me aseguraba Priscila, se agitaban aquel día de la VI calenda del mes séptimo cuando los hispanos romanos de Corduba conmemoraron la Fiesta del Tíber, por aquello de que cada colonia del vasto Imperium debía ser un reflejo exacto de la grandiosidad de Roma, la madre de todas las ciudades.

Mis cuadrillas de laboreo paralizaron aquel día los trabajos de saneamiento y muchos se trasladaron a la capital de la Bética para ofrecer incienso al divino emperador Tiberio, vínculo de unión de todos los romanos del mundo, y también para presenciar carreras de cuadrigas en el circo de extramuros de Corduba.

Acudí con ama Helvia, acompañada por Priscila, sus domésticos, Milo y el escolta Décimo, con el que yo había entablado una amistosa relación, frente a la desconfianza de Mérula y los continuos manejos de obstrucción de Marcia.

—¡Por la maza de Hércules que es llegada la hora de ofrecer a Baco una buena libación de vino de Hispalis y apostar a las carreras en el *circus*! —bromeó el expretoriano a nuestras expensas.

La *domina* le contestó:

—Os acompañaré. La familia posee asientos propios.

Tras las ceremonias en el templo de Augusto, esperé a la señora y a su acompañamiento para dirigirnos extramuros, donde se celebraban las carreras, hasta que se ocultara el sol por poniente. Corduba se había vaciado y llenado la grandiosa barriga del circo, para asistir a la diversión más espectacular y amada del mundo romano: las carreras de cuadrigas.

Las gentes llegaban a riadas desde los pueblos limítrofes y en el graderío no cabía un alfeñique. Yo siempre he amado los caballos y la diversión me pareció espectacular. Me quedé boquiabierto observando atónito a más de cincuenta mil vociferantes y hacinadas personas que vitoreaban a sus héroes, a sus colores y al emperador con un solo grito. Comprendí entonces que por eso Roma era tan poderosa.

«*Vale imperator Tiberius! Salve Roma Aeterna! Salve Corduba!*».

Hacía un calor propio de la forja de un herrero, aunque mitigado por la sombra protectora de un gigantesco toldo que protegía a los espectadores del lujuriante sol.

A la *pompa*, o procesión religiosa por la arena, donde se exhibieron carrozas con las estatuas de los dioses romanos y los lábaros de las imágenes de Epona y Consus, divinidades de los caballos, de Mercurio, de Fama, la diosa de los Mil Ojos y del caballo Pegaso, siguió la presentación de los aurigas que defenderían los cuatro colores preceptivos: el rojo, el blanco, el verde y el azul. Siguieron los silbidos y aclamaciones y los apostadores se movían entre las hileras del graderío, junto a los vendedores de agua, frutos secos, aceitunas y golosinas. Décimo, gran aficionado, me animó:

—¡Por el falo de Adonis que esto es grandioso, Jasón! Apuesta, vamos.

El circo de Corduba era un estallido de luz, animado por millares de enfervorizados ciudadanos que escuchaban las trompetas y clarines. Los patricios vestían sus togas blancas y los esclavos y la plebe sus túnicas pardas y cinturones de cuero, aunque todos estaban unidos por el mismo e incondicional fervor por sus aurigas predilectos, cuyos nombres aplaudían de continuo, en medio de un griterío atronador.

«¡Flaco! ¡Menandro! ¡Sotes! ¡Quinto!», los jaleaban, mientras ellos desfilaban sobre sus carros como héroes victoriosos bajados del Olimpo.

Priscila, junto a su ama, y bajo un parasol anaranjado, observaban mudas el soplo vertiginoso de los carros y vociferaban cuando el vencedor alcanzaba la *meta prima* tras la séptima vuelta y era premiado con una corona de olivo y una buena bolsa. La marea humana daba alaridos cada vez que se iban sucediendo implacables las vueltas y las carreras, una tras otra.

Aún no se había derramado sangre de ningún auriga, aunque algunos estuvieron a punto de estrellarse contra la *spina* central que marcaba el espacio para las carreras. A mí me pareció una diversión imponente, y desde entonces me convertí en un seguidor acérrimo del equipo blanco, la *faccio albata*, la popular, cuyo auriga, Quinto Galo, era un consumado conductor de cuadrigas, un *divus agitator*, un divino auriga.

A media tarde, ama Helvia decidió retirarse a la casa y todos nos levantamos para acompañarla, en especial Décimo, para protegerla.

—Si el ama da su venia, yo la acompañaré —me ofrecí.

—Claro, quedaos aquí disfrutando. Jasón y Priscila me acompañarán.

Tras las fórmulas de salutación, abandonamos el circo y un esclavo nos condujo en el carruaje a la *domus*. Yo iba junto a Priscila y me apreté a su cuerpo. Ella no solo no se retiró, sino que me tomó la mano y la acarició con sus sedosos dedos. Desapareció con su ama hacia las habitaciones privadas para asistirla y yo ocupé la habitación de los huéspedes. Estaba cansado, aunque había disfrutado lo indecible.

Un ventanal dejaba traspasar una claridad vítrea. Cerré los ojos y me sosegué.

Pasado un corto tiempo escuché el bisbiseo de unos pies gráciles y de unas sandalias que se deslizaban por el pasillo. Agudicé el oído. Los siervos en su mayoría se hallaban aún en el circo y no llegarían hasta el anochecer. No pude disimular mi desconcierto cuando apareció Priscila en el dintel de la puerta.

Una corriente de afinidad y de deseo había unido nuestras miradas.

La luz crepuscular la hacía más hermosa y apetecible. Se dirigió hacia el lecho y yo la seguí con mis ojos como magnetizado. Priscila tenía su pelo de oro recogido, pero lo soltó sobre los hombros, para después despojarse despaciosamente de su clámide. Solo la cubría el resplandor dorado del ocaso y una pulsera de plata en el antebrazo, cuando se acurrucó junto a mí. Nunca había contemplado su rosada y fresca piel desnuda y reaccioné estremeciéndome como un chiquillo asustado.

Acaricié sus muslos trazando líneas apasionadas de tacto con mis dedos sobre su espalda y senos, hasta introducirme en su sedoso pubis. Ella no me esquivaba, sino que me imitaba. Apretó mi turgencia viril saboreando con placer cada palmo de mi epidermis enardecida. Después, con una expresión casi suplicante, se ahormó entre mis piernas y se unió a mí, incendiando mis deseos.

Con un ardor indescriptible y entre gemidos y pequeños gritos se movió agitadamente sobre mí y aguardó a que nuestros sexos fluyeran al unísono. Fue un exquisito tormento, lo recuerdo, una experiencia irreemplazable. Y ebrios de placer y de delicia, quedamos tendidos en la cama hasta que un rato después recuperamos el aliento.

Su sensual tibieza pegada a mi cuerpo, después de días de tensión y ansiedad en la finca, me había suspendido en un apacible abandono.

Priscila era una mujer tímida, pero con una sensibilidad prodigiosa, y no hubiera dudado un instante en desposarme con ella si no hubiera estado ligado a Naomi ante Dios y por un pacto entre familias creyentes.

El borboteo de la clepsidra que adornaba aquella habitación me recordó lo avanzado de la tarde. Las opacidades de la declinación del sol se habían adueñado del cielo de Corduba y los esclavos, que habían llegado hacía poco del circo, encendían los flameros y candelas de la *domus*.

Aspiré el suave olor a incienso y disfruté de aquel silencio tranquilizador.

Era moderadamente feliz, pues era un esclavo afortunado, aunque me faltaba la libertad absoluta y el calor añorado de mi hogar perdido.

XIV

OLEUM

Una claridad azafranada se filtraba por las pérgolas de Probus Ventus.

El mes séptimo fue concluyendo entre chaparrones repentinos que estuvieron a punto de dar al traste con mis recientes labores en los olivares. Había llegado la hora suprema de enfrentarme a un mundo y a una labor desconocida, y debía acostumbrarme a la presencia de unos hombres cuyas costumbres y lengua ignoraba.

Viví instantes de inseguridad. Yo era aún joven, y traté de reponer mi ánimo indeciso, aspirando un céfiro que olía a tierra mojada y sacando valor de mi fragilidad. Mientras llovía me quedaba en mis habitaciones ordenando los anaqueles y a veces rezando con el *sidur*, mi libro de oraciones, al Dios de Israel.

Tocaba mi cabeza con el lienzo de las oraciones, el *tallit*, y movía mi cabeza hacia atrás y adelante, frente a la *menorah*, el candelabro de aceite encendido, que había encargado a un alfar que nos suministraba las ánforas.

El joven Milo guardaba silencio y me miraba extrañado, atento a mis deseos. Llevaba días estudiando pergaminos antiguos comprados en Corduba, donde se aludía al cultivo del aceite en Edom, Petra y las fértiles tierras de Trasjordania, para incorporar sus experiencias a la labor encomendada por mis amos en Corduba.

Había una escuela en la villa atendida por un maestro turdetano que les enseñaba a los niños de la villa griego koiné y escritura latina con paciente aguante. Solía visitarla con ama Helvia, que se desvivía en atenciones con los chiquillos, mientras les recitaba estrofas del cómico Menandro, de Horacio, Cicerón y Salustio. Yo los miraba y me dolía su miseria y su vergüenza y cómo el hambre y la necesidad dictaban sus formas de sumisión a los amos.

Mis reuniones como *procurator* con la *villica* Marcia, con aquella risita permanente en sus labios desprovistos de alegría, seguían siendo intempestivas y ásperas. La comprobación de los libros de producción y ventas del *oleum* evidenciaban errores evidentes, seguramente más por dejadez que por incompetencia. No la creía capaz de engañar a su hermana, pero allí se evidenciaba algo que no me cuadraba.

Pero lo más preocupante era que no coincidían las jarras enviadas a los mercados con los dividendos que debían generar y que ella achacaba al pago bajo cuerda a algunos aduaneros corruptos, a las pérdidas irreparables y a los estropicios en el almacenamiento y en el transporte en los barcos. Pero a mí me parecía excesivo y sospechoso.

—Todo tiene una explicación, Jasón. Además, las cosechas no nos han sido favorables.

¿Acaso podían extraviarse tantas ánforas en el trayecto? ¿Se rompían en la carga y el estibado en los barcos olearios que partían para Roma, la Galia norte y a la frontera de Germania? Me proponía investigarlo y así se lo hice llegar en privado a Helvia, que me animó a llevarlo a cabo, sin con ello ofender a su hermana, ni a Mérula.

—Se sellan en la finca y también en las aduanas de Hispalis. El robo es imposible, Jasón. Aguardaremos el informe que mi hijo Mela está elaborando en tierras galas y obraremos en consecuencia —me aconsejó Helvia—. No te precipites.

Acordamos que Marcia y sus capataces se dedicarían en exclusiva a dirigir las labores del cereal y de los árboles frutales y viñas, y que Mérula, de fidelidad acrisolada a la familia según ella, gestionaría los envíos y los barcos de exportación, una tarea más liviana por su delicada salud. Yo sería el responsable único de los más de diez mil olivos del *fundus* y de su manufactura, con los que la familia se beneficiaba de millones de sestercios, que en los últimos años se habían visto menguados.

Marcia no puso pegas a la contratación de más recogedores de aceitunas, de vareadores temporeros y de husilleros turdetanos, los que operaban en las prensas. Los agrupé en veinte cuadrillas de diez aceituneros cada una y serían los que recogerían los frutos en la hacienda, que había sido limpiada y tratada según mis previsiones.

Le sugerí que sería un acierto contratar por un sestercio diario a los que en el campo llamaban cagarraches, aprendices, falderos, deficientes, jubileros y limpiadores para las labores menores. Observé que pululaban por la finca para ser contratados solo por la comida y pensé que por unas monedas efectuarían un trabajo primordial. Se trataba de pobres de solemnidad, algunos con carencias físicas y mentales, que intuí que tratados con afecto y bien dirigidos acopiarían las aceitunas de las ramas bajas a las que no accedían los vareadores y que luego rebuscarían también las borras y alpechines para su venta, quitándonos un problema añadido.

La cosecha se acercaba a pasos agigantados y yo me inquietaba.

Pero a pesar de las dudas de Marcia y Mérula sobre mis novedosos modos, determiné que no podía ahogarme en sus indecisiones y celos. Así que con un tesón sin paliativos y extremando una sutileza especial para tratar con los capataces, arrieros y recolectores, me decidí a afrontar la cercana campaña con denuedo. La vida, y más la mía, no podía ser más querida por mí tras los avatares sufridos. Decidí conocer el estado de los olivares sin un destino preciso.

Procuré orientarme pronto en mi nueva dedicación y conocer

cada seto y cada olivar, y lo hice con la ayuda de Milo y de Kirnos, un viejo capataz de la villa, un turdetano que había nacido en la finca y que conocía cada palmo. Milo me había revelado que Kirnos era un hombre místico y que conocía los efectos de las llamadas hierbas del poder y que bajo sus efectos intimaba con los muertos y las fuerzas del más allá. Desde aquel día lo miré con más respeto.

Los terrenos dedicados al olivo eran los más pedregosos y yermos, aunque los más aptos para su cultivo. Merodeaban los alacranes, lagartos y culebras que se escondían en los abrojos, zarzales, lentiscos y matas de jaras y Kirnos me señaló alguna manada de toros iberos que se escondían entre las encinas y cárcavas.

Visité también los nuevos molinos y almazaras alzados en sitios estratégicos, cerca de la villa, y soporté una formidable tormenta donde restallaron secos el rayo, el trueno y una densa lluvia que empapó la tierra. Aquella noche sufrí un ataque de asma y según Milo me puse morado.

Elegí una yegua recental que sesteaba en el establo y, estimulado por el transparente y benigno sol de la alborada de mi primer otoño en Hispania, transité por trochas y caminos y comencé a amar aquel campo que se alimentaba de los olores salvajes del monte, de un sol luminoso y del sudor de los olivareros.

—Milo —pregunté a mi joven lacayo—, ¿quién es ese hombre delgado, de rostro oscuro, poco hablador y muy reservado que anda todo el día merodeando por la finca y sin hacer nada de provecho? Veo que muchos lo esquivan. ¿He de temerlo yo?

—¿Os referís, *domine*, al que lleva un sombrero de paja, que monta un pollino y que sirve de correo a la señora Marcia?

—Sí, creo que es ese mismo. Siempre anda fisgoneando mis pasos.

—¡Ah, sí! Lo llamamos Escévola, el Zurdo, pues lanza el cuchillo con esa mano de forma diabólica. Es un siervo y el ferviente recadero de *domina* Marcia. En verdad pertenece a la hacienda de ama Helvia en Alba Urgabona, hacia levante. Nada ocurre en Buenos

Vientos que él no lo conozca, y luego su ama Marcia. Pero sabe callar cuando quiere. Pertenece a una vieja familia tartesia y sabe mucho de olivos.

Creí haberlo entendido, y se lo agradecí. Me guardaría de él.

Paulatinamente, aquellas tierras arcillosas, sometidas a la disciplina de la vitalidad de los olivos alineados entre tojos y pizarras, se convirtieron en todo mi mundo. Las cizañas habían sido eliminadas, así como el esparto que crecía entre los árboles. Se habían alzado surcos de tierra roja, que se asemejaban a lomos de gigantescas sierpes escarlatas, en medio de cada hilera del laberinto de olivos.

La borraja que cubría el suelo había sido consumida por los asnos, bueyes y caballos que habían pastado durante días entre los olivos, devorando la grama y el forraje. El olor fecundo de la tierra recién labrada, el aroma de las aulagas, las hierbas aromáticas, el tomillo, el romero y la jara, sobre las que aún revoloteaban las abejas y las mariposas que libaban el néctar de las flores, me devolvieron al universo que tanto amaba de Getsemaní y del Monte de los Olivos de mi recordada Jerusalén.

Cabalgaba con Milo y Kirnos para comprobar que todo estaba preparado para la recolección, bajo un cielo azul magenta. Solía recoger anémonas, abelias, jazmines, lirios, peonias, hortensias, madreselvas y rosas silvestres para componer los perfumes de Priscila, que ella presentaba al ama como suyos. Yo deseaba que mantuviera su condición de perfumista ante Helvia y me hice cauto para que no tuviera problemas.

Conforme el tiempo fue empeorando observé, en mis madrugadores paseos con Milo, algunos lobos con sus cachorros merodeando por los riscos y los negros plumajes de las águilas, los grajos y los cuervos.

Pronto iniciaríamos la recogida y la impaciencia me inquietaba.

***

En el mes octavo el viento comenzó a encrespar las copas de los olivos.

En la villa, coincidiendo con el tercer día de los idus de octubre, se había celebrado la Fiesta de las Fuentes Divinas, muy celebrada en Roma. Habían participado señores, esclavos y domésticos, y Priscila y yo aprovechamos para gozar de unos inolvidables encuentros amorosos en la hospedería. En uno de ellos recuerdo que llevada por su afecto me pidió que nos convirtiéramos en cónyuges.

—Aún soy esclavo, querida Priscila —le confesé apenado—. No sé cómo acabará esta prórroga de cinco años que me ha concedido el destino. Puedo seguir siéndolo si no consigo contentar a los amos. Tú lo sabes tan bien como yo. Además, ya conoces que ante mi Dios estoy casado y si lo hiciera de nuevo incurriría en una blasfemia imperdonable a sus ojos. Yo también lo deseo, pero no puedo. Debes comprenderme.

—Puedes no volver nunca. No seas tan confiado —intentó convencerme.

—Dejemos a Dios esa decisión por un tiempo, Priscila. —Quise zanjar la cuestión.

Sabía que mi lógica era aterradora para ella y soltó unas lágrimas.

Había contado las lunas, y rogaba al cielo para atraer las lluvias o alejarlas y a medrar por la cosecha. En eso me parecía a mi padre y a mi abuelo. Sobre el cielo gris encapotado, y precedido por un poniente húmedo, se corrió un velo de nubes negras que cargaron el aire de un olor a tormenta. Se cimbrearon las ramas de los árboles y mecieron las copas y las aceitunas. Una cellisca suave cayó sobre las tierras de la Bética y el *latifundia* de los Annios. Era lo que precisaba la tierra sedienta.

Era el momento preciso para comenzar la retirada de la aceituna según mis nuevos métodos, que expliqué a las cuadrillas contratadas y a las formadas por esclavos de la casa. La subida a dos sestercios de estipendio por jornada los mantenía gozosos. Habían llegado braceros y recolectores de Cástulo, Iliturgi, Astigi, Ovulco y Carbula, principalmente. Bajo la vigilancia de Kirnos y otros caporales, fueron recolectando los frutos desde el amanecer al ocaso. Primero recogieron las aceitunas *pausias*, que luego se mantenían en agua caliente, hinojo y salmuera, y que eran vendidas en los mercados como manjar para las comidas y los festines.

Advertí que los temporeros hispanos eran hombres disciplinados, trabajadores, hambrientos muchos, orgullosos, receptivos, de lengua pródiga y sencillas costumbres. Sus manos callosas y rostros cincelados por el sol habían sido engendrados en los molinos, en los campos y en las faenas a las que se dedicaban desde niños. Acudían con sus mujeres y ralea, que los esperaban en los calveros y donde les preparaban mendrugos mojados en mantecas rancias y lascas de tocino curado, con los que se alimentaban.

Después del mediodía inspeccionaba el trabajo de la molienda y en las prensas. Las *molas olearias*, las piedras circulares de granito, trabajaban sin cesar y también los *trapetum* o morteros accionados a mano para el aceite de más calidad. Pero era el prensado con vigas de tornillo y cuñas de madera, que presionaban las capachas con una fuerza de cien bestias, el que resultaba más efectivo para extraer el *oleum*. Los husilleros, que así llamaban en Hispania a los que trabajaban en los artilugios y prensas, parecían estacas vivas con pellejo. Pero eran los mejores que yo había visto nunca.

Trabajaban casi desnudos, sus rostros eran afilados, sus cejas pobladas y sus cuerpos brillaban como bronce, y los carreteros que acarreaban las aceitunas parecían creados por el viento, el barro y la intemperie. Las mujeres, encurtidas en frío y sudor, cuidaban bajo las peñas a sus críos, muchos de los cuales padecían tisis y erisipela. Con el ceño quebrado, sorteaban el infortunio del hambre de campo en campo, y llevaban consigo sus muelas de triturar trigo para alimentar a sus proles.

Una enorme luna rojiza, unas veces llena y otras menguante o creciente, como una gran lucerna, cerraba cada día la agotadora jornada. Y cuando cobraban los dos sestercios de manos de Kirnos, venían a besarme la mano.

La cosecha estaba casi concluida cuando arribaron los fríos vientos, que como púas afiladas se metían en el cuerpo. Los neveros de los barrancos cercanos a Corduba se llenaron de nieve cuajada, y se oía el gruñido de las fieras en las hondonadas. Guarnecidos en capotes de lana y cuero, calentábamos nuestras manos en los rescoldos de las hogueras que habían encendido a medianoche los aceituneros.

A veces, con el inicio de las faenas, la niebla lo cubría todo y se espesaban los humos de las lumbres y de los torreznos que asaban en las ascuas. Y hasta los carámbanos colgaban de las ramas y de los brotes bajos.

El viento soplaba inclemente o llovía de forma pertinaz, pero los olivareros seguían impertérritos cogiendo las aceitunas sin rechistar, moviendo las cañas y llenando los capachos y carros que había que empujar, pues los caminos eran barrizales impracticables.

En las primeras horas de cada amanecer, las hojas, con el rocío helado, llegaban a herir las manos encallecidas de los aceituneros que trabajaban con sus ropas caladas en el suelo resbaladizo. Yo los alentaba y ellos asentían, y jamás pegué ni reprendí a nadie como solía hacer Mérula.

La tierra resbalaba con la fina escarcha y el sudor les cubría las palmas de las manos. Bebían vino de los pellejos que les hacía entrar en calor, pero algunos se constiparon severamente por las inclemencias del tiempo.

En la hacienda había un físico griego, un inexperto charlatán de esos que exportaba la Academia Hipocrática de Alejandría y que infestaban las ciudades del Imperio para desplumar a los romanos que los creían infalibles. Invocaban los aforismos de su maestro y las fórmulas de Asclepíades de Bitinia, el mundano médico que proclamaba la alegría como método para curar. De inmediato comprobé que era un farsante y decidí fabricar yo mismo un electuario que pertenecía al acervo medicinal de la familia Eleazar y que servía de expectorante y antifebril.

Maceré y herví en un caldero ramas de nébeda, tomillo, romero, lavanda y salvia, a las que añadí limones y miel de Melaria. Trasporté con el capataz el caldero a una de las almazaras y allí se dirigieron los trabajadores que estaban aquejados de los inclementes enfriamientos y sus familias, y llenaron sus escudillas, jarras y botas.

En unos días cesaron las toses, calenturas y lagrimeos, y Kirnos, que ejercía en la finca de *oleomanticus*, practicando la adivinación a través de los posos del aceite, pregonó a los cuatro vientos y con su autoridad de chamán que yo, además de ser un *magister olearius,* era un adelantado discípulo del gran Alcmeón de Crotona, como bien podía verse en el anillo que llevaba en mi mano con la serpiente del dios Esculapio.

Me había hecho tallar uno igual en Corduba, tras perder el mío en mi supuesto asesinato, pero allí ignoraban que en realidad era el Nejustán judío de Moisés, emblema de los Eleazar desde tiempos inmemoriales.

Recé al Dios de Israel, y la recolección prosiguió. *Domina* Helvia, al enterarse del episodio, me mandó llamar y me confesó:

—Desde que pusiste los pies en la tierra sagrada de mis antepasados, intuí, como sacerdotisa que soy de la diosa Ataecina Astarté, madre de turdetanos, iberos y tartesios, que te bendecía y te protegía con su sagrado manto.

—Mi familia se dedica desde antaño a curar el dolor de los hombres. Es nuestro oficio, *domina*, además de fabricar el óleo santo para el Templo del Altísimo.

Me preguntó por la recolección y me aseguró que le había parecido copiosa.

—Probé del primer aceite en los canalillos de la almazara nueva y me pareció sorprendente de sabor y calidad. Esa partida alcanzará un alto precio en Roma y nos reclamarán más. Ya lo verás,

Jasón. *Bis repetida placent.* «Lo que gusta se vuelve a pedir» —tradujo sonriendo—. Y ya he recibido muchos encargos de la misma Bética.

—Espero que Buenos Vientos recupere su prestigio y su solvencia, ama.

—Gracias a ti eso ya está ocurriendo, y hasta Marcia lo admite —reconoció.

Quizá por las repetidas insistencias mías, Helvia me entregó una carta personal que venía a corroborar su confianza en mí. Me sentí muy orgulloso por la familiaridad.

—Puedes leer esa carta de mi hijo pequeño Mela, que llegó a Corduba antes de que se cerraran los puertos. Ya ha regresado a Roma tras su indagación por la Galia. Sus pesquisas han sido realmente provechosas a ese respecto.

Como estaba muy interesado confié en allanar mi gran preocupación con su lectura. La leí con interés y respeto, de pie frente a ella.

Carísima madre. Desde Roma, tu hijo que te ama, Marco Anneo Mela. Salutem.

En compañía del paterfamilias, tu esposo, del gramático Átalo y del devoto Jantipo, me hallo en la Urbs, tras regresar de mi viaje de inspección por los mercados de la Galia, para hallar la causa de las pérdidas de Probus Ventus que tanto os preocupaban. He seguido el trayecto de los barcos olearios desde Astigi e Hispalis, hasta recalar en estos puertos septentrionales.

He examinado los informes y recibos de carga de las aduanas, así como los comprobantes de los armadores de barcos que trabajan para nosotros, y no he hallado irregularidad alguna. Lo que sale de Corduba es lo que se vende. No hay nada más, madre.

Ya sabes que una vez embarcadas las ánforas en Hispania, el Estado no ejerce ningún tipo de control, por lo que creí que ahí se hallaba el fraude. Pero no. No existe ninguna anormali-

dad y los fardeles de ánforas llegan con fluidez hacia sus destinos, con la misma carga de la partida. En Lugdunum se reúnen las partidas para las necesidades de las legiones de Germania y todas llegan acorde con los comprobantes.

Así que tanto pater *como yo hemos pensado que las diosas Fortuna y Ceres no han sido benevolentes con nosotros, y que como sostiene tía Marcia y Mérula, los detrimentos sufridos en las arcas de la familia solo se deben a años inclementes y escasos de lluvias y al empobrecimiento de las tierras. Pensamos que esas pérdidas de ánforas son las usuales y las que han ocasionado la merma de los dividendos acostumbrados.*

Aplazaremos la decisión final a la cosecha y recaudación de este año y a las reformas del liberto Jasón de Séforis, a quien deseo conocer por su genius *tan singular.*

En otro orden de cosas he de participarte una excelente noticia, mater.

Nuestro hermano Lucio regresa al fin de Alejandría curado de sus pulmones maltratados, junto al tío Gayo Galerio y tía Pompeya Paulina. La noticia ha sido recibida en Roma con exaltación, pues recuperan al pensador y filósofo más meritorio de la Ciudad de la Loba. El hermano Galio sigue en Corinto, y ya se habla en el Foro de que será el nuevo procónsul de Grecia. Pronto podrás abrazarlos a todos.

Salutaciones para tía Marcia.

Deseando besar tu mano, tu hijo Mela.

—Celebro estas noticias, ama Helvia. Me rindo a la evidencia —asumí—. El olivo es un árbol generoso que no reclama y da todo —sonreí—. Él nos revelará la verdad.

No salí calmado de la estancia, pues seguía creyendo que los libros de tesorería de la hacienda ocultaban una perversidad de condición desconocida que me estaba vedado entender, pero que eran la causa del menoscabo de las ganancias. No dejaba de darle vueltas a la frase de Mela: «Con la misma carga de la partida». Así que pensé que dejaría transcurrir el tiempo, dueño y juez de todos los secretos y males y que, tras ese agujero de más de tres millones de sestercios, había un desfalcador anónimo.

Por eso pensé: «El conflicto y las incógnitas están aquí, en Buenos Vientos».

Los días siguientes, previos a las fiestas del lagareo y de las Saturnalias romanas del mes décimo, me dediqué en cuerpo y alma, junto a Kirnos, Milo y los otros capataces, al filtrado del *oleum* y a su envase en las grandes tinajas o *dolias*. Las ánforas estaban cuidadosamente colocadas en orden decreciente de capacidad, y más parecía un altar que una fábrica, por su pulcritud.

Una vez colmadas eran conducidas a la vasta bodega de la villa por los carreteros, que dominaban con maestría a los rezongones bueyes para que no se quebrara ninguna. Las llenábamos con grandes cucharones de bronce y muy pronto, por la calidad del aceite, los pocos residuos que transportaban se fueron al fondo.

El tufo espeso del nuevo aceite, entre ácido y picante, y el aroma de las prensas y almazaras enardecía mi espíritu y me acordaba de mi padre y de mi tío Zakay. Dentro de los molinos, los trabajadores atesoraban imágenes de Ceres, a la que rezaban todas las mañanas y dedicaban el primer aceite. Y cesaban cuando me veían aparecer.

Y en su evocación y en la de mi madre y esposa rezaba en silencio al Dios de Israel. Los husilleros encendían en mi presencia el fuego sagrado y se esforzaron en las prensas y canalillos con más ardor y denuedo que nunca, mientras limpiaban tinajas, ánforas, lebrillos y barriles con agua templada para preservar los esmaltes.

Mi promesa de libertad se abría ante mí y un cosquilleo de felicidad me invadió en la primera y abundante cosecha que conseguí en las lejanas tierras de Hispania. Dirigí una mirada de agradecimiento al cielo azul impoluto de Corduba y, como absorto en una insondable meditación, me aislé del mundo y recé un salmo hebreo:

Dios mío Elohim, en ti me he refugiado, inclina tu oído hacia mí. Sálvame de mis opresores y libértame. Padre justo, redímeme de la esclavitud contraria a tu precepto natural y ensalzaré tu nombre de Yavé, el Altísimo, el Inalterable.

Leía con frecuencia mi libro judío de invocaciones, igual al que me regalara mi recordado padre y que me había vendido por un precio abusivo un librero de Corduba, y mi espíritu inquieto se sosegaba.

Discretamente saboreé el placer de mi trabajo. La naturaleza de Buenos Vientos se ofrecía ante mí en un imponente amanecer.

Y mi libertad se avistaba más cercana y diáfana, si el destino no me era esquivo.

XV

PLACIDUS BAETIS

Años XV y XVI del reinado de Tiberio César

Abrí mis ojos a la luz del día con la satisfecha calma del trabajo bien concluido.

Abrigado hasta las orejas por el frío, avisté desde mi ventana las montañas azuladas del norte de Corduba y los senderos amarillos que serpeaban por los cerros de la hacienda y los brumosos valles que se abrían al sur, donde crecían los sembrados y viñas, y que mi ávida mirada no podía abarcar.

Días atrás habíamos dado por acabada la recolección de aceitunas y yo había presentado las cuentas de la producción a Helvia, y someramente los beneficios de la campaña, que se habían duplicado según mis cálculos. Los husilleros engrasaban las prensas, las muelas y los trapiches, para estar listos para el año siguiente. El *oleum maturun*, el destinado al alumbrado y a la plebe romana, ya estaba siendo estibado, con lo que las labores menores estaban rematadas y el beneficio asegurado.

La *domina* me mandó llamar y, como era su costumbre, me trató con afabilidad. Priscila le estaba rizando los cabellos con un *calamistum*, unas tenacillas calientes de bronce, mientras conversaba con ella. Me invitó a sentarme y una esclava me sirvió un vaso de oloroso vino de Xera.

—Ama Helvia, examinad estos pliegos —le rogué—. En ellos comprobaréis que Probus Ventus ha recuperado e incluso incrementado los rendimientos del aceite. Dios ha bendecido el trabajo y nuestro *oleum* navega hacia Roma, Marsalia y Brundisium.

—Nada se hubiera obtenido sin tu eficaz mediación, Jasón —admitió.

—Esta tierra es la más pródiga que he conocido y nuestro aceite es insuperable. El que se destinará a las legiones de Germania está siendo embarcado.

El ama hizo una señal extendiendo el brazo con displicencia y los esclavos desaparecieron de la salita, incluida Priscila, que me sonrió.

—Escucha. El adelanto de la recogida y la edificación de los nuevos molinos ha resultado crucial, querido Jasón. Hasta mi hermana Marcia, reacia a tus innovaciones, está imitando tus sistemas de trabajo en la finca de nuestros padres en Alba Urgabona.

Mi júbilo y mi satisfacción estaban dibujados en mi rostro.

—Bendito sea Dios. Ya os lo dije, *domina*, que era una inversión que se recuperaría con las primeras ventas del *oleum viride*, la primera cosecha, que ha superado por vez primera en calidad y precio al Venafrum itálico. Es un aceite digno del templo de Salomón y de la mesa del emperador Tiberio —aseguré convencido.

—Mi marido y mi hijo Mela estarán exultantes, ¡por Isis! —reconoció.

—Y más lo estarán cuando reciban en breve las ganancias en el banco de Neptuno —añadí, e hice un ademán de retirarme, pero ella me detuvo.

—¿A cuánto calculas que ascenderá, *grosso modo*, el beneficio del aceite?

Hablé de memoria, pero con estricta información. Me miró fijamente.

—Si estimamos que en cada ánfora caben tres modios, que cada olivo nos ha reportado alrededor de un sesquimodio, y que además hemos laboreado más de veinte mil árboles, en seto o extensivo, y otra *millia passus* en intensivo, las ganancias sobrepasarán los dos millones y medio de sestercios, si la demanda se mantiene. Habéis de pensar que el *oleum primus* está alcanzando precios muy altos en el mercado Boario de Roma —aseveré sin vanidad.

Orgullosa de mi trabajo y de su buena elección como *villicus*, me manifestó:

—Uniendo los beneficios del cereal y del *oleum*, esta hacienda ha vuelto a recuperar sus habituales rentas, gracias a tu dedicación y a tu conciliadora forma de tratar a los cosecheros, capataces y esclavos.

—Bueno, recordad que tuve que expulsar a una cuadrilla que se dedicaba a robar durante las vigilias. No lo entendieron y hubo tensión.

—Mi esposo descansará. Andaba muy preocupado con sus olivares.

Recordé al anciano Séneca enfrascado en sus filosofías y escritos, y opiné:

—Bien creo que el amo no tiene el corazón en sus caudales. ¿Verdad?

—Lo conoces bien, Jasón —corroboró con ternura el ama—. Él, y la familia, somos dichosos si mantenemos productivas las tierras que nos legaron nuestros antepasados, damos de comer a centenares de jornaleros y a sus proles, a navieros, transportistas, estibadores, funcionarios imperiales y mercaderes, y con nuestras ganancias podemos engrandecer Corduba y Roma con significativas donaciones. Pero tu contribución y las nuevas formas de cultivo han resultado muy fructíferas.

—Al fin y al cabo, *domina*, soy un esclavo vuestro —me lamenté.

Me observó con una mirada insuflada de zozobra, y durante unos instantes permanecimos en silencio cara a cara. Yo bajé la mirada y ella me sonrió.

—¿Acaso te hemos tratado como tal, Jasón? No me entristezcas.

—En modo alguno, *domina*. Aún soy joven y me delata mi

vehemencia. Excusadme. He visto a hombres humillados y tratados como a bestias. Ni puedo, ni debo quejarme. Soy un privilegiado de esa condición. Dios os bendiga —me despedí.

Nos dispusimos a festejar la conclusión de la recogida de la aceituna con una celebración agrícola secular, que en la Turdetania dedicaban a la Madre Tierra y que llamaban del Lagar, ya que se festejaba alrededor de los viejos lagares de piedra, que solían estar rodeados de árboles gigantescos y sagrados y de olivos centenarios, de cuyas ramas colgaban guirnaldas, cintas y exvotos de plata, bronce y cobre.

Costeada por *domina* Helvia, y como premio al trabajo de los braceros, comenzó al mediodía y acudieron con sus familias, poco acostumbradas a semejantes festines. Trajeron de las cocinas calderos humeantes con habas, lentejas, garbanzos, verdolagas, ajos y cebollas, a las que habían añadido menudillos, salchichas y trozos de carne de chivo y de puerco; y hombres y mujeres libres y esclavos comimos juntos.

El ágape duró horas y sació al más hambriento. Sugerí a Mérula y ama Marcia que los obsequiaran con una vianda excepcional, como había sido su trabajo, y aquel día, los jornaleros y sus proles probaron, quizá por vez primera, el *garum* de segunda clase fabricado en la hacienda.

Había observado cómo lo habían elaborado en los últimos meses en la cocina, macerando hierbas olorosas de la sierra, hinojo, eneldo, argemone y orégano, mezcladas y prensadas con anguilas, angulas, caballas, pescados de roca y sardinas traídas de Gades y gran cantidad de sal. En Roma alcanzaba cifras astronómicas y había quien pagaba cuatro mil sestercios por una vasija. No era el *garum* de Gades, Cartago Nova o Bitinia, los más caros y sabrosos del mundo, pero los lebrillos quedaron limpios.

Domina Helvia regaló además a cada padre de familia una *spotlae,* una cesta con alimentos para festejar las cercanas Saturnalias, que agradecieron recomendándola a los dioses luminosos de Turdetania. El festejo duró hasta la primera vigilia de la noche, momento en el que aprecié que una embriaguez báquica se había apoderado de la mayoría de los trabajadores invitados.

Bailaban en medio de una sensualidad extrema, animados por una orquestina de Corduba de mujeres dedicadas a la diosa Flora, deidad de la fecundidad de la tierra. Tañeron sus cítaras, que yo consideraba como instrumentos sagrados, pero que aquella noche sonaron eróticos y libidinosos. Las improvisadas bailarinas y musicantes danzaron ante una estatua coronada con ramos de olivo de la diosa Astarté ibérica a la que los campesinos profesaban gran veneración. Yo no participé en la pagana ofrenda.

Encendieron las antorchas y lucernas, y antes de que el frío nos recluyera en las viviendas y chozas, Priscila, empujada tal vez por el licor fermentado del hidromiel, o por haber recordado su antiguo oficio de hieródula de Afrodita Corintia, se descalzó y bailó la danza de la diosa ante los atónitos y complacidos ojos de los presentes, incluidas Helvia y Marcia, que jaleaban sus posturas imposibles, sus escarceos voluptuosos y sus brincos acompasados. Al concluir fue ovacionada con fervor, en especial por el expretoriano Décimo, mi insobornable amigo, que bebía los vientos por la helena. Su lascivo baile llenó mis venas de febril atracción hacia ella.

Para distraer a los invitados, uno de los recogedores de aceitunas, algo achispado, pidió a Kirnos que leyera mi destino en el poso de un vaso de aceite, conocidas sus dotes oleománticas de chamán turdetano. Tras reflexionar mirando el fondo, como el búho sabio de Minerva, y con las pupilas fijas en el recipiente, exclamó al rato:

—¡El *procurator* Jasón, persona amada por la gran familia de la villa, permanecerá con nosotros por poco tiempo! ¡Luego volará como las garzas del Placidus Betis hacia Oriente! ¡Pero su memoria será recordada entre nosotros y regresará como un ave migratoria que busca la paz y el sustento! —auguró grave.

El anuncio vehemente que salió de su boca sabia me hizo reaccionar.

—¿Marcharme de aquí? Amo Marco cuenta conmigo para dirigir su producción de aceite por muchos años. ¿Es que has visto algo nefasto, Kirnos?

—Nada, *domine* Jasón, solo diminutas aves volando hacia el sol naciente.

—¡Curioso! —dije—. Pero existen grandes diferencias entre lo oculto, nuestros deseos y los planes de Dios, y también de nuestros patronos, que nos pagan y protegen. Mi instinto me dice que viviré largos años al lado de dama Helvia y del amo Marco, y que la Annia será mi familia hasta mi tránsito a la presencia cercana de Dios.

—Que Ataecina, deidad de los iberos, mi madre sempiterna, cumpla tu sueño, Jasón —replicó Helvia, que, aunque yo fuera un esclavo indultado por cinco años, no le era indiferente.

Después aconteció algo que jamás podré desdeñar, pues mi religión me lo prohibía, no así mi corazón. Uno de los capataces cogió una rama de olivo y, haciendo una improvisada corona, me la colocó en la cabeza, aun a pesar de mi negativa.

—Jasón, amáis esta tierra como nosotros. Habéis dejado vuestro sudor en ella y procurado el sostén de nuestras familias. Que la Diosa Madre os bendiga.

—*Salve*, Jasón, *magister oleii et amicus nostris*! —me saludó Kirnos.

—*Salve*! —gritaron al unísono todos, y yo me sonrojé.

Llamé la atención de Priscila y abandonamos el lugar disimuladamente. Siervos, cómicos, trabajadores y músicos siguieron en su barahúnda de bailes, vino y excesos. La griega me miró con sus grandes ojos brillantes plenos de ternura, y entre nosotros corrió una oleada de sentimientos.

—Deseo permanecer siempre contigo, Jasón —me aseguró.

—Vivamos el presente, Priscila. Estamos juntos y eso nos debe bastar —le dije—. No siempre el afecto conduce al casorio y tú siempre prevalecerás en mi alma.

Había llegado el momento en que deseaba saber el mayor secreto de su existencia: ¿por qué la habían expulsado de mala manera del templo de Afrodita de Corinto? Deseaba conocerlo para que su alma se liberara de un tormento que la atenazaba.

—Priscila, te conozco bien y sé que tu alma se consume por el acto misterioso que te obligó a abandonar el santuario al que estabas dedicada desde niña, y que dio pie a que aquel inicuo eunuco te vendiera como esclava. ¿Deseas revelármelo?

Una esperanza liberadora vibró en su interior. Lo sentí. Parecía incapaz de hablar, pero recuperó su afabilidad y se estrechó fuertemente a mí. Se relajó y me lo refirió.

—Préstame oídos, Jasón, pues nadie conoce la gran pesadumbre, que luego dio origen a mi esclavitud. Yo vivía feliz y dedicada como hieródula de la diosa, en el único lugar donde había conocido el afecto —me reveló pesarosa—. Las sacerdotisas me amaron como a una hija, y cuando tuve edad me dedicaron al culto de Afrodita. Y no solo desempeñé el rango de danzarina de los ritos venusinos, sino que también ejercí la prostitución sagrada en las grandes ceremonias, que proveía de cuantiosos dividendos al templo, a los eunucos y al erario del consejo de Corinto.

De repente traje a mi memoria al maestro Yeshua cuando destruyó con su cíngulo los tenderetes de los cambistas del templo, ante nuestros ojos atónitos.

—No sé por qué, pero los templos siempre van unidos al dinero y a las ganancias de unos pocos privilegiados. Ahora comprendo más que nunca al profeta de Nazaret que quiso purificar el mío —recordé—. ¿Y qué te aconteció entonces?

Priscila suspiró como si le doliera desnudar su alma, pero prosiguió:

—Ocurrió que un año antes de ser vendida por el castrado Eudoro, intimé con un *hieroi*, un joven homosexual del templo, que también ejercía la prostitución de la diosa con hombres. Su nombre era Qyos. Abrigué pena por él y amaba sus afectuosas consideraciones. Cuando nos juntábamos en secreto e intercambiábamos nuestras penas durante horas y horas, fuimos descubiertos. La inocente práctica llegó a oídos del eunuco mayor, el actor principal de mis desgracias.

—¿Y qué maquinó ese abyecto cebón? —me interesé.

—Pues que, intuyendo cierto negocio sin riesgo alguno, se lo comunicó a la sacerdotisa Elpis; y tras un juicio sumarísimo en el gineceo del tabernáculo, se me condenó a ser expulsada y devuelta a mi familia. ¿Pero qué familia, si no la conocía? Pensé que el castrado me sacaría de mi eterna duda y me llevaría con mis desconocidos padres. Pero Eudoro, un perro sin piedad y una bestia privada de razón, calculó un gran lucro para su bolsa y acordó con Sayed mi venta. Una vez vendida como esclava, jamás regresaría al mundo de los seres libres y me perdería para siempre en la vastedad del mundo de la esclavitud. ¿Quién me iba a reclamar? No corrían riesgo alguno.

Se produjo un instante de doloroso mutismo, y concluyó pesarosa:

—Y el resto es lo que vivimos juntos en Cesarea y luego en Roma, Jasón, pero tu presencia me confortó. Tu osada intervención para rescatarme y el favor de los amos han apaciguado mi existencia, que es moderadamente feliz —me confesó.

—O sea, que tu pecado fue de afecto, amistad y compasión —la conforté—. Siempre creí que se escondía un enigma de esencia más perversa. ¡Maldito capón!

—Jamás dejé de atender a mis deberes y cumplí con los juramentos que hice a Afrodita, y te aseguro que nunca fui consciente de traicionar al templo.

—El cariño y el amor, querida, es el gran precio que pagan las mujeres, la estrella que dirige vuestros ojos y el norte de vuestro caminar por el mundo. Los hombres no os comprendemos —intenté confortarla.

Sin despegar la mirada de la mía, Priscila me refirió el desorden que trajo a sus sentimientos la venta, el insomnio que padeció, la violación de que fue objeto por el abyecto de Sayed y la incomprensión que llenó su experiencia como esclava.

—Nuestro afecto y protección mutua nos salvará y mi Dios te recompensará por tu piadosa obra de salvarme del suicidio, Priscila —dije con complicidad recobrada.

—Casémonos, Jasón —me pidió con ojos de cervatillo—. Ama Helvia nos ayudará y no permitirá que nuestros hijos sean esclavos. Pronto serás libre.

—Ya sabes que no es posible. Mi Dios lo reprueba. No pongas tu fe en mí, te decepcionaré, Priscila. —Busqué un escape y la conduje a mi habitáculo en la hospedería, donde reinaba un silencio pleno.

Sin pronunciar palabra nos sentamos en mi lecho, iluminados por una trémula lámpara de aceite. Priscila apoyó su cabeza en mi hombro y codició mis labios. Éramos dos esclavos favorecidos, pero con cadenas al fin y al cabo y arrancados de nuestras familias, aunque ni ella ni yo renunciábamos a ser libres un día.

Percibí su perfume y noté su íntimo contacto; y cogiendo su cara besé su boca con tierna fricción, aunque estuviera algo confusa por mi negativa a contraer un vínculo matrimonial. Yo la amaba, pero no como ella deseaba. Luego le ceñí los hombros, besé sus senos y pezones, exploré su sexo selvático y la abracé ardientemente. La tendí despacio en la cama, la estreché con fuerza y rocé su deleitable cuello y su nuca. Priscila sintió un escalofrío de placer y advertí su excitación, por lo que tapé nuestra desnudez con un cobertor de pieles y la amé con fervor.

Allí estábamos los dos, a cientos de millas de nuestros hogares, solos, vulnerables y protegidos únicamente por nuestra férrea voluntad y el calor mutuo que nos dispensábamos. Al cabo de un rato nos sobrevino un impetuoso placer y penetramos en las simas de la extenuación, confortados por el calor de los braseros.

Nos trasladamos a la *domus* de Corduba y allí pasamos el rudo invierno.

Y con idénticos proyectos y trabajos transcurrió el nuevo año de siembras y cosechas, coincidiendo con el paso de un ejercicio imperial más del reinado del divino Tiberio. Dos años parecen un período largo en la vida de un mortal, pero a mí me parecieron un soplo. Estaba en mi elemento y amaba el trabajo que me auparía a la libertad.

La escarcha y una nieve sutil blanqueaba las sierras del norte y el valle donde se asentaba la capital de la Bética, pequeñas manchas blancas delataban el frío inclemente del siguiente invierno de mi llegada. El fango predominaba en las calles por las lluvias, y aproveché la estancia en el hogar para escribir un memorial que presentaría a *domina* Helvia para la compra de plantones de especies nuevas que incrementarían la producción de Probus Ventus. Tras dos años de trabajos conocía mejor mi labor.

Hasta principios de primavera, cuando comenzaron a brotar los narcisos, las camelias y los brezos, gocé de sus comodidades como un sátrapa persa. Mi cámara se hallaba al lado de una suntuosa estancia donde dormían las imágenes de cera de la *gens* Annia y de la familia Albina, máscaras mortuorias de cera junto a algunas insignias de las dignidades conseguidas tanto en Hispania como en Roma por sus antepasados y que ella cuidaba con devoto fervor y les rezaba cuando alguna contrariedad la acuciaba.

Helvia me explicaba quién era quien, y luego las limpiaba e incluso cromaba con sutiles pinceles con tintura rosada para que parecieran reales. Milo me acompañaba en mis paseos por Corduba y por los caminos de sirga del río Betis, el Placidus, como lo llamaba el ama, cuando acudía a las termas de Porta Gemina y a las compras de aperos. Así rompía el aburrimiento invernal, mientras visitaba la Curia, los mercados cercanos al foro y las tabernas o *thermopolia* de la urbe. Me veía a diario con Priscila, con lo que mi alma se sosegaba con su presencia, nuestras gustosas pláticas y los encuentros íntimos.

Me movía por la urbe como un romano y muchos me tomaron por un hijo de la Loba por mi atuendo, mi dicción perfecta del griego y el latín y mis insignes amistades.

Asistí a los *ludi gladiatorii*, los combates de gladiadores, y a las *venaciones*, luchas con fieras en el anfiteatro, coincidiendo con las festividades romanas de las Parentalias, en las calendas de marzo y los *salii* del dios Marte, y donde un feroz y corpulento *thrax*, un tracio de nombre Ampliato, enardecía a las masas.

Yo prefería asistir con *domina*, Priscila y Décimo al circo y contemplar las evoluciones de mi héroe, el auriga Quinto Galo, que ya me había hecho ganar más de diez mil sestercios en las *sponso* o apuestas oficiales y al que llegué a conocer personalmente, e incluso me regaló su pañuelo blanco de las carreras. Aún lo guardo en mi arca personal.

Vestía aliñadamente mis túnicas orientales y usaba estolas en el cuello para ocultar la *incisio* de esclavo del César, aunque con el deseo interno de hacerla desaparecer y que no me recordara cada día que no era un ser humano.

De modo que con permiso de la *domina,* visité a un cirujano egipcio que vivía junto al templo de Augusto y que en un esmerado trabajo casi me eliminó en dos sesiones la vergonzante señal que me hiciera entre el cuello y el hombro el brutal físico de Sayed, un reborde rosado y esperpéntico, que hasta a mí me repugnaba mirar.

Aún me queda una vergonzosa señal grisácea.

El médico poseía un carácter jovial, y como deferencia a Helvia Albina, no me permitió que le pagara con monedas, sino que lo invitara en una pulpería cercana donde guisaban ubres de cerda y membrillos con jengibre para paladares exquisitos, y donde servían un vino de Cécubo propio de dioses. La petición me extrañó, pero accedí y al concluir la comida visitamos juntos los baños aledaños de Puerta Pretoria.

—Este servicio corre a mi cargo, liberto Jasón —me invitó el físico, un hombre moreno, corpulento, con barriga pronunciada y muy cordial en el trato.

Junto a la muralla, los baños y burdeles se abrían por doquier a fin de atender a los viajeros sudorosos y a los ciudadanos necesitados de aliviarse de sus apetitos libidinosos. Los habitaban inquilinas dedicadas al trato carnal y allí se oía un soez y barriobajero dialecto tabernario. Los libertinos encontraban a cualquier hora del día los placeres más exóticos, los afrodisíacos más exquisitos y los amuletos más inimaginables.

Poseían sus propios distintivos, oriflamas de colores colgando hasta el suelo, falos de madera y bronce, o letreros con los más variados epítetos: *La Flor de Venus, La Afrodita Corintia, El Cuerno del Fauno o El Jardín de Baco*. Las prostitutas eran en su mayoría esclavas de Tingis, Libia o Siracusa, y se asomaban a las terrazas exhibiendo sus rostros pintarrajeados con antimonio y mixturas de azafrán, los brazos adornados de ajorcas doradas, los pechos desnudos y los pezones coloreados de tintura carmesí, pregonando sus refinamientos y la distinción del prostíbulo y de las abluciones.

En las puertas de algunos de estos baños se mostraban rollos de papiro en los que se advertía de la probidad e higiene de la mercancía: *Vírgenes de Tebas, Esencias de Cupido, Lobas Romanas libres del morbus meretricis* o bien *Cortesanas de Tiro*.

Tras bañarnos, conversamos en el *caldarium* para, desnudos de cintura para arriba, pasar a una salita aledaña donde nos sometimos a la fricción, estiramientos y friegas de unos masajistas, quienes, tras correr las cortinas, nos embadurnaron de ungüentos. El médico se quedó muy pronto dormido y yo me sumí en un plácido duermevela. Lo precisaba.

Al poco entraron dos clientes en el cubículo de al lado y sin desearlo escuché su animada conversación. Y resultó que una de las voces me era muy conocida: se trataba de Mérula, mi gran antagonista en la hacienda y al que yo había sustituido como *procurator* de los olivares. Hablaban con voz queda, pero dado el silencio imperante en el baño oí lo más granado de su charla con gran nitidez. Agudicé el oído cuando percibí unas frases que no concordaban con sus responsabilidades y que me parecieron en sumo extrañas.

—Mérula, ¿has pensado ya cuándo haremos el embarque de

las vasijas? —preguntó su interlocutor, que parecía por sus palabras un naviero, o un arriero.

Hubo un momento de pausa, como si recelara de oídos indiscretos, pero cuando escuchó la profunda respiración y algún ronquido de mi compañero egipcio, conjeturó que no tenía nada que temer y que un agradecido borracho dormía la mona al lado. Contuve la respiración y oí cómo proseguía con ganas de concluir pronto:

—Te avisaré con un mensaje. Como los anteriores años tendré los fardos preparados para los *idibus* de *aprilis,* pero aún ignoro el día exacto. La carga y descarga de los carros se realizará entre la primera y tercera vigilia de la noche en el embarcadero de costumbre del río. Que tus hombres estén avisados.

—*In nocte*? —se oyó claro a su misterioso oyente—. Siempre fue al ocaso.

—Esta vez no. Será durante la noche cerrada. Así nos evitaremos riesgos y ojos inoportunos. Ya sabes, cuando llegues a Hilipa verás ancladas las dos naves, cuyos nombres y los de los pilotos te comunicaré también. Los fardos los depositaréis con cuidado en la bodega. El factor imperial que dirige la guardia esas noches está avisado y pagado. No tendrás ningún conflicto ni con él, ni con las patrullas —concluyó.

—¿Y el pago?

—Como es costumbre, a tu regreso y cuando los navíos naveguen hacia Hispalis.

Medité y me pareció harto anormal el acuerdo y el sigilo con el que hablaban en lugar tan apartado. Al poco abandonaron la celdilla de masaje y yo, deteniendo a mi masajista, me incorporé de la mesa y asomé mi testa por el pasillo. Efectivamente era el velludo y fornido Mérula, al que acompañaba un desconocido sujeto de condición modesta, baja estatura, cara y cráneo rasurados y tez curtida por el sol. Calzaba sandalias de esparto y cojeaba.

Dejé dormido al médico y di unas monedas al esclavo, que me lo agradeció.

Cuando caminaba en dirección a la *domus* Annia, fui memorizando una tras otra las palabras oídas a Mérula en los baños. Resultaba palmario que sus obligaciones eran el transporte hacia los puertos del río y del Atlántico de los productos de Probus Ventus y que su conversación en cierto modo podía ser considerada como habitual, pero algo no me encajaba y puse mi mente en alerta, por su anormalidad.

Me preguntaba con insistencia de qué carga se trataba, si el aceite de exportación a Roma y las provincias ya había sido trasegado en su totalidad y el cereal de la hacienda aún no se había recogido. La conversación encerraba algo oscuro.

Ponderé si debía comentarlo con ama Helvia, pero no era mi condición la del chismorreo y muy bien pudiera callarme, instándome a que me ciñera a mi labor.

Pero lo que más me chocaba, como también había ocurrido con el naviero cojo, era la inexplicable hora de partir las barcazas, conocidos los peligros de ladrones y derivas que acarreaba el Placidus Baetis en la rotunda nocturnidad de las vigilias.

«*In nocte, in nocte, in nocte*», fui mascullado por la concurrida calle.

Algo no cuadraba en aquella enigmática conversación.

XVI

ERGUENA

Años XVI y XVII del reinado de Tiberio César

No había música en las calles, las estrellas no aparecían en el firmamento y los carros no atronaban la noche. Parecía que el invierno se resistía a soltar su presa y deseaba mantener a los ciudadanos de Corduba dentro de sus hogares, acobardados por los espesos aguaceros y el frío implacable.

Pero, en el abril de mi tercer año en Hispania, germinó un cielo azul intenso y la primavera estalló mostrando finas alfombras de flores, presagiadoras de unos campos exuberantes.

El mustio dosel de nubes se había deshecho y todo era luz y verdor en la Bética.

En mi obcecación por tratar de elucidar las causas de las pérdidas económicas de Probus Ventus, realicé algunas pesquisas en el embarcadero en los *idibus* de abril, e investigué sobre el misterioso envío de Mérula, e incluso envié a Milo para que vigilara emboscado cualquier movimiento sospechoso que viniera a explicar los quebrantos durante los últimos años.

Sin embargo, todo fue en vano. Los agentes imperiales, los guardias del amarradero fluvial y los barqueros nada sabían ni habían visto barcazas de río trasegando mercancías por la noche en aquellos días.

—Es de todo punto imposible, *domine* —me aseguró el factor del fondeadero—, las ordenanzas del *conventum* de Corduba lo prohíben bajo graves penas.

Me pareció que mentían, pero por el momento relegué el asunto y me propuse investigar por mi cuenta y espiar los movimientos sospechosos de Mérula, que no parecía capaz de acciones fraudulentas por la fidelidad que observaba hacia los amos. Poseía pocos datos para documentar una denuncia ante las autoridades, o a ama Helvia, pero intuía que el zafio *villicus* andaba metido en negocios espurios a costa de sus señores. No obstante, en mi cabeza se fue elaborando un plan de esclarecimiento de sus manejos. Así que aguardé a que cometiera un error, o a que el azar acudiera en mi ayuda.

De todas formas, sí obtuve una valiosa lección, y es que antes de meter mis narices en más honduras debía sobornar algunas bolsas interesadas, o buscarme cómplices poderosos. Nadie me apartaría de mi propósito de esclarecer las reducciones de beneficios, que yo creía en origen, o sea en la misma Bética, ya que la familia Annia no se valía de negociadores ni intermediarios, por lo que no había razón alguna para semejantes extravíos fuera del territorio de Hispania.

En el *olitorium* de Corduba, el mercado de verduras y aceite cercano al río en el que se alzaba una estatua laureada de Cibeles, compré plantones de olivos nuevos con objeto de sembrar varios centenares de líneas de perspectivas geométricas en unos terrenos que antes habían sido desechados por Mérula y que me parecían aptos para plantar unas variedades venidas de oriente. En Judea se conocían de antaño, como la aceituna *sergia*, la *regia* y la *mirtea*, que prometían abundantes cosechas, y también la *licinia*, algo más delicada para la recogida pero de calidad suma.

El lugar elegido, un suave cerro de Buenos Vientos, se distinguía por la lisura del aire. Así que como *procurator* de la hacienda determiné que los sembradíos se realizaran en el mismo equinoccio de primavera, muy propicio para la siembra, y que las mismas decurias de trabajadores de la recogida acometieran los trabajos, con lo que quitaría mucha hambre en aquellos labriegos desocupados en aquellas fechas.

Mi capataz Kirnos sería el encargado de dirigir la cava de hoyos, de mullir la tierra arcillosa, suministrar el estiércol y preparar las cunas de cantos y piedras que los sostuvieran.

Estaba decidido a obtener otra cosecha excepcional, si Dios nos alentaba.

Había transcurrido un año más en las bonanzas de Hispania.

El xv de las calendas de abril, tras las Fiestas Liberalia dedicadas a Baco, regresamos a la hacienda, cuando los muchachos romanos abandonaban la *bulla* pueril de la suerte y la *pretexta*, su túnica infantil, y se la ofrecían a la divinidad, rodeados de parientes y amigos, para luego recibir la toga viril y la condición de ciudadano romano.

Corduba se había engalanado para festejar también las Palilias en honor a Flora, diosa de los sembrados, del placer y de la fecundidad, en las que las prostitutas tenían gran protagonismo, pues prorrumpían en las calles saliendo de sus burdeles ligeras de atuendos y con ramos de flores, laurel y olivo en las manos, en tanto entonaban salmos a su protectora y rogaban sabiduría y loor al divino emperador Tiberio.

Formaron una procesión tras una imagen de la deidad, y se le unieron matronas poco púdicas, efebos y muchachas llegadas de todas partes, y una numerosa población masculina. Luego se reunieron en el teatro iluminado con antorchas perfumadas, donde los poetas de Corduba compitieron entre ellos en unos interesantes juegos poéticos a los que asistí con mi amigo Décimo Próculo, que se había convertido en mi inseparable compañía y en mi confidente leal, a pesar de la diferencia de edad.

Las ganas de vivir y de obtener placer de esas gentes no son nada comparables a las austeras leyes y al celo de los sacerdotes de Israel por mantenernos sobrios y frugales. Entre nosotros y los gentiles existía un abismo en la interpretación de la vida.

La hacienda era un lugar de ávida actividad cuando llegamos tras pasar un nuevo invierno en la ciudad. Contemplé los fértiles olivares en las verdes terraplenadas, las márgenes del río donde los labriegos trabajaban con los arados romanos de reja y limpiaban los campos de trigo, cebada y mijo, regados por canalillos que regulaban sus aguas.

Domina Helvia me dedicó una sonrisa alentadora, y yo en una explicación apasionada le hablé de cómo pensaba llevar las labores aquel otoño. Sus hermosos ojos negros, llenos de gentileza y de familiaridad, se fijaron en los míos.

—Yo no lo veré, querido Jasón —me reveló—. Antes de que se cierren los puertos con la llegada del invierno, regresaré a Roma. Va para tres años de ausencia de mi familia. Echo de menos a amo Marco y a mis hijos. Deseo ver a Lucio, y comprobar si los dioses le han restituido su precaria salud. Tú permanecerás aquí como responsable de la hacienda, pues Marcia me acompaña.

Decir que sus palabras me conmocionaron sería decir poco. Me quedaba sin el calor y la compañía de Priscila, que con el tiempo había inspirado en mi corazón un gran afecto y una confianza ilimitada. Pero ella era el ama y yo el esclavo, y callé.

Y tras componer una mueca de disgusto, me refugié en mi estancia. Seguiría cumpliendo con rigor y minuciosidad mi trabajo, pues siempre fui incompatible con la simulación y la holgazanería. Había empeñado mi palabra y la cumpliría.

Desde aquel día y hasta el verano, monté mi yegua, cubrí mi cabeza con un pétaso de paja y viajé por las posesiones de la *gens* Annia en la orilla izquierda del Betis, el caudaloso río de los turdetanos, que lo llamaban Tertis. Medía más de tres mil estadios de largo y nacía en el intrincado bosque de Turgia, por la salida del sol.

Sobre las aguas sobrevolaban pájaros en bandadas que acudían a beber desde los árboles de las riberas. Por los libros de Estrabón de amo Marco sabía que el Betis nacía en los mismos riscos que el río Tader y que se amansaba cerca de Iliturgi y del Mons Argentarius, o Sierra de la Plata, cerca de Cástulo, donde se alzaba la tumba de Escipión, y que desde Ilipa y luego desde Hispalis era navegable para barcos de calado, hasta las grandes aguas del océano de los Atlantes.

—Este río, sagrado para nosotros —me dijo Kirnos—, ha visto transitar por sus aguas al dios Hércules y a las Hespérides, a la ninfa Eryteia, a los toros de Gerión, a los hombres antiguos que construían dólmenes gigantescos, a los héroes griegos de Troya, como Menestheo, a fenicios y libios, y ha sido testigo de batallas entre los cartagineses de Amílcar y Aníbal y los romanos de Escipión o Julio César y Pompeyo, así como de invasiones de muchos pueblos de oriente y de África. Y su alma nos sigue manteniendo y alimentando.

—Nunca vi un río tan feraz para la tierra —dije—. Es nuestro *pater*, el soberano de estas orillas y de sus ciudades, y nuestro destino está fijado en sus aguas, Kirnos.

Iba acompañado en mi errabundo viaje sin destino fijo también por Milo, que me nombraba los lugares con sus nombres tartesios y turdetanos y me advertía de los antiguos santuarios tartésicos. Cerca de Astigi, me señaló la unión del Betis con el río Síngilis, que nacía en las montañas sureñas de las nieves perpetuas, más allá de Ilurco.

Tanto Kirnos como Milo, cada vez que nos tropezábamos con una imagen en piedra, madera o mármol del *genium* o alma del río, se paraban y elevaban una oración, o le ofrecían vino de sus botas, o un ramo de flores. Me resultaba admirable la unión que mantenían los turdetanos con la tierra que les era tan pródiga.

Conversábamos con los labriegos que cultivaban los campos, los olivares y las ancestrales viñas de sarmientos ubérrimos, mientras cataba sus vinos, que según ellos eran los mismos que habían bebido el legendario monarca Argantonio, Habidis, Sertorio, Amílcar y hasta el mismísimo Heracles.

Compré varias botas para ama Helvia, que cargamos en la carreta, y observé que el Betis era un río que se desbordaba con frecuencia, a tenor de las tierras margosas que atravesamos. Visitamos los pequeños puertos fluviales edificados con bloques de granito, desde donde partían las barcazas olearias, y llegamos hasta la populosa ciudad de Astigi, que antecedía al gran embarcadero de Hispalis, donde contemplé varias naos pertenecientes a la familia Annia, que aguardaban el grano para conducirlo a Roma.

Tras mis idas y venidas, compareció el verano y el cielo nos envió oleadas de un calor tórrido y sofocante. En el campo se oían de día las chicharras y por la noche los conciertos de los grillos, mientras lunas inmensas lamían las copas plateadas de los olivos. Hasta el gato Jericó, que solía rebuscar su alimento y el calor en los escalones de la hospedería, se refugió en las umbrías y el frescor de la casa.

Una mañana de finales del mes séptimo, dedicado a Cayo Julio César, yo seguía preparando la siguiente cosecha del *oleum*. Dibujaba líneas de olivos sobre un cerro imaginario en el papiro, cuando escuché un gran alboroto en el patio. De repente alguien golpeó mi puerta y entró la *villica* Marcia sin pedir la venia. Me extrañó su descortés conducta. En sus ojos adiviné un súbito fulgor, e implorante, me rogó:

—¡Escévola se está muriendo! Por la divina Astarté, atiéndelo, te lo ruego.

—¿Yo? ¿Y el físico de la villa? —pregunté suspenso en la duda.

—¡Ese griego es un asno! Está borracho y no sabe qué hacer. Le ha mordido una víbora negra y ha perdido el sentido. Aquí todo el mundo sabe que conoces el poder curativo de las plantas —dijo, y miró mi laboratorio de perfumes y de farmacopea personal, donde efectivamente tenía clasificados un buen número de tarros de aceite, hojas, flores, raigones, tubérculos y brotes, pero cuya existencia yo creía que se ignoraba.

Recordé que era un levita, que mi nombre no era Jasón de Séforis, sino Ezra ben Fazael de la estirpe de los Eleazar, y que desde niño tenía grabado en mi corazón el Nejustán, la «T» sagrada de Israel, en la que se enrollaba una sierpe, y que mi destino era aliviar el dolor de mis semejantes, tanto del cuerpo como del alma. No podía negarme, y si mis antepasados habían curado el mismo mal en el desierto de Sinaí, yo lo haría también en las riberas del Betis. Así que me incorporé y le pregunté:

—¿Dónde está, señora Marcia?

—Abajo, en el lagar —señaló afligida—. Me cuidó desde pequeña y le debo cuanto soy. Nunca se ha separado del clan de los Alba —se justificó.

Lo rodeaba un grupo de esclavos y de asalariados, y *domina* Helvia venía corriendo acompañada por Priscila. Escévola, el Zurdo, de piel cetrina y lacayo de Marcia no reaccionaba, y más que quejidos emitía lamentos entrecortados de angustia. Vi que un muchacho tenía cogida una serpiente de una longitud de casi tres pies, con un dibujo negro y zigzagueante en su gordo lomo, y a la que habían machacado la cabeza.

—Es muy venenosa, y mucha gente muere con su mordedura —aseguró el zagal—. Estaba escondida en la cuadra, quizá robando huevos, y Escévola entró y la pisó.

—Este hombre se encuentra muy mal. Subidlo a mi estancia, pero solo entrarán las *dominas* —exigí, mientras Marcia gemía amargamente.

Por la boca de Escévola se escapaban espumarajos verdosos, daba saltos espasmódicos y tenía la respiración muy acelerada, hasta el punto de que su débil cuerpo más que temblar rebotaba en la mesa donde yo experimentaba con mis esencias y probaba los aceites. Tenía fiebre, sudaba copiosamente y su miedo a morir era real. Carecía del mordiente egipcio preceptivo para el antídoto aprendido de mi padre, pero tenía ablandada una planta espinosa de la región que haría las veces, y abundantes hojas de sicomoro, adelfa, casia y jabón aceitoso para limpiarla.

Marcia y su hermana Helvia permanecían inmóviles, silenciosas, fosilizadas, y reflexioné que debían profesarle un gran cariño al manifestar tal ansiedad.

Examiné la herida tras retirarle la sandalia. Se apreciaban dos pequeños agujeros en el tobillo donde los colmillos habían contactado con el infortunado, aunque muy lejos de los órganos vitales. Le rasgué el cuero, realicé una incisión grande alrededor con un cuchillo curvo, previamente desinfectado, y apreté con fuerza la zona purulenta, que había tomado un tenue color púrpura y de donde escapó un líquido verdoso: el veneno. La limpié con el elixir espumoso utilizado durante siglos por los Eleazar, mientras Priscila maceraba y hervía las hojas que yo le había señalado, para vaciar su estómago y limpiar su sangre. Marcia se ofreció a aplicarle paños fríos en la frente.

La griega tamizó el brebaje negruzco y humeante, que hice ingerir a Escévola, no sin esfuerzo, pues lo rechazaba y parecía que llegaría la contorsión final. Transcurrió el tiempo, dio bruscas sacudidas y sus reacciones no parecían tranquilizadoras.

Yo no tenía demasiadas esperanzas. La herida ya había supurado y la hinchazón había mermado, pero el viejo seguía inconsciente y sudaba copiosamente. Nos miramos a los ojos y yo negué con la cabeza. Sin embargo, de improviso, propinó un manotazo tremendo en la mesa y dio una gran arcada, echando una baba blancuzca y espesa por la boca. Le hice tomar otra dosis, pero esta no la arrojó, aunque emitió un desgarrador eructo que pareció sosegar sus atribuladas tripas.

Al poco sus miembros temblones dejaron de tiritar y de sudar, y sus ojos se anegaron en lágrimas. Helvia, Marcia y Priscila intercambiaron miradas de asombro y también de regocijo. De repente, Escévola nos miró, y sin pronunciar palabra se levantó sin la ayuda de nadie a pesar de su debilidad y de la natural cojera.

Después caminó muy despacio y tambaleante hacia la puerta con una mueca arrogante en su semblante demacrado y lívido. Ante él se abrieron paso los labriegos y el jubileo de mirones y curiosos que esperaban en la puerta de la hospedería su más que seguro y fatal desenlace. Lo contemplaron en silencio y palmearon sus hombros con gozo. No creían que estuviera vivo.

Después, Escévola desapareció por el camino de las chozas de los braceros, arrastrando su pierna malherida y vendada. Se había salvado.

Marcia sustituyó sus frecuentes miradas de indiferencia hacia mí por una gratitud conciliadora y llena de simpatía. Con sutileza me manifestó algo confusa:

—¿También debemos explicar este milagro con los inevitables caprichos de tu talento? Cada día me asombras más, Jasón. Te estoy agradecida de por vida.

Una sonrisa de placer flotaba en mi semblante. Estaba satisfecho.

—Es parte del conocimiento de mi familia allá en Palestina —dije sin jactancia—. Es la ciencia de los egipcios, de los persas y de nuestros antepasados los madianitas, que hemos heredado. Mi verdadera vocación es dedicarme a estudiar el valor curativo de las plantas y mitigar el dolor del género humano. Aún no he perdido la esperanza de cultivarme en esa arte.

—¿Y también en el de los perfumes, Jasón? —se interesó una irónica Helvia.

Pensé que era demasiado tarde para mentir y ratifiqué bajando la cabeza.

—¿Crees que no supe desde el primer instante que tú eras el perfumista, y no Priscila? —me hizo un reproche y la *ornatrix* se sonrojó.

—Perdonadme. Únicamente me empujó el ansia de rescatarla del burdel.

—Los únicos pecados que suelo absolver son los del afecto desinteresado —se pronunció—. Mi hermana y yo te agradecemos la sanación de Escévola. Él nos cuidó cuando mi querida madre murió en mi parto. Es como de la familia.

Transcurrieron varios días y me decidí a visitar el cercano poblado de los alfareros que fabricaban las ánforas para el aceite y cuyos ejemplares ya se veían en el *limes germanicus*, en Britania, en la Galia y hasta en la mismísima Roma, en el cerro Testaccio, cerca del Campo de Marte. Lo dirigía el paterfamilias Paulo Tito III, un hombre cordial, de hablar mesurado, espesas cejas, papada en el cuello y andar elegante, hijo y nieto de alfareros. Se mostró reverencial conmigo, me invitó a vino turdetano de Xera y me regaló varios vasos de ónice para mis perfumes.

Amistoso, clarividente y cercano, me aseguró que, a pesar de los muchos impuestos, su negocio había prosperado tras mi llegada, y que los braceros deseaban de nuevo trabajar en las tierras del viejo Marco A. Séneca, cuando antes lo hacían a regañadientes.

Me condujo a los alfares, donde varios operarios movían los tornos con maestría desplazándolos con una mano o con los pies, mientras con la otra moldeaban las vasijas, unas alargadas para el vino, y otras ventrudas para el *oleum*, como si fueran mujeres a las que estuvieran acariciando.

También fabricaban jarras para untos, bálsamos y aromas, orzas para cereales y cerámicas de color verde y ocre para eventos sagrados o suntuarios, donde, al modo de los griegos y egipcios, las burilaban con cañas biseladas. Con las arcillas aún blandas, punteaban figuras de toros, peces, signos de deidades antiguas, caballos, búhos, águilas y serpientes. Examiné los hornos y vi la pasta de lino con las que luego las recubrían, explicando así su dura firmeza para resistir las vicisitudes a las que estarían expuestas en tan largos viajes.

«Si son tan resistentes, ¿cómo, según Marcia y Mérula, se rompen tantas en el trasiego de los viajes? Eso sería ruinoso. Debe haber otra causa», reflexioné.

Me mostró un cerro considerable de ánforas destinadas a Buenos Vientos que exhibían, como estaba reglado, las *tria nomina*, o la triple marca distintiva que acreditaba su procedencia. Unas la llevaban marcada o pintada en el cuello, otras en la panza y algunas en las asas, donde iban impresas tres señales: la del dueño de la hacienda, la del lugar de la recogida y la del alfarero creador de la pieza. Las de Probus Ventus se conocían por una vieja estampilla elegida por los antepasados de amo Marco: *An/Cor/fPT*, o lo que era lo mismo: *Annios de Corduba, fabricada por Paulo Tito*.

De esta manera los aduaneros de Astigi e Hispalis sabían a ciencia cierta el origen del aceite y su calidad para cobrar el preceptivo impuesto —el quincuagésimo imperial—, dos sestercios por cada cien de valía del envío.

La familia Séneca poseía una flota privada de siete *olerariae*, barcos mercantes para estibar el aceite, que navegaban a vela por el Mare Nostrum con una fila de remeros esclavos. En su flotilla personal también figuraban las pequeñas *ratis*, las balsas con vela, las primitivas *linter*, barquichuelas sin velamen para transportar ánforas y sacas hasta las naves, y las *placida*, para paseos de la familia. Todas esas párvulas chalupas circulaban por el Betis en los tramos en los que las grandes naos no podían navegar.

Acostumbrado como estaba a las austeridades de Palestina, aquel lugar de Hispania me parecía la cornucopia de la abundancia, el edén bíblico creado por el Altísimo al principio del Génesis y la creación. Por el caudaloso río transitaban centenares de falúas, cuyo tráfico era dirigido por expertos *annici*, nautas de río, con una pericia asombrosa.

Una vez firmados los encargos de recipientes para la siguiente cosecha con Paulo Tito, compré en un mercadillo tres tortas de aceite recubiertas de miel, uvas, queso, granadas y nueces, y con Milo y Kirnos regresé a la hacienda, observando la fecundidad de las tierras regadas por el Betis, tan distintas a los desolados páramos de Judea y de mi añorada Jerusalén.

Conforme nos acercábamos a la hacienda contemplé las viviendas en calma, los árboles y olivos que parecían cúpulas de seda de tonalidad verdemar y también cómo ante mi presencia y la de mis acompañantes se agolparon en mi *domus* los esclavos, los siervos y trabajadores de la villa, como si desearan darme la bienvenida.

El astro sol concluía su camino de retorno y vi a Escévola, flaco como una acelga y a quien se le dibujaban los huesos en su chitón marrón, acompañado de Helvia, Marcia, Priscila y una joven desconocida. Miré su pierna vendada, que parecía curada.

Escévola se adelantó, se inclinó y me besó la mano. Luego manifestó:

—*Procurator* Jasón, te debo la vida. Pero como esta pertenece a la *gens* Alba, te entrego a Erguena, una muchacha de mi clan que deseo aceptes como agradecimiento. Te hará más llevadera tu permanencia aquí. Te pertenece.

Se hizo el silencio y titubeé unos instantes. Yo era refractario a la esclavitud y mi situación era la de un esclavo al que habían concedido una prórroga de libertad. No podía aceptarla como tal, y me dispuse a devolvérsela como signo de normalidad y amistad con él. De un salto Marcia se puso a mi lado, y me susurró al oído:

—Si no la aceptas significará para él y para la joven un baldón tal que en su tribu no serán aceptados, pues no han cumplido el deseo de los dioses luminosos, a los que seguro han ofrecido un sacrificio. Seguramente sus sacerdotes han dictaminado la entrega al salvador de uno de los hombres más venerados entre su gente, como es Escévola, que proporciona trabajo y sustento a los suyos. No la rechaces, te lo ruego.

Me encontraba en una situación difícil y contraria a mis principios.

—Escévola, al curarte cumplí con mi deber de levita de mi pueblo, y por ello no debo recibir recompensa alguna. No sé si me cedes a esta hermosa muchacha como esposa, concubina o esclava. En cualquier caso, la acepto como hembra libre para que se haga cargo de mi casa de Probus Ventus, y lo hago con satisfacción. Gracias, amigo.

—Ahora, Erguena depende de ti. Solo te ruego que respetéis su sangre.

—¡Desde luego! —declaré algo turbado por la embarazosa situación—. Lo correcto sería convertirla en mi esposa, dado su rango en tu tribu, pero mi Dios y mi religión no me lo permiten y espero que lo comprendas. En mi libro sagrado se dice: «Abandonará el hombre a su padre y a su madre y se unirá para siempre con su mujer resultando una sola carne y Dios los bendecirá eternamente». Y yo poseo esa mujer, a la que estoy unido por indelebles lazos de fe y en los usos de mis mayores.

Erguena, un nombre tartesio, como supe después, era una chiquilla que transmitía una sensación de fresca belleza, inocencia y refinamiento. Lucía unos dorados brazaletes iberos y se mantenía erguida como una sacerdotisa. Poseía un brillo radiante en sus grandes ojos claros sombreados por unos párpados suaves pintados de lapislázuli. De cabello trenzado y oscuro como la noche, se ceñía con una túnica de lino adornada con cintas púrpura y se calzaba con escarpines con estambres dorados. No debía ser de condición baja y parecía de noble cuna.

—Has obrado con sabiduría, Jasón —me susurró ama Helvia.

La jovencita refirió algunas palabras, no sé si de gratitud o de rechazo en su idioma turdetano, que no comprendí. Aparte del compromiso de asistirla, protegerla, darle de comer y vestirla, advertí que había de enseñarle los idiomas del mundo.

Miré a Priscila, y vi que me miraba con ojos de furor. Otra complicación.

Vi que unas lágrimas brotaban de los ojos de la niña y yo le sonreí tras ponerle mi brazo en el hombro. Poco a poco, y viendo mi talante, su inquietud se fue trocando en placidez y agrado. Desde aquel día llevó mi casa con dedicación y alegría. Ella se encargaba de las labores y gozaba con solo servirme y estar a mi lado, y en la villa hacía gala de su entrega hacia mí. Yo la respeté y la cuidé y nada de lo material le faltó.

Cuando iba a Corduba a algún asunto le traía una fruslería,

que la hacía dichosa, y Erguena me abrazaba con el afecto de una mujer entregada. Muy pronto me dio una jubilosa satisfacción, que me evitó problemas con Priscila, siempre al acecho.

Erguena comenzó a fijarse en mi criado Milo, un joven recto, leal, bienintencionado y muy trabajador. Aquel sesgo de la situación me tranquilizó.

Mientras, la oscuridad siguió cayendo implacable sobre Buenos Vientos. El sol se ocultaba y la noche, con sus miríadas de estrellas, se adueñaba de los campos.

Solo entonces, un manto de serenidad y quietud pacificaba mi alma.

XVII

ADOPCIÓN

Años XVII y XVIII del reinado de Tiberio César

A partir de la curación de Escévola, y como si de un milagro se tratara, mi vida en Probus Ventus revirtió su sino y se volvió más acogedora. El tiempo de mi prueba había volado satisfactoriamente. Marcia, que me facilitaba las cosas con un afecto desusado en ella, me ofreció la hospitalidad más incondicional. Cooperaba conmigo en la contabilidad de las ganancias y en la dirección de las labores olivareras, y disfruté de una paz indolente, donde Priscila ocupó un puesto relevante.

Domina Helvia casi me había adoptado simbólicamente y nada hacía pensar que yo era un esclavo en proceso de sospecha y rehabilitación de su libertad.

Con el paso del tiempo veo mi estancia en Hispania como el momento más favorecido para mi espíritu. Forjamos grandes progresos en el cultivo de los olivos, y el *oleum* de Buenos Vientos se convirtió en el más cotizado en la Urbs, en Siracusa, Marsalia y Corinto, y todos nos veíamos sostenidos y amparados unos con otros.

Alentado por el aliento que recibía de los vareadores, recogedores y husilleros, e incluso de los esclavos, les devolví el buen trato que merecían por su dedicación y trabajo. Solo el *villicus*

Mérula, seguido sempiternamente por su huraño perro Vulcano, que ladraba a todo lo que se movía, me mostraba un rencor que yo no comprendía. Esquivaba mi vigilancia soterrada y por más que me esforzaba no veía en él o en su conducta movimientos fraudulentos que lo acusaran abiertamente.

Erguena se ocupaba de mi regalo, de mi ropa y del yantar, y callada y siempre alegre obedecía sin rechistar el más mínimo de mis deseos, menos el sexual, que pertenecía enteramente a la vehemente Priscila, atenta a que la joven turdetana no se sobrepasara en sus querencias hacia mí. Mis relaciones con la griega eran eminentemente carnales, sin velos ni excesivos pudores.

La jovenzuela hizo progresos al aprender el griego koiné y el latín y realizó loables esfuerzos en superarse cada día. Se comportaba como si yo fuera para ella un hermano mayor más que un amo, y se tomaba las libertades propias de un afecto entrañable. Se lavaba y bañaba desnuda en el baño de la casa, como si nuestra confianza soslayara sus libertades y yo no tuviera ojos. Le tomó gran cariño a Jericó, y el minino de pelaje gris vivía más en su regazo que en los escalones de la hospedería.

Reiteraba cada día su contento por haberla acogido y escapar de la aburrida subsistencia que llevaba en su aldea, donde al parecer cuidaba de las cabras de la familia. Con el paso de los días, acrecentó sus relaciones con el joven Milo, mi inteligente lacayo. Se veían furtivamente y en mi presencia intercambiaban miradas risueñas y tiernas. Se lo advertí a ama Marcia, por si consideraba preparar un casamiento, ya que ambos eran libres y pertenecían a conocidas familias de pastores de Alba Urgabona. Yo mostré mi alegría y anduve atento a sus muestras de cariño, pues a ambos los quería y sabía que formarían una pareja encantadora.

Otro año más, la recogida de la primera cosecha se iniciaría en breve y muy pronto Helvia y Marcia marcharían a Roma en uno de los barcos que zarparían de Hispalis, rumbo a Puteoli. Sabía que Priscila viajaría con su ama, pues se había hecho imprescindible, pero algo me decía en mi interior que pronto nos veríamos en la capital del Imperio, pues la *domina* deseaba que conociera a sus hijos, muy interesados en los trabajos que habían transformado su hacienda hispana y en su autor.

Uno de aquellos días recibimos la visita de una familia de reconocida alcurnia de Corduba. Se trataba del ilustre Acinio Lucano, un hombre rechoncho de abundante melena blanca y modos aristocráticos, que venía a presentar a su hija Acilia Lucana, con la intención de casarla con Mela, el hijo menor de Helvia y de amo Marco.

A mi ama le reconfortaba el emparejamiento, pues además de pertenecer a una estirpe tartesio-romana de viejo abolengo, tenían posesiones en las minas de plata y acciones en las compañías de las canteras de piedra. La joven parecía una figura de alabastro por la transparencia de su piel. Era una damisela muy educada, asistía a clases de filosofía y retórica en la Academia de Corduba, y según su madre había heredado las virtudes de las viejas matronas turdetanas.

Observé que su cuerpo desprendía un ligero perfume a agáloco indio.

Participé en la charla familiar y vi cómo la gentil Acilia le regalaba a Helvia una lámpara de aceite de alabastro con tres brazos recamados en oro y dos suntuosos jarrones vidriados de Palmira, que la *domina* agradeció. En menos de una hora arreglaron la dote y el casamiento, que a falta del consentimiento de amo Marco y de su hijo se realizaría en el plazo de un año.

Ama Helvia, al despedirse de su futura nuera, me preguntó a solas:

—¿Qué te ha parecido la distinguida joven, Jasón?

—Dudo si es una persona tangible. Parece un ser irreal e incorpóreo, y dudaría en abrazarla por si saltaba en mil pedazos. Es una belleza sutil y etérea.

—Hará una gran pareja con mi querido Mela, también un alma selecta y culta.

***

De la aletargada villa subían aquella tarde del mes noveno ruidos vagos y el aire caliente convertía la tarde en pura languidez. Tras la pausa obligada de la siesta, ama Helvia me llamó a su habitación y me informó en tono enigmático:

—Querido Jasón, ha llegado una carta de mi hijo Mela en la que me detalla los beneficios del aceite de la campaña pasada, que vienen a confirmar tus previsiones, si bien, entre estas y las tuyas hay una diferencia de unos doscientos mil sestercios. Después puedes revisar con detenimiento el rollo expedido por la Banca Sestia de Roma, donde se muestran detalladamente los envíos y sus correspondientes pagos.

Afirmé con la cabeza, pero no me resigné a aceptarla y le discutí:

—*Domina*, son pérdidas elevadas y sin ningún sentido.

Ella me argumentó lo que yo ya sabía y que lo admitía como inevitable:

—Ya te informé cuando te hiciste cargo de Probus Ventus que hay que contar con las fatales roturas en la estiba y el transporte, el pago venal de algunas aduanas y la fluctuación de los mercados del norte. Según Mela, el beneficio es más que aceptable.

—Excusadme, ama, pero no comprendo tanto menoscabo, que no debería pasar de veinte o treinta mil sestercios. Cuando concluya el envío del *oleum* del año próximo, extremaré mis cuidados, investigaré y os informaré de las causas de tanto perjuicio, imposible de entender para mi ordenado cacumen. No cejaré en el empeño.

—Sé que lo harás, Jasón. La perfección es siempre tu propósito —me dijo.

Helvia pidió a una esclava que nos sirviera vino de Xera, y cuando yo me disponía a abandonar la salita, me ordenó que me sentara, cosa que hice como un autómata. Ella siempre actuaba con un exceso de benevolencia conmigo, y me reveló algo que me conturbó:

—En dos semanas parto para Roma, y en mi calidad de sacerdotisa de Ataecina, la Renacida, deidad madre de los turdetanos, visitaré su santuario con las primeras luces para rogarle seguridad, apacibles vientos y también para orar. Me acompañarás.

Me agité en la silla y me impacienté.

—La *domina* conoce que mi religión prohíbe el culto a las imágenes —la corté.

—¡No seas intolerante, Jasón! No he conocido un solo judío que no lo fuera. ¿Acaso tu dios celoso y vengador de paganos es más benevolente que los míos?

—Os escucho, ama —contesté sumiso ante su ataque de furia.

—Eres un servidor de ese intransigente dios tuyo, pero lo comprenderás. Mañana, después de sacrificarle una cabra en su honor, realizaré contigo lo que mi pueblo llama la *adopcio*. En la cueva ritual comprobarás de qué se trata. Solo te pido que, hasta que partamos antes de salir el sol, ayunes y medites en el poder de lo oculto.

Me quedé estupefacto. «¿La *adopcio*? ¿He de soportar un ritual pagano?», cavilé enojado y no supe qué contestar para no menoscabar su dignidad. Y aunque me mostré desconfiado, incliné la cabeza y salí. Aguardaría acontecimientos.

Antes del alba, Milo me despertó. Ama Helvia emprendía la marcha.

Los dos carros avanzaron en dirección de Úcubi, y tras recorrer más o menos veinte estadios, llegamos a un lugar que parecía pintado en medio de un bosquecillo de mirtos. Un camino de piedras llanas conducía al santuario de Ataecina, sito en una hondonada por donde corrían varios riachuelos cristalinos. El bucólico rincón estaba rodeado de bancales de flores y cipreses. Volaban por el cielo los espinos y las bandadas de alondras y su aire era puro aroma a espliego y tomillo.

—¿Es aquella la cueva donde adoráis a la Madre Tierra, *domina*? —le pregunté al ver a unos devotos rezando ante una oquedad con candelas en las manos.

—En esa gruta se venera la imagen de Ataecina desde tiempos inmemoriales. Es un lugar sacro para los turdetanos, como lo fue para iberos, tartesios y fenicios —dijo Helvia—. Espera fuera mientras efectúo el sacrificio votivo. Después te llamarán.

El sol comenzaba a salir por el horizonte, cuando fui convocado.

Descendí por unos peldaños mohosos a un templo natural de paredes rezumantes, donde reinaban siniestras tinieblas. Mis sandalias de cuero resbalaban y aprecié que el frío me subía por la espalda. Los santuarios paganos siempre me han atemorizado, quizá porque sé que encolerizan a mi Dios.

Un albor sereno y tenue me atrajo al fondo de la cueva, donde reinaba una grata armonía y estaba tan silenciosa como un velatorio. Distinguí cómo entre las oquedades fulguraban estatuillas de la diosa, poseidones de bronce, artemisas de plata y apolos con cítaras y campanillas, donadas quizá por los creyentes y peregrinos del escondido santuario. ¿Acaso se diferenciaba algo del boato del Templo de Jerusalén?

Y para hacerlo más semejante, observé que una cabra había sido inmolada con un cuchillo sacrificial, mientras la sangre corría por un canalillo hasta los pies de la deidad ibera. Hundida en las profundidades, una estatua sedente de la diosa Madre Tierra Ataecina, señora de la fertilidad, la salud y el inframundo, velada por el vaho del incienso, imponía por su solemnidad. Frente a la imagen de piedra negra, me tropecé con la figura hierática de una mujer majestuosa, a la que miré con respeto.

Al poco comprobé que se trataba de la *domina* Helvia Albina, que me pareció irreconocible. Alojada como una efigie de alabastro en un solio de piedra, me vigilaba de soslayo. Aparecía impertérrita, como una efigie acuñada en un medallón egipcio. Atesoraba una belleza fría, y sus rasgos pintados de blanco, de una perfección arrebatadora, aparecían pálidos como la cera. Se tocaba con una mitra dorada, calzaba altos coturnos y se engalanaba con unos aros de oro que le ocultaban las orejas y parte del rostro. Estaba cubierta por un manto escarlata y dos serpientes de bronce se enlazaban en sus brazos, y sus manos estaban salpicadas de la sangre del cabrito sacrificado.

Investida como sacerdotisa de Ataecina ordenó que prendieran el pebetero ritual del que se evadió un denso humazo a resina, romero y opio, que congestionaba mi garganta, y que ocultó a Helvia. Esperaba que no me obligara a pecar y me pidiera que quemase incienso ante la imagen inanimada. Mi benefactora y ama a la vez me explicó que iba a proceder a cumplir con el ritual ibérico de la adopción, como mi nueva madre, y que no me obligaría a consumar ningún ceremonial idólatra contrario a mi fe.

Yo la miré de hito en hito, y recordé a mi arrinconada madre, la dulce Bosem.

—Sin duda te preguntarás en qué consiste esta formalidad maternal —dijo.

Con un semblante humilde negué con la cabeza. Estaba sumido en el estupor.

—Jasón, me vanaglorio de haber comprado tu libertad. Eres un hombre honrado, discreto, sabio y digno de mi confianza, que desprecias los honores y valoras el trabajo y la lealtad, y los dioses me lo premiarán. Además, induces a tus semejantes a sentimientos de armonía. Y es tanto el beneficio que has traído a mi casa que la diosa me ha susurrado en sueños que te adopte como hijo propio y me tengas como tu segunda madre —dijo muy cuidadosa de su respetabilidad de sacerdotisa.

Permanecí unos instantes como sumido en una convulsión interior.

—Me siento honrado y muy gustoso con vuestro deseo, *domina* —acepté.

—Bien, entonces. Acércate a mí, Jasón, hijo mío. Vas a participar en un rito antiquísimo en el que las matronas tartesias y turdetanas aceptaban como hijos a niños u hombres que habían favorecido a la tribu y que no eran de su sangre.

Se incorporó y una de sus ayudantes desabrochó las cintas de su túnica bordada con hilos de oro y en unos instantes se quedó desnuda ante mí, solo tapados los hombros y su espalda por el manto. Iluminada por la luminosidad azafranada de las candelas, y aunque era una mujer madura, su belleza me deslumbró. Ligeros polvos de carmín y cinamomo coloreaban sus ojos y su rostro.

—El ritual de la *mater nutriciae* se remonta al principio del mundo —aseguró.

Me quedé estupefacto y en cierto modo creo que me sonrojé, pero no quise agraviar su dignidad y me mantuve inmóvil ante el cumplimiento de aquel ceremonial tan extraño para mí. Aunque me agradaba el momento que vivía y la insólita liturgia, se me escapó un grito ahogado de incredulidad, y juzgué que Helvia vulneraba lo más secreto de mis sentimientos. Con sutileza me atrajo hacia sí y me pidió que doblara mis piernas y me acomodara pegado a su vientre y a su sexo, que noté sedoso en mi espalda. Simuló los dolores de parto, apretó sus muslos y gimió. Y al poco con fineza me expulsó de su regazo desnudo, diciendo:

—Hijo Jasón, te he desalojado de mi seno, como si hubieras vivido en él. Desde hoy serás un hijo creado en mi vientre maternal.

En mi difícil pugna entre la libertad y la esclavitud precisaba de aliados como *domina* Helvia Albina, sacerdotisa y mujer tan poderosa, y me dejé llevar. No injuriaba con eso a mi Dios. Luego me hizo alzarme, movimiento que ella imitó. Cogió mi rostro con suavidad y lo llevó a sus exuberantes pechos, llenos y tersos a la vez, como si fuera una parturienta real. Puso uno de los pezones de la tonalidad del ébano en mi boca, que trasladó a uno y otro seno, imitando la lactancia materna, en un curioso simulacro.

Yo seguí el protocolo con pudicia y decoro, y debo reconocer que me excitó. Ella lo notó pues me apretó fuertemente a su cuerpo, para soltarme emitiendo un imperceptible suspiro de delectación.

—Has sorbido la nutricia sagrada de la Madre, que te dará la sangre y el alma —aseguró.

Y como si de un antiguo ritual se tratara, entonó un himno dedicado a su diosa.

—Lo proclamo a los pies de la Madre, dueña de los secretos de la fertilidad, desde hoy Jasón de Séforis ha de ser considerado en estas tierras como mi hijo, y como si fuera carne de mi carne y sangre de mi sangre. —Y me besó en la boca.

Aquel rito me pareció apasionante e insólito, pues era el resultado del afecto y la consideración que mi alma esclava precisaba. Supe aquel día que el turdetano era un pueblo sabio y matriarcal que amaba la vida y premiaba la fidelidad. Aquella adopción alegórica me había dejado sin habla y me conturbó profundamente. Supe después que Helvia había observado escrupulosamente los cultos ancestrales de Turdetania.

Pero estaba reconfortado y me percibí mucho más libre al salir de la cueva.

—Vamos, Jasón, acompáñame a la casa. Descansaremos hasta partir.

Aparte de las chozas de bálago y adobe donde se hallaban sus siervas y los cuidadores del escondido santuario, la pequeña casa de la sacerdotisa, hecha de piedra, ladrillos esmaltados y tejas rojas, estaba decorada con tapices y cojines de sedas multicolores, un telar con agujas de hueso y marfil y varias estatuas en terracota de dioses iberos.

Daba una sensación de confortabilidad, misticismo y sobriedad. Helvia bebió de una jarra y me invitó a imitarla. El vino era oloroso y dulce, y me animó. Después me ofreció un racimo de uvas negras de sabor exquisito.

Acto seguido me condujo a un amplio baño de alabastro, oculto tras unas celosías, donde humeaba el agua caliente y perfumada. El elixir y la atmósfera difusa alimentaban las intimidades. Lavó sus manos y su rostro maquillado en un aguamanil de plata, y ante mi asombro me invitó a acompañarla en la tina.

—Hemos de lavar los vestigios del parto simbólico y yo mi maquillaje —pluralizó—. Entraremos el uno en el otro, como si fuéramos un solo ser, e intercambiaremos nuestros fluidos como acontece con las madres y las criaturas que llevamos dentro.

Yo la seguí sin rechistar. La deseaba y su rotundo cuerpo era más que apetecible.

—¿Esta ceremonia, ama, me ha manumitido definitivamente? —dije.

—A mis ojos sí, pero muy pronto mi esposo te concederá la libertad plena.

Nos introdujimos desnudos en la artesa. Estábamos solos en la estancia y hasta consideré que cometía un pecado incestuoso, tras la ficticia formalidad de la adopción. Pero también comprendí que era una mera simbología y que quizá ya nunca más poseería a la que era dueña de mi cuerpo. Aquel momento pertenecía al universo de lo pasional, momentáneo e irresistible, sin obligaciones que nos ataran en el futuro. Ama Helvia era una mujer ardiente y se le notaba en sus iris del color de las avellanas.

—Querido hijo, has de saber que muchas sacerdotisas han alcanzado el máximo misticismo y han hablado con la diosa practicando el acto sexual, pues si hay amor, entrega y plenitud se puede alcanzar el éxtasis supremo —me aseguró convencida.

Se soltó el cabello negro azabache y contemplé perturbado su sofisticado y maduro cuerpo bronceado, sus eróticas caderas y sus senos próvidos, que ya antes había olido intensamente. Los arcos de sus cejas depiladas, su perfecta nariz griega, sus pezones maquillados y sus labios finos le conferían un aire de provocación.

Fue una alucinante y turbadora experiencia carnal, que jamás desdeñaré.

Helvia infundía respeto y temor a quienes la rodeaban, pues era una mujer muy poderosa, que además intimaba en sueños con la diosa y profetizaba eventos futuros. Pero aquel mediodía yo adiviné en ella su capacidad salvaje y erótica. Viví una sensación de increíble vértigo y me pegué a su incitante y deslumbrante piel mojada.

Y enlazados entre la liviana luz de las lámparas, permanecimos apretados uno a otro durante un largo momento en el que nos olimos, nos acariciamos y exploramos nuestras intimidades sin pudor. Acaricié su sexo carnoso y ardoroso, unimos sudores y efluvios en medio de un frenesí animal, y temblé de delectación a su lado. No sé si llegué a la plenitud de la que ella hablaba, pero la amé con un ardor desmedido.

Pocas veces he sentido tan voluptuoso deleite y algo tan vivo y palpitante como el cuerpo de aquella dama tan refinada como apasionada, que empujó su cuerpo contra mi turgencia viril hasta conducirme a las fronteras de un indescriptible placer, que ella también experimentó entre jadeos, temblores y gemidos. Y rendidos en las honduras de la posesión más salvaje, nos adormecimos abrazados, como acontece con las madres y sus hijos tras una sesión de lactancia.

Y fuera, el silencio se cernía solo interrumpido por el resonar de los grillos. Una luna luminosa y muda blanqueaba las higueras, las encinas y los olivos silvestres, los protectores secretos de los increíbles rituales vividos.

El día de la partida de las amas a Roma, la *domus* acaparaba la luz del sol.

De los poblados cercanos, de Alba Urgabona, de Corduba y de todo el territorio, comparecieron amigos, trabajadores y clientes a despedir a la *domina* Helvia Albina, que regresaba a Roma. Era el día XVI de las antecalendas del antiguo mes octavo, octubre, y el cielo brillaba fúlgido, tras liberarse de una latente niebla que había ocultado el río Betis. Una barcaza de las *placidas* recogió a las damas a la hora tercia para conducirlas al embarcadero de Hispalis, donde navegarían en la flotilla de tres naves olearias de la *gens* Annia. En la bodega se estibaba el delicado y valioso primer aceite de la cosecha, con destino a la Urbs Imperialis.

Les regalé a las hermanas un tarro del perfume llamado de Jezabel, que me agradecieron.

—Dejo en tus manos el cuidado de las tierras y de las familias que ampara la familia Séneca. El próximo año nos veremos en Roma. Así lo desea mi esposo Marco.

—Velaré por vuestros intereses, ama, como si fueran los míos. Lo sabéis.

«La gratitud hacia quien me hizo bien y limpió mis lágrimas es una obligación y no una esperanza de recibir beneficios —reflexioné—, y mi Dios lo sabe bien, es un deber tan ligero como una pluma».

Priscila había pasado los últimos días como si fueran de luto. La quería profundamente, pero no lo suficiente para convertirme en un bígamo. Me aseguró que se consideraba desdichada por nuestra separación, pero yo la alenté a que aguardara mi regreso, que sería en un año, según promesa de Helvia. Sus cabellos dorados se mecían alborotados con la brisa fluvial y sollozaba.

—Percibo soledad y añoranza en mi corazón. No podré resistir tu ausencia.

—*Domina* Helvia reconfortará tu nostalgia, Priscila —la consolé—. Lo ha prometido, y Décimo, que siempre te ha mirado con ojos amistosos, velará por ti.

Maniobró la falúa en las terrosas aguas, como si fuera un pez perezoso y saludé a Helvia, Marcia, Priscila y a mi noble amigo Décimo. Batieron los remos y al cabo de un rato la embarcación fue un punto desdibujado en el horizonte.

Monté la yegua y respiré con ansiedad el aire de la sierra y el aroma de los campos. Oreaba una brisa tibia y me llegaba el espeso tufo del aceite en los molinos y el acre olor a arcilla seca de las alfarerías del río. Pensé una vez más que aquella tierra representaba para mí un paraíso en la tierra. Pronto se cumpliría el tercer año de mi destierro en Hispania, y la luz de la libertad se intuía en el horizonte de mi tiempo.

Conforme cabalgaba, reflexioné que sería un excelente regalo para los amos presentarle las pruebas incuestionables de la razón de sus pérdidas en los últimos años. Estrecharía el cerco sobre las costumbres del *villicus* Mérula, mi principal sospechoso del menoscabo, ahora que no tenía la protección directa de ama Marcia y yo ostentaba la autoridad máxima en la villa.

Había estado amasando un plan que maduraba en mi mente y que estaba listo para hacerlo efectivo. Solo era cuestión de descubrir las ocultas trapacerías de Mérula, aunque tal vez mi excesiva vanidad podría acarrearme la fatalidad de un grave error.

Pronto, según los augures, arreciarían las lluvias y así lo anunciaban las brumas que se espesaban tupidas todos los amaneceres. Esperaba que la cosecha del *oleum* resultara espléndida en mi tercer año en Buenos Vientos.

Era mi segura y única credencial hacia la libertad.

XVIII

ESCÉVOLA

Años XVIII y XIX del reinado de Tiberio César

Cada amanecer de aquel otoño de mi cuarto año en Corduba era un jirón de claridad que parecía de cristal.

Los vareadores y recogedores tiritaban ateridos, pero no se arredraban ante la dura labor de la nueva recogida de la aceituna de Buenos Vientos. Un velo plúmbeo de humedad cubría las copas de los olivos. Todo era una tela de araña grisácea, hasta que aparecían al mediodía los tibios haces de luz y entonces el entrechocar de las varas y las cantilenas de los aceituneros se hacían más diáfanas.

Yo iba de un lado para otro en mi yegua recubierto con un capote de lana para evitar enfriamientos y mis irrupciones de asma, y mi sempiterno pétaso, seguido del eficiente Kirnos y de mi inseparable Milo, que se bastaba por sí solo para organizar el trabajo en los olivares, ordenar las decurias de recolectores y marcarles el trabajo a los husilleros de las prensas.

Probus Ventus era un universo cargado de febril dinamismo.

Aguardé el momento más favorable para seguir las actividades ocultas de Mérula y probar mis intuiciones, que no se habían debilitado ni un ápice, aunque podía estar equivocado. Su casa en la villa permanecía con los postigos cerrados. El perro Vulcano ladraba con frecuencia y hacía tiempo que no veía las peludas pantorrillas del *villicus*. La verdad es que estaba obsesionado con él y envié a Milo a que lo vigilara, pero tras una paciente búsqueda no dio con su persona en toda la hacienda.

Yo intuía que Mérula era un hombre tentado por el dinero y deseaba despojarlo de su máscara de codiciosa simulación. Pero, ironías del destino, no fue él quien me puso en la pista de sus excesos, sino el hermético Escévola, quien en una conversación banal que se produjo en mi *domus* una de aquellas tardes me refirió un hecho extraño.

Suele ocurrir que cuando persigues un empeño durante semanas, una circunstancia insignificante te entrega en bandeja la solución. Con una cordialidad desbordante y con una mano puesta en su cinturón de hebilla, donde brillaban los sagrados ánades tartesios, el Zurdo se adentró en mi laboratorio. Sus grandes orejas traslúcidas parecían moverse al compás de los mechones blancos de su cabeza, y me besó la mano.

—Que los dioses luminosos de Tartesos os protejan, *procurator* —me saludó.

—Sé bienvenido a mi casa, Escévola, y que mi Dios aliente tu alma —lo saludé, aunque me intranquilizó su excesiva delgadez—. ¿Qué te trae por aquí?

—Veréis, la madre de Erguena me pidió que os trajera esta estola bordada por ella misma. Agradece la protección hacia su hija y el estado de bienestar del que goza.

—Dile que aprende el griego y el latín con fluidez. Es una joven perspicaz e intuitiva y soy yo quien está agradecido por sus constantes cuidados —observé cortés—. ¿Cómo te encuentras de la mordedura?

—Todo el mundo me creía muerto y vos me trajisteis de nuevo al mundo. Mi clan os está reconocido —insistió, con la mirada gacha en actitud respetuosa.

—Lo haría mil veces, buen amigo, pero tu fuerte naturaleza lo hizo todo.

Charlábamos de temas triviales de la finca, cuando Vulcano,

el perro de Mérula, ladró lastimero. En actitud socarrona, realizó un comentario al paso que me hizo pensar, y de camino me hizo descubrir sabrosísimos secretos del taimado *villicus*.

—Si no lo abandonara con tanta frecuencia, ese animal no ladraría con esa pena.

—¿Te refieres a Mérula?

—¿A quién si no, *domine*?

—Detesta mi presencia —le dije—. Suele esquivarme cuando me ve, y un día discutió conmigo y me soltó que él solo rinde cuentas a los amos. Un ser arrogante.

—Un indigno y cruel capataz —me contestó—. Le gusta maltratar a las personas y a los animales. ¿Sabíais que mató a latigazos a un jovenzuelo hace unos años?

—Detesto las maldades y el asesinato. ¿Y no recibió castigo alguno? —dije.

—Mérula declaró que el muchacho robaba y que injuriaba a los dioses y al emperador, porque era algo lenguaraz, y la cosa se olvidó. ¡El muy canalla! —se lamentó.

—¿Y dices que no se dedica como debiera a sus labores en la hacienda?

Me pareció que Escévola odiaba a Mérula y que deseaba soltar la lengua.

—Eso le ocupa una mínima parte, mientras se dedica a otro ejercicio más peligroso, pero muy lucrativo. ¿Sabéis? ¿Pero quién soy yo para acusar a nadie?

Hice notar mi incredulidad y él me enseñó sus raídos dientes. Comenzaba a abrirse la verdad que llevaba largo tiempo investigando. Decidí tirarle de la lengua.

—¿A qué te refieres exactamente, amigo Escévola? —le pregunté, percibiendo que sabía algo que callaba y que a mí me interesaba sobremanera.

Así que decidí sonsacarle, frase tras frase, todo lo relacionado con Mérula, sabedor de que tras su curación me profesaba una desmedida gratitud.

—Jasón, después de a mi ama Marcia es a vos a quien más debo, pero no olvidéis que soy un pobre bracero, y aunque libre, mi testimonio no tendría valor alguno como testigo de una acusación. Además, Mérula pertenece a una de las más prominentes familias de Corduba, y acusarlo sin pruebas me costaría la cárcel.

La conversación se animaba y no podía perder aquella oportunidad.

—Y bien, ¿cuáles son esas tareas, digamos, peligrosas, que realiza? Leo en tu expresión que algo grave de ese hombre te preocupa de antiguo —lo incité a hablar.

Carraspeó y tomó aire. Verdaderamente seguía débil y no lo atosigué.

—Escuchad. Ama Marcia lo intuía, pero prefirió ocultarlo. Investigó, pero no sacó nada en claro. Pero yo, en mis constantes caminatas a lo largo del río, he visto cosas impropias de un *villicus* que debe mirar únicamente por el provecho de sus patronos.

—¿Cómo qué cosas, Escévola? —me interesé vivamente, y lo notó.

—Pues sustraer ánforas de aceite, para luego venderlas a exportadores independendientes de no sé dónde y sacar una buena tajada —reveló sin mover un músculo—. He visto los furtivos lugares donde las esconde, que ni a un raposo se le ocurrirían.

Me enderecé en mi diván, como impelido por un resorte. Alarmado, le dije:

—¿Sabes que lo que me estás revelando es muy comprometido?

—¡Claro! En su anterior cargo de *procurator* hacer negocios fraudulentos lo tenía a su alcance con el silencio de ama Marcia. En el maremágnum de esta hacienda es fácil y sus manejos pasan inadvertidos. Tiene amigos que le deben favores de pastos y permisos de paso, y también algunos cómplices poderosos a los que paga bien. Pero yo no poseo esas pruebas. Antes de vuestra llegada ha hecho lo que le ha dado la gana. Ahora es más precavido.

—Pero tu ama Marcia debió cortar por lo sano —argumenté sorprendido.

Escévola me miró con una expresión que no auguraba nada bueno.

—No podía, está atada a él por un comprometido secreto —me confesó serio.

—¿Atada por qué? Me sorprendes, Escévola. Cuéntame, te lo ruego.

Escévola tragó saliva y siguió soltando información. Lo precisaba.

—Mérula estaba al tanto, e incluso promovía los encuentros sexuales furtivos y secretos de mi señora con ciertos gladiadores del anfiteatro de Corduba. Si Marcia lo reprendía, o incluso lo denunciaba, el *villicus* pregonaría sus excesos en orgías y bacanales con esos matones indeseables. ¿Comprendéis ahora, *domine*?

—Ahora entiendo muchos sucesos que ocurrían en la villa —confirmé.

—Así que el ama me pidió que callara, y me aseguró que esas licencias eran normales en los capataces de todas las fincas —reconoció—. Es una mujer, y Helvia y Marco, que son inmensamente ricos, están muy lejos de Corduba y no lo notarían. Pero os aseguro que esas nimias licencias son más que considerables. Su alto rango en la villa solo es un pretexto para otras diligencias comerciales ilegítimas.

—¡Santo Dios de los Ejércitos! —balbucí incrédulo, aunque satisfecho por las revelaciones que me confiaba y que venían a confirmar mis sospechas.

Dejó transcurrir unos instantes y, entre irónico y preocupado, reconoció:

—Si llegara a sus oídos lo que os estoy revelando, me mataría, *domine*. Seguro que ese aborrecible de Mérula ofrece sacrificios a la diosa Laverna, deidad de engaños, mentiras y traiciones, pues sisa sin cesar y nadie lo detiene. Y muchos lo saben.

—Descuida, Escévola, si antes fuiste los ojos y los oídos de Marcia, desde hoy lo serás para mí. Estás bajo mi protección y yo cerraré mi boca con el cerrojo de la más absoluta de las reservas. Gracias por avisarme, pues llevo largo tiempo tras sus pasos. Y yo sí tengo atribuciones para denunciarlo a los amos —lo reconforté.

—Espero que no sea demasiado tarde, y tened cuidado —me alertó y emitió una risita gutural—. Los alacranes pican cuando sienten que son atacados. Ese codicioso, insoportable y odioso de Mérula es una sabandija peligrosa.

—Pareces agotado, amigo Escévola, acomódate y bebe un poco de vino.

—Me siento cansado desde el día de la mordedura del áspid, pero ya tendré tiempo de descansar. Y para que comprobéis que lo que os he dicho es verdad, os acompañaré a un lugar que viene a demostrar mi testimonio.

Aquellas palabras me produjeron una gozosa sensación de contento.

—¿Iremos a la luz del día? —pregunté al sagaz Escévola.

—No, *procurator*, ha de ser de noche cerrada y a ser posible con lluvia. Estos *idibus* de octubre vienen cargados de nubes. Yo os avisaré y contemplaréis con vuestros ojos un pasmoso hallazgo. Entonces creeréis en lo que os he confiado —dijo misterioso.

Mi semblante era el paradigma del estupor.

Unos días más tarde, pasada la primera vigilia, una mano anónima tocó en los plomizos y opacos vidrios de mi habitáculo. De inmediato me incorporé del lecho y abrí la ventana con cuidado extremo. Fuera vi a Escévola, que se protegía de la pertinaz lluvia que caía desde el atardecer con un capote de piel de cabra con capucha.

Con un movimiento rápido, y sin hacer ruido para no despertar a Milo y Erguena, me vestí y me cubrí con un tabardo militar de las legiones, regalo de Décimo, y me reuní con el Zurdo, quien, sin emitir una sola palabra, comenzó a andar. Lo seguí como un perro faldero unos cuatro estadios aproximadamente por un camino de cabras, embarrado y lleno de charcos, y donde por la lluvia pasaríamos inadvertidos.

Sonaron algunos perezosos aullidos de los perros de la villa, pero, con la cellisca, cesaron pronto. No se veía a nadie ni en los caminos, ni en las inmediaciones y ninguna candela o lámpara de la casa estaba encendida. Todo era silencio y solo se escuchaba el percutir de las espesas gotas en los capotes y en los árboles. Pronto, por el rostro, las manos y las piernas nos caían chorros de agua y nuestros cabellos estaban empapados. Yo tiritaba. Llegamos a una carbonera de monte, oculta en la espesura.

Escévola se detuvo a varios pies de un cobertizo y de varias chozas en las que era evidente que no había nadie, pues no salía humo por el tejado y no se apreciaba presencia alguna, ni el calor de ningún hogar. Se volvió y me dijo susurrante:

—Este es un lugar de labor de carboneros. Ahí veis la parva donde arde la leña para convertirla en carbón para las *domus* de Corduba. Ahora está apagado.

—¿Y bien, Escévola? —observé aterido, sin saber qué deseaba mostrarme.

—Seguidme al depósito de cisco. Allí encenderé un candil. Entremos.

El Zurdo deshizo el cordel que cerraba la puerta y penetramos a una sima de oscuridad que olía al acre tufo de la madera quemada. Escévola sacó del morral una yesca, pedernal y unas briznas de paja y encendió un fanal que de inmediato iluminó la estancia donde se almacenaba el combustible en montones. El viejo saltó a las pilas de carbón y con las manos intentó separarlas. Pero allí no aparecía ánfora alguna.

—¡Por la maza de Hércules! —exclamó aturdido tras un rato de trabajo—. Se las ha llevado. Os juro que no hace ni diez días descubrí aquí más de un centenar de vasijas apiladas cuidadosamente contra la pared, cuando vine por cisco para el ama Marcia.

Me llevé una gran decepción, pero creí al turdetano. Habíamos fracasado.

—¡Estaban ahí! Y claro está, me pareció insólito que en una carbonería se almacenara aceite de la hacienda de los amos, e inmediatamente pensé en Mérula.

«Otra de sus trapacerías», pensé.

—Gran decepción, *domine* Jasón. ¡Lo siento, por Ares!

—No te preocupes, la fortuna nos concederá otra ocasión —lo animé—. No nos queda otro remedio que marcharnos. Utiliza ese escobón y borra las huellas.

De repente Escévola se detuvo y emitió una exclamación. Lo observé inundado de una intensa alegría. Me señaló el suelo. Alcé el candil y pude ver que bajo la escoba de mirto había restos de una de nuestras ánforas de aceite. La reconocí por la marca.

—¡Lo sabía, *procurator*, lo sabía! Ahí tenéis la prueba irrefutable. En el trasiego se les debió partir una vasija y he ahí la evidencia —habló un Escévola exultante.

—Me alegra saber que no andaba errado en mi intuición —dije alborozado.

Me acuclillé y examiné los trozos. Leí la *tria nomina* pintada de Probus Ventus en uno de los cascajos y ratifiqué su descubrimiento. Unos carboneros no podían comprar para su consumo un ánfora de tanta capacidad y tan alto precio. Sin confidentes es poco menos que imposible revelar un secreto y Escévola me lo había proporcionado.

—Taimada estratagema la de ese Mérula —testifiqué—. ¿Quién va a buscar en una carbonera? Te doy las gracias por tu impagable información. Desde mañana mismo podré poner en práctica un plan que estoy madurando. Tenemos tiempo. Ahora solo tengo que averiguar cuándo embarca el fruto de sus espolios y obrar en consecuencia.

—No será antes del mes de *februarius* cuando se abran los puertos, y si me apuráis cuando el aceite que se exporta a Roma y al Imperio haya sido cargado. Y no os preocupéis, Escévola os pasará esa información con precisa exactitud. No hay un barquero de aquí a Hispalis al que no conozca, sea mi pariente o me deba un favor.

Yo quise cerrar todas las salidas de la especulación y le pregunté grave:

—¿Debemos incluir a tu ama Marcia en esta maquinación de robos, Escévola?

—Ella está fuera de toda sospecha. Es una víctima más de Mérula —confesó.

Su revelación y promesa me parecieron de lo más convincentes y, tomándolo por los hombros, lo abracé.

Al día siguiente, cerrado y lluvioso, emergí de mi torpor por la ajetreada noche de frío y la caminata y decidí labrar el plan una vez confirmada mi teoría de que Mérula traicionaba a sus amos y les robaba impunemente. Cobré conciencia bruscamente de la enormidad de tiempo que había perdido, y de que mi animosidad vigilante no había servido para nada. Así que *antemeridium* emprendí en solitario el escaso recorrido que me separaba del alfar de Paulo Tito III, que me recibió con una afectuosa cortesía.

Le encargué la totalidad de ánforas que íbamos a utilizar aquel año, varios centenares, como era acostumbrado, acordamos el precio y, con su dilatada experiencia, Paulo me miró y me manifestó dejándome boquiabierto:

—¿Precisáis, *domine* Jasón, alguna variación en la *tria nomina* o en la capacidad de los recipientes? Decidme —lo intuyó—. Veo que algo os preocupa y os ayudaré.

Fingí que era cosa de Helvia y le respondí como si no tuviera importancia.

—Pues sí, Paulo —repliqué, e inicié el primer paso de mi guion, que confiaba serviría de cebo para Mérula en un futuro no muy lejano—. *Domina* Helvia desea colocar una rúbrica mía en las vasijas. Cosa de agradecimiento por la óptima marcha de los negocios aceiteros. Pero mi pudor me impide sellarlas en el exterior. Así que estampillarás, en frío y antes de cocerla, una marca dentro del cuello de cada ánfora, que quedará oculta a la visión externa. ¿Quién soy yo para figurar en ellas?

—¡Cómo no! Obráis con discreción y decoro. ¿Y qué señal ha de llevar?

Entresaqué de mi bocamanga un trozo de papiro y le mostré la imagen del Nejustán judío, la marca que había llevado mi familia desde los tiempos del Éxodo: una «T», con una serpiente enroscada, que podían sustituir por una simple línea curva.

Paulo Tito III examinó el dibujo y pareció no extrañarse del trazado.

—Es factible fabricar un hierro fino que penetre en la boca para grabar esta imagen. ¡Descuidad! Vuestras exigencias, *domine*, son modestas, necesarias y viables.

¿Sabía algo el experto maestro alfarero de los fraudes de Mérula? ¿Deseaba como yo humillarlo? Pasado el tiempo creo pensar que sí, pues intuyó que estaba tramando algo de aspecto malévolo. Se sonrió, pero nada dijo al efecto, sino que me miró con su mirada expresiva y afirmó con la testa que estaba de acuerdo y que callaría.

—Esta alfarería lleva un siglo fabricando vasijas, cántaros, orzas y lebrillos para la familia Annia, siempre a satisfacción y sobre todo con absoluta discreción y reserva —observó—. Nos vanagloriamos de ser los artesanos de los Séneca, que Júpiter conserve.

Sé que quedó intrigado, pero yo sabía por Helvia y Escévola que nadie sabría nada de aquel cuño oculto del Nejustán y que una consigna de silencio riguroso sería impartida entre la familia que trabajaba en la alfarería. Paulo Tito era un veraz amigo.

—Espero, Paulo, que antes de las Saturnalias hagas la entrega —le pedí, cuidadoso de mi respetabilidad como *procurator* de la hacienda. Y no divulgues ese deseo secreto de *domina* Helvia, te lo ruego.

—E incluso antes. Mis hijos y yo comenzaremos hoy mismo —me prometió con un aire humilde, aunque expresando su gratitud—. Seré una tumba, Jasón.

—Además, en este año ama Helvia desea que la *tria nomina* acostumbrada vaya pintada en negro *atramentum* en el exterior, y no burilada como en otros años.

Deseaba que el felón de Mérula dispusiera cuanto antes de «mis» ánforas, y que pudiera incluso borrar la procedencia del exterior, para facilitarle sus disimulados expolios. Era el anzuelo que había dispuesto y esperaba que lo mordiera, pues el asunto se estaba malquistando y no resolvía el enigma. Aunque a mi favor contaba con la complicidad sin límites de amigos incombustibles: Escévola, Kirnos, Milo y Paulo Tito.

En el aplomo de su voz y en el brillo de la mirada, intuí que había adivinado que existían secretas intenciones, pero Tito me ofreció de beber y me dio la mano.

El primer acto de mis pesquisas y del plan concebido había concluido.

Volví a Buenos Vientos en aquel atardecer lento y contemplé la belleza de la creación de mi Dios en aquel mundo tan lejano de mi Jerusalén natal. Cabalgaba deslumbrado por la belleza de su paisaje, su hierba verdísima y su proverbial opulencia de frutos. La Bética me parecía un edén que hacía más fácil soportar la esclavitud. Tuve, lo recuerdo, una evocación de mi familia, y recé por ellos.

Un viento sutil me llegaba desde la Sierra de la Plata, filtrado a través de los pinos y los olivos, que ampliaban la fragancia con sus aromas. La luminiscencia del sol se iba cegando y se movía hacia las campiñas de poniente, disipándose en colores púrpura, mientras la noche se presentaba con sus nebulosas sombras.

Arreé a la montura, pues celajes cenicientos se abrían paso en el firmamento.

XIX

PUTEOLI

Años XIX y XX del reinado de Tiberio César

El estruendo de las prensas primero, el rechinar de los carros trajinando con las ánforas a los embarcaderos del río y el roce de las chalupas y las garrochas en las aguas del Betis propagaban en Buenos Vientos que la recogida había concluido y que el fruto de nuestro trabajo ponía rumbo a los puertos vitales del Imperio.

Hizo frío en Corduba aquel invierno, llovía a ratos, pero no nevó.

Toda la producción, según me había confirmado un Mérula arrogante y zafio, que seguía sin aceptar que le hubiera arrebatado el puesto de *procurator*, había sido estibada en las naos olearias ancladas en Astigi, y ante la inminente apertura de la navegación, zarparían en breve hacia distintos puertos del Mare Nostrum.

Según mis planes, Escévola, Kirnos y Milo habían estado vigilando los pasos de Mérula. Era una cuestión delicada y no podían espantar a la supuesta presa, que no dio un solo paso en falso. Comprobé conforme investigaba que no había opiniones concordantes sobre el *villicus* y los rostros se crispaban cuando hacía alguna pregunta de su paradero. Vi que lo temían, y los barqueros y recogedores lo maldecían.

Cuando había abandonado toda esperanza, de improviso, un

cúmulo de circunstancias se conjuraron para ponerme en la pista del escurridizo Mérula y vinieron a corroborar mis sospechas. Y fue precisamente un sujeto anónimo, un boyero de ganado, quien lo hizo. Se trataba de un ganapán que solía pastar furtivamente con sus reses en uno de nuestros abrevaderos y majadas.

Eran las *martias* de *februarius* y la hora de nona, cuando, jinete de mi yegua, buscaba una pista en las escolleras del río que utilizaban tartesios, fenicios, cartagineses y turdetanos desde tiempos inmemoriales. Me dijo si venía a echarlo de la finca como solía hacer Mérula y que se encontraba entre la lista de sus atormentados.

—*Domine*, ese malnacido *villicus* es una auténtica bolsa de eructos y una basura inmunda. Una vez me molió a palos por haber usado vuestro manantial para abrevar, cuando mi familia goza del permiso de los Séneca —alzó su voz indignada, creyendo que yo iba a expulsarlo a golpes del pastizal.

—La verdad es que ando buscándolo para un asunto de la villa —mentí.

—Llevo por estos pagos desde hace dos semanas y lo he visto atarearse por la intrincada y desierta vereda de las encinas, la que lleva al viejo dique de madera de poniente. La usan solo las cabras, pues es muy peligrosa. Lo vi atajar casi de noche con un carro como si lo llevara un mal viento. Lo acompañaba ese barquero cojitranco, Carpeno, un contrabandista que ejerce la mercadería con objetos robados. Algo furtivo e ilegal se traen entre manos.

Recordé al lisiado que acompañaba a Mérula en los baños y en un ejercicio aventurado de especulación até los cabos precisos. Había dado con la clave y suspiré.

—¿Y dónde está ese embarcadero, amigo? —lo acucié impaciente.

—No tiene pérdida, *domine*, pasando el marjal que llamamos del Cieno, veréis un amarradero en desuso hecho de madera, pero que aún sirve.

Reflexioné sobre la sorprendente información y evalué su importancia.

—Agradezco tus palabras. Pásate en unos días por la villa y te firmaré un permiso de ama Helvia para que puedas apacentar tus animales en esta nava.

—Que el padre Gerión os lo premie, *domine*. Había oído excelencias del *procurator* Jasón. —Y gritó obscenas imprecaciones sobre la verga de Mérula—. ¡Ojalá se le seque la *mentula*, a él y a ese cojo marrullero! ¡Lo merecen por su perversidad!

—Bien, mantén la boca cerrada y los ojos bien abiertos. —Y asintió feliz.

Cuando me disponía a regresar a la hacienda, aparecieron Kirnos, Escévola y Milo y en sus rostros cansados se pintaba la decepción y el desencanto.

—Jasón, hemos llegado hasta ese espigón de piedra, y nada hemos descubierto.

Tomé un tono grave y pleno de convencimiento, y les manifesté eufórico:

—Pues a mí, el jugoso bocado de la venganza de un hombre resentido me ha permitido conocer desde dónde realiza los envíos a Astigi ese pérfido desleal. Concluidas las exportaciones oficiales de Buenos Vientos, saca los alijos de sus cobertizos secretos y los embarca es una escollera solitaria. El lugar se llama el atracadero del Cieno.

Estupefactos, se enzarzaron en una discusión sobre el sitio elegido.

—¡Por la maza de Hércules! —señaló el Zurdo—. Ese lugar puede ser una trampa mortal. Muchos animales, personas y carros han quedado sepultados en esa ciénaga.

—Pero no para quien la conoce palmo a palmo, y ese Carpeno, su compinche, nació en estas charcas —dijo Kirnos—. Es el lugar ideal para un tráfico ilícito.

—Bien, entonces, desaparezcamos de aquí. Si nos ven se irá todo al traste.

Una luz traslúcida se filtraba por la ventana de mi laboratorio, donde me reuní con mis tres colaboradores para trazar un plan de seguimiento. Me dirigí a ellos en un tono inexpresivo, pues temía que nos burlara de nuevo. Carecía de seguridades.

—Ignoramos si el embarque será hoy, o en una de estas noches. Así que nos repartiremos la vigilancia. Milo y yo acecharemos ese abandonado atracadero.

—¿No sería mejor seguir a Mérula? Él puede conducirnos a la escollera —objetó mi capataz, y me pareció una posibilidad.

—Bien, Kirnos, te apostarás en su casa, aunque no creo que lo veamos por aquí. Y tú, Escévola, tomarás uno de los caballos de la cuadra y te dirigirás a Astigi, donde averiguarás el rumbo de las naves donde supongo cargará las ánforas sisadas.

Aceptaron con semblante grave y sin objeciones, a pesar de la independencia de sus sentimientos. Yo no los obligaba. Estaban involucrados conmigo en una empresa en la que nos unían dos propósitos: destapar los engaños de un hombre al que todo el mundo odiaba por sus crueldades y nuestro afecto a *domina* Helvia y amo Marco.

—Esta habitación será el punto de encuentro para cualquier novedad —advertí—. Erguena está dispuesta a avisarnos. Es una muchacha despierta y sagaz.

Durante dos noches vigilamos agazapados furtivamente el trasiego de las ánforas. Una luna creciente apenas si nos facilitaba la visión, pero allí estaba la evidencia. Estaban descargando con nocturnidad e infamia una cuantiosa partida de aceite robado. El suelo estaba cenagoso y les costaba trabajo cargar las vasijas.

Tanto Mérula como Carpeno se movían cautelosos, ayudados por unos descargadores y barqueros, que en menos de una hora llenaron seis barcazas *linter* de las que se accionaban con garrochas. El pináculo desde donde los observamos no era nada recomendable, pues de ceder la tierra caeríamos a la ciénaga y allí nos rematarían.

Con los ojos dilatados y palpando las empuñaduras de nuestras dagas, por si había que usarlas, nos envolvimos en gruesas capas pardas. Identificamos al cojo y al *villicus*. No podía creerlo, pero la auténtica verdad sobre Mérula se me manifestaba cruda e insoslayable. Al servirse de fanales de aceite, y con la luz amarillenta que emitían, distinguimos sus siluetas y la celeridad con la que se empleaban en la carga.

Ante la flagrante evidencia y sus más que dudosos movimientos, yo pasaba de la sorpresa a la incredulidad más absoluta. Aquel hombre sin escrúpulos llevaba años robando a sus patronos, y se había hecho rico con sus oscuros latrocinios. Pero yo me había propuesto desenmascararlo, si se cumplía mi plan largamente meditado.

No vimos ninguna barcaza de inspectores o *navicularii*, de los que solían inspeccionar el río, ya que por lo avanzado de la hora deberían de estar durmiendo, o simplemente pagados por Mérula para que hicieran la vista gorda. Pero mi determinación de resolver aquel enigma era decidida. Comprendí que me hallaba irascible e impaciente y que mi determinación era semejante al de un ave rapaz acechando a su presa.

Cerca de la tercera vigilia, las *linter* desaparecieron río abajo, en dirección a Astigi, donde serían cargadas con derrotero a Puteoli, seguramente. Y allí pensaba escribir la segunda página de mi idea preconcebida, si me daba tiempo a llegar antes que ellos. Milo y yo regresamos a la villa, donde aguardaríamos la llegada del *pedissequus* Escévola. Su información sería crucial para hacer el seguimiento del aceite robado. Jinete de un veloz alazán, se perdió por el sendero.

Cuando arribamos a mi *domus* los fuegos y lumbres de la hacienda comenzaban a encenderse y parecían en la distancia filamentos dorados. A lo lejos sonaban como latigazos los truenos de una estridente tormenta en la Sierra de la Plata.

La espera de la llegada de Escévola me arrebató la noción del tiempo.

El ventanal de mi casa dejaba traspasar una claridad vítrea. Cuando el día después me disponía a ingerir mi frugal desayuno con pan y ajo, miel y vino, vi aparecer al Zurdo. Disimulaba como si sesteara por la villa. Empujó mi puerta y entró subrepticiamente para no ser advertido por alguno de los soplones de Mérula. Yo me exasperaba, pues no podía perder ni una sola hora para intentar seguir la caza.

—*Vale et tu, domine* —me saludó efusivo y satisfecho.

—*Salve, Scaevola* —le respondí ansioso—. Acomódate, te lo ruego.

Tras las fórmulas de salutación rutinarias, me miró en actitud alarmante, como si algo sobrepasara sus entendederas. Me preocupé. Le pedí a Milo que buscara a Kirnos, y a Erguena que le preparara una hogaza de pan, queso, vino y aceitunas al miembro de su tribu, pues parecía cansado. Kirnos apareció raudo.

—No vais a creer lo que he averiguado, *domine* —soltó sin más.

Siguió un prolongado silencio, mientras el Zurdo bebía vino. Lo miramos de hito en hito hasta que rompió su mutismo diciendo lisa y llanamente:

—Hay más gente involucrada en el asunto, y de alto rango de la casa Annia.

Su expresión no sufrió el más mínimo cambio, pero nosotros nos miramos alarmados. Escévola hizo una inspiración honda, como la exhalación de un moribundo.

—Tomad nota, Jasón. —Y se tomó un tiempo para hablar.

—Te escuchamos. Nos tienes en vilo —lo apremié.

—Prestadme oídos todos —dijo—. Tras mi llegada a Astigi, y mientras aguardaba el arribo de las chalanas cargadas, realicé algunas averiguaciones con unos parientes que trabajan como barqueros entre la desembocadura del río Salsum e Hispalis. Me hablaron de que había dos naves atracadas con los nombres de Hispania VI y VII, que esperaban la carga de Mérula y que partían en tres días.

—Menos mal que aún tengo tiempo para seguirlas —lo interrumpí interesado.

—De más, *domine* —afirmó—. Pues bien. Me fui al embarcadero principal y examiné las tablillas de partida, y efectivamente así era. ¿Y sabéis con qué destino, *domine*?

—¿Puteoli, Brundisium, Neápolis? —intenté adivinarlo.

—No en primera escala. Desde aquí se dirigen a Sabratha y Thubactis, en el norte de Africa, para cargar trigo, y después a Puteoli, su destino final.

—¡Por las barbas de Salomón! —exclamé incrédulo—. Negocio completo. Tengo tiempo sobrado para anticiparme a sus pasos. ¡Loado sea el Eterno!

—Ver para creer —se pronunció Kirnos.

—No acaba aquí la cosa, Jasón. —Se hizo el interesante—. Hay más sorpresas, y mayúsculas. Me fui a la *termopolia* de mi amigo Tanios, y allí estaba como es su costumbre el factor del embarcadero de Astigi, el encargado de expedir el aceite de Hispania y África a Roma, un tal Lauso Scorpus, cliente de los Séneca, quien por un vaso de vino de Xera es capaz de vender a su madre.

—¿Y qué le sonsacaste? —lo incité a que desembuchara.

Escévola bajó la mirada como si le resultara dificultoso hablar.

—Todo lo que pude, hasta que se bebió una jarra entera. Resulta que él cree que son remesas normales de Probus Ventus, y no robadas, al estar involucrado el *villicus* Mérula. No obstante, me confesó extrañado que, desde los últimos años, el envío final de unas doscientas ánforas no va dirigido a la compañía Annia de Puteoli, como los demás, sino a nombre de un liberto de nombre Jantipo, que posee una compañía de aceite y cereal propia, y que vende sus productos en Italia. ¿Cómo os quedáis?

Mi estómago se revolvió, pues sufrí una honda impresión. No podía creerlo.

—¡Miserables canallas! Dos miembros de la casa Annia —exclamó Kirnos.

—¡Por el santo Jeremías! ¡Debí suponerlo! —dije, y salté de la silla—. ¡Increíble! Ya sospechaba yo algo así. Es normal que buscara un cómplice bajo la cama de los amos.

Mostré la más mayúscula de las sorpresas. Aquella información había reavivado de improviso mi malestar interior. Y decepcionado, afirmé:

—Así que Jantipo está involucrado en las prácticas estafadoras de Mérula. Lo creía un frívolo y un codicioso, pero veo que también encierra una inclinación oscura.

De repente había aparecido mi misterioso coautor en Roma y percibí un indefinible asombro. Dos hombres ambiciosos juntados por su ávido amor al oro.

—Debí imaginármelo, pues Mérula no viaja nunca a Roma y precisaba de un contacto potente en la Urbs. Ese Jantipo es un conocido liberto de nuestro amo Marco. Lo conozco bien, pero no que fuera su cómplice en sus negocios ruines. Y claro, así se están haciendo ambos de oro a costa de los amos, los que por otra parte los respetan y obsequian. ¡Miserables bastardos! —opiné con el rostro desencajado.

—Ahora sí me cuadra todo, *domine* Jasón —adujo Kirnos—. Está organizado a la perfección. Mérula desvía en secreto cargas de jarras de aceite a las intrincadas carbonerías del monte, donde es difícil hallarlas, y luego se vale de su influencia y del nombre de amo Marco para montar a sus espaldas un negocio colosal con ese liberto en Roma. Además, con la ley Frumentaria de Augusto, que permite a particulares vender trigo a la Annona, la operación no puede ser más fructífera para ambos.

Reflexioné unos instantes. Debía adelantar mis planes.

—*Domina* Helvia y amo Marco deben de saberlo de inmediato y conocer al fin la causa de sus continuas pérdidas. La segunda parte de mi plan era presentarme en Roma más tarde y poner en antecedentes a los patrones, pero he variado el libreto. El que esas dos naves pasen primero por África me conceden una ventaja inestimable y me adelantaré a sus propósitos. Es lo que necesitaba para concluir mi idea con éxito.

Sus rostros comenzaban a expresar confusión y curiosidad.

—¿Y qué pensáis hacer, *procurator*? ¿Os acompaño? —se ofreció Kirnos.

—El derrotero de esas naves me proporciona una inestimable ventaja. No es por desconfianza, leal amigo, sino porque aún no sé qué haré. Tú debes permanecer aquí, Kirnos, como responsable de la hacienda, y yo me marcharé mañana temprano. Todo depende de lo que ocurra en Puteoli. Como tuve un fuerte constipado y un proceso severo de asma del que todo el mundo se enteró, simularé que voy a ser tratado por ese matasanos egipcio en Corduba.

—¿Entonces viajáis a Roma, *domine*? —se preocupó Milo.

—Así es, muchacho, y será otro secreto más que compartiremos. Me gustaría llevar una existencia menos agitada, pero ese es mi destino y mi deber —le confié.

—¿Y cuándo partiréis, señor? —se interesó el púber.

—A la hora de prima de mañana. Tú y yo, Milo, emprenderemos un viaje de lo más secreto. Simularemos entrar en Corduba, por si alguien nos sigue. Entraremos por la Puerta del Río y nos perderemos en la ciudad. Acto seguido saldremos por la Pretoria, y de ahí a la Vía Augusta, para mezclarnos con los viandantes y carruajes. Cruzaremos Adaras, Obúlcula, Carmo y finalmente Hispalis, donde compraré un pasaje y tomaré uno de los barcos que zarpan para Puteoli. En nueve o diez días estaré en Italia.

—¿Ensillo y embrido los caballos, amo Jasón? —se ofreció el muchacho.

—No, Milo, viajaremos en la *birota* del ama Helvia. Tú conducirás las mulas y yo iré dentro para pasar inadvertido. No olvides que estoy enfermo de un grave enfriamiento. —Reí, y dije—: A este mes de *februarius* los romanos y turdetanos lo llamáis de la Purificación, o del año nuevo. Pues bien, purgaremos la hacienda de los Séneca de esta pestilente inmundicia. Luego propalaréis que estoy curándome en la *domus* de los amos en Corduba.

—Que Saturno, dios de la sangre y de la venganza, ciegue los

sentidos de Mérula y de Jantipo y preserve vuestro *fatum*, Jasón
—se pronunció Kirnos, quien me deseó todo tipo de parabienes y
de cuidados, igual que Escévola.

—Mi gratitud hacia vosotros será eterna, y os compensaré. Os
lo prometo. Ahora que escasean los hombres honorables, vosotros
sois una bendición de Dios.

De repente, Escévola se incorporó y se dirigió al *lararius,* el
altar doméstico de la casa, rogándonos que lo siguiéramos, cosa
que hicimos confiados y silenciosos. Alzó los brazos hacia el techo
e imploró al cielo, tras encender tres lámparas de aceite:

—¡Genios, lares y penates de las casas Annia y Albina! ¡Oh
Júpiter, dios del rayo! Que *domine* Jasón concluya su tarea con
éxito y regrese a su casa sano y salvo.

Como sostiene uno de los libros de Israel, el Eclesiastés: «El
que encuentra unos amigos desinteresados y desprendidos halla
un tesoro irreemplazable en la vida».

Me alcé y los abracé uno a uno con júbilo y agradecimiento.

Una flotilla de cinco trirremes cargada de *garum*, púrpura y
vino, con destino a la Annona de Roma y con los sellos del César,
partió de Hispalis rumbo a Puteoli, y yo con ella. Cruzamos las
aguas gaditanas y, pasadas las Columnas de Heracles, un fuerte
viento nos acompañó hasta el mar Tirreno, donde nos sorprendió
un estrepitoso temporal, tras el que sopló el viento favorable que
los romanos llaman *etesio* y que nos sirvió para atracar plácidamente en nuestro destino de Puteoli, el puerto en el que yo había
recalado por vez primera en Italia, pero cargado de cadenas.

Descendí la escala y me dispuse a buscar una posada donde
aguardaría pacientemente las dos naves botadas por Mérula. Sor-
teé un cúmulo desordenado de tinajas de aceite, cajas que olían a
cedro y sacas de trigo con destino a la colosal panza de Roma.
Regía en el muelle un tumultuoso bullicio de los gritos de los pilotos y estibadores, de los rebuznos de las bestias de carga y de las

advertencias de los esclavos que pugnaban por adelantar con sus palanquines, o *raedas*, a otros y alcanzar la Vía Apia.

Franqueé las oficinas de los aduaneros, como era preceptivo, y declaré mi identidad como Jasón de Séforis, comerciante de aceite de Corduba, para no levantar falsas sospechas y poder moverme por la rada como un mercader más y no ser echado a garrotazos. Registraron mi equipaje con su proverbial tosquedad, me obligaron a pagar unos sestercios, la llamada *portula*, y después, para deshacerme del salitre y del sudor acumulado, me dirigí a las termas de la ciudad, famosas en el Imperio, donde me puse en manos de un masajista y de un *tonsurator*, un barbero que me rasuró barbas y cabellos y me devolvió mi aspecto romano.

En los baños siempre procuraba, simulando un falso pudor, ocultar mis partes pudendas para no ser reconocido como judío. Sin dilación me vestí con una túnica corta de amplias mangas, un ajustado pantalón galo de piel para combatir el frío y me calcé con mis botas hispanas hebilladas. Me cubrí con una capa de piel muy digna y distinguida, y escondí mi bolsa y la daga en la cintura.

Ya solo cabía esperar la arribada de las naos de Mérula y proseguir con mi plan.

Busqué un albergue en la plaza del mercado, donde se alzaba la estatua del dios Serapis. Menudeaban los pilotos, mercaderes y *peregrini*, viajeros extranjeros, y tenía una amplia galería, excelente punto de observación para mis propósitos, pues desde allí podía vigilar sin moverme el tránsito de las naves que entraban y salían del puerto. Comí abundantemente por cuatro ases, y el posadero, un fenicio de Tiro, me ofreció a una muchacha por ocho ases, que yo decliné al objetar que estaba cansado y que precisaba dormir.

Procuré entablar amistad con unos tratantes orientales dedicados al mercadeo del *oleum*, sobre todo tirios y egipcios, que elogiaron mis conocimientos sobre su cultivo y me animaron a realizar negocios con ellos, entre vaso y vaso de Falerno.

Hablamos en griego koiné y su tono entusiasta estaba teñido de la franqueza que emplean los viejos tratantes con los novatos.

Encomiaron mis conocimientos del *oleum* en términos muy elogiosos y percibí que su amistad podía constituir un precioso apoyo para mis secretas intenciones.

—Amigo Jasón —me invitó el egipcio, un menudo hombrecillo, calvo y barbilampiño, llamado Sotis—, si deseas prosperar, vente a vivir a Alejandría. Por tu origen, religión y sabiduría serás bien recibido por los tuyos. Hay muy pocos *olearii* prestigiosos en el delta del Nilo. Me encontrarás en el barrio del Serapeum. Pregunta por mí.

—Lo tendré en cuenta, Sotis —se lo agradecí.

—¿Y qué te trae por Puteoli, si puede saberse?

Tuve que improvisar, pues no deseaba divulgar mis intenciones ante desconocidos. La curiosidad del egipcio vino a proporcionarme una capital información, que me serviría para mi propósito final de desenmascarar a Mérula y Jantipo.

—He sabido en Roma —mentí— que están próximas a atracar dos naves cargadas de trigo y aceite procedentes de África y de Panormus, y quería ver la calidad y el precio de ese *oleum*. Mi patrón está muy interesado en esa mercancía.

—¿Te refieres a la partida de Jantipo, el liberto de los Séneca?

—No sabría decirte —engañé otra vez—. No sé quién es ese tal Jantipo.

—Andas confundido —me dijo y me sobresalté—. Aquí no podrás hacer ningún negocio con él, aparte de que no puedo hablarte en términos elogiosos de ese rufián. No lo vende al por mayor y su fama no está justificada. Puteoli es para él solo un lugar de tránsito de lo que parece un fraude evidente.

—Entiendo, Sotis. —Representé mi fingida ignorancia—. Es una pena.

—Pero como la partida es escasa, aunque de calidad suprema, lo suministra a la casa del César, a pudientes patricios, a aristócratas y a sacerdotes de los templos, a precios muy elevados. Si deseas alguna ánfora de ese excepcional *oleum* has de dirigirte al *Aequimelium*, el mercado del aceite de Roma y pagar un buen puñado de denarios. Allí tiene una tienda abierta a la venta, pero solo vende unidades sueltas a particulares.

El egipcio se había pronunciado con gran convicción y decidí creerlo.

—¡¿Estás seguro, Sotis?! ¡Qué fiasco! He perdido el tiempo entonces —me lamenté y escenifiqué como un mimo mi falsa contrariedad—. Pues he venido engañado. Esa información merece una jarra de buen Cécubo. ¡Bebamos a nuestra salud!

Los otros asintieron y se carcajearon de mi ignorancia comercial, pero yo había clarificado mis dudas gracias a la lengua suelta y a la concluyente información de mis recientes amigos olearios. Sabía dónde habría de hacerme de una o dos ánforas para culminar con éxito mis pesquisas y mi elaborado ardid, preconcebido en Corduba.

—Aquí puedes encontrar un aceite de calidad de Helio Optatus, también de Hispania, y olvidarte de ese Jantipo —me recomendó y asentí.

—Lo meditaré, Sotis —repliqué al egipcio.

No habían recelado de mí por mis precisos conocimientos y, lejos de rechazarme, me ayudaron en los días siguientes a examinar partidas llegadas de Nicópolis, Cyrene y de Tingis de un aceite vulgar que solo serviría para encender candelas, y así se lo hice saber. Determiné su calidad con mi pericia aprendida durante años y confiaron en mí, admitiendo que era uno más de ellos y aceptándome como amigo.

Bebía unos sorbos de vino unos días después con Sotis, y no paraba de mirar hacia el mar. A la hora de nona, y tras diez días de espera, las naves Hispania VI y VII atracaron en Puteoli. Me despedí del egipcio y, cauteloso, me moví por el muelle donde los peones sacaban la carga de las dos naves ante los ávidos ojos de los aduaneros, que cobraron el tributo al piloto. Pude comprobar cómo amontonaban las sacas de trigo africano y también las jarras de aceite, al menos doscientas, que identifiqué de inmediato como las fabricadas para mí por Paulo Tito. Mi alegría resultó exultante.

Comprobé que le habían borrado la *tria nomina* de Probus Ventus pintada con *atramentum* en sus barrigas, como yo había pensado, y que las almacenaban en un sucio cobertizo cercano al mercado, donde un hombre achaparrado, de piernas arqueadas y vozarrón potente, procedió a contarlas y luego ocultarlas para, sin ser visto, marcarlas con su nueva procedencia.

Cerró luego la puerta y no la abrió hasta el día siguiente. Paseé junto al socarrón Sotis por delante del depósito, como si discutiéramos de negocios. Me detuve, mientras conversaba, y disimuladamente eché un vistazo al interior. En las vasijas que estaban cerca de la puerta pude leer la nueva identificación en negro brillante que sustituía a la verdadera de Probus Ventus: *JP/VO/fA*, que interpreté de inmediato como «Jantipo. Aceite de Venafrum. Fabricado por...».

—El muy canalla lo vende como *oleum* de Venafrum —masculé.

Se levantó un aire que aventó la tibieza empalagosa de la hospedería.

Me había desentendido de mis amigos olearios, y para entretener la espera oteé sin descanso desde la ventana de mi habitáculo el movimiento del género fraudulento guardado en el cobertizo. Al día siguiente pude ver cómo el aceite de Jantipo estaba siendo cargado afanosamente en dos *raedas* tiradas por mulas por dos cargadores. Seguidamente hice el equipaje, pagué la estancia y me dispuse a seguir los carros.

Me fue imposible conseguir una montura, pues todas estaban a disposición de los correos imperiales, por lo que alquilé un astroso carruaje tirado por una acémila, pero que me serviría para seguir a corta distancia a las carretas de Jantipo. Tuve la convicción de que todos los fragmentos de mis pesquisas iban encajando y que aquel desconcertante rompecabezas parecía llegar a su fin.

Abandoné Puteoli hasta que los murmullos del mar me llegaron débiles y rumorosos, mientras la brisa azotaba la maleza y las copas de los pinos de la Vía Apia.

Ahora solo quedaba escenificar el episodio final en la casa de Séneca, si se cumplían mis previsiones y el liberto no discurría una nueva malicia.

XX

CULEUM
(Saco de cuero)

Unos cendales de nubes algodonosas reflejaban el sol del tibio día VIII de las antecalendas de *martius* cuando arribé a Roma, temeroso y excitado.

Detuve mi carruaje delante de las caballerizas del mercado Boario, o de los Bueyes, cerca de donde me había informado el egipcio que se abría el almacén y tienda de Jantipo. Según sus conocimientos allí habían de ser entregadas las ánforas de Mérula, por lo que me mantuve a la espera contemplando el arco de Jano y el toro de bronce traído como trofeo desde Egina. Ahora solo quedaba aguardar y esperar a la ventura.

Entregué la carreta donde me habían indicado, a la espalda de la Basílica Sempronia, y para matar el tiempo observé la belleza del pequeño templo circular de Hércules Vengador y de los dos santuarios de jaspe blanco dedicados a la Fortuna y al Pudor Patricio, dos de los oratorios más antiguos y venerables de la Urbs.

Me senté en un poyo, y pacientemente no perdí detalle de las llegadas de los artículos más diversos, en especial de las olearias, y esperé acontecimientos.

Se cernía sobre mí una amenaza, y es que Jantipo ya tuviera

vendida la mercancía, o que la enviara fuera de Roma, con lo que mis designios se irían al traste y mi plan sería serrín mojado. Existía esa posibilidad y la inquietud prosperó en mí. Sin las ánforas marcadas no podía demostrar nada. Eran la clave de mis pesquisas y de mi victoria, y de no cumplirse mis perspectivas, debería seguir otro rastro en lugares que ignoraba y en los que me sería muy dificultoso probar nada.

Favorecido por el frío, me embocé en mi capa, me cubrí con la capucha y paseé por el *Aequimelium,* repleto aquella mañana de ánforas, orzas y vasijas de aceites llegados de todos los campos del Imperio. Recé para que se me presentara una evidencia.

Transcurridas más de dos horas, aquella probabilidad se vio cumplida.

Entre el gentío, vi acercarse a Jantipo vestido con sus mejores galas y con un elegante manto oriental de lana blanca, procedente del templo de Jano. Altanero, tocó con los nudillos la puerta verde de una de las tiendas de la plaza y aguardó intranquilo. Al poco, el mismo individuo de piernas arqueadas que había visto en Puteoli inclinó la cabeza y le franqueó la puerta sin decir palabra. Entró y la cerró. Respiré profundamente, pues las piernas me temblaban.

No nos habíamos tropezado por pura casualidad, pero no creo que me hubiera reconocido con mi aspecto romanizado. Con disimulo, y sin perder de vista los movimientos del liberto, me dediqué a inspeccionar los puestos de *oleum,* evaluando sus aromas y espesores, hasta que una hora después salió el tipo achaparrado con una escoba de esparto, limpió las proximidades del puesto de venta y de un clavo colgó un cartel descascarillado en el que podía leerse: *Oleum Venafrum.*

Muy ufano aseguró con cuerdas en la puerta unos ramos de olivo, abrió los postigos del bazar oleario y la tienda presentó una mejoría notable. Poco después salió Jantipo, que se dirigió con la cabeza erguida hacia el Foro. Con la seguridad de que mis previsiones se iban cumpliendo, aplaudí interiormente mi inminente triunfo, si es que el liberto y Mérula no habían ideado alguna ladina treta que me dejara en ridículo.

Como era poco probable que el griego regresara de improviso, contraté a dos braceros desocupados que sesteaban en una esquina mascando hojas de lechuga y entré en el establecimiento. Me dirigí al vendedor con ademán resuelto.

—Que las divinidades fastas os favorezcan, caballero —me saludó.

—*Salve amicus!* —contesté grave, y sin dejar de permanecer cubierto—. Deseo hacer una ofrenda por mi padre, decurión de Augusto César, en el templo de Venus Genitrix, y busco un aceite de calidad, un Venafrum, por ejemplo.

Pese al brillo de mis pupilas, opté por manifestar timidez.

—Al ser de suprema calidad, es algo caro, *domine* —me advirtió zalamero.

—La memoria de un padre lo merece todo, ¿no te parece?

—Indudablemente, *senior*.

—¿Esas ánforas que veo ahí están lacradas? —y señalé «mis» vasijas.

—Indudablemente, *domine*, para garantizar su pureza y origen. Cada una tiene cuatro *modios* y su precio de mercado es de ochenta denarios de plata. Su excelencia y segura procedencia es garantizada por este establecimiento, que pertenece a un prestigioso liberto de Roma.

Quise aprovechar el momento favorable para mis intenciones y actué:

—Algo excesivo, pero los *flamines* del templo estimarán mi ofrenda en lo que vale —observé, y sacando las monedas las puse encima de la mesa.

—No le quepa duda, ilustre *equite*. —Apartó dos ánforas, que serían las pruebas ineluctables de mi estratagema—. ¿Las envío al templo en su nombre? —se ofreció.

No quise prolongar el peligroso juego y decidí desaparecer cuanto antes.

—No, tengo fuera dos porteadores que las llevarán a mi hospedería.

—Como deseéis —se deshizo en parabienes.

La transacción había tenido un cierto aire furtivo y de esa misma forma salí del mercado junto a los dos recaderos que me acompañaron a la Vía Triunfalis, donde se hallaba la *domus* Annia. Una gran emoción y nerviosismo me embargaron cuando la tuve a un tiro de piedra. Pero tenía que cerciorarme de que Jantipo no se hallaba en la casa. Antes debía relatar a los amos mi previsión para desenmascararlos.

Envié a uno de los dos porteadores para simular que le traían un mensaje verbal al liberto. Regresó al instante negando con la cabeza, lo cual me animó a concluir cuanto antes mi ardid.

—Según el *nomenclator*, ese tal Jantipo se halla en su casa del Celio, pero vendrá, como cada día, mañana temprano, para cumplimentar al patrono.

—Descargad las dos ánforas en la *domus*. ¡Vamos! —les ordené, y les pagué tres ases a cada uno por el trabajo, que agradecieron con gestos simiescos.

Recuperé el aliento y accioné el llamador de plata de la mansión. El viejo *nomenclator*, el anunciador de la residencia, se quedó estupefacto al verme.

—*Procurator* Jasón, ¡por todos los dioses que celebro veros! —dijo, y me tendió la mano para hacerme pasar y hacerse cargo de las vasijas y de mi bolsa.

—Llévalas con cuidado adonde vaya a dormir, amigo Emiliano —le pedí.

Apenas había recuperado la compostura, cuando comprobé que la serenidad de la *domus* Annia se había alterado con la noticia de mi llegada. Escuché una voz sonora y dulce que alababa a la diosa Ataecina ibera por mi regreso.

Era *domina* Helvia, mi madre adoptiva, que apareció con su sofisticada figura.

—¡Mi hijo, Jasón! Gracias sean dadas a la Bona Dea, que protege a sus hijos predilectos. —Se acercó y me aprisionó los brazos, para yo besarle la mano y expresarle con mi mirada la inmensa satisfacción de verla.

—Mi Dios no me ha concedido sino venturas desde que os conocí —le dije.

—Bienvenido, Jasón. ¿Y qué te trae por Roma, querido? Te esperábamos para la primavera del próximo año en la que concluye nuestro acuerdo. Me preocupas. ¿Ha ocurrido algo grave en la villa?

Era consciente de que le había despertado una conmoción indebida. Observé sus altivos ojazos avellanados y no pude por menos que compararla con una diosa pagana. Siempre se mostraba crítica con los hombres, lo que demostraba su inteligencia natural, pero a mí me producía sosiego y francamente la tenía por una segunda madre.

—*Mater* Helvia, al fin he clarificado el motivo de vuestros desvelos y los de amo Marco. Creo poseer las claves y los motivos de los desfalcos de Probus Ventus que no podíais explicar en pasados años y que vuestro hijo Mela intentó también esclarecer. Pero he de explicároslo en privado a vos y a vuestro esposo —afirmé circunspecto.

—Bien, Jasón, me turba tu información. El asunto debe ser lo suficientemente grave cuando has dejado Hispania y tus labores. Descansa, aséate y vístete adecuadamente, y tras el *prandium* nos veremos en la biblioteca de mi esposo. Es el lugar ideal para evitar oídos curiosos. Ya apenas si puedo contener mi curiosidad.

Previamente hice por ver a Priscila, a la que sorprendí en el jardín y a la que abracé y besé, y que por razones de decoro no conduje a mi habitación. Noté la blandura y la tibieza de sus blancos brazos, admiré sus ojos color del cielo y su cabello dorado, y conversamos plácidamente entre los bancales de flores.

Décimo Próculo se alegró lo indecible y juntos bebimos un vaso de Cécubo.

***

Aproveché las horas de espera para visitar con el expretoriano las Termas de Agripa, en el Campo de Marte, cuyas instalaciones, bibliotecas y galerías de arte anhelaba conocer. Tras los baños y un masaje reconfortador, regresé impaciente a la *domus* Annia. Las ascuas del brasero de la biblioteca de amo Marco proyectaban su resplandor rojizo sobre nuestras caras.

Después de una acogida paternal por parte del viejo Séneca, a quien extrañó mi presencia en Roma, les conté el motivo para aparecer sin haber sido llamado.

Y aún me es imposible borrar de la memoria su semblante alterado y asombrado, cuando le narré desde el inicio hasta el final mis pesquisas sobre Mérula, su infame proceder en la hacienda, sus manejos y fraudes y la sorprendente aparición en escena de su liberto Jantipo, en el que Marco tenía depositada una confianza ilimitada.

La sensible forma de actuar de Séneca, su cara pálida enmarcada por la mata de pelo blanco y sus manos artríticas se vieron paralizadas por mi inesperada revelación. Le parecía inconcebible y se resistía a creerlo. Negaba con la cabeza una y otra vez.

—¿Y si no pudieras aportar la evidencia que aseguras resultará definitiva?

—Podré probarlo, señor, y resultará determinante. Mis sospechas son justificadas, si es que no ha cambiado unas ánforas por otras —dije temeroso y enigmático—. Permitidme que sobre esa prueba guarde el misterio hasta mañana.

—Que Apolo te conceda buena suerte y una lengua elocuente —me deseó.

Los habituales y lánguidos rumores matinales sacudieron la *domus* al día siguiente. Me asomé al ventanal tras asearme y me extasié con la belleza de las legendarias colinas del relieve de Roma y los gráciles contornos de sus templos y basílicas.

Por la mañana, amo Marco recibió como todos los patricios

romanos a su clientela, que acudía al amanecer a la ceremonia de la *salutatio* para luego recibir consignas de su patrón y una *sportula* con víveres para alimentar a sus familias.

El liberto estaría a punto llegar, pues era obligado a los libertos acudir cada día a la *domus* de su señor para cumplimentarlo y desearle el favor de los dioses.

Mientras aguardábamos la llegada de Jantipo, Séneca el Viejo tomó su pluma y, para matar la espera, escribió en un papiro frases ilegibles con laboriosa lentitud y luego leyó unas tablillas de cera con unos números impresos. No estaba seguro de cómo conducir la reunión, y prestó oídos a los ruidos domésticos, a los susurros de los esclavos y a las toses de Helvia y de Marcia.

Un esclavo vino a despabilar las candelas de la habitación de la *domina*, donde nos reuniríamos con el liberto. Pocos domésticos conocían su elegante salita privada.

Un friso de cenefas y triglifos de jaspe adornaba la lujosa cámara y un mosaico que representaba a Ulises con Circe destacaba esplendente en el suelo. Varias estatuas áticas iluminadas con candelas descansaban en otras tantas hornacinas, y unas mesas hexagonales de ricas maderas de cedro taraceado soportaban bandejas de higos de Siracusa, vino de Falerno, aceitunas y frutos secos. También embellecían la sala unos divanes de seda y unas cómodas sillas de alto respaldo talladas con motivos egipcios.

De repente, por la puerta que yo tenía enfrente, apareció el liberto Jantipo ataviado con un llamativo atuendo y muy sonriente. Tras saludar a sus antiguos amos con palabras entusiastas, se sorprendió al verme sentado junto a ellos.

Una rápida mueca de sorpresa y alarma cruzó por su semblante. Helvia y Marco lo observaban con curiosidad, aunque recelosos. Se esmeró en su tono caluroso para así romper la gélida escena, y ama Helvia, tras saludarlo con cierta frialdad, le señaló uno de los asientos de color verde esmeralda.

—¿Y qué te trae por Roma, Jasón? —se interesó el liberto algo suspicaz.

—He sido convocado por los amos para tratar asuntos de la hacienda —mentí.

—Que según creo se ha recuperado gracias a tu activa gestión —me halagó, bajó la mirada, instante en el que advirtió las dos ánforas de Venafrum en una de las mesitas.

No pudo contenerse y, lejos de apaciguar su sorpresa, las señaló perturbado:

—Amo Marco, esas vasijas me son conocidas. ¿Las habéis comprado en la tienda de Venafrum del *Aequimelium?* Esa expendeduría es de mi propiedad y yo os las hubiera regalado con sumo gusto. —Quiso ser condescendiente.

Un ambiente de enigmas comenzó a flotar en el ambiente. Sospechaba.

—Sabía de tus negocios en el cereal africano —se pronunció Marco y lo dejó sin habla—, pero ignoraba que tenías intereses en el *oleum* de Italia, y mucho menos en el Venafrum, que es monopolio del senador Junio Silano y de su *gens*. ¿Lo sabías?

Yo no deseaba prolongar la diversión, e intervine para sonsacarle.

—Es un regalo mío, Jantipo —dije—. No quería aparecer en la *domus* Annia con las manos vacías, y las compré por la similitud de las vasijas con las de Probus Ventus.

Jantipo se revolvió impaciente en su acomodo y se le notó un creciente desconcierto. Parecía fuera de lugar. Temía algo y se produjo entonces uno de esos sonoros silencios, que lejos de apaciguar el ambiente lo exasperan aún más.

—¿Y entonces también te dedicas al negocio del *oleum?* ¿Y desde cuándo? —insistió ama Helvia, que lo taladró con su mirada indagadora y hermosa.

—Desde hace unos cinco o seis años, ama, pero no es un negocio lucrativo.

—Siento no estar de acuerdo contigo, Jantipo —aduje yo—. Su precio es más que abusivo, aun siendo de Venafrum. Y si tenemos en cuenta que cada ánfora cuesta setenta denarios, y en la tienda habría unas doscientas unidades, el negocio es más que redondo. Hablamos de cerca de veinte mil denarios de plata la carga. ¿No es así?

Jantipo se volvió sorprendido y adivinó que ocurría algo embarazoso.

—Bueno, tiene sus gastos. Primero he de comprarlo a olearios de la Campania italiana, y el margen es muy escaso —se excusó, mientras miraba a uno y otro lado.

No podía alargar más la comedia y convertir el asunto en un torturador tormento para todos. Debía culminar mi plan, que bien podía considerarlo maestro, si no ocultaba algo imprevisto, que daría al traste con mis suposiciones. No pude contenerme y decidí lanzar los dados al cielo y romper las reglas del juego.

—La verdad es que, si ese aceite fuera robado, el negocio sí sería espectacular.

Todos se quedaron estupefactos por mi contundente opinión, nada disimulada, con lo que la mirada del liberto arrojó chispas de cólera. De repente un muro de desafío y de arrebato se interpuso entre él y yo. Se volvió y me lanzó un reto:

—Qué insinúas, Jasón, ¡por Zeus! No te permito que delante de los amos me acuses de acciones fraudulentas. ¿Entiendes?

Simulaba solapadamente como si no hubiera entendido nada y mientras tanto los patronos permanecían silenciosos. Me recuperé y lo acusé sin divagaciones.

—Estoy en condiciones de afirmar que ese aceite proviene de Buenos Vientos, o sea, de la hacienda de amo Marco en Corduba y que lo has trajinado junto a tu socio, el vil Mérula, tu compinche de acciones espurias. Le he hecho un seguimiento desde Hispania, pisándoos los talones y me ha conducido hasta ti. Embarcadero del Cieno del río Betis, muelle de Astigi, puertos africanos de Sabratha y Thubactis, Puteoli y el *Aequimelium* de Roma. ¿Te suenan algo esos nombres, virtuoso liberto Jantipo? Amistad y delito unidos de la mano en una maquinaria oculta y delictiva —lo desconcerté.

Su estupor era verídico, sin teatralidad ni disimulo. Con el semblante desprovisto de serenidad y pleno de ira, exclamó:

—¡Mientes, no puedes probarlo, esclavo! —negó con indignación sintiéndose cogido—. La marca que aparece en esas ánforas es la mía desde hace años.

Los presentes advertimos que la estupefacción se había adueñado de su rostro. Una absoluta incomprensión lo dominaba y su inicial firmeza se había evaporado. Los secretos se pueden callar, pero no ocultar por mucho tiempo.

—Sí, puedo probarlo —contesté seguro de mí mismo y me incorporé. Me abrí la túnica y expuse a la vista de todos mi signo familiar del Nejustán—. Bien, este mismo sello ha sido marcado en todas las ánforas fabricadas en Corduba por Paulo Tito III, nuestro alfarero, para transportar la última cosecha de Probus Ventus. Y está grabada dentro del cuello de estas dos jarras y en cuantas han sido exportadas fuera.

—¡No veo esa estampilla en ninguna de estas vasijas! —farfulló Jantipo.

Estaba decidido a transmitir una imagen de seguridad y contundencia, y desmoronar de paso su ensoberbecida arrogancia. Me dirigí a la mesa y cogí una de las ánforas. Un esclavo que estaba en la puerta, a una señal mía convenida, trajo un lebrillo de ancha panza y lo puso a mi lado.

—¿Es este tu lacre personal, Jantipo? Tiene una «J» pintada en él.

El griego miró fijamente el sello rojo que cubría el ánfora, y que no había sido abierto ni mancillado y asintió lívido. Aquello le daba ventaja y proclamó ufano:

—¡Sí lo es! Esa ánfora es de fabricación propia, y no de Probus Ventus.

—Pues voy a arrancar el sello a tu vista. No creas que yo lo he forzado —refuté inapelablemente, y tras rasgarlo con un estilete vertí el líquido verdoso en el odre, hasta dejarla vacía completamente. Por la sala se había esparcido un balsámico olor a aceite.

Luego, con el pomo de un cuchillo, quebré la vasija en medio de un gran estruendo, e hice lo propio con el cuello de esta. Todos me miraban como si fuera un prestidigitador persa a punto de sacar un genio maléfico de su interior. Acto seguido acerqué a la luz de las candelas el trozo partido que tenía marcado mi indicación personal, la «T» con un garabato curvo, e hice una pregunta general, que fue contestada con las miradas asertivas de quienes estaban en la estancia.

—Lo advertí antes. ¿Acaso no es el mismo cuño que os mostré?

—Es el mismo del amuleto que tienes colgado del cuello —dijo Marco.

Después, con un gesto desprovisto de alegría, manifestando repudio, realicé la misma operación con la otra ánfora, que arrojó idéntico resultado. El cuño del Nejustán, la nueva marca oculta de Probus Ventus, también aparecía burilada en el interior del estrecho gollete de la vasija. Nunca me ha gustado escandalizar a nadie, pero aquel codicioso individuo lo merecía.

—Reto al liberto Jantipo a que nos demuestre que las vasijas que tiene almacenadas en el *Aequimelium* no están marcadas con esta misma estampilla, nuestra estampilla. Así que estoy en condiciones de acusar a este hombre, que en connivencia delictiva con el *villicus* Mérula, ha robado sistemáticamente aceite de la primera cosecha en Probus Ventus y que, haciéndolo pasar por Venafrum, lo ha vendido en Roma a vuestras espaldas haciendo una fortuna que supera el millón de denarios, que era la cantidad que vos, amos Helvia y Marco, notasteis como pérdidas en años precedentes.

Mis palabras cayeron en la salita como una lápida en una tumba vacía y, tras unos momentos de mutismo, amo Marco elogió públicamente mis pesquisas.

Ante la irrefutable evidencia, el sorprendido Jantipo presentaba un aspecto parecido al de una estatua. La estupefacción se pintaba en su rostro y la absoluta incomprensión de que había sido descubierto con un engaño simple y burdo lo delataba aún más. Parecía que había sido asaeteado por un arquero númida y permaneció sumiso.

—¿He de enviar un edil a que investigue esas vasijas de tu tienda, Jantipo? —preguntó el senador, cuyas pupilas denotaban ofensa y furor.

Atónito y escandalizado, Jantipo aceptó la situación a su pesar. Su notable capacidad de camaleón de la falsedad había terminado en aquel instante. No podía ni imaginar, como su cómplice en Hispania, que las vasijas estuvieran marcadas por dentro. La ingenua estratagema había dado sus frutos. Yo respiré profundamente.

—No, mi amo. Este esclavo está en lo cierto —dijo en irreprochable respuesta—. Mérula y yo procuramos ganancias ilegítimas a vuestras espaldas valiéndonos de nuestra situación de privilegio en vuestra casa. La avidez nos nubló la vista y creímos que no os dañaría mucho.

Una corriente de terco desprecio se adueñó de la estancia y un profundo foso de desconfianza se abrió entre el liberto y sus acusadores. En tono tajante terció de nuevo ama Helvia, que miró desairadamente al liberto.

—¡No existe justificación para tu desleal comportamiento, carroña griega! Te has lucrado con impunidad a nuestra costa durante al menos seis años y nos has devuelto mal por bien a nuestras muchas dádivas, ¡mente podrida! —dijo, y confirmó el liberto, que elevó los ojos al cielo, como si rezara a todo su Olimpo griego.

Su resistencia se había resquebrajado definitivamente y balbució desatinos.

—Los dioses me han infligido este castigo y merezco vuestra reprobación por mi vileza, amo Marco —masculló hincando las rodillas en el suelo y deshaciéndose en un doloroso llanto, no sé si fingido o natural—. ¡Perdonadme, perdonadme!

Jantipo se había desmoronado, y con el rostro entre las manos, sollozaba.

—Eres un tipo despreciable, Jantipo, y mereces ser arrojado por la roca Tarpeya y que tu cadáver sea expuesto en la Gemonias, para escarnio público. Mi hermana y mi cuñado te sacaron de un basurero, te alimentaron y concedieron la libertad, y tú, infame griego, le has pagado con el robo y la indignidad —bufó Marcia exasperada.

—Absolved mi infamia, *domina* Marcia. El oro me desquició —se justificó.

Ante la súbita y grave imputación al liberto de los Annios, me impactó el súbito desdén de amo Marco y el torvo silencio de Jantipo, que seguía de rodillas gimoteando. Parecía la apariencia abstracta del hombre altanero que yo había conocido años antes. ¿No luchaba por mantener su honor, aunque fuera con argumentos falsos?

La certeza había alboreado en el anciano senador que lo observaba con la indiferencia del filósofo y jugueteaba con la copa con sus finos dedos lampiños. Confiado en las posibilidades de sus conocimientos en el derecho romano, tomó la palabra con su voz ronca y profunda:

—Jantipo, has defraudado a mi familia con una conducta innoble e intolerable. Fuiste pedagogo y sabes bien qué te espera. Conoces las ordenanzas, la *lex* Petronia, la *lex* Valeria y la *lex* Porcia, donde se declara que todo esclavo o liberto que atente contra su amo, quebrante gravemente su honor o degrade sus bienes materiales con perfidia será condenado por el tribunal a la pena del *culleum*, que como conocerás consiste en introducir al reo en un saco de cuero, junto a un gallo, una serpiente y un perro sarnoso vestido con una piel de lobo, y ser arrojado al Tíber.

En ese momento, la incomodidad superó a la perplejidad que sentíamos.

—Te entregaré a la cohorte y te acusaré hoy mismo en el Tribunal. Está decidido.

Un silencio pastoso se adueñó de la sala y Jantipo lloraba como un infante.

—Lo tiene merecido, cuñado. No titubees, ¡por Marte Vengador! —lo alentó Marcia—. Eso o la Tarpeya, o las minas de Cástulo. Su hurto lo merece.

Jantipo, que seguía con la cara tapada con las manos, se desembarazó del manto y alzó la vista con una expresión desesperada. Se retorció las manos con impotencia y se arrastró hasta los pies del viejo Séneca.

—¡No me denunciéis al Tribunal, por Zeus! ¡El *culeum* no, por misericordia, amo Marco! ¡El *culeum* no, por todos los dioses compasivos! No me condenéis a una muerte tan horrible. Siempre os he servido con dedicación —musitó desencajado.

Marco Anneo Séneca estaba embargado por la tristeza, y no le contestó, sino que se alzó del sillón y salió de la sala con el rostro congestionado. Todos pensamos que mandaría avisar a los guardias urbanos. Jantipo se horrorizó y comenzó a patalear. Mientras, ama Helvia se dirigió al liberto muy enojada:

—La conducta humana nunca dejará de sorprenderme. ¿Cómo te has atrevido a robar con desleal astucia a tus benefactores, infame griego? Ahora, como todo hombre, has de asumir el error de tus acciones. Amo Marco no te perdonará.

El ambiente de rechazo que reinaba nos sumió a todos en un mutismo sepulcral, hasta que apareció el senador, que tomó asiento visiblemente inquieto. El castigo era verdaderamente aterrador y no deseaba estar en su pellejo. Rígido en su sitial, con el semblante más desmejorado que nunca, Marco le indicó:

—¡Deja de gimotear, insolente! Mi hijo Lucio suele decir que ningún bien existe fuera de la honestidad, la virtud más preclara de un romano, y que la recta justicia exige al juez comedimiento y mesura.

Jantipo seguía desplomado en las frías losas de mármol esperando la llegada de los guardias. Miraba fijamente al suelo entre lágrimas, y solo musitaba:

—Piedad, senador, piedad por Júpiter Tonante… misericordia, señor, el *culeum* no, por Apolo, el *culeum* no, no, no.

—Hasta hoy no supimos de tu auténtica calaña, cínico ladrón, y te lo has merecido —volvió a hablar enfurecido Séneca y todos dispusimos nuestra mirada en sus trémulos labios—. De momento no voy a denunciarte en el tribunal de agravios de la Basílica Julia, pero harás al pie de la letra lo que voy a exigirte. ¡Préstame atención, basura!

No esperábamos la salida, pero estoy seguro de que la aplaudimos internamente.

—Os escucho, mi amo compasivo —baboseó el liberto, que temblaba.

Pese a que se había propuesto mantener la calma, la voz le temblaba.

—No he avisado al oficial urbano, pero irás ahora mismo a la Banca Sestia. Te acompañarán Décimo, Emiliano el *nomenclator* y dos lacayos de confianza. Una vez allí traspasarás de tu cuenta fraudulenta a la mía la cantidad de medio millón de denarios de plata para compensar tu continuada malversación. El viejo Sestio nada objetará, pues sabe que eres mi liberto ecónomo y lo verá normal

—Mi señor Marco, es cuanto poseo. ¿Y de qué viviré? —se quejó.

—¿Prefieres el *culeum*, asno estúpido? —bramó.

—¡No, no, no, haré lo que me pidáis, amo compasivo! —masculló.

—No tienes ni mujer ni hijos que mantener. Y seguro que mantienes guardados otros caudales de tus capciosos manejos. Después regresarás aquí y serás encerrado hasta que yo envíe un correo al magistrado de la corte de Corduba, para que detenga a ese malnacido de Mérula. No me fío de ti, ingrato. ¡Y ay de ti si intentas alguna treta!

Creo que Jantipo aceptó el acuerdo, ante la imposibilidad de detener el curso de los onerosos acontecimientos y evitar una muerte tan infamante. Con seguridad debía tener algún dinero escondido y así salvaba el cuello. Yo, discretamente, estuve saboreando el placer de haber desenmascarado a aquellos dos canallas que se habían aprovechado de la bondad y confianza de los Séneca.

—Acepto tu disposición, amo piadoso. Rogaré a los dioses el perdón y viviré arrepentido lo que queda de mis días a vuestra sombra —admitió viéndose perdido.

Séneca descargó su cólera golpeando el brazo de su sitial, y lo increpó:

—¡No! No deseo ver tu rostro nunca más. Saldrás de Roma y vivirás un exilio forzado. Dejarás mi casa del Celio, y si te veo de nuevo por esta ciudad te aseguro que haré valer la denuncia que pensaba elevar a la curia hoy mismo. ¡¿Entiendes, saco de inmundicias?!

Jantipo eligió para su semblante la máscara de un chivo expiatorio. Había salvado el pellejo y un fin siniestro, pero tenía poco margen para la vida muelle que llevaba en Roma, allá donde fuera. No obstante, lo aceptó en silencio, aunque un nudo en la garganta lo tenía atenazado.

Reunió todas sus fuerzas para levantarse y permaneció de pie, limpiando sus lloros. A aquel hombre, tras lo sucedido, lo había abandonado la poca dignidad que poseía. Mantuvo las mandíbulas prietas, pero estaba derrumbado, asolado. Con la cabeza gacha parecía querer eludir un nuevo brote de cólera de su amo.

—En Roma no hay lugar para abominables canallas como tú —concluyó Séneca su aserto—. Los dioses no te perdonarán la perversidad que nos has hecho.

Desde ese momento, el griego no formuló pregunta alguna, ni rogó más perdón. Se había apoderado de él el más sombrío de los abatimientos. Su codicia lo había llevado a la desgracia, lo sabía. Había confundido la humanidad de los Séneca y de ama Helvia con la pusilanimidad y había sacrificado inútilmente su bienestar futuro.

En vano había buscado excusas y no había podido superar mi trampa, que no era sino una sutil evidencia que habían probado dos meras vasijas rotas.

La soberbia, la seguridad despreciativa y la arrogancia lo habían perdido. Durante un rato persistimos en el silencio, y solo escuchábamos el rumor de los papeles recogidos por el viejo senador. Marcia y Helvia fulminaban con su mirada al liberto, que la tenía baja, y que ya parecía vagar con su mente por la sima de la desgracia.

Jantipo sabía que peor que la condena a devolver suma tan elevada, o el *culeum* del que se había librado, era el olvido, el descrédito y la reprobación de la que había sido su estirpe, la ilustre Annia.

Una familia virtuosa, compasiva y ejemplar.

Mi cuna adoptiva.

XXI

LUCIO ANNEO SÉNECA

Desde el escándalo del destierro de Jantipo, nadie pronunciaba su nombre en la casa y menos aún aludía al infamante asunto del hurto y desfalco del retorcido liberto, cuyo nombre había sido borrado de la memoria familiar.

Y como Marco Séneca entrara en una penosa melancolía, uno de sus esclavos favoritos, Mato el Britano, ofreció su propia salud al infernal Saturno para que su amo recuperara la suya, en una ceremonia a la que asistió la familia entera y su clientela y que los romanos conocen como la *devotio*. Yo permanecí en la *domus*, y Helvia se lo agradeció al siervo con una dadivosa bolsa de sestercios.

Asistí a las Fiestas Lemurias, tras los idus de mayo, y una vez más pude comprobar cuán supersticiosos son los romanos, que dividen sus días entre fastos, propicios para todo, y nefastos o aciagos, en los que ni viajan, ni se desposan, ni procuran venta alguna. En ellos recuerdan con horror los cataclismos vividos en su historia, como la invasión de los galos, el desastre frente a Aníbal, el levantamiento de los esclavos, las epidemias y los terremotos que habían asolado la Urbe de Rómulo.

Aquel día contemplé a amo Marco, hombre racional donde

los hubiera, conjurar a los espíritus agitados de los muertos de la *gens*. Con jaculatorias atávicas repudió a los espectros que acarreaban desgracias, y en la última vigilia, en un ceremonial en el que todos se vistieron de negro, el viejo senador maldijo a Mérula y a Jantipo.

Sin dilación pidió una bolsa de habas negras a un esclavo y entonó un tétrico himno a los dioses *lares*. Arrojó tras sus espaldas un buen puñado, para expulsar de su casa a los infernales *lemures* o demonios y las desgracias que arrastraban, y calló.

Solo el desayuno con pasteles hechos por las vestales me reconfortó.

Al día siguiente conocí al fin al más célebre hijo de la familia, Lucio el Filósofo, que había estado cuidando sus viñedos de Preneste, su auténtica pasión, lejos del ruido y de los tufos pestilentes de las *popinas* y tabernas romanas y de la corrompida plebe.

Pasaba de la treintena, poseía un cabello tupido con bucles que le caían en la frente, y de él emanaba un halo de magnetismo personal. Según su madre, en Alejandría había recuperado las fuerzas y su peso original, aunque seguía tosiendo en algunas ocasiones. De estatura media, mirada curiosa y boca sensual, poseía una imagen armoniosa y seductora, y se veía que era un romano lleno de recursos.

Pero lo que más me atrajo fue su espíritu crítico sobre la política imperial, la esclavitud y el ansia de poder de los patricios, que hizo con contundentes argumentos y con su voz varonil y dominadora, capaz de romper el más duro de los corazones y de convencer al más intransigente de los polemistas.

Leía cada día el *Diurnal Romano*, una publicación oficial de las sesiones del Senado, y no había hecho acaecido en el Imperio que se escapara a su conocimiento.

Aquella noche la familia ofreció una cena para celebrar la Fiesta del Genius, o día del nacimiento de Lucio A. Séneca, y también su reciente nombramiento como cuestor del Imperium. Los comensales eran solo familiares, más el pedagogo Átalo, y yo mismo. Noté que yo había conseguido un notable ascendiente en la prestigiosa familia Annia, tras el asunto del *oleum,* y me consideré uno más de la casta hispana. No asistía ninguna sombra o parásito, gorrones y allegados que se colaban en los festines sin ser invitados, y un ambiente hogareño y sencillo reinó en el festín.

Domina Helvia me colocó junto al recién llegado y, entre plato y plato, Lucio me habló de Aristóteles, de Platón, de Diógenes de Sinope, de Demócrito o Parménides de Elea, filósofos que yo había estudiado en la Academia de Jerusalén, destapando una erudición y unas virtudes oratorias como jamás había visto en un mortal, incluido mi maestro Gamaliel. Todo saber, ya fuera filosofía, álgebra, teosofía o cultivo de las plantas, lo conocía o le interesaba. Era una delicia de ser humano.

Antes de iniciarse el festín, se dirigió a todos con su natural cordialidad:

—¡Oh *aurea mediocritas*! Qué felices sois instalados en la plácida felicidad romana, padres y amigos. He paseado con Átalo por la Subura, nos hemos encaminado al Argiletum, donde he encontrado un rollo inédito de Anáximedes de Mileto, he saludado a amigos en las escalinatas de la Concordia Marital y el templo de Diana, y en las termas de Agripa he admirado una colección fastuosa de arte griego —nos ilustró—. Verdaderamente amo a esta ciudad caótica, maloliente e ingrata, pero tan asombrosa y amada como mi recordada Corduba.

—¡Bienvenido a Roma, joven amo! —exclamó Átalo, y todos aplaudimos.

La cena se celebró en el triclinio, palabra que designa tanto a los tres divanes primitivos como al comedor mismo. La presidía una estatua de Príapo, dios de la virilidad, jardines y viñas, con su falo superlativo adornado con un racimo de uvas y pámpanos verdes. El salón estaba adornado con cuadros de los artistas helenos Nicias, Filoxenos y Sinalión, que representaban motivos campestres.

Unos músicos atenienses tocaban sus sistros, flautas y arpas, colmando la atmósfera de sonidos armoniosos y deleitables. Una tibieza empalagosa a vino dulce y sándalo saturaba el aire, ya viciado por las esencias y perfumes.

Lucio fue elegido como *arbiter bibendi*, encargado de combinar los vinos de Volusio, Falerno y Samos con agua y especias, y nos vistieron con suaves prendas blancas, o *síntesis*, solo usadas en los banquetes, para no manchar las túnicas de vestir. Los esclavos sirvieron crema de ganso con *garum*, vulvas de truchas regadas con vino de Cécubo, lenguas de flamencos, barbos de Cerdeña, alondras con miel y huevas de morenas de Gades. Antes de servir las carnes asadas y confitadas, algunos comensales visitaron los vomitorios para seguir engullendo.

Átalo, que ejercía de *auspex* o adivino del festín, pronosticó un venturoso devenir familiar, que todos ensalzamos. Me atreví a preguntarle a Lucio por su menoscabada salud y, tras brindar con él, le pregunté si estaba totalmente restablecido.

—Sí, amigo Jasón, y gracias a Esculapio, a la ciencia médica de Asclepíades y a unos competentes médicos egipcios me siento curado, aunque me persiste una tos irritante. ¡Que Júpiter Capitolino me preserve! —dijo, y me preguntó por Jantipo.

Sabía que lo haría, pues era la comidilla de la *domus* Annia. Tras el inquietante problema financiero que había tenido preocupados a sus padres y a su hermano Mela, así como el conocido descrédito que había sufrido la familia, era lógico su deseo.

—Sobre tu afortunada intervención en la trama del *oleum* robado y la decisión de mis padres, he de observarte, por si dudas de nuestra determinación de ser compasivos, que, como pauta de la familia se ha tenido clemencia con Mérula y Jantipo, y se les ha permitido vivir, cuando merecían la espada. Aquí nunca se castigó con bastones o látigos, sino con las manos desnudas. ¿Quiénes somos nosotros para permitirnos correctivos bárbaros? Los Annios somos una estirpe clemente —opinó sobre su condena.

Me pareció una declaración de humanidad y de entereza.

Saboreó una pechuga de capón y, mirándome fijamente, me halagó:

—Jasón, verdaderamente estoy admirado con tu proceder para aclarar la cuestión del hurto y de tu mente analítica y persuasiva. Te has comportado como el hombre intuitivo que describe el pitagórico Quinto Sexto Nigro, y que es aplicable a todo sabio: «Impertérrito marchará contra la adversidad y a través de ella caminará ajeno a los peligros, sin importarle su descanso y desplegando las virtudes de la deducción y la sospecha». Ese eres tú, Jasón.

Me azoré un poco, pero animado por el vino griego, repliqué:

—Simplemente que no dejé nada al azar, *domine* —observé sin vanidad—. Durante dos años estuve siguiendo los pasos de Mérula en Corduba, que al final me condujeron a Jantipo. Tejí una red de araña con magníficos aliados hispanos y ya solo quedaba esperar a que los moscardones se precipitaran en mi trampa, que no fue sino seguir el rastro de una simple partida de ánforas marcadas con una señal oculta.

—Te has comportado como un hombre valeroso y templado. No puede haber felicidad si no la acompañamos de coraje, inteligencia y fogosidad, pues en medio de la sospecha se vive infelizmente —afirmó el filósofo.

—Vuestros padres me dispensaron el calor y la confianza que precisaba. No podía devolverles indiferencia y luché para que recuperaran, no el dinero, sino su honorabilidad —sostuve.

—Ese es el feliz resultado de una práctica continuada de mi padre y de mi abuelo al no hacer de los esclavos enemigos, sino aliados. No es nuestra costumbre tratarlos con soberbia y saña y el resultado eres tú, Jasón de Séforis, que eres amado por ellos. Ese Jantipo, obeso como un sacerdote de Isis y fofo como un eunuco de Cibeles, no me inspiraba confianza.

—Jantipo es un tipo codicioso, y la codicia lo ha perdido. Creo que ahora vaga por Cyrene, según nuestras informaciones, mendigando un empleo de pedagogo —dije.

Lucio mezcló otra partida de vino y llenó un ánfora de plata, con la que sirvió las copas de sus padres, verdaderamente magnetizados por su cordial hijo. Después se reclinó en el diván, saboreó unos bocados, y retomó su plática.

—Así que eres judío, y de notable condición. ¿No es así, Jasón?

—Ciertamente, amo Lucio, y mi nombre verdadero es Ezra ben Fazael, de la estirpe sacerdotal de los Eleazar. Pero la fortuna me tenía dispensada otra senda. Arrastro la condición de esclavo desde hace tres años, y tras comprarme vuestros padres, me han prometido la manumisión de la que gozo a medias. En mis últimos tiempos de libertad era un escriba del Templo de Jerusalén con un futuro alentador —le informé.

—¿Y cómo con tan significativos fundamentos caíste en la condición de esclavo? —se interesó el filósofo.

Guardé silencio, al tiempo que recorría con mi mirada a los comensales. Dudé.

—Mi familia y yo caímos en desgracia ante el sumo sacerdote, Caifás. ¡Maldita sea la sangre de ese intrigante! Con falsos manejos buscó nuestra ruina y planeó una muerte aparente. Maquinó un engaño y una trampa, fui atacado y hecho esclavo en la misma Judea, acusándome de conspirar contra Roma, mientras a mi familia le comunicaban que había sido atacado por bandidos y muerto, según creo.

—Una colosal mentira, ¿no? —opinó el filósofo.

—De la que pienso desquitarme a mi modo, sin derramar una gota de sangre, si algún día consigo la libertad plena, amo Lucio.

—Jasón, amigo mío, la esclavitud es indigna únicamente cuando es aceptada, y tú recuperarás tu pasado —me dijo—. Una injusticia puede curarse con una acción digna, pero intentar la venganza brutal es un mal atajo para gozar de la serenidad.

—Pues hasta pensé en suicidarme, *domine* Lucio. ¿Sabéis? No estaba preparado para la pérdida de mi libertad, que creo es un don divino. El sometimiento a otro ser humano se escapaba a mi comprensión. Mi pueblo, mi fe y mi cultura están dominadas por Roma, es cierto, pero individualmente puedes vivir libre.

Lucio volvió la cabeza y comprobó que los otros estaban en sus cosas.

—El gran peligro es que entregues a tu amo tu cuerpo y tu alma. Entonces estás perdido, porque su fatal narcótico llegará a paralizar tu conciencia y no desearás la libertad natural, sino ser cada día más servil —aseguró fraterno.

—Gracias a mi Dios eterno y a unos dueños benevolentes que no han humillado ni mi persona, ni mis más hondos sentimientos. La fortuna me ha amparado.

Lucio Séneca alzó su copa de Falerno, y brindó por mi liberación:

—Brindo por tu rescate, amigo Jasón —me deseó—. En un año podrás reunirte con tu familia. Mi padre me lo ha asegurado y mi dulce madre te venera.

Me alegró lo indecible su testimonio, y comencé a confiar en él.

—Si regreso a Jerusalén puede que pierda la vida, *domine*, pero tengo unos planes que ya os revelaré, cuyo destino final será Alejandría —le confesé.

Lucio se arrellanó en su lecho y humedeció sus labios en la copa.

—¡Curioso! Has de saber que no ha mucho tiempo regresé de Alejandría, donde fui a curar mi tisis con mi tío Galio, el fallecido gobernador de Egipto. Allí frecuenté el círculo del afamado maestro judío Filón, y sus avanzados terapeutas hebreos, una especie de eremitas contemplativos que me hablaron de ese Mesías que esperáis desde los tiempos de Moisés.

Había llegado la hora de la sobremesa, y alguno ya dormía borracho.

—Siempre me he preguntado si nuestro Mesías será un líder espiritual, o un estratega militar. Según mi maestro Gamaliel, con él se cerrará el número de los profetas de Israel y nos liberará del yugo extranjero.

—O sea, del romano —ironizó dejando entrever unos dientes perfectos.

—Eso dicen las escrituras sagradas de mi fe, señor.

Un tibio y perfumado aire proveniente del *impluvium* penetró en la sala, cargado de aroma a jazmines y a rosas de Damasco. Lucio prosiguió:

—Filón me habló de un tal Yeshua de Nazaret, que fue tenido por muchos por el Mesías prometido, pero que fue ajusticiado. ¿Lo conoces? ¿Has oído hablar de él?

En principio guardé silencio y caí en una triste rememoración que me causaba dolor. Volvió a mi recuerdo la figura del maestro de la concordia.

—Sí, conocí al Galileo, la gran amenaza para los saduceos. Estuve tan cerca de él como vos ahora de mí —expliqué algo confundido.

—Pues creo que fue condenado a la cruz hace unos pocos años por el gobernador Pilatos, siendo cónsules en Roma, según recuerdo, Marco Vinicio y Cayo Longino, en el actual reinado de Tiberio.

Me quedé estupefacto, pues nada sabía, aunque en modo alguno me extrañaba. Debía haber ocurrido al año siguiente de mi apresamiento camino de Jericó.

—¿Que ha sido ejecutado, *domine*? ¡Qué fatalidad! —aduje—. Pues si fue crucificado, es que no era el Ungido. Habrá que esperar a otro para recuperar nuestra dignidad nacional y el trono de David y Salomón. De todas formas, era un hombre sabio y justo, y lamento su ejecución en la que seguro anduvieron metidos los saduceos.

Aprovechando la brecha abierta en nuestra cordialidad, me confesó:

—Los judíos sois muy puntillosos en los asuntos de vuestro dios celoso, y deberíais estar agradecidos a Roma, que os ha dispensado del culto al emperador. Pero os obstináis en buscarnos las vueltas, y vuestras palabras de conciliación siempre acaban en desafíos. Si gustarais más del placer, seríais más tolerantes. Un dios, por muy único que sea, no puede disponer a un pueblo que viva temeroso y espantado.

Comprobé que siempre decía lo que pensaba, y que además acertaba.

—La verdad es que nunca hemos sido amigables con quienes nos rodean —admití sonriente—. Los fariseos, y yo lo soy, estamos enfrentados a los *sadoki* o saduceos, los aliados de Roma, los habitantes de Judea no podemos ver a los galileos, los zelotes odian a los eremitas esenios, y todos aborrecemos a los samaritanos, cuando todas esas castas son hijas del mismo padre Abraham.

Lucio Séneca negó sonriente y me hizo una observación dolorosa.

—He comprobado que allá donde hay comunidades judías, prosperan los graves incidentes de convivencia. Llegará un procónsul o un *imperator* que devastará Israel, reduciéndolo a polvo. Recuerda a Cartago. El problema de los judíos es que descuidáis vuestra relación con otros pueblos. No podéis arrojarnos en el mismo estercolero a griegos, romanos o sirios, y además sois muy dados a apedrear o crucificar a hombres rectos.

Afirmé con la cabeza. Nos había definido con rigurosa precisión.

—Es nuestra fatalidad, amo Lucio —confirmé.

—Créeme, los judíos vais arrojando desprecio y arrogancia religiosa allá donde vais. Esa ciega devoción por un dios tan antojadizo os hace enojosos a los ojos del mundo. Sois una caldera que amenaza con estallar por cuestiones baladíes. No veis nada piadoso en las creencias ajenas. Tiberio os ha ofrecido colocar a vuestro dios en el panteón romano, a cambio de que reconozcáis su divinidad, pero os habéis negado.

Acogí su respuesta con sorpresa y un atisbo de cierto recelo, y dije:

—No somos como los romanos, que adoráis a infinidad de ridículos dioses y no creéis en ninguno. Nuestro Dios nos une y nos fortalece.

—Yo no creo en los dioses, Jasón, no soy un idólatra —sonrió amistoso—. Soy un estoico con tendencias epicúreas. Mi dios es el cosmos mismo, es la razón de la materia, la encarnación de lo sobrenatural, la luz que nos ilumina y la idea que alumbró el universo en su origen. Y su espíritu reina en ti, en mí, en el éter, en el agua y las conciencias de los hombres. No me acuses de grotesco y de fanático.

La sutileza de su respuesta me pareció admirable.

Un esclavo nos ofreció unos elixires de menta para aligerar la digestión, y volví a preguntarle por un tema de mi pueblo que me interesaba.

—He oído que en Egipto vive una activa colonia judía, y que circulan unos textos sagrados que yo desconozco. ¿Tuvisteis contacto con la llamada Biblia de los Setenta? En Jerusalén estaba prohibida, *domine*.

—¡Ah! —recordó—. Sí, Jasón. Se trata de una traducción del hebreo al griego de vuestro libro sagrado. Fue realizada por setenta y dos sabios a petición del faraón Ptolomeo II Filadelfo, el que mandó construir el gran faro, a fin de que los judíos helenizados no olvidaran a ese dios vuestro que parece amaros solo a vosotros.

Me detuve en una insondable reflexión, y le contesté:

—El contacto con la civilización griega y romana nos hará más tolerantes.

—Volviendo a ese maestro de Nazaret, he de decirte que posee un nutrido grupo de seguidores por Oriente. Se hacen llamar cristianos, del Christos griego.

—¿Cristianos decís? —me sorprendió gratamente.

—Sí, Jasón. Es una secta muy singular que tiene como guía a ese tal Yeshua el Nazeri —me informó sin mucha convicción.

—Asombroso. Me complace que en Alejandría se hayan formado grupos que siguen las enseñanzas del galileo. Creía que sus teorías morirían con él.

Lucio había apoyado la barbilla en su mano, y me vigilaba con atención.

—Lo han convertido en el romanizado Iesus, y lo han divinizado tras su crucifixión. Aseguran también que resucitó de entre los muertos, un concepto eminentemente egipcio y muy empleado por los que fundan nuevas religiones. Viven en comunidades de devotos en donde predican la pobreza, la igualdad y la segunda venida del Mesías Iesus desde los cielos. Muy oriental todo. ¿No lo crees?

Lucio esperó impaciente mi réplica. Le interesaba lo teológico.

—El término Mesías, amo Lucio, es genuinamente judío y no debe trasladarse al mundo grecorromano. El Messib será un enviado de Dios destinado a ser rey y sumo sacerdote de Israel. Ninguna otra religión o fe debe apropiarse de ese término, ni tan siquiera esos cristianos, por muy judíos que sean.

—Pues en Alejandría sus discípulos llaman a Iesus «nuestro Mesías».

—Se están desviando de sus enseñanzas —aduje—. Recuerdo a ese rabí bendito, un guía del progreso moral del hombre. Los sacerdotes lo despreciaban porque pretendía liberar a Israel de las corrupciones y abusos del sanedrín y recuperar la pureza de la ley de Moisés. Fue un ser luminoso, aunque ambiguo en sus deseos.

—¿Puede decirse entonces que fue una ejecución política de tu pueblo, Jasón?

—Sin lugar a duda prevaleció la razón de Estado —afirmé—. El sanedrín y nuestro consejo de ancianos le eran notoriamente hostiles y recurrirían a Pilatos ante la amenaza de un virulento motín que alzaría al pueblo. Siempre obran así.

En el semblante del romano se dibujó una amplia mueca de desprecio.

—Mi tío Galio me definió a Pilatos como un gobernante obstinadamente cruel. Y lo colgó de una cruz, el más execrable de los tormentos. Sin embargo, el mismo Pilatos se extrañó de que muriera tan pronto, y que dos prohombres del sanedrín, creo recordar que Nicodemo y Josef de Arimatea transgredieran preceptos capitales de vuestra religión reclamando el cuerpo en víspera de la Pascua y enterrándolo en una sepultura nueva de su propiedad. ¡Inconcebible para vuestras costumbres!

—Nada de eso está permitido por la ley judía, amo Lucio —dije.

—Es como si a un enemigo público de Roma se le enterrara en un mausoleo de la Vía Apia en un día no fasto —simplificó el hijo de Helvia.

—Algo así, señor. Una conducta semejante da qué pensar, y si su enterramiento fue realizado con sospechosa ligereza y tocando un cadáver antes de la puesta del sol de la Pascua, es cosa prohibida por la ley de Moisés.

—Algo furtivo y desconcertante encierran los trasiegos del enterramiento del maestro galileo, y parece una maniobra bastante dudosa de tus sacerdotes, amigo Jasón.

—Lo oí predicar varias veces. Él solo aspiraba al advenimiento inminente del reino espiritual de Dios —repliqué—. Debió ser utilizado por todos y también traicionado por todos, por lo que me reveláis. Pero me pregunto, amo Lucio, ¿por qué desean sus seguidores, esos cristianos de los que me hablas, proclamarlo como un ser divino? Como judío no lo comprendo. No es necesario. Era un maestro luminoso.

—Si lo han hecho resucitar es solo para convertirlo en Dios. ¿No te parece, Jasón? —me sonrió el romano con ironía y vi que no le faltaba la razón.

Helvia, que estaba cerca, tendió lánguidamente la mano hacia Lucio.

El filósofo comía con moderación y mordió un trozo de jabalí con escaso apetito. En aquel momento pensé que aquel hombre culto, afectuoso y clarividente era uno de esos mortales a los que cuando los honores le sobrevienen, él los desprecia con sabiduría. No pertenecía a las familias reinantes, la Julia o la Claudia de origen sabino, pero estaba firmemente persuadido de que no había en toda Roma un hombre tan perspicaz y lúcido para alcanzar las más altas magistraturas del Imperio.

En la segunda vigilia, tras una velada de complacencias, excelente comida y mejores vinos y pláticas, los amos se levantaron de los triclinios, dando por concluido el convite. Lucio besó a sus padres, y los demás, más o menos tambaleantes por los efectos del vino, buscamos la soledad de los dormitorios.

A la mañana siguiente, un esclavo me trajo de parte del amo Lucio una valija de cuero oscuro. Al abrirla comprobé que estaba colmada de apretujados rollos de papiro. Se trataba de la Biblia de Alejandría, que me ofrecía como regalo. Me quedé sin habla y comprobé la liberalidad del hijo de los Séneca.

A partir de aquel día mantuvimos sabrosas conversaciones sobre la religión de Israel, mis cuidados con el *oleum* del latifundio de Corduba, de sus prácticas filosóficas y del futuro de Roma. Transcurrido el tiempo, mantuvimos una relación epistolar de la que me siento incomparablemente orgulloso, y que guardo entre mis posesiones más apreciadas.

Nunca pude soñar con una amistad tan valiosa y distinguida.

XXII

LA RECOMPENSA

Mi entrada en el jardín sacó de sus reflexiones a amo Marco.

Entretanto, la *domina*, sentada plácidamente en un banco, escribía con un punzón en una impoluta tablilla de cera. Me sonrió acogedora.º

Me habían mandado llamar y acudí. Helvia misma tomó una jarra de vino y sirvió tres copas. No había borrado de mi mente mi experiencia de la *adopcio* y el inenarrable momento erótico vivido con ella en el santuario de Ataecina, cerca de Alba Urgabona.

El senador tomó la palabra, y su cansada mirada gris se posó en mí.

—Acomódate. Hemos de hablar. ¿Cuándo has proyectado volver a Corduba?

—Pues aprovechando que la flotilla olearia zarpará para Hispania en las *pridie nonas* de *iunius,* el mes dedicado a Juno, me uniré como pasajero. El verano, aunque es muy tórrido en Corduba, resulta ideal para preparar la próxima cosecha.

En la cara de aquel amo sentencioso y pródigo en consejos se bosquejó una sonrisa. Les placía mi disposición y mis ganas de trabajar en el cultivo del aceite.

—Es tu último año en Hispania, Jasón, y estamos muy satisfechos con tu rendimiento en Buenos Vientos —me confesó—. Nunca negaremos tu notable gestión, el acierto que supuso tu elección y el arreglo de los enigmáticos saqueos que tanto nos atribulaban. Has sido providencial, Jasón.

—Me he comportado como si fuera uno de la familia, amo —lo acepté.

—Y lo eres, Jasón, y lo eres —insistió—. Mi hijo Lucio, hombre que suele conocer el alma de los demás, tiene una opinión muy relevante de ti.

Hablé en un tono resuelto y filial.

—Vuestro hijo Lucio es un ser superior y será uno de los hombres más egregios de Roma. Sus razonamientos y una erudición máxima rigen su mente. He visto cortesanos serviles, generales ineptos y senadores ensoberbecidos. Lucio en cambio es la cordura, la discreción, la razón y la sabiduría personificadas.

—Alegras nuestros oídos. Lo educamos precisamente para eso.

—Lucio no está sometido a las leyes de la vulgaridad que imperan en Roma. Es un espíritu escogido —añadió Helvia vehemente—. La rectitud y la nobleza son su norte, hijo. ¿No ves sus grandes ojos llenos de franqueza?

Y muchas de las conversaciones mantenidas con él se me agolparon en la mente. Lo admiraba, y no fingía ni un ápice.

—Bien, Jasón, hemos de comunicarte algunas decisiones que hemos tomado sobre ti —manifestó el paterfamilias.

—Os oigo, señor.

—Ha llegado la hora de la recompensa. Como te prometí, el próximo año, y tras una trayectoria impecable de lealtad y trabajo eficiente en Corduba dirigiendo los asuntos del *oleum* serás emancipado. Para las Fiestas Capitolinas se te concederá la libertad y te convertirás en el liberto Jasón, con los plenos derechos de la ciudadanía romana.

Aunque lo esperaba, mis ojos desorbitados de gozo me delataron.

—¿Cómo podré pagaros vuestra magnánima generosidad, amos míos?

—Permaneciendo cerca de nosotros. Así de sencillo —dijo—. No podíamos permitir, tú que has sido tan digno y recto, que tu esclavitud durara para siempre. Y aunque la ley te exige vivir donde lo hacen tus antiguos amos, tendrás libertad para moverte por cualquier provincia del Imperio y volver a recuperar a tu familia. Eso sí, nos gustaría que lleváramos negocios juntos, y así nos veríamos con frecuencia.

—Si eso es posible, para mí será un honor. No puedo creerlo, amo, y mi gratitud será eterna. Rezaré a mi Dios por vuestra salud. —Una lágrima rozó mi mejilla.

Marco dio rienda suelta a la ya conocida esplendidez con sus leales.

—Por otra parte, dilecto Jasón, cuando esa manumisión se haga efectiva en la Basílica Emilia, y como me obliga la ley, mi esposa y yo deseamos ofrecerte un regalo para que tu existencia sea cómoda, allá donde elijas vivir. Así que hemos decidido aportarte la mitad de lo que se recuperó en el desfalco del aceite. Es nuestro pago.

Me regodeé interiormente como el niño ante un juguete nuevo.

—No, no amo, no puedo aceptarlo de ninguna manera. Mi pago es mi libertad, y nada más. ¡Es más de un cuarto de millón de denarios de plata! Eso es una fortuna. Con solo vuestra afabilidad y buen trato estoy más que pagado.

—Déjate de agradecimientos. Será tuya para los idus del mes de Augusto —ratificó—. Y no hay más que hablar. Está decidido por los dos.

Dejé entrever el más absoluto de los agradecimientos con gestos dignos, y de inmediato recordé al mercader alejandrino Sotis y sus informaciones, y también a amo Lucio, que me había hablado de la colonia judía de Alejandría y de sus posibilidades comerciales. Limpié mis ojos de un llanto leve y les sonreí con satisfacción.

A ama Helvia, que me había descubierto en el mercado de

esclavos y protegido durante su estancia en la Bética, haciéndome su hijo, se la veía exultante.

—Amo, ¿puedo haceros partícipe de un proyecto largamente meditado que con ese capital puede hacerse posible y compensaros como merecéis?

—Claro, claro, explícate, Jasón —me animó a hablar.

—Veréis, *domine* —le informé persuasivo—. Mientras esperaba en Puteoli la aparición de las dos naves que transportaban el cuerpo del delito, entablé amistad con un mercader egipcio, de nombre Sotis, que rige un gran bazar oleario a espaldas del Serapión, y que me animó, si alguna vez conseguía la liberación, a abrir un negocio en Alejandría, dados mis conocimientos sobre el *oleum*, un producto de reconocida aceptación en el país de los faraones, y también por mi condición de maestro oleario.

—Sigue, sigue, me interesa el asunto —me animó Marco interesado.

—Pues bien, *senator*, tras algunas observaciones mías sobre aceites que se vendían en el puerto, me aseguró que una persona con mi preparación era oro puro en Alejandría. Añadió después que, si como yo sostenía, entendía además de perfumes exóticos y de plantas curativas, ese negocio estaba amparado por el éxito. Recuerdo que me dijo: «Hoy día, el tocador de las damas adineradas es el negocio más seguro de la tierra, Jasón de Séforis».

A Séneca el Retórico le costó trabajo disimular su asombro.

—Pues la verdad, así planteado, me parece una inversión segura.

Proseguí hilvanando la maniobra, fraguada meses atrás, si es que llegaba el ansiado momento de la recuperación de la libertad plena, como parecía según su deseo.

—Además, amo Marco, se aproxima el día en el que vuelva a presentarme ante mi familia de sangre. No olvidéis que estoy casado, aunque sin consumar el vínculo. Deseo abrazarlos, pues los añoro con lágrimas y recuerdos que están ocultos en los pliegues más profundos de mi corazón —manifesté sincero.

—¿Has pensado entonces vivir en Jerusalén? —se interesó Marco.

—No puedo hacerlo, me acarrearía graves inconvenientes, incluso la desgracia. Tengo entendido que Josef Caifás, el sumo sacerdote que ordenó mi detención y mi ruina personal, y que maneja a su antojo la política de Israel, sigue manteniendo el cargo. Su largo y cruel brazo podría perjudicarme —afirmé con gravedad.

—Lo lamentamos, Jasón. No es bueno que los sacerdotes gobiernen a un pueblo, pues su único argumento es que dios le habla, cosa muy improbable. Cuando el poder tiránico y lo divino van unidos de la mano, surgen el fanatismo y el atraso.

—Así es, amo. Si mi Dios me concede valor, Egipto es mi destino. Jerusalén, con sus disputas e intolerancias, carece de futuro. Además, Alejandría está a menos de ocho días de Puteoli, y no romperé el cordón umbilical que me une a la *gens* Annia.

Como si un gusano le royera el estómago, amo Marco se sumió en una insondable deliberación, hasta el punto de que se incorporó del banco de piedra y comenzó a pasear por el recoleto y perfumado jardín durante un largo rato.

Ama Helvia intercambiaba miradas de extrañeza conmigo. Se detuvo al fin, volvió a sentarse, me señaló con el dedo y me soltó, ante la estupefacción de los dos:

—Mi esposa tiene razón. Estás dotado para los negocios, como Pegasus para volar. Apruebo esa actividad que piensas establecer en Alejandría. ¡Pero no te hagas ilusiones, la familia Annia será asociada tuya! —afirmó y su voz tonante retumbó en el patio—. Extenderé un documento de sociedad comercial en el que apareceremos como accionistas a partes iguales, Jasón de Séforis y Marco Anneo Séneca, con sede en la provincia de Egipto.

Me esforcé por no dar un salto del banco y abrazarlo. Me complacía la unión.

—Y yo, tu socio, concurriré con la misma cantidad: otro cuarto de millón.

Aun cuando se trataba de una promesa, me llenó de tal ilusión que mis pupilas se iluminaron y mi alma se conturbó. Jamás podía haber pensado que la estirpe Annia me tratara como un igual. Dios no me había relegado al olvido.

—Me preocupa vuestra aportación. ¿Y si el negocio fracasara, amo? —advertí.

—El dinero carece de pasiones y los dioses protegen a los arrojados. Roma es un gran mercado y sus leyes nos protegerán. Esos caudales los daba por perdidos antes de conocerte —me sonrió—. Estamos en manos del albur. Adelante con el negocio, hijo.

Admiraba a aquel anciano y dejé traslucir mi gozo por su decisión.

—Sea como deseáis, *domine* —contesté, y vi llegado el momento de hacerle una súplica—. Queridos amos, ni que decir tiene que me siento muy feliz con esta operación. No era nada al llegar a Roma y me habéis hecho sentirme como un ser humano, cuando bien pudisteis ponerme a fregar el peristilo y las cocinas de la *domus*. Pero no me siento enteramente dichoso. Una espina aún sigue clavada en mi alma.

Al advertir que me había enternecido, pensaron que se trataba de la añoranza por mi madre Bosem, mi hermana Arusa y mi esposa Naomi.

—Los estoicos pensamos que ser dichoso equivale a ver el mundo a medida de nuestros deseos, aunque aceptamos que no mejora necesariamente la felicidad —manifestó—. ¿Y qué parte de ese mundo no está a tu satisfacción, Jasón?

Callé unos instantes a sabiendas bien destilados y los miré con ansia.

—Priscila —repuse tajante—. Desearía compraros su libertad, señor, cuando sea manumitido. No deseo ocasionaros disgustos, pero no merece sufrir la esclavitud quien fue sierva de un templo y además fuera burlada y vendida por dos canallas sin escrúpulos. A ella le debo el deseo de vivir, cuando sucumbí a unas reflexiones aciagas.

—¿La *ornatrix*? —se interesó Marco—. Resulta insólito que dos hombres cercanos a nuestro corazón os hayáis interesado por esa joven. ¡Curioso, muy curioso!

—¿Dos hombres? —pregunté estupefacto, pues no lo esperaba.

—Así es, Jasón —declaró Marco—. No hace ni tres semanas que Décimo Próculo, nuestro expretoriano y guardaespaldas, aunque duplica su edad, me pidió pagar su redención y acabar con su desdicha. Desde hace tiempo hemos notado su inclinación por esa esclava griega. Los dos os habéis apiadado a la vez por ella.

Posiblemente me había vuelto insensible con el tiempo, pero Décimo era mi amigo y yo jamás podría casarme con Priscila. Lo acepté de buen grado. El senador me miró con sus pupilas caritativas y escurrió el bulto. Lo esperaba.

—El porvenir está en manos de los dioses y cada cual debe cumplir su destino. Será mi *caia* Helvia quien decida sobre la que es su esclava predilecta —se pronunció.

Helvia pensó que yo había jugado mis bazas con poca decisión.

—Démonos un tiempo para que me acostumbre a su ausencia. Tras el verano visitaremos Corduba para la boda de nuestro hijo Mela con Acilia Lucana —me recomendó maternalmente—. Antes de partir te la entregaré como regalo por tus prestaciones, y tú decidirás qué hacer con ella.

—¿Cómo no amaros, *mater* y *domina?* —le respondí inclinando la testa.

—Tu aguda visión para organizar nuestra hacienda y tu piedad por cuantos has tratado merecen una recompensa. Te lo has ganado, hijo.

—Se la entregaré libre a Décimo, cara ama. Yo estoy comprometido.

Vacilante a causa de mi inenarrable felicidad, les besé las manos.

Miré al cielo para agradecérselo al Altísimo, y contemplé un retazo del deslumbrante cielo azul de Roma, donde revoloteaban avecillas oscuras. Mi estancia con los Séneca no podía concluir con mejores auspicios. Ama Helvia se había revelado como una valiosa aliada, y no me cabía duda de que era una mujer prodigiosa. Resultaba obvio que, tras las decisiones de Marco sobre mi libertad, se encontraba ella.

—Sin duda te preguntarás qué dispondremos tras tu marcha de Probus Ventus, ahora que nos dejarás a un año vista. Precisamos de tu consejo.

—¿Os referís a la dirección de la hacienda y a la recogida del *oleum*?

—Claro está, Jasón. Mi cuñada Marcia regresa a Corduba y desea volver a recuperar su cargo de *villica*. Le gusta y sirve para ello, pero necesita a su lado un hombre honrado y capaz que bregue con la mano de obra, la asista y dirija la cosecha.

—Libre de la influencia de Mérula, su labor será más cómoda —aseguré.

A Helvia se le encendió el semblante y movió nerviosa las manos.

—Conocemos la conducta reprobable que los unía, pero esta ha concluido, te lo aseguro —habló la *domina*, recordando su vínculo con el corrompido *villicus* y sus relaciones nada recomendables con los gladiadores de anfiteatro de Corduba, que habían llenado de oprobio a la familia.

No quise adentrarme en el asunto de Mérula y les recomendé:

—*Domina* Helvia, existen dos hombres de vuestro pueblo, Alba Urgabona, que dominan todos los tiempos del proceso. Son libres, fieles y laboriosos y gozan del beneplácito de los trabajadores. Me estoy refiriendo a Kirnos, que sería un gran capataz mayor, y a Milo, un joven de despierta inteligencia.

Los amos me miraron. Estaban satisfechos con mis previsiones y Helvia, que los conocía sobradamente, asintió convencida. Sabía que yo los había formado.

—Nos convence tu perspicacia, Jasón. Así se hará, y siempre

nos queda el recurso de que tú endereces el rumbo de Probus Ventus si decayera de nuevo.

—No lo dudéis, amo Marco —lo conforté—. Vendré del fin del mundo.

Hablamos durante un rato de temas banales, hasta que me despedí.

—Que el Dios de Israel os bendiga con su benevolencia —les deseé.

En una amanecida esplendente con aguas mansas, puse rumbo a Hispania.

Según el Deuteronomio constituye una abominación para un judío creer en los agoreros de las nubes, en las adivinaciones observando las aves o los astros, o evocando fantasmas o muertos, como suelen hacer los romanos a menudo. «El origen de las creencias en las supersticiones es la ignorancia de la trascendencia de Dios», asegura la Torá. Y no podía errar en ese pecado.

Pero desde que abandoné Puteoli todo fueron malos auspicios, dificultades y miedos, temiendo que el Altísimo me hubiera abandonado tras mis predicciones de buena suerte y libertad cercana. Desde la partida solo escuchaba a mi alrededor que Neptuno, Artemisa y la diosa Fortuna habían maldecido la travesía y que íbamos a morir en aquellas frías aguas. Y el piloto mayor no hacía más que encomendarse a sus deidades inútiles y sacrificar palomas para amansarlas.

Aun siendo el estival mes dedicado a Augusto, conocido por los mares en calma y los cielos serenos, sufrimos dos borrascas pavorosas que dieron con una nave de la flota en el fondo del mar tras recuperar a los marineros, cuando nos dirigíamos al abrigo de la isla de Ebussus, y otra tras zarpar del puerto de Cartago Nova, en la que no di un as de cobre por mi salvación y también por la de la tripulación.

Nunca postergaré en mis recuerdos los crujidos secos de las

jarcias, la oscuridad, los cabeceos de mi nao batida por un viento furioso que parecía deshacerla y a los aterrados marineros y pilotos, casi todos gaditanos, que se movían en la cubierta ante el recelo de ser arrastrados por los furibundos caños de agua salitrosa.

Recuerdo que me até a una viga de la bodega, y que me protegí entre unas sacas de pieles de Germania, mientras invocaba a Dios rogándole que evitara el naufragio. Un miedo aterrador se apoderó de mí, mientras se sucedían los instantes de pánico entre los tripulantes, empapados hasta los huesos de agua salada y heces, y soportando el furor del encolerizado océano.

Los turbios remolinos no nos abandonaron hasta avistar las Columnas de Heracles, donde cesaron las tempestuosas rachas del indómito céfiro de poniente, que roló a sur, siendo más fácil el gobierno de la embarcación.

Regresó la calma a la nave, pero no a mi ánimo.

Mi llegada a Corduba, siete días después de lo previsto, no fue mejor.

Parecía que una sucesión de funestos sucesos había irrumpido mi devenir diario, a pesar de no creer en maleficios ni supercherías. La misma fatídica luna roja que nos anunció las tormentas en el Mare Nostrum enseñoreaba aquella noche el firmamento estrellado de la capital de la Bética. Estaba exhausto y famélico, sucio y colmado de polvo, salitre y sudor.

Quintilio, el *nomenclator* de la mansión de los Séneca, me recibió con su natural cortesía y apego y su sonrisa desdentada. Parecía haber mejorado su cuerpo medio paralizado, y se movía ante mí con un candil, aunque con pasos cómicos. Mientras me preparaban un baño reparador, el doméstico me reveló susurrante:

—Habéis recompuesto la honorabilidad de la *gens* Annia, y jamás lo olvidaré, *procurator*. Mérula ha sido desterrado y ha pagado su maldad. Pero lo que voy a manifestarle lo hago porque sois un hombre honesto que ha trabajado con rectitud para los amos. En modo alguno deseo preocuparos, sino poneros en guardia.

Sus palabras me inquietaron y me puse frente a él, deseando saber.

—Habla, Quintilio, habla —lo animé alarmado.

—Mirad, aquí se habló mucho de la detención del pérfido Mérula. ¿Sabéis? El magistrado del Collegia Judicatorum, tras condenarlo a pagar una sustanciosa multa a los amos, y por la enfermedad de los pulmones que padece, lo desterró a Tingis, donde se halla bajo la vigilancia del gobernador de Mauretania. Ese no asoma las narices más por aquí, pero puede seguir haciendo daño desde la distancia —declaró.

—La justicia es la virtud máxima de un estado poderoso como el romano.

Deduje que le costaba contarme más, pues se removía y prefería callar.

—Pero, *domine* Jasón, sus tentáculos son largos y yo, que tengo oídos en todas partes, sobre todo en las termas, en el mercado y en el foro, sé que ese cojo amigo suyo y cómplice de sus tropelías, el tal Carpeno, el que le ayudaba a lucrarse con el aceite robado, se ha juramentado para mataros en cuanto regresarais. Por Diana Cazadora os ruego tengáis cuidado y os protejáis adecuadamente, os lo ruego —me advirtió.

Admití que una amenaza soterrada se cernía sobre mí y que el aviso que me denunciaba el buen Quintilio era un mal presagio para mi futuro próximo en Probus Ventus y que podría impedirme gozar de la libertad plena que tanto anhelaba y que la veleidosa fortuna me había regalado. Así que en aquel momento una helada sospecha se coló en mi mente como una cuchilla, como si de nuevo el temor a morir me superara.

¿Qué respuesta debía darle al barquero Carpeno si me lo tropezaba? De repente comprendí que debía agilizar un sistema de supervivencia que me ayudara a conservar la piel. No dejaba de ser un gran contratiempo.

Y mientras intentaba conciliar el sueño, pese al tórrido calor de la vigilia, la alarma y la sospecha se juntaron en mi mente como dos amantes en la noche.

XXIII

DEVOTIO KÉRBEROS
(La maldición de Cerbero)

Años XX al XXII del reinado de Tiberio César

La *domus* Annia olía a vapor perfumado y a agua espumosa y aromatizada con esencias egipcíacas y a hierbas de monte. Quintilio me había preparado un baño reparador y traído a un masajista para recuperar mis cansados músculos, que agradecí.

Tras unos días de preocupaciones y dudas, y cansado por el viaje penoso por el océano, regresé a la hacienda animoso y pletórico para iniciar la campaña del *oleum* y entrevistarme con mis colaboradores, Kirnos, Milo y Escévola, los husilleros de las prensas, los temporeros, los vareadores y punteadores —los recogedores de aceituna— y organizar las cuadrillas de trabajo.

No me asustaba ni el retorno a la villa ni el proceder de mi peligroso adversario Carpeno, que parecía haberse conjurado para vengar a su protector, el indigno Mérula. Le haría frente y Dios dispondría de mí. No tenía otra opción, pues yo no soy de los que esperan las desgracias sentado en una piedra.

Siempre me he tenido por un hombre reflexivo y evalué todas las situaciones. No deseaba concederle ninguna oportunidad al barquero, y esperaba que su sed de venganza se hubiera consumido como se consume el *oleum* de una lucerna. Pero según Quintilio, la muerte me susurraba de cerca. Yo estaba esperanzado y esperaba que Carpeno se hubiera regenerado con el olvido.

La imposta de Probus Ventus me pareció luminosa y transmisora del poder de la familia Séneca en aquella Corduba romana, pródiga y feraz.

El carro serpeó por unas pedregosas trochas entre olivos, hasta que divisé las techumbres albarizas de la hacienda. La luminosidad del mediodía lamía las ramas de los olivos y el amarillento albor del caserío, radiante bajo un cielo de color cobalto, donde revoloteaban bandadas de jilgueros en busca del grano. Su vista me inspiró serenidad y su atmósfera dorada infundió sosiego a mi alma.

Por el sofocante calor, la hacienda estaba casi desierta, pero cuando el carruaje cruzó el portón, mis leales colaboradores, más la hermosa Erguena, me rodearon, besaron mis manos, y al poco lo fueron comunicando a los demás, convirtiendo mi llegada en un peregrinaje de agasajos.

El recibimiento resultó más emotivo de lo que esperaba, pero el embrujo lo rompió mi caro amigo Escévola al que pareció rompérsele la voz. Estaba muy preocupado.

—*Domine*, he de hablaros con urgencia de una cuestión delicada —me reveló serio, en tanto vi que apretaba un zurrón de cuero contra su cuerpo.

En aquel hombre inquieto, pero dueño de sí mismo, aquella actitud me pareció preocupante. Mi habitación se llenó de expectación. El Zurdo no midió sus palabras, sino que sin esperar a que descansara ni encendiera mis habituales sahumerios de incienso y sándalo, me soltó:

—Las cosas no están como antes, *domine*, y lo digo con preocupación, ¡malditas sean las Furias! El turbio asunto que aclaramos juntos y que en Roma disteis el golpe de gracia, como dijo el magistrado de la curia de Corduba en el juicio de Mérula, ha traído consecuencias, y no precisamente buenas para vuestra seguridad personal.

No sé si se lo había propuesto, pero me había impresionado.

—Explícate, Escévola. Desde mi llegada a Corduba todo son sobresaltos. Algo me ha comentado ya Quintilio…

—Veréis. Ese indeseable de Carpeno busca vuestra ruina y no debéis desdeñar sus intenciones, pues está sometido a un juramento sagrado —se sinceró.

—¿Y ese juramento empeora la situación? —le pregunté.

—¡Claro! Es *vox populi*, y muchos apuestan a que lo cumplirá. Hay expectación.

—Yo lo he despreciado, amigo —quise cambiar la conversación—. No hemos de mostrar cobardía. Le haré frente cuando se presente la ocasión.

El día se iba cargando de sorpresivos asombros. Escévola prosiguió:

—Pues no lo desatendáis, *procurator*, aunque contéis con el apoyo y protección de todos nosotros —me aseveró solemne.

—¿Por qué no he de dejarlo a un lado? —me interesé con cierta aprensión

—Porque no es una promesa cualquiera. Ese Carpeno lo ha jurado convocando al inframundo. Para los romanos es una cuestión sagrada y de honor, *domine* —me dijo, y me contuve por no soltar una carcajada.

—¿Me dices que ha emplazado a los infiernos? —Empezó a preocuparme.

—Así es. Se trata de una *devotio defixiorum*, o sea, una maldición invocando a fuerzas oscuras del abismo. Esos supersticiosos romanos lo suelen hacer para llevar a cabo una execración y juramentarse ante presencias demoníacas para matar a un enemigo, o buscarle la ruina —señaló con una mueca de asco.

—¡Pero de qué me hablas, Escévola! Lo denunciaré al Tribunal y ya está.

—De nada servirá —me alertó—. Los jueces romanos cuando hay de por medio invocaciones y votos hechos ante muertos y deidades del Averno son muy susceptibles y rechazan juzgarlos, como si temieran una reacción vengativa de las tinieblas.

La placidez de mi regreso se había interrumpido con crudeza. Mi razón se negaba a aceptar lo que me estaba revelando, pero sabía que los romanos eran en extremo supersticiosos y me inquieté seriamente.

—¿Y en qué consiste esa maldita *devotio* si puede saberse? —le pregunté.

De improviso la escena se paralizó y Escévola besó su amuleto de los ánades sagrados tartesios y alzó las manos encomendándose a sus dioses luminosos, el sol, la luna y el lucero matutino. Luego se acomodó y me informó:

—Prestadme oídos con máximo interés, *domine*. Yo sé que sois judío, que solo creéis en un dios supremo y puro y que despreciáis las hechicerías. Pues bien, cuando ese pérfido Mérula salió para el destierro, su mejor amigo y principal beneficiario de los desfalcos, el cojo Carpeno, decidió vengarse de ti ante sagrado. Y como es un bocazas y trata con individuos de la más baja jaez de los prostíbulos de la Puerta Pretoria, juró públicamente que os mataría y que lo haría con la ayuda de potencias tenebrosas del Hades. Y eso son palabras mayores para un romano, creedme.

—Seguramente estaría borracho y ya lo habrá olvidado —sostuve.

Escévola negó con la cabeza. Yo no entendía nada.

—Ese perro de Carpeno, efectivamente, es un individuo dado a las borracheras, pendenciero y enmarañado en sus propias pasiones. Lo conozco bien, y sé que puede hacer daño —reanudó—. Y el caso es que no solo no lo ha borrado de sus intenciones, sino que realizó el ritual con el que os había amenazado con derramar vuestra sangre. Está implicada su alma, su *genius*, y vagará la eternidad por los infiernos si no lo cumple. Y ese es, señor, el verdadero peligro.

Siempre he sabido que la perfidia y la malicia dominan a los hombres, pero me costaba trabajo admitir la impostura que me refería un Escévola aterrado.

—Así que —me contó pávido—, conociendo sus pretensiones, me puse en contacto con el enterrador del cementerio del río, al que conozco desde pequeño, y al que colocó allí ama Marcia, y lo insté a que me avisara cuando hubiera un enterramiento de algún ajusticiado, pues en esas tumbas es donde suelen hacerse los sortilegios de la *devotio* para buscar la perdición de un enemigo.

Tomó un trago de la jarra llena de agua fresca y prosiguió:

—A la semana siguiente, tras un juicio sumarísimo, un legionario fue condenado por abandonar el puesto de guardia y ajusticiado. Fue enterrado en una tumba de piedra ligera y mortero, y mi soplón me avisó. Y como esperaba, ese pérfido bravucón de Carpeno apareció en el cementerio pasada la segunda vigilia portando un morral y una antorcha de sebo. No había nadie, salvo él y yo.

—¡¿Iba a conjurarme ante el cadáver de un condenado muerto?!

—Así es, y llevó a cabo el maleficio entre tumbas y gatos maulladores. Sacó del saco un gallo negro muerto, apartó la piedra de la sepultura de urna, y con la luz exigua de la tea introdujo el gallo. Acto seguido lo escuché invocar a las fuerzas tenebrosas del Orco y el Tártaro. Su rostro abotargado y rojizo se asemejaba al de un satán, creedme, *domine*. Hasta yo tuve miedo y pensé en escabullirme.

Sin poder atajarlo percibí un temblor frío correr por mi espalda.

—¿Verdaderamente es cierto lo que me cuentas? —lo corté enojado.

Su mirada medía mis miedos y mis aprensiones.

—Como que el lucero del alba sale todos los días para alumbrarnos, *domine*.

—Aunque me cuesta trabajo creer en esas supercherías, te escucho.

Escévola contrajo sus facciones, pues le estremecía recordarlo.

—Resulta que Carpeno debía estar borracho o simplemente tenía miedo, pues se tambaleaba y balbucía como un loco. Sin embargo, pude escuchar con claridad cómo convocaba a Proserpina, reina de Hades, a Saturno y a los *aghato daemones*, y gritaba: «¡Matadlo, matadlo! ¡Buscad su perdición, y yo juro perseguirlo hasta morir!».

—¡Por el buen Jeremías! Me cuesta aceptar tanta abominación de estos paganos —le dije, y recuerdo que noté la garganta seca como la estopa.

El Zurdo rebuscó en su memoria y concluyó su tétrico relato.

—Después, junto al gallo negro, depositó en la sepultura una lámina de plomo, la *devotio*, que sustraje después y que hoy os traigo para que comprobéis que digo la verdad —atestó, y entresacó de su zurrón una placa, que me entregó trémulo.

La recogí con mis manos, no sin cierta precaución. El pútrido olor echaba para atrás. ¿Acaso no era el mensajero de la muerte? La plomiza lámina venía a explicar lo inexplicable. Estaba grabada con lo que parecía la efigie del Can Kérberos, el guardián del pozo del Hades, según Escévola, y un hostil Poseidón barbudo con el nombre etrusco de Nehuns o Neptuno, el agitador de las tierras, de las aguas y de la paz de los hombres. Estaba tocado con una cresta de gallo, portaba en sus manos un caldero y una lámpara y tenía a los pies un macho cabrío y algunas figurillas demoníacas.

Y bajo ellas una frase en latín que fui leyendo desconcertado y en voz alta: *Adiuro te aghato et daemon et demando tibi Jasius Seforensis occidas, neque espíritum ille relinquas in pace* (Te conjuro a ti, genio y demonio, y te ordeno que hagas morir a Jasón de Séforis y no dejes su espíritu en paz).

Ante la flagrante evidencia de aquel anónimo metálico, me quedé sin habla, inmóvil, incrédulo y pensé que, para mi desgracia, el pueblo romano era tan bárbaro como los pueblos que conquistaba con su fuerza y evolucionada civilización.

—Señor, contra esta amenaza solo hay un camino, que desbaratará el anatema: destrozarla sin más —me dijo—. Solo así os libraríais de sus perversos efectos.

—¡Pues hazla pedazos, Escévola! —le pedí sin fuerzas.

Mientras fragmentaba la lámina de plomo, comentó animoso:

—Con esto hemos conjurado la amenaza, *domine*, ahora solo queda maniatar a ese Carpeno y no dejarlo que se os acerque. Es un maniobrero desprovisto de piedad, que además de ser un tipo ignorante, es un delincuente sin escrúpulos. Kirnos, Milo y yo os protegeremos —me propuso.

—Si ha recurrido a mañas tan demoníacas, será capaz de todo —aseguré.

Escévola enarcó sus espesas cejas y me miró con sus pupilas de lobo.

—Nunca lo hará a la luz del día, sino a escondidas y sin testigos, o aprovechando un descuido. En torno a ese loco depravado ha habido otras violencias, iniquidades y depravaciones. Extremad vuestros cuidados —me rogó.

Determiné que pondría a contribución todos los medios posibles para no ser sorprendido por el barquero cojitranco. Y aunque traté de relegarlo como quien desdeña una pesadilla, no pude apartarlo de mi cabeza. Y aquel día temí seriamente por mi seguridad. Estaba sobrecogido por semejantes prácticas detestables tan lejanas de mi Dios y de la razón, pero no deseaba ser un espectador más en el goteo de una venganza ajena.

A la espera de que se iniciara la recogida del *oleum*, aminoré mis obligaciones en el campo, los molinos y las alfarerías. Escévola, Kirnos y Milo cargaron con la gran responsabilidad del trabajo, y a fe mía que lo hicieron con una precisión, laboriosidad y eficacia admirables. Probus Ventus estaba en buenas manos.

Pero el aliento acechante de Carpeno lo sufría cerca de mí, y llegó a obsesionarme tanto, que llegué a sentir su respiración a mis espaldas, sobre todo cuando visitaba Corduba. Yo no poseía armas para enfrentarme a él, que no fuera acusarlo ante un tribunal o hacerle frente y matarlo, con lo que mi prometedor futuro se esfumaría en un instante.

Cualquier visitante que aparecía en la villa me provocaba recelo, como si el *fundus* fuera una fortaleza llena de agujeros que permitía el paso de la asechanza y la voracidad de un asesino juramentado.

Los domésticos estaban advertidos, pero yo me percibía angustiado y tan indefenso como un niño solo ante la tormenta. Mis paseos en solitario sobre mi yegua por las trochas de los olivos se acortaron y los hacía acompañado por Milo o Kirnos.

Jugueteaba con el meloso gato Jericó y conversaba con la afable Erguena, que llevaba con diligencia la casa. Me encantaban las suaves cadencias de su idioma turdetano y su sonrisa permanente. Pronto la rodearon con atenciones algunos jóvenes admiradores de la villa, y ella les contestaba arrobando su rostro y riendo, aunque solo tenía ojos para Milo, con quien en breve se desposaría.

Ocupaba mi tiempo de ocio preparando perfumes nuevos, el jarabe regocijador y el elixir de Eleazar que aprendiera de mi padre, para comerciar con ellos en Alejandría, si se cumplía la voluntad del Altísimo. También preparaba tisanas con hierbas ibéricas, y hacía probaturas y mezclaba los aceites nuevos.

Una tarde rompió la atonía de mi aburrimiento la voz de Kirnos.

—*Domine*, antes de iniciar los trabajos de la recogida de las aceitunas, hemos pensado visitar durante un día Corduba. El día iii de los idus de octubre se celebran las Fiestas de las Fuentes Divinas y corre en el hipódromo vuestro héroe, Quinto Galo. Un rato de ocio y unas apuestas seguras nos harán bien a todos. Acompañadnos.

No lo pensé. Estaba harto e irritado de acudir a los olivares protegido por mis leales, y estar atrapado entre el laberinto de habitaciones de la villa, cuyo límite se hallaba en la puerta de entrada. Me complacía aquel evento lúdico que me sacaría de mi abrigo y acabar con aquel secretismo y ambigüedad que me estaba convirtiendo en un ser melancólico y temeroso, cuando yo nunca me había comportado así.

—¡Excelente idea, Kirnos! Preparad los carros.

El capataz mayor contrató a un gigantón de complexión hercúlea, una mole de músculos, dentadura grande, rubicundo y de hablar parco, que no se separó de mí, a pesar de que nos dejamos ver por toda la ciudad. Y Escévola proclamó en todas las tabernas que visitábamos que veníamos del campo para aclamar y animar al gran auriga Quinto Galo. Portaba una falcata ibera y un cuchillo de monte en el cinto que sosegaron mi inquietud.

Sobre Corduba oreaba la brisa balsámica de la sierra.

El circo era un estallido de color, y una barahúnda de alaridos de los partidarios de los aurigas, de los clarines de órdenes y de los relinchos de los caballos. La plebe se arremolinaba en las gradas y vomitorios al reclamo de sus ídolos, de la arena, de la sangre y de las apuestas. Abrió las carreras el magistrado de los juegos, que ceñía en su cabeza una corona de hojas de laurel dorado. En el *pulvinar*, el palco de autoridades, se hallaban los togados del *conventum* de Corduba, que acentuaban con su presencia la solemnidad, en nombre del emperador Tiberio.

Yo solo tenía ojos para Quinto Galo, el temerario adalid de los «blancos», que apareció en la arena con sus largos cabellos anudados con una cinta púrpura, y que concitó el clamoroso aplauso de sus seguidores puestos en pie, entre ellos yo, que estaba rodeado de mis fervientes amigos y del fornido guardaespaldas.

—¡*Nika*, Galo! ¡Galo, victoria! —gritábamos los devotos.

Galo ganó dos carreras y perdió otras tantas, con lo que mis apuestas combinadas se equilibraron. A eso de la hora nona, se llegó al primer descanso, y nos dirigimos a tomar un refrigerio en los puestos de comida y golosinas que se abrían en los vomitorios. Íbamos conversando entre nosotros, cuando Kirnos nos detuvo.

—¡Quietos! —ordenó el precavido capataz—. ¡Ahí ocurre algo!

Efectivamente, en el recoveco de uno de los accesos se había formado un silencioso corro de gente y de varios guardias urbanos que los apartaban con los *pilum*. Nos unimos al círculo de fisgones que se incrementaba con más curiosos.

Nos acercamos con precaución y miramos la causa del arremolinamiento. Me quedé horrorizado al centrar mi mirada en la visión que se nos ofrecía. Era Carpeno el barquero, mi vengador.

Estaba muerto y bañado en sangre. Me pareció sobrecogedor y ahogué una exclamación de pavor.

Quizá deseaba servirse del bullicio de la masa humana para clavarme en el costado el cuchillo corvo que tenía en el cinto y que había concurrido a las carreras de cuadrigas para consumar su amenaza. A la salida, emboscado entre la multitud anónima, podría haberlo hecho fácilmente, a pesar de mi protección.

Carpeno estaba encenagado entre su propia sangre y la arena sucia de uno de los pasadizos del circo. Había tensión en sus facciones inermes y estaba derrumbado sobre sus espaldas. Vi cómo en su cráneo afeitado correteaban algunas moscas.

Sin duda su terrible muerte tenía un perfil de vindicación o de advertencia para un posible cómplice. A todo el mundo le extrañó que de su bocaza sanguinolenta brotara un ramo de olivo, aunque por otra parte casi todos los palcos y graderíos estaban adornados con ellos.

Quien lo había asesinado debía atesorar un odio suficiente como para no haber dudado en cortarle el cuello con una cuchillada precisa y honda, que había producido un gran chorro de sangre, que le caía por el tórax y las piernas. Como si hubiera pedido clemencia en su último suspiro tenía los ojos abiertos e implorantes. Zafio, grasiento y ensangrentado, se asemejaba a una res sacrificada.

Volví el rostro. Nunca me gustó la sangre derramada. ¿Quién lo habría matado con semejante saña? Lo imaginé de inmediato. Pensé que ni mi guardaespaldas, ni Kirnos, se habían ausentado suficiente tiempo como para perpetrar el crimen. Solo Escévola y Milo, que habían ido a vaciar sus vejigas, podían haberlo hecho.

Lo que era indudable es que yo había sido el cebo y que para sobrevivir en el estercolero de venganza y miedo en el que vivía había sido necesario pasar un peligro real. En aquel episodio veía la mano de Escévola, que me había devuelto el favor, y una existencia sin sobresaltos y recelos.

Los mirones hacían sus comentarios, y puse oídos a cada uno de ellos.

—Ha debido ser una acción solitaria y rápida —señaló un joven.

—Un ajuste de cuentas, conociendo a Carpeno —añadió un anciano.

—¿Veis? Se han orinado encima de él. Se trata de una venganza.

—Alguien lo ha degollado aprovechando uno de los descansos. Hacía tiempo que se lo venía buscando —opinó una mujer pintarrajeada.

—Y ha debido ser un zurdo. Mirad, la cuchillada en el cuello va de abajo arriba y derecha a izquierda —se pronunció un soldado—. Está claro.

Carpeno había tenido un final indecoroso, sórdido y degradante, pero también merecido, aunque innecesariamente brutal. Pero lo que estaba claro era que la caída de aquel miserable me había devuelto la paz y la armonía.

Regresamos a la hacienda inmediatamente, sin pasar por la *domus* de amo Marco, como pretendíamos. Íbamos sentados en la *curruca* en silencio, adormecidos por el traqueteo de las mulas, hasta que, desaparecida la silueta de las murallas de Corduba, rompí el mutismo. Precisaba saber lo que había acontecido en el circo. Los miré uno a uno, y bajaron la mirada.

—Habéis sido vosotros, ¿verdad? —dejé caer.

—Yo creo que la diosa Fortuna ha acabado de una vez por todas con esto, ¿no os parece, Jasón? —habló Kirnos, que bebió de su pellejo de vino y se lo pasó a Escévola.

—Pienso que lo ha matado su propia soberbia —opinó el Zurdo—. Era un bravucón que no tenía derecho a mantenernos en vilo, ¡por Hércules!

—Sea quien sea el que lo ha perpetrado, ha cumplido la voluntad de los dioses, de nosotros y de los que os admiran y defienden, *domine* —opinó Milo.

—¿Conoces tú quién ha sido, Milo? —me interesé ingenuamente.

—¿Yo? —se evadió—. En absoluto, señor. Solo daba mi opinión, pero son demasiados los que están agraviados por ese malnacido. Nosotros también.

El capataz mayor irguió la cabeza con expresión de desahogo.

—*Domine*, habéis trasladado un trozo de vuestro edén a estos campos y el ánimo de los temporeros estaba caldeado contra ese Carpeno. Ayer pasaban hambre y hoy no, y sus familias tienen donde guarecerse, vestirse y calentarse. Cualquiera de ellos hubiera esgrimido un puñal contra él sin resquemor alguno —dijo Kirnos.

—¡Por Minerva la Sabia que ese ruin se ha atenido a lo que ha sembrado! —sentenció Escévola—. El hambre agudiza los dientes y hace enarbolar cuchillos, y ese se lo había buscado. En la hacienda lo sabían todos, *domine*.

—Pero servir yo de anzuelo no ha sido muy amistoso —aseguré.

—Con nosotros al lado no corríais peligro alguno —afirmó Kirnos.

Comprendí que la carnicería de aquel desalmado era el comienzo de mi tranquilidad plena y que jamás sacaría una confesión o una revelación clarividente de aquellos amigos insobornables y valientes, que habían arriesgado su pellejo y su libertad por mí. ¿Quién podía imputarlos por aquella acción si no había ningún testigo y, de haberlo, callaría? Los magistrados de la Curia de Corduba no querían ningún problema y el caso se cerraría por falta de pruebas, conociendo al barquero, un hombre corrompido y sin conciencia moral.

Detuve las preguntas de aquella desatinada trama, una senda sin retorno, y un libro que había cerrado su última página. Lo comprendí de forma incontestable observando sus semblantes. La tomé como una muerte fortuita que no nos atañía en absoluto; y la vida seguiría sin la sombra alargada de Mérula y Carpeno, dos personas indignas que habían hecho sufrir a muchos.

Yo mismo me admiré de mi capacidad para sobrevivir y lavar mi conciencia con tanta rapidez, pero también comprendí que, en el caos de la supervivencia, siempre surgen personas con una generosidad desprendida que te salvan.

Y el Dios de Israel siempre bendijo la amistad y la abnegación.

El juramentado del vengador no había dado con su víctima.

A lo lejos, emergiendo entre la espuma de la niebla, apareció el verdoso mar de olivares de Probus Ventus, el orgullo y el poder de los Séneca, mi oasis en la tierra tras los rigores de la esclavitud que me habían confiado mis benefactores y con el que me habían prometido mi deseada libertad.

XXIV

VAS OLEI SACRUM
(El vaso del aceite sagrado)

Último año del reinado del emperador Tiberio César

Mi último año en Hispania fue de lluvias insistentes y a veces descerrajadas.

Octubre acarreó una atmósfera más propia de enero y aguó el Festival de las Ninfas que iba a celebrarse en la ciudad con su acostumbrado boato. Llovía a ratos y nubes presurosas daban paso a cielos encapotados. Hacía frío, pero los recogedores de aceituna no se arredraban ni se daban tregua en su tarea. El dominio del húmedo céfiro de poniente se hizo el rey absoluto de los olivares de Probus Ventus.

La hambruna de los temporeros y labradores había concluido hacía tiempo, así como la caza furtiva y la recogida de frutos silvestres, y rezaban a sus dioses para que las celliscas que regaban los campos y olivares no se convirtieran en torrenciales y mantuvieran los jornales en las haciendas y campiñas del río Betis. El *oleum* volvía a dar de comer a todos.

Yo pensaba en mi esperanzador porvenir, aunque mi experiencia me decía que podía ser tan poco consistente como un reguero de agua en el cuenco de una mano.

Mi esclavitud había sido tan abrupta como clemente y efímera y poco podía quejarme a mi Dios y a mi estrella, pues bien podía haber acabado en una mina, de cargador de una caravana o de galeote en un trirreme.

Pero extirpándome de mis raíces, se había desmoronado mi fe en el hombre.

Tras la desaparición en escena de Mérula y de Carpeno me había envuelto una serenidad tal que ya nadie la alteraría durante mucho tiempo. Y aún me dura. Mi fortaleza, adquirida en aquellos años en Corduba, me había llegado de mi esforzado sacrificio, mi apoyo a los más necesitados y mi silenciosa tenacidad en el trabajo.

A aquellos hombres abnegados, que trabajaban de sol a sol por una escasa paga, Mérula los había tratado como si no fueran nadie. Pero yo, desde el primer día, los arropé con la dignidad que merece el que agrieta sus manos con el trabajo; eso sí, con la bendición y los dineros de mis amos, Helvia Albina y Marco Anneo Séneca.

La recogida, el prensado, el almacenamiento, la distribución en las ánforas y los primeros viajes con el *oleum primus* de aquel año habían concluido a satisfacción, cumpliendo con mi tarea. Me había afanado con madrugones intempestivos, constipados y fiebres, y trabajando de sol a sol. Pero Probus Ventus seguía prosperando.

De Roma llegaban noticias adversas sobre la precaria salud de Tiberio y cundió la preocupación por miedo a la inseguridad del comercio con la llegada de un nuevo emperador.

Se comentaba en los foros y mentideros de Corduba el rumor del fallecimiento inminente del anciano Tiberio, quien, rodeado de sus más devotos, sus médicos Jenofonte y Calicres y del joven príncipe Cayo, Calígula, el hijo de Germánico y su hijo adoptivo y heredero, vivía con un pie cerca de la tumba y aguardaba que la parca visitara pronto la roca inexpugnable de Capri. Allí vivía apartado del gobierno del Imperio desde hacía muchos años.

El viejo y reconocido republicano, convertido en Caesar Imperator por deseo de su madre Livia y de Augusto, y luego en un aburrido y cruel tirano, desconfiaba de todos y veía intrigas constantes a su alrededor. Tanta sospecha lo había transformado en un anciano amargado, preso de su lujosa cárcel de mármol llena de precipicios. No vivía en paz, siempre temeroso de que le sirvieran un veneno en la comida o en el vino.

Muerto su amigo y fiel astrólogo griego, Trásilo, se decía que había entrado en una etapa de senectud tediosa y exhausta, que bebía inmoderadamente y que cada día los romanos lo detestaban más por sus crueles purgas y condenas. Intuyendo su fin, comunicó al Senado y al prefecto del Pretorio, Macro, que había dispuesto visitar Roma y acudir a la Curia por última vez, pero su intención era difícil de cumplir en su estado.

En Hispania se le tenía en alta estima a Tiberio, pues nunca el *placet romae* había sido tan poderoso en la Bética, y la *pax romana* se extendía por toda Iberia. Y eso era bueno para el pueblo, para los negocios y la prosperidad de los comerciantes y latifundistas hispanos, muy poderosos en Roma.

Yo ya había cumplido los veinticinco años y el final de mi estancia en Probus Ventus se fue consumando y los amos me llamaron a la Urbs. Mi despedida constituyó una emotiva celebración a la que asistieron recogedores, labriegos y vareadores de aceituna, husilleros de las prensas, molinos y almazaras, y también mi amigo Paulo Tito III. Participó toda la casa, al calor del fuego de las hogueras, del oloroso vino de Baessipo y de los torreznos, pan candeal y carne de jabalí y corzo, que prepararon en la *domus*.

Les aseguré que regresaría, pero todos sabían que era poco probable, pues el mar poseía grandes peligros e inseguridades.

Una luz blancuzca, propia de los inicios de febrero, recubría el verde de los olivares y envolvía el azul convexo de las montañas del norte. Encendieron velas y luminarias alrededor del olivo tricentenario del lagar, elevaron plegarias a sus dioses luminosos y no hicieron ninguna ofrenda a Astarté o Lug, principales deidades turdetanas, por respeto a mis creencias.

Al final de las rogativas me hicieron un presente de gran valor que desde entonces llevo prendido en mi antebrazo derecho. Se trataba de un brazalete de plata amartillada por orfebres tartesios, los más afamados del mundo, adornado con pequeñas ramas de olivo y aceitunas de oro purísimo. Una valiosa y exquisita joya que me prestigiaba. La agitación interior que me produjo estaba pareja con mi afecto hacia ellos.

—Siempre lo llevaré conmigo, como también reinaréis en mi corazón —les dije.

Aquellas gentes me habían devuelto la armonía desbaratada por la esclavitud, y me consideraba integrado en la sangre de sus venas y en el sudor de su trabajo, gracias al cual podría recuperar en breve mi libertad malograda. Llegué a Corduba con mi alma fragmentada y desvanecida y en sus campos recuperé mis ganas de vivir.

Mi existencia había tomado sentido en Probus Ventus y todo ese equilibrio había nacido de aquellas margosas tierras, de sus vetustos olivos, de los chorros dorados del *oleum* y de las risas y canciones de los trabajadores que se consideraban unidos a su capataz mayor, quien los había tratado como seres humanos y les había procurado un sustento y un cobijo dignos.

En la misma fiesta, Escévola tomó la palabra para anunciar a los jornaleros que Milo y Erguena se habían comprometido como esposos y que, para las Fiestas de la Fertilidad en el inicio de la primavera, contraerían nupcias en su poblado de Alba Urgabona, con las bendiciones de las amas Helvia y Marcia; y yo aproveché para anunciar que, por mandato de amo Marco y de *domina* Helvia, el cargo de *procurator maior* de la hacienda y del cultivo de los olivares pasaba a la persona del muy capacitado Kirnos, el reconocido oleomántico de aquellas tierras, hombre competente, hacendoso y honorable, que me apretó el hombro con afecto.

—Los pasos que recorreré serán los vuestros, Jasón —respondió humildemente.

De pronto, el Zurdo se volvió hacia su zurrón y tomó de él un bulto envuelto en una tela de arpillera. Me encaró con sus cejas pobladas y, de un modo teatral, me dijo:

—*Domine* Jasón. En esta villa reinaba el desorden y la degeneración, pero impusiste la autoridad, el compromiso, la responsabilidad y el respeto. Aquí prevalecía el afán del rencor y las pequeñas insidias, que dificultaban las tareas en los campos y el beneficio de nuestros amos. Pero tú trajiste el equilibrio entre esclavos y trabajadores libres y la sabiduría del cultivo del *oleum*. ¿Cómo no estar en deuda?

Sus palabras me conmovieron. Parecía como si fuera un personaje sagrado y pensé que, tras ser raptado, dado por muerto, perdida mi libertad y ser comprado por una familia compasiva y honorable, mi existencia se había tornado benigna.

—Los antiguos demonios de la hacienda murieron con vuestra llegada, y el hambre y la necesidad también acabaron —prosiguió—. Os lo agradecemos.

—Los maltratos y el afán por el dinero son garantías de infelicidad, Escévola —recordé al desterrado Mérula—. Pero te aseguro que yo soy tan frágil como vosotros y, si no fracasé, fue por la fuerza de vuestros brazos y la fatiga de vuestros cuerpos.

Sonriente, el membrudo siervo de ama Marcia me mostró sonriente su amabilidad y me pregunté qué transportaba en aquel enigmático paño, que abrió ante mi mirada llena de sorpresa. Se hizo el silencio más absoluto y, altanero, manifestó:

—*Procurator,* cuando hace mil años los fenicios de Tiro traspasaron las Columnas de Heracles y arribaron a las costas de Gades, erigieron el onírico templo de Melkart, el lugar de la luz, o Hemeroskopión, y en él plantaron un olivo llamado de Pigmalión, nombre de uno de sus prístinos reyes. Los peregrinos creían que era de oro puro al estar cargado de regalos y exvotos de metales preciosos. Fue el primer olivo llegado de Oriente que creció en las viejas tierras tartesias.

—La existencia de ese antiguo oráculo también se conoce en Judea —reconocí.

—Pues bien, *domine*, uno de los sacerdotes tirios regaló a un antepasado mío, un señor de la guerra de Carmo, un injerto de ese admirable árbol. Con el paso del tiempo esa misma raíz sirvió para sembrar en Urgabona un olivar con tan sagrado origen, que actualmente pertenece a mi familia. No existe en toda la Bética un aceite semejante en calidad, olor, fama y densidad. Este recipiente es para que lo ofrezcas a ese Dios tuyo inmaterial y único que concede la eternidad a los mortales. Tomadlo.

Por mi expresión parecía que había ocurrido algo trascendental en mí.

Y tomé en mis manos la redoma de cristal opaco, que aún conservo entre mis pertenencias más queridas. Abrí el tapón, y a la luz de las antorchas admiré su color entre verdoso y dorado y aspiré su fragante esencia, que inundó mi pecho. Una grandiosa agitación sacudió mis entrañas.

Pero cuál no sería mi sorpresa cuando al admirarlo con más detenimiento advertí que habían burilado en el frasco una frase, primero hendiendo el vidrio quizá con una lanceta, y luego vertiendo oro líquido en él. Incliné la cabeza y leí en voz alta:

—*Los amaré por pura gracia.*

Estaba escrita en hebreo y se trataba de un conocido versículo del profeta judío Oseas, sobre la flor del lirio. Será difícil olvidar aquel instante de tanta emotividad. Así que me adelanté y abracé conmovedoramente a Escévola, mi más rendido amigo y vengador. Se trataba de una afectiva declaración de intenciones sobre nuestro mutuo afecto, que perdurará hasta mi muerte.

—*Fausta tibi per semper, Scaevola* —le deseé felicidad eterna.

—Nos salvamos mutuamente las vidas, *domine*. Somos como Cástor y Pólux, los Dióscuros o Gemelos, cuyas estrellas se divisan cada noche en el firmamento. Cuando estéis en Alejandría mirad al cielo y recordad a vuestro amigo Escévola —me deseó en un latín perfecto.

Preparé mi equipaje con la ayuda de la hermosa Erguena, a quien regalé el gato Jericó para que lo cuidara y me recordara, y una buena cantidad de sestercios como dote para su casorio con Milo. La joven transmitía una firme fortaleza y a la vez una dulzura inabarcable. No quise jamás tocarle uno solo de sus cabellos y me porté con la moral que exige mi fe, cuando bien podía haberme aprovechado de mi situación y de su inocencia, y mancillarla. Mientras preparaba mi morral y el baúl, lloraba consciente de mi inminente partida a Roma.

Para entretenerla comentamos algunas trivialidades de mi viaje, de mi estancia en Alejandría y sobre todo de los preparativos en Alba de su boda. Le mostré interés y comprensión y me dolía tener que dejarla, a la par que la alentaba a que le ayudara en la difícil tarea que le esperaba a su fututo esposo en los olivares junto al nuevo *procurator* Kirnos, que ya trabajaba en los preparativos de las tierras y a quien había participado mis postreras recomendaciones.

Los últimos días escribí en unos pliegos algunos de los acontecimientos que me habían acontecido en Hispania, para luego recordarlos en la soledad de la distancia. En las últimas horas en Probus Ventus comencé a extrañar todo, como si jamás hubiera estado allí. Era una defensa de mi alma por la separación.

Creía haber hecho mi trabajo con la máxima dedicación, la misma que me había transmitido mi padre. Mi amor por el *oleum* y sus cuidados, también habían ayudado. No creía, como decían todos, que yo fuera un hombre providencial, sino más bien un ser humano siempre predispuesto a la comprensión. Había puesto cordura en una anarquía alimentada por el cínico Mérula, y su inconmensurable codicia y una descarriada y dispersa Marcia, víctima de sus apetitos sexuales y del chantaje del capataz.

Busqué en aquellos momentos finales una explicación a mi sórdida esclavitud y desactivé mis odios hacia Caifás, Sayed, y a cuantos me habían ocasionado dolor. Fácil es para los poderosos hacer daño a semejantes inermes que se les interponen.

Había comprendido que la venganza no satisface ni consuela y nos hace iguales a los que nos ocasionaron daño y tribulaciones.

Por eso había nivelado selectivamente mis sentimientos y me había convertido en un hombre sereno y reflexivo.

Una mezcla de tristeza y desolación llenó mis últimas horas en la villa. Mi estancia en Corduba concluía, y recuerdo que me sentí desorientado.

Mi despedida fue precipitada y lo hice al amanecer, para no ver lágrimas en ojos de amigos. Había un camino de regreso y yo sabía en mi interior que algún día retornaría para mostrarle a mi esposa y a mis hijos aquella tierra prodigiosa, donde había sido feliz a pesar de mi condición de esclavo en prueba.

Les sonreí a todos con el corazón y tomé desolado el verde camino del Astigi.

Allí me aguardaba una flotilla de naves *olearii* de los amos que me conducirían a Puteoli, y de allí a Roma, la *caput mundi*, donde llegaría antes de los idus de marzo, el mes dedicado a la deidad pagana de Marte.

Y esos fueron mis recuerdos de Hispania, la tierra extranjera que creí una amenaza y tal vez mi tumba, y que se convirtió en un vergel inesperado para mi atribulado espíritu. Corduba había cicatrizado los desgarrones con los que abandoné Cesarea.

Y mi premio era la libertad.

La bruma envolvía el muelle de Puteoli y el bosque de mástiles de las naos; y empapado de agua y salitre, di gracias a Dios por haber evitado un naufragio o un ataque de piratas.

Después de unas plácidas singladuras, llegamos a las costas de Italia, donde sufrimos el fragor de unas aguas encabritadas al cruzar el Tirreno. Al descender por la escalerilla, el *epimeleta*, el intendente encargado de las cargas y descargas del puerto, nos anunció que tres días antes, el diez de los *anteidibus*, había muerto el *imperator* Tiberio, o como él mismo dijo, el *magnus caprineus*, el gran macho cabrío.

En voz baja siseaban que seguramente había sido asesinado

por su sobrino y heredero, el manipulador Calígula. No podía creer lo que oía y callé.

El administrativo que cobraba la *portoria*, el derecho de aduana, opinó mordaz:

—Sí, es ese mismo príncipe que dijo no ha mucho: «El mundo no merece moderación. Reinaré con toda la rudeza de la que sea capaz». ¡Estamos arreglados!

Los romanos discutían entre murmullos sobre el viejo emperador fallecido a la edad de setenta y ocho años. Los amigos del cotilleo comentaban que según su médico había marchado al Hades con la medalla de su idolatrada Antonia, su gran amor platónico, guardada en su puño inerme, y con uno de sus objetos personales, una flecha de oro para recogerse el pelo, que guardaba bajo la almohada desde siempre.

De todos era conocido que Tiberio se dedicaba a dirigir las finanzas del Imperio desde Capri, a cultivar su huerto y a cuidar de los bancales de flores de su palacio, y que cada vez que aparecía su cuñada Antonia parecía rejuvenecer.

Murmuraban de las extrañas visitas que hacían a Capri en los últimos meses Gemelo; Agripa, el nieto del rey Herodes el Grande; Cayo Calígula; sus hermanas Drusila, Julia y Agripina II, todas educadas por su amada Antonia, la esposa de su hermano Druso, su adorada e inalcanzable amiga.

Parloteaban en el puerto y en la posada de un entorno imperial engangrenado y de un cenáculo de víboras y buitres en espera de la carroña que muy pronto se adueñaría del palacio de Capricornio, donde había vivido el achacoso emperador, al que tanto gustaba contemplar los juegos del amor entre bellos efebos y delicadas doncellas, según él por la sola presencia y contemplación de su belleza virgen.

Lucio Séneca me había confiado una de las frases más conmovedoras del emperador fallecido, que denotaba una gran preocupación por sus actos:

«El peso de la paz romana en el mundo recae sobre mis cansadas espaldas», había dicho una vez al Senado. «Y para sostenerla he mandado matar. ¿Quién me perdonará esas culpas? Ese peso me mata cada día, pues los dioses no me escuchan».

Yo sonreí. Para mí, el romano era un pueblo opresor, una maldición para nuestra ley y nuestras costumbres, y mucho más para mi Dios. Y fuera quien fuera el emperador que ocupara el trono de los césares, sojuzgaría con mano de hierro al pueblo elegido. Mi maestro Gamaliel aseguraba también: «Hijos míos, el poder del más fuerte desgarra y destruye a las naciones débiles. Es la enfermedad de los grandes imperios. Y ninguna filosofía o religión puede curar esa ansia de desear más y de destruir».

En las termas donde recompuse mi cuerpo de la fatiga, de la sed, del hambre y del hedor que tenía adherido a mi piel, todo eran insidias sobre el tiranicidio y los funerales del anciano Tiberio, que se celebrarían en unos días. Entre el vapor del *caldarium*, que envolvía a unos ciudadanos anónimos que allí sudábamos, escuché toda suerte de opiniones, filtradas entre la humeante neblina.

«El viejo chivo Tiberio, días antes de expirar, o de ser expirado, y mientras comía acelgas, coles y rábanos crudos, envió un pliego al senado escrito por su puño y letra en el que recomendaba a los *patres conscripti* que ratificaran como sucesor a su sobrino e hijo adoptivo, Gayo César», dijo un hombre obeso. «Veremos cómo gobierna», añadió.

«Pues Tiberio firmó su final al confirmarlo como su sucesor, ya que Calígula le ayudó a pasar la laguna Estigia y él mismo pagó al can Kérberos con monedas de su bolsa», intervino un hombre velludo con ironía y sonó una carcajada general en la salita de los baños. «Por lo visto es la costumbre en la familia Julia».

«Ese joven es un príncipe corrompido por los vicios que además se acuesta con su hermana. Simula cuanto es necesario y se aprovecha de la fama de su padre Germánico. De todas formas, aseguran que Tiberio murió sin darse cuenta».

«Que los dioses lo amparen en el Hades», exclamó otro. «¡Ave, César Tiberio!».

Descansé unos días en Puteoli, antes de comparecer en la *domus* de los Séneca en Roma. Advertí en mis últimas horas que ya no platicaban de Tiberio. Lo habían postergado pronto a un pasado legendario. Y los romanos y damas que escuchaba aseguraban en corrillos que en Roma se avecinaban años de locura, odio y rencor.

Paseé por un camino de penetrante olor a jaras, tomillos y romeros, que me alejó del mar. La trocha me acercó a una suave colina donde crecían un centenar de olivos, que parecían echados tranquilamente al sol de la recién iniciada primavera.

Acaricié con los dedos las hojas y sus frutos, que tanto amaba, y refrendé una vez más que el *oleum* y sus cuidados eran la única razón de mi existencia.

XXV

ATRIUM LIBERTATIS
(El atrio de la libertad)

Primer año del reinado de Cayo Calígula

Estaba allí y lo vi. El pueblo romano no mostró ningún pesar por la defunción de Tiberio. Lo consideraban el odioso exterminador de su sobrino Germánico, el héroe del pueblo romano, al que reconocían como el heredero de las virtudes de Julio César.

—¡Tiberio al Tíber! —gritaban los más extremistas, acosados por los guardias.

—¡Dioses Manes, Madre Tierra, ¡no lo aceptéis en el Hades! —clamaban otros, mientras eran golpeados por los legionarios que patrullaban la marcha.

Otros pedían a voz en grito al Senado la *damnacio memoriae*, la condena de su memoria, y que su nombre fuera retirado de los anales de la historia de Roma

Asistí en la Urbs a la llegada del féretro acompañando a la familia Annia y nos instalamos en una tribuna senatorial, alzada en el Foro, junto a la Basílica Julia.

Una espectacular procesión de cientos de carruajes había salido de su villa de cabo Miseno, en los idus de marzo, y llegado a Roma el día v de las antecalendas del mismo mes, con los despojos de Tiberio a la vista de todos. Los senadores, vestales y *flumines* o sacerdotes de Júpiter habían viajado junto a Calígula y su familia y el médico Jenofonte de Cos, en una cómoda carroza adornada con crespones púrpura, tras el catafalco de Tiberio, quien, según la costumbre romana, iba con el rostro descubierto y el cuerpo tapado con nieve, flores de monte y pétalos de jazmines y rosas.

Antes de llegar a las murallas de Roma, Calígula abandonó la comodidad de su carruaje junto a su hermana Drusila y caminó tras el armazón mortuorio, donde recibió los aplausos de los legionarios que vigilaban la carrera, muchos de los cuales habían combatido con Germánico en Teotoburgo y veían en él a su padre revivido.

«¡Ave, Botitas! ¡Salve luz de Roma!», lo aclamaban.

Se contaba que por las aldeas y poblados que había atravesado el séquito se celebraban combates de gladiadores, o *ludus* fúnebres, siguiendo el ancestral rito etrusco de la inmortalidad. Calígula, un joven de rostro demacrado y macilento, queriendo presentarse en Roma como un príncipe magnánimo, firmó un edicto por el que quedaban libres todos los presos de las Gemonias.

Rebasadas las murallas de la Urbs, dejaron las parihuelas de plata con el cadáver de Tiberio al cuidado de las vestales y el nuevo emperador se dirigió a la Curia, donde fue recibido con el nombre de Caius Caesar Germanicus Imperator, e investido con los ropajes púrpuras y atributos de su nueva dignidad.

Allí fue leído el testamento de Tiberio, y se escucharon sus palabras modestas y plenas de humildad, calculadas y falsas, según me murmuró al oído Lucio Séneca. Conocía bien al cachorro de los Julios.

—Es un consumado histrión que esconde bajo su máscara a un monstruo.

Yo, acostumbrado a los austeros entierros judíos, donde solo participábamos los hombres, aquellas exequias me parecieron sobrecogedoras, entre el rumor sordo de la multitud, el ronco sonido de los timbales y las tubas de los pretorianos, ataviados con corazas negras y plumajes del mismo color en sus cimeras y con las armas invertidas.

El cuerpo fue incinerado en una pira en el Campo de Marte.

Observé que las gentes no derramaron una sola lágrima por el fallecido emperador, aunque acudieron en tropel, creo que más bien para contemplar a su nuevo césar, Cayo Calígula, a quien unos consideraban un degenerado y otros un feliz advenimiento para Roma.

Calígula, ataviado con la negra y ceremonial *toga pulla* de luto y un pañuelo blanco de huérfano en la cabeza, pronunció la plegaria fúnebre. Portaba en las manos la urna con las cenizas de su padre adoptivo, Tiberio, que depositó ante un silencio religioso en el mausoleo de Augusto, un soberbio templo circular donde también se guardaban los despojos de Julio César, de su hermano Druso y de su madre Livia.

La muchedumbre, a pesar de que comenzó a llover tenuemente y el viento era inclemente, contemplaba inmóvil el ceremonial, y escuchó en las escalinatas el ancestral elogio mortuorio del difunto, donde Calígula exageró las virtudes de Tiberio entre falsos suspiros. Luego, ante las imágenes de sus antepasados Julios, pidió a los senadores que concedieran a su abuela Antonia, el amor romántico del finado, los mismos honores de los que había disfrutado Livia, la esposa de Augusto: emperatriz de Roma.

—¡Concedo a Gemelo, el nieto de Tiberio César, que ha renunciado a la divinidad, el título de Príncipe de la Juventud, y lo adopto como hijo! —proclamó Calígula.

—Parece que sus actos son altruistas y sus intenciones benévolas, amo Lucio —le susurré al oído al filósofo de Roma, que negó con la testa.

—Es el acto previo de la sombría comedia con la que se desembarazará de ese niño inocente. Pongo a Mercurio por testigo que pronto se apresurará a despojar a Gemelo del patrimonio que le ha legado Tiberio y a eliminarlo de la escena pública. Que Apolo nos ilumine con su luz. Se avecinan malos tiempos.

Y así fue.

La lluvia había dejado de caer, y ni por un instante pude sospechar que me encontraría con un personaje de mi pasado al que idolatraba: Salomé, el ciclón de belleza, lejano e inaccesible, que había conturbado mi joven corazón años atrás.

El protocolo había situado a Herodes Agripa, gran amigo de Calígula, a su esposa Cypro y a la princesa Salomé, en un palco cercano al que ocupaba la familia Annia. Con la solemnidad y los muchos puntos de visión de la celebración, no había reparado en ella, pues estaba tapada por algunos dignatarios extranjeros que habían acudido a Roma a los funerales de Tiberio. Me quedé magnetizado por su belleza madura, incrementada por la majestuosa túnica negra bordada en oro con la que se engalanaba.

Su piel seguía poseyendo el color de la miel, y sus ojos, de un negro azulado, miraban con intensidad y gracia a quienes la acompañaban. Su pelo azabache lo llevaba peinado en un alto moño rizado y adornado de peinetas de plata, al modo de las romanas; y su hermosura, alzada sobre unos altos coturnos, resplandecía en aquella mañana plomiza y luctuosa. Mi primer impulso fue acercarme a saludarla, pero seguramente los pretorianos me lo impedirían. Me quedé quieto contemplándola.

No obstante, observé que algunos senadores y otros ciudadanos romanos se acercaban a cumplimentarla y conversaban con ella sin ser molestados por los guardias. Eso me dio ánimos para aproximarme. ¿Pero se acordaría de mí? Le hablaría en arameo, y eso me concedería alguna oportunidad por el paisanaje que nos unía.

Las autoridades iban despoblando poco a poco las tribunas y me puse frente a ella. Mi aspecto romanizado y la carencia de barba y tirabuzones solo procuró que la dama de Petra me observara con indiferencia, e incluso apartara la vista de mí.

—*Carissima amirat* Salomé, que el Dios de Abraham refresque vuestros ojos —la saludé en un arameo inclinando la cabeza, y fue entonces cuando ella fijó sus sublimes retinas en mí, aunque de su boca salió casi una negación de rechazo.

—¿Nos conocemos, *domine*? No os recuerdo —masculló sin mayor atención y sin perder una mácula de su hierática y sofisticada realeza.

—Mi nombre romano, alteza, es el de Jasón Anneo, de la familia Séneca, pero tal vez me conozcáis más por el de mi estirpe judía: Ezra ben Eleazar.

De un pliegue oculto de la mente pareció aflorarle un recuerdo del pasado que tenía cierto interés para ella. Me sonrió y abrió sus sensuales labios.

—¿Ezra el perfumista, el elaborador de elixires, afrodisíacos y antivenenos que suministraba de *oleum* sagrado al tabernáculo? No, no puede ser, ¡por el velo sagrado del templo! Supone un gran contento para mí verte vivo, créeme.

Yo reflejé en mi semblante una alegría espontánea. No me había olvidado.

—El mismo, mi princesa, y he de deciros que siempre habéis permanecido incólume en mi recuerdo. Os he evocado en mi soledad y en mi desgracia, os lo aseguro.

—¡El joven Ezra! No te había conocido transformado en un verdadero hijo de la Loba. —Volvió a extrañarse, y me miró como si viera a un resucitado—. En Jerusalén se habló de que habías sido atacado y muerto por unos salteadores de caminos, e incluso se recuperó tu cuerpo y el de tu criado. Y se te lloró en el atrio de los levitas, aunque yo sabía que había sido un crimen de Estado.

Negué con la cabeza, y me hice accesible, dada su afable amabilidad.

—No, mi señora. Ese desalmado de Caifás me avocó al infame tormento de la esclavitud, que es peor que la muerte, os lo aseguro. He vivido y padecido como si fuera una bestia. Fui vendido, pero nuestro Dios quiso que me comprara la ilustre y benigna familia Séneca. Y después de unos años en Hispania, donde he trabajado en una hacienda agrícola, me han concedido la libertad.

Salomé irguió su cabeza y su pecho con expresión de sinsabor.

—No será porque no te lo advertí, Ezra —se sinceró—. Pero hiciste caso omiso. Me asombró mucho que no concedieras crédito a la advertencia tan grave que te hice.

Penetré en una insondable deliberación interior, no exenta de sorpresa.

—¡¿Vos, princesa, me escribisteis aquella carta de advertencia?! Debí intuirlo.

—¿Quién si no? —me participó con una mueca de connivencia—. Saulos me explicó que te la entregó antes de que yo partiera para Antioquía. Por cierto, que ha pasado de furibundo perseguidor de los seguidores del rabí de Galilea a ser un fervoroso defensor y difusor de sus ideas por las sinagogas y ágoras de Armenia, Siria y Grecia.

—Sorprendente, *domina*. Era un alumno brillante en la Academia del Templo —respondí, y pensé en Yeshua de Nazaret, a la vez que me alegraba de que su memoria y sus enseñanzas no hubieran muerto tras su ignominiosa crucifixión—. ¿Y cómo supisteis que querían eliminarme, mi princesa? —me interesé.

—Asistí involuntariamente a una reunión informal en el palacio de los asmoneos de Jerusalén, y presté atención a una conversación entre el sumo sacerdote Caifás y mi padrastro Antipas, en la que hablaron de ti, un aventajado pero peligroso alumno de Gamaliel, y que, junto a otros fariseos, ibais a ser suprimidos de la escena pública —me reveló—. Pero nunca imaginé que su maldad llegara a tanto: venderte como esclavo.

—Pues esa fue precisamente la infame decisión de esa alimaña —prorrumpí.

—Me alegro de que hayas sobrevivido a esa terrible trampa del destino.

—He superado el asesinato de mi padre, la desgracia de mi familia y una esclavitud que, aunque corta, ha hollado con dureza mi corazón, dejándome cicatrices que quedarán marcadas en mi alma para siempre, mi gran señora —observé.

—¿Y volverás a Jerusalén? —indagó—. Ha poco que Caifás ha sido relevado de su cargo por el procónsul de Siria, Vitelio, que ha nombrado a otro saduceo, si no más justo, al menos más accesible, Jonathan ben Hanan. Y deja la venganza para Dios. El brazo infame de ese Caifás es aún largo y sanguinario. Te lo advierto otra vez, Ezra.

—La venganza de sangre, alteza, es un placer de espíritus estrechos —le dije.

—Mi madre solía decirme que los dioses de la venganza obran en silencio —me aconsejó la princesa—. Espera y lo verás en la miseria. Ese sería su peor castigo.

Seguía magnetizado por su mirada y quise prolongar el momento.

—¿Y sigue Poncio Pilatos de procurador romano en Judea, mi señora?

—¿Esa hiena?, no. Calígula lo ha sustituido por Marcelo Marullo —dijo—. Inicia un nuevo camino, Ezra. No cometas el error de apelar a la sangre y al puñal.

Reflexioné sobre la información que me participaba, y le confesé cordial:

—Regresaré para reunirme con mi familia pasado un tiempo, pero no permaneceré ni me instalaré allí. Continuaré en Roma de momento con mi *gens* adoptiva. Pero ¡vive Dios que un día me tomaré una ejemplar e incruenta revancha, pero a mi manera!

Salomé abrió su amplia y perfecta sonrisa, y puso su mano en mi brazo.

—Bien considerado. Pues entonces tienes que visitarme en la casa que mi cuñado Herodes posee en el Celio, en la vía del Fénix. Es una villa regia, aunque discreta. Agripa apenas si vive allí. Está invitado en la *domus* imperial, y no la abandonará hasta que su desquiciado amigo, Calígula, le conceda el título de rey de Judea. Son tal para cual, aunque mi cuñado es más sagaz y lúcido.

—¿Dudáis de la condición para reinar del nuevo emperador, señora? —pregunté.

Aquella delicada manera de compartir un secreto surgió en su voz de cítara:

—Este abominable hijo del gran Germánico tiranizará al mundo. —Bajó la voz.

Levanté la vista asombrado por la respuesta, momento en el que Lucio Séneca me llamó para que lo acompañara a la casa. Salomé se desentendió de mí, tras darme a besar la estola de su espléndida túnica damasquinada y desearme fortuna. Su hermosa silueta femenina descendió por las gradas y desapareció tras Herodes Agripa.

—Cada vez me sorprendes más, Jasón. ¿Eres amigo de esa beldad idumea?

—No olvidéis, amo Lucio, que los Eleazar pertenecemos a la aristocracia hebrea y que un *sofrín* como yo es considerado una autoridad en Israel. Me ha invitado a su casa, pues nos conocimos en otro tiempo. ¿Me acompañaréis a visitarla?

—¡Por todos los dioses! ¿Quién se negaría a besar su mano y platicar con esa diosa de bronce? —sonrió ufano el filósofo.

Siempre me gustó la expresión inocente y pícara de Lucio, que adoptaba cuando había una mujer bella de por medio.

Concluida la solemnidad, el maestro de ceremonias invitó al nuevo rey del mundo, Calígula, a dirigirse a la residencia imperial del Palatino que erigiera años antes Augusto y cuyas puertas de cedro, marfil y oro estaban guardadas por una elegida cohorte de guardias pretorianos de origen germánico, que habían luchado al lado de su padre. La multitud se dispersó silenciosa y expectante.

Comenzaba en Roma una nueva era.

Transcurrieron los meses y, como era de esperar, Calígula comenzó a dar muestras de su carácter desequilibrado, y mi familia adoptiva se preocupó por la carrera de sus tres hijos. Rodeado de vividores, jóvenes patricios disolutos y prostitutas del Pincio, se entregó a una insaciable diligencia de molicie y desenfrenos. Y el joven y frívolo emperador, que había iniciado una nueva edad de oro, olvidó sus obligaciones de gobierno y se dedicó a asistir a los teatros de Roma y a hacer muestras evidentes de su desenfreno y falta de respeto y desprecio a las costumbres de Roma.

Nombró a su tío Claudio nuevo cónsul, más por reírse de él que por concederle una carga de tanto prestigio y rango. Se volcó hacia la atención de su caballo Incitatus, al que había construido una cuadra de oro y pretendía nombrar senador.

Marco y Helvia nos rogaron que extremáramos nuestros cuidados y no lo criticáramos en público, pues el Foro estaba lleno de soplones a sueldo.

Con Lucio Séneca visité la casa de Herodes Agripa, el cuñado de Salomé, donde fuimos recibidos con atenciones de amigos íntimos. Conversamos con la princesa idumea de los asuntos de Judea, de los rumores sobre la familia imperial y de las deudas de Agripa, que le debía dinero a todos los banqueros y prestamistas de Roma.

Salió a colación el nombre de Yeshua de Nazaret y de la sorprendente expansión por Oriente de su doctrina, en la que mi amigo Saulos era parte muy activa.

—En Antioquía, sus seguidores han comenzado a ser llamados cristianos, del griego *Christós*, el Ungido, y mi querido Saulos ha convertido a su nueva fe al primer romano: Cornelio, un centurión de Cesarea. ¿No os parece insólito?

—He de verlo y conversar con él de ese repentino interés por la doctrina del rabí de Galilea. Estoy muy sorprendido por ese cambio de los acontecimientos —le aseguré.

—Será difícil que lo encuentres en Jerusalén. Allí es un proscrito —me informó.

Y de esta forma visitamos a Salomé muchas tardes, donde Lucio Séneca solía destapar sus educadas formas y su inmensa sabiduría, que magnetizaba a la idumea.

Desde que conociera la muerte del maestro de Galilea, y estando lejos de Palestina, deseaba que alguien con autoridad me hablara de su extraña muerte. Yo sabía que la familia herodiana nunca faltaba a la Fiesta de Pascua. Era un ritual de los reyes asmoneos. La princesa podía haber sido un testigo excepcional y me atreví a preguntarle.

Sin más, liberé mi boca:

—Ajusticiaron al rabí de Nazaret. ¿No es así, mi señora? —le pregunté.

Al advertir que podría impactarme la noticia y conocedora de mi atracción por las enseñanzas del maestro de Galilea, dulcificó su contestación:

—Así es. Fue condenado a muerte por blasfemia y rebelión contra Roma, como si se tratara de un ladrón o de un criminal, y además sin piedad alguna. Yo estaba allí, e incluso al entrar en Jerusalén como futuro mesías le envié una carta pidiéndole un cargo para mis hijos en su futuro reino. Había despertado muchas expectativas.

Salomé notó mi incredulidad. Estaba sorprendido y le manifesté:

—¡Pero si se trataba de un profeta pacífico seguido por un grupo ridículo de galileos! ¿Qué podían temer de ellos los romanos y los *sadoki*?

—¿Pero acaso albergas alguna duda, Ezra? —me interrogó Salomé con la mirada—. Cuando fue saludado abiertamente por la multitud como el Mesías ansiado, el sanedrín lo seguía para juzgarlo.

—¿Pero qué daño podían hacer esos desarrapados e inofensivos galileos?

—Nunca se sabe lo que la multitud es capaz de causar instigada por un líder carismático, y el Nazareno lo era —me aseguró—. Supe por el fariseo Nicodemo, interesado en su doctrina, que él solo deseaba celebrar la Pascua en Jerusalén y regresar a Cafarnaum y Tiberíades. Pero los acontecimientos y la soberbia y maldad de Caifás lo atropellaron todo para su perdición. No dejaron escapar a su presa.

—Pero ese rabino era un hombre de Dios sin aspiraciones mesiánicas ni divinas. Él solo deseaba volver a la pureza de la palabra de Dios —afirmé enfurecido.

—Se enfrentó al omnímodo poder del Templo, como tu padre y como tú. ¿Te parece poca su osadía? —me afirmó categórica.

Yo compuse una mueca de aflicción y desagrado, y ella me tomó la mano.

—Verás, Ezra. Todo sucedió demasiado deprisa —me confesó—. El nueve de *nisán* el Galileo arribó a Jerusalén procedente de Betania y según Nicodemo, amigo de la familia real, contempló la ciudad desde el Monte de los Olivos, donde lloró como un buen judío por su corrompido templo. Sus seguidores galileos le prepararon una calurosa bienvenida a la capital al grito de «Hosanna el Hijo de David».

—¿Y cómo se presentó, *domina*? ¿Como Mesías, como rey, como un profeta…?

—Como un rabino que predicaba el nuevo reino. Nada más.

—Para los saduceos eso suponía una afrenta y un mal negocio para sus arcas.

—¡Claro! ¿Y sabes lo que le decían los sacerdotes? «¿Pero de Galilea puede llegar algo bueno?». Lo injuriaron a su paso llamándolo blasfemo. Ellos y solo ellos se creen los depositarios de la ley y la palabra de Yavé.

—Un supuesto rey mesías no aparece en Jerusalén todos los días —aseguré.

—Creo que sus seguidores más cercanos pensaban que el pueblo se le uniría para exigir la expulsión de los sacerdotes del Templo y la vuelta a la rectitud de la ley, con lo que acabaría la casta corrompida para siempre. Pero Caifás lo atajó a tiempo.

Creció mi desprecio por Josef ben Caifás en mi interior, ya extenso por la muerte de mi padre y por mi esclavitud, pero seguí escuchándola. Para mí no era un tema banal, sino la desaparición violenta de un hombre recto. La pérdida del Galileo había echado por tierra la única esperanza que algunos teníamos de renovar la fe de Israel.

—Pues a partir de ese preciso momento los acontecimientos se precipitaron. El doce de *nisán* hubo una reunión en casa de

Anás, el suegro de Caifás, donde se acordó detenerlo, juzgarlo por blasfemo y deshacerse de él.

—¿Blasfemo cuando por su boca hablaba Dios mismo en el Sinaí? —me enfurecí.

—Traigo a mi memoria, pues nos lo contó mi cuñado el tetrarca, que la noche del trece de *nisán*, y para evitar levantamientos, el rabí fue prendido en el olivar de Getsemaní por una cohorte romana. Y aunque al parecer se produjo alguna violencia de algún zelote de los que lo acompañaban, fue enjuiciado en hora tan intempestiva como ilícita por el cargo de blasfemia a Dios.

—¿El sanedrín se reunió de noche? Sería el Bez Din, el tribunal inferior de veintitrés miembros, supongo —aduje extrañado—. Ese tribunal fue a todas luces ilegal para tomar decisiones sumarísimas. Mi padre Fazael no lo hubiera permitido.

—¡Claro que no! El caso es que algunos de los que se reunieron para condenarlo, Anás, Caifás, Neftalí, Gamaliel, Alejandro Siro y Jommás, se creen más importantes que la misma ley. Lo interrogaron y lo abofetearon según su altiva forma de proceder.

—Estamos regidos por cobardes, altaneros y corruptos sacerdotes. ¿Y qué podía hacer el Nazareno contra esos ultrajes y atrocidades? ¿En quién podía confiar? ¡Estaba solo y vulnerable ante una jauría con ganas de sangre! ¿Lo defendió alguien?

—Ningún sanedrita, ni Gamaliel, habló en su favor según tengo entendido —me contestó la princesa—. En aquella precisa hora ya era un hombre muerto.

Mi voz adquirió en aquel momento de la plática un tinte de pena.

—¿Y entonces fue lapidado como determina la ley de Moisés? —le pregunté.

—No, su muerte fue más atroz aún, mi buen amigo Ezra. Escúchame. Tras pasar por la siniestra corte sanedrita, Yeshua de Nazaret fue enviado con las manos atadas al tetrarca de Galilea, mi cuñado Herodes Antipas, un borracho y un libidinoso, en la mañana del catorce de *nisán*, que no hizo sino mofarse de él.

—El pueblo lo tenía por un descreído, y perdonad —la interrumpí.

—Y como tal obró. Se burló de él y le colocó sobre sus hombros un manto púrpura riéndose de su supuesta realeza. Antipas lo envió al prefecto Pilatos, con la ambición secreta de que exigieran su sacrificio, o se alzarían contra Roma.

—El sanedrín no tiene potestad para aplicar la pena capital, *domina*. Eso corresponde al procurador romano —le advertí.

—Y ante él lo presentaron con la capa de Herodes como si fuera un falso mesías que predicaba un extraño Reino Divino con el que pretendía erigirse rey de Israel. Pilatos recibió al Nazareno en el Gabbatha, el peristilo que se ofrece al aire libre y que le sirve de tribunal popular, y advirtió que nada malo encontraba en el profeta galileo.

—¿Y lo dejaron solo ante las ávidas mandíbulas de una fiera sin alma, ese cruel prefecto romano? —me interesé.

—Lo presencié en primera línea, en las azoteas del palacio que tú tan bien conoces —asintió—. Y te aseguro que, de no haberlo condenado al suplicio de la cruz, lo saduceos hubieran amenazado a Pilatos con avivar la revuelta y que se produjera una matanza allí mismo. De modo que, para congraciarse con los sacerdotes, el prefecto lo mandó azotar por los sirios de las tropas auxiliares, quienes lo castigaron salvajemente y lo escarnecieron arrodillándose ante él y proclamando: «¡Salve, rey de los judíos!». Infamante para un judío justo.

Miré con dolor a la bella nabatea y me imaginé el espantoso castigo de la flagelación romana con nudillos de plomo y hueso, que yo había visto en otros reos, y advertí un escalofrío por el cuerpo. Pensé que el poder, unido a la fiereza humana, siembra la locura en el mundo. La regia dama prosiguió, bajando el tono de su fina voz:

—Ese Pilatos es un procurador brutal y ofensivo al que se le achacan inconfesables crímenes de Estado. Asegura en público que los judíos somos un pueblo fanático y bárbaro, que no nos gusta el arte griego, que nos seccionamos el prepucio y que hemos entregado nuestras vidas a unos oscuros sacerdotes que nos desprecian.

De repente me inundó una ira irreprimible y hablé:

—Me apena profundamente que el Galileo fuera tratado como un bandido y un rebelde. Y me cuesta creer que nadie intentara hablar en favor de ese rabino santo.

—¡Nadie! Y para su total perdición, el tumulto crecía y crecía mientras le inferían el terrible castigo de los latigazos. En tanto aparecía, esos hipócritas de Caifás y Anás proclamaron ante el pueblo que Israel no conocía otro rey que el emperador Tiberio. ¿Se puede ser más farsante y retorcido que esas dos hienas del desierto?

—Ese perro infame del gobernador ofreció una prueba de su debilidad.

—Pura estratagema, Ezra, querido. Ambos deseaban la ejecución del pacífico Galileo, que apareció en el peristilo de la Torre Antonia con la cabeza cubierta con una burda corona de espino, una caña en la mano y el ajado manto de Herodes sobre los hombros. Un rey grotesco, agónico y tambaleante del que la marea humana, azuzada por los sacerdotes y saduceos, se mofó de forma inhumana.

En la boca de la princesa Salomé se dibujó un sesgo de aflicción e incomodidad. Tomó un sorbo de su copa de ónice y me mantuve pendiente de sus labios.

Aguardé impaciente la narración de la muerte del Galileo.

XXVI

CRUCIFIXIÓN

—Me es difícil describírtelo, Ezra —prosiguió la princesa Salomé el relato—. Permanecí en la azotea para ser testigo de la maldad que reina en el Templo, donde el Dios de Israel hace tiempo que no habita. Créeme, el Nazareno era un despojo humano, una piltrafa ensangrentada que incitaba a la conmiseración. Estaba semidesnudo, encorvado por el pavoroso castigo, ultrajado y desamparado, en medio de los insultos de los siervos de Caifás. Jamás podré borrar de mi memoria esa imagen bañada en sangre.

—¿Dónde se hallaban los que lo vitorearon y aclamaron días antes, princesa? —pregunté—. Esa gente sencilla que lo seguía y que deseaba una revolución religiosa que devolviera al santuario su dignidad perdida. Debieron defenderlo. ¿Y los galileos?

—Nada se supo de ellos. Debían de estar en sus madrigueras, temerosos de seguir su misma suerte. Allí solo había enemigos vociferantes. El Galileo temblaba por el castigo sufrido y su mirada desvariaba pues estaba a un paso del colapso. Lo vi como una víctima acobardada y mansa, horrendamente torturado por la terrorífica flagelación romana, y Pilatos, temeroso y sanguinario, lo mandó crucificar.

—¡Pero si el gobernador ni tan siquiera lo conocía! —me lamenté—. ¿Qué podía importarle un galileo a Pilatos, que además decía ser rey de un gobierno intangible?

—Lo hizo ante la petición de una multitud diferente a la de su entrada triunfal.

La descripción del castigo sufrido por el Nazareno en el Pretorio me había causado tanto horror que fijé la imagen castigada del rabino en mi cabeza. Luego dije:

—Conozco a esa turba violenta controlada con dinero y favores por los rabinos, criados y guardias del templo. Son carroña, alteza.

—Pues esa hosca turbamulta que había acompañado a los sacerdotes a la Torre Antonia exigió su inmolación. «¡Crucifícalo, crucifícalo!», vociferaban. Y poco después, como un cordero inocente y sanguinolento, sin fuerzas ni aliento, ese pobre rabí que había caído en la trampa de los poderosos de Jerusalén tomó el camino de la Puerta de Efraín hacia el monte de la Calavera, arrastrando a cuestas un pesado madero.

—¡Qué infamia más inmoral, mi princesa! —me lamenté.

—Te aseguro, Ezra, que me taladró el alma tanto sufrimiento para un hombre bendito. Me contaron que en el lugar de la crucifixión le dieron una bebida embriagadora para mitigar su sufrimiento, pero el terrible suplicio de la cruz lleva aparejadas hemorragias en los brazos, falta de aire, rigidez en los miembros y una sed febril. ¡Un horror que vilipendia al pueblo judío! Murió a las tres horas de ser clavado tras una horrible agonía. Y no me quedé allí por morbosidad, sino para rezar por su alma.

Enternecido y vivamente contrariado, le respondí:

—Le aplicaron el suplicio romano más execrable que hay, no el judío, como si fuera un vulgar salteador de caminos. ¡Dios de nuestros padres, qué indecencia!

—Ya sabes, Ezra, los romanos no permiten otra persona divina en su Imperio que no sea Tiberio, y la amenaza de una revuelta en contra de Roma hizo el resto —se lamentó Salomé.

Permanecimos unos instantes callados, como si precisáramos meditar.

—El azote acusador de los saduceos ha logrado lo que hace tiempo buscaban, acabar con otro profeta que había denunciado públicamente sus prácticas corruptas y la deshonra de la ley. Pienso que ni Pilatos, ni Herodes juzgaron a Yeshua de Nazaret. Ya estaba condenado de antemano por el sanedrín, pues sus enseñanzas los despojarían de su autoridad y de sus fabulosas ganancias.

—Después el Galileo fue olvidado. Josef Caifás, con su extremado egocentrismo y altanería, elimina sin piedad a quienes se le enfrentan o critican sus decisiones. Y los Eleazar estáis entre ellos —me aseguró.

—Y finalmente, ¿cuál fue la causa exacta de su crucifixión? —le pregunté.

—Según la tablilla que figuraba en el pináculo de la cruz, por proclamarse rey de los judíos. Una infamia falsa y artera.

—Yo escuché al Galileo y nunca se atribuyó el título de rey de los judíos.

—Pues los saduceos lo presentaron como un criminal opuesto a la *autoritas imperialis* y como un sicario de Judas el Gaulonita, el zelote que se opuso hace tiempo a pagar tributos a Roma y que murió en una represión feroz.

—Era un soñador inofensivo, os lo aseguro.

—Y en el Gólgota, entre los valles de Cedrón y de Hinnom, abandonado de los suyos, sumido en una dolorosa soledad, el «subversivo y sedicioso» rabí de Galilea entregó su alma en medio de un grito sobrecogedor. Y con él, su supuesto mesianismo quedó malogrado para siempre.

—¡Claro! —dije—. Según su legislación, los romanos llaman a esa ejecución sumarísima: la *mors agravata*. Un suplicio empeorado por sedición contra la majestad del César. Nada entendible si pensamos que el Galileo invitaba más a la conmiseración que al temor. ¿Y que aconteció después? ¿Hubo disturbios en la ciudad?

—No, solo indiferencia tras la ejecución, frustración de muchos hombres buenos y abandono de los suyos, un atajo de cobardes que se esfumaron sin dejar rastro. El pueblo de Jerusalén se mostró insensible con el suceso. Y seguimos como si nada hubiera ocurrido con las comidas y festejos del viernes de Pascua. Al fin y al cabo, era un galileo y otro profeta más que había muerto estrellado con su locura y contra el despiadado baluarte de la autoridad del Templo, ¿sabes?

Luego, la dama real me narró que oyó decir que habían enterrado a los tres ajusticiados en la fosa común de los condenados a muerte, aunque al día siguiente escuchó en palacio otra versión: que los dos notables fariseos, Nicodemo y Josef de Arimatea, guardián de turno ese día del sanedrín, habían obtenido la autorización del prefecto para desclavar el cadáver y enterrarlo provisionalmente en una tumba nueva, propiedad de este último, dada la cercanía de la Pascua, y tras ungirlo, lavarlo y amortajarlo, según la costumbre. Sellaron la tumba, dejaron a unos guardias de vigilancia por si sus discípulos trataban de robarlo y todos regresaron a la agitada Jerusalén a proseguir con las celebraciones de la Pascua.

—Comprendo el proceder de Nicodemo y de Josef —le participé—. Según el Deuteronomio, el Nazareno era un blasfemo y un maldito de Dios para ellos y debía ser enterrado inmediatamente: «El cuerpo del impío no colgará del madero en la noche», dice el libro sagrado. Piadosa conducta la de mis hermanos fariseos.

Yo experimenté un cierto alivio. El rabino había recibido sepultura según la ley. Allí aguardaría el juicio final, donde según nuestras creencias los cuerpos resucitarán en el último día

—Pero no acabó ahí el asunto del Nazareno. Escucha, Ezra —me dijo.

La agitación me corrió por la espada. ¿Hubo más infamias contra el Nazareno?

—Préstame oídos, pues lo que ahora te voy a narrar es algo que ni tú, un versado escriba del Talmud y de la Torá, ni yo podemos aceptar, pero que es insólito e inusual.

—Os escucho, *domina* —le contesté alarmado.

—Estate atento —resopló, y me reveló en tono grave—: Ese

mismo *sabbat*, dieciséis de *nisán* según recuerdo, una seguidora muy cercana al rabino muerto, al disiparse las sombras de la noche, fue a la tumba a llorar su pérdida. Pero cuál no sería su sorpresa al descubrir que el sepulcro, sellado con una losa, estaba abierto, que el cuerpo había desaparecido y que poco después el rabí crucificado se le había manifestado ante sus ojos, o al menos así lo creyó. La asustada mujer fue a avisar a los discípulos, escondidos tras la ejecución, para anunciarles el milagroso prodigio que había contemplado.

—Mi princesa, según la ley las mujeres son seres a los que hay que amar y respetar, pero cuyas opiniones no hay que tomar demasiado en cuenta —ironicé—. Me imagino que no sería creída por nadie.

—Así fue, Ezra. Sin embargo, sus discípulos propalaron por la ciudad que el Galileo había resucitado de entre los muertos, y que había sido visto con su cuerpo mortal por algunos de los suyos. ¡Una verdadera demencia! —se expresó Salomé irritada.

Yo me negué con rotundidad a aceptarlo. Iba contra mis creencias más capitales.

—Para un *sofrín* como yo, garante de la ley, resulta inaceptable —le contesté—. Los Eleazar somos levitas y fariseos, y creemos únicamente en el tránsito final y en la resurrección del espíritu, no del cuerpo.

Semejante revelación me hizo reflexionar, y seguí escuchando a Salomé.

—¡Creo que no me has entendido del todo! Dicen haberlo visto, no como un espíritu de luz, sino con su cuerpo terrenal intacto y exento de las heridas del tormento. Tangible y visible, de carne y hueso.

—¡¿Cómo?! ¿Con su cuerpo mortal? —me extrañé—. ¿Y para qué necesita el Nazareno un cuerpo de carne y hueso si ya ha ingresado en la categoría de los espíritus puros? No lo entiendo. Ese tipo de resurrecciones solo las creen los adoradores de los dioses de mármol. Los escribas creemos en la resurrección física el día del juicio final, y nada más. Veo en este retorno material del Nazareno un excesivo entusiasmo de credulidad. No puedo aceptarlo en modo alguno. Mi razón y mi ley no me lo permiten.

Sin dejar de traslucir la menor emoción, la hembra real me corroboró:

—Todo este asunto es muy oscuro, Ezra. Guardias dormidos y borrachos, y el sanedrín propalando que lo habían robado sus discípulos tras correr la noticia.

—Y dejando a la vez en entredicho a su propia cohorte de guardias del templo y a los legionarios que se vieron sorprendidos por unos estropajosos y espantados galileos —intervine—. ¿Cómo se puede creer que esos pobres desalmados lo hicieran? Pero lo cierto es que el cadáver del rabino ha desaparecido, ¿no?

—Así es, Ezra. Sin embargo, creo como tú que unos pescadores galileos muertos de miedo y que huyeron como conejos asustados, son incapaces de enfrentarse al poder del Templo y de Roma, y más viendo lo que había pasado con su maestro.

—Aquí algo huele mal —insistí—. Al menos para mí es muy sorprendente.

Salomé, mujer juiciosa y reflexiva, me llamó la atención con su teoría:

—No deseo en modo alguno ser irreverente con el cuerpo sepulto del rabino ajusticiado, al que yo admiraba tanto como tú, pero es el mismo *modus operandi* empleado con el cuerpo del Bautista, que tras su muerte desapareció sin dejar rastro. Antipas, Caifás y Pilatos no querían ni símbolos, ni tumbas, ni semidioses, ni héroes populares, ni mesías, ni santuarios u oráculos que congreguen a un pueblo que luego pueda alzarse contra el poder establecido. A ellos y solo a ellos beneficiaba su desaparición —me dijo convencida.

—¿Aseguráis, mi señora, que con el propósito de evitar una concentración de seguidores y convertir el lugar en un santuario de culto e insurgencia, se deshicieron del cadáver? —le pregunté boquiabierto—. Quizá, al haberlo sepultado con urgencia para salir del paso, su familia lo sacó clandestinamente y lo enterró en secreto en su sepulcro definitivo, cuya ubicación han ocultado, para evitar que fuera profanado.

—Tal vez, Ezra. Yo puedo estar en un error, pero creo que se deshicieron de él los sacerdotes del Templo, y por ahí van mis pensamientos —se sinceró—. Ese sabueso de Caifás también deseaba borrar cualquier vestigio del Nazareno en Jerusalén. A esos lobos del templo no les gustan los profetas, pues los desenmascaran ante el pueblo.

Yo solo estaba seguro de que aquel suceso había sido una injusticia inmoral.

—Lo verdaderamente cierto, cara *domina*, es que nuestro iluminado y visionario rabino de Nazaret murió en la infamante cruz y que ahora goza de la presencia de Dios, como creemos los judíos, y él lo era —argumenté convencido.

—Creo que el Galileo carecía de las dotes de un caudillo militar, y lo denunciaron por alborotador del orden y por querer proclamarse rey de los judíos, y eso los romanos no lo permitirían de ningún modo. ¡Qué paradoja! Muy pocos en Jerusalén le han concedido importancia a su predicación. Cuando llegaron los fríos del invierno, nadie se acordó del Nazareno.

—¿Entonces creéis que no quedará memoria del rabí galileo? —le pregunté.

—Nada ha escrito que se sepa. No perteneció a ninguna escuela, ni a la farisaica, ni a la esenia. Solo ha interpretado la ley del Eterno a su manera. Denunció a los impuros, a los hipócritas y a los ostentosos sacerdotes y buscó la felicidad de sus semejantes con la misericordia. Pero no fue un profeta de masas, como él y sus seguidores pretendían. Tampoco instituyó ningún dogma, aunque creó una singular forma de pensamiento sobre la ley de Moisés. Era un judío, nada más —manifestó grave.

Salomé poseía una dilatada experiencia en el conocimiento de los hombres y la política del Templo de la familia herodiana, y la creí.

—Desde aquel día pocos se atreven a hablar abiertamente del Galileo, y menos en el Templo, pues pueden seguir su misma suerte. Así están las cosas, Ezra.

—Yeshua de Nazaret estaba desprendido de cualquier deseo de divinidad o de delirio mesiánico. Solo era un rabino que enseñaba la igualdad de los hombres —le dije.

—El Nazareno, como Elías y Eliseo, también galileos como él, fueron unos apasionados del altar sin sacrificios estériles. Debes medir lo que dices de él, si es que visitas nuestra tierra —me recomendó—. La maldad no posee límites. Recuérdalo.

La plática iba camino de su fin, y contesté por toda réplica:

—Que la voluntad de Yavé, alabado sea, se cumpla siempre, alteza.

Me consideré molesto cuando en otra de mis visitas, unos días después, los guardias intentaron detenerme ante la *domus* herodiana. Se retiraron cuando desde dentro recibieron órdenes contrarias. Presa de mi incomodidad, un siervo me acompañó al triclinio de siempre, y cuál no sería mi sorpresa al comprobar que acompañaba a mi idolatrada Salomé su cuñado, el príncipe Herodes Agripa.

Al serle presentado, se mostró desusadamente sociable, como si estuviera harto de la familia imperial, y deseara conversar con un escriba judío.

De mediana estatura y cuerpo enteco, nariz aguileña y rostro huesudo, como todos los de su casta, poseía un pelo abundante de rizos rubios. No era fácil precisar su edad, quizá cuarenta, ya que los últimos años del reinado de Tiberio los había pasado en la cárcel —por haber deseado públicamente el ascenso al trono de su íntimo amigo Calígula— y se había depauperado su aspecto. Tenía el mentón recio, la boca sensual y no gastaba barba, como cualquier romano que se preciara. Le gustaba que en público lo llamaran Marco Julio Agripa, su nombre romano.

Conspirando y medrando noche y día en los círculos cortesanos, según me había confiado Lucio Séneca, se había labrado su inmediato futuro como rey de la Traconítide y muy pronto lo sería de Judea entera, su gran ambición. Poseía fama de taimado y sagaz diplomático y se desenvolvía como un verdadero zorro en los despachos imperiales. Del linaje herodiano, era nieto de Herodes el Grande, al que deseaba parecerse. Hijo de Aristóbulo IV y de la bellísima Berenice, no había detalle que se le hubiera escapado de su patria, a pesar de los años que llevaba en la Urbs.

Maniobrando con habilidad, se había ganado la confianza de Calígula, y ante él se le abría un esperanzador futuro como hombre clave en la Palestina ocupada.

—Tomad asiento, os lo ruego. Es un honor que un romano ilustre visite mi casa y conozca a mi cuñada —me invitó, aunque no paraba de mirarme.

—Alteza, aunque liberto y ciudadano romano de la casa Annia, soy un hijo del padre Abraham como vos y la *amirat* Salomé, de la que tuve el privilegio de ser llamado a vuestro palacio de Jerusalén para un asunto de negocios —le informé.

—Cuñado, mi amigo Jasón es persona principal en Jerusalén. El Eterno le ha concedido lo más valioso para un hombre: la inteligencia, el arte de la palabra, la belleza… y unas manos prodigiosas para elaborar elixires y perfumes, y además no lo ha privado de la prudencia y de la circunspección —me alabó Salomé, pestañeando.

El príncipe no pudo disimular su estupefacción y carraspeó levemente. Luego se interesó por mi biografía, que yo le narré brevemente desde el origen de los Eleazar como levitas sanadores en el éxodo y encargados del *oleum* sagrado del Templo, mi situación como fariseo de la Academia en Jerusalén, hasta mi liberación por la familia Séneca, omitiendo el motivo exacto de mi detención y la venta como esclavo.

—Pues nadie lo diría con tu aspecto patricio —se dignó dirigirme la palabra, e incluso incrementó sus cortesías—. Personas como tú son las que preciso cuando el césar Calígula decida que debo ceñir la corona de mi abuelo.

Deposité mi mirada en la suya con aire de sorpresa, y manifesté:

—Para mí constituiría un honor seros de utilidad, alteza. Me tengo por un judío romano que cumple la ley, de la que soy erudito, y que además conoce la condición de nuestros conquistadores. Parto en breve a Alejandría, donde abriré un negocio con mi antiguo amo, Marco Anneo Séneca, industria que cuenta con la protección del gobernador de Egipto, Aulo Avilio, que nos ha facilitado los medios necesarios.

El rostro hermoso de Salomé se distendió levemente. Se congratulaba de mi suerte y narró la asidua y rancia relación de la familia asmonea con los levitas Eleazar, desde los tiempos del abuelo Herodes, a quien surtían de aceite y ungüentos preciosos.

—¿Podrías decirme, Jasón Anneo, ¿cuál es ese problema que mantiene enfrentados a los procuradores de Roma con los fariseos del sanedrín? He recibido una carta del archisinagogo de Alejandría en la que execra a los sumos sacerdotes y a los *sadoki*, y me ruega su expulsión del Templo —me soltó sin más.

Solo el Altísimo conoce lo que me complació esa pregunta del que en poco tiempo dirigiría los destinos de mi nación. Se iniciaba mi particular venganza contra Caifás y su ralea de codiciosos sacerdotes colaboracionistas de Roma. Hablé veraz.

—El problema de Israel son los saduceos. Creedme mi señor y creed a ese rabí. —Mis palabras retumbaron solemnes.

El azar me ponía a tiro el blanco de mi represalia incruenta de los saduceos.

—Explícate, Jasón —me alentó fijando su oscura mirada nabatea en mí.

—Los *sadoki* no creen en el Dios de nuestros padres, cumplen la ley a su antojo y solo en su beneficio para incrementar sus tesoros. Han convertido el Templo de vuestro abuelo en un colosal bazar de mercaderes, y todo aquel que se les opone es denunciado al procurador romano, que se deshace inmediatamente de ellos con crueles muertes —le dije taxativo, pensando en el Bautista y el rabino de Nazaret.

—¿Y solo los fariseos veláis por la pureza de la ley?

—En el Templo solo nosotros, príncipe. Cuando os ciñáis la corona de Israel deshaceos de esa caterva de codiciosos que son los saduceos, encabezados por Josef Caifás, un sujeto detestable. Solo así el pueblo, que los odia por idólatras y renegados, os admitirá como tal y os amará, creedme. Es mi humilde consejo —lo presioné.

—Ser rey de Israel es una simpleza en sí. Lo que cuenta es construir un reino y poseer un pueblo a quien guiar. Y si este no acepta a sus sacerdotes, ¡mal principio! —reconoció—. Meditaré tu consejo, que se une a otros de rabinos prestigiosos.

Herodes Agripa se sumió en una honda reflexión. Se incorporó de su triclinio y, antes de volverme la espalda, habló de nuevo con gravedad:

—Jasón Anneo, cuando salga de esta cloaca de poder y de dinero procuraré tus consejos. Sé dónde buscarte. Que el Benevolente te bendiga.

—Loado sea el Altísimo, mi rey. Podéis serviros de mí —le participé, inclinando la cabeza, para luego dirigirle una mueca de connivencia a la princesa Salomé.

—Eres una persona elegida por la fortuna. No tengo ninguna duda —me dijo.

Era razón suficiente para sentirme gozoso saber que podría ayudar al futuro rey de Judea, lo cual era una señalada distinción, y abrirle los ojos sobre la ignominia que se vivía con los saduceos. Al salir una hora después de la *domus* herodiana, aprecié que la idea de un desquite justo de quien tanto había hecho sufrir a los Eleazar podía alcanzarse con tacto y constancia. Y el saber que podría convertirme en una pieza clave para expulsar a los *sadoki* del sagrado Templo de Israel me complacía.

Transcurrieron algunos días, y de repente, y sin avisar, la princesa idumea salió para Armenia y concluyeron las animadas tertulias, donde la distinción, la agudeza y el buen gusto habían sido la norma de los esporádicos encuentros.

Y hasta Lucio Séneca, prendado de ella, se sumió en una triste pesadumbre.

Brotó en Roma la estación de los huertos en flor y la de los frutos maduros.

Me hallaba orgulloso de ser el afortunado al que se le devolvía la libertad absoluta, según la fórmula jurídica de la *manumisio per censum*, que me permitía votar en los comicios romanos. Me vestí con mis mejores galas tres días después de los idus de junio, en los que se celebraba la Fiesta de Mens, o de la Inteligencia. En ella se conmemoraba la batalla de Trassimeno contra Aníbal el Cartaginés, y fue el día elegido para la formalidad legal de mi manumisión definitiva y la liberación de Priscila.

Me regalaron un píleo, el gorro rojo de liberto, que después jamás usé.

Previamente, el *haruspex* familiar había determinado que era un día propicio y rezó a los dioses *matres* de la *gens* Annia por nuestra feliz liberación. En medio de una cordialidad desbordante, Séneca el viejo, desde su mansión a la Basílica Emilia me inundó de una retahíla de consejos para mi nueva andadura de hombre libre.

Me sentía como si hubiera tomado un vino embriagador, y más, al verme acompañado por Priscila, a quien *domina* Helvia había regalado la *manumisio vindicta*, la libertad legitimada, tras lo cual celebraría nupcias con mi amigo Décimo, el expretoriano, que deseaba tomarla en matrimonio tras la firma preceptiva de la autoridad judicial.

Ambos habían formalizado una relación de amor y respeto y yo me sentí feliz. Habían concluido las humillaciones, aunque había determinado que por mi seguridad y la de mi familia renunciaría a denunciar a Caifás al nuevo pretor de Judea. Y ante la imposibilidad de vengarme abiertamente del sumo sacerdote, preferí hacerlo a mi manera.

Nos dirigimos a la Basílica Emilia a ejecutar las formalidades y penetramos en el Atrium Libertatis, sede de las concesiones de libertad que amparaba la ley Per Vindictan. Tras sortear a ruidosas bandas de niños mendigos amigos de lo ajeno, malcaradas prostitutas, vociferantes letrados, vendedores de empanadas de garbanzos y salchichas y ávidos cambistas, la familia al completo ingresó en la curia.

Actuarían como padrinos, o *adsertores libertatis,* de Priscila y de mí mismo los queridos Lucio Séneca y el filósofo Átalo. Lucio había sido promovido días antes al cargo de edil de Roma, estadio previo al alcance de grandes dignidades en la administración del Estado, como la de cónsul.

Abandonamos la atestada sala de tribunales con nuestros documentos sellados y firmados por el censor, Quinto Dolabella, y luego fuimos al Registro de los Censores de Roma, en la calle de los Barberos, junto al templo de Flora. En la puerta, Lucio y yo, nos abrazamos como hermanos. Yo derramé algunas lágrimas de gozo y Priscila se abrazó a mí en medio de un llanto que me impresionó.

Una avecilla tierna, dulce e inocente, había recobrado el vuelo, y estaríamos unidos para siempre por el dolor vivido juntos, el afecto y la hermandad. Visitamos después el Fiscus, el tesoro del emperador, y en la caja municipal del Erarium de Saturno ingresamos las tasas correspondientes. Era libre a todos los efectos y lloré.

Luego, con emoción no exenta de satisfacción, nos dirigimos a un mesón de prestigio de la Vía Sacra, donde solían celebrar el *prandium,* la comida del mediodía, los romanos más adinerados. Se trataba del afamado Octaviano de la Vía Sacra, donde solía comer la familia imperial, y el gasto corrió a cargo del manumitido. O sea, yo.

Comprendí que cuanto más poderoso es un estado más corrupción existe y más decretos proclama, cuando como judío pensaba que solo Dios nos gobierna. Roma era para mí una fascinante ciudad donde convivían el lujo desenfrenado y la más absoluta de las miserias. Y también la indigna esclavitud que sostenía su colosal negocio.

Marco, al que se veía emocionado, exclamó ante todos:

—Ha llegado el día de tu prometida liberación, hijo. Te has convertido en un ciudadano romano con derecho a votar, y desde hoy puedes usar el nombre de la familia: Jasón Anneo de Séforis. ¡Bienvenido a la familia! —anunció, y me dio a besar su anillo de oro de senador, acto que repetí colocando mi frente en el borde de su toga y banda senatorial púrpuras.

Llenadas nuestras copas de hidromiel de Frigia brindamos, momento en el que el *archimagirus*, o cocinero jefe, salió a cumplimentar a los ilustres Séneca, conocidos gastrónomos de Roma, ofreciéndonos un pan aromatizado con anís, adormidera y apio, regado con un delicado *oleum* hispano, y sirviéndonos después los más exquisitos manjares en fuentes que exhibían sesadas de faisán, lenguas de flamenco, moluscos de Tarento, ostras de Circe, *garum* de Gades y testículos de cabrito de Sicilia.

Durante los postres regalé a Helvia un collar con la figura de la paloma de Afrodita en la que iba grabada la palabra *mater*; a Marcia una pequeña lira griega, de la que era una consumada tañedora; a amo Marco un medallón con el águila de Júpiter; a Lucio una escribanía de plata y a Átalo, un códex comprado en el Argileto.

Amo Marco, que había abusado del vino de Messina, alzó la copa y propuso:

—Ya solo me queda, Jasón, pedirte que ejerzas sin tacha las tres dignidades que adornan a todo ciudadano romano: la disciplina, la virtud y la piedad.

—Esas rectitudes las aprendí de los dos padres que he tenido. No lo dudéis.

—No gastes tus riquezas en meretrices de cabellos vaporosos

y no despilfarres tu salud en placeres estériles. Que sean las relaciones de tu alma las que te conduzcan a la felicidad, hijo mío —me recomendó Marco con lágrimas en los ojos.

—Me implicaré en ello, padre mío, y jamás desdeñaré vuestros consejos.

Me vi asaltado por un sentimiento de afecto hacia una familia sin tacha, magnánima y clemente, y supe que podía confiar en ellos incondicionalmente. Priscila, que no había abierto la boca en toda la comida, dijo con tierno sentimiento:

—¿Y ahora quién cuidará de ti, querido Jasón?

—Necesitaba ser rescatado y apareció ama Helvia, mi *mater*, y como no siempre podemos elegir nuestro destino, permaneceré unido a quienes me han salvado. Vosotros sostendréis mi soledad, hasta que visite a mi familia en Jerusalén. No sé qué me encontraré, quizá más tragedia y más dolor, pero estoy obligado a hacerlo, Priscila.

Domina Helvia, más hermosa y refinada que nunca, me dirigió sus ojos benevolentes y Lucio, que había estado conversando conmigo de filosofía griega, opinó también, y habló con tal convencimiento, que me incitó a la reflexión.

—Eres digno de nuestra confianza, hermano Jasón. La parca te había lanzado una mirada, pero comprobó que aún tenías muchas cosas que empezar. Lo que siempre me extrañó es que te movieras en la esclavitud como un hombre libre.

—No sabéis, amo Lucio, lo instructivo que es un templo judío —ironicé.

Concluido el ágape nos subimos a unas literas y regresamos a la *domus* Annia.

Era uno de los días más dichosos vividos y estaba embriagado de felicidad. Tendido en el catre saboreaba mis felices emociones, cuando la puerta se abrió apenas dos palmos. Levanté la cabeza y adiviné en el dintel a Priscila, a quien la lámpara encendida orientó sus pasos hacia mí. Se acercó al lecho sin hacer ruido y posó sus manos suaves sobre mi cuerpo, que besó palmo a palmo. Se despojó de la clámide y comprobé que estaba desnuda. Olía a perfume de agraz y rosas y sus cabellos, del color del trigo maduro, a jazmines.

—Será el acto de amor de la despedida, antes de entregarme a mi esposo —dijo.

Reaccioné con preocupación al saberla próxima mujer de Décimo Próculo, aunque él conocía nuestros encuentros pasados, pero a los pocos instantes estaba acariciando sus senos, gráciles como tórtolas, y las ingles suaves y palpitantes. Parecía tan irreal como una aparición. Había dejado al descubierto sus redondeados muslos, del color de una noche de luna. La *ornatrix* me apretó con fuerza y se acunó entre mis caderas, ascendiendo y descendiendo sobre mi carnosidad viril, mientras resoplaba y convocaba a su diosa Afrodita.

Yo la miré suplicante para que me condujera a los límites del placer y sus manos se deslizaron por mi cuerpo y mi piel excitada, estimulando mis partes más sensibles con sus dedos ágiles y ardientes. Nos incendiamos, sudamos, jadeamos, suspiramos y nos apretamos con pasión, hasta que los dos nos convulsionamos en el exquisito y fluyente final, donde experimentamos un placentero orgasmo.

Aún no había recuperado el aliento cuando la vi desaparecer por la puerta.

Estaba seguro de que había sido el último de nuestros encuentros íntimos.

XXVII

SOCIETAS, «ISEUM OLEUM»
(La Sociedad, «El aceite de Isis»)

El gordinflón Porcio Latro, amigo íntimo de amo Marco, era el más celebrado abogado de Roma y sus pleitos ganados en la Basílica Emilia se contaban por cientos.

Nacido como él en la hispana Corduba, era un hombre engallado en sus formas, con los cabellos blancos rizados con mixturas, gran papada y nariz salpicada de venillas azules, evidencia de su inclinación a las ambrosías de Baco.

Por las ocasiones en las que había visitado la *domus* Annia, sabía que veneraba el vino de Cécubo, componer frases grandilocuentes y vacías, como si estuviera en la Rostra, y recitar versos de Virgilio con altiva euforia, siempre aplaudida por los Séneca.

Yo llevaba unas semanas de inactividad, sufriendo el frío y la humedad del Tíber, pues el invierno se había instalado en Roma con crudeza, perjudicando mi asma. Me convertí en un mero espectador de la clepsidra del tiempo, en tanto preparaba mi viaje a Alejandría, donde intentaba recuperar una parte de mí, y a mi familia.

Estaba ocupado en la ordenación del negocio del *oleum* que me proponía abrir en Egipto y convertir Alejandría en el eje comercial más importante de Oriente y de África del prestigioso aceite de Hispania. Era mi propósito. Amo Lucio se había encargado de proveer de servicios, personal e instalaciones, pues en su estancia en Alejandría había acopiado valiosas amistades, entre ellas la del gobernador y sus funcionarios.

Procuraba orientarme en mi nueva situación de liberto *in censum*, o sea, ciudadano romano con todos los derechos, pero añoraba como nunca encontrarme con los míos en Jerusalén. ¿Vivirían aún? ¿Se habría producido algún óbito indeseado?

Percibía una gran indefensión en mi alma, pero también una inquietud indescriptible, y no deseaba hacer ninguna pesquisa personal, por si era advertida por los avisados esbirros del Templo. Mi encuentro con ellos y mi venganza hacia Caifás serían invisibles y silenciosos.

Varios pebeteros repartidos por el triclinio emitían un seductor olor a sándalo que se unía a las exhalaciones de los braseros. Un doméstico, tras acomodarnos en los divanes, sirvió vino de Cécubo y pasteles de canela y almendras. Tanto al animoso abogado Latro como a amo Marco los superaban sus muchos años, pero mostraban entre sí una jovialidad y unas ansias de vivir que animaban a los más jóvenes.

—*Carissimi* Marco, Lucio, Helvia y Jasón, os traigo el documento de la sociedad que habéis formado el liberto y tú para la venta de *oleum* hispano en Alejandría —dijo y nos señaló con el índice—. Se halla firmado por el *dux* de la Prefectura de Sociedades, ese presuntuoso de Pomponio Severo, que no es capaz de sumar cifras de más de tres números —añadió, y se carcajeó.

—Te escuchamos Porcio —lo animó el senador.

—Tal como me solicitasteis, he inscrito vuestra sociedad en el libro de registros del banco de Neptuno, como *societas publica unius rei*, o sea, dirigida a un solo negocio: el del *oleum* de nuestra Bética querida y de sus derivados, como elixires, perfumes y pomadas, que paga menos impuestos, aunque vendáis lo que os plazca.

—Eres un verdadero zorro para sortear al erario, Porcio —sonrió Marco.

—Como tú, y como todos los abogados —se chanceó—. En estos pliegos podréis leer los requisitos que debéis cumplir en el futuro y las prestaciones de cada uno de vosotros, que en Jasón es doble, o mixta, pues aporta dinero y trabajo. ¿Entendéis?

Yo confiaba en el sentido para los negocios de Porcio, que prosiguió:

—Es importante que conozcáis que vuestro *argentarii*, o banco de transacciones, será la Banca Sestia, y que el *exercitor* o transporte marítimo será propio, con dos naves de la sociedad. Abriréis cuantas *tabernae*, o tiendas, sean necesarias, poseéis dos cobertizos y dos ínsulas, uno junto al templo de Serapis y el Hipódromo, y otro en el barrio Canópico. La sociedad tendrá una duración válida de diez años, y si nadie de los dos socios, o sus herederos, lo denuncia, el acuerdo persistirá año tras año.

De repente Helvia contrajo el gesto, y le soltó mordaz a su viejo amigo:

—¿Y te vas a callar, viejo picapleitos, el nombre de la sociedad?

—Cara Helvia, lleva el que tú me sugeriste: Iseum Oleum. Irá dedicada a la diosa madre Isis, y ella la protegerá —aseguró.

Yo sonreí ante la pagana explicación y esperaba que nuestro trabajo la hiciera prosperar a pesar de que su identidad fuera la de una diosa egipcia. Como quiera que se acercaba la hora del *prandium*, ama Helvia ordenó que llamaran, a Átalo, e inexplicablemente a Priscila y a Décimo, que no eran asiduos a las comidas.

Sentados en los triclinios, uno junto a otro, se respiraba armonía. Del exterior nos llegaba el rumor de los cipreses del jardín batidos por el viento otoñal. Y aunque lo aprobaba, me extrañó la presencia del expretoriano y de mi querida Priscila.

Ama Helvia, que conocía la complicidad que nos unía, abrió la plática:

—Querido Jasón, creo que Priscila y Décimo desean hacerte una petición.

—Me hace feliz que yo esté en sus pensamientos, *domina* —los animé.

En una efusión de amistad, no exenta de cortedad y pudor, Décimo me pidió:

—Caro Jasón. Priscila y yo lo hemos meditado y deseamos hacerte una súplica.

—Habla, Décimo, te escucho —lo insté, pues no sabía adónde deseaba llegar.

—Deseamos acompañarte en tu aventura comercial en Alejandría y trabajar para ti, si así lo deseas. Con nosotros tienes garantizada la lealtad y la amistad. No seremos para ti una carga, sino un apoyo. Nos ganaremos el pan con nuestro trabajo y te serviremos con dedicación, tanto si te va bien, como si te va mal —me confesó.

Había en sus palabras un tono de voz que aplacaría a una jauría. Hice gala de mi proverbial ironía, y sin reflexionar tan siquiera, manifesté complacido:

—O sea, que no me voy a desprender nunca de la presencia de mi salvadora y de mi mejor amigo, ¿verdad? No podíais hacerme más feliz. Soy yo quien os agradece el ofrecimiento. Partiremos juntos y afrontaremos el nuevo destino como una familia.

Priscila me regaló una seductora sonrisa y Décimo un gesto de gratitud.

—Que tu Dios sin nombre te bendiga, Jasón —me deseó agradecida.

Lucio, que parecía adormecido en el diván, abrió su boca y nos anunció:

—He enviado una carta al gobernador de Egipto, mi amigo Aulo Avilio Flaco, quien a través de sus libertos nos ha facilitado mucho las cosas. Me ha advertido que la comunidad judía anda revuelta, atizada por un fanático llamado Apión el Gramático, que odia a los judíos. Creo que ha habido hasta muertos. Una legación formada por el filósofo Filón y por Flavio Josefo parte en breve hacia Roma para elevar sus quejas a Calígula. Me asegura que, aun así, Alejandría es la más próspera ciudad de Oriente.

—Amo Lucio, la eterna herencia de mi pueblo. Siempre acosados y en lucha.

De repente una atronadora tormenta se arremolinó sobre el cielo de Roma. Yo notaba frío en los pies, y me los cubrí con la túnica. Lucio se dirigió a mí de nuevo.

—¿Sabes, Jasón? He pensado que la grandeza de haber sido libertado por mis padres es que puedes convertirte en el personaje que desees. No tienes que ser el que fuiste y puedes inventarte una nueva identidad. ¿No te parece un regalo de los dioses?

—La verdad es que sí. Y aunque aún no tengo el horizonte muy definido, he dejado de ser Ezra ben Eleazar el *sofrín*, luego el *puer,* esclavo, y ahora he tomado la personalidad de Jasón Anneo, ciudadano romano y mercader de *oleum*. Me complace.

—En la vida se ha de jugar a lo grande, como tú, o no jugar —respondió Lucio.

Priscila había devuelto la armonía a mi estado de ánimo y yo, reconciliado con el pasado por su noble gesto de salvar mi alma de la oscuridad eterna, deseaba tenerla cerca de mí hasta que el azar deseara.

Sayed, el Tuerto, solía invernar en Roma, pero era hombre escurridizo.

Consideraba al esclavista chipriota como un hombre sucio, indigno, brutal y sin sentimientos, y muchas veces había pensado en él, no como causante de mi desdicha, sino como el cómplice que usaron mis enemigos para borrarme del mundo. En varias ocasiones me había acercado a los cobertizos de carne humana que poseía en Roma, y al mercado de esclavos que se alzaba tras los muros del templo de Cástor y Pólux para preguntarle sobre algunas incertidumbres. Pero no había podido dar con él.

Pensaba utilizar, llegado el caso, la complicidad del hijo mayor de los Séneca, Junio Galio, tribuno y cuestor de alto rango de la provincia de Grecia, con sede en Corinto, para investigar los hechos subterráneos que habían arrojado a la esclavitud a Priscila, y en los que el eunuco Eudoro había sido crucial en aquel sucio negocio.

Según Priscila me podía facilitar contactos e informantes que yo juzgaba necesarios para encausar al emasculado. Pero antes deseaba conversar con el traficante.

El *nomenclator* de la casa me informó que aquel día de finales de octubre había subasta de esclavos, y que era la última, hasta que se reanudara la navegación. Era la ocasión que había estado esperando, por lo que me acerqué a la plazuela de las subastas *post meridium*, a la hora en la que los mercaderes de esclavos visitaban la *termopolia* o casas de comidas cercanas para trasegar cerveza y restaurar las fuerzas.

En la taberna en la que entré la mugre lo cubría todo y apenas si estaba iluminada por la llama aceitosa de una lámpara de sebo. Tardé en identificar a Sayed, un tipo sin escrúpulos morales a quien Dios aplicaría su implacable justicia. Estaba solo en un banco y un tabernero de manos sarmentosas le había llenado el vaso de vino del Rin, mientras el chipriota se atusaba los mechones de su pelo grasiento.

Observé la dureza de su rostro, su ojo saltón e inquisitivo que todo lo miraba, el otro cegado y negruzco y sus ademanes groseros. Escuché las frases distantes con el cantinero y cómo enarcaba las cejas disgustado por algún mal negocio. Comía a grandes bocados una carne gelatinosa de cerdo que conducía con una torta de garbanzos.

Me puse frente a él y alzó la vista, examinando mis lujosos indumentos.

—¿Sabes quién soy, Sayed? —le solté en tono desabrido.

—¿Os he vendido algún esclavo quizá, *domine*? —se interesó.

—No, me vendiste a mí —contesté lacónico y retador.

El brusco giro de la conversación y el idioma koiné hizo que dejara la cuchara, que se limpiara la boca con la bocamanga de su albornoz y retirara de un manotazo el pringoso plato. No había comprendido nada, como si yo no tuviera rostro, sino una máscara. Me miró con desafío y arrogante superioridad. Decidir sobre la salvación o la muerte de sus semejantes había convertido su corazón en músculo de obsidiana. Su semblante era pétreo y auguraba problemas. Tras un silencio cortante, preguntó:

—¿Quién sois si puede saberse? —curioseó con una mueca zafia.

—¿Te dice algo el nombre de Jasón de Séforis? ¿Cesarea? ¿Los Séneca?

El avaricioso maltratador de seres humanos pareció enderezar sus recuerdos. Al poco dio un golpe en la mesa, y soltó una soez e insolente carcajada.

—¡El oleario judío, por la maza de Heracles! Los judíos me seducís tanto como me irritáis —exclamó incisivo—. Así que os han liberado. Os habéis follado a *domina* Helvia u os habéis liado con el viejo senador. Hasta Sócrates tuvo a su efebo Agorácrito.

—Tu boca es como tu alma, un pozo de inmundicias, Sayed —le reproché.

—No os enfadéis, hombre —quiso hacerse accesible, conocida mi nueva situación—. Me alegro de que te hayas convertido en un liberto con futuro —me tuteó—. Eres un potencial cliente. Sayed el chipriota está a tu servicio. Siempre vi en ti un esclavo con posibilidades. Por otra parte, esos Séneca ya han manumitido al menos a media docena de esclavos. Son una familia benigna y excelentes compradores. ¡Para mí es una alegría que mi género prospere con sus amos! Lo contrario sería una decepción.

—Yo he alcanzado mi manumisión por ejercitarme en unos valores que tú ignoras, Sayed —lo aleccioné enojado—. Pagué por mi condición, pero prosperé porque puse trabajo, mi saber y mi gratitud a contribución de los que lamieron mis heridas. No se ha tratado de una relación de beneficios, sino de afectos y de respeto. ¿Entiendes?

—¿Así que para ti este perro mundo es un lugar ideal, puro y limpio? —satirizó.

—A los hombres se los respeta, se los desprecia, o se los teme. Yo los respeto.

El mangón hizo un gesto como de que no comprendía mis disquisiciones.

—Estoy seguro de que no has venido a regodearte ante mí de tu feliz liberación. Has probado por poco tiempo las cadenas, el sudor y el látigo y aún permaneces indisciplinado y lenguaraz. No te han castigado lo suficiente —sonrió esquivo e insolente—. ¿Vienes a hablarme de esa *ornatrix* que Jantipo me sacó gratis? Entra dentro de la lógica. Pero no te preocupes, le saqué el provecho suficiente. Estamos en paz, liberto.

—Para hablar de ella me he acercado a ti, pero no para agradecerte tu gestión de sacarla de aquel burdel, sino para llevar ante el tribunal de Corinto a ese canalla de Eudoro, el eunuco mayor del templo de Afrodita, que en vez de conducirla a su hogar te la vendió a ti como esclava. Y tú me vas a ayudar, o también te implicaré ante la curia, donde tengo amigos influyentes, como el pretor Galio Séneca.

Volvió a carcajearse de forma intolerable, y a mí me exasperó, pues me trataba como a un ingenuo. El único ojo del tratante giró en su órbita y me señaló con el índice.

—Mira, liberto, esa es una guerra perdida para ti. Eudoro murió de una apoplejía hace dos veranos, con lo que has perdido a tu presa. No hay acusado, y si no lo hay, no hay pleito. Y ahora, ¿a quién vas a culpar? ¿Al templo de Afrodita, a la suma sacerdotisa Elpis, quizá al Consejo de la polis? Todos esos sacan beneficio de las ventas. ¿Sabes? Las hetairas que incumplen la ley del santuario son vendidas y los beneficios se reparten. Si esa *ornatrix* sigue con los Annios, pregúntale por sus compañeras Zoe, Perseis y Tarsia, que también transgredieron las normas, como ella misma. Hoy forman parte del harén de un sátrapa de Persépolis. Harás el ridículo si denuncias el hecho.

Hice un esfuerzo por no pregonar con mi gesto mi más absoluta decepción.

—¿El eunuco Eudoro ha muerto? —me sorprendí abatido.

—Ve a Corinto y compruébalo por ti mismo, Jasón —replicó en tono hosco.

El indigno mercader había ganado la batalla, pues sin culpable no había caso. Había entendido que mi insaciable sed de hacer justicia había tropezado con un muro impenetrable y que unos son los caminos del hombre y otros los de Dios. Y aunque en mí no era cuestión de venganza, sino de reparación de un mal indecente, noté en mi lengua el sabor acre de la frustración y en la única pupila de Sayed un gozo vibrante. Otra vez la corrupción, la codicia y el poder ganaban la batalla. No debía ser así, pero la maquinaria del mundo funciona siempre a favor del poderoso.

Consideré que una sensación extraña, la de la suciedad de la esclavitud, impregnaría la sangre de mis venas, pues no había justicia ni tribunal que reparara tan innoble indignidad para el género humano. Tenía la sensación interior de que una ira compacta y férrea me hería el alma, como si un espino me rasgara la garganta.

Me levanté del banco y le volví la espalda.

Solo la voluntad de un justo desquite hubiera compensado el dolor de Priscila.

Roma había salido de los oscuros años del gobierno de Tiberio, el general que nunca había querido ser emperador de Roma y que dominó una falsa República, y parecía que el *princeps* Calígula iba a inaugurar una nueva edad de oro al modo de Augusto. Del joven césar se decía que lloraba cuando transitaba por el Foro, al ver a chiquillos mendigos pidiendo un as de cobre, y que la caridad y la humanidad eran sus principales cualidades. Pero todo el mundo conocía el incesto con su hermana Drusila, y sus orgías y atrocidades, que no eran precisamente un juego de niños. Me desentendí de la familia imperial, de su gobierno y de sus hediondos usos. Dejaba Roma.

Y determiné mi salida para Alejandría en las antecalendas de septiembre.

Dos días antes, enfundados los hombres de la familia en sus togas ribeteadas de púrpura y calzados con chapines rojos, y las enjoyadas damas con clámides de seda, nos dirigimos al Campo de Marte, donde se alza el Ara Pacis, altar levantado por Augusto frente al obelisco egipcio de pórfido rojo.

Poseía la rara función de que el día de los idus de marzo, aniversario del asesinato de Julio César, el primer rayo del sol en su camino al ocaso subía por las escaleras y penetraba en el templete para recordar con su luz al divinizado dictador, el Sol, que era como glorificarlo a él, su hijo adoptivo.

Los Séneca sabían que yo no adoraba imágenes y eligieron este tabernáculo porque, salvo los frisos griegos que lo adornaban, carecía de representaciones de dioses que lo presidieran. Marco pagó a los *flamines* de Augusto para que sacrificaran un corderillo, a fin de que nuestro viaje a Oriente fuera propicio y que el negocio del *oleum* de la Bética que compartíamos a partes iguales nos resultara próspero y fructífero.

Concluido el ceremonial, se levantó un ligero viento que cimbreó los cipreses que rodeaban el mausoleo de Augusto, que se divisaba en lontananza. Pronto comenzarían las lluvias y debía partir. Todos estábamos afectados por la inminente separación, salvo Priscila y Décimo, a quienes se les veía exultantes, pues muy pronto emprenderíamos una nueva existencia en el país del Nilo.

En ama Helvia advertí un raro brillo en sus espléndidos ojos negros, aunque se guardó mucho de expresar lo que pensaba en su interior. Yo sabía que nos añoraríamos, pues entre nosotros se había instalado una relación sin rendijas que perduraría siempre. Había jugado mi baza de acomodarme en Alejandría con mucha fe, y deseaba alzar el vuelo cuanto antes para sosegar mi alma y saber de mi familia natural.

El día de la despedida, el vuelo y el piar de las diligentes alondras me despertó del sueño profundo en el que había caído. Un cortejo de familiares y siervos nos aguardaba a Priscila, a Décimo y a mí en la puerta. Recuerdo que, aquel amanecer, Roma se dispersaba portentosa y rutilante sobre el verde paramento de sus siete colinas.

Todos éramos conscientes de que tardaríamos un tiempo en encontrarnos nuevamente y nos abrazamos en silencio. Yo besé la mano de *domina* Helvia y la estola de amo Marco. Gracias a su magnanimidad había recobrado la libertad perdida y mi esclavitud había sido menos pavorosa de lo que era usual. Partíamos en dos carros hacia Brundisium, en la costa del mar Adriático, donde nos aguardaban las dos *oraria*, las naves cargueras de velas cuadradas compradas por la sociedad para el transporte.

Era mi pensamiento navegar directamente a Alejandría, pero Priscila me rogó encarecidamente que hiciéramos un alto breve en Corinto. Había hecho una promesa. Deseaba, me dijo, visitar de incógnito su templo y ofrecer un sacrificio por su libertad. Yo pensé en la revelación de Sayed y le manifesté con la precaución debida:

—¿No te puede surgir algún encuentro indeseado en Corinto? —la advertí.

—Con Eudoro muerto, no corro ningún riesgo. Anhelo volver a prosternarme ante mi diosa y ver cara a cara a una persona cercana que jamás he despreciado en mis recuerdos. Un voto prometido a la Madre obliga a quien lo ha hecho, o su mañana será un suplicio —me manifestó apesadumbrada.

Advertí en su semblante una mueca de nostalgia, y aseguro que no llegué a comprender el alcance de su confesión en aquel momento, pero Priscila se hallaba pletórica y optimista, liberada al fin del dolor y de posibles peligros. La luz de la mañana ascendía lentamente por levante y nos deseamos mutua salud y ventura. Helvia nos deseó cogiéndonos las manos:

—Rezaré a la Bona Dea para que os envíe vientos propicios, Jasón, hijo mío, y que la bora, el céfiro impetuoso de ese mar, os sea leve.

—Os abandono con pesadumbre, *mater*. Os escribiré —dije comprometido—. Amo Marco, duplicaré vuestra aportación, como corresponde hacer a un buen hijo.

Lucio Séneca, que estaba arrebujado en su túnica de lino blanco, me recomendó:

—Concluyeron nuestras amistosas confidencias y filosofías, Jasón. No lo olvides, relata tus experiencias habidas por esos mundos creados por el padre Júpiter. Las espero. Te evocaré en la distancia y te escribiré sobre mis creaciones literarias —me prometió abrazándome con el calor propio de un hermano.

—Cuando llegué a Roma cargado de cadenas y con el alma destrozada, los únicos de los que recibí compasión fueron tus padres, amo Lucio. Preocúpate de ellos y cuídalos como lo que son: dos personas dignas, piadosas y honorables.

Priscila, Helvia y Marcia no pudieron reprimir sus sollozos. Sus mejillas estaban pálidas y yo, sin poder dominarme, derramé también un llanto leve y manso.

—Que los dioses guíen vuestros pasos —nos deseó Marco Séneca.

Una oleada de vacío inundó mi corazón al dejar la *domus* Annia y reflexioné que el destino de los hombres toma a veces rumbos que escapan a nuestra razón. Recordé a mi familia jerosolimitana y a mis amigos de Hispania con nostalgia. Los amaba.

Los carruajes echaron a andar, mientras las moscas revoloteaban erráticamente sobre nuestras cabezas, y fijé mi mirada en el grupo que nos despedía con sus manos alzadas. El dorado contorno de Roma fue desapareciendo y con él un tropel de recuerdos lastrados en los pliegues más íntimos de mi alma. En unas semanas, si Dios así lo quería, estaríamos en el país del junco y de la abeja: el viejo y civilizado Egipto.

Por levante germinaba el nacimiento de un sol prodigioso.

XXVIII

CORINTO

Las olas que retornaban de Italia nos empujaron hacia la bahía de Corinto.

Atrás habían quedado las glaucas orillas del Adriático y, navegando en un tranquilo viaje, se abrió ante nuestra visión el abarrotado puerto de Lajaión, cuyas aguas eran tan azules como el cielo.

Priscila había estado rezando en cubierta a la dea Afrodita y a Tetis, la nereida del mar y madre del héroe Aquiles, que según ella habían navegado por aquellas mismas aguas, para que nos protegieran de asaltos y naufragios. Frente al embarcadero, atestado de naos mercantes, pesqueras y trirremes, y traspasando la ciudad y el istmo, se adivinaba en lontananza el segundo puerto de Corinto, el de Cencrea, al este, que lo comunicaba con Asia y los ricos emporios persas.

Se aproximaba la anaranjada declinación del sol y buscamos un albergue cerca del Ágora, pues estábamos cansados y ateridos y necesitábamos un jergón limpio donde descansar, no más de tres días, y una mesa donde saciarnos.

Corinto disponía de muchas posibilidades de hospitalidad y muy pronto reparé en que la ciudad griega vivía del comercio de la prostitución y que decenas de pintarrajeadas hetairas de la diosa deambulaban de un lado a otro con sus vaporosos vestidos al viento, ofreciéndose a los forasteros, estibadores, viandantes y vendedores, y sobre todo a los marineros que habían pasado meses de abstinencia en el mar.

—Jasón, ¡cómo desearía saber quiénes fueron mis padres! Quizá vivan aún en estas tierras. Trataré de averiguarlo en el templo —me confió Priscila.

—Sabía que ese era tu deseo más anhelado. En el templo te facilitarán la llave.

El piloto de uno de los barcos de la sociedad me ofreció la compañía de dos marineros para que nos protegieran del acoso y de los amigos de lo ajeno que deambulaban por las posadas y tiendas, por la fuente de Pirene, el mercado y los templos de Demeter, Hera y Asclepio, convertidos en verdaderos prostíbulos.

En víspera de unos fastos divinos, la ciudad estaba engalanada con falsas estatuas de estuco y columnas jónicas adornadas con cintas, palios pintados y velos de colores y de arcos drapeados con banderolas rojas y oro, los colores de la ciudad.

Ramas de laurel, mirto y olivo engalanaban los balcones, y atrevidas hetairas de la diosa, quienes iban vestidas de ninfas, Afrodita, Juno o Palas, llevaban los cabellos peinados con largas colas y recogidos con crespinas de cintas blancas. Tomadas de la mano, danzaban en las calles al son de los panderos, sistros y flautas, mientras entonaban los himnos eróticos de la sirena Parténope, de Himeneo y de Cupido, dioses del amor, el casorio y la unión carnal de los cuerpos. Y bailaban con tanto ardor y erotismo que magnetizaban a quienes las contemplaban.

—¡Oh Himen, oh Himeneo! —invocaban al dios nupcial.

Una de ellas, que olía a perfume de agraz y se adornaba con abalorios de cristal, se me acercó y, acariciando mi torso zalameramente, me invitó:

—¡Extranjero, hónrame y honrarás a la diosa! —y me incitó a seguirla.

—Tal vez esta noche, hermosa joven —le dije en griego koiné y la engalanada criatura me besó y se esfumó entre el gentío.

—¿Qué fiesta celebran los corintios, Priscila?

—Los Juegos Poseidoneos de otoño, dedicados al dios de los océanos. Estas próximas noches las calles serán una bacanal de disipación y lascivia, y también de falta de seguridad. Te prevengo, Jasón. No seas demasiado confiado —me aconsejó.

Había quedado muy impresionado con aquellos fastos envueltos en un halo de desenfreno y misterio. La velada fue larga y, en la calma de la taberna, Priscila nos narró una retahíla de episodios vividos en el templo, sus chismes y confidencias, y donde los eunucos e *hieroi*, los efebos homosexuales del templo, no salían muy bien parados.

Tras cenar y tomarnos unos vasos de un brebaje dulzón de moras, dejé tres monedas en el tablero y nos encaminamos a las habitaciones. Estábamos desfallecidos y precisábamos reposar. Los marineros regresaron al barco y nos dieron palabra de regresar a la posada a la hora de prima.

A la mañana siguiente observé que la Fiesta de Poseidón había comenzado.

Me vestí a la romana con mis mejoras galas, y me adorné con el brazalete que me habían regalado mis amigos de Hispania para visitar al hijo mayor de los Séneca, el cuestor Junio Galio. Debía entregarle una carta de sus padres y presentarle mis respetos. Podía ser muy valioso para la sociedad alejandrina.

De camino deseaba rogarle su patronazgo para futuros negocios en la ciudad.

En la familia lo conocían como Novato, pero al haber sido adoptado por el senador Galio, gran amigo de los Séneca, había acogido el *prenomen, nomen y cognomen* de su nueva estirpe, práctica muy usual en Roma, que no revelaba olvido alguno de su sangre. En la puerta de la hostería se hallaban los dos marineros escoltas charlando con Décimo y Priscila, guapísima a aquella hora temprana con sus largos cabellos rubios recogidos, sus grandes ojos color del cielo y su piel rosada, más lustrosa que nunca.

Hasta yo me sorprendí de su belleza y elegancia. Me señaló en la acrópolis el derruido templo de Afrodita Acidalia, así llamado por la alberca donde la diosa se bañaba en Beocia, y que lo romanos habían destruido hacía más de cien años.

—Querido Jasón —me dijo—, como tu religión no te lo permite no te pido que nos acompañes al nuevo templo de la diosa en el Ágora. Voy a ofrecerle unas palomas y trataré de pasar inadvertida para mis compañeras con este velo. No deseo revivir malos momentos, aunque he de ver inexcusablemente a una persona que pueda revelarme la identidad de mis padres. ¿Tú qué harás?

—Cumplimentar al hijo de los amos, Junio Galio, y después asistir a las carreras.

Hacía un aire liviano y me acerqué solo al Pretorio y Tribunal romano, donde vivía el gobernador de Acaya, Cayo Asinio, y el mayor de los Séneca. Pero mis deseos se vieron frustrados, pues el cuestor Galio se hallaba en Megara, recaudando impuestos. Dejé al centurión de guardia la carta de sus progenitores y asistí con los marineros al hipódromo, mientras Priscila y Décimo, que la protegía de toda acechanza, seguían de oración en el templo. En Corinto, los conductores de carros corrían desnudos, al modo griego, pero carecían del ardor, arrojo e intrepidez de los corredores romanos.

Me divertí, pero perdí una bolsa de dracmas en las apuestas, por lo que a media tarde abandoné el recinto y regresé a la hospedería, donde aún no habían regresado ni Priscila ni su inseparable Décimo.

Los bazares habían cerrado y todo Corinto se había echado a la calle. Las hetairas e *hieroi*, con coronas de flores y de yedra en las cabezas, rivalizaban en exornos e impudicia ante los hombres que encontraban. Una sacerdotisa revestida de lino, quizá Elpis, las precedía, e invitaba a los viandantes a copular con sus pupilas por una dracma.

Una marea humana se dirigió tras las servidoras de Afrodita al templo donde habría de celebrarse el llamado Banquete de los

Sabios, donde eran sacrificados unos terneros blancos, que luego eran consumidos por los bacantes, los servidores del dios Baco o Dionisios, en medio de un licencioso desenfreno, en el que aseguraban que se ingerían estimulantes, y que los dos dioses olímpicos cobraban vida durante el festín y que copulaban entre ellos.

Bullía la fiesta nocturna, tal como había predicho Priscila, a la que no vi en el templo, ni en sus alrededores. Hombres y mujeres entraban y salían de los santuarios o se dirigían con sus acompañantes a cobijarse bajo las sombras de las murallas y del puerto, en un pandemónium de desenfreno y voluptuosidad. Rendían culto al amor carnal, tan querido por Afrodita, su lujuriosa divinidad, y por tan solo un trozo de metal se ofrecían impúdicamente a sus amantes en cualquier lugar.

La ciudad iluminada por la rojez dorada de las teas se abría a un espectáculo fastuoso, pleno de libertinaje, lubricidad, vicio y lujuria. Eran griegos.

Invité a los marineros a vino y me animaron a seguirlos y ejercitar «la piedad» con las hetairas, que tiraban de nuestros mantos para que las siguiéramos.

—¡Es un acto caritativo que agrada al cielo, patrón, vamos! —me animaron.

La luna surgía por levante y cambié las ruidosas calles de Corinto por la serenidad de los atrios y pórticos del tabernáculo de Afrodita. En el sacro burdel yacían desparramadas decenas de amantes cohabitando con las «potrillas» de la diosa entre jadeos, unos tirados sobre sus túnicas y togas y otros sobre las esterillas del santuario.

—Deposita la ofrenda en mi bolsa, una dracma —me animó una joven de ojos bellísimos salida de la nada, que olía a agáloco de Ceilán, y cuyos exuberantes pechos se le escapaban, dejando entrever los pezones tintados de rosada alheña perfumada.

—¿Quién eres? —le pregunté interesado por su esbeltez.

—Dido de Cartago, la diosa de ébano —fantaseó sonriente—. Seré tu reina por esta noche y cumplirás la voluntad de la diosa, romano —me animó pasional.

—Dicen las escrituras que son dulces como la miel los labios de la extranjera. Probaré los tuyos —le dije, y la seguí en medio de una atmósfera difusa y sugerente.

Sus ojos brillaban en la oscuridad y me llamó tendiéndome la mano. Enardecido bajo las estrellas por el sopor del vino, deslicé mis dedos por su cuerpo y sus senos. No pensé en que podía transmitirme una enfermedad venusina en mis partes pudendas, y me entregué a la tersura aterciopelada de la joven, palpando y apretando el mapa completo de su sensual figura. Quedé sorprendido por el violento movimiento de sus caderas y por su sexo rizoso y abundante, que me animó a explorar.

—¡Cobíjate en mi flor y Afrodita te bendecirá! —me alentó codiciosa.

Indómitamente salvaje, la *hetaria* extrajo de mí goces exóticos, mientras gemía como un cachorro selvático. Yo pujé sobre ella y una sensación desconocida vació mi cerebro, mis entrañas y todo mi ser.

Su piel morena era distinta a las demás y quizá la muchacha fuera etíope, libia o nubia, pues con la luz de la luna poseía un brillo metálico. Y cuando percibí que quedamos desmadejados el uno junto al otro, ella comenzó a hurgar mi sexo y a succionarlo y disfruté de sus sensuales formas, ansioso por poseerla cuantas veces me lo pidiera. Me dejé manipular con facilidad y me envolví en sus brazos y piernas cálidas, hasta que mi virilidad quedó exhausta. Realmente era una experta en el arte de Afrodita.

Me acurruqué en su regazo anónimo y me quedé profundamente dormido.

Sería la segunda vigilia, cuando los dos marineros me despertaron. Me eché mano a la cintura donde guardaba pequeñas bolsas con monedas y comprobé que la ramera me las había robado. Sonreí por la picardía de la meretriz, y dije a mis escoltas:

—Supongo que la gran sacerdotisa estará satisfecha con mi contribución.

—¡Estas putas corintias no tienen temor a los dioses! —soltó uno.

Nos encaminamos al centro de la urbe donde la algarabía era ensordecedora.

Efebos, matronas y prostitutas sagradas invadían las calles, borrachas y desnudas, mientras danzaban enloquecidas al oír un pandero o una zampoña. Una algazara de arpistas vestidos de Eros recorría las calles y muchos se entregaban al amor sodomita en las esquinas y plazuelas sin pudor alguno.

Nunca había contemplado a tantos bacantes enredados en escenas tan orgiásticas, donde no importaba el sexo, la edad, la condición o el deseo. En cómplice mezcolanza y empapados de vino e hidromiel, la mercancía humana del templo de Afrodita Corintia, las hetairas y los *hieroi* y sus amantes, yacían por doquier en una grandiosa bacanal, que a mi padre hubiera aterrado.

Algunos viejos se encimaban sobre las servidoras de Afrodita con repulsiva lujuria y de cualquier manera consumaban sobre ellas sus deseos y soltaban su semen, mientras las asían con avidez. Me impresioné y abandoné aquel lugar, donde hombres desnudos lanzaban gritos simiescos y arrebataban a las hetairas con brutalidad, poseyéndolas contra los muros de las casas, donde se aprestaban a satisfacer sus caprichos más libidinosos. Entonces se producían riñas para hacerse con las jóvenes más atractivas, entre embrutecidas amenazas que a veces acababan en sangre.

«Pero los judíos no somos mejores. Nos acucian otros pecados», pensé.

Hastiado de aquella orgía desenfrenada, perdida la noción del tiempo, y harto de buscar a Priscila y Décimo, regresé a la posada, apartando borrachos y meretrices. El ruido y el desenfreno seguían en la calle y un perro olisqueó mis botas.

No miré si habían regresado y me arrojé al lecho. Observé antes por la ventana y vi que el alba apuntaba con una tonalidad rosácea.

Corinto se había convertido en una orgía excitante, universal e interminable.

***

Un marinero vino a avisarnos de que partiríamos con la marea.

En los bancos del patio de la hospedería me encontré con Priscila y Décimo, que se acercaron a saludarme, preocupados por si me había sucedido algo. De mi cinto pendía una vaina con una daga ibera. Había sentido miedo la noche anterior.

—Os busqué en los templos del Ágora, pero no os hallé con el bullicio.

—Estuvimos gran parte del día en las dependencias de los *hieroi*, indagando y realizando el sacrificio en la acrópolis, en el templo primitivo de Afrodita.

—¿Averiguaste algo de tus padres? —me interesé.

Observé su decepcionante desencanto.

—No, querido Jasón —me confesó—. No fui el regalo a la diosa de unos devotos, como me habían hecho suponer, sino la venta de unos pobres para poder subsistir. Y esos tratos no son consignados en el gran libro de las hetairas. Éramos proscritas para las demás muchachas que sí habían sido ofrecidas por sus familias como exvoto.

—Compadécelos y perdónalos. La pobreza obliga a obrar perversidades.

Vi que otros asuntos turbaban su ánimo, y volví a preguntarle:

—¿Viste a la persona por la que nos detuvimos en Corinto?

—¡Sí! —replicó ufana—. ¿Recuerdas aquel efebo del templo que era mi confidente y amigo y que fue la causa de mi esclavitud por nuestra cercanía y afecto mutuo?

—Vagamente, pero sí, recuerdo que me hablaste en Corduba de él.

—No puedes ni imaginarte la desmedida impresión que le supuso a Qyos, nombre por el que lo conocíamos, el verme frente a él. Estuvo abrazado a mí un largo rato y lloró sobre mis cabellos. «¿No te devolvieron a tu familia, querida? ¿No estabas con tus padres?», me dijo llorando. «Aquí incluso se habló de que tu barco había sido atacado por piratas y que te habían hecho esclava y vendida en Kition. Sea bendecida la diosa por haberte devuelto a nosotros».

—No andaba desencaminado tu amigo.

—Le narré toda mi desquiciada historia, desde que fui expulsada por Elpis de mala manera, su confesión de que había sido vendida y no ofrecida, para pasar luego por la infame intervención de Eudoro, que él ignoraba y que efectivamente ha muerto. Le hablé del siniestro Sayed, que al fin y a la postre nos unió, y después le conté nuestra odisea y la libertad final, Jasón. Se llenó de gozo, aunque manifestó un odio y una animadversión hacia los eunucos que me conturbó. Sus relaciones en el santuario a causa de las pasiones son infernales, ¿sabes?

—Descargaste tu alma con un alma gemela, y me alegro, Priscila.

—Juntos dimos gracias a nuestra deidad protectora nacida de las aguas —contó—. Pero no quedó ahí la cosa. En mi expulsión y venta posterior, también anduvo implicado otro eunuco celoso de nuestra amistad, llamado Lineo, que informó a Eudoro de nuestros encuentros, y eso que éramos más puros que dos tortolillas.

—Los castrados suelen desarrollar unas formas muy femeninas para el arte de chismorreo, los celos, la envidia y las impiedades —terció Décimo.

Con una forma delicada de evocar un recuerdo, nos respondió:

—Querido Décimo, te aseguro que solo hablábamos, nos contábamos nuestras penas y nos reconfortábamos con caricias y llorábamos sobre nuestros hombros. Éramos dos niños asustados. No hacíamos daño a nadie, y a él, desde pequeño, le atraía su mismo sexo. ¡Qué mal podíamos hacer a nadie! Malditos sean ese Eudoro y ese Lineo, al que espero que Afrodita haga justicia algún día y lo injurie ante el mundo.

—¿Has cumplido entonces tus votos, Priscila? ¿Se ha sosegado tu alma?

—Sí, y no sabes lo que te agradezco esta escala en Corinto,

Jasón. Necesitaba encontrarme con Qyos y apaciguar su espíritu noble, delicado e indulgente, y también cerrar mi corazón a la existencia de unos padres anónimos.

—¡Bien! Hemos de partir, amigos míos. Nos aguarda un carro —sonreí a Priscila.

Los festejos de Poseidón habían dejado la próspera ciudad como un campo de batalla y en un estado deplorable. Vasijas con pitorros fálicos estaban derramadas en el suelo, olía a vómito y orines y perros falderos lamían los charcos de vino, mientras los últimos danzantes dormían entre ronquidos en los pórticos y soportales.

El festín había tocado a su fin y comenzaban a verse algunos madrugadores viandantes. Nos dirigimos con premura al muelle, donde, según el piloto, partiríamos puntualmente a la hora de sexta.

Soplaba a ráfagas un norte fresco que ayudaría a nuestra singladura hacia Creta.

De repente, en el momento en el que los tres ascendíamos por la escala y las velas comenzaban a inflamarse, nuestro piloto señaló la bocana y gritó como un poseso:

—¡Ahí hay un cadáver flotando! —advirtió fuera de sí.

Nos asustó y nos detuvimos. Inmediatamente dos estibadores lo atrajeron con unos ganchos y una red y, al exponerlo en las losas del malecón, vacías de cargadores, recaudadores y mercaderes por la festividad, gritó:

—¡Por las vestiduras y la banda púrpura que lleva puesta es un servidor del templo! Lo han degollado y, ¡mirad!, lleva incrustado un falo dorado en el ano. Esto es un ajuste de cuentas entre eunucos —soltó una risotada y lo tapó con un capote.

Un guardia del Consejo llamó a otros escoltas y clamó para ser auxiliado:

—¡Muerte violenta en el templo de Afrodita! ¡Acudid!

Los tres nos quedamos inmóviles en la tablazón, pero comprobé que Priscila no estaba tranquila. Había examinado detenidamente el cadáver amoratado, remojado e hinchado, que no estaba a más de quince pies de la pasarela, y nos susurró, inquietamente angustiada:

—¡Es Lineo, el confidente de Eudoro! —reveló asustada—. Alguien lo ha matado y además con saña y señalando que es un asunto entre *hieroi* y eunucos, a tenor del falo que le han incrustado. No es la primera vez que lo veo.

—¿Estás segura? —me interesé conturbado.

—¡Claro! Ese cerdo con cara de rata ha pagado su maldad y su soberbia.

Aventuré una opinión que podía acarrearme una regañina de Priscila.

—¿Y crees que el autor del asesinato ha podido ser tu amigo, ese tal Qyos?

Priscila no logró disimular el vértigo interior que abrigaba. Asintió.

—Pues resulta querida mía que tu amigo no es tan indulgente como suponías.

—Es una cuestión de sentimientos, Jasón —respondió exonerándolo de culpa—. El grupo de muchachos del templo me llamaba «su lucecita», y me amaban, pues yo los cuidaba. Así que pueden haber hecho una piña para cobrarse su personal reparación y desquite de quien verdaderamente buscó mi ruina: Lineo. Es la justicia del templo.

—La condición humana es de natural vengativa y el corazón un jeroglífico indescifrable. Pero el Dios implacable siempre obra en silencio —le aseguré.

No deseaba verla ansiosa. Su existencia había sido una tortura y precisaba borrarla de su memoria. El piloto nos avisó de que debíamos subir para no perder la marea.

—Lo que sí es cierto es que, tras mi confesión de haber sido vendida, Lineo estaba marcado y debí suponerlo. Las relaciones entre los castrados y los efebos son insanas, y el desenlace es natural. Había mancillado nuestra relación y la diosa se ha cobrado su reparación, Jasón —me explicó pesarosa, tras cubrirse con el velo de seda.

—Tus pasos caminan bajo la estela de una tragedia griega, querida. Partamos para Egipto y corre un cerrojo sobre tu pasado en ese lascivo templo.

Priscila soltó algunas lágrimas. Lloraba su vida en él, y a la vez lo honraba.

—Sí, es lo que desea Afrodita. ¡Partamos ya! Te lo ruego.

—¡Por Mercurio, dios de los ladrones, partamos de una vez! —gritó Décimo, que abrazó tiernamente a su reciente desposada.

Las veloces naves se deslizaron por la embocadura del puerto de Corinto, rumbo a Creta. Cuatro días después atracaríamos en Alejandría, y conforme nos acercábamos a su grandioso puerto, atiborrado de naves, trirremes y barquichuelas de pesca, vimos cada vez más cerca su afamado y colosal faro.

Se nos cruzaron nubes bajas cargadas de niebla que opacaban la luz solar. Las aguas de la isla de Faros y la nívea ribera del mar estaban en calma. Un olor a dátiles llegó a nuestros sentidos junto al gorjeo de los pájaros. Priscila se apretó a mí cogida de la mano de Décimo. Los veía inmensamente felices y me complació.

Comenzaba para mí un nuevo destino en Alejandría, cuyo siguiente ovillo sería desmadejado en mi añorada Jerusalén. Yo esperaba que mi estrella fuera conmigo más generosa que cuando partí cargado de cadenas. Estaba intranquilo y no hacía más que pensar en mi madre, en mi tío, en mi esposa y mi hermana. ¿Cómo responderían a mi súbita aparición? ¿Seguirían vivos?

Me encomendé a Dios y, cubriendo mi cabeza, recé por ellos en la cubierta.

Dejamos al costado la isla de Faros y, tras embocar la Roca del Diamante, entramos en el gran puerto alejandrino de Antirrodos, atiborrado de embarcaciones de toda la ecúmene. Pausadamente atracamos en la pequeña rada de Timonion y aguardamos.

Aprovechamos para asearnos y vestirnos con más decoro y así mejorar nuestras imágenes, mientras el piloto mayor bajaba al puesto de guardia para declarar la carga de aceite, el nombre de los viajeros y pagar el tributo. Subió de nuevo y nos comunicó que deberíamos esperar y que no bajara nadie de la tripulación de la Iseum Oleum.

—Es harto raro y nunca me había pasado nada igual. ¿Qué ocurrirá? —dijo.

Malicié sobre la insólita situación y se me vinieron a la cabeza los avatares sufridos tras mi apresamiento. Transcurrió más de una hora y cuando la clepsidra del barco marcaba la nona, aparecieron junto a la proa de la nave dos hombres ataviados con túnicas de lino, a los que acompañaban cuatro legionarios romanos de semblante hosco. Recelé y Décimo me miró con mueca de preocupación.

Descendiendo por la escala, no pude disimular mi fastidio. Me temía lo peor.

¿Tenía algo que ver aquella anónima presencia con las disputas entre judíos y griegos que se habían desatado en Alejandría? ¿Existía algún cargo contra mí, o contra la sociedad? Pensé que era un ciudadano romano con todos los derechos y, recomponiendo mi túnica, me puse el primero. No debía mostrar temor alguno.

Al poner pie en tierra, uno de los funcionarios gritó en koiné:

—¡¿Jasón Anneo de Séforis?!

Afirmé sin mover un solo músculo de mi cara. No obstante, la alteración de mis pulsos aumentó como el galope de un alazán a la carrera, y un pellizco atenazó mi estómago, acostumbrado como estaba a sufrir lo más indigno de mis semejantes.

—¡Seguidme! —dictó el funcionario en un tono severo.

El silencio a mi alrededor podía cortarse y mantuve la mirada fija en el oficial.

XXIX

ALEJANDRÍA

Tercer año del reinado de Cayo Calígula

Priscila, Décimo y yo obedecimos al alto funcionario, e indecisos y silenciosos, ascendimos a un aparatoso carruaje que enarbolaba la insignia romana de la Loba, flanqueados por los legionarios. Estábamos alarmados.

Sin embargo, tras unos instantes pareció que no deberíamos temer nada, pues el ambiente se apaciguó de inmediato con los corteses modales del oficial, que abandonó su hierática disposición por una cortesía afable. El burócrata, un hombre maduro y circunspecto y de piel apergaminada, que sostenía en su mano un báculo de cedro, hizo ante mí una inclinación de cabeza, a la que yo correspondí. Y aunque los códigos por los que suelen regirse esos retorcidos cortesanos no son especialmente explicativos, al acomodarnos, manifestó inexpresivo:

—Mi nombre es Amosis y soy el secretario de mayor rango del gobernador Aulo Avilio Flaco, que aguardaba vuestra llegada, y que me envía a recibiros.

—Nos sentimos complacidos con su disposición —repliqué tranquilizado.

—Ante los últimos altercados ocurridos en la ciudad entre mercaderes judíos, egipcios y griegos —se explicó—, tengo instrucciones de protegeros y conduciros a los almacenes de vuestra sociedad mercantil y a la casa donde viviréis, que espero sea de vuestro gusto. Yo mismo contraté, elegí al personal y los habilité —me previno.

Avanzamos por las concurridas calles de Alejandría, la Vía Canópica y la avenida de la Tumba de Alejandro, y entornando los ojos dejé que el astro de luz acariciara mi rostro, al fin distendido. La arribada a Alejandría me pareció traspasada de irrealidad y alejada de toda sombra de riesgo personal. La ciudad pasaba por ser una de las urbes más pobladas y activas del Imperio y su puerto de Eunosto era la salida natural del trigo que llenaba la grandiosa panza de Roma y de su insatisfecha plebe.

Alejandría era una ciudad donde no existían las sombras. Todo era fulgor y luz.

Era además una metrópoli cargada de historia y de mitos, en la que destacaban el sepulcro de oro de Alejandro, su fundador, el palacio de Cleopatra, teatro de sus ardorosas pasiones con Julio César y Marco Antonio, el templo del Serapeion, el Museo y su prestigiosa Biblioteca, donde se guardaba casi un millón de rollos de papiro sobre el saber universal. Amosis nos los fue señalando con su grave voz. Poseedora de una abastecida flota comercial, solo era superada por la de Gades y Roma.

Lucio me había advertido de que las estirpes egipcias, los negociantes y los funcionarios vivían inmersos en el lujo, el goce y el refinamiento asiático en el distinguido Arrabal Real. Exhalé el aire grato que olía a cinamomo, higueras, sicomoros y mirto y desplacé mi mirada satisfecha hacia el secretario. Con expresión sincera le pregunté:

—¿Creéis que esos enfrentamientos perjudicarán el comercio, *kurós*?

—En modo alguno, *domine* —contestó ufano—. Ayer mismo salieron dos caravanas con destino a los reinos Mahajanapadas del Indostán, y los embarcaderos nunca estuvieron tan activos y concurridos, como habéis visto. Por otra parte, se espera la llegada del príncipe judío Herodes Agripa para tratar de conciliar a unos y otros.

—Su alteza, al que conozco personalmente, posee una mente brillante. Es un político señalado y acabará con esas fricciones. Os lo aseguro, Amosis.

—Que Ra os escuche, *domine*. El gobernador Aulo está muy preocupado.

Sonreí con firmeza, pensando en mis planes de futuro en relación con Caifás.

Cruzamos calles y plazas atiborradas de reatas de burros, de agricultores o *fellahs* camino de los huertos, de palanquines cubiertos y de camellos cargados de sacas, en medio de un enloquecedor estrépito de voces y de enjambres de moscas y tábanos. Nos detuvimos en el barrio de Paneion, o del Pan, cercano al barrio Canópico, que Lucio Séneca había elegido como epicentro de la sociedad del *oleum* hispano.

El delegado nos mostró los almacenes contratados, que despedían un intenso tufo a azafrán, clavo y canela. Estaban rodeados de plataneros, acacias, palmeras y lotos blancos. Parecían dos fortines y las paredes estaban pintadas de tintura ocre.

En un letrero en mármol con letras doradas se anunciaba *S. Iseum Oleum*.

Amosis había contratado a una cuadrilla de cargadores jóvenes de piel oscura que gobernaba un capataz de brazos, torso y piernas robustas, y que se apresuraron a saludarnos en griego y asegurarnos su eficacia. Los saludé, y en el mismo idioma los exhorté a que fueran cumplidores y que se ganaran el sustento con su trabajo leal.

La *domus* principal de la sociedad, formada por tres viviendas dentro de la muralla, era un dechado de gusto y distinción. Las paredes estaban decoradas con pinturas bucólicas de juncales y animales, como chacales, hipopótamos, garzas y cocodrilos del Nilo. En el triclinio destacaba el friso de un soberbio caballo, que Amosis señaló como Arión, el alazán del dios de los mares Poseidón, que había creado con un golpe de su tridente. Rodeado de lotos plateados, símbolo de la belleza y de la gloria de las antiguas dinastías de faraones, se asemejaba al tabernáculo de un santuario mágico.

Vi a varias siervas y diligentes domésticos, que inclinaron las cabezas, y observé que abundaban en las habitaciones los metales nobles, las maderas taraceadas de los lechos y sillas, el cedro y el marfil de las mesas, y los vasos de alabastro y cristal. Reinaba una gran frescura en la casa y en el jardín, desde el que se divisaba el azulado y manso lago Mareotis. Me llegó el murmullo de una fuente de la que escapaba un intenso aroma a jazmines, nenúfares y rosas, lo que me complació.

Mi recelo se disolvió por completo, como también la tensión de la situación vivida a la llegada. Ante de despedirme de Amosis, quien poco a poco había soltado la lengua, le entregué una bolsa repleta de denarios, que sopesó. Su rostro, antes inexpresivo, se transfiguró.

—*Domine*, quedo a vuestra entera disposición para lo que deseéis —se ofreció.

—*Kurós* Amosis, ¿podría contar con su contribución personal en esta sociedad? He notado que vuestro concurso sería capital en un país que desconozco. Os recompensaría pródigamente —le sugerí, y el egipcio hizo un gesto de sorpresa y agrado.

Amosis asintió sin decir palabra. Los dos nos favorecíamos con el acuerdo tácito, y aunque no podíamos escribirlo en un papiro y firmarlo, habíamos cerrado todas las condiciones posibles sin pronunciar palabra. Yo tenía las puertas oficiales y del poder fáctico abiertas y a mi favor, y él una magnánima recompensa asegurada.

Mi primer día en Alejandría concluyó con una puesta de sol rojiza que parecía chispear como el vidrio por el horizonte, donde sobresalía el obelisco de Isis de Lokhias. Priscila me cogió del brazo. Estaba satisfecha y me manifestó:

—Esto es un edén, querido Jasón. Uní mi estrella a la tuya y este es mi premio.

—Yo solo deseo ver esos ojos de cielo dichosos —le repliqué risueño.

Mi indeleble y más ansiado deseo era regresar a Jerusalén. Aunque lo temía.

Y mientras organizaba el retorno a mi casa, permanecí en Alejandría organizando las diligencias comerciales de la compañía junto a Décimo, Priscila y el fornido y animoso capataz, de nombre Balastra, que antes había trabajado en un depósito de aceite de la ciudad. Visité en sus almacenes de la Vía Rakotis a mi amigo Sotis, el comerciante egipcio de trigo que había conocido en Puteoli, y se llevó una gran alegría. Me proporcionó los primeros contactos con tenderos y exportadores de Alejandría y, desde entonces, Sotis permanece entre el círculo más cercano de mis amistades.

Nuestra laboriosidad fue verdaderamente voraz. Nos levantábamos al amanecer y nos acostábamos cerrada la noche. Priscila sufrió una pasajera disentería y unos cólicos desgarradores, quizá por beber agua en mal estado, o por la dulzura de la cerveza egipcia, la *hek*, pero se repuso con los cuidados de los domésticos y de Décimo, siempre pendiente de ella.

Puesta en marcha la sociedad, me dispuse a visitar a una autoridad capital del mundo judío de la Diáspora, que, según el rey Herodes Agripa, lideraba la escuela hebraica más importante de la ecúmene. Había decidido convertirlo en el cómplice más eficaz de mi desagravio personal contra el perverso Caifás.

Así que, una mañana luminosa, visité con el corazón contrito la sede de la Academia Mosaica de Algebristas, los conocidos Terapeutas de Alejandría, cerca de la Puerta de Helios, y lo hice no como mercader y ciudadano de Roma, sino como maestro de la ley. Los necesitaba imperiosamente como ariete de mi oposición a Josef Caifás y su venal familia de *sadokis* que habían prosperado a la sombra del Santuario, denigrando su integridad y arruinando la felicidad de mi familia.

Anuncié mi cita y me recibió el *episkopos* de los estudiosos del Talmud, Isaac Bennasar, en el dintel de su ostentosa mansión, aunque desvencijada por el tiempo. Regía desde hacía años la comunidad de sabios judíos, una colectividad de eruditos ermitaños y matemáticos que tenía un gran prestigio y reconocimiento en el universo judío.

Cuando tuve ante mí al archisinagogo, un anciano de piel sonrosada y blanca barba, larguísima y patriarcal, le dije con la debida sumisión:

—*Szma Israel, Adonay Elohenu, Adonay Echad.*

—El pueblo de Israel vivirá eternamente por el favor de Dios —me contestó.

—Sea siempre alabado el Altísimo, *kuros* —repliqué.

Cuando advirtió sobre mi túnica el medallón con el signo del Nejustán judaico y le participé que pertenecía a la familia Eleazar, que era escriba de la ley, alumno de Gamaliel, levita y fariseo, además de ciudadano romano, extremó sus cortesías conmigo y abrió su viejo corazón a las confidencias. Me acompañó a la biblioteca, que olía a pergamino, polvillo acre y tinta *atramentum*. Estaba inundada de rollos de las Sagradas Escrituras y de otras sabidurías, como la de Hermes Trismegisto, el creador de las ciencias metafísicas, que los romanos llamaban Mercurio.

En la pared norte observé dibujado un gran pentáculo o pentalfa, que según mi maestro Gamaliel encerraba en sí mismo el canon universal de todas las construcciones llevadas a cabo por la humanidad, y que representaba también al hombre, aunque con el vértice invertido simbolizaba la magia negra. Me presentó a otros terapeutas, que rezaban, meditaban, calculaban o copiaban manuscritos, y le dije admirado:

—Dilecto *mebaqqer*, gran sinagogo, observo en vuestra biblioteca escritos egipcios, griegos y de otras religiones y ciencias, y muchos de maestros pitagóricos.

—¡Claro! Esta casa fue antes un templete de Ammón y residencia de sus sacerdotes. Somos geómetras, matemáticos y algebristas del número y nos sentimos seguidores de Pitágoras, Heráclides Póntico, Anaximandro y Tales de Mileto, como también de los eruditos egipcios de Menfis y Tebas, amén de seguidores de nuestras escrituras. ¡Dios es sabiduría, luz y conocimiento, dilecto amigo!

—También yo los estudié en la Academia del Templo, ese santo lugar que Caifás y los saduceos han convertido en un bazar de mercancías. ¡Yavé los confunda!

Experimentó un gran alivio y su rostro se transformó. No lo esperaba.

—¿Tú también eres contrario a esa ralea de impíos saduceos?

Abierta una grieta en el muro de su respetabilidad, me decidí a abordarlo.

—Venerable maestro, pocos como yo han sufrido la saña de sus dentelladas. Elohim no permitirá sacerdotes tan viles a su servicio.

—¿Crees, Jasón, que nuestra alma no destila amargura con esa familia de zorros gobernando el Santo de los Santos? Hemos dirigido cartas a Vitelio, gobernador de Siria, y al príncipe Herodes Agripa, para que expulse de aquel sagrado lugar a la tribu de Caifás, tan codiciosa y ajena al espíritu de Dios —me reveló compungido.

Contesté al carismático archisinagogo que venía a auxiliarme en mi proyecto:

—Halagáis mis oídos, *magister* —lo alenté—. Uníos a los rabinos de las sinagogas de la Diáspora para expulsarlos del Templo. Los judíos de buena fe anhelamos que la Casa Santa recupere la dignidad de la ley de Mosiés, como también lo procuró el rabí de Galilea, un verdadero *qarob lemalkut*, rabino justo cercano al reino de Dios.

Isaac era un hombre amable y fascinador y se veía orgulloso de su labor.

—Herodes Agripa, una vez caído en desgracia su tío Antipas, ha conseguido el título de rey de su amigo Calígula, y su cabeza ciñe las coronas de la Traconítide, de Galilea y Perea. Estos años próximos se esperan bajo las mejores esperanzas y rezamos al Altísimo por su salud y buen consejo.

—Nos ha prometido que reparará nuestra gran incertidumbre, Isaac. Sé que Agripa comenzará su gobierno de Palestina bajo buenos auspicios.

—Conciliar lo material y lo espiritual es un delicado asunto, Jasón.

—Pero la influencia de Herodes en Roma resultará primordial —le indiqué.

Aquella observación hizo que se abriera la brecha de una amistad futura. Observaba que aquella Academia poseía un gran peso político en el microcosmos judío, y deseaba utilizar su influencia en mi beneficio, que también era el suyo.

—¿Y crees que podríamos subvertir el orden en el Templo? —se interesó.

—Indudablemente, rabí. He de participaros que el príncipe Herodes, a quien conozco en persona, me solicitó consejo sobre esos detestables saduceos. Pronto procurará una reunión en Palestina con todos los patriarcas, rabinos y doctores de Israel para enderezar ese asunto y deshacerse de esa raza perversa —observé convincente.

No deseaba perder tan oportuna coyuntura de acabar con Josef ben Caifás.

—Creo, estimado Isaac —insistí—, que, con vuestro prestigio, y yo con mi cercanía al príncipe, podríamos hacer mucho. Una carta dirigida a su alteza por la Academia de Terapeutas y validada por mí, denunciando a esa casta de verdugos de los *sadoki*, le abriría los ojos, definitivamente, pues le llegan infinidad de quejas.

El maestro se detuvo y reflexionó. Lo conocía poco, pero sabía que poseía una gran sangre fría y que era astuto y lúcido.

—Magnífica idea. Nos convertiremos en una llama que incendiará Israel.

Había aceptado convertirse en el guía del movimiento de cambio en el mundo religioso hebreo y mi alma estaba gozosa. Conversamos largo tiempo, hasta que la voz suave de Isaac hizo que saliera de un momentáneo ensimismamiento.

—¿Viviréis entonces en Alejandría, hijo? —me preguntó:

—Así es —respondí—. En unos días me dirijo a Jerusalén, donde ofreceré la primicia de un aceite extraído y prensado en olivos de Hispania, pero regresaré pronto. No deseó situarme de nuevo en el punto de mira de ese chacal de Caifás.

En sus ojillos, casi hundidos entre los párpados, afloró un gozo optimista.

—Nos alegras lo indecible, *sofrín* Jasón. Dios detesta a esa laya de hipócritas que solo aman el oro, como el rey de Frigia, Midas. Pero no olvides que es un escorpión que aún retiene su mortal veneno —me previno.

Imaginarme que Caifás y su familia podían perder su posición de privilegio en el templo y regresar a la pureza de la ley, tal como pedían Gamaliel, mi padre, el Bautista, Yeshua de Nazaret y otros hombres santos y justos, me hacía dichoso.

Hablamos de la ley, de Jerusalén, de Saulo de Tarso, de todo cuanto acontecía en el cosmos judío, y de cuanto de sabiduría encerraba aquella Academia Hebrea. Me acompañó a la puerta. Caminaba con la lentitud de un sexagenario y negaba con la cabeza cuando recordaba el oprobio en el que vivía el Templo de Dios.

—Maestro —lo detuve—, mañana recibiréis una partida de aceite para cubrir vuestras necesidades y también unos odres de vino de Hispania. Un colaborador mío llamado Décimo os traerá también una cantidad de dinero suficiente para que arregléis esta morada. Un lugar que acoge a sabios tan eminentes debe recuperar su decoro.

El anciano Bennasar percibió una súbita euforia, e intentó besar mi mano.

—Vuelve a visitarnos, *sofrín* Jasón. Te consideramos uno de los nuestros.

Regresé pletórico a la casa pensando en mis próximos pasos y crucé apresuradamente la avenida del Serapión. Estaba firmemente persuadido de que las dos corporaciones más prestigiosas y representativas del mundo hebreo, el de la Diáspora tras la cautividad de Babilonia y el de la Ciudad Santa, o sea, la Academia de Terapeutas de Alejandría y el sanedrín de Jerusalén, poseían una grandiosa fuerza y compartían la misma esperanza: el fin de los saduceos en la administración del Templo, una cornucopia de riquezas para ellos, cuando para otros, como yo mismo, los terapeutas y fariseos, era el sacro lugar de sacrificios a Dios y el lugar más sacrosanto de Israel.

Con el concurso de Amosis, amanuense de formación en el templo de la isla Elefantina, se redactaron anuncios de papiro en egipcio popular, distribuimos pasquines por la ciudad, nos pusimos en contacto con los templos y tiendas y nos anunciamos como únicos importadores en Egipto del *oleum et garum Hispaniae*, de aceitunas de mesa, de perfumes y de ungüentos de Arabia.

Asimismo, tenía pensado comerciar con colmillos de marfil de Ceilán, afrodisíacos, artículos de tocador y sedas de Palmira, pero debía esperar a que mi espíritu se sosegara tras mi viaje a Jerusalén, donde ignoraba qué me tenía guardado el destino y que marcaría un antes y un después en mi existencia. Me preguntaba si retornaría solo o acompañado, feliz, o con el alma destrozada.

Y, también, si regresaría.

Por aquellos días, me hallaba entre un revoltijo de plumas y fajos de papiros, cuando se me acercó el capataz Balastra. Me entregó una carta que había llegado en un barco romano procedente de Brundisium. La tomé en mis manos y observé que eran los pliegos que utilizaba Lucio A. Séneca, el hijo predilecto de amo Marco, y mi amigo. Lo abrí y me sumí en su lectura. Todo lo relacionado con aquella familia, mi familia adoptiva, me interesaba.

A Jasón Anneo, de Lucio Anneo Séneca.
Salud y fortuna para ti y para los tuyos, frater.
Te participo, caro Jasón, que mi padre y paterfamilias de

la gens Annia, Marco Anneo Séneca, que en Roma conocían como el Retórico, el ilustre abogado, orador y senador, ha cruzado la frontera de la vida y su rostro goza de la luz eterna del Elíseo. Ha muerto piadosamente como vivió, amando al género humano, sembrando el bien y ayudando a los débiles. Rodeado de los suyos exhaló el último aliento. El funeral y las exequias han sido multitudinarias, contando con la presencia del mismísimo emperador Cayo.

Antes de abandonar este mundo te recordó como a un hijo y su cuerpo ha sido depositado en el panteón familiar de la Vía Apia. Yo pronuncié el elogio póstumo y exalté su generosa magnanimidad con personas como tú. Sus méritos fueron ensalzados por la Urbs entera y su efigie de cera ya preside el atrio de nuestra casa para servirnos de ejemplo. Mi madre Helvia y mis hermanos te abrazan en el dolor.

Queda en la paz de tu Dios Único e Impalpable.

Me quedé inmóvil, sin habla, y me sumí en una silenciosa reflexión, trayendo a mi memoria las mercedes que había recibido de aquel hombre espléndido. Dos lágrimas apacibles cayeron por mis mejillas. Me incorporé, me cubrí la cabeza y recé:

—Dios de Israel, atiende mis súplicas. Cuando estuve perdido y desalentado Tú me auxiliaste, por lo que lo recordaré cada día que viva. Mientras me concedas aliento, él vivirá en mí, pues ese hombre compasivo es parte de mi espíritu. Auxílialo en el *shamayím*, te lo ruego».

Inmediatamente guardé la carta en el baúl de mis pertenencias, tomé una resma de papiros y los desposeí del bramante que los ataba. Empuñé el cálamo y arañé el rugoso pliego, donde aparte de mis lágrimas vertí todo el amor del que era capaz hacia aquella familia romana, en especial a *domina* Helvia, que me había procurado la libertad, los medios para mi actual situación y un afecto inconmensurable que jamás podría olvidar.

Tras firmarla, lacrarla y enviarla con urgencia con Balastra, se lo comuniqué a Priscila y Décimo, que lamentaron su pérdida y pronunciaron palabras elogiosas sobre el finado. Después, sin probar bocado, me encerré en mi habitación y, tras encender el candelabro de siete brazos y un pebetero con incienso, estuve toda la noche recitando salmos y jaculatorias por el alma del viejo Marco A. Séneca, mi padre adoptivo.

Con el ánimo restaurado y el recuerdo de amo Marco en mi corazón, volví días después a mis quehaceres y preparé en secreto el viaje a Jerusalén. Apreciaba mucho la confianza y la seguridad que me ofrecían Décimo y Priscila y decidí partir hacia Palestina en las antecalendas de octubre, antes de la llegada de las lluvias y de los fríos de diciembre y de *januarius*, que en Judea son espantosos.

Dejaba en buenas manos la Iseum Oleum, que en tan poco tiempo ya estaba procurando los primeros beneficios.

Entre rociadas de agua salitrosa y viento del sur, zarpé del puerto de Alejandría y viajé en una de las naves de la compañía hasta Gaza, donde recalé tres días después entre el chirrido de las gavinas que revoloteaban las cofas de la flota romana allí anclada. Portaba en mi alforja, junto al aceite regalado por Escévola, el documento de mi libertad y una carta del gobernador Flaco conseguida por Amosis, que me libraría de cualquier impedimento en las aduanas y de explicaciones innecesarias a las patrullas romanas.

Aunque me presenté en el puerto como el ciudadano romano Jasón Anneo, mi aspecto semítico y mi circuncisión me delataban, cuando me acerqué a los baños a purificarme, por lo que oculté con disimulo mis partes íntimas con una toalla. No podía contener la emoción al hallarme a tan solo cinco días de Jerusalén y encontrarme con mi familia, que me creía muerto. ¿Hacía bien en regresar? ¿Podrían soportar tal conmoción en sus espíritus? ¿No debía de haberlos avisado de alguna forma?

Me embargaba la inquietud, pero también un gozo indescriptible, que me impedía incluso conciliar el sueño. Pero por mi mente también se despeñaban negros presagios sobre su estado, su fortuna y su salud, por lo que traté de desprenderme de tanta preocupación.

Mi próxima cita en Jerusalén no podía presentarse más indescifrable.

Para protegerme de los bandoleros y salteadores de caminos, me uní a una caravana de mercaderes nabateos, que, a través de la Vía Maris, la calzada romana que conectaba Cesarea con Jerusalén y luego con Damasco y Palmira, transportaban oro de Sudán, perfumes de Tebas y púrpuras de Tiro.

Les pagué unos denarios de plata por la comida y la tienda y por unos días viví como un caravanero más, entre olores de estiércol, cuero mojado y orines rancios de camellos, cruzando majadas de pastores y los feraces valles galileos atiborrados de palmerales, higueras y susurrantes norias, entre enjambres de moscas y el gris celaje de los polvorientos caminos de mi patria.

Por la noche oía el aullido de los chacales y, tras comer las acostumbradas gachas de avena salpicadas de *hawi* de cordero, y rodeando el fuego de la acampada nocturna, me echaba en la esterilla y solo dormitaba, acuciado por las chinches y los tábanos.

Amaneció el quinto día de viaje y desperté de mi modorra y sopor. Me aupé en el camello y divisé el amado paisaje de mi niñez, el conocido camino de Hebrón y las desdibujadas siluetas de las aldeas de Belén y Betania, transitadas por viandantes, acemileros y guardias romanos. Permanecí inmóvil observando el horizonte.

Mi sobrecogimiento era real. Temblaba.

Y emergiendo entre un polvo dorado divisé la ciudad de David, Ieru-Shalom, la Tienda de la Paz, la atávica cuna de mi estirpe, y el sagrado monte Sión, depositario de mis nostalgias y sueños en los cinco años de esclavitud vividos. ¿Estarían todavía allí morando los de mi sangre? ¿Se habrían dispersado tras mi dolorosa desaparición?

Lo temí y mis pulsos se aceleraron.

Entoné con voz balbuceante un *hadish* en recuerdo de mi padre asesinado, y recé para que aún se hallaran vivos mi tío, mi madre, mi hermana y mi dulce Naomi, que, según la ley, y tras haber pagado mi padre la dote, viviría en mi casa, donde podía ser reclamada por un pariente soltero de la familia Eleazar. Deseaba que no hubiera sido así.

La caravana montó sus tiendas fuera de las murallas y, tras despedirme de los mercaderes y agradecerles su trato, entré en la capital de Israel por la puerta de Efraín, cercana al monte Gólgota, donde colgaban a los disidentes y que estaba llena de erráticas moscas de muladar y de rebaños de ovejas que pugnaban por entrar.

Me detuve y contemplé entre el vaho refulgente la blanca mole del Templo, la insultante torre Antonia, signo de la ocupación extranjera, el monte Moria, el de Ophel, mi amado altozano de los Olivos y el verdísimo valle de Hinnon.

Respiré su aire purificador y entre una batahola de acémilas y gritos, me dirigí al arrabal de Ofel, donde proliferaban las posadas.

Entré en una de ellas y me senté en el pretil del pozo para ordenar mis pensamientos y aplacar el nudo de ansiedad que tenía en la garganta. El sol otoñal iluminaba el granado y la parra de gruesos pámpanos del patio, donde bebí vino de Jericó y comí huevos fermentados con cidra, mis preferidos. Me aseé, un barbero cortó mis cabellos y afeitó mi barba y estiré la túnica romana con la que me vestiría por la tarde.

Después tomé mi *sidur*, el libro de las oraciones judías, y leí en arameo unos reconfortantes versículos sobre el regreso de la cautividad de Babilonia del pueblo de Israel. «El santo sea alabado» —concluí tras un rato de plegarias, y varios huéspedes se unieron a mi oración, comprobando que yo era un versado en las escrituras, y hasta uno aseguró en voz alta que yo era un *qados*, un hombre venerable.

Sonreí, pues nunca me han gustado las adulaciones infundadas.

Un perfume a jazmines oreaba en el aire y quedé por unos instantes magnetizado por el vuelo y el trino de los pájaros sobre el santuario, que ya había olvidado. Todos los deseos, las dudas y las incertidumbres, que había guardado en mi corazón durante aquellos años de miedos, angustias y también de compensadas satisfacciones, escaparían de su cárcel, donde habían estado ocultas, en muy pocas horas.

Esperaba que la emoción, ¿o la decepción?, del encuentro no me sobrepasara. Me aterrorizaba que a los míos les hubiera ocurrido alguna desgracia.

Pero solo resucitaría a la vida cuando pisara las losas de mi casa.

XXX

EL SALMO «HALLEL»

La bruma se había disipado y pude contemplar la límpida diafanidad del Monte de los Olivos, donde tantas veces había recogido con mi padre el aceite para el Templo. Me alteré y cerré los párpados con emoción. El tibio sol del mes de *kislev*, a primeros de noviembre, me descubrió un claro firmamento y la tibieza de la tarde.

Tomé dos vasos de leche de cabra con miel y me atavié con una túnica de gentil y un manto con capucha para pasar inadvertido y mitigar el creciente frío, y me adorné con el brazalete que me regalaran mis amigos de Hispania. Con paso lento, para recrearme en el lugar que amaba, me dirigí a la Ciudad Alta, donde estaba la tienda de la familia Eleazar, aledaña a la Torre Antonia.

Aprecié un leve temblor al poner el pie en el comercio familiar, pues yo ya no era el mismo. Era un hombre entre dos mundos. Ojeé los viejos estantes llenos de redomas, bolsas de plantas curativas y frascos de pomadas y óleos, y me hice visible, para que me atendieran. Saludé en koiné, y aguardé. Apareció mi jovial tío.

—¿Que deseáis, *kurós*? ¿Un afrodisíaco? ¿Un perfume quizá? En la tienda de Zakay Eleazar hallaréis lo que deseéis en ungüentos, aceites y elixires —anunció.

Se hallaba casi igual y apenas si había envejecido, conservando su natural cordialidad. Retomé mi aplomo y proverbial firmeza, aunque no alcé los ojos.

—Me han asegurado que vendéis un afrodisíaco prodigioso —le dije en griego.

—¡Sí, el elixir de Ezra! Creación póstuma de un sobrino que murió muy joven.

No podía reprimir mi conmoción interior y le repliqué con voz cortada:

—Aún vive, y tan solo desea abrazarte, Zakay.

Silencio. Estupefacción. Asombro.

—Mi corazón se siente reconfortado al verte vivo y pleno de vitalidad. ¡Bendito sea el Eterno, tío Zakay! —concluí balbuceante mi saludo apenas audible.

Incredulidad. Duda. Una lágrima presurosa.

—Soy tu sobrino Ezra —articulé con dificultad, casi llorando.

Zakay permaneció mudo y quieto como una estatua de sal. No dijo nada, como si hubiera perdido el resuello, la conciencia y la sensibilidad y un loco lo estuviera engañando. Retrocedió y una vasija que apretaba con las manos se le escapó y fue a caer al suelo derramando su polvoriento contenido.

—¡Por la marca de Caín! —exclamó, pero sin atreverse a creerlo.

La mente de mi tío tardó una eternidad en liberar sus ligaduras. Escudriñó mi nueva imagen de judío occidentalizado y un centelleo interrogatorio brotó en su mirada. Le costaba entender que hubiera vuelto de ultratumba y sus retinas parpadeaban alarmadas. Su confusión era tan abrumadora que parecía no poder respirar, ni hablar.

—¡Dios de nuestros padres! Te creíamos en el seno de Abraham, ¡y estás vivo! Gracias sean dadas a Aquel que todo lo decide —exclamó—. ¡Ezra, ven a mis brazos!

Con fascinación dubitativa se me acercó y me abrazó reciamente entre sollozos. Y así permanecimos largo rato, hasta que esgrimió una amplia sonrisa de agrado.

—¡¿Vive mi madre, tío?! —me interesé excitado.

—Dios, su nombre sea exaltado, no podía enviarnos tantas desgracias juntas, Ezra. ¡Claro que sí! Bosem está algo delicada de salud, ¿sabes? Ha vivido en un estado cercano a la enajenación que la llevó a no poder controlar sus actos y sus palabras. Cuando te vea no sé si la recuperará de golpe, o se la arruinarás con la impresión. ¡Ha sufrido lo indecible!

—¿Y Arusa y Naomi?

—Tristes y apenadas con tu suerte, pero se hallan en la casa, con tu madre.

—¿Se ha casado Naomi con algún miembro de la familia? ¿Se ha efectuado alguna ceremonia *halizá* para restituir a la viuda? Puede hacerlo pues la asisten nuestras leyes. Contéstame, te lo ruego, aunque sea doloroso para mí.

—No, querido Ezra. Un primo lejano de Betsaida parecía interesado, pero hace tiempo que no lo vemos por aquí. Nadie la ha solicitado ni tampoco cortejado —me informó con rapidez.

—¡Gracias sean dadas al Creador! Has liberado mi alma de una espinosa incertidumbre, tío. Nunca la olvidé en mi desgracia y menos aún tras la libertad —confesé.

—¿Desgracia, libertad? Un nudo de dudas atenaza mi estómago. No todos los días sale un Eleazar de la tumba —sonrió—. Despéjame mis dudas, o reventaré —me pidió, cerró la tienda y, tras acarrear dos taburetes y una jarra de vino de Jericó, le narré mi historia, omitiendo los acontecimientos más desagradables y dolorosos.

Y a cada suceso que le narraba soltaba una exclamación de duda cada vez más sonora. Mi particular odisea resultó para él muy difícil de admitir, y a veces me hacía preguntas incongruentes, como si dudara de lo que le describía.

—¡Yavé protector de los Eleazar, seas siempre bendito y maldice a esos impúdicos sacerdotes que gobiernan tu Templo! Es un verdadero portento verte frente a mí, sobrino —dijo brindando exultante por mi regreso, que creía portentoso.

—¿Acaso no estamos en Jerusalén, la ciudad de los milagros, tío? —le sonreí—. El Dios de nuestros padres nunca nos abandonó, incluso en los peores momentos.

Conversamos de asuntos banales, de los fariseos del sanedrín y de su familia, aunque Zakay seguía fascinado con mi repentina presencia. Incluso me miraba como si no me conociera enteramente. Su alegría corría pareja a su asombro y sorpresa.

—¡Si vieras la comedia que montaron con tu desaparición! ¡Los muy canallas! Me dan ganas de clavarle una espada en la garganta a ese farsante de Caifás —dijo.

—Nada podemos probar, pero alcanzará su merecido, te lo aseguro.

Volvió a insistirme sobre el episodio de la esclavitud, y lloró copiosamente. Luego hablamos de la vida en Jerusalén, apuramos la vasija, e indagué:

—Creo que el nuevo procónsul de Siria os ha liberado de ese cruel Poncio Pilatos y del autor de nuestras desgracias, el ladino y venal Caifás, ¡que Yavé lo maldiga!

—Así es, sobrino, pero nombró sumo sacerdote a otro saduceo, Teóphilo ben Hanan, un hombre más justo y al que los fariseos respetamos, pero no aceptamos.

—Puedo anticiparte, tío, que a ese indigno Caifás la represalia divina no le vendrá de lo alto, sino de aquí abajo. Ahora no puedo decirte más, pero mi padre será resarcido, y ayudaremos a Dios mismo dentro de nuestra insignificancia —le aseguré, y una mueca de dureza corrió por mi semblante.

En él, una corriente de estupor e incomprensión heló sus palabras.

Luego me miró de hito en hito en medio del silencio, y me rogó:

—Déjame que yo te preceda en la casa. Las prepararé para decirles que ha llegado alguien cercano a la familia. No conviene por ahora que nadie sepa de tu regreso.

Comprendí que era un día de gozo, pero que el encuentro sería intenso.

Aguardé un rato, mientras disfrutaba en la soledad de la tienda de un placer y de una emoción secretas. Mezcla de júbilo y aturdimiento, me cubrí la cabeza con la capucha y, al poco, y a grandes zancadas, me dirigí a mi hogar, cercano al palacio de los asmoneos. Toqué y besé la *mesusá* y empujé la puerta, que estaba entreabierta.

Inspiré profundamente, pues me tambaleaba y me sudaban las manos.

La cerré, pues era un momento muy especial para mí y no deseaba que mi repentino regreso sirviera de sabroso bocado de murmuración para vecinos chismosos e indiscretos. Impaciente, y con una sonrisa de duda en los labios, entré en el patio y luego accedí al comedor. Y allí, mis tres mujeres tan queridas aguardaban la entrada de un pariente, según les había anticipado mi tío. Se movían inquietas y expectantes y vi que Bosem, mi querida madre, tenía el cabello gris, cuando había poseído una mata de pelo negro y brillante, y que su espalda estaba algo encorvada.

—*Shalom aleijem* —las saludé con la voz quebrantada y al borde del llanto.

Comprendí que una madre nunca se equivoca. Y aunque me hubiera vestido de sátrapa persa, o de santón del Ganges, me habría conocido al instante. Lo supe.

Clavó sus retinas avellanadas en mí y, aunque tenía el alma desgarrada por la muerte de mi padre y por mi dolorosa desaparición, su mente había encajado de inmediato las piezas de aquel jeroglífico desquiciado, que de momento no comprendía, pero que la había colmado de dicha. Y tras una pausa de asombro, noté que percibía un gozo supremo y un alivio ilimitado en su desbaratado ánimo.

—¡Ezra, hijo mío! El Dios Salvador te ha devuelto a nosotros. ¡Exaltado sea!

Mi hermana se desplomó sobre el piso y vi a Naomi que la alzaba traspuesta.

Una barahúnda de exclamaciones, llantos y alegrías inundó la habitación, y yo percibí en mí un increíble alivio. Atraje hacia mí a mi madre, que había sufrido un pujante ahogo, y nos fundimos en un largo abrazo de ternura. A los pocos instantes rompió en un lloro, dando rienda suelta a su dolor reprimido tanto tiempo, pero sin dejar de estrecharme. La impresión había sido muy fuerte para su decaído ánimo.

—Cuando ya solo me quedaba el recurso de la locura, nuestro Dios te devuelve a mí. De nuevo el mundo vuelve a tener sentido, Ezra querido, aunque nos falte tu padre —balbució llorosa y moqueante, aunque gozosa—. ¿Cómo es esto posible? ¿Qué ironía es esta? ¡Dios, Dios! ¿Qué te pasó, hijo mío? Cuéntame, cuéntame, Ezra.

—Madre, tu recuerdo y el de mi familia me sostuvieron durante esta ausencia obligada, donde conocí la más ignominiosa de las maldades, que ahora te narraré, y también la compasión y el afecto de unos seres humanos, gentiles de Roma, que me trataron como a un hijo, tras mi desgracia.

—Que Yavé les devuelva centuplicada su piedad —observó mi madre.

Naomi y Arusa, ya recuperada, también se unieron al abrazo y tocaron mis brazos, mi cabello, mis manos y mi cara, como si precisaran palparlos para creer. Lloraban sin cesar y daban gracias al cielo, hasta que la tensión del primer instante se fue difuminando. Sus ánimos se colmaron paulatinamente de una dicha inenarrable, nos acomodamos y bebimos hidromiel y comimos pastelillos de almendras, cúrcuma y canela. Aquellas almas tan cercanas me mostraron un afecto inexpresable.

—Te creíamos destrozado por las fieras en el camino de Jericó. ¿Dónde has estado, hijo mío? ¿Por qué nos engañaron con tan cruel brutalidad? ¿Qué ha ocurrido que vienes compuesto como un gentil? Pero te veo más fornido, más gallardo. Ya eres un hombre fuerte, como tu padre —me habló mi madre con voz quebrada.

Vacilé unos instantes y hube de secar mis lágrimas.

—Escuchad y os narraré mi odisea, digna del más insensato relator de cuentos.

Suspiré y me recompuse de la emoción. Luego les rememoré el violento suceso de la ejecución de mi criado y mi apresamiento por la patrulla romana, para luego narrarles el acto salvador de Priscila, la venta como esclavo en Roma, la compra por parte de *domina* Helvia, mi paso por Hispania, los avatares de mi liberación y mi actual estado de mercader en Alejandría, así como mi suerte de desposado sin esposa.

Mi madre cubrió su rostro con las manos, plena de sufrimiento y angustia.

—¡Dios Bendito! ¿Pero cómo pudo sucederte semejante adversidad? —masculló—. ¿Por qué? Eras un alumno aventajado del *rabban* Gamaliel y un judío ejemplar.

—Mi destino y la maldad de algunos hombres perversos, madre.

Naomi y Arusa también ocultaron varias veces sus rostros entre las manos, gimoteando y sollozando por la desolación padecida como esclavo de Roma. Pero yo las alenté a que dieran gracias a Dios por haber variado mi estrella con su mano justa y poder regresar con los míos, tras tanta zozobra y dolor.

—Nuestro Dios ha sido mi consuelo y mi sostén en la desgracia —les dije.

Sus expresiones de estupor se fueron transformando en una exacerbada alegría y sus lisonjas hacia mí eran cada vez más exaltadas. Me besaban, me acariciaban y me estrechaban. Disfruté aquel momento de un gozo secreto, que venía a compensar mis tribulaciones y añoranzas. No era normal que, tras haber ingresado en la condición de esclavo, hubiera recuperado la libertad razonablemente pronto y de manera tan clemente.

—¿Y quién crees que te procuró aquel mal tan execrable haciéndome creer, una viuda dolorida como yo, que aquel cadáver era de mi hijo? Sobre él derramé más lágrimas que con tu malogrado padre. Eso es atesorar mucha maldad, ¡por Dios vivo!

—Se repetía la misma desgracia por segunda vez y creímos volvernos locas, hermano. ¡Qué gozo siento al haberte recuperado! —aseguró Arusa emocionada.

—Imagínate yo después de haber experimentado la execrable condición de esclavo. No puedo asegurar ni probar que aquella orden partiera del sumo sacerdote, como tío Zakay y yo suponemos, pero algunos fariseos como nosotros, que también se le enfrentaron, siguieron la misma suerte. ¡Maldito sea eternamente!

—A esa familia de Anás y de Caifás, el Todopoderoso les procurará su implacable recompensa, pero nuestra senda no es la del rencor y el resentimiento —añadió mi madre—. La alianza del ansia de poder y la de la codicia suelen resultar letales, Ezra, pero no te asemejes a ellos. Deja la venganza al Dios de nuestros padres.

—Sé que entre las virtudes de esta familia no está el desear una represalia terrenal hacia los que nos han ofendido, o hecho algún mal. Pero sobre esa raza innoble de saduceos se cierne un trágico final que se recordará en la comunidad judía del mundo conocido. Ya os contaré —aseguré animado.

Mi madre, Naomi y Arusa me preguntaron mil detalles, y la luz rojiza del ocaso fue testigo inmutable de que la rueda del tiempo de los Eleazar había dado un giro vertiginoso a favor del viento de la fortuna. Me limpié los labios, y hablé grave a Naomi:

—Naomi, no he dejado de pensar en ti un solo momento de mi desgracia y luego en mi liberación. Si te hubieras casado con otro Eleazar hubieras cumplido con la ley, y yo lo hubiera aceptado, pero mi gozo es inexpresable al saberte aún libre y sin conocer otro esposo —le confesé tomándola de la mano, que apreté con ternura.

—Ezra, mis padres me trajeron a tu casa como prescribe la ley, y aquí he compartido tribulación con Bosem y Arusa, y también he aprendido del tío Zakay a componer electuarios, perfumes y a aromatizar aceite para ceremonias y sinagogas. Estoy dispuesta a consumar nuestras nupcias y acompañarte en la ceremonia del desposorio. Aún soy virgen, esposo.

Un escalofrío me corrió por la espalda. Naomi era un regalo del cielo.

Me incorporé del diván, cerré una ventana que estaba abierta y pedí a Arusa que encendiera las lucernas y candiles. Reflexioné y vi que estaban pendientes de mis labios. Mezcla de alegría y de aturdimiento me examinaban como un juguete nuevo.

—Queridos míos del alma, escuchadme con comprensión, y pensad que lo que voy a deciros debe quedar clausurado por el secreto cerrojo de la reserva.

—Haremos lo que nos digas, hijo. Eres nuestro cabeza de familia.

—Bien, madre. Comprenderéis que de momento Ezra ben Fazael debe seguir muerto y enterrado en su sepulcro anónimo, aunque vuestro corazón os pida airearlo a los cuatro vientos. El brazo de ese escorpión de Josef ben Caifás es todavía demasiado sanguinario —dije, y tragué saliva—. Ahora soy ciudadano romano, aunque de fe judía y fariseo de credo, y mi nuevo nombre es Jasón Anneo, de los Séneca de Roma.

Asintieron con sus cabezas y especularon con mi nueva identidad.

—Ser ciudadano de Roma es todo un privilegio —me recordó Naomi.

—No para un judío —la cortó mi tío.

—No lo olvides nunca, querida. Roma nos ha conquistado, nos obliga a quemar incienso a sus emperadores y es una sociedad esclavista que comercia con la carne humana. Es un *imperium* que basa su poder en la arrogancia, en el dinero y en los negocios y que no duda en saquear a pueblos indefensos para lucrarse. Eso sí, ha rescatado de la barbarie a naciones incivilizadas con su superior cultura y orden.

—Sin embargo, me gusta tu nuevo nombre. Es muy sonoro y noble —me halagó.

—Lo llevo con agrado, querida esposa. Y esa es mi nueva identificación, recordadla. Y como quiera que no deseo vivir más tiempo separado de vuestra compañía y calor, ya he hablado con tío Zakay para que, cuando abran los puertos en primavera, os conduzca a las tres a Alejandría, donde están mi casa y mis negocios.

Hasta entonces debéis callar, os lo ruego, o podrían segarme la vida —les pedí—. Silenciad mi regreso.

—Descuida, Ezra. ¿Acaso apetecemos un mal para ti con lo que te hemos llorado? Pero me duele dejar la casa de nuestra familia, hijo mío —se quejó mi madre.

—Mi morada en la avenida de las Palmeras es confortable, madre. Diez domésticos te servirán y la comunidad judía es la más importante de la Diáspora. Soy el liberto de un senador de Roma, amigo personal del gobernador de Egipto y del gran archisinagogo judío, que será quien nos casará formalmente esta primavera. Además, es el lugar ideal para que esta bella paloma de Arusa encuentre un buen y acaudalado marido. Alejandría es un paraíso y seremos respetados.

Mi hermana, con el rostro mojado por las lágrimas, me besó con ternura.

—Ni la fortuna ni el destino, mi querido hijo, cambiaron la forma honrada de manejarse esta familia. Del demonio es muy difícil vengarse. Lo dejaremos todo en manos del Altísimo —zanjó el asunto.

—Por siempre sea alabado, madre, pero desquitarse de los que obraron en su nombre, y donde más les duela, sí es posible —concluí mis ruegos.

Para celebrar el inesperado prodigio de mi regreso y el insólito suceso de mis golpes de fortuna, las mujeres arreglaron una cena con carne *kaser*, uno de mis platos favoritos, el *challá*, el pan judío untado en clara de huevo, y me colmaron de atenciones y caricias, que venían a mitigar la desolación en la que habían vivido los últimos años.

Les hablé de mis antiguos amos con respeto y devoción, y de mis irreemplazables amigos de Hispania, del negocio del *oleum* de la Bética, y les prometí que cuando estuviéramos instalados en Alejandría iríamos a Roma a cumplimentar a los Séneca. Me observaban de una manera extraña, pero sus corazones destilaban amor y gozo.

—Tenía dos heridas abiertas en el corazón, del que había arrancado dos tiras muy dolorosas, pero una luz de esperanza penetraba cada día en él, asegurándome sin palabras que tú vivías, Ezra, pues no reconocí tus despojos —reveló mi madre llorando.

Mi madre parecía haber recuperado las fuerzas y el contento, yendo de un lado para otro para servirme, prepararme un lecho y ropa y perfumar mi habitación. Naomi y Arusa habían rescatado su juvenil vitalidad, y la desdicha les daba una nueva tregua. Mi esposa no parecía apenada y hallé en sus ojos un brillo entre pacífico e irreductible, de esos que escapan directamente del corazón.

Jamás las vería tan satisfechas como en aquella noche, y yo no podía estar más esperanzado con el futuro que me regalaba el destino. Mi existencia, indisociable a un éxodo continuo, y por una treta del azar, estaba de nuevo reconstruida.

Nos cogimos después de las manos y entonamos emocionados un salmo *hallel*, un canto judío de alabanza, a nuestro Dios misericordioso: «Si alguna vez te olvidara, Jerusalén, que mi mano diestra se seque. Se pegue el paladar a mi lengua si no te recordara y no te ensalzara por encima de mi alegría», y conversamos hasta bien entrada la noche.

La familia Eleazar de Jerusalén había recuperado la dicha por vivir, y en el tierno rostro de mi madre observé la huida de una lágrima que creí de júbilo. Y yo, antes rota en pedazos, había reconstruido mi alma.

Era el día precedente al *sabbat*, y mi madre, Naomi y mi hermana se quedaron en casa para preparar el *jalá*, el pan ácimo, y mantener los fuegos de la casa, pues al día siguiente había que honrar a Dios con el descanso.

Al alba sonaron las trompetas del Templo, me vestí con atuendos judíos, la túnica, fajín y sandalias, y cubrí mi cabeza con la *kipá*, el solideo de color negro, que mi madre me había bordado hacía años. Salí por la puerta trasera que daba a un huerto, y sin ser reconocido por nadie por mi nuevo aspecto, me dirigí al Templo. Portaba en mis manos el frasco del *oleum* hispano que me regalara Escévola, y me dispuse a hacer el ofrecimiento y un sacrificio de gratitud al Dios de Israel por haber logrado la libertad.

Me crucé con los primeros vendedores de tortas de Betania, con los aguadores del pozo de Jacob con sus rezumantes cántaros, y con la guardia romana que se dirigía al relevo en las puertas. Ascendí por las estrechas calles repletas de viandantes y pollinos cargados con serones, y me aparté ante la comitiva de varios arrogantes saduceos y de algunos magistrados romanos acompañados por una servil cohorte de *laudiceni*, aduladores que se dirigían, como yo, al santuario de Herodes.

Con mi anónimo aspecto, el mismísimo *rabbán* Gamaliel habría dudado en conocerme. Por Zakay sabía que mi maestro aún vivía, así como el chacal del santuario: Josef ben Caifás, a quien el Innombrable debería haber cegado los ojos hacía tiempo. Afortunadamente la mancha de sangre caída sobre su estirpe por la crucifixión del Galileo y el asesinato de varios sanedritas no se había postergado al olvido.

Como casi todos los fariseos, yo no creía que el espíritu de Dios habitara ya en el Santo de los Santos, pero sí entendía que era la inamovible columna que sostenía al pueblo judío. Conforme cruzaba el Atrio Regio, lugar de tan suprema belleza y tan frecuentado por mí, y donde intentaron apedrear al maestro de Nazaret por exigir la pureza del lugar, alcé una plegaria:

—«Mi Dios, Ein Sof, único que posee la sabiduría, el conocimiento y la justica juzgará a sus siervos impíos que han prostituido su Casa y nos regalará su Reino, en el que rige la paz».

Oía también a otros peregrinos que rogaban por la llegada del Mesías en voz alta:

—¡Todopoderoso Yavé, envíanos al Libertador, te lo rogamos! Bendito sea tu nombre hasta el día que el Prometido reconforte a Israel y nos traiga una tierra de leche y miel, ¡oh, Señor!

Era evidente que mis compatriotas seguían pensando en un

Mesías guerrero que los liberara del yugo romano. Por eso no entendieron el mensaje de Yeshua el Galileo. Me llegó el griterío ensordecedor de los mercaderes en el Patio de los Gentiles, y recordé al Nazareno, y también el tufo dulce de los corderos sacrificados.

Nadie me había reconocido, y tras comprar un cabrito sin mácula a uno de los vendedores contratados por el sumo sacerdote, se lo ofrecí para el sacrificio a un levita ataviado con su vestimenta blanca y las borlas rojas propias del templo. Fijó sus pupilas curiosas en mi aspecto y se interesó afable en arameo.

—¿Un hijo de la Diáspora?

—Así es, hermano, de la fraternidad de Alejandría y de la familia Eleazar.

—Santa estirpe la de los Eleazar. Yo fui amigo del fariseo Fazael, que ya goza de la paz del seno de Abraham —recordó el nombre de mi recordado padre.

No moví un solo músculo de la cara, aunque la emoción conturbó mis entrañas

—No lo conocí —mentí—, pero si era un Eleazar, seguro que era un *qadós*.

En el Pórtico de Salomón, tras palpar con mi mano las jaspeadas columnas griegas, observé a los corros de alumnos de la Academia, que oían en silencio a sus maestros, y donde no estaba Gamaliel. Eso me tranquilizó. Mi maestro tal vez me hubiera identificado, como lo había hecho mi madre horas antes, pues es un hombre de los que miran a los ojos. En Puerta Hermosa, detuve a otro levita, y tras echarme un vistazo y declararle que era un escriba, me dejó el paso libre hacia el Patio de los Sacerdotes, donde deseaba ofrendar mi aceite.

Busqué al *sâgan-hâkohanîm*, el maestro de sacerdotes que tenía la competencia del cobro del diezmo, que me observó con una expresión de fastidio. Era alto y fornido y su ganchuda nariz le caía por encima del bigote, que se perdía en la poblada barba gris. Parecía no estar de humor y me recibió con desconsideración.

—*Sâgan-hâkohanîm*, mi nombre es Jasón Anneo, levita, *sofrín* y fariseo piadoso, aunque también ciudadano romano tras una larga estancia en Roma —me presenté a medias—. Pertenezco a la antigua familia de sacerdotes Eleazar, que se ocupaba del aceite sagrado de este templo. Ahora resido en Alejandría, donde rindo culto a Dios en la sinagoga del rabí Isaac Bennasar, pues no me he apartado un ápice de la ley.

Su rostro despreciativo se acercó al mío, relegó su zafiedad y destapó una cortesía máxima, dejándome ver sus dientes desacoplados y amarillos.

—¡El venerable Isaac de la Academia de Terapeutas, que Dios guarde!

—Así es. Veréis —le mentí—. En mis muchos viajes por este plano mundo creado por Nuestro Señor, que siempre sea alabado, visité las tierras más allá de las Columnas de Heracles. Tras pasar un tiempo allí, me hice con este frasco de un *oleum* único, salido de los olivos que los fenicios de Tiro plantaron en Corduba, hace casi mil años. Oro puro, creedme, y que solo a Elohim se le debe ofrecer.

—Debe ser de una fineza indudable —dijo, y lo examinó intensamente.

—Hice la promesa, poniendo como testigo la memoria de mis antepasados, también sacerdotes, de que este *oleum* solo sería ofrecido en el Santo de los Santos de Jerusalén y que ardería en el candelabro de los Siete Brazos. ¡Es el néctar de Yavé! Solo así el Altísimo perdonará mis faltas y le agradeceré una bondad que tuvo para conmigo y con mi adversa suerte. Os lo ruego, cumplid con mi voto hecho a Dios.

Asintió con gesto adusto, pero también convencido de hacer una noble acción.

—Muy loable, hermano. Y si esa ha sido tu ofrenda a Dios, que te ha favorecido, te atestiguo que muy pronto arderá en el Santo de los Santos —me garantizó, y me probé a mí mismo que no se lo llevaría a su casa, pues acarraría su ira al no cumplir el juramento de un circunciso, un hijo de Israel notable y además de la casta sagrada.

Continué adulándolo y me cubrí la retirada.

—Mi abuelo nos hablaba de la agotadora labor que tenía diariamente en el Templo, y por ello permitidme esta dádiva personal, por el tiempo que os he hecho perder —le dije, y solté en su mano un puñado de dracmas de plata, que agradeció haciendo un remedo ridículo de inclinación de cabeza, como si fuera la marioneta de un buhonero.

—Que el Altísimo os lo premie, *sâgan-hâkohanîm* —me despedí afable.

—Y Él tu caridad y largueza —balbuceó sin dejar de mirarme.

Estaba seguro de que cumpliría con mi deseo y que no diría una palabra.

Eso es lo que tiene el oro, que sirve para probar el corazón y cerrar la lengua de algunos hombres. Partía días después para Jaffa, y me abrí camino entre el gentío. Deseaba pasar el tiempo en compañía de mi familia recuperada, cuando lancé una mirada de soslayo hacia uno de los pilares de piedra. Un numeroso grupo de peregrinos escuchaba a un fogoso orador de cuerpo estilizado y mirada encendida. No era de extrañar, estaba en el Templo, centro de predicación de los iluminados de Israel.

Sin embargo, había algo en aquel difusor de la palabra de Dios que despertó mi curiosidad. Había dejado sus modos arrebatados y, tras alzar los brazos, se limitaba a citar las Sagradas Escrituras. Me acerqué todavía más y eché una mirada en torno al conjunto de sus escuchantes. Estudié al declamador y capté su mirada, al tiempo que él la depositaba en mí, para luego seguir hablando a quienes lo escuchaban.

Era Saulos, mi colega de la Academia de Gamaliel.

Me detuve y escuché detenidamente su incendiaria perorata, y me sobresalté. Hablaba de Yeshua de Nazaret.

XXXI

SAULOS DE TARSO

Jerusalén y Alejandría. Cuarto año del reinado del emperador Cayo Calígula

Resultaba indudable que una llama mística residía en la palabra de Saulos.

No era el joven que yo había conocido y sus palabras estremecían a quien las oía. Persuadía al corro de oyentes de seguir adorando al Yavé de Moisés, pero según sus nuevas fórmulas tan contrarias a la ley ancestral de Israel.

Salomé y Herodes Agripa me habían revelado que se había transformado en un fogoso agitador que sembraba el desorden a su paso y que iba echando aceite hirviendo sobre el fuego de la discusión entre cristianos, gentiles y judíos. Había sido expulsado de Antioquía y amenazado con ser lapidado en Iconos, y que en Listras fue dado por muerto tras soportar una andanada de piedras que lo hirieron de gravedad.

Sus tumultuarias presencias en Gilopio, donde le propinaron una paliza descomunal y sus fugas nocturnas saltando las murallas en Berea y Tesalónica, resumían su agitada andadura de predicador. Pero era Saulos, el de la voluntad de hierro.

Explicaba unas enseñanzas que no me parecieron solo judías, sino también egipcias y griegas, y muchos pasajes helenizados de la Biblia de los Setenta, de los que hacía siglos se escuchaban en los templos y academias filosóficas de Oriente. El dios, el héroe muerto y resucitado y convertido en divinidad, no era nada nuevo en Palestina. Dionisios, Mitra u Osiris eran ejemplos semejantes conocidos por todos que iban de un lado para otro en Oriente y en la ecúmene, todo el mundo conocido.

Saulos intercalaba también ciertos dichos o *logoi* de Yeshua el Galileo, del que aseguraba ser hijo de Dios, supuesto que venía defendiendo en las comunidades hebreas de Siria y Grecia. Pero, para un judío, semejante pretensión era una peligrosa blasfemia y debía cuidarse de los vigilantes sacerdotes, que todo lo escudriñaban.

—¡Si tu Mesías murió crucificado, ¿de qué nos sirve ya, farsante?! —gritó uno.

Un murmullo aprobatorio siguió a la voz anónima.

—¡Lo que predicas es una ofensa a Yavé! —vociferó otro.

—¡Cumplo el deseo del padre Abraham de extender su palabra por las naciones gentiles, ya que le prometió que su descendencia sería tan numerosa como las estrellas del firmamento! —clamaba en tono conciliador.

Hablaba unas veces en arameo para que lo entendieran los israelitas de Jerusalén y otras veces en koiné para los helenizados, pero los murmullos y las opiniones contrarias a veces acallaban sus fogosas palabras, y él se enfurecía.

Me pareció que Saulos, criado junto a los vástagos de Herodes y educado por Gamaliel, hablaba de una nueva fe predicada según él por Yeshua ben Josef. Pero a mí no me constaba que el rabino de Nazaret hubiera pretendido fundar una nueva religión. Al menos yo no lo intuí de esa manera, y lo escuché algunas veces.

Yeshua ben Josef era un judío cabal, un maestro que predicaba para su pueblo y que combatía con su palabra por la pureza del Templo y de la ley, y que murió por oponerse a los poderes fácticos de Israel: los saduceos y Roma, que lo consideraron un peligroso alborotador que además se proclamaba el Mesías, que era como asegurar que era el rey de Israel. Pero el de Tarso, transformado en el adalid de los llamados cristianos, se asemejaba a un soñador de los muchos que mi tierra ha parido en su larga historia.

—¡Los sacerdotes os dicen que sin circuncisión no hay salvación! ¡Mentira! No hace falta cercenarse las partes pudendas para entrar en el reino de Dios —sonó su voz penetrante y grave en los muros del santuario.

Le asistía la razón, y poco avanzaría en sus predicaciones si obligaba a los gentiles a circuncidarse. Alzó de nuevo la voz y pidió que se abolieran las absurdas obligaciones de nuestra ley, cosechando una batahola de improperios. Me agradó cuando defendió los vínculos de hermandad entre todas las razas, tal como había predicado el rabino de Nazaret, y que Dios nos quería hermanos y no esclavos, ni enemigos.

Era su sueño utópico y lo defendió con ardor, como el mismo rabí crucificado. Pero conociendo la codicia y el egoísmo de los seres humanos, y yo bien lo sabía habiendo sido esclavo, su empeño resultaría quimérico e imposible.

Sin embargo, me alegró que Saulos liderara aquellas ideas tan revolucionarias y las transmitiera a un mundo que las precisaba como un bálsamo consolador. Por un momento perdió fuerza en su voz y, cansado de hablar, despidió a su audiencia. Se arrebujó en su manto y se dirigió a las escaleras del santuario.

Yo me interpuse a sus pasos. Se paró de golpe y me escrutó soliviantado.

—¿No temes que el sanedrín te prenda y seas lapidado, Saulos? —le solté.

El inquieto predicador me miró con prevención y alarma.

—¿Quién eres? ¿Eres romano, griego o hebreo? —se protegió de mí.

—Tan judío como tú, y alumno como tú del *rabbán* Gamaliel.

—No te conozco. En cada esquina me acecha un puñal. ¡Déjame! No me fío de nadie. Habla de una vez, si es que deseas hacerlo —replicó a la defensiva.

—No temas, soy un amigo. ¿Te dice algo la princesa Salomé, o una carta de advertencia entregada por ti en mi mano? No ha transcurrido tanto tiempo.

Se produjo un tenso silencio. Saulos movía con incredulidad la cabeza y rebuscaba en ella recuerdos lastrados en su memoria. Le parecía una alucinación aquel encuentro. No le encajaba. Dudó y al fin exclamó, dando un paso hacia atrás:

—¡Por las barbas de Aarón! ¿Acaso alguien puede dudar ahora de que la resurrección de los muertos no existe? ¡Mi amigo Ezra ben Fazael, de la estirpe Eleazar! ¡El *sofrín*, el futuro escriba más apreciado por Gamaliel! Te dieron por muerto, ¿sabes?

Recuerdo que hice una pausa y le contesté con afabilidad.

—Lo sé, pero no he sido devuelto del seno de Abraham, sino del infierno más cruel creado por los hombres en la tierra: la esclavitud. Fui apresado y vendido como esclavo en Roma hasta que una familia romana clemente, y nuestro Dios misericordioso, me devolvieron la libertad que había perdido. ¡Bendito sea su Santo Nombre!

—¡Alabado sea por siempre! Así que la señora Salomé, a la que nada se le escapa, te lo advirtió, pues eras un peligro latente en la Academia. Odia como tú y yo a esos saduceos perversos, a esas dos víboras de Anás y Caifás y también a los sectarios miembros del sanedrín. Pero tú no le concediste ningún crédito, ¿verdad, Ezra? Los fariseos sois muy arrogantes. Yo lo era también antes.

Mantuve mi postura de serenidad y a la vez mi humilde amistad hacia él.

—¿Y ya no lo eres, Saulos? Eras fariseo e hijo de fariseo, como yo mismo.

—Ha sido un sorprendente designio de la providencia divina, Ezra.

—Herodes Agripa, Salomé e Isaac Bennasar de Alejandría me aseguraron que andas de un lado para otro predicando la doctrina del Galileo, noticia que me sorprendió vivamente —le confesé mirándolo con curiosidad.

Saulos no era un hombre blando, débil y sensible. Era hábil e inteligente y escuché sus razones. Me interesaba saber cómo se había transformado de tal manera.

—Así es. Hace años perseguí a sus seguidores, pero camino de Damasco sufrí una caída de mi montura, cuando me dirigía por orden del sanedrín a detener a algunos de ellos. No sé si se debió a uno de mis frecuentes ataques en los que pierdo la conciencia, o a un deseo del Creador de advertirme. El caso es que quedé allí tendido y el sol me dañó la vista. Durante mi larga postración reflexioné y determiné que la palabra de nuestro Dios no debía ser privativa del pueblo judío, sino maná para los gentiles.

Sus palabras me provocaron admiración, y le confesé:

—Tus proezas se relatan en las cortes de los reyes, Saulos. ¿Predicas un camino de iluminación, donde el Galileo es el ejemplo? Resulta extraordinario, cuando nadie en Israel ni en la Diáspora habla del Nazareno.

—Sí, y esa es ahora mi misión, mi sueño y mi preocupación, aunque sé que acechan mis palabras y mis movimientos. Intento crear una hermandad de hombres basada en la armonía, la espiritualidad y la justicia entre seres humanos iguales.

—¿Te has convertido entonces en el testigo del Galileo entre los gentiles?

—Así es, Ezra. Sé que el rabí no fue un Mesías al que ungieran con el óleo santo, pero sus enseñanzas alteraron muchos corazones, y están cambiando el mundo. Debes saber que están echando raíces allá donde son manifestadas y que su segunda venida a la tierra acontecerá muy pronto. Lo esperamos con avidez.

—Ninguna palabra salió de su boca proclamando que era el Mesías —le advertí—. Nos invitó a un renacimiento moral, no a instaurar un reino terrenal. Aunque es verdad que el rabí de Nazaret no fue un hombre de conducta fácilmente predecible.

Prosiguió Saulos en su defensa alzando su barba gris y puntiaguda:

—Yo diría que Yeshua se ha elevado por encima de las falsedades de nuestra ley, y eso tiene mérito, aunque también sus riesgos. Fue un revolucionario, pero no un mago ni un caudillo presto a levantar a su pueblo, como pudieron ser los macabeos, o Johanan Hircano, que propagaron la violencia para librarse del yugo extranjero.

—Es cierto. Yo, cuando estudiaba con Gamaliel, lo vi muy desorientado en Jerusalén. Ese desprecio de los sacerdotes lo violentaba —le recordé al defensor de Yeshua—. Además, por ser galileo se burlaban de él y lo llaman ignorante, necio y loco.

—Ya lo dijo el profeta Isaías: «¡Galilea de los gentiles, camino del mar bárbaro!». Reconozco que solo habló para Israel —me confesó Saulos—. Era un judío y dialogaba solo con los judíos. No obstante, su mensaje amparaba a la humanidad entera. ¿Por qué Yavé ha de ser un dios exclusivo nuestro, Ezra? He meditado sobre sus novedosas enseñanzas y las tengo por una doctrina universal que deberá competir con la teología griega. Nadie lo escuchó excluir a nadie, ni tan siquiera a los romanos.

—¿Y su doctrina seduce de verdad a los extranjeros? Eso es prodigioso.

—Ya lo creo, Ezra —replicó exultante—. Su religión es la de los puros de corazón. Aseguró que amontonar riquezas, recitar retahílas de oraciones sin sentido ante el altar, derramar sangre de carneros y darse golpes de pecho no sirve para nada, mientras despreciemos a nuestros semejantes. El sufrimiento del ser humano, físico o moral, lo angustiaba y se rebeló contra él.

—Lo recuerdo como una débil espiga zarandeada por el viento del poder.

Se ahondó en una profunda reflexión y me creí en la obligación de recordarle que yo lo había escuchado predicar y que era un escriba, o sea, un doctor de la ley.

—Pero el Reino de Dios que predicó no era terrenal, Saulos. Seremos nosotros los que tengamos que ir a él y no al revés. Yo lo oí, no lo olvides.

En su mirada surgió un súbito fulgor. Parecía herido en su amor propio y me habló como un exaltado.

—¡Lo sé! Él no era un zelote, ni predicó una revolución judía, ni se propuso acabar con la opresión romana. El suyo es un espacio del espíritu, pero ya nadie puede detener su buena nueva. Se está expandiendo por todo el Imperio y por Oriente.

—Mi esposa Naomi lo nombra príncipe de la paz —aduje.

—Y yo también. No lo entendieron y por eso lo ajusticiaron como si fuera un sedicioso y un revolucionario.

—La renuncia a tus creencias ha debido exigirte mucho, ¿no, Saulos?

—El mundo que está ahí afuera necesita esas ideas de confraternidad, consuelo y justicia. ¿No te parece suficiente, Ezra? Vale la pena esa renuncia.

Le apreté el hombro en señal de adhesión, pues tenía a Yeshua por un hombre de Dios.

—Te aseguro que me complace que las enseñanzas del Galileo sean divulgadas entre los gentiles e idólatras. ¿Pero quién va a creer los mensajes de un crucificado por rebeldía, la más execrable de las condenas, solo impuesta a criminales y facciosos?

Su expresión era dubitativa, pero a la vez serena. Parecía no importarle.

—Los que lo conocieron y le fueron leales lo vieron resucitado, Ezra.

Comprendí el mensaje, pero yo era un *sofrín*. No podía admitirlo.

—Pretender que resucitó tras su crucifixión es una blasfemia para un judío y una ofensa espantosa para Eloheím, el Dios eterno —opiné confundido.

Entrecerró los párpados y pareció buscar explicaciones en su mente.

—Sus discípulos más cercanos, Simón Cefás o Johannan ben Zebedeo, o su hermano Jacob, así lo aseguran —insistió vehemente—. Las mujeres que lo seguían fueron testigos del prodigio.

Esperé no haberlo avergonzado, pero esgrimí una sonrisa muy farisea.

—La memoria de unas mujeres enajenadas y crédulas y de unos seguidores temerosos y escondidos de miedo como conejos no es muy fiable, amigo mío. La verdad es instintiva y solo se llega a ella por la razón —le solté sin pensar.

—Compartimos el mismo dilema, Ezra. Es una cuestión de fe —me contestó asintiendo—. ¿Qué más da que se mostrara, o no, a más gente, incluso a sus adversarios? Lo hizo ante sus fieles, y eso me basta.

—No olvides, amigo mío, que las calzadas de Palestina están llenas de cruces romanas. Te enfrentas a poderes muy eficaces y sanguinarios —le advertí.

—No me importa, Ezra. Lo que la humanidad necesita es una nueva conciencia que acabe con la codicia y la maldad que la ha llevado a un estado insufrible de odio, sangre y voracidad. Podemos cambiar la creación, Ezra —me aseguró entusiasmado.

Entendí que lo que iba a expresarle no sería de su agrado, pero lo lancé:

—¿No has pensado que todo esto pueda ser una perversión tuya, Saulos? Yo nunca escuché al rabino asegurar que fuera hijo de Dios, o que fuera a resucitar al tercer día. Y además todos sabemos que fracasó como mesías político de nuestro pueblo, mal que nos pese. No era un mesías divino, sino material, solo nuestro. Lo has deformado.

Comprobé que al de Tarso le llenaba de satisfacción aquel proyecto, aunque mis razonamientos le hubieran sonado ásperos. De repente levantamos las cabezas.

Alguien muy ruidoso se acercaba desde el atrio. Un entrechocar de armas y corazas perturbó nuestra conversación. Era la guardia del templo, y a ambos nos interesaba desaparecer de allí cuanto antes. Éramos dos proscritos y el miedo suele mantener el orden de las cosas. Cundió la alarma en nosotros y nos miramos alertados.

—Ezra, pueden aplicarme la Lex Julia Collegiis romana, que no permite reunirse a más de diez hombres, y enviarme a la cárcel —me advirtió.

—¡Entonces desaparezcamos de aquí! Vamos a los baños.

Bajo las escaleras del templo se alzaban unas tinajas y pilas para los mercaderes que arribaban de Samaria, Nabatea o Persia, y en ellos se podía catar un buen vino. Junto al patio había colocados unos bancos donde algunos parroquianos trasegaban cerveza egipcia. Algunos, al ver entrar a Saulos, se levantaron, escupieron y salieron.

—Estoy acostumbrado, Ezra. O son discípulos de Yeshua, o fariseos —confesó.

La jarra de vino aromatizado nos animó a proseguir con la plática. Yo estaba ávido de saber sobre el Galileo, y él de participarme su cometido. Habló sereno:

—Te puedo asegurar, buen amigo, que de la mano de Roma su palabra va a expandirse de confín a confín, pues con Roma el mundo es un todo único. Es el momento ideal para dar a conocer la figura de ese profeta providencial, créeme.

—Mi corazón se alegra de que así sea, Saulos, pero has de admitir que has mutado un acontecimiento religioso de Israel en una novedad para el mundo. Otra historia será que la acepten y que prenda en sus corazones. Has convertido a un rabí en Dios.

Saulos me miró intensamente a los ojos y pareció mostrarse de acuerdo.

—Tú eres un versado en las escrituras, Ezra, y sabes que Dios desciende a veces a este desquiciado universo. Yeshua lo llamaba *Abba*, padre, y así debemos contemplarlo y no como el vengador y justiciero de la vieja ley.

Yo arrugué el entrecejo, pues seguía discrepando de sus argumentos.

—Pero te he escuchado presentar al maestro de Nazaret como salvador de las gentes, lo que presupone que Dios se ha equivocado al crearlas. Eso es una irreverencia.

Se quedó perplejo unos instantes, pero se volvió más persuasivo.

—El maestro de Galilea ha abierto la puerta de lo sobrenatural a los hombres, que precisan de una nueva fe que los consuele de su desolación.

Mi contestación fue vigorosa, precisa y sutil. Yo era un estudioso y letrado de la ley y me resistía a aceptar sus componendas. Bebí un largo trago, y le manifesté:

—Saulos, él predicó la inminencia del Reino de Dios, sí, pero se dirigió al pueblo de Israel. Su religiosidad fue la de Moisés y su creencia la de nuestro Dios trascendente y único, que suprime y sustituye a los demás dioses, incluso a esos que se resucitan en algunas religiones. ¿Crees que Yeshua pensaba en los paganos de Corinto, Atenas o Roma? Nunca lo contemplé como un profeta universal, ni creo que él lo pretendiera.

No se inmutó ni desconcertó, sino que, mirándome de arriba hacia abajo, dijo:

—Mira, Ezra, sus enseñanzas han cambiado mi vida, o, más exactamente, me han cambiado a mí. Mi mensaje no es para los judíos, es para los gentiles y eso basta.

Yo estaba más tranquilizado. Era un hombre fervoroso y obraba en conciencia.

De repente observé que varios *cohanin*, levitas de la casta sacerdotal que habían entrado en la fonda, nos observaban y que uno partía apresuradamente hacia el interior del Templo. ¿Su alarma era por mí? ¿Era por el predicador cristiano?

Me sentí inquieto, pero anhelaba saber sobre el rabino de Galilea y le dije:

—Pero reconocerás que Yeshua de Nazaret solo ansiaba mudar los aires corruptos del Templo. Y tú lo has convertido en una figura mística intemporal. Como sabes, él hablaba en arameo y dijo muchas veces que era el *Bar Anas*, el Hijo del Hombre.

—Lo sé, pero ignoro qué transformación se ha operado en mí desde aquel día, pero te diré que en mi espíritu se unieron muchas ideas e impulsos poderosos. Yo no recibo autoridad de nadie, ni siquiera de sus discípulos de Jerusalén. Solo de Él.

—Eres otro hombre, Saulos, pero me alegra que prediques sus preceptos, pues la reacción de sus discípulos tras su muerte ha sido cobarde y deplorable —le dije.

—Te aseguro, Ezra, que tengo escasa estimación por esos hombres. Siguen al maestro, pero con las ataduras de Moisés y creando jerarquías entre ellos. Si él fracasó en buena parte se debe a ellos. No se les conoce ningún hecho relevante en defensa de Yeshua, o en la difusión de su doctrina. ¡Los detesto! —se lamentó apesadumbrado.

—Yeshua siempre me impactó y el maestro Gamaliel lo respetaba. Era un justo.

Percibí que él tenía otros planes en su cabeza y no sé si el Galileo los hubiera aprobado. Pero era la persona adecuada por su pasión y por su erudita formación.

—Ezra, mi encuentro invisible con él fue como una epifanía reveladora. En un solo instante comprendí lo que necesita esta humanidad sufriente y desalentada.

Me dejé ganar su confianza y le hablé de mi admiración hacia el Nazareno, sin perder de vista a los levitas que seguían observándonos con miradas de malicia.

—Y créeme que la única manera de que lo acepten los gentiles, los no circuncidados, es presentándolo como un dios —prosiguió—. Únicamente los dioses resucitan, querido Ezra, y lo sobrenatural siempre ha estado presente en nuestra fe y en nuestro mundo. Yo no soy nadie, soy mi misión —aseguró Saulos enfatizando sus palabras.

No debía separarme de él con una disputa terca, y le expresé afectuoso:

—Lo sustancial es que has liberado a Yeshua del terruño insignificante de Israel y lo anuncias al mundo. Pero presentarlo como Dios es demasiado para un escriba.

—Miles de seres humanos están esperando la igualdad de los

pueblos, y un hombre providencial y una idea pueden cambiar todo —aseguró el de Tarso.

—Espero —añadí—, por el recuerdo que guardo de él, que un viento furioso propague las llamas de tu hoguera hasta las Columnas de Heracles, aprovechando la Pax Romana.

—Lo que me expresas me reconforta, créeme, Ezra —me sonrió afable.

—Deseo fervientemente que nos veamos de nuevo, Saulos. Resido en Alejandría, y debes saber que Ezra Eleazar murió para siempre. Mi nombre de ciudadano romano es Jasón Anneo de Séforis, y por ese nombre me conocen. Para mí sería un orgullo que aceptaras la hospitalidad de mi casa —le hablé con consideración.

—Lo haré. Los creyentes, mis cristianos de Armenia, Siria y Grecia, me llaman Paulo, «pequeño», que es lo que soy a los ojos de Dios, aunque mi nombre romano es el de Pompeyo Paulo, hijo de Pompeyo Simeón, adicto a Roma y fabricante de tiendas, como yo mismo. Tú y yo somos otra cosa, con nombres distintos, con sueños diferentes y con una nueva ciudadanía. Hemos renunciado al Israel del Templo.

—Sería el designio de Dios, Paulo —asentí, y nos abrazamos con afecto.

—El amor de Adonay es eterno, Ezra —me sonrió—. Ve con Él.

Cuando concluimos la plática pensé que el movimiento «cristiano» endurecería aún más a los saduceos y fariseos, y a los vigilantes romanos, a quienes las veleidades de las masas judías siempre les habían parecido inquietantes y muy peligrosas, pues rayaban en el fanatismo. Pero una cosa me quedó clara, el Dios único judío —desnaturalizado por la Biblia griega— y las filantrópicas enseñanzas del Galileo habían logrado escapar de la prisión judía y su mensaje ya se expandía por toda la tierra conocida.

Se alejó con aire ausente y contemplé su figura menuda desaparecer y confundirse entre la gente que salía del recinto sagrado por el Patio de los Gentiles. Yo lo imité y me fui con una extraña sensación de peligro a mis espaldas.

Ya no vería nunca más a Saulos, el joven de la casa de Herodes que se había convertido en el apasionado y sorprendente difusor de las enseñanzas del rabí de Galilea. En absoluto lo hubiera creído y me hizo reflexionar sobre la figura de Yeshua.

«Jamás pude ni imaginar que el eco de sus sencillas y humanitarias palabras pudiera traspasar mares, naciones y montañas. ¡Bendito sea el Altísimo!», pensé.

El día noveno de las calendas de marzo, con ocasión de las Fiestas Parentales, en las que la colonia romana en Egipto celebraba el apaciguamiento de sus dioses *manes* y de los espíritus de los difuntos, una de las naves olearias de la compañía atracó en el puerto de Alejandría, fresca y olorosa en aquella hora crepuscular.

El ocaso del sol teñía los miradores y los palmerales con un tenue brillo púrpura. El resplandor iluminó los felices y sorprendidos rostros de mi familia, que, comandada por mi tío Zakay, descendió al pantalán, donde yo los aguardaba impaciente desde el mediodía. Nos abrazamos largamente, para luego dirigirnos a la que sería la nueva casa de los Eleazar en Alejandría. Complació a mi madre, que lloró de alegría.

Por encima de las blancas azoteas, el tibio día primaveral desfalleció sereno, como se hallaba mi espíritu, que al fin recobraba la quietud, la paz y la serenidad, junto a Naomi, Bosem y Arusa, que en pocos días construyeron una afinidad fraterna con Priscila y Décimo, una fortuna enviada por Dios. Habían tenido descendencia, una niña de cabellos dorados, como la madre, a la que llamaron Fedra, que se convirtió en el capricho de mi madre.

Durante los siguientes meses me consagré en cuerpo y alma a mi esposa, a mi madre y a mi hermana, pues Zakay había regresado al negocio de Jerusalén, donde también regentaría una agencia de Iseum Oleum. Frecuentábamos el *vicus judaicus*, el barrio judío y la Academia de Terapeutas de mi amigo Isaac, a fin de que a las mujeres de mi familia les fuera más llevadera la existencia en tierra de gentiles y paganos.

Naomi, que se había convertido en una experta en el mundo de los perfumes, y con la ayuda del archisinagogo Bennasar, fue presentada a la sociedad israelita de Alejandría como una *rofe*, mujer entendida en hierbas curativas y en medicina talmúdica, adquiriendo en poco tiempo una alta estima en la comunidad hebrea.

Después de las Saturnales romanas, nuestra boda, la *bat mitzvah*, se convirtió en Alejandría en un evento social de primera magnitud. Recuerdo que el día germinó espléndido, y al contemplarla en la sinagoga con su largo cabello negro anudado en la nuca, sus ojos inmensos maquillados de lapislázuli y el manto o *jupá* abierto a los cuatro vientos, como indicaba la costumbre de la hospitalidad judía, el corazón se me alteró.

Naomi, ataviada con un vestido de seda de Palmira y la amplia capa, se colocó a mi lado para cumplir con la ceremonia de las nupcias, pues el ritual de la santificación de la unión ya lo habíamos celebrado hacía años en Jericó. El anciano Isaac pronunció las Siete Bendiciones, y dio lectura con su voz ronca a la *ketubá*, la lectura del contrato de nuestra unión, ante la familia.

—«Yo soy de mi amado y mi amado me pertenece» —proclamó Naomi.

Un estado de paz y felicidad, lindando con la beatitud, me invadió, instante en el que rompí contra el suelo, como era preceptivo, una copa nueva de cristal. En aquel momento, el *magister* Bennasar, dando por concluido el ritual, exclamó:

—*Mazal tov!* ¡Buena suerte! —que fue contestada por los invitados.

Entonamos el Canto de Esther, bailamos al son de los panderos, flautas y címbalos, recordamos a los familiares fallecidos y las mesas se atiborraron de finas viandas y vinos suculentos, hasta que, al filo de la medianoche, Naomi y yo abandonamos el convite ante los cumplidos y parabienes de los invitados.

Aquella noche, en el tálamo nupcial, con los cuerpos desnudos enfrentados, hablamos de nuestro amor interrumpido. Experimenté el tierno e íntimo contacto de su piel sedosa. Naomi se me mostró tímida y confusa en los primeros escarceos de casada, pero a medida que intensificamos nuestras caricias, se enardeció y se me reveló como una amante desconocida y pletórica de ardor, de amor y de tiernos halagos.

Le ceñí el talle, la atraje hacia mí y la conduje a emociones que ignoraba. Y embriagada de placer, tras el último embate, se quedó dormida en mi hombro, hasta el amanecer siguiente.

Desde aquel día hemos mantenido la pasión, tan solo aminorada por los años.

En mi firme decisión de expulsar a los saduceos de los dictámenes del Templo, inicié junto al admirado archisinagogo de Alejandría contactos personales y epistolares con Herodes y los principales rabinos de Oriente. Estaban, como yo mismo, hartos de sufrir las insidias y desprecios de la familia de Anás y de Caifás. Además, supimos que se enfrentaban desde hacía meses al hombre fuerte de Roma en Palestina: Julio Herodes Agripa, mi amigo y mi rey, al que comprometí en mis propósitos.

Decenas de cartas secretas salieron de Alejandría con destino a los rabinos y doctores de las ciudades de la Diáspora. Significaba la ocasión propicia para reparar el crimen de mi padre y mi onerosa esclavitud, ambas desgracias salidas de sus autoritarias y malévolas voluntades.

Aprovechando mis negocios y viajes, conversé clandestinamente con los rabinos de las sinagogas de Ur, Nínive, Asur, Harám, Halab, Tiro, Sidón, Megido, Biblos, Gaza, Menfis, Ugarit, Berseba, Corinto, Jericó, Tesalónica, Damasco y Antioquía, donde los fariseos eran mayoría, para que conjuntamente exigiéramos a Agripa una asamblea de carácter religioso para tratar el gravísimo tema saduceo, transformar la onerosa existencia del Templo y recuperar la pureza y honorabilidad del santuario. A todos ellos llegó nuestra misiva:

Una putrefacta gangrena de profanadores está devorando el cuerpo sagrado de Israel. La estirpe de Josef ben Caifás, cuyo único dios es el oro, debe ser desterrada del Templo. Yavé nos llama para restaurar la ley envilecida.

Firmado, Isaac Bennasar, Archisinagogo de Alejandría, y Jasón Anneo de Séforis, levita, fariseo y escriba.

Con la poderosa ayuda de Isaac y de Herodes, estaba firmemente persuadido de que mis palabras serían la llama que encendería la estopa de la revolución.

En aquel tiempo, trabé amistad con el gran sacerdote de Amón y Serapis, el erudito director de la Biblioteca y también astrólogo, Qaeremón, que sería llamado a Roma como pedagogo de la familia imperial, y que en pocas semanas convirtió nuestro *oleum* de la Bética en exclusivo para el culto de los dioses milenarios de Egipto.

A instancias de Priscila, un insospechado halcón para los negocios de la compañía Iseum Oleum, no se desdeñó la ocasión para comprar a bajo precio los suculentos mariscos que se pescaban en el delta del Nilo, las afamadas *leiostria*, que en Roma, Atenas, Tiro y Bayas adquirían precios muy elevados para los sibaritas de la mesa. Me refiero a las ostras de agua dulce, los erizos, las ortigas, los múrices, los espóndilos, las almejas y las pechinas.

El expretoriano Décimo, mi mano derecha en el negocio, a instancias del escriba Amosis, atisbó la posibilidad de convertirnos en fabricantes de *papyri*, papiros para la escritura y el embalaje de productos, mucho más baratos que las pieles pulidas de Pérgamo, aprovechando que las viejas fábricas de la ciudad, con las disputas entre griegos y judíos, habían sido reducidas a cenizas.

Los egipcios ya los empleaban desde las primeras dinastías, y tras contratar a un acreditado maestro que estaba sin trabajo, fabricamos desde el grueso papiro *emporético*, hasta el fino y muy caro *augustal*, para escritores, administradores, mercaderes, sacerdotes y amanuenses. Me pareció una idea admirable y al poco se convirtió en una de nuestras más rentables mercaderías, junto al *oleum* y la seda.

El *magister* y sus más de veinte aprendices alisaban y enrollaban los papiros en ejes cimbreantes, los cosían entre sí, los unían en un lomo común, el *ombilic,* y confeccionaban unos bellos cuadernos de páginas intactas de distintos tamaños, que se cerraban con una elegante correa. En Roma hicieron furor y mi amigo Lucio Séneca me aseguró en una de sus cartas que lloró cuando recibió una docena regalados por mí.

La sociedad produjo en aquel espacio de tiempo unos beneficios de siete millones de sestercios *aurei*, más o menos dos mil quinientas libras de oro, que repartí entre la familia Séneca, los hijos de amo Marco, y la mía, pagando justos estipendios a los domésticos, sirvientes, mozos y operarios.

Aparté una abundante cantidad para Priscila y Décimo, que se habían ganado mi aprecio más sincero por su lealtad y laboriosidad, y que les permitió comprarse una ínsula cerca de la Biblioteca y así disfrutar de intimidad con su recién nacida hija.

Amosis y el perito de los papiros recibieron sus partes gananciales y propalaron por la ciudad la rectitud del dueño de Iseum Oleum para con sus trabajadores. Ignoraban que yo había sido esclavo y odiaba el abuso y despotismo de los patronos y que, además, había tenido una bienhechora escuela en mi tío Zakay y en ama Helvia.

Pero mi objetivo más deseado era proscribir del trono del Templo a la ralea de hienas que lo dominaban, y para ello contaba con señalados y eficaces apoyos.

«El Dios de Israel obra su escarmiento en silencio y reprueba a quien mancilla su santa casa, y toda la maldad la repara en la tierra que Él mismo creó», recé afligido.

Él mismo con su poder había inventado un nuevo futuro para la familia Eleazar, y le rogué contrito que retornara la pureza de la ley al venerable santuario del Jerusalén de mis antepasados.

XXXII

LA EPÍSTOLA DE HELVIA

Último año del reinado de Calígula y primero de Claudio

Suele acontecer con frecuencia para desgracia de los mortales.

Cuando el azar te concede una oportunidad efímera de felicidad, de pronto irrumpe el más cruel de los infortunios, y lo hace con toda la crudeza de que es capaz.

Mi madre Bosem vino a estremecer de forma repentina nuestras vidas, al contraer una penosa enfermedad que la mantuvo en el lecho un largo período de tiempo, donde se fue apagando como una candela de aceite.

Comprendimos que moriría, pues ni los remedios de Naomi, o los cuidados de los físicos griegos y hebreos de Alejandría pudieron hacer nada para erradicar su mal. Perdía el sentido con frecuencia y sus recuerdos se abismaban en las simas de la inconsciencia, en las que desconocía incluso su nombre y el de sus hijos. Las fiebres, súbitas y despiadadas, la fueron debilitando, y una madrugada en la que truenos y rayos amenazaban tormenta, se dispuso a entregar su alma al Creador, entre tiritonas, delirios y vómitos.

—Me desentiendo del mundo, hijos míos. Cuidaos los unos a los otros —fueron sus palabras de abandono y el comienzo de un llanto demoledor entre nosotros.

—Aún te queda mucho por hacer, madre —la animé sollozando.

—No, hijo mío—se esforzó en hablar—. Qué alegría me concedió el Eterno al recuperarte. *Jazak vàmatz!* ¡Sed fuertes y valientes! —clamó en arameo y expiró casi ahogada, con sus manos cogidas a las mías, y a las de Naomi, Priscila y Arusa.

Tras su agonía y nuestro llanto inconsolable, el óbito de Bosem me afectó duramente en los dobleces más profundos de mi espíritu. Yo había cumplido aquel mismo día los veintinueve años, pero me apreciaba como un viejo decrépito, sin fuerzas y sin deseos de nada. Las mujeres prepararon el sudario para su cuerpo, que se asemejaba al de una mujer nonagenaria, mientras lloraban desconsoladamente y yo sufría mi borrasca interior en silencio.

El archisinagogo Bennasar se encargó del ritual del entierro, que según la ancestral costumbre del pueblo judío debía realizarse con prontitud y sin permitir el embalsamiento egipcio, como alguien pretendió, considerado por nosotros como una profanación. Se preparó un féretro, o *aron*, unas angarillas dignas, sencillas y austeras, y procedimos a enterrarla en el cementerio que poseían los Terapeutas en su morada.

El cortejo fúnebre, formado solo por hebreos, salió de la avenida de las Palmeras y tardamos poco en llegar a la Academia sinagoga. Isaac entonó el preceptivo *kaddish*, que no es una oración fúnebre como muchos paganos creen, sino una afirmación de la fe al Dios de nuestros padres. Mi familia me encargó que fuera yo el que arrojara las tres primeras paladas de arena en la tumba excavada en el suelo; y mientras lo hacía con el rostro abrumado por la pena, mi hermana Arusa y mi esposa Naomi recitaron el *malech rachamín*, la ritual oración mortuoria, antes de clausurar el sepulcro.

Regresamos a la casa cariacontecidos, y recibimos el pésame de los sirvientes y trabajadores, y también el de Priscila, Sotis el mercader de grano, Balastra, Amosis y Décimo, quienes no podían acompañarnos al ceremonial, exclusivo para judíos de la comunidad alejandrina. Nos lavamos tres veces las manos, ocultamos espejos, bronces y frisos, y declaré una semana de luto, o *shiva*, en la fábrica, en los cobertizos y almacenes, en las naos y en las oficinas. La familia se sentó en taburetes bajos para rezar por ella, significando que nos encontrábamos humillados por el dolor.

Sobrevinieron días de viento y de lluvias pertinaces y un bochorno húmedo se adueñó de la olorosa atmósfera de Alejandría. Mi alma parecía petrificada por la pena y apenas si intercambiábamos palabras de consuelo entre nosotros.

Y como uniéndose al óbito, la casa Eleazar adoptó la pesadez del plomo.

Escribí a Lucio Séneca y a ama Helvia participándoles la defunción de mi madre, recordando también la memoria de amo Marco y el estado de las cuentas de la sociedad, así como las cantidades que había transferido a la Banca Sestia a nombre de los Annios.

Sin embargo, nada más reanudarse la navegación a principios de *februarius*, febrero, Balastra llevó una carta a mi escritorio que había arribado en el correo personal del gobernador de Egipto y que había traído un legionario romano.

En principio no me causó extrañeza, conociendo la amistad entre los Séneca y el nuevo y juicioso procurador, Cayo Polión, a quien conocía personalmente. Pero tras leer el nombre de la remitente, mi *mater* Helvia, recapacité y me pareció que la urgencia poseía otra causa de importancia desconocida e inquietante por el número de pliegos que la conformaban. Leí interesado, impaciente y tenso.

A mi hijo Jasón Anneo, de Helvia Albina. Salud para ti y tu familia, carissimus.

Aunque sé que las noticias llegan a cualquier parte del Imperium con prontitud, no puedo dejar de referirte que Cayo Calígula, ese fantoche de emperador que estaba obsesionado con ser un dios en la tierra y convertirse en el juez y verdugo de plebeyos y patricios, a los que mató como inocentes corderos, fue asesinado en el Anfiteatro el tercer día de los Juegos Palatinos, mientras la masa humana se embrutecía con la sangre de los gladiadores. De tal rey, tales súbditos.

Se introdujo él mismo en el círculo de fuego y murió como un escorpión.

La plebe acogió con indiferencia el magnicidio y los cabecillas de la conspiración se dirigieron a palacio para acabar con su familia. Su mujer Cesonia fue traspasada por el gladio de un soldado y su hijita Drusila estrellada contra la pared. Innecesaria brutalidad.

Los pretorianos, animados por tu exiliado rey Herodes Agripa, Casio Querea y Clemente, el jefe del Pretorio, fueron convencidos de que Claudio, el tío de Calígula, y hermano del gran Germánico, era un hombre inmensamente rico y dadivoso y que pagaría bien su elección como emperador, pues, aunque senil, achacoso, cojo y tartamudo, era también un erudito y un hábil superviviente de esa familia Julia, que se cree divina.

Lo sacaron de su escondite detrás de unas cortinas, y fue proclamado César de Roma. Y con ese necio y desaliñado emperador ha llegado la desgracia a los Séneca.

Me detuve y pensé que los judíos podíamos respirar en cuanto a la orden de Calígula de alzar una estatua en las sinagogas y otra en el Templo de Jerusalén, y no menos el procónsul de Siria, Petronio, que no hacía más que alargar el asunto y detener la fábrica de una estatua colosal en bronce que tallaban en Tiro. ¿Pero de qué desdicha hablaba *domina* Helvia? Me conturbó y pensé en lo peor.

Verás, Jasón. Mi hijo Lucio, tu amigo, ya no está en la domus *Annia. Nos lo han arrebatado, pues injustamente ha sido desterrado de Roma a la isla de Corsica, por orden de Claudio. Pero no se ha debido a ninguna perversidad moral, sino por convertirse en el blanco de los celos y envidias de la esposa del emperador, la perversa y lasciva Mesalina. Esa maliciosa mujer ha truncado el* cursus honorum *de mi hijo, que, convertido en edil de Roma, pronto sería promovido al senado e incluso al consulado.*

El poder degrada y destruye al que lo ejerce y envilece a los que lo rodean. Tú te preguntarás, ¿y cuál ha sido entonces la causa de su infortunio, conocidos los valores íntegros de Lucio? Simplemente porque tuvo el aciago capricho de enamorarse de la bella Julia Livina, sobrina de Claudio y hermana de Calígula.

Recuerdo un día en el que la joven estuvo en nuestra casa ataviada con una túnica lacedemonia, y me pareció la reencarnación de Artemisa. Aunque estaba casada con el rico Cayo Rubelio, un cornudo declarado, los dos estaban embriagados de felicidad y de un enamoramiento mutuo. Y en ese estado de idilio pasional, fue cuando les sobrevino el zarpazo de los celos, sin previo aviso y cuando ya era demasiado tarde para rectificar.

Más le hubiera valido a Rubelio encomendarse a Venus Viriplaca, patrona de cornudos, para que calmara las desazones de su perra en celo, que irle con el cuento al emperador.

Acusado de relaciones adúlteras con una hembra de la familia imperial, Lucio fue condenado a muerte, castigo capital que le ha sido conmutado por el desarraigo más brutal de su hogar y de su familia, que no obstante permanece unida en la desgracia. Y debo dar gracias a la Bona Dea por esa indulgencia de no segar su vida, pues no lo hubiera soportado. No obstante, alrededor de la familia Séneca se ha creado un vacío abrumador, que ha impactado en mi alma. Poco a poco voy recobrando mi habitual calma, pero la pena aún me oprime el alma.

Así que, cubierto de ignominia, Lucio, el prometedor y más celebrado filósofo de Roma, ha sido separado de mí y de sus hermanos y ha puesto rumbo a Corsica como un vil proscrito.

¿Hasta cuándo? Lo ignoro para mi desgracia, pero rezo a mi diosa para que este castigo no se me haga eterno.

De nada han servido mis protestas elevadas a las más altas instancias de la República.

Tú lo sabes bien, Jasón, Lucio había conseguido con su conducta la plenitud moral y representaba en la Urbs la genuina tradición romana de la disciplina, la dignidad y la austeridad. De nada le ha servido, pues hoy se premian otras bondades.

La política de hoy en Roma transita por los caminos de la envidia, la vileza, la hipocresía y la maledicencia, y muchos, entre ellos Valeria Mesalina, buscaron su mal por su meritoria carrera, sin jamás acudir a las ilegalidades o a las prebendas del poder, o a lamerle las sandalias al tirano de turno.

El rechazo entre ella y yo era recíproco. Yo nunca la pude soportar, ni ella a mí.

Todo el odio le viene porque puso su mirada lasciva en Lucio, y mi hijo tuvo una imperdonable lentitud en no comprender la lujuria de esa mujer impúdica, que no posee cortapisas a la hora de hacer el mal. Los palaciegos proclaman que su trato resulta insoportable, incluso para sus leales, irritados por su frivolidad. Y por Summanus, dios del rayo nocturno, que le deseo la peor de las maldiciones.

Créeme, Jasón, una mujer rechazada es temible y puede buscar la ruina de un hombre. La morada imperial del Palatino se ha convertido en un hervidero de intrigas, engaños y traiciones, y en él, esa ambiciosa hembra ha reimplantado una nueva ley imperial que pasaron por alto Augusto, Tiberio y Calígula, pero que a ella le permite eliminar a sus adversarios y donde los rastreros delatores y acusadores más viles del Foro están haciendo carrera.

Me serví una copa de licor de fresas. Lo precisaba. La imagen y los principios filosóficos de Lucio Séneca permanecían inalterables en mi memoria y me costaba creer que un pecado de amor acabara con la carrera del hombre más instruido de Roma. Reparé en que estaba afligido y la angustia crecía cada vez más en mi interior. Retomé la lectura.

Estoico de pensamiento y vinculado al poder de la familia Julia, mi hijo Lucio consiguió los cargos públicos que ha ostentado, no por estar a la sombra de los emperadores, sino por el ejercicio diario de las honestidades de Roma, por todos reconocido. También ha influido en su desgracia su amistad y admiración por el cónsul Crispo Pasieno, contrario y denunciante de las disolutas costumbres de la emperatriz Mesalina.

Yo les advertí que fueran más ponderados en sus críticas a la indecente Mesalina, pues conozco bien a esa clase de mujeres. Pero no me hicieron caso y han pagado su inevitable precio. Esta forma de venganza me espanta y te aseguro que el saco de mis lacrimales está vacío. Quisiera que mi sufrimiento y mi duelo se extinguieran como el oleum *de una lamparilla, pero cada día sufro más por el extrañamiento de mi adorado hijo Lucio.*

Así pues, caro Jasón, me he aislado de la aristocracia de Roma y, estancada en mi dolor, ya solo me queda ejercitarme en la paciencia, el distanciamiento del mundo, la duda sobre la justicia y el espíritu rebelde que siempre me caracterizó.

Conociéndola, me daba la impresión de que Helvia se había replegado sobre sí misma y que había tomado una de esas desquiciadas determinaciones que vuelven iracundas e insensibles a las personas, tras una grave pérdida, o ante un destino adverso.

Y como nada es tan fatigoso como seguir las insidias de esta corte imperial, dilecto Jasón, he decidido embarcarme lo antes posible con destino a Hispania, y pasar un tiempo con mi hermana Marcia en Corduba y Alba Urgabona, pues ya oigo ladrar al can Kérberos y, entre los olivos y el olor a aceite, recuperar mi ánimo desalentado, que ninguna adormidera o belladona consigue atenuar. No puedo estar todo el día pensando en la oscura, absurda y sorda culpabilidad de Lucio, sino asumirla con la vieja paciencia de una matrona romana y, espantada, huir de este nido de serpientes.

La boca de Lucio sigue enseñando como antes y hace solo dos días recibí una carta de consolación en la que me decía: «Madre, no te preocupes por mí, ni por mi estado. Gozo de salud y nada material me falta. Ya sabes que, aunque poseo riquezas, ellas no me poseen a mí. Y has de saber que estar lejos de la patria no es una calamidad y que el hombre juicioso siempre encuentra la felicidad con su sabiduría, allá donde se halle. Sé discreta en Roma, te lo ruego. Aquí he hallado la templanza y la armonía de las que carecía en la ciudad y soy moderadamente feliz escribiendo, leyendo y meditando».

Me han emocionado sus balsámicas palabras, pero en cambio la visión de la especie humana cada día me parece más aterradora, dilecto Jasón.

Alcé los ojos de los pliegos y recordé mis conversaciones y paseos con Lucio. No podía creer que la *gens* Julia de los emperadores reinantes hubiera convertido a Roma en un laberinto de pasiones e impiedades, en una ciudad enferma donde dictaban la política los hombres más indignos. Lucio solo deseaba convertir las lágrimas del mundo en entereza y compasión, e inculcar a sus alumnos y semejantes los principios de una moral estoica y tolerante. Proseguí.

En Corduba te siguen recordando y anhelan que algún día les curses una visita.

El latifundia *de Probus Ventus fluye como un río de fortuna gracias al golpe de timón que tú impulsaste. Las cosechas son provechosas en frutos y dividendos y cientos de personas viven de su riqueza, tal como deseaba mi esposo Marco y mis hijos.*

Suspiré sutilmente lleno de preocupación y dolor. Cada día estaba más convencido de que el Senado de Roma y sus emperadores encarnaban la riqueza sin límites y la corrupción como forma de gobierno, sin tener en cuenta el sufrimiento de los pueblos a los que sometían. La imagen de los olivares de Corduba se me enturbiaba. Pero mis sentimientos hacia Milo, Escévola, Kirnos o Erguena no eran confusos.

Los recordaba como si vivieran a mi lado.

Te escribiré desde Hispania, querido Jasón, pues esa nube de abejorros interesados por el placer y la codicia, y sobre todo la abeja reina, me repugnan. Y lo más grave es que Mesalina y Claudio gobiernan a una plebe holgazana, viscosa, zalamera, agitada, aduladora y voluble, que solo piensa en sus estómagos y en los espectáculos de sangre que les brindan. A Roma la sostienen el oro y la maldad, y puedo asegurarte que no existe nada más aborrecible que una emperatriz de Roma soezmente lasciva.

Espero tus buenas nuevas, querido hijo, y pido a Ataecina, diosa ibera del Más Allá, y Madre de la Tierra, que podamos vernos pronto, como nos prometiste.

Salutem et bene tibi —*salud y bienestar*—. Dixi Helvia Albina. In Roma.

Volví a enrollar las amarillentas hojas. Era evidente que en Helvia se había producido una profunda metamorfosis. El destierro de Lucio la había desmoronado, y el cruel revés del destino la había afectado en lo más insondable de su alma. Helvia había perdido interés por el resto del mundo que no fuera su hijo Lucio y el *oleum* de Corduba.

Y en aquel momento tomé una drástica determinación, que, como hijo de mi familia adoptiva, debía cumplir inexcusablemente. Viajaría a Hispania a consolar a mi *mater* Helvia, ya que la visita a Lucio me estaba vedada por una ley imperial.

Me estremece el poder del mar, pero mi corazón me arrastraba a mi edén de Corduba. Poseía relaciones comerciales con un poderoso mercader de seda y de púrpuras de Sidón, que en años alternos viajaba a Gades, desde hacía lustros. Su flotilla la componían diez naves muy marineras, dirigidas por expertos pilotos fenicios.

No se podía viajar más seguro, ni con marinos más cualificados y diestros.

Naomi, Décimo y Arusa intentaron disuadirme del aventurado viaje a Hispania.

—Estás provocando la ira de los dioses. Es un viaje largo y muy arriesgado —intentó convencerme el expretoriano para que no abandonara mi hogar.

Con un rictus de desolación en su rostro, Naomi me manifestó llorosa:

—A veces, querido esposo, Dios desbarata las intenciones de sus hijos por muy piadosas que sean, y puede que no apruebe que abandones a tu familia. ¿No te mueve la consideración hacia tu desposada y tus negocios? —se quejó entre lágrimas.

Tras unos momentos de vacilación, puse mi confianza ciega en el Eterno.

—Lo siento —les dije—. Mi gratitud hacia esa mujer es inmensa. Iré. Iseum Oleum queda en vuestras manos. Alabado sea el Altísimo.

Partí con el inicio de la primavera con la abierta oposición de mi familia.

De Alejandría bogamos hacia Chipre, siguiendo la milenaria ruta marítima fenicia hacia Hispania, e incluso navegamos de noche utilizando la estrella *phoiniké* o púnica, que otros llaman la Osa Menor. Me extrañó que no bordeáramos la costa africana, y mi amigo el mercader me atestiguó que, desde el golfo de la Sirte, en Libia, hasta el Líbano, discurría una corriente contraria, y que, desde el Egeo, circulaba otra por el norte del Mare Nostrum, más propicia, que conducía a las Columnas de Heracles en poco más de veinte días.

Disfruté del fresco rocío del Mare Nostrum, de sueños profundos y también sufrí pesadillas sobre monstruos marinos. Llegué a aprender las salomas marineras que cantaban los remeros, y me habitué a las sabrosas conversaciones con el mercader, que amaba el mar como a las pupilas de sus ojos.

Oí de nuevo los graznidos de los cormoranes y el aúllo de los vientos del mar, y abrigado en un vellón de oveja, soporté celliscas y aguas salitrosas con el ánimo firme. Pero me hallaba exhausto y sucio, y anhelaba poner pie en tierra tras tres semanas de navegación. Las velas de la nave principal de la expedición se estremecían, pero conducían la nave como una hidra gigantesca entre las olas espumosas. Animado por la pericia de los pilotos, en ningún momento temí que se produjera un naufragio, y menos aún un asalto de piratas, a los que hubieran eludido con sus raudas naos.

Así que rumbeamos por el mar abierto, primero hasta Creta y Sicilia, luego a la Pithyusa (Ibiza), y a vela y remos hasta los farallones de Calpe y Avyla (Gibraltar y Ceuta), que abrían paso al océano de los Atlantes. Con viento *peliota,* o de levante, arribamos al fin al emporio marítimo de Gades, la ciudad del Ocaso, tras franquear el sagrado templo de Melkart. Mi corazón y mi semblante, con barba de veinte días, se alegraron sobremanera. La expuesta y peligrosa singladura había acabado.

Después de adecentarme en unas termas junto al teatro de Balbo y comer un guiso de atún, me dirigí al *coton* o puerto fenicio y de allí crucé la bahía de los tartesios para recalar en la Turris

Scipionis (Chipiona), un antiguo faro que advertía del peligro de los arenales de la desembocadura del río Betis. Allí contraté una embarcación fluvial, una *ratis* con vela y dos remeros, que me condujeron a Corduba, en un recorrido donde volví a recuperar olores, sonidos y lugares lastrados por el tiempo.

En la Bética hispana no hay oscuridades, todo es luminosidad y abundancia.

Verdaderamente las tierras regadas por el padre Betis son tan edénicas y armoniosas como el primer día del Génesis, con su luz clarísima, el límpido cielo y la hospitalaria templanza de sus gentes, que conviven con la naturaleza y no la fuerzan jamás. Contemplé las palmeras datileras, los campos sembrados de vides y trigo, y los cerros cubiertos de olivos donde pastaban las ovejas de lana rojiza y algunas yeguas.

No puedo expresar el gozo que noté cuando la barcaza me dejó en la orilla del *latifundia* de Probus Ventus. Eché la alforja de mis pertenencias al hombro y apresuré el paso. Anduve un rato aspirando los aires livianos y los olores embriagadores de los molinos con su genuino olor a *oleum* recién envasado, mitad intenso y mitad dulzón, que penetró en mi nariz como un bálsamo. Por mi nueva indumentaria, los labriegos no me reconocieron, hasta que a media tarde me presenté ante la puerta de la villa.

Un lozano perfume a rosas, lavanda y a árboles en flor purificaba el ambiente, y el canto de las alondras me confirmó que había vuelto a mi casa hispana. Los sesgados rayos del atardecer le conferían a mi antiguo hogar un aspecto reconfortador. Un criado con cara extrañada me examinó, y ahuecando la voz, gritó:

—¡El *procurator* Jasón ha regresado! —insistió—. Gracias sean dadas al cielo.

Fueron compareciendo mis antiguos trabajadores, que me contemplaron exultantes. Unos besaban mis manos, otros mis sandalias y los más me apretaban, mientras yo enrojecía y sonreía. No pensaba que había dejado tantos afectos en aquella deliciosa tierra del fin del mundo, donde ciertamente no me encontraba como un extraño. Apareció la señora Helvia con su esbeltez peculiar, los bucles intensamente negros sobre la frente, las áureas sandalias que solía calzar, una túnica malva y una estola ribeteada de palmas de oro. Sus ojos centelleaban con un gozo indescriptible.

—Hoy, Artemisa, señora de las criaturas, te ha traído hasta nosotros, hijo. No has perdido la apostura que tanto atraía a las mujeres de mi casa —me aseguró—. Bienvenido a tu hogar hispano. Has alegrado mi corazón y mi soledad, Jasón.

Me quedé algo paralizado por la emoción del instante y porque se había reunido en la puerta más de un centenar de esclavos, siervos y trabajadores de la finca, que sonrientes loaban a sus dioses por mi arribada.

—Madre, solo demuestro una ínfima parte de mi inmensa gratitud hacia ti —le aseguré—. Doy gracias a mi Dios, pues no hay hombre en la tierra que sea más feliz que yo —alegué, y tras besarle la mano me abrazó como a un hijo de sus entrañas.

—Cada acción está prevista por los dioses, Jasón. Sabía que vendrías.

Me invitó a pasar a sus estancias personales, donde aclaré la garganta con una jarrilla de vino que me acercó la bella Erguena, su nueva *ornatrix*, a quien besé en las mejillas, y luego a mi recordado Milo, que, convertido ya en un hombre alto y recio, ahogó su llanto abrazado a mí, mientras me mostraba a sus dos hijos.

Domina Helvia había exornado el salón con figuras de sátiros, silenos, medusas y ménades, que acompañaban al dios Achello, divinidad etrusca de los ríos. Un errático vaho a melisa y sándalo oreaba todos los rincones de la habitación, donde me invitó a cenar los más sabrosos manjares iberos, en la placidez de su privanza.

Antes de repartir algunos presentes, en su mayoría algunas joyas egipcias y perfumes de Iseum Oleum, sin dilación pregunté por Kirnos, que se hallaba en Astigi embarcando ánforas de aceite para la Galia, y por Escévola.

—La diosa Ataecina se llevó a Escévola sin hacer ruido —me dijo la *domina*—; el viejo y fiel protector de mi familia falleció el verano anterior aquejado de tifus, después de una vida azarosa, pero plena y al servicio de la *gens* Albina.

—Escévola era de las personas que dejan huella. Nunca lo olvidaré —aseguré.

—Has de saber que te recordó antes de morir, y aseguró a todo el mundo que volverías: «Los ánades sagrados profetizaron que se iría, pero también que regresaría, y los dioses no mienten. Cuando vuelva, regaladle en mi nombre este medallón tartesio que perteneció al mismísimo rey Argantonio, protector de mi familia» —dijo el ama, que se incorporó del diván, y de una caja de alabastro sacó una joya que me pareció de una belleza pasmosa. Se trataba de dos ánades de ágatas unidos por un lirio de plata, de belleza excepcional.

—Es un talismán para ser colocado en la túnica o en la toga de un rey, y en nada transgrede los preceptos de tu religión, pues no personifica a nadie, y menos a un dios.

—Me resulta hermoso y entrañable, y lo luciré en las ocasiones festivas de mi pueblo —contesté y elevé una corta plegaria alzando los brazos por su alma inmortal—. Aprecié mucho a ese viejo loco y sabio, y lamento que haya dejado el mundo de los vivos.

Recuerdo que aquel crepúsculo, de la tonalidad del bronce dorado, perfilaba un torbellino de jirones carmesíes, convocando la noche. Después me invitó a su cámara privada, donde había un telar, e ignoro si deseó resucitar el ritual del alumbramiento, o anhelaba yacer conmigo por puro placer. El caso es que de nuevo poseí a aquella dama refinada que dominaba como una *hetaria* de Corinto las artes amatorias.

—El tálamo se ha hecho para el amor pasional y para hablar de filosofía —me dijo ella, que frecuentaba la Academia de Sóstrato en Corduba y administraba su dote desde los tiempos de Augusto, aparte de ser una mujer insumisa desde que la conocí.

—Y también para la risa y necesario para el deleite y el goce —le repliqué.

—La mujer siempre está dispuesta al goce, pues se siente más poderosa que las leyes de los hombres. Nuestra única ley es la de la tierra, a la que servimos como madres y dadoras de vida —me sugirió acariciando mi cara.

Era una fruta madura, deliciosamente ofrecida, que prometía pasión, sabiduría y delicias. Bañada en agua perfumada, empolvada y maquillada, con brazaletes de oro en las muñecas, ajorcas de oro en los tobillos y con un collar de perlas en torno al cuello, estaba deslumbrante bajo un velo de seda, y se me insinuó.

Besé su piel diáfana, sus onduladas formas, sus brazos contorneados y sus senos aún deseables e incomparablemente dóciles, que provocaron en mí una ardiente fogosidad. Sus párpados sombreados y sus labios pintados la hacían más joven. Me interné en su boca, en su sexo y en sus honduras, busqué sus pezones que hundí en mis labios, hasta que desenfrenada se acomodó a horcajadas sobre mi miembro viril y copuló conmigo pasionalmente. Aquellos instantes fueron para mí de incomparable dulzura.

Los hombres exigimos toda la pasión de una mujer y ella me lo había concedido, tras alejarse suavemente de mis brazos y regalarme una sonrisa fugaz y satisfecha.

Jadeantes caímos sobre la alfombra y, abrazada a mí, me acarició y se le llenaron los ojos de lágrimas.

Al amanecer la contemplé a la plenitud de la luz y advertí que aún era hermosa. Se incorporó sobresaltada y, al verme a su lado, renacieron en su sonrisa todos los sucesos de la noche.

El tiempo en Hispania transcurrió como un soplo. Debía regresar a Egipto.

Acompañado por Kirnos y Milo visité los molinos, las prensas, los olivares y los campos, y desde lejos vislumbré extasiado las montañas de color azulado que se divisaban en el horizonte del sur. Recibí la hospitalidad de mi amigo el alfarero Paulo Tito, hombre sabio, filántropo y eficaz en su trabajo, quien con su callada ayuda me había ayudado a desenmascarar a Jantipo y a Mérula, y que me ofreció de regalo un ánfora de vino de la tierra que me acompañó en mi estancia en Corduba.

Cabalgamos por los serpenteantes senderos cercanos al río, donde advertí las naos descender por el Betis cargadas de plomo, cobre, estaño y hierro con destino a la voraz Roma. Los hispanos, como los judíos, son un pueblo dominado por la codicia romana. Puse flores en la tumba de Escévola y visité a *domina* Marcia en su casa natal de Alba Urgabona, una tierra glorificada por el Eterno.

Con ama Helvia hablamos de Iseum Oleum, de mi familia, de Egipto y sobre todo del destierro de Lucio, y descargó sus penas y dudas en un oído amigo.

—Los reyes suelen ser veleidosos y mudables. Pronto habrá buenas nuevas.

—Que la Bona Dea escuche tus esperanzadoras palabras, Jasón.

Mis ojos se llenaron de nuevo de la luz deslumbrante de Corduba y sus alrededores y con mi antigua yegua volví a internarme por senderos desconocidos, donde de vez en cuando saltaba un jabalí o un lagarto, que desaparecían por las barrancas.

Viví aquellas semanas venturosamente en Probus Ventus y apuré los goces del trato con gentes amigas que me dieron lo poco que tenían, disfruté del cuerpo pasional de ama Helvia y de los vinos olorosos de Xera hasta la extenuación.

En la villa reinaba la prosperidad y la labor. Allí había comenzado a brillar la estrella de mi fortuna, pero debía volver con los míos. En Corduba estaba gozoso, pero en los idus del mes Iulius, decidí regresar a Alejandría.

Y, cuando lo hice, noté en mi boca un sabor agrio como la hiel.

XXXIII

LOS CHACALES HUYEN

Cesarea Marítima. Octubre, quince días después de la conclu-
sión del año sabático judío, correspondiente al segundo del reinado
del emperador Claudio

Un mes más tarde de la festividad de los tabernáculos, el
Sukkot judío, las pesadas puertas del palacio herodiano de Cesarea se abrieron de par en par y sonaron en nuestros oídos como un
trueno. Había llegado el día de mi reparación.

Recordé mi añorada infancia, cuando mis padres y mi hermana
construíamos nuestra cabaña, o *sukkah*, que luego adornábamos con
los frutos maduros del campo para recibir a familiares y amigos y
vislumbrar el cielo creado por Dios entre las cañas.

Los consejeros judíos llegados de Magedo, Dothan, Jericó,
Hazor, Jerusalén, Alepo, Antioquía, Damasco, Alejandría, Avaris,
Siquén, Biblos y Haran, que representaban a la casi totalidad del
pueblo de Israel, nos dimos cita aquella otoñal mañana.

Israel, dividido por Roma en cinco provincias, también estaba
fraccionado religiosamente para mi pesar. Los fariseos detestábamos
a los saduceos y no les perdonábamos que el sumo sacerdote, el saduceo Alejandro Janneo, crucificara a muchos de los nuestros. Y yo
aborrecía en lo más profundo de mi alma al nefando Caifás.

A los hebreos solo nos unía la aversión a los romanos. Por esa
razón Yeshua ben Josef fue considerado un descendiente de David
que acabaría con las intrigas y corrupciones del templo y recupe-

raría la dignidad del pueblo frente a Roma. Y así fue apoyado por muchos judíos, que lo creían un libertador: el Mesías de Israel.

Y ante ese rompecabezas dislocado de mi fe, Herodes anhelaba poner orden, y el maestro Bennasar y yo, de una forma ciega, constante y decidida, lo habíamos comprometido en la lucha. La fe inamovible en la ley de Moisés nos había alentado.

La sesión del Consejo Judío estaba a punto de comenzar.

Auspiciado por Isaac Bennasar, por otros viejos rabinos y por mí, conseguimos aunar voluntades y preparar el fallo final, pues desde hacía tiempo olía a podrido en el Santo de los Santos. Se llevaba a cabo bajo los auspicios del nuevo rey, Julio Herodes Agripa, quien, en una astuta sagacidad política de su amigo de la infancia, el emperador Claudio, había sido nombrado soberano de Judea, convertida desde hacía décadas en la región más ingobernable y explosiva del Imperium.

Bajo las vigas de cedro del Aula Regis aún reinaba un ambiente frío, y un sol sin ardor tardaba en calentar la sala, iluminada con flameros y lámparas de bronce dorado. Atraídos por el oropel de la familia real y por el boato de los sacerdotes, mucha gente se había congregado cerca del palacete y jaleaba a Herodes Agripa, que, en Jerusalén, durante la Fiesta de las Cabañas, había portado sobre sus hombros la cesta de las ofrendas con humildad y fervor, como cualquier otro judío, llenando de esperanza al pueblo, que comenzó a amarlo desde aquel mismo momento.

Él no los defraudó y su popularidad en Israel era máxima en las cinco provincias. En la misma ceremonia, y ante la admiración del gentío, el sumo sacerdote, Simón Canthara ben Boethus, le entregó en la mano el rollo del Libro del Deuteronomio para que lo leyera en el Atrio. Y Agripa, en vez de permanecer sentado según su rango, se levantó con humildad y leyó la palabra de Dios de pie, para concluir llorando ante el pueblo y los sacerdotes, haciendo gala de su ascendencia idumea, que era considerada hermana de la judía. No era tenido por un extranjero, sino como uno de los nuestros.

Desde aquel día, había demostrado un denodado celo por la ley, y las gentes lo adoraban y aún más al conocer que la cadena de oro que le había regalado Calígula la había entregado al Templo para obras piadosas, si antes no la sustraía Caifás.

Agripa, que ostentaba la autoridad máxima del Consejo, llegó envuelto en una capa dorada, sobre una veste de tafetán púrpura adornada con un collar de plata en el que brillaba un rutilante Magen David, la estrella de seis puntas, símbolo de Israel.

Sus cabellos del color del trigo, suaves y rizados, le caían en una cascada dorada por los hombros. Libre al fin de sus acreedores judíos y romanos, se había centrado en la labor de gobernación de su pueblo y comparecía en todos los actos con su bella esposa Cipro y sus dos hijos, dos príncipes gallardos que se parecían a su tía Herodías.

Al poco entró en la sala el altanero Josef ben Caifás, el que tenía las manos manchadas con la sangre de los santos y justos de Israel. Su semblante mostraba un muestrario de gestos arrogantes y nos miraba con menosprecio, pues recelaba de la inesperada reunión de sacerdotes y escribas, y de las intenciones reales de los fariseos.

Una papada acrecentada por la gula le sobresalía de su barba grisácea. Estaba firmemente persuadido de que los saduceos, aliados de Roma, seguirían ostentando la potestad en el Templo, y que para ello había sido convocado el Consejo por el gran aliado de Roma: Herodes Agripa.

La comunidad judía de Palestina y de las ciudades de la diáspora estaban pendientes de lo que se acordara en aquella transcendental asamblea, liberada al fin de las injerencias del procurador romano de turno. El asunto lo habíamos organizado con la mayor de las discreciones por parte de Isaac y yo mismo, para no alertar a los buitres de Josef Caifás.

La expectación era máxima, y más de cincuenta rabinos y sacerdotes elegidos por sus distintas comunidades, llegados de los cuatro puntos cardinales, iban a dictaminar el deteriorado futuro religioso de Israel, y sobre todo prefijar la definitiva gestión y las cuentas de nuestro lugar más idolatrado: el Templo de Jerusalén, donde mora el verdadero Dios.

El rey nombró presidente de la reunión no al escriba mayor saduceo como Caifás había pretendido, un pelele en sus manos que seguiría sus preceptos al pie de la letra, sino al archisinagogo de Alejandría, Isacc Bennasar, reconocido por todos como el polemista y sabio más competente del universo hebreo, y porque la alejandrina era la más ortodoxa y nutrida de las sinagogas judías.

Lo asistíamos el hijo del *rabbán* Gamaliel, Simón, y yo mismo, formando la mesa presidencial, situada a un lado del trono donde se sentaba el hierático príncipe judío: Julio Herodes Agripa, que me lanzó una mueca de complicidad tras leer nuestras exigencias.

El chambelán hizo sonar el cuerno sagrado y se inició la sesión.

—¡Ilustres consejeros, que el Único, Adonay, ilumine nuestras mentes y que Metratón, el ángel que registra las buenas obras de sus hijos, escriba hoy más derecho que nunca! Decid allá en vuestro corazón lo que consideréis más justo —recordó Isaac de Alejandría las palabras del profeta Jeremías, para luego invocar al Eterno: «Él es el Señor Dios, el que nos sacó de la esclavitud, y no hay más Dios que Él».

Inició el archisinagogo la sesión con la lectura de un *hagadah*, un versículo del libro del Éxodo. Luego presentó con voz firme los dos puntos a tratar, que Herodes Agripa había mantenido en secreto. Uno era la expulsión o inclusión de los cristianos en el cuerpo sagrado de Israel y otro el más crucial: la permanencia, o no, de los saduceos, reconocidos colaboradores de los invasores romanos, en la tutela del Templo, único lugar donde podían hacerse sacrificios al Dios supremo.

Para Caifás supuso una pasmosa novedad y cambió su altivez por alarma. No lo esperaba. No podía creer que, Herodes, un amigo de Roma, cuestionara su situación de privilegio y de sumisión al Imperium. ¿Dudaban acaso de su largo y fructífero mandato en el santuario? ¿Cómo era que sus espías no se habían enterado de aquella encerrona? Bufaba como una res que fuera conducida al matadero. Avizoró en su derredor desconcertado y al rey con inquietud y miradas de confusión y de súplica.

Yo seguía sus gestos con verdadera complacencia. El día de mi venganza había llegado y sería restaurado el prestigio del Templo. Caifás creía que Agripa iba a renovar la alianza del poder temporal y el poder religioso encarnado por él, o sea, rey y sacerdocio, e intuyó que sus apetencias podían ser desbaratadas en aquella corte de traidores envidiosos. ¿No había colaborado en los expolios de los gobernadores extranjeros, llenando sus bolsillos con prodigalidad?

Aguardó, pero detectó que el silencio era amenazador y desfavorable. Lo miré y observé que se asemejaba más a un sátrapa persa que a un servidor del pueblo elegido.

La voz de Isaac Bennasar retumbó ronca, solemne y segura, cuando achacó todos los males de la fe de Israel a los saduceos y a la clase aristocrática de Jerusalén. No se arredró cuando Caifás protestó airadamente negándolo todo y acudió a las ganancias del Templo durante su gestión, como gran logro. Alzado sobre sus pies intentó refutar sus argumentos con los ojos inyectados en sangre y el ánimo irascible.

Isaac, que no perdió en un solo instante su serenidad, le replicó:

—¡Hermano Josef ben Caifás! La fe de Israel yace en la más absoluta de las postraciones y el peso espiritual de la facción saducea, del que haces gala, es sencillamente inexistente, según el testimonio de los que nos acompañan. Únicamente los fariseos, los puros, están en condiciones de recuperar el compromiso del que han disfrutado los saduceos durante la Prefectura romana, a la que favorecisteis de forma vergonzosa.

Un mar de rumores y de cuchicheos, que el rey permitió, dominó la sala.

—¿Y crees sabio Isaac que los fariseos pueden recuperar esa

utópica pureza? —preguntó Caifás en una sórdida tentativa, al verse rechazado por la audiencia.

—Lo creo firmemente, Josef —reabrió la polémica—. Solo nosotros podemos reconstruir la Torá y la fe de Israel y hemos dado pruebas de ello manteniéndonos en la integridad de la ley de Moisés durante siglos y habiendo sostenido el cayado de Aarón con denuncia, constancia y fe. Vosotros solo habéis sostenido las llaves del tesoro del pueblo y las cuerdas de vuestras bolsas. No creéis en nada, Caifás, salvo en vuestros intereses.

—¡Caifás, eres un *asmodeo*, la reencarnación de un demonio avaricioso! —vociferó un rabí de Jaffa, y muchos lo aplaudieron, ante el estupor del saduceo.

Pesados silencios descendían con frecuencia en la sala, mientras yo estudiaba su expresión. Para Josef ben Caifás había resultado una amarga sorpresa aquel testimonio. Con los párpados cerrados escuchó todos los cargos con los que lo asaetearon los comisionados durante casi una hora, tachándolo de traidor al pueblo, de colaboracionista con los romanos y de incrédulo de la fe. Llegamos así a la hora de la comida y Agripa se retiró. Los comisionados le seguimos y nos fuimos a comer.

Post meridiem volvimos a reunirnos, deseosos de derrotar al saduceo.

Entretanto, Caifás había estado reunido con algunos fieles para elaborar una respuesta y no perder su influencia en el Templo, centro neurálgico de la fe de Israel y, por ende, su eje político y decisorio. Josef ben Caifás llevaba en el rostro dibujado su condición de ladrón y pervertido. Que siguiera mangoneando al pueblo ya resultaba inaceptable y hasta repulsivo.

Pero la nómina de cargos siguió incrementándose. Eran muchos los años en los que los rabinos de las sinagogas de la Diáspora habían sufrido sus menosprecios y tiranías y estaban dispuestos a derrocar a la secta saducea del sitial del Templo.

Lo que escuchaba Caifás desde todos los sitiales era ofensivo, y estaba desconcertado por la habilidad con la que el rey Herodes, Isaac y yo mismo nos defendimos de sus arrogantes ataques. Poco a poco ganamos la confianza de los sacerdotes, escribas y eruditos de la ley que antes dudaban de nuestras afirmaciones con argumentos, pruebas y documentos que lo llenaron de vergüenza. Desde el acueducto de Jerusalén, cuyos beneficios fueron a parar a las bolsas saduceas y a Pilatos, hasta los chanchullos con los animales sacrificados y su comercio soterrado con empresas de la familia.

—Has causado un daño irreparable a nuestra alianza con Dios —lo acusaban.

Con sus rasgos deformados por la ira, rumiaba su propio desconcierto. Pero su orgullo le impedía aceptarlo, aunque vio que su conducta era contestada por los delegados con agresivas demostraciones que lo ponían fuera de la ley.

—¡Qué grave error se está cometiendo en esta asamblea! ¿Acaso los saduceos no han traído la prosperidad al pueblo de Dios y al Templo del Altísimo?

—¡Sí, sobre todo a tu faltriquera, Josef Caifás! —exclamó Isaac.

—Esto va contra nuestro aliado romano —dijo con la boca crispada—. ¿Qué dirá nuestro protector, el emperador Claudio, de esta traición hacia el patriciado saduceo?

Herodes Agripa, un político incomparablemente hábil, no estaba dispuesto a conceder la menor grieta a su inocencia y no deseaba chocar con el clero mejor valorado por el pueblo: los fariseos. Como buen político, Agripa sabía que una revolución religiosa traería consigo una revolución popular y estaba decidido a cortar por lo sano. Desde Roma había llegado dispuesto a expulsar a los saduceos del santuario.

—Yo represento la voz del emperador, sacerdote. Veo que eres un hombre insolente y tu impertinencia me indigna vistas las pruebas presentadas por la presidencia. Corrupción y robo han sido tus empeños. Despreocúpate de lo que no te atañe.

La asamblea se quedó sobrecogida ante la firme réplica del rey Herodes.

El semblante de Caifás tomó la tonalidad de la cera. Sabía que estaba acabado.

Yo reprimí una sonrisa y una exclamación de gozo interno. El cerco se acotaba y mi padre Fazael y yo mismo, condenados a muerte por su maldad, íbamos a ser vengados por la totalidad de la comunidad judía, con aquello que más podía dolerle: privarlo de sus riquezas y apartarlo del poder máximo de Israel.

La compasión hacia los saduceos era nula y tras tomar la palabra más de veinte rabinos de las distintas ciudades representadas estaba claro que la época de autoridad saducea había finiquitado.

Tomé la palabra por Alejandría, donde residía la mayor comunidad judía del mundo conocido.

—Habla, te lo ruego, escriba Jasón Anneo —me animó el rey—. Eres un distinguido *sofrín*, doctor de la ley de Israel y digno de toda nuestra confianza.

Ascendí la escalinata hacia el estrado y todos los presentes se quedaron en silencio. Alterné el griego koiné con el arameo y el latín cuando cité a algún procónsul o procurador romano, y trayendo a colación algunas contundentes enseñanzas de mis maestros. Siempre he tenido la habilidad de elucidar el ambiente y el tono emocional de aquel que me escucha y puse a contribución todas las dotes de persuasión de que soy capaz para poner a mi favor al auditorio.

Manifesté sereno:

—Mi señor, ilustres sacerdotes y sabios de Israel, resulta palmario que ha llegado el momento, libres de los procuradores romanos, de reconstruir la fe del pueblo judío sobre las bases de la ley de Moisés, recoger a los dispersos y prescindir de los saduceos en las tareas sacrificiales del Templo, al que han llevado a la ruina más absoluta.

—¡Acudiremos a la justicia de Roma si somos postergados del gobierno del Templo! —pronunció Caifás su último alegato, sabiendo que había perdido y mientras se recrudecían los ataques de los fariseos a los saduceos presentes.

—Eso solo puede decidirlo el rey de Israel, ilustre Caifás —dije y el monarca se sonrió con mis palabras—. Ahora no tienes a tu servicio al procurador romano, sino a Herodes Agripa, el amigo del César, que se halla muy por encima de ti.

La mirada de Caifás estaba enloquecida. ¿De qué vivirían ahora él y su familia? Lo miré con ojos de impiedad, y proseguí con mi defensa, a la que todos asentían.

—Como los buenos agricultores, hemos de realizar una labor de poda del árbol milenario de la nación de las Doce Tribus. Los saduceos deben ser apartados de la regencia del Templo. ¡¿Han de morir más profetas de nuestro pueblo lapidados o crucificados por enfrentarse a la venalidad y corrupción de tus secuaces, Caifás?!

Con mis palabras había querido recordar a Yeshua de Nazaret, el Galileo.

Fue entonces cuando Caifás, un chacal de dientes afilados, tomó conciencia de su vulnerabilidad. Los pulsos de los allí reunidos parecía que se habían paralizado, pues todos callaron. Había golpeado con saña a los vividores saduceos. Lo sabía y disfruté. Pero como estaba en el uso de la palabra, el soberano de Judea me indicó que prosiguiera:

—¡Nuestro nuevo rey no debe proteger ni un día más a esta clase de hienas depredadoras y ha de expulsarlas del Sancta Sanctórum! —insistí, pleno de fervor.

Un mutismo que podía cortarse con un cuchillo persa se extendió por la sala.

Isaac asintió con expresión severa y me animó a que concluyera.

—¡Josef ben Caifás! Debes aceptar que ni tú ni los tuyos habéis respetado en su integridad la Torá, el sagrado patrimonio hereditario del pueblo de Israel y pedestal del judaísmo como religión y nación. Admitirás que te echaste en manos de los gobernadores extranjeros, y que olvidaste la ley escrita en nuestros libros sagrados.

Por eso debes abandonar el Templo, por tu desidia y por relegar al olvido las enseñanzas divinas que nos otorgó Elohim, bendito y alabado sea su Santo Nombre.

No había dejado el menor resquicio a la réplica y Caifás me miró con odio.

—Has sembrado la discordia en Israel y te has mezclado en oscuros y delictivos negocios en el mismísimo Santo de los Santos. No exijas ahora comprensión, Caifás. Los *sadoki* sois gusanos engordados en una manzana podrida —concluí implacable.

Descendí del estrado y todos estuvimos pendientes de los labios del presidente del consejo, intrigados por su conclusión. Las emociones, cercana ya la caída de la tarde, estaban a flor de piel. El microcosmos judío estaba pendiente del dictamen del rey. Su voz nadie la discutía y sus sentencias nadie las podía contradecir. Algunos habían entrado allí algo exceptivos, pero las expresiones de sus rostros transmitían otras emociones distintas. La facción farisea, a la que yo representaba, había salido triunfante.

Llevaba dos años maquinando aquel día con cartas, reuniones y viajes, y estaba satisfecho y complacido. Caifás, que seguía escrutándome con miradas de ira y reto, sabía que, para mantenerse en el poder espiritual y temporal de Israel, debería inundar con sobornos la sala. Isaac sonrió con su risita maliciosa. Era feliz con lo que discurría en el acto y yo estaba exultante.

Habíamos abierto los ojos ciegos de muchos de sus aliados que prefirieron cambiar el oro por la pureza de la ley que representábamos los fariseos, y desenmascarar los oscuros manejos de los corrompidos saduceos.

El semblante de Caifás y de sus dos acompañantes tomó una tonalidad sonrojada. Nos miraba a todos, e indignado por algo que no esperaba, advirtió que contaba con muy pocos apoyos. Ni sus mejores actuaciones en el teatro de Jerusalén podrían sacarlo de aquel atolladero. Y resoplando con evidente irritación, en una actitud servil y verdaderamente repugnante, se dirigió a Agripa, y le soltó:

—Mi rey, durante años hemos administrado las riquezas del Templo con ecuanimidad, y solo la envidia nos condena. Si colaboramos con los procuradores romanos fue para castigar a patriotas facinerosos, zelotes violentos e indeseables visionarios.

A nadie convencieron sus palabras y yo le traje a la mente un hecho oneroso.

—¿Recuerdas, Josef Caifás, cuando condenaste a la cruz a Yeshua el Nazareno, un rabino misericordioso, santo y justo, que solo predicaba la concordia entre los hombres y la pureza del Templo? ¿Merecía por ello ese castigo tan humillante y execrable?

Se hizo el más hosco de los silencios y sus ojos proyectaron ira y cólera. La fragrante evidencia lo había dejado mudo.

—¡Tu sed de sangre es solo comparable a la sed por el oro! —exclamó un rabí.

Todos los delegados lo condenaron con sus miradas de repulsa y desaprobación. Es más, lo habían rebajado aún más, pues con su conducta más parecía haber defendido a los romanos que a su propio pueblo. Y su rey, al que estaba despreciando, se enfrentó a sus retinas de zorro idumeo, y el saduceo bajó los ojos avergonzado. Sin saberlo había firmado su propia sentencia de ser condenado al ostracismo y el olvido.

Isaac se dirigió a Caifás con ardor y dignidad y lo señaló con su dedo artrítico:

—La hermandad farisea y sus miembros somos los más cuidadosos intérpretes de la Torá y todo lo atribuimos a Dios y al destino divino. Predicamos que el alma es inmortal, cosa que rechazáis los saduceos, como auténticos herejes de la fe judaica que sois. Mostramos respeto a los mandamientos, a la resurrección en el Juicio Final, y protegemos a los ancianos, a los pobres y a las viudas. ¡Y vosotros, no!

A Caifás se le quebró la voz. La impotencia lo embargaba. Chilló sin convicción.

—¡Perros fariseos! ¡Hasta los esenios os consideran falsos maestros pues habláis y habláis, y no observáis el alma de los preceptos!

—La doctrina de los esenios raya la inobservancia con sus meticulosas costumbres. No nos importan sus opiniones. Y a vosotros, codiciosos del oro y del poder, y verdugos de profetas, no os sigue ni el pueblo ni los eruditos de la ley. Solo los banqueros y prestamistas para saciar vuestra insaciable avaricia.

Caifás se revolvió en su asiento cuando Isaac llamó a la votación general de los presentes. Se haría por insaculación de piedras negras y blancas, como era vieja costumbre en el sanedrín de Jerusalén. Blancas permanencia de los saduceos, la secta sacrílega, en la gestión del santuario; negras expulsión de la secta y toma de posesión del lugar sagrado por parte de los fariseos, que devolverían el decoro al Templo.

Isaac elevó las manos al cielo y rezó a Dios para que iluminara nuestras mentes, y reclamó el apoyo del Eterno, para que eligiera a través de nuestras humildes manos quién debía hacerse cargo de su morada en la tierra.

No obstante, Herodes ordenó otra moratoria para que los consejeros más ancianos vaciaran sus vejigas y estiraran las piernas, hasta que el cuerno nos anunciara que debíamos regresar a la curia real. En el descanso vimos a Caifás y sus dos adláteres intentando influir en los votantes, e incluso prometiéndoles oro y dignidades. Yo saboreaba por anticipado mi venganza por mi esclavitud y la desaparición de mi padre.

Éramos cincuenta y dos comisionados, y cumplimos escrupulosamente con la votación, según nos dictaron nuestras conciencias. Acabado el plebiscito, que fue nominativo, Isaac procedió al recuento. Se incorporó, y con sus ojos miopes, leyó:

—¡Adonay, que ilumina al hombre ecuánime, ha querido que a la postre el resultado sea de cuarenta y una piedras negras y once blancas! ¡De modo que los saduceos deben abandonar el Templo de Jerusalén, según decisión de los consejeros!

Bebimos a sorbos el ansioso silencio. Las respiraciones se cortaban y una oleada de gozo revoloteó por el salón real. La estupefacción se pintó en el rostro de Josef Caifás y de sus acólitos.

Ahora solo faltaba la sanción de Herodes Agripa, que podía rubricarla o rechazarla. Todos sabíamos que como el mar no tiene vecinos, el príncipe no tiene amigos y que optaría por lo que más conviniera a Israel. Observamos sus movimientos y contuvimos nuestras respiraciones.

—Nuestro Dios entrega el don de su omnipotencia a sus reyes para que usemos de él —exclamó, y todos nos miramos con expectación y dudas. ¿Qué deseaba transmitir a la asamblea?

Las retinas de Herodes lo controlaban todo, y las fijó en Caifás con despreciativa irritación, para luego pedir a su chambelán un pergamino que desdobló y leyó pausadamente entre un mutismo sobrecogedor. Lo tenía todo predeterminado.

—¡Sacerdotes, rabinos, escribas y comisionados! Únicamente unos hombres santos y en paz con vuestras conciencias os podíais expresar con tanta veracidad. La práctica espiritual de mi pueblo es para mí capital y, según las pruebas, está contaminada. Así que esta corona no tiene por menos que aceptar la votación de los doctores de la ley tan eminentes y protegidos por el Dios de la Alianza. Por lo tanto, para cumplir el deseo ecuménico de las Comunidades Judías, y para garantizar la integridad de nuestro credo y del sacro Templo que edificó mi abuelo, consideramos inaceptable y contraria al respeto al pueblo de Israel la intervención saducea en el santuario.

Un sonoro aplauso cortó la lectura del dictamen real. Agripa prosiguió:

—Asimismo y consultados los rabinos más ancianos, tengo a bien nombrar nuevo sumo sacerdote al fariseo y *nasí* del sanedrín Mathiah ben Hanan, levita prudente y sabio, e ilustrado en la historia de nuestro pueblo, y cesar al saduceo Boethus, apartando del Santuario a la citada facción, encarnada por Josef ben Caifás. A tal efecto, se entregarán las valiosas vestiduras del templo al nuevo gran sacerdote, así como las llaves de las arcas y los rollos de las cuentas y beneficios. ¡Estudiadas meticulosamente abundantes pruebas de la codiciosa rapiña en el templo, esta es mi decisión!

Dio un golpe seco en el reposabrazos del sillón real y se incorporó.

Murmullos de aprobación se alzaron en la sala, y Caifás bajó humillado la cabeza. Era un anciano zaherido y deshecho. Una corriente de felicidad escapó de los labios de los comisionados, que aclamaban a Herodes Agripa y se abrazaban con jubilosas risas. Mi deleite era indescriptible y pensé en mi padre Fazael y en mi madre Bosem, que sufrieron sus diabólicos zarpazos.

—Nuestro rey actúa con la justicia de la ley de Dios —dijo uno.

—¡Alabado sea el Dios de Israel, que no olvida a su grey! —exclamó Isaac.

—¡¡Por siempre sea ensalzado!! —corroboramos al unísono cuarenta bocas.

Caifás se quedó de piedra, con sus pobladas y enmarañadas cejas temblando. Se veía desamparado, acosado, privado de sus recursos y abandonado. Ya no era nadie en Israel y los legados y rabinos lo despreciaban. Neutralizado el río de dinero que le suponían los erarios del Templo, no era nadie, y el monarca le había asegurado que no podía garantizar su seguridad en Judea.

Los representantes del pueblo pudimos comprobar que Caifás y sus seguidores estaban furibundos. Observé respirar ahogadamente al ex sumo sacerdote, incrédulo con lo que había aconteciendo en aquella asamblea, que él pensaba corroboraría a los saduceos en el gobierno del Templo, conocida la íntima relación de Agripa con Roma.

El chambelán hinchó las venas del cuello y nos convocó para el día siguiente.

—¡Mañana, después de la primera oración a Adonay, concluiremos el sínodo!

Con Anás y su yerno Caifás habíamos vivido en Jerusalén una edad de miedos, injusticias, despotismos, abusos y desfalcos, y aquel feliz día concluía al fin. Había llegado el momento del desquite de los Eleazar. Ni mi padre, ni mi madre, ni yo mismo deseábamos una venganza de sangre, sino que aquel chacal y su depredadora casta abandonaran la Casa Santa de Israel. Me dirigí a la sinagoga, cubrí mi cabeza con el *talet*, el manto judío de la oración, y recé al Eterno el Shemá Yisrael del Deuteronomio:

—Yavé protege al justo y desconcierta al malvado. Y su justicia se cumple.

La pálida luz de la noche cayó sobre Cesarea Marítima, la urbe que había ordenado edificar Herodes el Grande en honor a Augusto, cuyo templo se adivinaba a través del ventanal de la casa del rabino que me había ofrecido su hospitalidad.

La purpúrea luz del amanecer iluminó los rostros de los rabinos camino del tribunal regio. Un oleoso aroma a resina y nardos llegaba del jardín que rodeaba la columna de piedras doradas dedicada al tercer César de Roma: el Tiberium.

Un espeso mutismo llenaba la sala, mientras aguardábamos la llegada del rey Herodes para concluir el sínodo. Caifás, tan intranquilo como si estuviera sentado en una roca ardiente, protestó. Y como siempre había demostrado ser una hiena cobarde, nos habló rabioso, antes de que compareciera el monarca.

—En el nombre del Todopoderoso. ¡Sabed que vuestras insidiosas decisiones no han nacido de la clarividencia de Dios, sino de la traición y de la codicia! —retumbaron las palabras del fracasado Caifás, cuya tez estaba tan pálida como el estuco—. ¿Y creéis que este monarca ansioso de poder os protegerá? Tarde o temprano os aniquilará.

Probamos que su lengua era tan cortante como una espada, pero lo ignoramos.

Su rostro parecía una máscara romana de cera.

La atmósfera del recinto real se había vuelto más respirable, cuando el chambelán anunció la aparición de Herodes, que nos habló considerado, para luego decir:

—¡Como único punto de la sesión se hablará de los llamados cristianos!

También aquella sesión matutina se aventuraba como un trago amargo para Caifás. Los cristianos crecían en todas partes y su negra conciencia le reclamaba la sangre del Justo. La sesión se presagiaba corta. Existía unanimidad sobre la decisión.

Meses antes, Herodes Agripa, para congraciarse con las sectas sacerdotales de Jerusalén, los saduceos y los fariseos más ortodoxos, había condenado a muerte a Jacob, hijo del Zebedeo y discípulo del Galileo, había encarcelado a Simón, llamado Cefás o Pedro, y enjuiciado al hermano del Nazareno, Jacob, jefe de la facción cristiana de Jerusalén, al que se había enfrentado mi amigo Saulos.

Yo abrigaba una inmensa fascinación por el Galileo y su doctrina rebelde y conciliadora, pero allí se juzgaba a sus seguidores y partidarios, y no al rabino de Nazaret.

Se iniciaron las discusiones, aunque reinaba un ambiente frío.

Tras subir al estrado una docena de sabios rabinos, se solicitó la exclusión de Israel del movimiento cristiano, ya que se negaban a ser circuncidados al octavo día de nacimiento y persistían en la blasfemia de que su maestro era Dios y que había resucitado, algo abominable a los ojos de Yavé. Isaac Bennasar tomó el uso de la palabra.

—Hermanos, escuchados los argumentos de los sabios escribas aquí presentes, el Consejo Judío se ve obligado a excluir a los cristianos de nuestro credo, por contumacia en el rechazo de nuestros mandatos y la contaminación por parte de sus seguidores de las enseñanzas de Yeshua ben Josef, con preceptos paganos.

Un mar de murmullos de asentimiento sobrevoló por la sala.

—Así que, consultado el sanedrín, y con el beneplácito de nuestro augusto soberano, Julio Herodes Agripa, determino que a partir de ahora sea alzada una maldición contra los nazarenos, y que como apóstatas de nuestra ley no tengan esperanza ante Dios. El Galileo no puede ser considerado como Mesías, ni declarado públicamente Hijo de Dios, ni pregonada su resurrección, dos de las mayores blasfemias y agravios que un judío puede proferir. ¡Bendito sea Dios, que abate a los fatuos!

Para ratificar la conclusión del presidente de la asamblea, el rey manifestó:

—Los cristianos deben ser desarraigados del ámbito espiritual de Israel y expulsados de la comunidad judía para siempre. ¡Que así se anote y así se cumpla!

No fue necesario acudir a la preceptiva votación. Había sido aceptado por los asambleários, incluso por el farsante Caifás, que no había vuelto a abrir la boca. Tras invocar al cielo, y despedir con parabienes al monarca, ya solo se esperaba la doble comunicación a todas las sinagogas y academias de Israel en el mundo.

El pueblo judío había hallado tras largo tiempo de penurias a un líder carismático, Agripa, y rescatado de manos codiciosas lo más sagrado para él: el Templo de Jerusalén. Lamenté que la memoria del Nazareno hubiera salido desacreditada en el sínodo. Pero en verdad sus palabras y hechos seguían incólumes en la memoria de muchos judíos. Otra cosa era que algunos de sus partidarios hubieran desnaturalizado sus enseñanzas y contaminado su compasiva y sabia figura con cualidades propias de dioses egipcios y paganismos griegos. Pensé no obstante que el tiempo lo purificaría y la doctrina del Galileo reluciría diáfana en un futuro.

Al salir al foro junto al archisinagogo Isaac, al que sostenía del brazo, dada su artrosis en las piernas, puede observar a Caifás, que se disponía a desaparecer de allí, abochornado y furioso, seguido de los suyos, que parecían la corte de un tirano desamparado. No se dirigía a Jerusalén, donde de hacerlo sería humillado públicamente, sino que ordenaba a sus siervos poner rumbo a la aldea de Masfat, cerca de Gabaón, donde poseía un huerto y unas casuchas de labor.

Su artificiosa fachada de pompa y boato había sido demolida en el sínodo de rabinos. En su despiadada lucha por el control del Templo, había perdido.

Al verme, se dirigió a mí por mi nombre romano. Me alarmó y volví el rostro.

—Ese es mi nombre y a él respondo. ¿Deseas algo de mí, Josef?

—¿A qué familia judía perteneces? Nunca había oído hablar de ti.

—Soy un levita, de la estirpe sacerdotal de los Eleazar, del linaje de Aarón y Moisés, pero desde hace años vivo en Alejandría —contesté sin añadir detalles, pues los chacales heridos suelen ser perversos y peligrosos y sus dentelladas mortales.

—Es un miembro honorable de la sinagoga y de la Academia de Terapeutas —terció el anciano rabino Isaac, que ni alzó los ojos para mirarlo.

—Posees una lengua muy afilada, Jasón de Séforis —intentó provocarme.

Pero como yo sabía que odiaba a casi todo, contesté de forma templada:

—Josef ben Caifás, hace años, en la Fiesta del Perdón, en la que acompañaba en el Atrio de los Sacerdotes a mi padre, también levita y fariseo del sanedrín, te dije que tu única lealtad debería ser para el pueblo de Israel, y tú no solo me despreciaste, sino que te tomaste una atroz venganza contra mi familia. Si me hubieras hecho caso, pérfido ladrón, hoy seguirías siendo sumo sacerdote y los míos no hubieran sufrido lo inimaginable. Retaste al destino y has perdido, viejo chacal.

Caifás, con el orgullo herido, abrió los ojos desmesuradamente tratando de recordar. No lo había conseguido y la sangre le bullía en los ojos como si le picara un torbellino de ortigas.

—¡¿Quién eres, levita de Satanás?! —me gritó.

No perdí el aplomo, y mucho menos me acobardé. Era un hombre acabado y su caída significaba mi triunfo y mi venganza.

—Ya te lo he dicho, Jasón Anneo de Séforis, escriba y tratante de *oleum*.

Caifás se lo había tomado como una afrenta, pero ya carecía de poder para hacer el mal. Isaac pensó que debíamos de andar con cautela y contestó con un versículo de la Torá. Se separó de mi brazo. Se puso frente a él y protestó con impavidez:

—Escúchame, Caifás. Tú lo debes conocer, pues lo pregona el

Misericordioso en el Deuteronomio: «Solo a Mí me corresponde la venganza en el día que sus pies resbalen, pues está próximo el día de su ruina». La *zedek,* la justicia divina, te ha alcanzado al fin.

Recuerdo que solté una histriónica carcajada y me acerqué también.

—¡Hoy ha llegado ese día, perversa alimaña, y la *ramazín*, la compasión divina, no te alcanzará! —proferí riendo.

Tomé del hombro al viejo archisinagogo, que aprovechó para lanzarle al saduceo:

—Josef, has orinado contra el viento y te has mojado la túnica —dijo y le dimos la espalda para dirigimos satisfechos al puerto.

Es verdad. En otro tiempo yo anhelé para Caifás una muerte espectacular y atormentada, pero está escrito que los Eleazar convertimos la derrota de nuestro sufrimiento en victoria, si obramos conforme a la ley de Dios y su indulgencia. Yo estaba en paz, y sé que el Creador nos regenera a partir de un corazón misericordioso.

El mediodía teñía de carmesí los arenales del puerto de Cesarea Marítima. Yo estaba impresionado por la belleza de las azuladas aguas del Mare Nostrum. Animé al anciano Isaac a que se cubriera con el capote de lana y nos encarrilamos, conversando animadamente, a la nave de la compañía Iseum Oleum, donde nos aguardaban.

Regresaba a Alejandría con el corazón sereno y el ánimo colmado.

En la cubierta de proa, y después de rezar, pregunté al archisinagogo, con el que me unía un lazo estrechísimo de amistad:

—¿Por qué tomasteis partido por mí y por mi locura, maestro? Embarcarse en esta aventura tan descabellada parecía ilusorio.

Mi interlocutor alzó su cabeza blanca de los hombros. Sopesó sus palabras.

—Porque las expectativas más insensatas a veces se cumplen, Jasón. Tus sueños eran grandiosos y yo también deseaba que se cumplieran. Pensé que era una guerra perdida, y así lo creí cuando te conocí, aunque esos impíos saduceos necesitaban un escarmiento. Pero al asegurarme que el rey Herodes nos apoyaba, creí que era posible librarnos del gran escollo que significaba Caifás. Fue entonces cuando supe que traías en tus alforjas la esperanza y la razón, y que nuestro Dios contrariado estaba con nosotros —me aseguró.

—Había jurado no cejar en el empeño, y sabía cómo actuar —dije—. Yo siempre tomo las decisiones por mí mismo, y el yugo impuesto por los saduceos era un clamor que había llegado a los oídos del Eterno. Y la sola mención de mi padre me alentaba.

—El empuje que nos diste resultó providencial. Era necesario para Israel. Habrás comprendido que la vida te va planteando desafío tras desafío, y es entonces cuando realmente se conoce al hombre favorecido por Yavé, y tú lo eres, Jasón. No sabes lo feliz que me has hecho. Los chacales abandonan humillados el Templo de Dios.

—Y con las fauces secas y vacías, venerable Isaac —repliqué radiante.

—Las palabras se pierden con el viento y los hechos permanecen —me dijo—. La existencia del hombre está jalonada de decisiones y la tuya ha sido la procedente. Pero te has arriesgado al interponerte en el camino de esos ambiciosos.

—Ya lo hice una vez, y perdí, y aún sangran las heridas de mi padre y las mías. Pero soy de los que sobreviven, y ya era hora de doblegarlos y devolverles el golpe, aunque una cosa es tener una idea y otra bien distinta realizarla. Eso sí, con los dados plomeados a mi favor. No podía concederles ninguna ventaja, Isaac.

Quizás impresionado por mi osadía al enfrentarme al omnímodo poder del Templo y al jefe de la manada, el venerable anciano me regaló los oídos:

—Jasón, los has desafiado y el pueblo de Israel te agradecerá eternamente tu meritoria acción de librar el Santo Santuario de esos desalmados y venales sacerdotes.

Regresamos cansados y arrastrando nuestras sandalias, como andariegos agotados tras visitar la tierra santa de Israel, y con cada paso se me antojaba que mi plan había sido tan osado como irreal, aunque hubiera sido honrado con el triunfo.

En una extraña contradicción, pues los cristianos habían sido separados del tronco del padre Abraham, y sin saber la causa, traje a mi memoria el recuerdo del indulgente y bienaventurado rabino de Galilea, una de las víctimas del extinguido Caifás.

EPÍLOGO

En el noveno año del reinado del emperador Claudio

Los tiranos, gobernantes y reyes, aislados de los demás mortales, se creen el ombligo del mundo e intentan perpetuarse en el trono de sus privilegios, desatendiendo el dolor y la angustia de sus súbditos, a los que además desprecian. Y eso le ocurría al emperador Claudio con mi amigo Lucio A. Séneca.

En la esperanza de su propio desengaño, Lucio me escribía desde Corsica desnudando su alma. En la última epístola me aseguró que se hallaba inmerso en la placidez absoluta de su ánimo y en la búsqueda de la felicidad personal, y que su exilio transcurría entre paseos, escritura, placeres y lecturas de los filósofos griegos.

De Lucio Anneo Séneca, a Jasón A. de Séforis. Salud.
Muchos creían, dilecto amigo y hermano, que, desesperado, iba a colgarme de una viga de la casa de mi destierro por caer en desgracia ante la familia imperial. La verdad es que se me presentaba un futuro terrible y cegador. Pero qué equivocados están en Roma. Se imaginan a un Lucio Séneca calcinado su corazón y convertido en cenizas y despojos. Pero ignoran que el lugar no importa para vivir feliz y que yo solo busco el conocimiento y el progreso de mi alma. Y mucho menos deseo prorrogar mi existencia a costa de humillarme ante los poderosos.

He rehusado desdeñosamente a implicarme en mi defensa personal, pues sé que será rechazada. Aguardaré lo que mi destino me dispense. El Imperium está acabando con las libertades y las virtudes romanas. ¿Y qué puedo hacer si me han amenazado con asesinarme?

Sé que ha entrado el deshonor en la gens *Annia, a la que tú perteneces, pero ¿puede haber una situación más penosa que encontrarse vigilado en una ciudad extraña bajo el gobierno de un enemigo? Me acusaron de escándalo sexual, ellos, la familia Julia, que es la más corrompida que ha existido jamás en la ciudad de Rómulo.*

Yo creo que los hombres honestos inspiramos desconfianza, y más donde abunda la descomposición y la mentira. Antes los pobladores de Roma pugnábamos por mantener los principios de nuestros ancestros, pero ahora lo hacen por el ansia de poder y por sus privilegios.

La verdad es, Jasón, que el filósofo que frecuenta a los Césares es el más estúpido de los sabios. Ahora lo he comprendido. Los centros de autoridad los ocupan los tiranos y una turma crassorum, *caterva de barrigones, especialistas en adular y corromper al señor de turno, despreciando la callada decencia de los ilustrados. No me siento avergonzado y procuro cada día ser más dichoso que el anterior.* Dux vita ratio. *«La razón y la lógica son los únicos principios que gobiernan mi existencia».*

No tengo prisa por borrar de mi vista estos hermosos paisajes córsicos. Mi morada dista mucho de ser opulenta, pero bien sabes que detesto la fastuosidad asiática que tanto enardece a los nuevos ricos de Roma, y donde la vanidad posee su trono, pues dan limosnas a toque de campana a los ciegos del templo del Pudor, mientras sus almas están cegadas por la codicia.

Peor que la muerte es el olvido, dilecto Jasón, pero muy pocos romanos me han arrinconado de su recuerdo. Cuento por centenares las reconfortantes epístolas que he recibido desde mi llegada. Me han permitido participar en los Juegos Ceriales y en las Fiestas Liberalia, dedicadas al dios Baco, y he compuesto unos versos a la consagración de la primavera, que han tenido gran repercusión incluso en Roma.

Hasta el gobernador, un hombre necio y encantadoramente simple, me comparó con Orfeo, el divino cantor de versos que recibió su lira del mismísimo Apolo y me regaló una barrica de vino oloroso de Capua. También he fundado en el foro un Ateneo, al modo de los griegos, para lecturas públicas de las obras de los grandes filósofos, poetas y dramaturgos de la Hélade, al que acuden muchos eruditos y plebeyos de esta isla.

Es la perseverancia, no la agudeza, la que conduce a los hombres al éxito y a convertirse en piezas maestras del estado a quien deben servir.

He aprendido en esta obligada expatriación que, si se cierne sobre ti la amenaza de la esclavitud, el destierro, el dolor, la injusticia o la violencia de los opresores, no debes sumir tu corazón en la desesperación, sino que debes empujar estos males fuera de ti y aceptarlos. ¿Pues acaso no morimos cada día un poco y estamos encadenados a la pesada carga de nuestros cuerpos mortales? Tengo cuarenta y nueve años y no añoro demasiado las delicias de Roma.

Mi afección respiratoria crónica aún me sigue dando pesares, pero las infusiones de rábano, miel, limón y nébeda que me proporciona un viejo médico galo me reconfortan, así como los baños termales y las tortas romanas de garbanzos que engullo casi a diario en las popinae de Aleria. Has de saber, Jasón, que, en el larario o altar doméstico de mi casa, siempre luce una lámpara del oleum de los olivos que tú sembraste en mi añorada Corduba.

Estoy al tanto de lo que acontece en Roma, pues cierto amigo me envía una copia del diario del Senado, las Actas Diurna Populi Romani, unos pliegos donde se refieren los acontecimientos más importantes de la República, y que me viene a demostrar que mis compatriotas ya no se ejercitan en las legen-

darias costumbres republicanas de la disciplina, la virtud y la piedad. Les interesa más la fortuna que la moralidad de nuestros ancestros, pues para ellos la política es una profesión donde hacerse ricos, y no la lucha por la justicia.

No me he entregado a ninguna extravagancia y tras hacer un comentario para mis alumnos romanos de la Ética a Nicómaco de Aristóteles, he iniciado la escritura de algunos ensayos filosóficos, como la Consolación de Polibio, que voy a dedicar a nuestra madre Helvia, y otro que he titulado: «Sobre la brevedad de la vida». Te enviaré una copia cuando los concluya y a través del gobernador te haré llegar un ejemplar del «Kyriai Doxai», que compendia las doctrinas de Epicuro, para que conozcas el pensamiento de otros hombres y de otras creencias.

Espero que esos dioses en los que no creo nos reúnan pronto en familia, Jasón.

Que Fortuna Primigenia, una deidad sin estatuas, te proteja.

Lucio A. Séneca.

Pero gracias al Padre Eterno de Israel, a quien recé a diario, la noche del destierro de Lucio enterró su lobreguez y el día resucitó con la noticia de su libertad.

El semidiós que gobernaba el Imperium desde Roma, Claudio, según algunos un hombre escéptico cargado de sabiduría y otros un borracho tartamudo que ni tan siquiera aguaba el vino, reportó el alivio a la familia de los Séneca.

Tras colmar de atenciones a la perversa Mesalina, una hembra en celo constante, la mandó ejecutar. Sus continuos adulterios y devaneos colmaron su paciencia, y tomó como nueva esposa a Agripina, la hija de Germánico y su sobrina carnal. No era menos intrigante que la anterior, pero era amiga íntima de Helvia Albina, mi *mater*.

Según me contó Amosis, siempre al tanto de la correspondencia del gobernador de Egipto, para defenderse de la fatal sentencia,

Mesalina le había hecho una súplica al cornudo Claudio: «Yo soy como Olimpia, esposo mío, la madre del Alejandro de Macedonia, que al mismo tiempo de ser mujer del rey Filipo era prostituta sagrada en Samotracia. ¿Acaso no soy yo igual de grande que ella y predilecta de los dioses?».

La contestación de Claudio fue la afilada hoja de una espada.

No podía haber dos lobas en el Palatino, ni bajo el mismo sol de Roma.

Agripina vio en Lucio Séneca a un excelente consejero y al preceptor idóneo para su hijo Nerón, para el que deseaba la corona del César. Así que el añorado e ilustre ciudadano regresó de Corsica, siendo nombrado de inmediato pretor del Imperio. Lucio reunió todas sus energías, y muchos se extrañaron de que aquellos años de condena no hubieran socavado ni un ápice su amor a las leyes y su compromiso con la Urbs.

No guardaba rencor a nadie, ni tan siquiera a la familia imperial.

Así que todos compartimos la felicidad de la familia Annia, y nos comprometimos Priscila, Naomi, Décimo y yo a visitarlos y participar en una fiesta que se disponía a celebrar Helvia en la *domus* de Roma en el vi día de las calendas de septiembre, celebración de los fastos del *pater* Tíber. Allí nos veríamos todos.

Yo, mientras tanto, me había convertido en un feliz padre de dos niños, a los que habíamos impuesto los nombres de Gerson e Isacar, por deseo de Naomi, que los educó en la fe del único Dios, aunque yo sabía que a veces asistía a encuentros con los gnósticos cristianos, aquellos que buscaban a Dios dentro de su corazón, a través de las enseñanzas del Galileo y de la iluminación interior.

Nunca se lo prohibí, porque yo recordaba con afecto la memoria de aquel rabino galileo que un día conmocionó ante mis ojos a los hipócritas sacerdotes del Templo. Además, Naomi no me ocultó que atesoraba pequeños pliegos con los preceptos del Nazareno, que a veces leía a nuestros hijos.

Yo pronto iba a cumplir los cuarenta y dos años y comencé a

relegar muchas de mis obligaciones en Décimo y Naomi y en el competente Balastra, un capataz intuitivo, trabajador fiel y capacitado *olearius*, que tomó la iniciativa de las cargas y descargas del *oleum* proveniente de Hispania, de mis queridos campos que regaba el río Betis.

El asma, que me atormentaba con los fríos, me ha ido incapacitando paulatinamente, y mi mente ha desarrollado la posibilidad de olvidar, porque, si no, determinados momentos no hubieran sido tolerables para mí. No obstante, a veces me sobrevienen pesadillas terribles que no logro extraer de mi cabeza y el olor nauseabundo de aquella mazmorra que compartí en Cesarea con aquellos infelices niños, donde estuve al borde del precipicio de la locura y donde me salvó Priscila.

El aceite de la compañía Iseum Oleum se ha convertido en el más solicitado del Mare Nostrum Oriental, y los templos de Serapis e Isis de Tebas, Menfis, Heliópolis o Canopus aromatizan sus aires con la dulce fragancia de los aceites de Hispania.

Llegan a mis cobertizos ánforas, las sigilatas hispanas, de Corduba, fabricadas por mi recordado Paulo Tito, con su característico *tituli picti*. Más tarde, en las caravanas nabateas, son transportadas hasta Arabia, Frigia, Bitinia, Partia, al Ponto Euxino y Capadocia, y también a la India y la lejanísima Katián, a través de las expediciones que parten desde Alejandría cada primavera con el origen de Iseum Oleum del exportador Jasón de Seforis.

El *oleum* de la Bética se había trasformado en un tesoro ansiado y universal.

Esta ha sido la memoria de quien no quería abandonar su pasado en el tintero.

Lucio A. Séneca, mi aliado y hermano de adopción, me ha apremiado a que garabatee en unas resmas de mis papiros los avatares mi vida y así poder debatirlos con su mente preclara. Pero yo creo que convertir lo acaecido en presente resulta ilusorio para cualquier mortal, pues se mezcla con las lágrimas, el sudor y la sangre, que sin quererlo lo enturbian.

Pero él sabrá. Es un filósofo.

Con estos recordados hechos ha llegado el momento de cerrar el libro de mis recuerdos, cuyas imágenes estaban aferradas como sanguijuelas a mi memoria, pues de aquí en adelante solo me queda disfrutar de mis hijos y de la placidez del hogar. He prestado voz a mis desgracias y a mis esperanzas. El tiempo de las acciones arriesgadas ha acabado para mí. Me noto cansado. Mi camino ha sido tal vez meritorio y me sobrepuse a la esclavitud, pero no puedo relegar al abandono que un día intenté atentar contra lo que solo pertenece a Eloheím.

Así que, entre el goteo del tiempo, han emergido los rostros de quienes me acompañaron en mi camino, algunos sombríos como la noche y otros luminosos como el sol naciente. Tras las vicisitudes que sufrí, solo conservo como esenciales mi *sidur*, un par de túnicas hiladas por mi esposa Naomi, una alforja donde guardo el aceite sagrado para el Templo donde mora el Altísimo, mis útiles de escritura, un talismán que me regalaron mis amigos de Hispania y un cayado donde descansar mis agotados miembros, y también mi soledad.

Ahora que mi *neshamá*, mi espíritu, está desengañado de las promesas de los hombres, y después de conocer el corrosivo sabor del miedo, la venganza, el hierro, el látigo y el dolor, aunque también el dulce almíbar del amor, la pasión y la amistad, era el momento de relatar la crónica de mi vida, un insignificante punto en la eternidad.

Mi fin se aproxima y la ineludible realidad es que la existencia del ser humano es una estúpida batalla que dirimimos en pos de la felicidad, una quimera de la que disfrutamos de forma efímera y que se nos escapa entre las manos cuando comenzamos a comprenderla. He aprendido también que el engaño es indisociable a la felicidad, que las lágrimas no siempre son amargas, que nada permanece y que todo cambia.

Solo las mujeres y hombres que han sufrido se conocen a sí mismos. Estos pliegos escritos se convertirán en mi patrimonio más querido, y ya Amosis está haciendo una copia para mi hermano Lucio, a quien estoy impaciente por abrazar, como a *domina* Helvia y al viejo sabio Átalo, que aún vive. Muy pronto los visitaré en Roma.

Mi goce en este mundo ya solo se cifra en estar cerca de los que amo, verlos reír, cantar, comer, llorar y abrirse camino. Junto a ellos es cuando he percibido un atisbo de la innegable felicidad que gozaremos en el Reino de Dios invisible, en el cual creo.

Al final, lo único que es cierto es que la tierra nos abrigará como una madre en su seno de polvo, y bajo el peso inmutable de la nada. Entonces habremos nacido a la inmortalidad: *Iudica me Deus Israelis meus secundum misericordian tuam, et emite lucen tuam et auxilium tuum dies mortis.* (Júzgame mi Dios de Israel según tu misericordia y envíame tu luz y tu auxilio cuando me lleguen mis últimas horas).

La luminosidad de Egipto se asoma por las techumbres mojadas de mi casa, mientras en el fuego se queman unos leños de cedro del Líbano, y los flameros alumbran la placidez de mi alcoba, donde está a mi lado mi dulce y delicada Naomi.

Me siento satisfecho cuando acaricio su pelo aún negro y brillante y beso sus mejillas. Ya olvidé los suplicios de mi esclavitud y la muerte onerosa de mi padre y he aceptado que en esta existencia en la tierra conviven y cohabitan las acciones más nobles con la mezquindad y las maldades más crueles.

Esta noche guardaré mis papeles escritos en un cofre de plomo. Esos que encubren mis recuerdos como se arropa de hojas amarillentas un camino en otoño.

Fuera, el crepúsculo boquea majestuoso en Alejandría, y las últimas luces colorean de rojo las terrazas de la Biblioteca y las cúpulas del templo de Serapis, que parecen arder como ascuas. Mi futuro se presentaba como un remanso en el río tempestuoso de mi vida, donde al fin he conseguido restablecer la paz de mi espíritu.

Naomi acaba de entrar en mi estancia y ha despabilado las lámparas con un chorro de aromático y denso *oleum* de Hispania, el bálsamo de Dios.

Jasón Anneo de Séforis, escriba del Templo, liberto de Roma y mercader de oleum *en Alejandría, de la estirpe de los Eleazar de Judea.*

GLOSARIO

Acaya: nombre que impusieron los romanos a la provincia de Grecia.

Acilia Lucana: esposa de Mela y madre del poeta cordobés Lucano.

Agripa (Julio Herodes): n. 10 a. C. y muere en el 44 d. C. Hijo de Aristóbulo y Berenice y nieto de Herodes el Grande. En el año 39 fue nombrado rey de Palestina.

Alba Urgabona: ciudad de la Bética, hoy Arjona (Jaén).

Aleria: capital de la isla de Corsica (Córcega).

Anás, o Annano ben Seti: sumo sacerdote del templo, del año 6 al 15 d. C.

Annona: la «*praefectura annonae*» era un edificio administrativo y un servicio centralizado imperial de Roma, encargado de la importación de grano y otros productos para abastecimiento de la capital, explotando los recursos de las provincias.

Antemeridium: antes del mediodía. Postmeridium: después del mediodía. Aparte de las horas: prima, secunda, tercia, sexta, nona, etc. Dividía el día en *mane*: por la mañana y las dos anteriores.

Aprilis: abril.

As: décima parte de un denario.

Asmodeo: demonio judío.

Astigi: Écija. Adaras: La Carlota. Ovúlcula: Fuentes. Carmo: Carmona (ciudades de la Bética en la Vía Augusta que iba desde Gades a los Pirineos).

Aurea mediocritas: la feliz mediocridad.

Banca Sestia: la entidad bancaria privada más importante de Roma, propiedad del amigo de Augusto, Aulio Sestio.

Birota: carruaje de dos ruedas, ligero y rápido, y muy utilizado por los romanos para viajes cortos de una o dos jornadas.

Boethusin: aristocracia sacerdotal del Templo de Jerusalén, muy mundana y poco devota, descendientes de Simón de Alejandría y de Boeto, hermano de Marianme, esposa de Herodes el Grande, sumos sacerdotes del templo durante cuarenta años.

Caia: esposa.

Caifás (Josef ben Caifás): sumo sacerdote del Templo entre el año 18 y el 36 d. C.

Carmo: actual Carmona (Sevilla).

Cartago Nova: Cartagena.

Cistóforo: moneda de oro o plata de Pérgamo, así llamada porque llevaba burilada la cista o caja sagrada de Dionisios en su anverso.

Conventum: junta de gobierno o consejo de una ciudad.

Curruca: carruaje romano para viajes largos, con ciertas comodidades.

Cursus honorum: carrera en la administración pública y militar del patricio romano que culminaba con el consulado.

December: décimo mes, diciembre.

Dux: jefe de algún organismo.

Ebussus: Ibiza.

Ecúmene: el mundo civilizado conocido.

Équite: caballero romano.

Esenios: movimiento o secta judía que seguía la pureza de la ley y que, tras la revuelta de los macabeos, se retiraron como anacoretas a las cuevas del Khumrán para aguardar la llegada del

Enviado de Dios. Llevaban una existencia austera, ascética y célibe.

Etnarcas: gobernadores vasallos de Roma en los territorios de Oriente.

Estadio: medida de longitud. Equivalía a 125 *passus*, o sea 184,81 metros.

Estoicismo y epicureísmo: el objetivo principal de ambas escuelas es la moral y la ordenación de la conducta humana de modo que sea posible alcanzar una vida plena y feliz. La felicidad consiste, según Epicuro, en una consecución del placer sabiamente administrado juntamente con el alejamiento del dolor. Para el estoicismo, por su parte, la auténtica felicidad solo puede consistir en la virtud, en el autodominio y fortaleza de ánimo, que hacen al sabio imperturbable frente a la desgracia y el destino.

Fatum: destino marcado para los mortales por los dioses en su nacimiento.

Februarius (febrero): mes en el que se celebraban las fiestas de purificación llamadas «*februa*».

Filoheleno: amante de la cultura y la civilización griega.

Flámines: sacerdotes de una deidad romana.

Fundus: latifundio en la época romana.

Gemonias: lugar donde eran expuestos los cadáveres de los ajusticiados para ser retirados por sus familiares. Sitio considerado nefasto por los romanos.

Genios, lares y penates: poderes invisibles del ámbito doméstico romano en cuyo altar, o lararios, se ofrecían sacrificios y dádivas.

Hadish: canto elegíaco judío de condolencia por la muerte de un familiar.

Helio Optatus y familia fueron unos conocidos productores y exportadores de aceite de la Bética con grandes fincas en Astigi (Écija) y contemporáneos de Marco Anneo Seneca, de Helvia y de sus hijos.

Hieródulas: servidoras de la prostitución sagrada entregadas como exvotos en los templos de las diosas Astarté y Afrodita en Grecia y Fenicia.

Herodes Antipas: tetrarca de Perea y Galilea, hijo de Herodes el Grande, que reinó en tiempos de Cristo. Deportado por incompetencia a la Galia por Calígula junto a su esposa Herodías, no volvió jamás a su reino.

Hieroi: Efebo que practicaba la homosexualidad sagrada en los templos de la diosa.

Hilipa: Alcalá del Río.

Hircano, Johanan: último hijo de Simón Macabeo. Etnarca y sumo sacerdote del templo que gobernó Israel en el siglo II a. C.

Hispalis: Sevilla.

Ianuarius (enero): primer mes, dedicado a Jano, dios de las puertas y de los comienzos y también del inicio del año en la luna creciente después del solsticio de invierno del 25 de diciembre.

Iliturgi: Andújar.

Impluvium: patio romano abierto al agua de la lluvia, que caía en un estanque o alberca.

Iunius (junio): mes nombrado en honor de la diosa Juno, esposa de Júpiter.

Jazak Vàmatz: palabras de ánimo que pronunció Moisés ante Josué antes de morir.

Judas el Gaulomita: doctor de la ley y revolucionario sedicioso que se enfrentó a Herodes Antipas junto a miles de zelotes en los desfiladeros de Galilea, aproximadamente cuando Jesús de Nazaret tenía seis años. Fueron derrotados por los romanos y dos mil insurgentes serían crucificados y expuestos en los caminos para escarmiento de levantiscos. Significó el fin de Antipas como rey.

Katián: nombre de China en la época antigua.

Koiné: griego popular hablado en toda la cuenca mediterránea.

Kurós: señor, en griego.

Láguidas: dinastía fundada por Ptolomeo, general de Alejandro, en Egipto tras la muerte de este.

LATIFUNDIA: latifundio agrícola, extensa hacienda muy propia de la Bética.

LEVÍ: tercer hijo de Jacob que dio origen a la tribu sacerdotal dedicada al servicio del tabernáculo y el Templo de Jerusalén.

LUCIO ANNEO SÉNECA: hijo de Marco Séneca el Viejo o el Retórico, y de Helvia Albina. Hombre de gran rectitud moral, nació en Corduba el año 4 a. C y murió en el año 65 d. C. Tuvo como maestros a los estoicos Átalo y Soción de Alejandría y al cínico Fabiano. En el año 41 es desterrado a Córcega y regresa a Roma nueve años después convertido en preceptor de Nerón, señalado como el sucesor de Claudio. Abandona a los 60 años sus cargos con una fortuna de 60 millones de denarios y, tras una prolífica carrera literaria, es obligado a suicidarse por el emperador Nerón, acusado de participar en la conjura de Pisón.

LUGDUNUM: Lyon.

MACABEOS: Movimiento de emanciparon judío durante la dominación seleúcida de Antioco IV Epífanes. Era una familia de origen asmoneo muy apreciada en Israel, que recuperó la fe y la identidad judía.

MAIUS: mayo. Toma el nombre de la diosa Maia.

MARCELO: procurador romano de Judea entre del 37 al 41 d. C.

MARTIUS: marzo. Mes dedicado al dios de la guerra Marte.

MATER NUTRICIAE: rito arcádico de la madre que alimenta o da de mamar al hijo simbólico.

MÉNTULA: palabra usada por los romanos para aludir al órgano viril masculino.

MILLIA PASSUS: milla. 1478,5 metros o 5000 pies.

MODIO: medida de capacidad equivalente a 8,75 litros.

MORBO CORINTIO: sífilis.

MORES: antiguas costumbres de Roma.

MUNUS GERERE: administrador de títulos del Imperio.

NABATEOS: antiguo pueblo ismaelita (árabe) cuya civilización se desarrolló en el sur y este de Palestina, en especial en Petra, su capital, y en su territorio limítrofe.

November: noveno mes, noviembre.

October: octavo mes, octubre.

Ornatrix: peinadora, ayudante del tocador de una dama.

Panormus: Palermo.

Pedissequus: paje, lacayo o correo de un patricio.

Pilum: lanza utilizada por los legionarios romanos.

Polis: ciudad griega.

Popinas (*popinae*): tabernuchas frecuentadas por lo más ínfimo de la sociedad romana.

Prandium: comida del mediodía.

Punteadores: olivareros especializados en la recogida de la aceituna.

Quintilis: quinto mes, cuando el año comenzaba en marzo, luego llamado Iulius (julio) en honor de Julio César.

Raeda: carro de transporte capaz para transportar más de 500 kg.

Rostra: tribuna al aire libre, en el Foro de Roma, adornada con las proas de los barcos vencidos, y donde los oradores pronunciaban discursos no oficiales.

Sadoc: sumo sacerdote que da origen a uno de los linajes sacerdotales judíos más ilustres. Era descendiente de Aarón, hermano de Moisés, y de Eleazar, su hijo.

Salomé II, o la Menor: hija de Herodes el Joven y de Herodías.

Salsum: río Guadajoz.

Sanedrín: asamblea o consejo de ancianos de Israel. El Gran Sanedrín estaba formado por 71 miembros de sabios y doctos de la ley judaica.

Seléucidas: dinastía fundada por Seleuco, general de Alejando Magno, al morir este y que se estableció en la antigua Persia creando un imperio propio.

September: séptimo mes, septiembre.

Sesquimodio: medida de capacidad equivalente a un modio y medio, o sea 13,125 litros.

Sextilis: sexto mes, luego llamado *augustus* (agosto) en honor de Octavio Augusto.

Shamayín: cielo o paraíso judío.

Shekels (siclo): moneda de oro y plata empleada en Oriente Próximo y Mesopotamia.

Sierra de la Plata o Montes Marianos: identificada con la actual Sierra Morena.

Subúculas: calzoncillos.

Tader: río Segura.

Tiberio Julio César: emperador de Roma de la *gens* Julia Claudia y sucesor de Augusto. Nacido como Tiberio Claudio Nerón. Fue emperador desde el año 14 al 37 de la era cristiana. Fue el segundo emperador de Roma.

Torre Antonia: fortaleza construida sobre un fortín asmoneo por Herodes el Grande en el extremo oriental del Templo de Jerusalén, llamada así en honor de Marco Antonio. En su peristilo fue juzgado Jesús de Nazaret por P. Pilatos.

Xera: Jerez de la Frontera.

Zelotes: brazo armado de los nacionalistas judíos de la antigüedad.

www.ingramcontent.com/pod-product-compliance
Lightning Source LLC
Chambersburg PA
CBHW030908300726
48970CB00001B/59